MO HAYDER
Die Puppe

GOLDMANN
Lesen erleben

Buch

Als AJ, der verantwortlich Pfleger der psychiatrischen Klinik von Beechway, Detective Inspector Jack Caffery aufsucht, ist dieser gleich interessiert an den Vorkommnissen in der streng abgeschirmten Abteilung für psychisch Schwerkranke. Angeblich soll dort nämlich ein Geist sein Unwesen treiben. »Maude« wird er genannt, und die Patienten glauben fest daran, dass er sie des Nachts heimsucht, sich auf ihren Brustkorb setzt und ihnen die Luft zum Atmen nimmt. Er treibt sie dazu, sich selbst zu verletzen, im schlimmsten Fall kann das sogar tödlich enden. Bisher hat es schon mehrere Opfer gegeben, die von der Klinikleitung allerdings verheimlicht werden. AJ weiß aber so langsam nicht mehr, wie er der Hysterie entgegentreten soll, die sich breitmacht. Niemand will mehr die Nachtschicht übernehmen, und die Patienten sind nur noch schwer zu beruhigen. AJ will nicht glauben, dass ein Geist sein Unwesen treibt. Als dann aber der Schwerkranke Isaac Handel unerwartet entlassen wird, hat er einen Verdacht, den er nicht mehr für sich behalten kann. Isaac ist ein verurteilter Mörder, der schon seine Eltern auf brutale Weise umgebracht hat. Warum wurde er so plötzlich entlassen und ist danach unauffindbar? Plant er etwa einen weiteren Mord? Caffery nimmt sich gleich dem Fall an und stößt schnell auf ein verstörendes Geheimnis.

Weitere Informationen zu Mo Hayder
sowie zu lieferbaren Titeln der Autorin
finden Sie am Ende des Buches.

Mo Hayder
Die Puppe

Psychothriller

Deutsch
von Rainer Schmidt

GOLDMANN

Die Originalausgabe erschien 2013 unter dem Titel
»Poppet« bei Bantam Press,
einem Imprint von Transworld Publishers, London.

Dieses Buch ist auch als E-Book erhältlich.

Verlagsgruppe Random House FSC® N001967
Das FSC®-zertifizierte Papier *Pamo House* für dieses Buch
liefert Arctic Paper Mochenwangen GmbH.

1. Auflage
Taschenbuchausgabe September 2015
Copyright © der Originalausgabe 2013 by Mo Hayder
Copyright © der deutschsprachigen Ausgabe 2014
by Wilhelm Goldmann Verlag, München,
in der Verlagsgruppe Random House GmbH
Umschlaggestaltung: UNO Werbeagentur, München
Umschlagmotiv: Corbis/Mike Chick
Gestaltung der Umschlaginnenseiten:
UNO Werbeagentur, München
Motiv der Umschlaginnenseiten:
Giorgio Fochesato / getty images
NG · Herstellung: Str.
Druck und Einband: GGP Media GmbH, Pößneck
Printed in Germany
ISBN: 978-3-442-48283-2
www.goldmann-verlag.de

Besuchen Sie den Goldmann Verlag im Netz

Unsichtbar

Monster Mother sitzt auf dem Bett, als das helle Dreieck unter der Tür flackert. Es bewegt sich, tanzt ein kleines Stück weit zur Seite und kommt wieder zur Ruhe.

Sie starrt es an, und ihr Herz beginnt wie wild zu rasen. Da draußen ist etwas und wartet.

Lautlos stemmt Monster Mother sich vom Bett hoch und schleicht in die hinterste Ecke des Zimmers – so weit weg von der Tür, wie sie nur kann. Zitternd vor Angst presst sie den Rücken in das Dreieck zwischen den Wänden, und ihre Augen füllen sich mit Tränen. Durch das Fenster hinter ihr wirft die Außenbeleuchtung Baumschatten auf den Boden, und die bewegen und krümmen sich, wandern wie kratzende Finger durch das Zimmer, finden und berühren den Lichtfleck unter der Tür. Sie lässt den Blick durch den Raum wandern – über die Wände, das Bett, den Kleiderschrank. Überprüft jede Ecke, jeden Riss im Putz. Jede einzelne Stelle, an der »Maude« hereinkriechen kann. Monster Mother weiß mehr über »Maude« als irgendjemand sonst hier. Aber sie wird niemals erzählen, was sie weiß. Dazu hat sie viel zu viel Angst.

Es ist still da draußen. Bewegt sich kaum – doch genug, um den Lichtfleck zu verschieben. Monster Mother kann jetzt etwas atmen hören. Sie möchte weinen, aber das darf sie nicht. Vorsichtig und geräuschlos schiebt sie die zitternde Hand unter das rote Negligé und fährt mit den Fingerspitzen über die Haut zwischen den Brüsten. Sie tastet nach dem Gegenstand, den sie braucht. Als sie ihn findet, zieht sie daran. Der Schmerz ist stärker als alles, woran sie sich erinnern kann. Sich den eigenen Arm abzuschneiden, täte nicht so weh – oder ein Kind zu gebären (was sie mehrmals getan hat). Doch sie macht weiter und zieht den Reißverschluss herunter, vom Brustbein bis zum Schambein. Mit nassem Schmatzen springen die Bauchmuskeln aus der Haut.

Sie packt die Ränder der Öffnung, windet sich weinend, zerrt sie auseinander. Die Haut löst sich von Rippen und Brüsten und schält sich über die Schultern herunter, reißt, blutet, aber sie macht weiter, bis sie von ihren Hüften hängt wie tropfendes Wachs. Sie atmet ein paarmal tief durch und zieht sie sich von den Beinen.

Die Haut sammelt sich wie eine Pfütze um ihre Füße. Eine Gummihülle, aus der die Luft entwichen ist.

Monster Mother sammelt sich. Sie richtet sich auf – unerschütterlich und tapfer –, und ihre entblößten Muskeln glitzern im Licht der hellen Außenleuchten. Sie wendet sich zur Tür, stolz und trotzig.

»Maude« wird sie jetzt niemals finden.

Browns Brasserie, Triangle, Bristol

Das Restaurant war früher die Mensa der Universität – und noch immer geht es hier laut zu, und der Laden ist stark bevölkert. Hohe Decken, eine hallende Akustik. Aber heutzutage sitzen die Studenten nicht mehr da und essen, sondern sie tragen schwarze Schürzen, laufen mit Tellern in den Händen im Slalom um die Tische herum und murmeln sich gegenseitig Bestellungen und Tischnummern zu. Arbeiten ihre Darlehen ab. Eine Neonschrift – »Low Cal Cocktails« – blinkt über der Bar aus poliertem Beton, und die Akkorde eines Gotye-Songs driften aus den Lautsprechern, die hoch oben unter den Deckenträgern hängen.

Die meisten Gäste haben sich dieses Lokal als Treffpunkt ausgesucht; die Rechnung am Ende liegt deutlich oberhalb dessen, was Laufkundschaft bezahlt. Leute, die allein an ihrem Tisch sitzen, sind befangen – manche halten einen Kindle über ihre Borschtsch-Suppe, andere nippen an ihrem Weinglas oder schauen beiläufig auf die Uhr, als warteten sie auf Dates oder Freunde. Aus britischer Höflichkeit starrt niemand sie an; man nimmt sie gar nicht zur Kenntnis.

Nur ein Gast zieht die Blicke seiner Nachbarn auf sich. An den Tischen in seiner Umgebung haben die Leute ihre Sitzpositionen sogar leicht verändert – als sei sein Anblick bedrohlich oder aufregend. Ein dunkelhaariger Mann, Anfang vierzig, der gegen zahllose unausgesprochene Regeln verstößt. Nicht nur durch seine Kleidung – eine schwarze Windjacke über einem Straßenanzug, ohne Krawatte, mit offenem Hemdkragen –, sondern auch durch sein Verhalten.

Er isst wie jemand, der hierhergekommen ist, weil er Hunger hat, nicht, weil er gesehen werden will. Er nimmt keine Pose ein und schaut auch nicht interessiert im Lokal herum, sondern beißt in seinen Hamburger, den Blick auf keinen besonderen Punkt gerichtet. Das ist ein grobes Fehlverhalten an einem Ort wie diesem, und es verschafft den anderen so etwas wie Genugtuung, als es zu der peinlichen Szene kommt. Bei sich denken sie, es ist genau das, was einem wie ihm passieren *muss*.

Es ist halb neun, und eine Gruppe von zwanzig Gästen ist hereingekommen. Sie haben reserviert, und man hat ihnen Tische im hinteren Teil zusammengeschoben, wo sie die übrigen Leute nicht stören werden. Vielleicht feiern sie eine Verlobungsparty; ein paar Frauen tragen Cocktailkleider, und zwei Männer sind im Anzug. Die Frau am Ende der Gruppe – sie ist blond, Ende fünfzig, sonnengebräunt und trägt eine Jeans mit Steppnähten und ein Hollister-Hoodie – scheint auf den ersten Blick dazuzugehören. Erst als alle sich setzen und sie es nicht tut, wird klar, dass sie nur hinter ihnen hergegangen ist, aber nicht zu ihnen gehört.

Ihre Bewegungen sind unsicher. Ein tief ausgeschnittenes T-Shirt unter dem Hoodie stellt ihre Brüste zur Schau. Auf dem Weg durch das Restaurant stößt sie gegen einen Kellner. Sie bleibt stehen, um sich zu entschuldigen, doch das »sorry« geht ihr nur schwer über die Zunge. Beim Reden legt sie die Hände an die Brust des jungen Mannes und lächelt vertraulich. Er wirft einen hilflosen Blick zur Bar und weiß nicht recht, was er tun soll – aber bevor er Einwände machen kann, ist sie schon weitergegangen. Sie prallt wie eine Flipperkugel von Tisch zu Tisch und hat ihr Ziel fest im Blick.

Den Mann in der North-Face-Jacke.

Er blickt von seinem halb verzehrten Hamburger auf. Sieht sie. Und als wüsste er, dass sie Ärger machen wird, lässt er langsam Messer und Gabel sinken. Die Gespräche an den Nachbartischen geraten ins Stocken und ersterben. Der Mann greift zu seiner Serviette und wischt sich den Mund ab.

»Hallo, Jacqui.« Er legt die Serviette säuberlich auf den Tisch. »Wie schön, Sie zu sehen.«

»*Fuck you.*« Sie legt die Hände auf den Tisch und stiert ihn herausfordernd an. »*Fuck you* von hier bis übermorgen, du Drecksack.«

Er nickt, als wolle er bestätigen, dass er tatsächlich ein Drecksack sei. Aber er sagt nichts, und das macht die Frau nur noch wütender. Sie schlägt mit beiden Händen auf den Tisch, sodass alles in die Höhe springt. Eine Gabel und eine Serviette fallen auf den Boden.

»Sieh mal einer an! Der Kerl sitzt da und isst einfach. Isst und lässt es sich gut gehen. Scheiße, Sie sind wirklich das Allerletzte, was?«

»Hallo?« Der Kellner berührt ihren Arm. »Madam? Könnten Sie vielleicht versuchen, dieses Gespräch etwas leiser zu führen? Sonst...«

»Verpiss dich.« Sie schlägt seine Hand beiseite. »Aber sofort. Du hast doch keine Ahnung, wovon du redest.« Sie schwankt zur Seite und greift nach dem erstbesten Glas, das sie sieht. Es steht auf dem Nachbartisch, ein volles Glas Rotwein. Der Gast, der es bestellt hatte, versucht vergebens, es festzuhalten. Sie schwenkt es herüber und schleudert den Wein auf den Mann in der Windjacke. Der Wein hat sein eigenes Leben, und er scheint den Weg überallhin zu finden. Er landet auf seinem Gesicht, auf seinem Hemd, auf dem Teller und auf dem Tisch. Andere Gäste springen erschrocken auf, nur der Mann bleibt sitzen. Absolut kühl.

»*Fuck*, wo ist sie?«, kreischt die Frau. »Wo ist sie? Scheiße, Sie sagen mir jetzt, was Sie in der Sache unternehmen, oder ich bringe Sie um... *fuck*, ich bringe Sie...«

Zwei Sicherheitsleute sind erschienen. Ein großer Schwarzer in einem grünen T-Shirt und mit einem Headset hat das Kommando. Er legt ihr eine Hand auf den Arm. »Schätzchen«, sagt er, »das bringt Sie nicht weiter. Lassen Sie uns irgendwo hingehen und ein bisschen plaudern.«

»Ihr glaubt, ich bin zum Plaudern hier?« Sie stößt seinen Arm weg. »O ja. Ich werde plaudern. Ich werde euch so lange was plaudern, bis ihr tot umfallt. Ich plaudere, bis ihr kotzt.«

Der große Mann nickt beinahe unmerklich, und sein Kollege packt ihre Arme und drückt sie an ihren Körper. Sie sträubt sich und schreit weiter aus voller Lunge, als sie durch das Restaurant zurück zur Tür geschoben wird. »Er *weiß*, wo sie ist.« Sie richtet ihre Wut gegen den Sicherheitschef, den das einen Scheißdreck interessiert. »Es ist ihm egal. Es ist ihm EGAL. Das ist das Problem. *Fuck*, es ist ihm einfach ...«

Die Männer schieben sie zur Tür hinaus. Sie schließen die Tür und bleiben davor stehen, den Blick nach außen gewandt, die Arme verschränkt. Sie wälzt sich auf dem Pflaster. Der Mann in der Windjacke steht nicht auf und schaut auch nicht zur Tür. Wenn jemand ihn fragen wollte, wie er so kühl bleiben kann, würde er die Schultern zucken. Vielleicht liegt es in seiner Natur, vielleicht hat es mit seinem Job zu tun. Er ist schließlich Polizist, und da hilft so etwas. Er ist ziviler Ermittler in der Major Crime Investigation Unit, dem Dezernat für Schwerverbrechen bei der Bristol Police. Detective Inspector Jack Caffery, 42. Er hat schon Schlimmeres erlebt und ertragen. Viel Schlimmeres.

Stumm schüttelt er eine Serviette aus und fängt an, sich den Rotwein von Gesicht und Hals zu tupfen.

Büro der Pflegedienstleitung, Psychiatrische Hochsicherheitsklinik Beechway, Bristol

Gegen elf erwacht AJ LeGrande, der Pflegedienstleiter der psychiatrischen Klinik Beechway, jählings aus einem Alptraum. Sein Herz pocht, und er braucht eine ganze Weile, um sich zu orientieren und zu erkennen, dass er vollbekleidet und mit den Füßen auf dem Schreibtisch in seinem Bürosessel sitzt. Die Berichte, die er gelesen hat, liegen verstreut auf dem Boden.

Er reibt sich voller Unbehagen die Brust. Blinzelt ein paarmal und richtet sich auf. Es ist dunkel im Zimmer; nur unter der Tür schimmert ein wenig Licht. Auf seiner Netzhaut tanzt der verschwommene Nachglanz einer kleinen Gestalt, die auf ihm hockt, rittlings auf seiner Brust, das glatte Gesicht dicht vor seinem. Die verkürzten Arme ruhen zart auf seinen Schlüsselbeinen. AJ streicht mit der Zunge im Mund herum und lässt den Blick durch das Büro wandern. Er stellt sich vor, wie das Ding durch die geschlossene Tür entkommt. Sich durch den Spalt untendurch windet und auf den Korridor gleitet, von dort weiter zu den Stationen läuft.

Seine Kehle fühlt sich eng an. Er ist es nicht gewohnt, den Hemdkragen bis oben hin zuzuknöpfen – er ist erst seit einem Monat Pflegedienstleiter, und an den Anzug muss er sich noch gewöhnen. Gleiches gilt für die Ansteckkrawatten, die er zu seiner eigenen Sicherheit tragen muss. Anscheinend kriegt er den Bogen niemals raus. Sie sitzen nie richtig, fühlen sich nie richtig an. Er nimmt die Füße vom Tisch, stellt sie auf den Boden und zieht die Krawatte herunter. Das eingeschnürte Gefühl in seiner Lunge lässt ein wenig nach. Er steht auf und geht zur Tür. Als seine Finger auf dem Türgriff liegen, zögert er. Wenn er die Tür öffnet, wird er eine kleine Gestalt im Kittel sehen, wie sie durch den leeren Korridor davonwieselt.

Drei tiefe Atemzüge. Dann öffnet er die Tür. Späht durch den Korridor, nach links, nach rechts. Da ist nichts. Nur das Übliche, an das er sich im Laufe der Jahre gewöhnt hat: der grün gefliste Fußboden, das Schild mit der Aufschrift »Feueralarm-Sammelstelle« und darunter der Grundriss der Station, der gepolsterte Handlauf an der Wand. Kein wehender Kittel auf der Flucht, der um die nächste Ecke verschwindet.

Er lehnt sich für einen Moment an den Türrahmen und bemüht sich, einen klaren Kopf zu bekommen. Zwerge auf seiner Brust? Kleine Gestalten in Nachthemden? Das leise Trippeln kleiner Füße? Und das Wort, an das er nicht einmal denken möchte: »Maude«.

Herrgott. Er schlägt sich mit dem Fingerknöchel an den Kopf.

Das kommt davon, wenn man Doppelschichten arbeitet und mit einer zu engen Krawatte einschläft. Wirklich, das ist verrückt. Er ist hier der Leiter. Wie kommt es da, dass er jetzt die zweite Schicht für eine Nachtschwester übernommen hat? Unglaublich, denn der Nachtdienst war immer begehrt, weil man Gelegenheit hatte, verpasste Fernsehsendungen oder Schlaf nachzuholen. Aber nach dem, was letzte Woche auf der Station Löwenzahn passiert ist, hat sich das geändert. Plötzlich haben alle, die für den Nachtdienst eingeteilt waren, sich verdrückt wie Ratten, die ein sinkendes Schiff verlassen, und sich unter allen möglichen Vorwänden krankgemeldet. Niemand will die Nacht in der Klinik verbringen – als wäre hier etwas Unirdisches aufgetaucht.

Und jetzt hat es sogar ihn erwischt. Sogar er halluziniert. Keinesfalls möchte er jetzt in sein Büro zurückkehren und diesen Traum noch einmal erleben. Er schließt die Tür und nimmt durch eine Sicherheitsschleuse Kurs auf die Station. Vielleicht holt er sich einen Kaffee, spricht mit ein paar Schwestern, findet ein bisschen Normalität wieder. Die Leuchtstofflampen flackern, als er unter ihnen hindurchgeht. Draußen vor den großen Fenstern des Hauptkorridors heult der Sturm. In den letzten Jahren ist der Herbst so merkwürdig geworden: zu Anfang so warm und Mitte Oktober dann so windig. Die Bäume im Hof biegen sich und schwanken, und Blätter und Zweige wirbeln durch die Luft, aber seltsamerweise ist der Himmel klar, und der Mond ist groß und hell.

Der Verwaltungsblock drüben liegt im Dunkeln, und die beiden Stationen, die er von hier aus sehen kann, sind kaum beleuchtet. Nur im Schwesternzimmer brennt Licht und auf den Fluren die Nachtbeleuchtung. Beechway war ursprünglich ein viktorianisches Armenhaus, das im Laufe der Jahre unterschiedlichen Zwecken diente; zunächst war es ein Gemeindekrankenhaus, dann ein Waisenhaus und schließlich eine Irrenanstalt. In den 1980ern wurde es schließlich zur »Hochsicheren geschlossenen psychiatrischen Klinik« erklärt und mit Patienten belegt, die eine extrem hohe Gefahr für sich und andere darstellen. Mörder, Vergewaltiger, zum Selbstmord Entschlossene – sie sind alle hier. AJ ist schon seit Jahren in diesem Beruf, und es wird niemals einfacher oder entspannter. Schon gar nicht, wenn ein Patient auf der Station stirbt. Plötzlich und vorzeitig wie Zelda Lornton letzte Woche.

Er geht weiter, und an jeder Ecke des Korridors rechnet er damit, einen Blick auf die kleine Gestalt zu erhaschen, die krummbeinig vor ihm durch die Dunkelheit watschelt. Aber er sieht niemanden. Auf Station Löwenzahn ist es still, das Licht ist gedämpft. Er macht sich einen Kaffee in der Personalküche und geht damit auf die Station, wo ein oder zwei Pfleger schläfrig vor dem Fernseher sitzen. »Hey, AJ«, sagen sie träge und heben die Hand. »Gibt's 'n? Alles okay?«

Er überlegt, ob er ein Gespräch anfangen soll – sie vielleicht fragen, warum sich die Kollegen alle krankmelden, obwohl man nichts weiter tun muss, als hier vor dem Fernseher zu sitzen –, aber sie schauen so konzentriert auf den Bildschirm, dass er sich die Mühe spart. Stattdessen bleibt er hinten stehen und trinkt seinen Kaffee, während im Fernsehen die *Men in Black* Aliens erschießen. Will Smith sieht megagut aus, und Tommy Lee Jones ist megabrummig. Dem Schurken fehlt ein Arm, und in seiner gesunden Hand wohnt etwas, das halb wie ein Krebs, halb wie ein Skorpion aussieht. Bravo. Genau das, was man hier braucht.

Der Kaffee hat seine Wirkung getan. AJ ist jetzt wach. Er sollte nun wieder in sein Büro zurückgehen und sehen, ob er es schafft, den langweiligsten Bericht der Welt zu Ende zu lesen. Aber der Alptraum klingt immer noch nach, und er braucht Ablenkung.

»Ich übernehme die Mitternachtsrunde«, teilt er den Pflegern mit. »Lassen Sie sich von mir nicht in Ihrem Schönheitsschlaf stören.«

Müde Witzeleien hallen hinter ihm her. Er spült in der Küche seinen Becher aus, zieht seinen Schlüsselbund aus der Tasche, geht lautlos den Korridor hinunter und öffnet mit seiner Magnetkarte den Eingang zum Schlafbereich.

Seit seiner Beförderung zum Pflegedienstleiter gehört es zu seinen Aufgaben, an Organisationssitzungen teilzunehmen, Referate zu halten und Mitarbeiter auszubilden. Den ganzen Nachmittag hat er auf dem Strafrechtsforum verbracht, einer Tagung mit Kommunalpolitikern und Polizisten – und das ist, wie er allmählich begreift, sein Los im Leben. Meetings und Akten. Und Anzüge, in die er sich jeden Tag zwingen muss. Nicht einen Moment lang hat er geglaubt, dass ihm der Pflegedienst fehlen könnte, doch jetzt merkt er, dass ihm tatsächlich etwas abgeht: dieser nächtliche Rundgang. Es war immer irgendwie befriedigend zu wissen, dass alle schliefen. Dass alles in Ordnung war. Diese Art von Befriedigung findet man nicht in einem Stapel Berichte.

Im unteren Korridor ist es still bis auf das gedämpfte Schnarchen, das aus einigen Zimmern kommt. Er öffnet eine oder zwei Sichtscheiben und schaut in die Zimmer, aber das Einzige, was sich dort rührt, sind die schwankenden Schatten der rauschenden Bäume auf den dünnen Vorhängen. Mondlicht fällt auf die schlafenden Gestalten der Patienten.

Auf der nächsten Etage ist es anders. Das spürt er, als er oben auf dem Treppenabsatz ankommt. Jemand fühlt sich nicht wohl. Es ist kaum mehr als ein Empfinden – ein Unbehagen, das auf jahrelange Erfahrung zurückgeht. Ein Vibrieren in der Wand.

Hier ist Zelda letzte Woche gestorben. Ihr Zimmer ist das erste auf der rechten Seite, und die Tür steht offen. Ein Warnschild der Hausmeisterei steht in der Öffnung. Das Bett ist abgezogen, die Vorhänge sind offen. Das Mondlicht flutet hell und blau ins Zimmer. Eine Farbwanne mit einer Malerwalze lehnt an der Wand. Morgens und abends, wenn die Patienten in den Tagesbereich und zurück auf ihre Zimmer geführt werden, muss man sie dazu ermuntern, an dem Zimmer vorbeizugehen, ohne hineinzuschauen, und sie weinen und zittern. Selbst AJ fällt es schwer, daran zu denken, was diesen Monat hier passiert ist.

Vor ungefähr drei Wochen hat es angefangen. Es war zehn Uhr abends, und AJ machte Überstunden und arbeitete ein paar Personalunterlagen durch. Er saß deshalb noch im Büro, als der Strom ausfiel und das Licht ausging. Er und der diensthabende Haustechniker suchten nach Taschenlampen, und bald darauf hatten sie die Ursache des Problems gefunden: Ein Trockner im Wäscheraum hatte einen Kurzschluss. Die meisten Patienten merkten gar nichts davon; viele schliefen, und diejenigen, die wach waren, nahmen kaum Notiz. Innerhalb von vierzig Minuten brannte das Licht wieder, und alles war wie immer. Nur Zelda nicht. Sie war in ihrem Zimmer am oberen Korridor auf der Station Löwenzahn, und die Schreie, die sie ausstieß, als das Licht wieder anging, waren so schrill, dass AJ im ersten Moment glaubte, durch das Einschalten des Stroms sei ein Alarm ausgelöst worden.

Die Mitarbeiter der Nachtschicht waren so sehr an Zeldas Geschrei und Gejammer gewöhnt, dass sie nicht gleich zu ihr hinaufliefen. Sie hatten inzwischen gelernt, dass es einfacher war, mit ihr fertigzuwerden, wenn man ihr Zeit ließ, sich auszutoben. Aber diese Entscheidung erwies sich als Fehler. Als AJ schließlich zusammen mit einem Pfleger oben ankam, um nach ihr zu sehen, stellten sie fest, dass sie nicht die Ersten waren. Die Zimmertür stand offen, und die Klinikdirektorin, Melanie Arrow, saß auf dem Bett und hielt Zeldas Hände umfasst, als wären es zerbrechliche Eier. Zelda war im Nachthemd und hatte ein

Handtuch um die Schultern gelegt. Ihre Arme waren blutüberströmt, und sie weinte. Zitterte, bebte.

AJ war bestürzt. Sie hätten sehr viel schneller reagiert, wenn sie gewusst hätten, dass so etwas passiert war. Zumal wenn sie gewusst hätten, dass die Direktorin im Gebäude war und die Sache miterlebte. Ihr Gesichtsausdruck ließ keinen Zweifel daran, dass sie über diese Situation nicht glücklich war. Überhaupt nicht.

»Wo sind Sie gewesen?« Ihre Stimme klang beherrscht. »Warum war niemand auf der Station? Steht das nicht in der Dienstvorschrift? Dass auf jeder Station jemand zu sein hat?«

Der Oberarzt wurde aus dem Bereitschaftsdienst gerufen, und man brachte Zelda ins Untersuchungszimmer neben AJs Büro. AJ hatte sie noch nie so kleinlaut gesehen, so ehrlich erschüttert. Beide Arme bluteten an den Innenseiten, und als man die Wunden untersuchte, stellte man fest, dass sie mit einem Kugelschreiber zerschnitten worden waren. Die Innenseiten ihrer Arme waren von oben bis unten mit Schriftzeichen bedeckt. Melanie Arrow und der Oberarzt steckten die Köpfe zusammen und berieten sich im grellen Licht der Leuchtstofflampen, und AJ lehnte mit verschränkten Armen an der Wand und trat beklommen von einem Fuß auf den anderen. Der Oberarzt hatte noch vor zwanzig Minuten geschlafen und gähnte ständig. Er hatte die falsche Brille mitgebracht und musste sie sich zwei Handbreit vor die Augen halten, um Zeldas Arme zu untersuchen.

»Zelda?«, fragte Melanie. »Haben Sie sich verletzt?«

»Nein. Ich habe mich nicht verletzt.«

»Aber jemand hat es getan. Oder?« Melanie ließ den Satz in der Schwebe und wartete auf eine Antwort. »Zelda?«

Sie rutschte voller Unbehagen hin und her und rieb sich die Brust, als sei sie zu eng. »Jemand hat mich verletzt. Oder *etwas*.«

»Wie bitte? *Etwas?*«

Zelda fuhr sich mit der Zunge über die Lippen und schaute in die Runde der besorgten Gesichter. Sie war rot im Gesicht – ein Spinnennetz von Adern zog sich über ihre Wangen –, aber ihre sonst so kämpferische Haltung war dahin. Völlig weg. Sie war ratlos.

»Hundert Milligramm Acuphase«, murmelte der Arzt. »Und Beobachtungsstufe eins bis morgen früh – in doppelter Besetzung, bitte. Vielleicht können wir morgen auf Stufe zwei heruntergehen.«

Jetzt schiebt AJ den Kopf durch die Tür und sieht sich im Zimmer um, und er fragt sich, was hier wirklich passiert ist. Was hat Zelda in der Nacht wirklich gesehen? Hat etwas auf ihrer Brust gesessen? Etwas Kleines, Entschlossenes? Das dann unter der Tür hindurch davongehuscht ist?

Ein Geräusch. Er hebt den Kopf. Es kommt aus dem letzten Zimmer auf der rechten Seite. Monster Mother. Er geht hin, klopft leise an die Tür und lauscht.

Monster Mother – oder Gabriella Jackson, wie sie mit richtigem Namen heißt – ist eine von AJs Lieblingspatienten. Die meiste Zeit ist sie eine sanftmütige Seele. Und wenn sie nicht sanftmütig ist, lässt sie es meistens an sich selbst aus. Sie hat Schnittwunden an Waden und Schenkeln, die nie mehr ganz verheilen werden, und ihr linker Unterarm fehlt. Den hat sie sich eines Nachts mit einem elektrischen Tranchiermesser abgeschnitten. Sie hat ganz ruhig in der Küche ihrer noblen Villa gestanden und das Gemüseschneidebrett benutzt, um den Arm darauf zu legen. Sie wollte ihrem begriffsstutzigen Ehemann beweisen, wie ernst, wie furchtbar ernst es ihr damit war, dass er keine neue Affäre eingehen sollte.

Der abgeschnittene Arm ist der Hauptgrund dafür, dass Monster Mother in Beechway ist – er und ein paar andere »Macken« in ihrer Wahrnehmung der Wirklichkeit. Zum Beispiel ihre Überzeugung, sie habe alle anderen Patienten geboren. Sie seien allesamt Monster und hätten abscheuliche Taten begangen, weil sie ihrem vergifteten Schoß entsprungen seien. Den Namen »Monster Mother« hat sie sich selbst gegeben, und wenn man lange genug mit ihr redet, wird man einen detaillierten Bericht über die Geburt eines jeden Patienten der Klinik bekommen – wie lang und beschwerlich die Wehen waren und wie sie auf den ersten Blick hat sehen können, dass das Baby böse war.

Die zweite Macke ist ihre Überzeugung, sie könne ihre Haut abziehen. Und wenn sie es tut, ist sie unsichtbar.

AJ klopft noch einmal. »Gabriella?«

Die Dienstvorschrift verlangt, dass der Patient immer mit seinem richtigen Namen angeredet wird, ganz gleich, welche Fantasien er zu seiner Identität entwickelt.

»Gabriella?«

Nichts.

Leise öffnet er die Tür und schaut ins Zimmer. Sie liegt im Bett, zugedeckt bis zum Hals, und starrt ihn an. Ihre Augen sind groß wie Untertassen. AJ weiß, was das bedeutet: Sie »versteckt sich«. Ihre »Haut« ist irgendwo anders im Zimmer, wo sie die Aufmerksamkeit von ihr ablenkt. Er reagiert nicht auf diesen Wahn; zwar darf er behutsame Zweifel zum Ausdruck bringen, muss aber jeden direkten Widerspruch vermeiden. (Dienstvorschrift.)

Ohne Blickkontakt herzustellen, tritt er ein, setzt sich hin und wartet. Schweigen. Nicht mal ein Murmeln. Aber AJ kennt Monster Mother, und er weiß, sie kann nicht ewig still sein.

Und richtig, schließlich setzt sie sich auf und flüstert: »AJ. Ich bin hier.«

Er nickt langsam, sieht sie aber immer noch nicht direkt an. »Alles okay?«

»Nein. Machen Sie die Tür zu?«

Bei den meisten Patienten im Haus würde er die Tür hinter sich nicht schließen, aber Monster Mother kennt er seit Jahren, und er ist jetzt Pflegedienstleiter und hat Verantwortung. Also steht er auf und drückt die Tür zu. Sie rutscht in ihrem Bett nach oben. Siebenundfünfzig ist sie, aber ihre Haut ist faltenlos und weiß wie eine Eierschale, und ihr Haar ist eine rote Explosion. Sie hat außergewöhnliche Augen – ein strahlendes Blau mit dunklen Wimpern. Es sieht aus, als brauchte sie Stunden, um Wimperntusche aufzulegen. Sie gibt ihr ganzes Taschengeld für Kleidung aus, und ihre Sachen würden eher zu einer Sechsjährigen auf einer Märchenparty passen: nichts als schwebender Tüll in allen Farben des Regenbogens, Ballettröcke, Rosen im Haar.

Die Farbe, für die sie sich entscheidet, verrät, wie sie die Welt an diesem Tag sieht. An guten Tagen sind es Pastelltöne: Pink, Babyblau, Schlüsselblumengelb, Flieder. An schlechten Tagen sind es dunkle Grundfarben: Weinrot, Tiefblau, Schwarz. Heute hängt ein rotes Spitzennegligé über dem Fußende, und das vermittelt AJ eine Ahnung von ihrer Stimmung. Rot bedeutet Gefahr. Es verrät ihm auch, dass ihre Haut über dem Fußende hängt. Sein Blick schweift ungefähr in die Mitte zwischen dem Negligé und ihrem Gesicht. Irgendwo auf die Wand über ihrem Bett. Neutrales Terrain.

»Was ist denn, Gabriella? Was bedrückt Sie?«

»Ich musste sie abnehmen. Es ist nicht sicher hier.«

AJ widersteht dem Drang, die Augen zu verdrehen. Monster Mother ist lieb und sanft und, jawohl, verrückt, aber meistens lustig verrückt, nicht aggressiv verrückt. Er lässt sich Zeit mit der Antwort, und wieder vermeidet er es, ihrem Wahn zu widersprechen oder sie darin zu bestätigen. »Gabriella – haben Sie heute Abend Ihre Medikamente genommen? Sie haben sie doch genommen, oder? Sie wissen, ich kann die Leute von der Medikamentenausgabe fragen, ob sie es gesehen haben. Und wenn sie es *nicht* gesehen haben ... na, ich muss doch nicht das Zimmer durchsuchen, oder?«

»Ich habe sie genommen, AJ. Wirklich. Ich kann nur nicht schlafen.«

»Wann ist Ihr Depot zu Ende? Ich habe nicht nachgesehen, aber ich glaube, es ist noch lange nicht aufgebraucht.«

»Noch zehn Tage. Ich bin nicht verrückt, Mr AJ. Wirklich nicht.«

»Natürlich nicht.«

»Aber es ist wieder da, AJ – es ist auf dem Korridor. Es läuft schon die ganze Nacht herum.«

AJ schließt die Augen und atmet langsam. Was hat er erwartet, als er hier heraufgekommen ist? Hat er wirklich gedacht, es werde seinen Alptraum vertreiben? Hat er fröhliches Gelächter erwartet, Leute, die Witze erzählen, um ihn abzulenken?

»Hören Sie zu, Gabriella. Darüber haben wir doch schon gesprochen. Erinnern Sie sich an all die Gespräche, die wir auf der Akutstation geführt haben?«

»Ja. Ich habe alle diese Gespräche in einem Kasten in meinem Kopf eingeschlossen, wie die Ärzte es mir gesagt haben.«

»Wir haben vereinbart, dass Sie nicht wieder davon anfangen. Wissen Sie das noch?«

»Aber, AJ, es ist wieder da. Es ist zurückgekommen. Es hat Zelda erwischt.«

»Wissen Sie nicht mehr, was Sie auf der Überwachungsstation gesagt haben? Ich erinnere mich noch: ›Es existiert nicht. Es ist alles erfunden – wie im Kino.‹ Erinnern Sie sich?«

Sie nickt, aber die Angst in ihren Augen geht nicht weg.

»Das ist gut, Gabriella. Und Sie haben nicht mit den andern darüber gesprochen, oder?«

»Nein.«

»Gut – das ist gut. Sie haben es richtig gemacht. Sie behalten es für sich. Ich weiß, das können Sie. Ich weiß, dass Sie es schaffen. Morgen früh haben wir Ihre Pflegeplanbesprechung. Ich werde es dem Oberarzt gegenüber erwähnen; mal sehen, was er sagt. Und ich setze Sie auf Beobachtungsstufe vier, nur für heute Nacht, okay? Ich sehe dann selbst nach Ihnen. Aber, Gabriella...?«

»Ja?«

»Sie müssen dieses... dieses *Ding* vergessen, meine Liebe. Wirklich.«

Sicher

Für die Monster Mother ist es komisch, dass AJ nicht sehen kann, was hier vorgeht. Er kann nicht mal das Wort aussprechen: »Maude«. AJ ist freundlich, und er ist gescheit, aber er hat das Extra-Auge nicht, und er sieht nicht, was in diesem Haus wirklich vorgeht. Er glaubt ihr nicht, dass »Maude« da draußen ist. Und noch jemandem wehtun will.

AJ sieht nicht, welchen Aufwand Monster Mother getrieben hat, nur um sicher zu sein. Wenn er es sähe, würde er vielleicht begreifen, wie ernst es ist. Aber er kann ihre entblößten Muskeln und Sehnen nicht sehen. Er sieht das Weiß des Schädels nicht und auch nicht das Glitzern der beiden Augäpfel ohne Lider. Er ist blind für das, was hier geschieht. »Gute Nacht«, sagt er. »Ich werde nach Ihnen sehen – versprochen.«

Sie zieht die Decke wieder über sich. Raschelnd scharrt sie über ihre blanken Nerven und hautlosen Muskeln. Der rohe Schädel sinkt auf das Kissen, und sie versucht, mit den Wangenmuskeln zu lächeln. »AJ?«

»Ja?«

»Bitte seien Sie vorsichtig.«
»Natürlich.«

Er wartet noch einen Augenblick, als ob er nachdächte, und dann geht er hinaus und schließt die Tür. In der Klinik ist es still. Sie kann die Augen nicht schließen, denn sie hat keine Lider. Aber wenigstens ist sie sicher vor »Maude«. Wenn es hereinkommt, wird es geradewegs zu ihrer Haut auf dem Bettpfosten gehen.

Niemand wird heute Nacht auf Monster Mothers Brust hocken.

Browns Brasserie, Triangle

Jeder im Restaurant, das weiß Detective Inspector Caffery, wartet nur darauf, dass er irgendeine Reaktion auf die Weinattacke der Frau zeigt. Er spürt die allgemeine Enttäuschung, als er sich nicht so leicht provozieren lässt.

Er nimmt sich Zeit für seinen Hamburger und lässt sich nicht drängen oder hetzen. Während er kaut, wandert sein Blick ab und zu beiläufig zur Tür und zu den Rücken der beiden Rausschmeißer, die breitbeinig und mit verschränkten Armen vor der Glastür stehen. Dahinter torkelt die Frau, die inzwischen wieder auf die Beine gekommen ist, auf dem Gehweg herum und beschimpft die beiden Türsteher.

Caffery hat einen endlos langweiligen Nachmittag auf einem Strafjustizforum verbracht und über die Zusammenarbeit zwischen Polizeigewahrsam und psychiatrischen Aufnahmestationen diskutiert. Er hat die Nase voll davon, über Dinge zu labern, die ihn nicht interessieren, und mit Leuten zu reden, die er nicht mag. Immerhin hat diese Frau – sie heißt Jacqui Kitson – es geschafft, diesen langweiligen Tag doch noch interessant zu machen.

Interessant. Nicht angenehm. Er hat halb damit gerechnet, und zwar schon lange.

Sie hat aufgehört, auf die Türsteher einzureden, und sitzt jetzt auf dem Bordstein. Sie hat den Kopf in die Hände gelegt und weint. Als Caffery schließlich seine Rechnung bezahlt hat, haben die beiden Wachleute die Tür wieder freigegeben und die Gäste hereingelassen, die draußen gewartet haben. Sie werfen vorsichtige Blicke auf die Frau, als sie sich hineinzwängen, und treten nur kurz beiseite, um Caffery nach draußen zu lassen.

Er schiebt seine Brieftasche unter die Jacke. Vierzig Pfund hat er bezahlen müssen. Ganz schön happig für ein einsames Mahl, aber er hat in letzter Zeit kaum etwas, wofür er sein Geld ausgeben kann. Er ist ständig auf der Suche nach einem Hobby, das ihn von der Arbeit ablenken könnte, doch es ist gar nicht so leicht, etwas zu finden. Alleine essen zu gehen, das weiß er, ist jedenfalls nicht die Lösung. Vielleicht, wenn es jemanden gäbe, der ihn begleitete? Es gibt da eine Frau, die er gern fragen würde, aber davor türmt sich ein Berg von Komplikationen. Und was Jacqui Kitson nicht weiß – zwischen ihr und diesen Komplikationen besteht ein enger Zusammenhang.

»Jacqui«, sagt er und bleibt bei ihr stehen. »Sie wollen reden.«

Sie dreht den Kopf und betrachtet seine Schuhe. Dann hebt sie das Gesicht – halb blind. Ihre Augen sind ganz verquollen, die Wimperntusche hat schwarze Streifen auf ihren Wangen hinterlassen. Ihr Kopf sitzt wacklig auf dem Hals. Sie hat sich in die Gosse erbrochen, ihre Handtasche liegt halb auf der Straße, quer über der doppelten gelben Linie. Sie sieht völlig fertig aus.

Er setzt sich neben sie. »Jetzt bin ich hier. Sie können mich anschreien.«

»Will nicht schreien«, murmelt sie. »Will sie nur wiederhaben.«

»Ich weiß – das wollen wir alle. Wir alle wollen sie wiederhaben.« Er klopft seine Taschen ab und zieht eins der silberschwarzen Röhrchen heraus, die er seit Monaten mit sich herumschleppt. E-Zigaretten. Er hat versucht, seine alte, schlechte Gewohnheit loszuwerden, und nach jahrelangem Druck von Staat und Freunden ist es ihm endlich gelungen: Stattdessen benutzt er jetzt diesen stählernen Ersatz. Klickend steckt er den Verdampfer in das Akku-Gehäuse. Die technischen Mätzchen der E-Zigarette sind ihm immer noch ein bisschen peinlich, und wenn er neben sich säße und zusähe, wäre die Versuchung groß, eine ätzende Bemerkung zu machen. Die Blicke von Autofahrern und Passanten streifen kurz über das Paar, das da auf dem Randstein sitzt. Eine pinkfarbene Hummer-Stretch-Limo gleitet im Schritttempo vorbei. Angeheftete L-Schilder weisen auf einen Führerscheinneuling hin. Die schwarz getönten Fenster sind offen. Eine Frau mit einem pinkfarbenen Cowboyhut lehnt sich heraus und winkt Caffery zu.

»*Liebe ich dich*«, schreit sie, als der Hummer vorbeizieht. »*Wirklich!!!!*«

Caffery saugt den Nikotindampf ein, hält ihn in der Lunge und bläst ihn dann in dünnem Strahl wieder aus. »Jacqui, Sie sind weit weg von zu Hause. Wie sind Sie hergekommen – allein?«

»Ich bin doch jetzt immer allein, oder? *Fuck*, ich bin immer allein.«

»Und wie kriege ich Sie dann nach Hause? Sind Sie mit dem Auto da?«

»Ja.«

»Den ganzen Weg von Essex hierher?«

»Was sind Sie doch für ein gottverdammter Idiot! Ich wohne heute Nacht hier ... in einem Hotel. Mein Auto ist ...« Sie wedelt unbestimmt über die Straße bergab. »Keine Ahnung.«

»Sie sind doch nicht in dem Zustand gefahren, oder?«

Sie starrt benebelt auf die E-Zigarette. »Kann ich auch eine haben?«

»Das ist keine richtige.«

»Geben Sie mir eine aus meiner...« Mit schmalen Augen sucht sie nach ihrer Handtasche. Dann schlägt sie mit beiden Händen auf den Boden und tastet panisch umher.

»Hier.« Caffery hebt die Tasche von der Straße auf und reicht sie ihr. Sie hält inne, runzelt vorwurfsvoll die Stirn und reißt die Tasche an sich, als sei er dabei gewesen, sie zu stehlen. Sie fängt an, darin herumzuwühlen, aber immer wenn sie den Kopf senkt, bringt der Alkohol sie aus dem Gleichgewicht, und sie muss den Kopf zurücklegen und tief durchatmen.

»Oh«, sagt sie, »alles dreht sich. Ich bin besoffen, was?«

»Machen Sie die Tasche zu, Jacqui. Sie verlieren sonst Ihr ganzes Zeug. Kommen Sie.« Er steht auf. Hält ihr eine Hand entgegen. »Ich fahre Sie zu Ihrem Hotel.«

Das alte Armenhaus

Das Herz von Beechway sind die Überreste des Armenhauses – umfassend neugestaltet, befreit von all den Dingen, die an den ursprünglichen Zweck des Gebäudes erinnern. Der alte Wasserturm – eine übliche Sicherheitseinrichtung, die verhindern sollte, dass eine Anstalt von den Insassen in Brand gesetzt wurde – wurde umgebaut und bekam eine große Uhr, die als Rechtfertigung für seine Existenz dienen sollte. Der Grundriss der Stationen, der von oben betrachtet absichtlich oder zufällig einem Kreuz entsprach, wurde als zu religiös empfunden, und so kam ein heller Kopf im Kuratorium auf die Idee, das Kreuz in ein vierblättriges Kleeblatt zu verwandeln. *Viel organischer.*

Die Arme des Kreuzes wurden zur Seite hin zur Form eines Kleeblatts verlängert, und Beechway bekam die Gestalt, die es heute hat. Jedes »Blatt« ist eine zweigeschossige Station mit Patientenzimmern. Auf der einen Seite liegen verglaste Gemeinschaftsräume, auf der anderen die Dienst- und Therapiezimmer. Die Fenster sind groß und glatt, die Ecken gerundet. Der »Stiel«, ein gläserner Korridor, führt von den Stationen im Kleeblatt durch einen zentralen Garten, den »Hof«, zu dem langgestreckten, gewölbten Block mit den Verwaltungsbüros. Alles – jede Station, jeder Korridor, jedes Zimmer, jedes Bad – trägt den Namen einer Blume.

Es ist eindeutig organisch.

Als er Monster Mother verlassen hat, geht AJ langsam in jedes Blatt, kontrolliert jede Station, jeden Korridor – Butterblume, Myrte, Glockenblume – und vergewissert sich, dass die anderen Patienten nicht gestört worden sind. Die meisten schlafen tief oder sind kurz davor, fest in den Klauen ihrer Medikamente. Bei manchen bleibt er stehen, um leise mit ihnen zu sprechen. Monster Mother und ihre Haut erwähnt er nirgends.

Er kommt am Fernsehzimmer vorbei, wo die Pfleger immer noch über *Men in Black* lachen, und geht durch den Stiel und weiter in den Verwaltungstrakt und zurück zu seinem Büro. Er will eben die Tür öffnen, als er zwanzig Meter weiter hinten im Korridor einen der Wachmänner sieht. Es ist der riesenhafte Jamaikaner, den sie wegen seiner schwerfälligen Körpermassen nur Big Lurch nennen. Er steht mit den Händen in den Taschen da und ist in einen gerahmten Druck an der Wand vertieft. Etwas in seinem Gesicht veranlasst AJ, stehen zu bleiben. Big Lurch wirft einen Blick zur Seite, sieht ihn und lächelt. »Hey, AJ.«

»Hey.«

»Die Fraggles schlafen?«

Big Lurch meint die Patienten. Niemand würde den Aus-

druck vor einem Kuratoriumsmitglied benutzen, aber die Mitarbeiter nennen die Patienten Fraggles, nach der alten Puppenserie aus dem Fernsehen. »O ja, sie schlafen. *Der Zauber ist immer da, solange wir danach suchen.*« Er geht den Korridor hinunter.
»Was machst du da?«
»Ach, keine Ahnung.« Ein bisschen verlegen deutet Big Lurch auf den Druck an der Wand. »Seh mir das gerade an. Hab mir anscheinend nie die Mühe gemacht.«

AJ macht schmale Augen und betrachtet das gerahmte Bild. Es ist ein Aquarell aus der Mitte des 19. Jahrhunderts, und es zeigt das Armenhaus, als es neu war. Solche Drucke hängen hier überall und zeigen die Hochsicherheitsklinik Beechway in verschiedenen Inkarnationen. Auf Kupferstichen sieht man sie als Armenhaus, gerahmte Zeitungsartikel bilden die Ernennung eines neuen Direktors in den fünfziger Jahren ab, und es gibt sogar ein Gemälde, das die Klinik nach dem Umbau mit ihrer Rundumverglasung zeigt. Er fühlt sich in das Bild hineingezogen und sieht die einzelnen noch wiedererkennbaren Teile des Gebäudes – Teile, die mehr als hundertfünfzig Jahre überstanden haben. Hier ist der Hof, da der Turm, dort die Achse des Kreuzes, das jetzt das Kernstück des Kleeblatts bildet.

»Bei Unwetter ist mir hier nie so recht wohl«, sagt Big Lurch plötzlich. »Dann muss ich an die Schwachstellen denken.«

»Schwachstellen?«

Er nickt. »Die Stellen, die diese Architekten in den Achtzigern nicht richtig durchdacht haben.«

AJ schaut Big Lurch von der Seite an. Was er sieht, ist die Angst, der Ausdruck des Unbehagens, der ihm in den letzten paar Tagen in der Klinik so vertraut geworden ist. Nicht zu glauben, einfach nicht zu glauben. Er hat längst begriffen, dass er nicht allzu freundschaftlich mit den Mitarbeitern umgehen darf, aber bei Big Lurch macht er eine Ausnahme. Er *mag* diesen Kerl.

Er hat schon etwas getrunken mit ihm – hat seine Frau und die beiden kleinen Töchter kennengelernt –, und in der ganzen Zeit hat er nie das Gefühl gehabt, der Mann sei leicht zu beeinflussen.

»Hör auf, Kollege. Ich habe genug Probleme mit den Patienten, ohne dass das verdammte Sicherheitspersonal jetzt zu Heulsusen wird.«

Big Lurch lächelt schief und legt einen Finger an die Stirn, als wolle er seine Verlegenheit verbergen. Er will eben eine schlagfertige Antwort geben, als das Licht flackert. Beide Männer legen den Kopf in den Nacken und schauen zur Decke. Das Licht flackert noch einmal. Dann beruhigt es sich, und der Korridor sieht normal wie immer aus. AJ mustert Big Lurch mit schmalen Augen. Vor einer Woche hat es einen Stromausfall gegeben, und noch einer wäre das Letzte, was sie gebrauchen können. Die Patienten würden durch die Decke gehen.

»Duu duu duu duu, duu duu duu duu.« Er singt die Titelmusik von *Twilight Zone* und wackelt mit Gespensterfingern vor Big Lurchs Gesicht herum. »Komm, Scooby, wir verstecken uns unter dem Sofa.«

Der Wachmann grinst betreten und schiebt AJs Hände weg. »Siehst du, deshalb reden Männer nicht gern über Gefühle. Wegen Wichsern wie dir.«

AJ seufzt. Mit einem Lachen kann er das hier nicht abtun. Big Lurch macht wirklich, *wirklich* keine Witze.

»Ist es dir nicht aufgefallen, AJ? Dass alle sich krankmelden?«

»Doch. Zufällig ist es mir aufgefallen. Man arbeitet eine Doppelschicht, um Leute zu vertreten, und das prägt sich irgendwie ein.«

»Ja. Und weißt du, was sie sagen?«

»Wir müssen darüber jetzt nicht reden.«

Big Lurch tritt voller Unbehagen von einem Bein auf das andere. Streicht sich mit dem Zeigefinger unter dem Kragen entlang. »Einer von ihnen ist vorgestern Nacht kurz eingenickt. Auf Station Löwenzahn. Er sagt, er hat etwas in seinem Zimmer gesehen, als er aufwachte.«

AJ lacht. Zu laut. Das Lachen hallt durch den Korridor und kommt als Echo zurück. »Ach komm, das war ein Angina-Pectoris-Anfall. Sie haben ihn zum Arzt gebracht, und der hat es bestätigt.« Er schüttelt den Kopf. »Dieses... diese ganze... Sache... das ist einfach...«

»AJ, du weißt, wovon ich rede. Ich habe Mühe, irgendeinen der Jungs dazu zu bringen, die Nachtschicht zu übernehmen. Wenn ich sie dafür einplane, weiß ich schon, dass sie anrufen und sagen, sie sind krank oder haben eine Autopanne oder so was.«

AJ schiebt die Hände in die Taschen und schaut auf seine Füße. Er weiß, wo das hinführt. Zu einer Massenhysterie nämlich. Nach jahrelangem Schweigen zum Thema Geister und Spuk sind die Geschichten und Gerüchte plötzlich alle wieder da. Leute melden sich krank, Monster Mother gerät in Panik, Big Lurch ist schwer nervös. Und sogar er selbst, AJ, hat sich davon anstecken lassen. Träumt von diesem verdammten Ding.

Er schaut im Korridor hin und her. Alles ist still und leer. Das einzige Licht kommt von der Sicherheitsbeleuchtung in Kniehöhe, und das einzige Geräusch ist das Ticken und Rascheln von Zweigen und Blättern an den Fenstern. Der Augenblick ist gekommen. Er wird es amtlich machen und gleich morgen früh mit der Klinikdirektorin sprechen müssen. Die Sache muss im Keim erstickt werden, bevor die ganze Klinik den Bach hinuntergeht.

Hotel du Vin, Sugar House, Bristol

Während der Fahrt wird klar, dass Jacqui Kitson ihn schon den ganzen Tag verfolgt hat. Sie schwankt hin und her zwischen betrunkenem Flirten und unflätigem, wütendem Weinen.

»Sie sind so beschissen fit«, erklärt sie und zieht erbost an ihrer Zigarette. »Ich würde Ihnen eine abgeben, wenn ich Sie nicht so sehr hassen würde. Sie hässlicher Scheißkerl.«

Soweit er sie verstanden hat, hat sie ihr Auto in der Nähe seines Büros in St. Philips abgestellt und ist ihm seitdem zu Fuß gefolgt. Morgen hat sie ein Interview bei einer überregionalen Zeitung, die ihr das Hotel bezahlt, und wahrscheinlich hat sie es so geplant, dass sie gleichzeitig Caffery überfallen konnte. Sie hat am Mittag angefangen zu trinken.

Da Jacqui Kitson ist, wer sie ist, hat sie sich für das Hotel du Vin entschieden, denn hier steigen gelegentlich Prominente ab, und es hat einen gewissen luxuriösen Glamour. Das Personal lächelt gequält, als sie hereinkommt, zerzaust und nach Erbrochenem riechend. Jemand mit der Haltung eines Security-Beauftragten, aber mit roten Flecken auf Hemd und Kragen, führt sie durch die Lobby.

Sie hat eine Suite unter dem Dach: Eine der vier Wände ist mit einem sich wiederholenden Muster in Bronze und Schwarz tapeziert, davor tiefe, bequeme Ledersessel und überall die lackierten gusseisernen Säulen, die noch aus der Zeit stammen, als das Gebäude ein Zuckerspeicher war. Von hier aus hat man einen Blick über das Stadtzentrum, und in Augenhöhe ragt die Baptistenkirche St. John, die nachts angestrahlt wird, in den Himmel.

Jacqui holt sich sofort einen Wodka-Orange aus der Minibar. Sie geht ins Bad, und Caffery kippt den Drink aus dem Fenster und füllt das Glas mit Orangensaft. Er stellt es auf den Nachttisch und bleibt am offenen Fenster stehen. Es ist eiskalt draußen, und er hört das klingende Gelächter der Gäste in den Bars unten an der Straße, das in Wellen zu ihm heraufweht.

Er ist seit mehr als drei Jahren in diesem Teil des Landes, und allmählich kennt er Bristol genauso gut wie South London, wo er aufgewachsen ist. Er kennt die Bars und die Verbrechen, die in der Stadt begangen worden sind – er kann all die vergangenen Kneipenschlägereien und Morde im Kopf rückwärts abspulen. Die Barfrau in einem Lokal, nur ein paar hundert Meter von hier, vor acht Jahren erstochen von einem Gast, der gewartet hat, bis der Laden leer war und er mit seinem Opfer allein sein konnte. Eine Prügelei ein paar Meter weiter unten an der Straße, die damit geendet hat, dass einem Achtzehnjährigen das Gesicht zerschnitten wurde. Gleich daneben ein Imbiss, der eines Tages vor neunzehn Monaten dichtgemacht wurde, weil dort nicht nur Kebab, sondern auch Crack und Ketamin verkauft wurden.

Es ist Cafferys Aufgabe, die Geheimnisse aufzuspüren, die sich hinter den Fassaden verbergen. Sein Dezernat – MCIT, das Major Crime Investigation Team – ist zuständig für Mord- und andere komplizierte Fälle. Die Fälle, die höchste Aufmerksamkeit erfordern. Wie der, über den Jacqui so wütend ist.

Die Toilettenspülung rauscht, und sie kommt wieder heraus. Sie ignoriert das Glas und wirft sich bäuchlings auf das Bett.

»Alles okay?«

Sie nickt ins Kopfkissen. »Ich habe eine Schlaftablette genommen.«

»Ist das eine gute Idee?«

»Ist die einzige Idee.«

Caffery sieht auf die Uhr. Er wird also bei ihr warten und aufpassen müssen, dass sie sich nicht übergibt und erstickt. Oder ins Koma fällt. Er sieht sich um. Da steht ein weiches braunes Sofa mit goldenen Kissen, auf dem er es sich bequem machen kann. Er zieht die Tagesdecke über Jacqui und geht ins Bad. Steckt den

Stöpsel in den Abfluss im Waschbecken und dreht die Wasserhähne auf. Während das Becken vollläuft, durchstöbert er die Medikamentenschachteln, die sie ringsum verstreut hat. Da ist nichts Verschreibungspflichtiges dabei, nur freiverkäufliche Mittel: Tabletten gegen zu viel Magensäure, Paracetamol, etwas zur Gewichtsabnahme. Und eine Schachtel Schlaftabletten. Nytol. Er macht sie auf. Eine der Blasen in der Durchdrückpackung ist leer. Er wirft einen Blick in den Mülleimer und sieht keine leere Tablettenschachtel. Sie hat also nicht überdosiert.

Er durchwühlt die Designer-Toilettenartikel und findet ein Duschgel, das er ins Waschbecken spritzt, bis er Schaum machen kann. Dann zieht er sein Hemd aus und wirft es ins Wasser. Er reibt es mit Seife ein und schrubbt den vom Wein durchtränkten Kragen. Schließlich spült er es aus und hängt es über den großen Duschkopf.

Er geht zurück ins Zimmer und trocknet sich die Hände an seinem Handtuch ab. Jacqui liegt noch so, wie er sie verlassen hat: auf dem Bauch, die Arme weit ausgebreitet, den Kopf zur Seite gedreht. Er bleibt bei ihr stehen und legt den Kopf schräg, wartet und lauscht. Sie hat die Augen geschlossen und schnarcht leise.

Er setzt sich in einen der tiefen Ledersessel und lässt den Blick durch den Raum wandern. Es gibt einen Fernseher, aber damit würde er sie wecken. Ein paar Illustrierte. Er blättert darin, doch sie geben nichts her. Ein Artikel über ein Designerhotel am Stadtrand von Bristol findet kurz seine Aufmerksamkeit, weil er um die Mittagszeit in ebendiesem Hotel war – als Teilnehmer bei dem mörderisch langweiligen Strafrechtsforum. Er erkennt die kupfernen Waschbecken unter den Deckenstrahlern auf der Herrentoilette wieder, die langgedehnte, aus Beton gegossene Rezeptionstheke. Er hat ein paar Minuten mit einer hübschen, sehr professionellen Frau an dieser Theke gestanden –

einer Blonden in einer hohen Position bei irgendeiner lokalen Gesundheitseinrichtung – und gefachsimpelt, und die ganze Zeit über hat sein primitives Gehirn unbestimmte, theoretische Spekulationen darüber angestellt, ob er sie ins Bett kriegen könnte oder nicht. Sie war das einzig Interessante bei der ganzen Veranstaltung. Den Rest kann man wirklich vergessen.

Er versucht noch ein wenig zu lesen, kann sich allerdings nicht konzentrieren. Er lässt die Zeitschrift fallen und sieht sich noch einmal im Zimmer um. Ein dicker, handgebundener Blumenstrauß steht in einem Eiskübel auf dem Tisch mit den Getränken. Caffery steht auf, geht hin und liest, was auf der Karte in dem Strauß steht. Die Blumen sind von der Zeitung, der Jacqui morgen ein Interview geben soll. Misty, ihre Tochter, ein fünfundzwanzigjähriges Model, ist vor anderthalb Jahren aus einer Entzugsklinik an der Grenze nach Wiltshire hinausspaziert. Sie war drogensüchtig und hatte Beziehungsprobleme mit ihrem Boyfriend, einem Fußballspieler, aber nichts davon erklärte, warum man sie nie wiedergesehen hat. Man hat in alle Richtungen gesucht, immer wieder – doch die Polizei tappt weiterhin im Dunklen. Eben war sie noch da, und am nächsten Tag war sie weg. Jedes Jahr verschwinden Tausende Personen, und wenn es sich um normale, erwachsene, vernünftige Menschen handelt, verwendet die Polizei bestürzend wenig Zeit auf die Suche nach ihnen. Aber Misty war so etwas wie eine Prominente, sie war jung und hübsch. Die Medien haben das Interesse noch lange wachgehalten, als die Polizei längst aufgegeben hätte. Jacqui Kitsons Gesicht erscheint regelmäßig in der Boulevardpresse – auf Bildern, die sie dort zeigen, wo Misty zuletzt gesehen wurde: Sie steht auf der breiten, weißen Freitreppe der Klinik und starrt nachdenklich hinauf zu dem Gebäude, in dem ihre Tochter ihre letzten Tage verbracht hat. Sie posiert mit einem Foto von Misty in der Hand und einem Taschentuch, das sie sich ans Gesicht hält. Sie beschimpft die Polizei auf jede nur erdenkliche Art und Weise, wirft ihr Inkompetenz vor.

Jedes Wort von ihr ist ein Messer zwischen Cafferys Rippen. Er ist als leitender Ermittler für die Suche nach Misty verantwortlich. Der Fall verfolgt ihn seit einer Ewigkeit und wandert zwischen MCIT und der Revisionsabteilung hin und her, und Mistys Name hat mittlerweile ein Loch in seinen Schädel gebrannt. Aber das ist längst noch nicht die ganze Wahrheit: Seit über einem Jahr verkleistert er das Problem, passt auf wie ein Schießhund und tut so, als arbeite er an der Aufklärung des Falls, während er das Dezernat gleichzeitig von dem ablenkt, was er in Wirklichkeit über Mistys Verschwinden weiß – denn das ist mehr, *viel* mehr, als irgendein Cop wissen dürfte. Es ist ein riesengroßes Geheimnis, das er da bewahrt, und er kann nichts ändern.

Behutsam schiebt er die Karte wieder zwischen die bunten Blumen. Kann nicht? Oder will nicht? Oder ist er nur noch nicht ganz bereit? Eine Sache muss er noch hinter sich bringen, und davor drückt er sich seit Monaten.

»Ich weiß es«, sagt Jacqui plötzlich vom Bett her. »Ich weiß es wirklich.«

Caffery hat gedacht, sie schlafe. Er steht auf und geht langsam hinüber. Sie öffnet die Augen nicht, aber sie nickt und zeigt damit, dass sie ihn zur Kenntnis nimmt. Sie hat sich nicht bewegt. Ihre Augen sind geschlossen, die Stimme klingt gedämpft.

»Ich weiß es.«

»Was, Jacqui? Was wissen Sie?«

»Ich weiß, dass sie tot ist.«

Dass Misty noch leben könnte, ist für die Polizisten, die den Fall bearbeiten, keine realistische Annahme mehr – schon seit vielen Monaten nicht. Caffery ist ein wenig erschüttert, als ihm klar wird, dass es Jacqui Zeit und Anstrengung gekostet hat, zu demselben Schluss zu kommen.

»Und ich kann damit zurechtkommen«, fährt sie fort. Ihre Augen sind immer noch geschlossen, und nur ihr Mund bewegt sich. »Ich komme damit zurecht, dass sie tot ist. Ich brauche nur eins.«

»Nämlich?«

»Ich muss sie zurückbekommen. Sie wissen nicht, wie es ist, wenn man keinen Leichnam hat, den man begraben kann. Das ist alles, was ich will.«

»Maude«

Der Legende nach ist »Maude« der Geist einer Oberin aus den 1860er Jahren. Von Geburt an kleinwüchsig, war sie durch blanke Entschlossenheit und Zielstrebigkeit zu einer leitenden Position im Armenhaus aufgestiegen. Und sie missbrauchte diese Stellung. Es heißt, wenn Kinder ungezogen waren, setzte Schwester Maude sich auf ihre Brust und löffelte ihnen »Medizin« in den Mund, bis sie fast erstickten. Oder sie zwang die Kinder, Bibeltexte abzuschreiben – Zeile um Zeile, bis ihre Finger bluteten. Manche Versionen des Mythos behaupten, Schwester Maude habe etwas unter ihren Gewändern gehabt, das sie niemandem gezeigt habe: Sie sei in Wirklichkeit gar keine Schwester gewesen, sondern ein männlicher Zwerg, verkleidet als Frau.

Vor viereinhalb Jahren, kurz bevor AJ hier angefangen hat, hatte eine anorektische Patientin namens Pauline Scott sich eingeredet, nachts komme etwas zu ihr ins Zimmer. Sie behauptete, es setze sich auf ihre Brust und versuche sie zu ersticken, und sie zeigte den Ärzten ihre blutverschmierten Schenkel. Die Worte *Sei keine von denen, die begehen ruchlose Taten* waren tief ins Bein eingeritzt. In Paulines Papierkorb fand man zwei auseinandergebogene, blutige Büroklammern – aber sie bestritt, etwas darüber zu wissen. Niemand konnte Pauline besonders gut leiden, und so fand man die eingeritzte Schrift an ihren Beinen passend. Sie kam zurück auf die Akutstation und wurde dort drei Wochen lang beobachtet.

Als AJ kurz danach seine Stellung antrat, sprachen die Kollegen von nichts anderem. Nachts wurde im Dienstzimmer geflüstert und gescherzt, und die Leute versteckten sich in dunklen Türen und erschreckten einander. Manche glaubten auch daran – eine Aushilfsschwester, die in der Nachtschicht arbeitete, schwor, sie habe kratzende Fingernägel an einer Fensterscheibe gehört, und weigerte sich, je wieder einen Fuß in die Klinik zu setzen. Eine etwas überspannte Sozialarbeiterin behauptete, sie habe aus dem Fenster geschaut und einen Zwerg in einem weißen viktorianischen Gewand auf dem Rasen hocken sehen. Der Zwerg habe nichts getan, nur das Haus beobachtet. Sein Gesicht war glatt und hell im Mondlicht.

AJ gehörte zu denen, die es ganz unterhaltsam fanden. Es war eine Ablenkung. Dann stattete »Maude« der Anstalt noch einmal einen Besuch ab. Und diesmal verging allen das Lachen.

Moses Jackson war ein Langzeitpatient – ein grauhaariger, unscheinbarer Mann mit dürren Gliedmaßen und einer unangenehmen Persönlichkeit. Ein richtig fieser kleiner Scheißer mit allem, was dazugehört. Bösartig, hinterhältig, rüpelhaft. Die weiblichen Mitarbeiter nannte er »Ritzen«, und dauernd zog er seine Hose herunter, um ihnen seinen Penis zu zeigen. Sie durften nicht mit ihm allein sein, was seine Versorgung komplizierter und noch zeitraubender machte. Wenn man ihm gegenüber etwas davon erwähnte, schrie er natürlich sofort »Rassismus!« und verlangte, dass die Vorstandsmitglieder des Kuratoriums kamen und ihm erklärten, was sie dagegen zu tun gedächten.

Damals war AJ noch Pfleger. Er war am Morgen zur Frühschicht erschienen, und im Haus hatte Chaos geherrscht: Schwestern rannten von Station zu Station, rafften Unterlagen an sich, griffen nach Telefonen. Handwerker mit Werkzeugkästen schlichen ein und aus, und ein unirdisches Geschrei kam aus der Station Butterblume. Die zuständigen Ruhigstellungspfleger waren auf einer anderen Station, und als AJ den Lärm nicht mehr ertragen konnte, beschloss er, selbst hinzugehen und sich darum zu kümmern. Moses stand mitten in seinem Zimmer, hatte die Arme um sich geschlungen und starrte weinend die Wand an. Jeder Zollbreit war mit rotem Filzstift bekritzelt. Hunderte und Aberhunderte von Wörtern – an den Wänden, den Fußleisten, sogar an der Decke.

AJ hatte vor Beechway schon in verschiedenen Einrichtungen gearbeitet und die schlimmsten und verrücktesten Dinge gesehen, aber das hier war mehr als bizarr. Einen Moment lang stand er stumm da und bestaunte das schiere Ausmaß des Schadens.

»Moses.« Er schüttelte den Kopf. Halb wollte er lachen, halb weinen. »Moses, Alter, warum haben Sie das gemacht?«

»Das war ich nicht.«

»Haben die Ärzte Ihre Medikamente geändert?« AJ musterte Moses aufmerksam. Er konnte sich nicht erinnern, dass in der Pflegeakte ein Vermerk gestanden hatte. Normalerweise bekam das Pflegepersonal klare Anweisungen, wenn sich etwas änderte, vor allem bei den Medikamenten. »Haben Sie gestern was anderes bekommen? Gestern Abend?«

»Ich war das nicht!«

»Okay«, sagte AJ geduldig. Es roch im Zimmer kaum merklich nach etwas wie verbranntem Fisch, und er öffnete einen der Lüftungsschlitze am Fenster. Sein Blick fiel auf die Genitalien des alten Knaben, die vor seinen dürren grau behaarten Beinen baumelten. »Wie wär's, wenn Sie Ihre Hose wieder anziehen, Alter? Die Ärzte werden Sie untersuchen müssen – und da wollen Sie doch nicht, dass Ihr ganzer Männerladen da heraushängt.«

»Die hab ich gar nicht ausgezogen.«

»Na, wie wär's, wenn Sie sie einfach trotzdem wieder anziehen?« Er reichte ihm die Schlafanzughose. »Hier, bitte.«

Während Moses sich anzog, wanderte AJ mit schräggelegtem Kopf im Zimmer umher und las die Worte an den Wänden.

Wer ein Weib ansieht, ihrer zu begehren, der hat schon mit ihr die Ehe gebrochen in seinem Herzen.

Und anderswo stand: *Ärgert dich aber dein rechtes Auge, so reiß es aus und wirf es von dir.*

Die Zeilen wurden ein paar Dutzend Mal wiederholt. Man würde sie abschrubben oder übermalen müssen.

»Moses«, sagte AJ geduldig, ohne die Aufmerksamkeit auf die Schrift zu lenken, »wollen wir frühstücken gehen?« Aus langer Erfahrung als Pfleger in der Psychiatrie wusste er, dass nichts so wirkungsvoll war wie die Rede vom Essen, wenn es darum ging, das Thema zu wechseln oder einen Patienten abzulenken. »Heute gibt's Waffeln mit Sirup.«

Moses ging bereitwillig mit in den Speisesaal, obwohl er aussah wie jemand, der sich immer weiter von der Realität entfernte. Es war, als arbeiteten die Medikamente, die er normalerweise fast ohne Nebenwirkungen vertrug, plötzlich gegen ihn. Seine Hose hatte einen nassen Fleck, und Speichelfäden hingen wie schwere Perlenschnüre an seinem Mund. Die anderen Patienten machten einen weiten Bogen um ihn. In sich zurückgezogen, stand er still in der Schlange, presste eine Faust auf das rechte Auge und rieb es wie verrückt.

Isaac Handel, ein knirpshafter Langzeitpatient mit einer Topffrisur, war der Erste, der bemerkte, dass die Sache ernst wurde.

»Hey«, sagte er zu einer der Schwestern, »schauen Sie mal, schauen Sie.«

Die Schwestern schauten hin. Moses hatte sich aus der Schlange gelöst und stand mit dem Rücken zum Raum, leicht vorgebeugt. Es sah aus, als kämpfe er mit seinem Gesicht. AJ begriff nicht gleich, was da vor sich ging. Statt sofort zu reagieren, bahnte er sich in Schlangenlinien umständlich seinen Weg durch den Speisesaal und lächelte dabei halb. Eher neugierig als beunruhigt, wollte er sehen, was Moses da tat.

»Moses, mein Freund? Alles in Ordnung?«

»Ein Löffel«, sagte Handel. »Er hat einen Löffel.«

Die Patienten auf den Entlassungsstationen durften Löffel haben. Man hatte darin noch nie eine Gefahr oder Bedrohung gesehen. AJ näherte sich Moses von hinten. Er wollte ihm eben beruhigend die Hand auf den Rücken legen, als er sah, dass etwas vom Kiefer des Mannes baumelte. Genauer gesagt, es baumelte nicht, es tropfte. Es war Blut, und es floss in einem so gleichmäßigen Strom, dass er es für eine herabhängende Schnur gehalten hatte.

»Ruhigstellung!«, schrie er und riss automatisch den Ring an seinem Panikalarm heraus. »Ruhigstellung, in den Speisesaal! Sanitäter!« Drei andere Pfleger kamen angerannt und versuchten, Moses zu packen und auf den Boden zu drücken. Aber er hatte die Kraft von zehn Männern. Er riss sich von AJ los und mühte sich weiter mit dem, was immer er da mit seinem Gesicht tat.

»Ich hab den Kopf!«, schrie einer der Pfleger. »Linker Arm, linkes Bein!«, schrie ein anderer. »SCHAFFT ALLE HIER RAUS!«, schrie AJ.

Weitere Mitarbeiter kamen im Laufschritt herein, und überall im Gebäude gellten die Panikalarme. Von Moses' Gesicht kam ein seltsam scharfes, ploppendes Geräusch – kompakt und klar inmitten des chaotischen Lärms ringsum. Als AJ später seinen Bericht schrieb, musste er sich überlegen, wie er dieses Geräusch am besten beschreiben sollte, und er fand, es habe geklungen wie das Reißen einer Sehne und das fettige Schmatzen einer weißen Gelenkkapsel beim Auseinanderbrechen einer gegrillten Hühnerkeule (seit dem Tag isst er kein Hühnchen mehr). Aber natürlich kam das Geräusch nicht von einer Hühnerkeule. Eine Art Kugel, wie ein Ei mit blutigem Eiweiß, rutschte an feuchten Fäden auf Moses' Wange herunter. Der Löffel landete klappernd auf dem Boden. Moses fiel auf die Knie und kippte dann halb ohnmächtig auf die linke Hand.

»*Sanitäter!*«, brüllte AJ. »Holt doch schon einen verdammten Sanitäter! *Sanitäter, Sanitäter, Sanitäter...!*«

Durchschnittlich

Die Nachtschicht scheint kein Ende zu nehmen. AJ hat versucht, zu arbeiten wie immer; er hat seine Berichte fertiggestellt, noch ein paar Rundgänge über die Stationen gemacht und drei Mal zu Monster Mother hineingeschaut, und jede einzelne Minute war ihm zuwider. Vor allem das Alleinsein in seinem Büro. Es ist überheizt, und die Fenster machen tickende Geräusche, wenn sie sich bei Temperaturwechseln ausdehnen oder zusammenziehen. Immer wenn er versucht hat, ein bisschen zu dösen, hallten Worte wie ein Sonar in seinem Kopf. *Sanitäter. Holt einen verdammten Sanitäter...* Boing boing boing. *Ärgert dich aber dein rechtes Auge, so reiß es aus und wirf's von dir...* Ein Strudel von Bildern, die über die Wände kriechen. Blut und Knorpel auf den Warmhalteplatten der Kantine, brutzelnd zwischen den Waffeln.

Die Sanitäter sind schnell gekommen, aber Moses' Auge konnten sie nicht retten. Zwei Wochen später kam er mit einem Glasauge und einer veränderten, kleinlauten Haltung zurück in die Klinik. Die Leute gingen ihm aus dem Weg, und zwar auf

Zehenspitzen. Die Patienten tuschelten über das, was Moses an diesem Morgen gesehen hatte – es hatte ihn offenbar dazu gebracht, sich mit dem Löffel das Auge aus der Höhle zu stechen. Und was war mit der Schrift an seinen Wänden? Es blieb bei dem Getuschel, bis Pauline, die wieder in den Rehabilitationszyklus einsteigen durfte und sukzessive auf ihre Entlassung hinarbeitete, eines Tages während ihres »unbeaufsichtigten Geländefreigangs« verschwand. Die Polizei wurde hinzugezogen, Suchtrupps kamen und gingen, eine Untersuchung wurde eingeleitet. Zur großen Verlegenheit des Kuratoriums wurde der verweste Leichnam erst mehrere Monate später unter einem Laubhaufen in einer entlegenen Ecke des Geländes entdeckt, unmittelbar außerhalb des Suchperimeters. Die Verwesung war so weit fortgeschritten, dass die Todesursache bei der Obduktion nicht mehr festgestellt werden konnte. Kuratorium, Polizei, Pathologe und Rechtsmediziner einigten sich auf den Befund »Todesursache unbekannt«.

Danach breitete sich das Getuschel noch schneller aus. Hysterie griff um sich wie ein Lauffeuer, und alle redeten über »Maude« und die Spukerscheinungen. Bis dahin stabile Patienten gerieten in einen kritischen Zustand, Schreie hallten über die Stationen, Ruhigstellungsteams rannten durch die Korridore. Die Hälfte der Patienten auf der Entlassungsvorbereitungsstation wurde wieder auf die Akutstation verfrachtet, den Übrigen wurden die gemeinsamen Freizeitstunden, Urlaubstage und Privilegien gestrichen. Es kam zu Personalmangel und langen, verwickelten Besprechungen zwischen den verschiedenen Abteilungen, es gab neue Dienstanweisungen und allgemeines Chaos.

Die Therapeuten wurden einbezogen. Es war ein harter Kampf, die Situation wieder unter Kontrolle zu bringen, aber allmählich und indem sie den Patienten in Einzelsitzungen behutsam begreiflich machten, dass »Maude« nichts als eine Wahnvorstellung und ein Gerücht sei, kehrte wieder Ruhe ein. Vier Jahre vergingen ohne ein Murmeln. Niemand erwähnte den Spuk, und allmählich sah es so aus, als wollten die Geschichten über »Maude« in Vergessenheit geraten. Und dann ist Zelda Lornton vor drei Wochen schreiend aufgewacht, und ihre Arme waren mit Schriftzügen bedeckt. Bumm – war die Hysterie wieder da.

Das Wasser kocht. AJ gibt zwei gehäufte Löffel Pulverkaffee in seinen Becher und füllt ihn mit Wasser, Milch und Zucker auf. Er geht damit zum Fenster, bleibt dort stehen und nippt nachdenklich, während er zuschaut, wie der Tag in den Hof hereinkriecht. Das Unwetter ist vorüber, und der Garten ist nass. Die Stelle, an der die Sozialarbeiterin vor all den Jahren den Zwerg gesehen haben will, ist jetzt mit abgebrochenen Ästen und Laub bedeckt. Auf der einen Seite, kaum sichtbar unter den Bäumen, steht ein Grabstein – die letzte Ruhestätte eines Kindes, das hier in viktorianischer Zeit gestorben ist. Gegen Ende der Herrschaft Königin Victorias hat ein unbekannter Philanthrop das Geld für dieses Denkmal eines »unbekannten Gotteskindes« gestiftet. Es ist der einzige Grabstein, der noch da ist; die anderen Gräber sind im Zuge des Umbaus vor Jahren verlegt worden. Bei dieser Umbettung – so heißt es – wurde auch Schwester Maudes Grab verlegt. Ihr Geist wurde gestört und fand schließlich, Jahre später, den Weg zurück in die Klinik.

Also, denkt AJ. Es wird Zeit, den ganzen Prozess noch einmal in Gang zu bringen und »Maude« wieder in ihr Grab zu befördern.

Er hebt die Krawatte auf, die er am Abend abgenommen hat, und hakt sie wieder an den Hemdkragen. Dabei benutzt er den Computermonitor als Spiegel. Er atmet tief durch, streicht mit beiden Händen an den Revers seines billigen Anzugs herunter und betrachtet sein Spiegelbild. Der Name, der in seiner Geburtsurkunde steht, ist nicht AJ. Diesen Namen hat er vor Jahren von einem unverschämten Oberarzt bekommen, der die Gewohnheit hatte, hereinzukommen und den Mitarbeitern fingerschnipsend mitzuteilen, wenn er an der Medikation eines Patienten etwas verändern wollte. Und wenn AJ darauf nicht reagierte, schrie er über die ganze Station: »Hey, Sie da – ja, Sie, *Average Joe* – Sie meine ich.«

Average Joe. AJ. Der Name ist hängen geblieben. Er ist unscheinbar, unauffällig, durchschnittlich in allem – Größe, Alter (43), Gehalt. AJ LeGrande. Klingt wie der Name eines Rappers. Tatsächlich hat er ein bisschen schwarzes Blut in den Adern, von seiner Großmutter, doch man würde es nicht vermuten: Sein dunkles Haar ist kein bisschen kraus, seine Haut hat nicht einmal die Farbe von Milchkaffee, sondern ist eher mediterran olivfarben, und er hat eine gerade, europäische Nase. Das Einzige, was er wirklich gern gehabt hätte, sind die Beine eines Schwarzen: lange, kräftige Fußballerbeine, wie Big Lurch sie hat. Beine, mit denen man sich auf den Sommer freut, weil man sie dann zeigen kann. Aber die hat er nicht; er hat gewöhnliche, haarige, weiße Beine. Was hat es für einen Sinn, eine schwarze Vorfahrin zu haben, wenn man den ganzen coolen Shit nicht erbt? Manchmal sagen Leute, wenn er überhaupt jemandem ähnlich sieht, dann Elvis Presley – aus einem bestimmten Blickwinkel, bei speziellem Licht. AJ wünscht, es wäre wahr. Wenn er nur ein Zehntel von Presleys Aussehen, seinem Talent oder seinem Charisma hätte, müsste er hier nicht arbeiten. Und schon gar nicht würde er mit wachsender Beklommenheit daran denken, wie er der Krankenhausdirektorin mit sehr ruhigen, rationalen Worten erklärte, dass es im Haus ein Gespenst gebe. Dass es ihm als Pflegedienstleiter nicht gelungen sei, den Wahnsinn unter Kontrolle zu bringen.

Mit müden, schweren Schritten geht er den Korridor entlang

und öffnet diverse Sicherheitsschleusen mit seiner Magnetkarte. Die Direktorin, Melanie Arrow, hat die ganze Mannschaft aufgescheucht, als sie darauf bestand, dass ihre Büroräume aus dem Verwaltungstrakt in den klinischen Bereich verlegt wurden. Sie hat ein Zimmer im Zwischengeschoss beschlagnahmt, wo sie die Treppe zwischen dem oberen und unteren Stockwerk im Blick hat. Man hat den Raum renoviert und einen Durchbruch geschaffen, damit sie ein Bad und eine Küche hat, und es gibt dort ein Feldbett, auf dem sie oft die Nacht verbringt. Das ist ein abscheulicher Verstoß gegen unausgesprochene Regeln, denn es bedeutet, das Pflegepersonal hat eine Lauscherin in seiner Mitte, die sich angewöhnt hat, ganz unerwartet aufzutauchen und die Leute dabei zu erwischen, dass sie dösen oder Pornos anschauen.

Am Fuße der Treppe zögert er. Durch den Spalt unter ihrer Tür fällt Licht. Er weiß nicht, was das bedeutet: Hat sie die Nacht im Büro auf ihrem Feldbett verbracht, oder ist sie megafrüh zum Dienst gekommen? Wenn es eine Person gibt, vor der er sich unter Garantie unzulänglich fühlt, dann ist das Melanie Arrow. Sie ist die einzige Angestellte, die länger in Beechway ist als er, und sie ist notorisch streng und professionell. Hinter ihrem Rücken nennt man sie leise die »Ice Queen«. Komisch, als er noch Pfleger war, hatte AJ nie ein Problem mit Melanie gehabt; er hatte bei der Arbeit nicht direkt etwas mit ihr zu tun und ist ihr persönlich immer nur auf Mitarbeiterpartys begegnet, wenn niemand es besonders genau nahm. An einem alkoholseligen Abend, den er am liebsten aus seiner Erinnerung löschen würde, hat er sich sogar eingeredet, sie flirte mit ihm. Aber jetzt, als Pflegedienstleiter, hat er sehr viel mehr mit ihr zu tun. Allmählich sieht er deutlich, woher sie ihren Ruf als Ice Queen hat.

Langsam geht er die Treppe hinauf und klopft, ein wenig verärgert über seine eigene Nervosität. Nach langer Pause hört er: »Ja?«

»AJ.«

»Kommen Sie herein, AJ.«

Er öffnet die Tür und tritt zuversichtlich lächelnd ein. Den Blick richtet er auf einen Punkt, der ungefähr einen halben Meter weit vor ihrem Gesicht liegt, sodass er jeglichen Augenkontakt vermeidet. Sie sitzt an ihrem Schreibtisch, und der Computermonitor beleuchtet ihr Gesicht. Die kleine Brille mit dem Drahtgestell sitzt vorn auf der Nase. Er weiß, dass sie gestern einen Zwölf-Stunden-Tag absolviert hat – sie war mit ihm auf dem Strafrechtsforum und hatte unmittelbar danach noch eine Kuratoriumssitzung –, aber sie zeigt keine Müdigkeit. Sie ist eine kühle, kühle Blonde, organisiert und gefasst. AJ mag afrikanisches Blut in den Adern haben, doch Melanie hat ganz sicher einen Hauch von Fjord in sich: Ihr Haar ist flüssige Seide, und ihre Haut ist so blass und ätherisch, dass die paar Sommersprossen, die auf ihrer Nase verstreut sind, auffallen wie eine Gesichtsbemalung. Wie immer trägt sie eine schlichte weiße Bluse und einen nüchternen Lehrerinnenrock, was ihrem Aussehen eine klinische Autorität verleiht. Unter den Kleidern verbirgt sich eine großartige Figur – da sind AJ und wahrscheinlich die meisten anderen männlichen Mitarbeiter ziemlich sicher –, aber selbst in einem unvorsichtigen Augenblick würde das niemand aussprechen, weil ihn sonst glatt der Blitz träfe: Genauso gut konnte man eine beiläufige Bemerkung über die Figur der Jungfrau Maria machen.

»Ja, AJ?« Als er, sprachlos wie immer, nichts sagt, schiebt sie die Brille noch weiter auf der Nase herunter und mustert ihn über den Rand hinweg. »Wollten Sie etwas?«

Sie ist nicht wütend oder arrogant oder ungeduldig, sie schreit nicht und erteilt keine kläffenden Befehle, wie es die Leiter anderer Psychiatriekliniken manchmal tun – im Gegenteil, ihr Ton ist sanft und zurückhaltend. Es ist eher die Knappheit, die sie so klar und professionell erscheinen lässt. Sie sagt so wenig wie nötig, gibt nur knapp die entscheidenden Informationen weiter, dann hört sie wieder auf. Auf jemanden, der so unpräzise und allgemein disziplinlos ist wie AJ, wirkt so etwas unglaublich einschüchternd.

»Es gibt ein Problem«, sagt er. »Wegen Zelda Lornton.«

Melanie nickt, aber das ist ihre einzige Reaktion.

Er schüttelt den Kopf und weiß nicht, wie er sich ausdrücken soll. »Es ist der Herzinfarkt. Die Leute sagen ...« Er reibt sich verlegen den Nacken. »Die Leute sagen, es ist merkwürdig – kann nicht natürlich sein, dass ein so junger Mensch einfach stirbt.«

Melanie reagiert immer noch nicht. So ist sie immer; sorgfältig betrachtet sie alles, bevor sie etwas sagt, und dabei kümmert es sie nicht, wie lange sie ihr Gegenüber warten lässt.

Schließlich meint sie: »Wir haben noch keinen Obduktionsbefund. Von einem Herzinfarkt haben bisher nur die Rettungssanitäter gesprochen. Im Laufe der weiteren Untersuchungen werden wir beizeiten erfahren, wie merkwürdig oder natürlich die Todesursache war.«

»Aber ich nehme an, Sie wissen, was alle hier denken. Sie wissen, dass die Gerüchte wieder da sind?«

»Die Gerüchte?«

»Ja. Über die ... na ja, die übernatürlichen Dinge, die den Patienten manchmal in den Sinn kommen.«

Ihr Gesicht bleibt absolut regungslos, doch jetzt legt sich ein winziger Hauch von Farbe auf ihre Wangen. Als »Maude« das letzte Mal im Krankenhaus erschienen ist, hat es sich als langwieriger, belastender und komplizierter Prozess erwiesen, die Dinge wieder ins Lot zu bringen. Melanie hat dabei das Ruder in der Hand gehabt. »Die Wahnvorstellungen, meinen Sie.«

»Ja. Sie sind wieder aufgekommen, und die ganze Sache zieht

immer größere Kreise – bis hin zu den Mitarbeitern. Diese Woche hatten wir vierzig Prozent Fehlzeiten im Nachtdienst. Es ist so wie damals, als das mit Pauline Scott und Moses passiert ist.«

»Und, AJ, was schlagen Sie vor?«

»Was *ich* vorschlage?« Er spreizt hilflos die Hände. »Ja, das weiß ich nicht. Vielleicht sollte ich in den Dienstvorschriften nachsehen – im Abschnitt über ›Spukerscheinungen auf dem Korridor‹. Wahrscheinlich heißt es als Erstes: ›Derartige Vorkommnisse sind in den wöchentlichen Bericht an den Vorstand aufzunehmen.‹ Als Nächstes, nehme ich an, heißt es: ›Bedarfsanforderungen sind in dreifacher Ausfertigung an den für Kuratoriumsfragen zuständigen kommunalen Ethikrat zu richten, und zwar unter ausdrücklichem Verweis auf Unterparagraph 17.‹ Und dann ...«

»Ich wollte keinen Sarkasmus hören.« Die Farbe ihrer Augen ist ein klares Himmelblau. »Ich habe Sie gefragt, was Sie vorschlagen, um die Ausbreitung einer Wahnvorstellung zu verhindern.«

AJ schweigt einen Moment lang. Sie ist so kurz angebunden. Ihre professionelle Maske ist wirklich furchterregend, und das Wort »Wahnvorstellung« aus ihrem Mund wurmt ihn aus Gründen, die er nicht genau definieren kann. Vielleicht weil es unfair gegen Monster Mother erscheint, ihre Angst so leichtfertig abzutun. Vielleicht auch, weil sein eigener Traum sich noch so real anfühlt. Kleine Hände, ein kleines Gesicht. Sein Blick wandert zum Fenster. Kahl und alt recken die Bäume ihre Astgabeln über dem gefrorenen Boden hinauf. Melanies Feldbett steht in einer Lücke zwischen den Regalen. Er fragt sich, ob sie gut schläft, wenn sie nachts hier ist. Ob sie seltsame Träume hat.

»Ich dachte, Sie könnten mir etwas sagen«, antwortet er schließlich. »Das war meine Hoffnung.«

Sie trommelt nachdenklich mit den Fingern auf den Tisch

und betrachtet sein Gesicht. Es ist, als werde er von der Schuldirektorin inspiziert. »Okay. Okay.« Sie schiebt die Brille auf der Nase nach oben und notiert etwas auf dem großen Block auf ihrem Schreibtisch. »Überlassen Sie den klinischen Bereich mir... ich werde mit den Ärzten sprechen. Wir tun das Gleiche wie beim letzten Mal und nehmen uns jeden Einzelnen in der Individualtherapie vor. Keine Gruppensitzungen. Und einstweilen überlasse ich es Ihnen, sich um das Pflegepersonal zu kümmern. Okay?«

»Danke«, murmelt er. »Danke.«

»Gern geschehen.«

Seine Hand liegt auf dem Türknauf, und er will hinausgehen, als er Melanies Stimme hinter sich zu hören glaubt. Er dreht sich um. »Ja? Wie bitte?«

Sie mustert ihn, und in ihrem Gesichtsausdruck liegt etwas, das er noch nie gesehen hat. Er kann es nicht deuten. Es sieht aus, als wolle sie etwas sagen und wisse nicht, wie sie anfangen soll.

»Ja?«, wiederholt er.

»Finden *Sie* es unheimlich hier?« Ihr Blick flackert kurz und richtet sich auf den unteren Rand der Tür. Genauso schnell schaut sie wieder hoch und räuspert sich. »Ich will damit sagen, ich hoffe, Sie haben nicht das Bedürfnis, sich krankzumelden.«

»Selbstverständlich nicht.« Er zuckt kurz und wegwerfend mit den Schultern. »Ich meine, wovor soll man denn hier Angst haben?«

»Genau. Vor nichts.« Sie wendet sich wieder dem Computer zu und tippt ein paar Worte. »Halten Sie mich nur weiter auf dem Laufenden.«

Das Gitter

Als Caffery nach fünf Stunden Schlaf aufwacht, schnarcht Jacqui Kitson noch im Bett. Er rollt sich auf die Seite und betrachtet sie. Er kann die Lüge über das Verschwinden ihrer Tochter nicht in alle Ewigkeit erzählen. Nicht in alle Ewigkeit.

»Hey«, flüstert er quer durch das Zimmer. »Sie haben recht. Ich bin ein Scheißkerl.«

Sie reagiert nicht, sondern schnarcht weiter. Er setzt sich auf. Die Knochen tun ihm weh nach einer Nacht auf dem kleinen Sofa. Er bindet den Hotelbademantel zu, in dem er geschlafen hat. Sieht die Schlagzeilen bereits vor sich, die es gibt, wenn er unbekleidet aufsteht. SCHMUDDELAFFÄRE IM VERMISSTENFALL MISTY: LEITENDER ERMITTLER BEGRABSCHT MUM IN HOTEL.

Er geht zum Bett, beobachtet Jacqui und hört, wie sie atmet. Sie wird den Rausch überleben. Er tappt ins Bad, duscht, macht Kaffee, versucht, sich mit dem Hotelrasierer zu rasieren, schneidet sich und muss Jacquis Parfüm benutzen, um die Wunde zu desinfizieren. Sein Hemd ist halbwegs tragbar – ein bisschen zerknittert, und der Kragen ist feucht. Er schaut in den Spiegel. Offen gesagt, er sieht aus wie einer, der die Nacht auf dem Sofa verbracht hat. Er riecht auch so. Bevor er geht, bestellt er einen Weckruf für neun Uhr für den Fall, dass Jacqui verschläft, und dann schleicht er sich hinaus und schließt leise die Tür. Draußen auf der Straße ist es ruhig. Ein Bus taucht auf, ein rollender Lichtquader mit leeren Sitzreihen. Hinten sitzen zwei Frauen mittleren Alters; beide schlafen, und ihre Köpfe wackeln bei jeder Bewegung des Busses. Er wartet, bis der Bus vorbei ist, und geht dann quer über die Straße hinüber zum White Lion, in dessen Eingang sich Bierkästen stapeln. Der starke, süßlich durchdringende Geruch nach Alkohol, Honig und Säure erinnert ihn daran, dass er gestern Abend nichts getrunken hat. Zum ersten Mal seit Monaten. Das muss die Selbstgerechtigkeit sein, die sich da bemerkbar machte, als er Jacqui so sternhagelvoll gesehen hat. Er fühlt sich wie ein Heiliger mit seinem Mineralwasser.

Ein Gitter im Gehweg verschließt, was die meisten Leute nicht wissen, den Einstieg zu einem unterirdischen Fluss, der endlos weit unter den Straßen entlangfließt. Er stellt sich das rauschende Wasser unter seinen Füßen vor – und das, was darin schwimmt. Er weiß es, weil er es gesehen hat. Zerbrochene Plastikstühle, tote Katzen, Chipstüten, leere Dosen. Das alles bleibt ein paar hundert Meter weiter hängen, an den Stäben des Gitters, durch das der Fluss in den Hafen fließt und das den Dreck zurückhält wie die Barten eines großen Wals. Die Dinge, die verborgen sind. Die Dinge, über die wir hinweggehen. Dort unten. Vorbei. An jedem Tag unseres Lebens, ohne es je zu bemerken. Hundert Stellen, an denen eine Leiche für alle Zeit versteckt bleiben könnte.

Er könnte Jacqui Kitson genau sagen, wo ihre Tochter Misty ist. Er könnte es und hat es nicht getan. Weil er jemanden beschützt. Jemanden, der ein bisschen Spielraum braucht. Ein *bisschen* Spielraum, sagt er sich. Nicht lebenslange Nachsicht. Bedeutet dieser Gedanke, dass es Zeit ist zu handeln? Es endlich hinter sich zu bringen?

Er zieht die E-Zigarette heraus, schiebt die Patrone ein und saugt den künstlichen Rauch ein. Er nimmt das Ding aus dem Mund und betrachtet es. Scheiße. Das ist wirklich scheiße. Es fühlt sich immer noch an, als ob er vergiftet würde. Er zieht die Patrone ab und wirft sie durch das Gitter. Futter für den Bartenwal.

Nach Hause zu fahren hat keinen Sinn. Lieber geradewegs ins Büro. Er nimmt Kurs auf seinen Wagen, den er in der Nähe geparkt hat. Über den Dächern sickert der Tag herein, dick und milchig. Wieder ein Tag. Die Kirche wird von Scheinwerfern angestrahlt, und ein oder zwei welke Blätter wirbeln in Spiralen um den Turm. Unvermittelt bleibt er stehen. Dreht sich langsam um und schaut durch das Tor auf den Friedhof. Er sieht die Papierkörbe, die speziellen Abfallbehälter für die Hundescheiße, die Kaugummiflecke auf dem Weg. Er sieht Plastikblumen auf Gräbern, grau von den Ausdünstungen der Stadt. Zwei marmorflankierte Gräber mit diesen glasigen grünen Kieseln, die sie anscheinend alle verwenden. Dahinter ist eine viktorianische Gruft mit einem betenden Engel, bemoost und bröckelnd.

Jacqui sagt, Caffery habe keine Ahnung, wie es sei, keinen Leichnam zum Begraben zu haben. Da irrt sie sich. Er weiß genau, wie das ist. Tatsächlich war er sogar ein Meister auf diesem Gebiet. Als Winnie Johnson, die Mutter des vermissten Moor-Opfers, starb, ohne zu wissen, wo ihr Sohn begraben war, war Caffery nicht zur Arbeit gegangen und hatte stattdessen die ganze Zeit nur aus seinem Küchenfenster gestarrt. Er war jahrelang genauso hilflos gewesen wie sie und Jacqui. Jahrelang.

In Cafferys Fall ist es kein Sohn und keine Tochter, sondern ein Bruder. Vielleicht behält er es deshalb so sehr für sich. Die restliche Welt versteht, dass man den Verlust eines Kindes niemals verwinden kann, aber den Verlust eines Bruders? Nach fünfunddreißig Jahren? Inzwischen hätte er darüber hinweg sein müssen. Es hat jede Menge Hinweise gegeben, jede Menge Spuren, denen er nachgegangen ist, doch keine hat ihn zu dem einen handfesten Beweis geführt: zu dem Leichnam. Wenn er seinen Bruder hätte begraben können, wäre dieses bohrende Gefühl vielleicht vergangen. Wäre diese Stimme, die ihn unaufhörlich verfolgt, verstummt. Er versteht Jacqui so viel besser, als sie ahnt.

Er starrt den Engel an. Er kann es sich nicht erklären, aber er weiß, es ist das Grab eines Kindes. Er hebt die Hand, um das Tor zu öffnen, doch dann hält er inne. Stockzsteif steht er da, mit klopfendem Herzen.

Bring es endlich hinter dich, Jack. Verdammt noch mal, tu es.

Patience und Stewart

Normalerweise kann AJ völlig abschalten, wenn er die Klinik verlässt. Aber nicht heute. Als er heute im Nieselregen durch den morgendlichen Berufsverkehr nach Hause fährt, kehrt er in Gedanken immer wieder dorthin zurück. Immer wieder sieht er das glatte Gesicht aus seinem Alptraum und spürt den Druck auf seiner Brust. Und immer wieder geht ihm das Gespräch mit Melanie durch den Kopf.

Nicht zum ersten Mal fragt er sich, was in Zelda Lorntons Autopsiebericht stehen wird. Es ist gesetzlich vorgeschrieben, dass jeder Todesfall in der Klinik durch die Polizei und durch ein externes Untersuchungsteam überprüft wird. Angeblich hat es im Büro des Richters einigen Wirbel gegeben, als entschieden werden musste, wer die Autopsie übernehmen sollte. Zeldas Tod erschien dem Untersuchungsrichter nicht merkwürdig genug, um eine kostspielige, umfassende Obduktion durch einen staatlichen Rechtsmediziner zu beantragen, aber den gewöhnlichen Krankenhausärzten war die Sache zu heikel. Schließlich ging es darum, eine Patientin aufzuschneiden, die in einer psychiatrischen Klinik unerwartet verstorben ist. Die ganze Sache hat sich als heiße Kartoffel erwiesen, die im Leichenschauhaus Bristol wie ein Pingpongball hin und her geschmettert wurde, bis jemand ein Machtwort sprach und darauf bestand, dass einer der Rechtsmediziner sie als »spezielle« untersuchungsrichterliche Autopsie übernahm – anscheinend als eine Mischung aus einer gewöhnlichen und einer forensischen Autopsie. Das ist jetzt drei Tage her, und man hat noch nichts gehört.

Vielleicht hat der Untersuchungsrichter recht. Zelda war jung, aber sie war stark übergewichtig – sie wog mehr als 120 kg –, und sie bewegte sich so gut wie gar nicht. Ständig ließ sie sich faul im Rollstuhl umherschieben, obwohl sie durchaus in der Lage war, selbst zu gehen. Ihre Kleidung platzte aus allen Nähten, und die Speckfalten an ihren Beinen mussten vorsorglich mit Vaseline eingerieben werden, damit sie nicht wund wurden. Ihre Garderobe bestand aus sieben roten T-Shirts, sieben grauen Jogginghosen und sieben Paar roten Socken. Sie trug nichts anderes, selbst als alles anfing, eng zu werden, und die einzelnen Teile waren so oft geflickt worden, dass sie fast nur noch aus Nähgarn statt aus Stoff bestanden. Alles, was über Essen und Fernsehen hinausging, war eine Verletzung ihrer Rechte. Sie erhob ständig schwere Vorwürfe gegen die Mitarbeiter, sodass diese am Ende nicht mehr wussten, wie oft sie beschuldigt worden waren, sie misshandelt/belästigt/vergewaltigt zu haben. Niemand diskutierte mit ihr, obwohl viele es gern getan hätten. Sie konnte die Stimmung auf einer ganzen Station kippen lassen. Alle reagierten auf sie, und alle bewegten sich wie auf dünnem Eis.

AJ kann und will nicht so tun, als hätte er Zelda gemocht. Aber als er sich dem Ende der kleinen Landstraße nähert, wo er wohnt, stellt er fest, dass ihm ihr Bild mit den blutenden Armen in jener Nacht nicht aus dem Kopf geht. Alles Rebellische war ihr vergangen. Und ihre Worte: »Jemand ... etwas.«

Er zieht die Handbremse an und stellt den Motor ab. Lässt das Schweigen hereindringen. Viel zu sehen gibt es hier nicht – nur die ausgedehnten Überflutungsflächen des Severn, Berkeley Castle, den prachtvollen Anblick des abgeschalteten Kernkraftwerks. Das sind die Dinge, die man hier bei Sonnenuntergang bewundern kann. Keine Nachbarn, nur die Kühe. Dies ist Eden Hole Cottages, der Ort, wo er aufgewachsen ist, mitten im Nirgendwo. Großgezogen von seiner Mutter, Dolly Jessie LeGrande, und seiner Tante Patience Belle LeGrande – zwei kessen Halb-Jamaikanerinnen aus Bristol. Mum ist jetzt seit drei Jahren tot, aber Tante Patience geht es noch gut. Ja, immer besser.

»Wo zum Teufel bist du gewesen?«, schreit Patience aus dem

Vorderzimmer, als er hereinkommt. »*Daybreak* ist schon vorbei, verdammt, und gleich fängt *Cash in the Attic* an, verdammt!«

Patience bedeutet »Geduld«, und der Name ist schlecht gewählt für seine Tante. Sie schreit alle Welt an, knallt bei der geringsten Provokation den Telefonhörer auf die Gabel und hält nichts vom Schlangestehen. Sie ist eine jähzornige, reizbare, exzentrische Naturgewalt mit der Schwerkraft eines Planeten: Alles gerät in ihren Orbit. Wenn sie schlecht gelaunt ist, fallen Dinge von Regalen, und fremde Babys fangen an zu weinen. Wenn sie glücklich ist, scheint die Sonne. Leute lächeln, Paare küssen sich, Streitigkeiten werden beendet. An manchen Tagen würde er Tante Patience mit Vergnügen erwürgen: ihr ein Kissen auf das Gesicht drücken, bis sie keine Luft mehr bekommt. Oder ihr Arsen in den Tee streuen und dann Eintrittskarten verkaufen, damit die Leute zuschauen können. Aber er weiß, dass das Leben ohne sie unmöglich gewesen wäre. Und ohne Stewart, seinen Mischlingshund. Patience und Stewart sind alles, was von seiner Familie noch übrig ist.

»Musste Überstunden machen«, ruft er zurück. Stewart kommt aus der Küche gerannt und umkreist ihn voller Wiedersehensfreude. AJ hängt sein Jackett an den Haken und bückt sich, um den Hund hinter den Ohren zu kraulen. »Erinnerst du dich an diese Sache, die man Arbeit nennt? Gibt viel zu tun in der Klinik.« Mehr als viel, denkt er, mehr als viel. Das Wort »Wahnvorstellungen«, das Melanie Arrows benutzt hat, lässt ihm keine Ruhe. Es ist, als wüsste sie genau, was er letzte Nacht geträumt hat – als hätte sie herausgefunden, dass er für das Unheimliche in Beechway genauso empfänglich ist wie alle anderen auch.

»Na komm, Alter.« Müde geht er mit Stewart ins Wohnzimmer. Patience sitzt da und hat die Füße hochgelegt und die Arme stur verschränkt. Neben ihr steht eine Tasse Tee. Das Zimmer ist behaglich mit dem großen warmen Feuer im Kamin und dem

Stapel Holz, das er gehackt und danebengelegt hat. Vertraute, seufzende Sofas und Sessel, bunt zusammengewürfelte Patchwork-Kissen, die seine Mum gemacht hat. Tante Patience sieht zu, wie er sich erschöpft auf das Sofa sinken lässt. Sie kennt ihn so gut. Hierher kommt er, um seinen Kopf zu sortieren.

»Frühstück steht im Ofen«, sagt sie. Das Frühstück ist in diesem Hause an keine bestimmte Tageszeit gebunden. Es findet statt, wenn AJ nach Hause kommt, ganz gleich, in welcher Schicht er arbeitet: Zwei Uhr nachmittags oder zwei Uhr morgens, das Essen ist da und wartet auf ihn. Die Küche ist immer erfüllt von Düften, die einem erwachsenen Mann die Tränen in die Augen treiben können. »Ich habe gekocht und gekocht und irgendwann gedacht, ich verschwende hier meine Zeit.«

»Es tut mir leid. Ich hätte anrufen sollen.«

»Bist du sicher, dass du da nicht eine Freundin gefunden hast, AJ?« Sogar Tante Patience nennt ihn inzwischen AJ. »Ich und Stewart haben nichts dagegen. Wir kommen auch einen oder zwei Abende alleine zurecht.«

»Keine Freundin.«

»Sicher?«

Patience redet dauernd davon, dass er sich eine Freundin suchen soll. Sie ist so besessen davon, dass er sich fragt, wie sie wohl reagieren würde, wenn er es täte. Ob sie sich bedroht fühlen oder sich freuen würde.

»Ich weiß nicht, Patience, aber anscheinend glaubst du, ich arbeite in einer Partner-Agentur. Oder ich bin Location-Scout für einen Unterwäschefotografen oder so was.«

»Ich weiß, wo du arbeitest.«

»Na dann. Ist ja nicht gerade Girl Central.«

Patience schiebt die Lippen vor. »Wenn du lieber da draußen einen Baum anhimmeln möchtest.«

»Bitte.« Er verschränkt die Arme und schaut zur Decke. »Ich

kann heute nicht auch noch einen Vortrag über Baumknutscher ertragen.«

Seit zwei Jahren gehört er zu einem Club, der Cider braut. Sie wetteifern darum, wer den besten Cider zustande bringt. Und zufällig ist eine der mit dem Cider verbundenen Traditionen das Wassailing, ein alter Brauch im West Country, bei dem man den Bäumen für ihren Jahresertrag dankt und sie bittet, auch im nächsten Jahr eine reiche Ernte zu schenken. Dann wird noch ein bisschen gesungen und geschrien, um die bösen Geister von den Bäumen zu vertreiben. Doch während er und seine Kumpels lediglich dachten, es sei ein netter Zeitvertreib, wenn sie sich als Cider-Brauer versuchten, sieht Patience die Sache ganz anders. Für sie ist er ein Hippie und einer von diesen Ökoterroristen, die gegen Umgehungsstraßen protestieren und ihr Leben in einem Abflussrohr verbringen würden, wenn sie damit einen einzigen Kammmolch retten könnten. Ziemlich dreist, dass sie ihm deswegen zusetzt. Sie hat's gerade nötig. Wenn sie nicht im Wettbüro ist, treibt sie sich draußen auf den Feldern herum und sammelt Schlehen und Zwetschgen für ihre große, illegale Destille in der Garage, und dauernd ist sie auf der Suche nach irgendwelchen Früchten, damit sie non-stop Marmelade kochen kann. Zu den Cottages gehört Land – oh, Land gibt es reichlich –, aber kein Garten, nirgends. Draußen sieht man Reihen um Reihen von etikettierten Furchen wie auf den Aquarellen in Beatrix Potters *Peter Rabbit*-Büchern. Patience regt sich ständig auf, weil die Rehe oder die Muntjaks etwas gefressen haben oder weil sie befürchten muss, dass die Kaninchen sich dieses Jahr über das Gemüsebeet hermachen. Sie weiß genau, für welches Obst und Gemüse wann im Jahr Saison ist, und wenn er sie jetzt fragen wollte, würde sie eine Liste herunterrattern: Kürbis, Artischocke, Kohl. Aber er nennt sie niemals eine Baumknutscherin.

Er steht auf und geht in die Küche, um sich das Frühstück zu holen. Es ist ein Berg von Patiences Rührei mit Fenchel mit einem Haufen gebratene Champignons und drei dicken Scheiben Speck. Er gibt Tomatenketchup und ein großes Stück selbstgebackenes Brot dazu, und er setzt sich an den Tisch, um zu essen.

Er war es, der Zelda tot aufgefunden hat. Kurz nach Schichtbeginn. Sie lag auf dem Rücken, mit halb offenem Mund, als schnarche sie. Ihre Arme waren nach der Selbstverletzungsepisode, die zwölf Tage zurücklag, noch verbunden. AJ hat Patience nichts davon erzählt. Er möchte die Worte *Ich habe jemanden tot aufgefunden* nicht aussprechen, denn er weiß, danach kommt der Satz: *Das ist das zweite Mal in drei Jahren*. Er und Patience sprechen von Mum, sie haben ihr Bild überall, aber sie sprechen eigentlich nie darüber, wie es passiert ist.

Er schaut aus dem Fenster, vorbei an den monströsen Kraftwerkstürmen, und sieht das Tageslicht, das auf dem River Severn funkelt. Langsam, ganz langsam, gleitet die Klinik davon, und er ist nur noch ein Mann. Ein normaler Mann in seiner normalen Küche, an einem normalen Tisch bei einem normalen Frühstück.

Der Mann aus dem Osten

Das Gelände rings um Bristols sogenannten »Feeder Canal« war früher das Zentrum der städtischen Kohlegaserzeugung, einer Industrie, die weite Bodenflächen durch hohe Zyanidablagerungen unbenutzbar gemacht hat. Trotz des kostspieligen Stadterneuerungsprogramms der achtziger Jahre ist dieses Gelände immer noch zerstückelt, ein wildes Durcheinander aus im Krieg zerstörten, verlassenen Kirchen, Autogeschäften und Industriebetrieben. Die alten Zollspeicher am Kanalufer sind großenteils zugemauert worden. In diese triste Ecke der Stadt hat das Major

Crime Investigation Team seinen Sitz verlegt, in einen Betonfertigbau aus den 1970ern, in dem früher die Büros einer Elektrizitätsgesellschaft waren.

Caffery ist neben dem Superintendent einer der wenigen beim MCIT, denen es gelungen ist, sich in den endlosen Großraumbüros ein wenig Privatsphäre zu schaffen. Er hat einen Blick auf die Spine-Road-Hochstraße und die creme- und orangefarbenen Hochhausblocks von Barton Hill. In seinem Zimmer gibt es einen Schreibtisch, ein paar Stühle, eine Kaffee- und Teemaschine und einen winzigen tragbaren Kühlschrank, der gerade genug Platz für ein Sixpack Bier und eine Tüte Milch bietet. Privatfotos findet man hier nicht und auch keine Diplome und keine Zeitungsausschnitte, nur ein großes Bild von Misty Kitson und den Aktenschrank mit den Unterlagen zu ihrem Fall. Er hat ihn zu sich hereingeschoben, weil im Einsatzraum sonst kein Platz für die anderen Fälle mehr geblieben wäre, an denen sie arbeiten. Drei laminierte Messtischblätter an der Wand neben Mistys Foto starren von Stecknadeln mit verschiedenfarbigen Köpfen. Jede Nadel hat eine Bedeutung für ihn; alle markieren Orte, die etwas mit Mistys Verschwinden zu tun haben. Weitere Orte hat er nur im Kopf. Das sind diejenigen, auf die seine Kollegen noch nicht aufmerksam gemacht worden sind.

Den Nachmittag über betrachtet und analysiert er alle diese Stecknadeln, um den Ort zu finden, der ihn vielleicht ein Stück weiterbringen kann. Er hat mehrere Monate Zeit gehabt, um über dieses Problem nachzudenken, und weiß, dass er zu einem weiten Schlag ausholen muss. Er kennt die Lösung. Aber für diese Lösung braucht er die Mitarbeit einer bestimmten Person. Einer Frau – einer Kollegin von der Polizei. Der Person, die er beschützt. Sie ist das einzige Hindernis. Und er weiß immer noch nicht, wie er das anfangen soll. Es könnte so schrecklich schiefgehen.

Er steht vor Mistys Foto, einen Schritt weit entfernt, betrachtet sie und hofft auf eine Art Anleitung. Ihr Gesicht ist etwas mehr als lebensgroß, und ihre Augen sind auf einer Höhe mit seinen eigenen. Sie war ein hübsches Mädchen. Was immer die Zyniker über sie sagen, ihr hübsches Aussehen können sie ihr nicht nehmen. Er versucht, ihr in die Augen zu schauen, aber die Proportionen stimmen nicht. Er gibt auf und senkt den Kopf. Lehnt sich nach vorn, seine Stirn an ihrer.

Es klopft. Caffery tritt von dem Bild zurück, geht zu seinem Schreibtisch und setzt sich. Um beschäftigt auszusehen, weckt er den Computer aus dem Standby-Modus und zieht die Tastatur zu sich heran.

»Ja?«

Die Tür öffnet sich. Der Superintendent steckt den Kopf herein. »Haben Sie kurz Zeit?«

Caffery sieht auf die Uhr. »Ich dachte, Sie wären schon nach Hause gefahren.«

»Schön wär's. Wir müssen uns unterhalten.«

»Unterhalten? Das lässt nichts Gutes ahnen.«

»Keine Sorge – ich will nur ein paar Dinge abhaken.« Er hält eine Akte hoch und schüttelt sie kurz. »Der Bericht des Revisionsteams.«

Caffery steht auf und zieht einen Stuhl heran. Der Superintendent kommt herein und setzt sich. Er ist groß und aschblond – ein ehemaliger Antiterror-Agent von der Counter Terrorist Intelligence Unit CTIU, der versetzt wurde, als etwas, worüber niemand spricht, mit einer Waffe dieser Einheit passierte. Er redet nicht lange um den heißen Brei herum.

»Folgende Neuigkeit. Die Suche nach unserer Freundin« – er deutet mit dem Kopf auf Mistys Foto – »wird heruntergefahren. Das ist alles rausgeschmissenes Geld.«

»Soll heißen?«

»Soll heißen, ich kann nicht länger einen Inspector für eine Ermittlung abstellen, die nirgends hinführt. Dafür habe ich zu wenige. Ich übergebe die Sache einem Detective Sergeant. Der Fall gehört nicht mehr zur Kategorie A.«

Caffery nimmt einen Stift und klopft damit langsam auf den Tisch. »Tut mir leid«, sagt er. »Das können Sie wirklich nicht machen.«

»Moment. Lassen Sie mich das rasch festhalten, damit die Leute von der Revision es lesen können: *DI bittet um Entschuldigung, aber er sagt, das können wir nicht machen.*«

»Ich mein's ernst. Sie können den Fall nicht an einen anderen Kollegen delegieren. Ich möchte zu Ende bringen, was ich angefangen habe.«

»Und das Innenministerium möchte sein Defizit reduzieren. Die Personalbehörde ist auf Atkins-Diät – und wir hungern. Wir sind sehr schlank geworden. Wir kürzen Verfahren ab, wir streichen Stellen, wir schnallen den Gürtel enger. Die Frage ist nicht, was Sie von mir wollen. Die Frage ist nicht mal, was ich selbst will, sondern was wir tun müssen. Seit dem Tag ihres Verschwindens gibt es keine neue Erkenntnis, was mit Misty Kitson passiert sein könnte, und jetzt brauche ich Sie woanders. Morgen Vormittag haben Sie Zeit, einen DS zu briefen, und dann übernehmen Sie den ersten Fall, der zur Tür hereinkommt – mir egal, ob es ein Serienmörder der Kategorie A mit allem Schnickschnack oder häusliche Gewalt der Kategorie D ist. Sie werden's übernehmen.«

»Nein. Das ist genau der *falsche* Zeitpunkt. Jacqui Kitson ist in der Stadt.«

Der Superintendent zögert. »Wie bitte?«

»Sie will Interviews geben. Die Presse wird uns im Nacken sitzen. Das ist kein guter Zeitpunkt, den Fall nach unten zu delegieren. Wir müssen irgendetwas tun. Werfen Sie der Presse wenigstens einen Knochen hin. Lenken Sie die Aufmerksamkeit von der Mutter ab.«

Der Superintendent überlegt kurz. Er schaut Caffery prüfend an, um festzustellen, ob er blufft oder nicht. Er hat schon immer seine Probleme mit diesem Inspector gehabt, der es vorgezogen hat, nicht aufzusteigen, als alle wussten, dass er es tun könnte. Ein Großstadttyp, der eines Tages nach Bristol gekommen ist, mit einem Haufen Londoner Methoden und Attitüden. Er ist zu diesem Dezernat hinzugestoßen, aber nie wirklich mit dem Herzen dabei gewesen. Kein Teamplayer, sondern ein übellauniger einsamer Wolf, der sich nichts befehlen lässt, jedoch noch jeden Fall wasserdicht abgeschlossen hat. Er hat die beste Aufklärungsquote von allen hier, und das macht den Superintendent wütend und stolz und sauer und unsicher – alles auf einmal. Ständig muss er sich ermahnen, Caffery gegenüber seine Autorität geltend zu machen.

»Die Entscheidung ist schon gefallen. Sie sind leitender Ermittler beim nächsten Einsatz. Ende.«

»Dann mache ich eben beides, den nächsten Fall und Misty.«

»Ich brauche einen DI, der sich hundertprozentig da einsetzt, wo wir gebraucht werden.«

»Warten Sie es nur ab. Ich werde mich um alles kümmern, was da zur Tür hereinkommt, und ich halte uns im Fall Misty die Presse vom Hals.«

»Was wollen Sie denen denn geben? Noch eine Rekonstruktion des Hergangs? Wie sie die Treppe vor der Klinik herunterkommt. Denn das hat beim letzten Mal wirklich Wunder gewirkt. Habe gar nicht mehr zählen können, wie viele Hinweise wir daraufhin *nicht* gekriegt haben.«

Caffery klopft ein bisschen lauter mit dem Stift. Er hat den ganzen Tag darüber nachgedacht, und der Superintendent hat recht, die Rekonstruktion hat nichts gebracht. Sicher besteht die beste Methode, die Presse bei Laune zu halten und gleichzeitig sein privates, langwieriges Spiel voranzubringen, darin, noch einmal die Gegend zu durchsuchen, in der sie verschwunden ist. Wenn Mistys Fall allerdings in der Wichtigkeit runtergestuft wird, werden dafür schnell die Gelder fehlen.

»Geben Sie mir noch drei Wochen. Ich bringe Ihnen Resultate.«

Der Superintendent seufzt resigniert. »Okay. Geben Sie der Presse, was sie braucht. Aber ganz gleich, was als Nächstes hereinkommt – es bekommt Ihre volle Aufmerksamkeit. Haben Sie gehört?«

»Laut und deutlich.«

»Das gefällt mir so an Ihnen, Jack«, knurrt der Superintendent sarkastisch. »Einfach schön, wie wir immer auf einer Wellenlänge sind.«

Caffery steht nicht auf und hält dem Superintendent die Tür auf, als der Mann geht. Stattdessen bleibt er, wo er ist, und trommelt mit seinem Stift auf der Tischplatte. Er spürt Mistys Blick auf sich, widersteht jedoch dem Impuls, sich zu ihr umzudrehen.

»Sieh mich nicht so an«, brummt er schließlich. »Ich hab alles im Griff.«

Der Traum

Um die Mittagszeit erhält AJ einen Anruf auf dem Handy: Wieder haben sich zwei Mitarbeiter der Nachtschicht krankgemeldet. Wenn der Nachtdienst gewährleistet bleiben soll, wird er einspringen müssen. Er muss alles umwerfen, alle seine Pläne. Statt zwanzig Stunden hat er jetzt genau sechs, um sich darauf einzustellen. Als er ins Bett geht, bindet er sich eine Maske vor das Gesicht. Er muss an Zelda Lornton denken. Er träumt – nicht von der Klinik, sondern von einem Ort, an den seine Träume ihn schon öfter geführt haben. Es ist ein enger, geschlossener Raum oder eine Höhle mit glänzenden, behauenen Wänden. Es sieht aus, als seien kleine Gesichter in den Flächen um ihn herum versunken, die ihn nachdenklich beobachten. Aber es sind keine bedrohlichen Gesichter. Sie sehen absolut friedlich aus. Irgendwie weiß er, dass er hier in Sicherheit ist: Hier kann nur Gutes passieren. Er wird dünner und immer dünner, bis er das Gefühl hat, er wird gleich aufhören zu atmen und so stofflos werden, dass er durch ein Nadelloch passt. Dann wird er an einem Ort herauskommen, wo den ganzen Tag die Sonne scheint, wo die Früchte an den Bäumen süß und reif sind. Die Wege dort sind golden, und das Gras ist grün. Er ist sicher, dass seine Mum dort ist, irgendwo zwischen den welligen Hügeln.

Immer wacht AJ an der Stelle auf, an der er durch das Nadelloch gehen will. Dann liegt er schwer atmend da und hat das Gefühl, etwas Schönes ist ihm soeben vor der Nase weggerissen worden.

Mattes Licht fällt durch die dünnen Vorhänge. Er dreht sich um und wirft einen schlaftrunkenen Blick auf die Uhr. Viertel nach fünf. Müde schlägt er die Decke zurück. Stellt die Füße auf den Boden. Um sieben fängt sein Dienst an.

Er duscht, rasiert sich und trinkt eine Menge von Patiences Kaffee. Dann macht er sich auf den Weg. Unterwegs fährt er noch in Thornbury vorbei und kauft ein bisschen Seelenfutter für den Abend – Chips und Schokolade und Kindersüßigkeiten. Das machen alle Mitarbeiter – es ist Trostnahrung, die ihnen über die Ödnis einer Nacht in der Klinik hinweghilft. Das Geschäft führt »Forager's Fayre«-Marmelade; eine Marke, die von hier aus der Gegend stammt, und Patience lässt nur diese und keine andere ins Haus. Tatsächlich lässt sie sich von Forager's

Fayre sogar inspirieren, statt ihr mit Verachtung zu begegnen. AJ legt ein paar Gläser in seinen Korb, um sie ihr morgen zu geben.

Es ist ein gewöhnlicher spätherbstlicher Abend in einer ländlichen Kleinstadt. Zwei kleine Express-Supermärkte, die Apotheke und ein Geschenkartikelladen haben noch geöffnet, außerdem die Spirituosenhandlung, der Inder und der Chinese. Aber als er, beladen mit Tüten, aus dem Laden kommt, bemerkt er etwas Außergewöhnliches. Auf der anderen Straßenseite stehen zwei oder drei Leute um jemanden herum, der auf dem Boden kniet.

Der barmherzige Samariter in AJ ist schon vor Ewigkeiten gestorben – er ist so sehr daran gewöhnt, in seinem Beruf den Dreck wegzumachen, dass sein Instinkt ihn treibt, in die andere Richtung zu gehen. Aber er hat Grundkenntnisse in Erster Hilfe, und deshalb kann er aus moralischen Gründen nicht so tun, als habe er nichts gesehen. Er überquert die Straße. Als er näher kommt, erkennt er, dass die Person am Boden eine Frau ist. Sie ist anscheinend nur an der Hand verletzt, denn sie hat sie fest mit einem weißen Taschentuch umschlungen. Sie trägt die weiße Spitzenbluse, die sie schon am Morgen angehabt hat, und fliederfarbene flache Spangenschuhe. Ihre Knöchel sind zierlich, die Waden kräftig. Er erkennt diese Waden sofort, denn Gott weiß, er hat sie oft genug betrachtet. Es ist Melanie Arrow. Die Ice Queen.

»Wirklich«, sagt sie eben zu den Zuschauern, »es ist wirklich alles in Ordnung.« Neben ihr liegt eine Einkaufstüte in einer klaren Pfütze, und ein paar Glasscherben sind auch da. »Im Ernst – mir ist nichts passiert.«

»Das sieht aber nicht so aus«, sagt jemand. »Sie bluten ja.«

Sie blutet tatsächlich. Das Taschentuch ist schon durchtränkt. Eine Frau wühlt in ihrer Handtasche und zieht eine Handvoll Papiertaschentücher heraus, die wie Blütenblätter zu Boden fallen. AJ stellt seine Einkäufe ab und läuft über die Straße zur

Apotheke. Dort ist gerade nichts los, und die Verkäuferin sucht hastig alle Verbände heraus, die sie finden kann. Er bezahlt und trabt wieder hinaus.

Die Leute sind noch da, seine Einkaufstüten auch, aber Melanie Arrow ist verschwunden.

»Was ist passiert?«, ruft er. »Wo ist sie hin?«

Die Frau mit der Handtasche deutet mit dem Kopf in Richtung Parkplatz. »Sie sagt, ihr geht's gut.«

AJ macht kehrt und geht wieder über die Straße. Der Parkplatz ist klein – und um diese Zeit ziemlich leer –, und er sieht den vertrauten schwarzen VW Beetle sofort. Er ist in tadellosem Zustand – das Metall funkelt in der Sonne. Zwar hat der Wagen schon ein paar Jahre auf dem Buckel, aber die bunte Plastikblume, die das Pünktchen auf dem i war, als der Wagen vom Band rollte, steckt immer noch aufrecht in ihrem Halter. Am Steuer sitzt Melanie Arrow. Sie hält den Kopf leicht gesenkt, und ihr Haar verdeckt das Gesicht. Ihre Hand blutet stark. Das Blut läuft am Handgelenk herunter, die Papiertaschentücher können es nicht stoppen.

»Hey.« Er klopft ans Fenster. Sie blickt auf und erschrickt, als sie ihn sieht. Er macht eine rollende Bewegung mit der Hand: Sie soll das Fenster herunterdrehen. Sie schüttelt den Kopf.

»Alles okay«, formt sie mit den Lippen. »Mir fehlt nichts.«

»Das stimmt nicht.« Er will die Wagentür öffnen, doch sie ist verriegelt. Noch einmal klopft er an die Scheibe. »Sie bluten.«

»Alles okay«, ruft sie. »Ehrlich. Es hat schon fast aufgehört.«

»Blödsinn. Machen Sie auf.«

»Alles *okay*.«

AJ weiß nicht genau, was ihn jetzt überkommt – vielleicht ist es die Erinnerung an den Blick, den sie ihm heute Morgen im Büro zugeworfen hat. Er zieht kurzerhand sein Handy aus der Tasche und tippt die Notrufnummer ein, drückt allerdings nicht auf die Ruftaste, sondern hält das Telefon ans Fenster. Melanie sieht es an, und er zieht fragend die Brauen hoch.

»Okay? Machen Sie jetzt auf?«

Resigniert schüttelt sie den Kopf. Die Zentralverriegelung macht *klunk*, und AJ geht um den Wagen herum zur Beifahrerseite und steigt ein. Im Auto stinkt es nach Alkohol. Auf dem Rücksitz liegt die Tüte, die auf dem Gehweg gelegen hat. Ein bisschen Blut klebt daran. Sie enthält eine Flasche Wodka und die Scherben einer zweiten.

»AJ, es ist alles absolut in Ordnung. Ich bin gestolpert, als ich aus dem Laden kam, das ist alles.«

Er zerrt das Verbandsmaterial aus der Packung und greift nach ihrer Hand. Sie zuckt zusammen, als er sie berührt, zieht die Hand weg und macht ein abwehrendes Gesicht.

»Kommen Sie.« Er schüttelt den Kopf. »Sie sind doch kein kleines Kind mehr. Oder?«

Sie saugt die Luft zwischen den Zähnen ein und will antworten. Aber statt etwas zu sagen, hält sie den Atem an, hält ihn endlos lange an, als könne sie nicht entscheiden, was sie damit anfangen soll. Dann lässt sie alle Luft heraus und nimmt die Hand von den blutigen Papiertüchern, sodass sie ihr in den Schoß fallen.

»Mein Gott«, murmelt sie und starrt aus dem Fenster. »Jetzt machen Sie schon.«

Vielleicht hat es mit AJs Job zu tun, oder vielleicht spürt auch er einen längst vergessenen Funken der Empathie, denn während er die verletzte Hand untersucht und dann verbindet, hört er sich reden mit beruhigender Stimme, als wäre sie eine Patientin und nicht die superorganisierte, megacoole Krankenhausdirektorin. »Wissen Sie, Melanie, für mich sieht es von außen so aus, als hätten Sie eine wirklich schwere Rolle zu spielen. Eine *wirklich* schwere Rolle. Und wenn ich ehrlich sein soll, habe ich den Eindruck, die Welt verlangt eine ganze Menge von Ihnen.«

Diese Bemerkung ruft ein Frösteln hervor. Sie wendet das Gesicht ab und presst die gesunde Hand an den Mund. AJ hält die andere Hand fest und starrt ihren Hinterkopf an. Er kann das alles noch nicht recht glauben – dass sie ihn nicht geohrfeigt hat, dass er in ihren Wagen eingedrungen ist, dass er es immer noch wagt, etwas zu sagen.

»Nein«, fährt er fort. »Ich sehe, es ist nicht leicht – überhaupt nicht leicht.«

Sie lässt den Kopf hängen, und ein schwacher Stromstoß fließt durch ihre Muskeln – ein beherrschtes Zucken. Er kann nicht erkennen, ob sie tatsächlich weint oder nicht. Jener Abend, wo er ziemlich betrunken war, taucht plötzlich aus der jahrelangen Versenkung auf, und wieder fragt er sich, warum er damals nicht auf ihre Anmache reagiert hat. Er hatte eine Freundin, aber gehindert hat ihn etwas anderes. Irgendwie war es, als gehörte Melanie zu einer anderen Welt – zu einer Liga, in der er nichts verloren hatte. Sie war zu ... ja, einfach irgendwie zu *vernünftig*. Zu ernsthaft. Als er und seine Freundin sich ein paar Wochen später trennten und er versuchte, sich Melanie vorsichtig anzunähern, hat sie ihm die kalte Schulter gezeigt und eine knappe Bemerkung darüber gemacht, dass das Kuratorium Verhältnisse zwischen Mitarbeitern nicht gern sehe. Seitdem gehen sie nur noch kühl und professionell miteinander um. Wie heute Morgen. Jetzt konzentriert er sich darauf, ihr die Hand zu verbinden. Wenn er es richtig macht, müsste es aufhören zu bluten. Er ist froh, dass er den Notruf nicht gewählt hat; so können sie sich den Abstecher ins Krankenhaus sparen.

»Wissen Sie was?«, sagt Melanie leise. »Ich habe heute fünf Stunden mit den Leuten von der Polizei gesprochen, die den Fall prüfen. Fünf Stunden.«

Er blickt auf. Ihr Ton überrascht ihn. Sie hat das Gesicht immer noch abgewandt. »Zeldas Tod, meinen Sie?«

»Es ist, als wollten sie uns beschuldigen, wir hätten ihr etwas angetan. Die Obduktion ist jetzt endlich abgeschlossen worden. Wussten Sie das?«

»Was kam dabei heraus?«

»Nichts.« Sie zuckt die Achseln. »Zumindest nichts Handfestes. Es heißt, sie ist an Herzversagen gestorben, aber diese Todesursache ließ sich mit nichts begründen, außer vielleicht mit ihrem Übergewicht. Jetzt kann die Polizei sich nicht entscheiden: Sollen sie die Sache auf sich beruhen lassen oder uns weiter auf den Fersen bleiben? Immer wieder sind sie alles durchgegangen: die Stationsbücher, Zeldas Pflegeplan. Jedes Mal, wenn sie auch nur einen Tippfehler in einem der medizinischen Logs gefunden haben, haben sie mich angeschaut, als sei ich der Teufel in Person.«

Zum ersten Mal dämmert AJ, dass Melanie die Klinik wirklich am Herzen liegt. Ja, hier steht ihr berufliches Ansehen auf dem Spiel, doch anscheinend reichen ihre Gefühle tiefer. Viel tiefer. Nach seiner Erfahrung ist echtes Engagement über das vom Monatsgehalt bezahlte hinaus in Beechway dünn gesät.

Er räuspert sich. »Sie haben für uns alle den Kopf hingehalten. Wir laufen herum und jammern über Überstunden und Nachtzuschläge, aber letzten Endes können wir die Arbeit abends immer hinter uns lassen.« Er hat den Verband zugeknotet und schiebt ihre Hand sanft zu ihr zurück. »So. Sie werden's überleben.«

Melanie nestelt eins der blutigen Papiertücher von ihrem Schoß und putzt sich geräuschvoll die Nase. Dann legt sie die verbundene Hand auf den Schoß und starrt sie ausdruckslos an. Sie hat geweint, ja. Ihre Wimperntusche ist verlaufen. »Alle werden sagen, ich sei suizidgefährdet. Sie werden behaupten, ich hätte mich selbst geschnitten. Wie sagt man noch? Irgendwann wendet das System sich gegen sich selbst?«

»Keine Ahnung.«

Sie schnieft noch einmal und sieht ihn dann an. »AJ?«

»Ja?«

»Tut mir leid, dass ich heute Morgen das professionelle Biest gespielt habe.«

»Schon okay. Ist schließlich Ihr Job.«

Sie lacht kurz und tränenfeucht. »Manchmal weiß ich nicht, wie ich mich sonst benehmen soll.«

»Ich sage doch, das ist okay. Es macht nichts.«

Jetzt folgt eine kurze Pause, und er fragt sich, worauf das alles hinausläuft. Dann sagt sie: »Wir kennen uns schon lange. Sagen Sie mir ehrlich ... diese Wahnvorstellung, die da alle haben ... Sie wissen schon.«

»Mau ...«

»Sagen Sie es bitte nicht.« Sie sah ihn mit einem wässrigen Lächeln an. »Tut mir leid, es ist einfach ... ich – AJ, Sie haben nie etwas gesehen, oder? Etwas, das Sie nicht erklären können.«

Er lacht spöttisch. »Doch, andauernd. Leute, die durch Wände gehen.«

»Im Ernst. Was *ist* das mit dieser Wahnvorstellung?«

»Kommt drauf an«, sagt er, »ob ich Scully bin und Sie Mulder ... oder umgekehrt.«

»Ich bin eindeutig Scully.«

»Nein – können Sie nicht. Ich bin schon Scully.«

»Dann sind wir eben zwei Zyniker. Zwei Zyniker in einem Beetle. Man sollte einen Film über uns drehen.«

Beide lachen halbherzig. AJ lehnt sich zurück und schaut durch die Frontscheibe hinaus zu einer betrunkenen Frau, die draußen einen Streit mit einem genauso betrunkenen Mann in einer Tarnhose anfängt. Es bleibt lange still. Dann sagt er: »Sie müssen zugeben, sie war eine verdammte Nervensäge.«

»Wer?«

»Zelda.«

»Nein, nein – AJ, das dürfen Sie nicht sagen. Jeder Mensch in der Klinik hat ein Recht auf unsere Fürsorge. Wir dürfen niemanden im Stich lassen.«

»Aber sie war eine Nervensäge. Ich weiß, es ist tabu, so etwas zu sagen, doch von allen Leuten, denen so etwas hätte passieren können – sind Sie da nicht froh, dass es Zelda passiert ist? Ich bin es jedenfalls.«

Wieder folgt eine Pause. Melanie behält die beiden Betrunkenen im Auge. Ihr Mund bewegt sich kaum merklich, als müsse sie ein leises Lächeln unterdrücken. »Dieses Gespräch hat niemals stattgefunden«, sagt sie, ohne ihn anzusehen. »Ich habe nicht gehört, was Sie da gesagt haben, und Sie haben mich nicht nicken sehen. Okay?«

»Welches Gespräch?«

»Und übrigens, Sie haben nicht gesehen…«

»Was?«

Sie deutet mit dem Kinn über die Schulter zu der Wodkatüte auf dem Rücksitz. »Sie haben nicht gesehen, was da drin ist.«

Das Ende

Suki atmet langsamer. Das schnelle Ein und Aus – das hektische Hecheln der letzten paar Stunden – erlahmt und wird langsam und nachdenklich. Maßvolle Resignation. Für Penny ist es das erste Anzeichen dafür, dass es wirklich zu Ende geht. Bald wird es so weit sein.

Sie schaut auf die Uhr. Es ist fünf. Abends. Also wird es Abend sein, wenn Suki geht. Viel länger kann es nicht mehr dauern. Sie zieht den Quilt hoch, sodass er ein Zelt über ihr und

Suki bildet – hier auf dem Boden im Büro, wo Suki zusammengerollt auf dem verschlissenen alten Bett liegt, das ihr seit fünfzehn Jahren gehört, seit sie eine winzige Welpe war. Penny war die ganze letzte Nacht und den Tag über hier. Sie ist nicht müde, nicht schläfrig. Überhaupt nicht.

»Hab keine Angst, Suki.« Sie streichelt ihr das Gesicht. »Hab keine Angst. Ich verspreche dir, es gibt nichts, wovor du Angst haben musst.«

Suki atmet wieder ein. Beinahe versonnen. Sie atmet aus, und Penny legt eine Hand auf ihre Rippen – ganz leicht nur, denn das Skelett ist so winzig, so schwach. Wie kann man bloß erwarten, dass diese Brust sich noch einmal hebt? Lächerlich! Dieser kleine alte Hund – winzig und schrumpelig ist er wie eine Walnuss. Schon als Welpe war Suki klein. Kein richtiger Zuchthund, sondern eine Welpe aus dem Tierheim, eine süße Töle mit langen Haaren, die ihr ins Gesicht hingen. Ihr Leben lang hat niemand Notiz von Suki genommen oder sie beachtet – nicht, wie man sich mit jauchzendem Ah und Oh über glanzvolle Red Setter und Weimaraner begeistert. Natürlich hat das Suki nie gestört. Sie war immer damit zufrieden, neben Penny herzuzockeln, glücklich und zufrieden mit der Welt und damit, wie sie war. Eigentlich wird niemand bemerken, dass sie nicht mehr da ist. Niemand außer Penny.

Noch ein Einatmen. Langsames Ausatmen. Penny beobachtet den Brustkorb, wartet auf das nächste Mal.

Sie wartet und wartet.

»Suki?«

Keine Reaktion.

»Suki? War's das?«

Die Brust bewegt sich nicht. Penny drückt beide Hände an die Rippen, und ihre Fingerspitzen tasten zwischen den Knochen nach dem letzten Flattern eines Herzschlags. Nichts. Der Unterkiefer des kleinen Hundes hängt herunter, und die Barthaare um die Schnauze berühren lockig und braun das Vorderbein.

»Suki?«

Penny schaut noch einmal auf die Uhr. Fünf Minuten vergehen. Dann noch einmal fünf. Sie zwingt sich, die Sekunden im Kopf zu zählen. Alle – bis hundertachtzig. Noch einmal drei Minuten. Nichts und niemand kann so lange existieren, ohne zu atmen. Das ist eindeutig das Ende.

»Okay.« Sie wippt auf den Fersen zurück. »Okay.«

Sie weint. Nur ein bisschen, und sie hält den Ärmel hoch, um die Tränen aufzufangen. Es wären mehr, aber die dicken Tränen sind schon gestern Morgen geflossen, als der Tierarzt ihr gesagt hat, dass es zu Ende geht.

»Ich hebe dich jetzt auf.« Nach einer ganzen Weile bückt sie sich und hebt Suki auf ihren Schoß. Die Hündin bewegt sich nicht, sträubt sich nicht. Die Beine baumeln herunter. Sie wiegt nichts – nicht mehr als ein kleiner Weidenkorb. Penny kauert sich zusammen und drückt das Gesicht an das alte Mäulchen. Wiegt sie. »Alles in Ordnung, mein Mädchen. Es ist okay. Du warst so gut. So ein braves Mädchen. Danke«, sagt sie. »Vielen Dank. Für alles.«

Der Friedensnobelpreis

AJ ist wieder an diesem Ort. Die Wände der Höhle sind glatt und warm und glänzend wie poliertes Walnussholz. Auch das Loch ist da, ein kleines Stück weit rechts von ihm. Ein zarter Strang – ein Spinnwebfaden, Sommerseide – verschwindet in dem Loch, fast als wolle er ihm den Weg zeigen. Er ist sicher, wenn er an dem Faden zieht, wird ihm jedes Wunder auf Erden offenbart werden, in einem einzigen kosmischen Blitz. Aber gerade, als er danach greifen will, dringt sprudelndes Kinderlachen an sein Ohr. Er fährt herum und schaut zum Höhleneingang. Da draußen ist etwas. Ein vertrautes Trippeln. Ein Schatten gleitet über den Boden.

Er wacht auf und schnappt nach Luft. Schwer atmend und mit pochendem Herzen. Seine Hände suchen einen Halt.

»Scheiße Scheiße *Scheiße*.«

»AJ? Alles in Ordnung, Kollege?«

Er klappert mit den Lidern. Big Lurch und einer der Pfleger sitzen auf dem anderen Sofa und starren ihn an. Er öffnet den Mund, stemmt sich mühsam auf den Ellenbogen hoch und starrt sie verständnislos an. Er ist im Fernsehzimmer des Pflegepersonals. Die Digitaluhr an der Wand zeigt 21:45. Der Fernseher läuft. Eine Frau, die nichts anhat als ein Paar schenkelhohe Stiefel, lässt das Becken kreisen und schleudert ihr blondes Haar herum wie eine Peitsche.

AJ dreht sich stöhnend in das feucht riechende Sofa und drückt die Hände ans Gesicht. Er schüttelt den Kopf. Er ist jetzt so müde, dass es nicht mehr witzig ist. Er möchte schlafen, aber er kann nicht. Langsam, sehr langsam wird er verrückt. Die Irren sind dabei, die Anstalt zu übernehmen, und das System frisst seine eigenen Jungen. Er wünscht sich ein T-Shirt mit der Aufschrift: *Man muss nicht verrückt sein, um hier zu arbeiten, aber es hilft*. Diese Laufbahn ist ein *Highway to Hell* – wieso sitzt er hier fest? Es hat eine Zeit gegeben, da hat er sich vorgemacht, er werde die Welt verändern, indem er für die Patienten sorgt. Er hat sogar gedacht, er tut das alles, damit Mum stolz auf ihn ist – damit sie glaubt, er sei fürsorglich und rücksichtsvoll. Wenn er jetzt auf diesen Idealismus zurückblickt, denkt er ohne Sarkasmus: Hätte ich doch besser einen Job bei einem Brillendiscounter angenommen.

Er hat in diesem Beruf die menschliche Natur von ihrer schlimmsten Seite gesehen. Er hat Kerle gesehen, die mitten auf der Hauptstraße kleine Kinder erstochen haben, er hat eine (inzwischen längst verstorbene) Frau gepflegt, die ihren behinderten Mann umgebracht hatte, indem sie ihm kochendes Wasser über den Kopf schüttete und ihn dann drei Tage im Rollstuhl sitzen ließ, bis er an den Verbrennungen und einer Infektion gestorben war. AJ bekam jedes Mal Herzrasen, wenn er sie mit einer Tasse Kaffee in der Hand sah, die sie erst haben durfte, nachdem sie zehn Jahre in der Klinik verbracht hatte. Dann war da der Typ, der das Pony seines Nachbarn zerhackt, gekocht und gegessen hatte, weil es ihn »komisch angeschaut« hatte. Und der AIDS-Kranke, der seine gebrauchten Spritzen mit der Nadel nach oben in den Sandkasten des Kinderspielplatzes in seiner Nachbarschaft gesteckt hatte. Und so geht es immer weiter.

Irgendwann hat er entschieden, dass er nicht mehr wissen will, warum jemand hier eingesperrt ist. Er hat sich gedacht, er könnte besser für sie sorgen, wenn er nicht weiß, was sie getan habe. Streng genommen muss er das alles wissen – die Mitarbeiter müssen die Krankengeschichte der Patienten kennen –, aber er hat gelernt, sich dabei auf das bloße Minimum zu beschränken. So ist es ihm lieber – seine Patienten sind für ihn wie Fremde im Pub oder in der Bahn. Keine Illusionen, keine vorgefassten Meinungen. Es gibt einfach einige, die er mag, und andere, die er nicht mag, und er bemüht sich, alle mit der gleichen Sorgfalt zu versorgen.

»Man sollte dich für den Friedensnobelpreis nominieren«, sagt Patience. »Dafür und für deine Arbeit mit den Bäumen.«

Er fühlt sich nicht wie ein Nobelpreisträger. Ganz im Gegenteil.

»Okay.« Er schwenkt die Beine vom Sofa. Richtet sich auf

und bleibt einen Moment lang sitzen, reibt sich das Gesicht. Es riecht seltsam im Zimmer, ein bisschen wie nach Fisch – vielleicht ist es etwas, das sie hier gegessen haben. »Okay«, wiederholt er. »Ich werde einen Rundgang machen.«

Niemand nimmt Notiz von ihm. Die Frau auf dem Bildschirm ist anscheinend mitten in einem lang gezogenen Orgasmus. Sie japst und quietscht und spielt sich wund. Massiert sich die Brüste. Big Lurch und der andere Pfleger glotzen. AJ hofft, dass er im Leben noch nicht auf einen gespielten Orgasmus hereingefallen ist. Die Chancen sind aber vermutlich ziemlich hoch.

»Ich habe gesagt, ich mache einen Rundgang.«

Keiner der beiden Männer wendet den Blick vom Fernseher. »*Hey!*« Plötzlich ist er wütend. »Hey. Seht mich an.«

Beide drehen sich erschrocken um. Big Lurch fummelt mit der Fernbedienung herum und schaltet den Fernseher aus. »Sorry, AJ, Alter. Entschuldigung.«

»Okay – und nachdem ich jetzt eure Aufmerksamkeit habe, darf ich vielleicht fragen, was hier so abscheulich riecht? Sind die Mülleimer ausgeleert? Ist das Geschirr abgewaschen? Ihr werdet nicht dafür bezahlt, dass ihr die ganze Nacht hier rumsitzt.«

»Das ist der Wasserkocher. Er ist durchgeschmort.«

»Der Wasserkocher ist durchgeschmort? Und was macht ihr jetzt? Werdet ihr es a) ignorieren und euch weiter Pornos reinziehen? Oder b) werdet ihr es ignorieren, hoffen, dass es sich von selber erledigt, und euch weiter Pornos reinziehen? Oder wollt ihr c) versuchen, das Ding zu reparieren?«

Big Lurch tut einen tiefen Seufzer und steht auf. »Keine Sorge, den Rest kenne ich. Wenn wir es nicht reparieren können, schreiben wir eine Materialanforderung an die Buchhaltung. Ich weiß sogar, welche Formulare wir brauchen.«

»Großartig – gut gemacht. Kriegst ein Fleißsternchen, Kollege.« Resigniert schüttelt er den Kopf. Er legt die Hände auf die

Knie und stemmt sich mühevoll hoch. »Jetzt gehe ich durch die Stationen. Werde tatsächlich arbeiten für mein Geld.«

»Meine Güte«, brummt Big Lurch, als AJ an ihm vorbeigeht. »Wer hat dir denn Sand in den Arsch gestreut?«

AJ ignoriert diese Bemerkung, stapft hinaus zur Treppe, und seine Laune verschlechtert sich zusehends. Er will nicht hier sein; er ist kribbelig und aufgedreht, aber zugleich ist er müde und hat die Nase gestrichen voll. Er kommt an Zeldas Zimmer vorbei und wirft einen kurzen Blick hinein. Alles ist noch genauso wie letzte Nacht, und auch die Farbwalze lehnt noch an der Wand. So geht alles hier voran – im Schneckentempo.

Zuerst geht er zu Monster Mothers Zimmer, öffnet das Guckloch und späht hinein. Drinnen ist es still. Sie liegt im Bett und schläft. Die Vorhänge sind geschlossen, und über dem Stuhl hängt ein dunkler Morgenmantel, eine Art Kimono. Das Licht schimmert in seinen dicken Falten. Niemand kann wissen, ob Monster Mother heute Nacht ohne Haut ist, aber zumindest schläft sie. Er schließt das Guckloch und geht leise durch den Korridor zurück.

Auf Station Butterblume stimmt etwas nicht. Es ist nur ein leises Geräusch, das Knarren eines Betts, ein Atmen, das aus dem Takt geraten ist. Er geht quer durch den Gang zu Zimmer 17 – Moses Jacksons Zimmer – und schiebt das Sichtfenster auf. Sofort sieht er, dass das Geräusch von hier kommt.

Moses sitzt auf seinem Bett, wiegt sich vor und zurück und hält sich den Kopf. Er ist ein völlig anderer Mensch als der arrogante Sack, den »Maude« angegriffen hat. Seit dem Augen-Zwischenfall ist er nervös und zurückhaltend. Völlig verändert. Er trägt Unterhemd und Unterhose, und er hat AJ nicht bemerkt, denn er ist ganz mit seinem eigenen inneren Kampf beschäftigt. Er schlägt sich ins Gesicht und schreit lautlos. Wiegt sich vor und zurück.

AJ öffnet die Tür. »Moses. Moses, ich bin's.«

Moses hört sofort auf, sich zu wiegen. Er erstarrt und lässt die Arme sinken.

»Moses? Ich bin's, AJ. Alles okay, Mann?«

Er blinzelt mit dem gesunden Auge. »AJ?«

»Ich komme jetzt herein.«

»Ja«, murmelt Moses. »AJ, helfen Sie mir.«

AJ schließt die Tür und geht durch das Zimmer. Auf Station Butterblume ist alles erwartungsgemäß in Gelb gehalten. Selbst bei dieser trüben Beleuchtung entkommt man der leuchtenden Farbe nicht. Die Vorhänge sind gelb mit grauen Rauten, und die Farbe des Linoleumbodens ist ein kränkliches Gelb mit schwarzen Flecken. Butterblume ist eine Reha-Station für Patienten, die als weniger gefährlich gelten, und es gibt hier ein paar Möbel, die nicht festgeschraubt sind. AJ setzt sich auf die Bettkante. Man soll sich nicht auf die Betten setzen, denn damit öffnet man Tür und Tor für alle möglichen Missbrauchsvorwürfe. Doch Moses zittert wie Espenlaub.

»Moses? Hey, hey, Alter, jetzt kommen Sie schon. Was ist los?«

»AJ, AJ, AJ.« Er krallt die Finger fest in sein krauses Haar. »AJ, helfen Sie mir.«

»Dazu bin ich ja hier. Jetzt atmen wir tief durch. Sie haben Ihre Medikamente bekommen, oder?«

»Ja.«

»Zur gewohnten Zeit?«

»Ja, ja, ja.«

»Gut. Wo liegt das Problem?«

Moses schüttelt den Kopf. Er stöhnt und presst die Hände an den Kopf. Als er spricht, ist seine Stimme fast unhörbar. »Ich habe Angst, Mr AJ. Moses hat Angst.«

»Hey, hey.« AJ löst behutsam die Finger des Mannes und hält

sie fest. »Moses, mein Alter«, sagt er und achtet sorgfältig auf seinen Ton, »ganz ruhig jetzt. Weiter tief durchatmen. So ist es richtig…«

Moses nickt. Er holt tief und zittrig Luft und lässt sie wieder heraus.

»Zwingen Sie mich nicht auszusprechen, was mir Angst macht, Mr AJ, oder diesen Namen zu erwähnen. Man hat mir verboten, ihn auszusprechen, und deshalb werde ich ihn nicht mal flüstern. Sie müssen schon entschuldigen, aber obwohl Sie mein bester Freund sind und mir den größten Respekt zeigen, werde ich zu diesem Zeitpunkt einfach die Klappe halten.«

Er nickt, als wolle er sich bestätigen, dass dies genau die Worte waren, die er hat benutzen wollen. Mehr sagt er nicht. Die Ärzte haben lange Zeit gebraucht, um Moses wieder zusammenzuflicken und sein Augenimplantat einzupassen, aber wenn man weiß, worauf man achten muss, sieht man immer noch, dass sein Gesicht verunstaltet ist. Was ist in der Nacht wirklich mit Moses passiert? AJ fragt es sich. Sie können »Maude« ruhig weiterhin als Halluzination und Fantasiegespinst abtun, aber *etwas* ist in dieser Nacht vorgefallen. Und was immer es gewesen ist, es war stark genug, um Moses dazu zu bringen, sich das eigene Auge auszureißen.

Ein Apfelbaum

Als Suki so lange tot ist, dass sie kalt geworden ist, setzt Penny sich in Bewegung. Draußen ist alles bereit – sie lebt seit zweiundvierzig Jahren allein und weiß, was als Nächstes zu tun ist. Sie war heute Morgen schon draußen und hat die Grube gegraben. Sie ist unter dem Apfelbaum, an dem Suki als Welpe – kaum größer als ein Meerschweinchen – immer genagt hat. Sie hat geknurrt und ihn angesprungen. Ihr ganz persönliches Spielmonster.

In Pullover, Rock und Socken – den Sachen, die sie seit fast zwei Tagen anhat – trägt Penny die Hündin hinaus in den Hauptteil der Mühle, die seit sechzehn Jahren ihr Zuhause ist. Das Licht ist gedämpft, und aus dem großen Holzofen in der Mitte des Raums kommt ein mattes Glühen. Selbst jetzt, eingewickelt in die alte, zerkaute Wolldecke, die sie immer im Haus herumgeschleift hat, wiegt Suki fast nichts. Sie ist nicht schwerer als eine Feder.

An der Hintertür wird Penny klar, dass sie ihre Stiefel anziehen muss. Statt Suki auf die Matte zu legen – sie glaubt nicht, dass sie das ertragen könnte –, lehnt sie sich mit der Schulter an den Türrahmen, schiebt die Füße in die Gummistiefel und wackelt sich mit den Zehen zurecht. Es wirkt irgendwie komisch, wie diese Frau mittleren Alters mit all ihren Tüchern und gefärbten Haaren und klingelnden Armreifen in der Tür steht wie eine Betrunkene mit einem toten Haustier in den Armen. Sie muss lächeln. Suki würde lachen. Wo immer sie jetzt ist. Oben in den dunklen Luftwirbeln.

Es ist sehr, sehr dunkel. Sehr kalt. Ihr Atem hängt in der Luft. Der Winter zieht heran. Ist schon da. Sie geht zum unteren Ende des Gartens, ohne sich um die schlüpfrigen Terrassenstufen zu kümmern. Es wäre besser, wenn sie betrunken oder high wäre, aber dazu war keine Gelegenheit. Es wäre besser, wenn sie sich gewaschen und umgezogen hätte; sie würde sich bei etwas so Wichtigem gern sauberer und hübscher fühlen, aber sie ist nicht mehr jung, und niemand sieht ihr zu.

Sie hockt sich hin und lässt Suki in die Grube sinken, in die sie getrocknete Blüten und Früchte und Decken und Sukis Tennisball gelegt hat. Der Ball ist verklebt von Hundespeichel und

Haaren. Die Hündin scheint zu seufzen, als der Körper auf dem Boden ankommt, als sei das eine Erleichterung. Penny zieht die Hände unter der Decke hervor, tritt einen Schritt zurück, schließt die Augen und verschränkt die Finger locker vor der Taille. Sie senkt den Kopf und versucht, respektvoll zu sein. Versucht, an gute Wünsche zu denken und daran, wo Suki jetzt hingehen wird. Aber sie kann es nicht, und schließlich nimmt sie einfach die Schaufel und schiebt die gefrorene Erde in die Grube. Schnell, bevor sie es sich anders überlegen kann.

Stromausfälle

Etwas stört AJ, aber er kann nicht genau sagen, was es ist. Statt seinen Rundgang zu beenden, macht er sich auf die Suche nach Big Lurch. Er muss ins Dienstzimmer und hinüber in den Verwaltungstrakt und durch sämtliche Toiletten und Küchen gehen, bevor er ihn im Kontrollraum der Security findet, einer riesigen, futuristischen Glaskapsel im Empfangsbereich der Klinik. Dort sitzt er auf einem Drehstuhl vor einer Reihe von Monitoren. Er hat die Füße hochgelegt und die Arme verschränkt, und sein Kopf hängt herab, als schlafe er oder sei kurz davor einzuschlafen.

»Erstaunlich.« AJ bleibt in der Tür stehen und verschränkt die Arme. »Du bist da, wo du hingehörst. Hier hätte ich zuallerletzt gesucht.«

Big Lurch hebt den Kopf ein kleines Stück und runzelt die Stirn.

»AJ? Du siehst komplett gaga aus – wie einer von denen, die man ins Irrenhaus sperrt. Du solltest damit zum Arzt gehen. Das gefällt mir gar nicht.«

AJ reibt sich die Augen. Er kommt herein, setzt sich auf einen der Stühle und streicht mit den Händen über das weiche Wildleder der Armlehnen. Er hat diesen Raum immer gemocht; er ist behaglich, hat aber nichts Klaustrophobisches. Hier kann man sich wohlfühlen und in die Welt hinausschauen: Man sieht den Mond oder die Sonne, die Stadt und die Bäume, die Autos und die Wolken. Es ist wie auf der Kommandobrücke eines Schiffs. Wie auf der *Enterprise* vielleicht. Der Glasschirm vor der Außenwelt ist schusssicher. Man hat viel Geld in diesen Kontrollraum gesteckt. Viel Geld und Macht und Reichtum. Das Kuratorium kann für so etwas eine Finanzierungsmöglichkeit finden, aber es kann nicht verhindern, dass jemand wie Moses sich in der Frühstücksschlange ein Auge herausreißt.

»Was meinst du?«, fragt er. »Glaubst du, unsere Direktorin weiß, wie sehr uns das zu schaffen macht? Hmm? Denkt sie, wir sind alle glücklich und zufrieden, oder weiß sie, dass uns das ziemlich heftig mitnimmt? Was hast du für ein Gefühl?«

Big Lurch senkt das Kinn auf die Brust und mustert AJ von oben herab. »Ehrlich?«

»Ehrlich.«

»Sie ist selber zu unglücklich, um sich noch darum zu kümmern, was mit uns los ist. Leid sieht man nur, wenn man selber nicht leidet. Fürsorglichkeit? Ist ein Luxus, wenn du die ehrliche Wahrheit hören willst.«

AJ nickt zustimmend. Big Lurch redet nicht viel, aber wenn er etwas sagt, sind seine Worte hochkarätig vergoldet.

»Und? Was macht sie unglücklich?«

»Weißt du das nicht?«

»Sollte ich es wissen?«

Big Lurch dreht sich um und sieht AJ ins Gesicht. Überrascht. »Du weißt es wirklich nicht?«

AJ starrt ihn verständnislos an. »Was denn? Was soll ich wissen?«

»Das mit Jonathan?«

»*Jonathan?* Was für ein Jonathan?« Er durchwühlt sein Gehirn nach einem Gesicht, das er mit diesem Namen in Verbindung bringen kann. Ein Patient? Nein – es gibt keine Jonathans in der Klinik. Der Einzige, der ihm einfällt, ist Jonathan Keay, ein Ergotherapeut, der die Klinik letzten Monat verlassen hat. »Meinst du Jonathan Keay?«

»Natürlich meine ich Jonathan Keay.«

»Den Ergi, der gekündigt hat? Was ist mit dem?«

Big Lurch schaut AJ amüsiert an und lächelt schief. Dann lässt er ein leises Lachen aus seiner Brust blubbern. *Aha aha aha.* »AJ, *ernsthaft*, Mann! Für einen wachen Menschen hast du manchmal wenig Durchblick.«

»Dann erklär's mir, Herrgott.«

»Melanie und Keay? Das hast du nicht bemerkt?«

»Ist das dein Ernst?«

»Oh, bitte, Kollege. Bitte!«

AJ senkt den Blick auf die glatten Armlehnen seines Stuhls und bewegt die Hände auf und ab. Melanie und Jonathan Keay? Im Ernst? Bis jetzt hat er sich immer eingebildet, er sei hier derjenige, der sämtliche Geheimnisse kannte. Er sei es, der das Wissen der Welt auf seinen Schultern trage. Aber das ist er anscheinend nicht. Anscheinend erfährt er alles als Letzter. Ergotherapeuten treiben es mit dem Topmanagement? Wenn das stimmt, ist es ziemlich skandalös – das größte Tabu, so wie Unzucht mit einer Patientin. Die Montagues und die Capulets. Das hat Melanie selbst gesagt: Das Kuratorium sieht es nicht gern.

Und trotzdem hatte sie was mit Keay? Jonathan ist jemand, über den AJ nie viel nachgedacht hat. Ein ganz normaler Typ: Ende dreißig, mit einer Menge Erfahrung auf dem Buckel. Wenn er sich recht erinnert, hatten Keay und Melanie zusammen in einer Klinik im Norden von England gearbeitet, bevor sie herkamen. Sie hatten beide unten angefangen und sich langsam hochgearbeitet. Niemand weiß genau, warum er Beechway letzten Monat verlassen hat. Angeblich aus gesundheitlichen Gründen. Kam sehr plötzlich – er hat sich nicht mal verabschiedet. Gerade war er noch da, im nächsten Augenblick nicht mehr. AJ erinnert sich unbestimmt an eine Postkarte – mit einer sehr förmlichen Handschrift – von seiner Mutter: *Danke, dass Sie meinem Sohn so großzügige Kollegen waren. Er wird Sie alle vermissen*. Das hatte etwas von einem Trauerfall.

AJ hat – ohne konkret darüber nachzudenken – immer angenommen, Keay habe ein geheimes Privatleben, über das er nicht sprechen wollte. Das hat ihn nicht weiter interessiert, aber jetzt durchkämmt er jedes Wort, das der Mann jemals gesagt hat, und zwar im Kontext der Möglichkeit, dass Keays Geheimnis seine Affäre mit Melanie gewesen sein könnte. Vielleicht hatte die konfuse kleine Episode mit dem Wodka etwas mit ihm zu tun? Alles, was AJ über Melanie zu wissen geglaubt hat, wirbelt wild durcheinander. Er hat keine Ahnung, was er von Jonathan Keay halten soll, doch seine Eifersucht auf ihn wird riesengroß.

Einer der Überwachungsmonitore lenkt ihn von diesen Gedanken ab. Er fragt sich, was ihn eigentlich veranlasst hat, hier herunterzukommen. Spekulationen über das Liebesleben der Mitarbeiter waren es sicher nicht. Irgendetwas wegen des Kameraüberwachungssystems in der Klinik hat ihn beschäftigt. Aber was war es noch?

Auf den Monitoren ist nichts zu sehen. Leere, stille Korridore. Der Kunstrasenplatz für die sportliche Betätigung. Der Kreuzungspunkt im Stielkorridor. Man sieht sogar den Security-Kontrollraum von hinten und oben: Da sitzen er und Big Lurch, und ihre Hinterköpfe ragen kaum über den unteren Bildrand.

Und dann geht ihm ein Licht auf. Er beugt sich ein kleines Stück weit vor und schaut die Bilder an, und er glaubt zu wissen, was es ist. Das, was ihm keine Ruhe gelassen hat, der Grund, weshalb das Wort »Wahnvorstellung« ihm immer so unzutreffend erschienen ist. Er bleibt, wo er ist, und starrt auf die Monitore, und seine Gedanken kreisen langsam umeinander. Der Geruch vorhin im Dienstzimmer – der verbrannte Fischgeruch des verschmorten Wasserkochers. Der Geruch in Moses' Zimmer an jenem Morgen. Auch an dem Tag war im Gebäude etwas durchgebrannt.

»Hey«, sagt er langsam. »Diese Kameras da. Ihr speichert die Aufnahmen doch, oder?«

Big Lurch wirft ihm einen sarkastischen Blick zu. »Nein, die sind nur zur Dekoration. In langen dunklen Nächten lasse ich meine Pornos auf diesen Monitoren laufen. Selbstverständlich speichern wir sie, Mann. Ich meine – nur für zwei Wochen, aber wir speichern sie.«

»In der Nacht, als Zelda sich verletzt hat – als sie sich die Arme zerkratzt hat –, da habt ihr nichts aufgenommen wegen des Stromausfalls.«

»Ja.« Big Lurch nickt. »Ich hab doch gesagt, hier ist was Schräges im Gange. Die dauernden Stromausfälle und immer aus einem anderen Grund.«

»Und in der Nacht, als Zelda gestorben ist?«

»Ja, in der Nacht war es das Gleiche. Und die...« Er bricht ab, lässt seine Füße laut vom Tisch auf den Boden fallen und dreht sich mit seinem Stuhl zu AJ herum. »Weißt du was? Du hast recht. Jedes Mal hat es einen Stromausfall gegeben.«

Das Geheimnis beim Fliegen

Fartlek ist Schwedisch und bedeutet »Geschwindigkeitsspiel«. Es ist eine Trainingsmethode, die dazu gedacht ist, durch Tempowechsel die Kondition zu verbessern. Man kann sie individuell anpassen, und deshalb ist sie ideal für jeden, der nach einer langen Trainingspause wieder fit werden möchte.

Der Fußballplatz hinter der Einsatzzentrale der Avon and Somerset Police hat einen eigenen Mini-»Fartlek-Hügel«, einen künstlich angelegten Berg am Ende des Platzes mit drei Tartan-Bahnen aus Polyurethan, die sich dort hinauf- und darüber hinwegschlängeln. Um sieben Uhr früh, als die Sonne über der Stadt aufgeht, kämpft sich Sergeant Flea Marley, dreißig Jahre alt, die Steigung hinauf. Sie läuft vorbei an den Sockeln der drei Windräder, die dort oben stehen, und auf der anderen Seite wieder hinunter. Sie hält ein hartes, hohes Tempo, wendet am Fuße des Hügels, ohne innezuhalten, und läuft wieder hinauf. Ihr schwarzes T-Shirt – »POLICE« steht in erhabenen Lettern zwischen den Schultern – ist tropfnass vom Schweiß, der in Dampfwolken verdunstet. Beim Fartlek muß man die Laktatschwelle überwinden. Die Übelkeit. Man muss es *wollen*.

Flea will es. Sie will wieder fit sein. Sie ist Sergeant bei der Unterwasser-Sucheinheit – dem Taucherteam der Polizei. Eine Frau in einer Männerwelt, in der vor allem ihr Körper funktionieren muss. Vor mehr als zehn Monaten hat sie bei einer Explosion in einem Tunnel eine Verletzung am Oberschenkelmuskel und ein geplatztes Trommelfell davongetragen. Der Weg zurück zur Fitness war lang, aber der größte Teil liegt hinter ihr. Sie hat hart an sich gearbeitet und ist – schlicht und einfach – ein anderer Mensch als vor einem Jahr. Sie hat alles im Griff. Die Dinge in ihrem Kopf sind säuberlich aufgereiht. Es ging nur darum, sie in Schachteln zu tun. Den Deckel zu schließen. Das ist auch das

Geheimnis beim Fliegen – man schaut weder nach unten noch zurück.

Sie verlässt den Hügel und läuft auf den Platz, und dort verfällt sie in die entspannte Laufphase. Sie trabt voran, der Boden unter ihren Füßen ist trocken und kalt. Der Rasen unbeleuchtet. Das einzige Licht kommt von den Flutlichtern drüben über dem Kunstrasen, wo eine Fußball-Jugendmannschaft ihr morgendliches Training absolviert. Der Kompressionsstrumpf, den sie monatelang am Oberschenkel getragen hat, ist jetzt weg, und die Luft am Bein fühlt sich gut an. Das geplatzte Trommelfell hat sich entzündet und sie länger als erwartet beschäftigt – sie hat zwar gearbeitet, aber acht Monate lang nur eingeschränkten Dienst gemacht –, und sie wird wahrscheinlich noch drei Wochen nicht tauchen können: Dann muss sie zu den Barotrauma-Spezialisten in Plymouth, um sich offiziell wieder einsatzfähig schreiben zu lassen. Aber ihr Körper fühlt sich jetzt schon richtig gut an, und zum ersten Mal seit einer Ewigkeit hat sie auch das Gefühl, gut auszusehen. Sie hat wieder zugenommen, und ihre Haut ist rosig.

Als sie zum hohen Tempo der letzten Minute übergeht, wird ihr bewusst, dass sie beobachtet wird. Ein Mann sitzt auf einer Bank in dem Laubengang, der zum Parkplatz führt – unter den ausladenden herbstlichen Ästen.

Sie vollendet die volle Fünfhundert-Meter-Runde und behält ihn dabei mit kurzen Blicken im Auge. Um ihn herum liegt Laub auf dem Boden, und er trägt eine schwarze Windjacke mit hochgeschlagenem Kragen und hat die Ellbogen auf die Knie gestützt. Sein Gesicht wirkt hart und entschlossen. Er hat einen kräftigen Hals, intensive blaue Augen und dunkles, sehr kurz geschnittenes Haar. Wenn er jetzt aufstände, wäre es eine sehr lässige Bewegung – eine Bewegung, die andere Leute, vor allem Frauen, bemerken würden. Flea weiß das, denn sie weiß, wer er ist. Es ist DI Jack Caffery.

Sie hat ihn seit fast einem Jahr nicht mehr gesehen oder mit ihm gesprochen – und sie nimmt ihn auch jetzt nicht zur Kenntnis. Stattdessen legt sie am östlichen Rand des Sportplatzes einen Sechzig-Meter-Sprint ein und verringert das Tempo, als sie die Kurve nimmt. Er wird sie ununterbrochen beobachten können, und das ist ihr recht. Zum ersten Mal seit einer Ewigkeit mag sie ihren Körper, und sie hat nichts dagegen, dass Leute ihn anschauen. Sie hat einigen Grund, stolz zu sein.

Als sie um das obere Ende des Platzes herumkommt, gibt das Funkgerät in dem schwarzen Halfter an ihrem Oberarm sein vertrautes Zwitschern von sich. Es ist das unverwechselbare Signal eines Direktkontakts: Jemand will ausdrücklich mit ihr sprechen. Sie verlangsamt ihr Tempo zu einem weit ausgreifenden Dauertrab. Vielleicht ist das seine Art, mit ihr Kontakt aufzunehmen. Aber dann sieht sie den Anrufer auf dem Display, und es ist nicht Jack Caffery, sondern Wellard, ihr stellvertretender Sergeant.

Sie bleibt stehen, beugt sich vornüber und stützt keuchend eine Hand auf den Oberschenkel. Als sie sich fast wieder erholt hat, richtet sie sich auf und hält das Funkgerät an den Mund.

»Hi, Wellard. Was gibt's?«

»Hab's auf Ihrem Handy versucht. Nicht erreichbar.«

»Nein – ich bin auf dem Platz des Fußballclubs. Ich glaube, das liegt an den Windkrafträdern.«

»Können Sie reinkommen? Wir haben einen Einsatz.«

»Einen Einsatz?« Flea bohrt die Finger in die Bauchmuskeln, wo sie schmerzen. »Einen Tauchereinsatz?«

»Nein, eine Suche. MCIT.«

MCIT – das ist Jack Cafferys Einheit. Sie verkneift es sich, einen Blick über die Schulter zu ihm zurück zu werfen. »Was wollen die denn?«

Wellard seufzt. »Einen Sucheinsatz. Vermisste Person. Ich

schätze, das ist von einem Revisionsteam angeregt worden, denn es ist eine, nach der wir schon mal gesucht haben. Misty Kitson.«

»Misty Kitson.«

»Sag ich doch.«

Flea lässt die Taste los. Sie atmet ein und aus und saugt die Luft bis auf den Grund ihrer Lunge. Ihr Puls, der eigentlich langsamer werden sollte, hat sich bei diesem Namen wieder beschleunigt. Misty Kitson.

»Boss? Sind Sie noch da?«

Sie hustet. Drückt auf die Taste. »Ja, ja – ich bin hier.«

»Ich wollte sagen – Misty Kitson –, sie wollen, dass wir noch einmal in der Umgebung der Klinik nach ihr suchen. Sie werden die Parameter ausweiten.«

»Ja, ich höre.«

»Können Sie ins Büro kommen? Anfangen, über ein Team nachzudenken?«

»Bin schon unterwegs.«

Sie schiebt das Funkgerät ins Halfter zurück und bleibt mit klopfendem Herzen einen Moment lang stehen. Misty Kitson. Eine Suche nach Misty Kitson. Der einzige Officer beim MCIT, der eine solche Anforderung veranlassen würde, ist derjenige, der den Fall als leitender Ermittler bearbeitet hat. DI Jack Caffery.

Langsam dreht sie sich zu dem überschatteten Weg um, an dem er sitzt.

Aber die Laternen beleuchten einen leeren Platz. Caffery – wenn er es war – ist verschwunden.

Mulder und Scully

AJ hat es zu seiner eigenen Überraschung geschafft, noch zwei Stunden zu schlafen. Die Nachtschicht geht jetzt nach Hause, aber er ist in seinem Büro geblieben und trinkt einen megastarken Kaffee, um aufzuwachen. Als Melanie um sieben in die Klinik kommt, zittert er schon leicht vor lauter Koffein. Er steht am Fenster und sieht zu, wie sie den Parkplatz überquert. Die Außenlampen beleuchten die Regentropfen, die wie Silberkugeln an ihr vorbeifliegen. Sie trägt einen beigefarbenen Regenmantel und rote Gummistiefel, und sie läuft geduckt auf den Eingangsbereich zu. Als sie im Gebäude ist, zieht er sich vom Fenster zurück. Er pusselt herum und bemüht sich mit noch mehr Kaffee und Papierkram, wach zu bleiben. Er will ihr zwanzig Minuten Zeit geben, sich zu sammeln.

Um zwanzig nach sieben rafft er sich auf, rückt seine Ansteckkrawatte zurecht und geht entschlossen durch den Korridor. Er klopft an ihre Tür.

»Ja?«

»AJ.«

Kurze Pause. Etwas bewegt sich leise. Dann: »Herein.«

Er öffnet die Tür. Sie sitzt am Schreibtisch hinter einem Berg von Papier und hat ihre Brille aufgesetzt. Die Gummistiefel und den regennassen Mantel hat sie ausgezogen, und jetzt trägt sie eine Bluse mit herabhängenden Spitzenmanschetten, mit der sie aussieht wie jemand vom Hofe Ludwigs XIV. Der Grund für diese Rüschen ist natürlich die verbundene Hand. Die Gerüchteküche soll gar nicht erst angeheizt werden.

»AJ?« Ihr Lächeln ist freundlich, aber reserviert. »Danke für gestern. Sie waren ein Schatz. Haben Sie die ganze Nacht gearbeitet?«

»Darf ich hereinkommen?«

»Natürlich.« Sie deutet mit dem Kopf auf den Stuhl vor ihrem Schreibtisch. »Bitte.«

Er kommt herein und setzt sich – und wieder fühlt er sich wie ein Schuljunge im Büro der Direktorin. *Sie hat mit einem Ergotherapeuten geschlafen, Mann. Vergiss das nicht. Hat sich mit einem der schlimmen Ungewaschenen gemeingemacht. Nicht ganz so professionell, wie sie aussieht…*

»Ich habe vom Gericht ein paar Entscheidungen zu den Unterbringungsverfahren der letzten Woche bekommen«, sagt sie strahlend. »Es gibt gute Neuigkeiten. Wir haben morgen auf der Entlassungsvorbereitungsstation ein freies Bett.«

»Ach?«

»Isaac Handel. Sie haben seine Entlassungspapiere abgestempelt. Also werden wir uns jetzt wohl überlegen müssen, wer aus der Akutstation herüberverlegt wird und woher die nächste Einweisung kommt, und deshalb will ich…« Sie bricht ab und legt den Kopf zur Seite. »AJ? Sind Sie nicht deswegen gekommen?«

»Nein.« Er räuspert sich unbehaglich. »Nein… eigentlich wollte ich, äh, reden über das… Sie wissen schon… was wir gestern besprochen haben. Die Wahnvorstellungen bei den Patienten. Das M-Wort.«

Sie seufzt tief. »Oh. Okay.«

»Wir – ich meine, die Klinik –, wir haben dazu immer eine gemäßigte Haltung eingenommen. Wir haben unsere Schlussfolgerungen gezogen und uns daran gehalten. Und die Schlussfolgerungen waren ziemlich einfach angesichts der Bewohner hier: Massenhalluzinationen, Hysterie et cetera.«

»Gäbe es denn noch andere Schlussfolgerungen?«

»Ja. Die gäbe es.«

Sie lässt das Blatt sinken, das sie in der Hand hält, und starrt ihn an, und plötzlich hat sie rote Wangen. Die Brillengläser vergrößern ihre Augen. »AJ«, sagt sie in gleichmütigem Ton. »Oder sollte ich sagen, Mulder? Wollen Sie auf die dunkle Seite hinüberwechseln? Ihren Skeptikerausweis abliefern? Sind wir jetzt ein ›Maude‹-Jünger?«

»Nein. Tatsächlich hat der hässliche Skeptiker in mir soeben einen Kasten Red Bull getrunken und einen Ferrari entführt. Ich bin Scully, Scully bis ins Mark. Mehr Scully als Scully selber. Scully könnte auf mir basieren.«

Sie nimmt die Brille ab und legt sie sorgfältig zur Seite. Sie faltet die Hände, beugt sich vor und sieht ihn an wie eine Richterin. Mit hochgezogenen Brauen wartet sie auf eine Erklärung.

»Ein Stromausfall«, sagt er. »Jedes Mal, wenn ›Maude‹ erscheint, gibt es einen Stromausfall. Es gab einen in der Nacht, als Zelda sich die Arme mit Kugelschreiber geritzt hat, und es gab einen, als sie starb.«

»Ich weiß. Manchmal sehe ich im Fernsehen *Ashes to Ashes* und denke mir: Ich wünschte, das könnte ich auch – mich einfach in die achtziger Jahre zurückbeamen, als die Klinik gebaut wurde. Es gibt ein paar Leute, mit denen ich gern ein offenes Wörtchen reden würde. Als Erstes mit den Elektrikern.«

»Ich glaube, es hat vielleicht auch einen Stromausfall gegeben, als Moses diese Sprüche auf seine Wände geschrieben hat. Ich erinnere mich, dass er sagte, es roch nach verbranntem Fisch.«

»Aus der Küche? Daran erinnere ich mich nicht.«

»Na ja, an die Küche habe ich auch gedacht – aber wissen Sie, wie es riecht, wenn eine Sicherung durchbrennt?«

»Ja, wie…« Sie runzelt die Stirn. »Wie verbrannter Fisch.«

»Mitarbeiter aus dem Sicherheitsdienst meinen, es hat einen Stromausfall gegeben, als Moses seine Episode hatte. Können Sie sich daran erinnern?«

»Ich wünschte, ich könnte es. Kann mich heutzutage kaum noch an meinen eigenen Namen erinnern – geschweige denn an etwas, das so weit zurückliegt.«

»Wer hat Aufzeichnungen über solche Sachen?«

»Vielleicht die Hausmeisterei – aber nein, deren Aufzeichnungen werden jedes Jahr gelöscht.« Sie zuckt die Achseln. »Weiß der Himmel. Moses fragen?«

»Haben Sie mal versucht, Moses nach irgendetwas zu fragen, das an dem Tag passiert ist? Das ist, als wären wir in Guantánamo, und Sie wollten ihn waterboarden.« Sie zuckt noch einmal die Achseln und greift nach ihrer Brille, als verliere sie das Interesse. Er beugt sich vor. »Ein Stromausfall bedeutet, es gibt keine Videoaufzeichnung. Der Notstromgenerator betreibt die Videokameras nicht; ich habe mich bei der Sicherheitsabteilung erkundigt. Wahnvorstellungen, Halluzinationen, Fantasiegespinste? ›Maude‹? Das ist Mulders Welt – ganz unabhängig von den harten Fakten der Realität. Aber grausame Verstümmelungen und Stromausfälle? Das ist Scully. Meine Zuständigkeit.«

Melanie legt die Brille wieder hin, beugt sich vor und schaut ihn mit ihren unfassbar blauen Augen an. »AJ«, sagt sie ruhig. »Ich habe absolut keine Ahnung, wovon Sie reden.«

»Keine Videoaufzeichnungen, kein Beweismaterial.«

»Ich verstehe immer noch nichts.«

»Hallo? Melanie, ich will nicht unhöflich sein, aber denken Sie doch mal nach. Moses war ein Nervtöter. Zelda auch und Pauline ebenfalls. Sie haben die Leute wütend gemacht. Was ich sagen will: Könnte es sein, dass die Wahnvorstellungen keine Wahnvorstellungen sind? Könnte es so passiert sein, wie sie sagen? Könnte es sein, dass jemand in der Klinik – ein richtiger, lebendiger Mensch, einer der anderen Patienten, vielleicht sogar ein Mitarbeiter – versucht, ihnen das Maul zu stopfen?« Er schweigt kurz, damit Melanie im vollen Umfang begreifen kann, was er da sagt. »Ich meine – Moses? Zelda? Pauline? Wer hätte da nicht gern …?«

»Nein, AJ. Was für ein Quatsch – entschuldigen Sie. Das hätten sie doch erzählt.«

»Es war dunkel. Wie sollten sie sehen, wer da in ihr Zimmer kommt. Und was ist, wenn sich jemand an ihren Medikamenten zu schaffen gemacht hat? Sie sind sowieso zugedröhnt bis an die Augäpfel. Was ist, wenn man ihnen noch mehr Sedativa gegeben hat, als sie normalerweise bekommen? Haben Sie nie über diesen Herzinfarkt nachgedacht, für den es keine richtige Erklärung gibt? Sekundärfolge der Adipositas – war das nicht der Befund? Ich bin sicher, der Pathologe hat nicht nach Quetschverletzungen am Herzen gesucht. Wie auch?«

»Quetschverletzungen?«

»Ja – zum Beispiel, weil jemand auf ihr gesessen hat. Und ich meine nicht, dass ein Gespenst auf ihr gesessen hat, sondern ein Mensch aus Fleisch und Blut. Ein *Mensch*.«

»Das hätte man doch untersucht, oder? Das ist das Erste, wonach sie suchen: Verletzungen durch Gewaltanwendung.«

»Kann sein. Aber es könnte auch ein stressinduzierter Herzinfarkt gewesen sein. Stress, weil jemand sie gequält hat. Hat jemand überprüft, ob die Schrift auf Zeldas Armen tatsächlich *ihre* war? Die Schrift bei Moses an den Wänden? Auf Paulines Beinen? Wir haben alle angenommen, sie hätten es sich selbst beigebracht, aber wer hat es überprüft? Ich jedenfalls nicht. *Sei keine von denen, die begehen ruchlose Taten. Wer ein Weib ansieht, ihrer zu begehren, der hat schon mit ihr die Ehe gebrochen in seinem Herzen. Meide Müßiggang und Maßlosigkeit.* Moses mag hundert Mal Ehebruch begangen haben, aber würde er diesen Spruch kennen? Und weshalb soll Zelda ein Wort wie Müßiggang gebrauchen? Es ist ja für *mich* schon fast ein Fremdwort.«

»Faulheit. Es bedeutet so was wie Faulheit.«

AJ zog eine Braue hoch. »Ich bin beeindruckt.«

»Der Satz stand irgendwo geschrieben. Auf einem der Bilder, ich weiß nicht mehr ...« Sie blickt hoch zu dem Kupferstich des

Armenhauses, als suche sie nach einer Erinnerung. Sie schüttelt den Kopf. »Jedenfalls hat es mit Faulheit zu tun.«

»Dann passt es ja irgendwie zu Zelda.«

Melanie setzt die Brille auf und schaut mit tolerantem Stirnrunzeln über den Rand hinweg. »AJ, helfen Sie mir auf die Sprünge. Wie war Zelda nach dem DSM klassifiziert? Ich weiß es nicht mehr.«

»Sie war ... wahrscheinlich als schizophren, Achse zwei? Bipolare Störung, nehme ich an, und ...«

»Kurz gesagt, sie ist beeinflussbar. Hat akustische und visuelle Halluzinationen?«

»Ich sage doch nur, Sie sollen den Fall unvoreingenommen betrachten.«

»Ich *bin* unvoreingenommen, AJ. So unvoreingenommen, wie man es in diesem Job nur sein kann. Und ich versichere Ihnen eins: Es ist nicht so gewesen. Das ist ausgeschlossen. Und mir wäre lieber, ein gespenstischer, kleiner toter Zwerg käme herein und setzte sich auf meine Brust, als dass ich glauben müsste, was Sie da vorschlagen.«

»Ich finde, wir sollten es überprüfen. Sogar mit der Polizei reden.«

»Die Polizei war eine ganze Woche hier. Sie haben die Nase genauso voll wie wir und werden nicht daran interessiert sein, dass wir das alles noch einmal ausgraben.«

»Ich meine eine andere Abteilung der Polizei. Eins der Spezialistenteams. Erinnern Sie sich an die Detectives, die wir neulich beim Strafrechtsforum kennengelernt haben? Major Crime? Sie haben doch mit einem von denen gesprochen. Sie könnten ihn anrufen und ein vertrauliches Gespräch führen.«

»AJ, ich verstehe Ihre Besorgnis – aber jetzt noch einmal die Polizei da hineinziehen? Zumal wenn wir gar nicht wissen, was passiert ist? Im Moment sieht es doch so aus, als ob sich das alles verzieht, und ich für meinen Teil bin mehr als zufrieden damit, das geschehen zu lassen, damit die Klinik langsam wieder in den Normalzustand zurückfindet. Tut mir leid, aber ich glaube, mit einer neuen polizeilichen Ermittlung werde ich nicht mehr fertig. Nicht bei all dem, was sonst noch los ist.«

AJ seufzt. Er lehnt sich zurück und massiert sich die Schläfen. Vielleicht hat sie recht. Vielleicht ist er nur erschöpft und von einer hyperaktiven Fantasie geplagt. Er hat in den letzten sieben Tagen viel zu viel Zeit hier verbracht – er kann bis in den nächsten Monat hinein Überstunden abfeiern. Er muss sich ein Weilchen freinehmen.

»Tut mir leid«, sagt er. »Sorry. Sie haben recht.« Er zögert und wirft einen Blick auf ihre Hand. »Und bei Ihnen? Wie geht's der Verletzung?«

Sie schaut auf den Verband hinunter. »Alles in Ordnung. Aber ich nehme an, Sie halten mich jetzt für eine Alkoholikerin.«

»Nein. Nein – wie gesagt, ich glaube, Sie haben einfach viel am Hals. Und dann ist Jonathan weggegangen. Das muss ja hart sein.«

Die Worte sind aus seinem Mund gekommen, bevor ihm klar ist, was er da sagt. Aber jetzt ist es zu spät. Ruckartig hebt sie das Kinn, und eine leise Andeutung des Gefühls, das er gestern Abend im Wagen schon bemerkt hat, kriecht über ihr Gesicht. Wie ein kleines Insekt, das in einen Teich gefallen ist. »Verzeihung? Wie bitte?«

»Ja – ich, äh – nichts weiter. Nichts.« Er will aufstehen. »Ich werde jetzt – vergessen Sie, was ich gesagt habe.«

»Nein. Warten Sie. Habe ich eben richtig gehört?«

Jetzt ist AJ derjenige, dem die Röte ins Gesicht steigt. Er bleibt, wo er ist, halb stehend, halb sitzend, und weiß nicht, wo er sich lassen soll. »Ja... ich wollte nur wissen, ob es Ihnen gut geht. Das war alles.«

»Weiß es jeder?«

»*Jeder* würde ich nicht sagen.«

»O Gott.« Melanie lässt die verletzte Hand auf den Schreibtisch fallen und schüttelt den Kopf. »O mein Gott, o mein Gott. Was für ein verdammter Schlamassel.«

Die große prächtige Macht

Zum ersten Mal seit Jahren wacht Penny nicht im ersten Morgengrauen auf und macht sich an die Arbeit. Stattdessen schläft sie lange, allein in ihrem Schlafzimmer oben unter dem Dach der Mühle. Als sie aufwacht, ist es draußen hell, und graue Eiswolken gleiten träge über den Himmel. Suki durfte immer zu ihr ins Bett; mitten in der Nacht streckte Penny die Hand aus und spürte ihre tröstliche Wärme, und zur Belohnung leckte Suki ihr dann glücklich die Hand. Heute ist das Kissen neben ihr kalt.

Sie liegt da und schaut es an. Suki ist fort. Sie ist eins mit der großen, prächtigen Macht. Jetzt wird sie alles speisen und nähren, was wächst. Ihr Geist wird schweben und umhertreiben wie Rauch und seinen Weg finden in jeden Baum, jeden Grashalm, jeden Vogel und jeden Pilz. Penny ist dankbar für die Natur, für die großzügige und vorurteilsfreie Art, wie sie sich erneuert, ungeachtet des dummen Zeugs, das die Menschen anstellen. Sie singt den Bäumen etwas vor, wenn sie ihre Früchte ausgeborgt hat. Im tiefsten Winter kehrt sie zu den Pflanzen zurück und bringt ihnen etwas von dem, was sie gemacht hat – Marmelade oder Sirup, Eingemachtes oder Schlehengin. In dieser Gegend haben früher alle die Apfelbäume so behandelt; sie kamen im Januar und begossen sie mit dem jungen Cider aus den Früchten des vergangenen Jahres. Es gibt immer noch Leute, die das tun.

Sie nennen es Wassailing, diese Segnung des Baumes mit seinem eigenen Produkt. Penny benutzt lieber das schlichte alte Wort »danken«.

Den Bäumen danken? Die Früchte ausborgen? Ihnen etwas vorsingen? Kein Wunder, dass du keinen Mann hast, denkt sie. Du bist ein verknöcherter alter Hippie. Du hast Windglockenspiele im Garten und Kristalle an den Fenstern, Herrgott noch mal. *Kristalle*. Eines Tages wirst du aufhören, dich zu waschen, und dann lässt du dir einen üppigen Bart wachsen, in dem kleine Tiere ihre Nester bauen.

Sie wirft einen Blick auf das Telefon neben dem Bett und überlegt, ob es überhaupt jemanden gibt, mit dem sie darüber reden kann, dass Suki gestorben ist. Ihr Bruder wohnt im nächsten Dorf, aber sie hat ihn seit Jahren nicht gesehen, und außerdem bezweifelt sie, dass es ihn interessieren würde. Wen würde es interessieren? Die Lady im Laden an der Ecke vielleicht? Die Nachbarn? Wahrscheinlich nicht.

Sie zieht den selbstgemachten Quilt vom Fußende herauf und hält ihn sich ans Gesicht. Die Steppdecke riecht leicht nach Hund. Sie atmet den Duft ein und reibt sich das Gesicht mit der Decke. Sie hat sie selbst genäht vor fünf Jahren. Wie eine Großmutter hat sie am Feuer gesessen, und Suki hat zu ihren Füßen gelegen. Sie hatte den Stoff abgetragener Kleider verarbeitet, verschossene Kissen, sogar ein Küchenhandtuch ist irgendwo dazwischen. Die Decke ist geliebt und benutzt worden, sie ist fadenscheinig und fällt fast auseinander.

»Ach, Quilt«, murmelt Penny und lächelt traurig, »du brauchst ein bisschen liebevolle Fürsorge. Ein paar Reparaturen. Zeit zum Ausruhen. Genau wie ich.«

Lange Unterhosen und Stiefel

Big Lurch hat also recht gehabt. Melanie Arrow und Jonathan Keay waren ein Pärchen. AJ steht eine Zeitlang im Personalzimmer herum und betrachtet ein Foto von Keay, das am schwarzen Brett hängt, halb verdeckt zwischen verschiedenen Mitteilungen und Postkarten und Flyern. Er ist mit den Kollegen auf irgendeiner längst vergessenen Weihnachtsfeier aufgenommen worden, in irgendeinem längst vergessenen Pub. Er trägt ein Papphütchen und ein kariertes Hemd mit aufgekrempelten Ärmeln. AJ schaut prüfend seine Augen an und sucht nach einem Hinweis, nach irgendeiner Andeutung dessen, was zwischen ihm und Melanie läuft. Aber er findet nichts.

Er ist gar nicht sicher, ob er weiß, warum er jetzt zu ihr ins Büro gegangen ist. Interessiert es ihn, was mit Pauline und Moses und Zelda passiert ist? Wollte er ihr zeigen, dass es ihm nicht gleichgültig ist, was in der Klinik vorgeht? Kopf hoch, kleiner Soldat? Oder wollte er die Wahrheit über Melanie und Jonathan Keay herausfinden?

Er fragt es sich immer noch, als er die Klinik verlässt, und denkt dabei an sie. Solche Gedanken würden ihn quälen, wenn er es zuließe, aber er ist alt genug, um sie nicht in diese Richtung laufen zu lassen. Stattdessen redet er sich ein, es sei die professionelle Sorge um das seelische Wohlbefinden einer Kollegin.

Zu Hause beschwert Patience sich nicht darüber, dass er so spät kommt. Sie ist milde gestimmt und wird noch nachsichtiger, als er ihr die »Forager's Fayre«-Marmelade gibt, die sie so gern mag. Sie öffnet ein Glas, schnuppert daran und schnalzt beifällig mit der Zunge.

»Himmlisch. Wer immer dieses Zeug herstellt, benutzt allerbeste Zutaten. Ich ziehe den Hut vor ihr.«

»Woher weißt du, dass es eine *sie* ist und kein *er*?«

»Bitte«, sagt Patience in tolerantem Ton, »zwing mich nicht zu einer sexistischen Äußerung.«

Das Frühstück ist fertig. An Tagen, an denen Patience nichts aus dem Garten hat, das sie braten, kochen oder schmoren kann, geht sie in Thornbury einkaufen und kocht dann, wie ihre Mutter es ihr beigebracht hat – halb karibisch, halb Südstaatenküche. Manchmal gibt es Saltfish-Puffer und dazu einen ganzen Stapel Pfannkuchen mit Ahornsirup. Heute ist es Bananenporridge, gefolgt von weichen Brötchen – die sie Biscuits nennt – mit Sauce und Würstchen. Und Patiences selbst gemachter Liebstöckel-Brandy ist auch da, zwei oder drei Fingerhüte aus einer Keramikflasche zu dem dampfenden Becher mit schwarzem Kaffee aus der Espressokanne auf dem Gasherd. Kaffee kann er eimerweise trinken, sogar vor dem Schlafengehen.

Stewart liegt zu seinen Füßen, als er isst und mit den Biscuits die Sauce auftunkt. Biscuits. Er ist da immer ein bisschen unentschieden: Sind das Kekse, oder ist es eine Art weiche Brötchen wie die hier? Patience fragt er nicht, denn sie ist sorgenvoll mit den Formtabellen für das Showcase-Rennen in Cheltenham beschäftigt. Sie und Mum hatten das Wetten im Blut – beide behaupteten, es seien die Gene, die sie von ihrer Mutter bekommen hätten. AJ erinnert sich an die vielen langen Nachmittage, die er als kleiner Junge vor dem Wettbüro in Thornbury verbringen musste, wenn seine Mum und Patience, bewaffnet mit Handtaschen und Zeitungen, dort hineingingen. Er war zu jung und durfte nicht hinein, und deshalb kamen die beiden Frauen heraus, um die Formtabellen mit ihm zu vergleichen und ihn nach seiner Meinung zu fragen. »Du bist unser Glücksbringer«, sagten sie und lachten. Was für ein Glück.

»Das wär's dann mit meinem Erbe«, sagt AJ jetzt und schiebt die Würstchen auf dem Teller herum. »Du setzt alles darauf, dass Rude Boy in Wincanton siegt.«

Patience stellt die Pfanne hin, dass es knallt. Es macht ihm Spaß, sie aufzuziehen, denn sie ist unglaublich reizbar bei diesem Thema. »Ja. Und was willst du damit sagen?«

»Keine Ahnung. Ich nehme an, du hättest auch auf Platz wetten können? Nur um am Ende nicht in den Arsch gekniffen zu sein.«

»Mein Hintern ist so groß, dass das nicht sonderlich schwer wäre«, sagt Patience, ohne eine Miene zu verziehen.

»Du immer mit deinen Schwarz/Weiß-Klischees, Patience. Du hörst dich an wie aus *Vom Winde verweht*. Redest auch so. Du bist halb weiß.«

»Und? Warum soll ich damit aufhören? Gib den Leuten, was sie erwarten, und dein Leben ist sehr viel einfacher.«

»Ja, aber damit perpetuierst du ein negatives Image deiner Rasse.«

»Meiner *halben* Rasse. Und das – das, was du da gerade gesagt hast – ist nur Psychogeschwätz. Das lernst du da, wo du arbeitest.«

»Das ist kein Psychogeschwätz, sondern ein Jargon, der sehr viel stärker in den Sozialwissenschaften verwurzelt ist als in der Psychologie«, sagt er hochnäsig. »Und ich habe es nicht in der Klinik gelernt. Solche Bemerkungen kannst du an jeder Straßenecke aufschnappen.«

Tante Patience ist ihm nicht gewachsen, wenn er anfängt, so zu reden. Deshalb gähnt sie nur theatralisch und wendet sich ab, um ihre SMS-Nachrichten zu lesen. Auf diesem Wege bekommt sie heutzutage ihre Tipps. Nicht mehr als Kugelschreiberkringel auf der letzten Seite einer Zeitung, wie er es aus seiner Kindheit in Erinnerung hat, sondern von Buchmachern, die die Handynummer seiner Tante auf ihrer Liste haben und ihr SMS-Nachrichten schicken.

Patience umsorgt ihn und leistet ihm Gesellschaft, aber das

hat seinen Preis. Mit Geld kann sie genauso schlecht umgehen wie Mum. Wenn er nicht da wäre und sie im Auge behielte, wäre dieses Haus mit allem, was darin ist, längst verzockt, da ist AJ sicher. Viel ist es sowieso nicht: eine komische alte Bude, die aus drei zusammengetackerten, winzigen Cottages besteht. Es gibt drei Treppen nach oben, was ihm, Mum und Patience entgegenkam. Der gemeinschaftlich genutzte Bereich war im Erdgeschoss, und jeder von ihnen hatte ein Schlafzimmer und ein Bad im ersten Stock. Mums Zimmer lag in der Mitte. Jetzt, nachdem sie gestorben ist, könnten er und Patience es als Abstellkammer benutzen, aber keiner von ihnen möchte dieses Thema ansprechen, und deshalb steht das Zimmer leer. Ein Loch über ihren Köpfen. Sie erwähnen es nicht, denn sonst würden sie über Mums Tod sprechen müssen.

Ja, denkt er und gibt Stewart den Rest seiner Würstchen, wenn es darum geht, wie Mum gestorben ist, gibt es da ein paar Dinge, die wahrscheinlich nie mehr ausgesprochen werden.

Morgen ist er für den Frühdienst eingetragen. Also muss er seinen Schlafrhythmus erneut umstellen (zum millionsten Mal). Um zwei Uhr nachmittags geht er ins Bett und hofft, der Liebstöckel-Brandy wird ihm helfen, bis gegen vier morgen früh zu schlafen. Aber die ganze Sache mit Melanie lässt ihm keine Ruhe, und obwohl er um Viertel nach zwei eindämmert und zur Abwechslung tief und traumlos schläft, ist er vier Stunden später wieder hellwach.

Er bleibt eine Zeitlang liegen und schaut durch das Fenster auf die Landschaft hinaus. Er vermisst Mum. Er vermisst sie sehr. Aber die Natur da draußen spendet ihm einen ganz besonderen Trost. Seine Nachbarn sind die Wildtiere der Umgebung; wenn er die Rehe von Patiences pinkfarbenen Rosen verscheucht, erkennt er jedes einzelne an seiner Zeichnung, seiner Größe, seinen Narben. Die Abgeschiedenheit gefällt ihm. Es gefällt ihm, dass seine Kleider nach Feuer riechen können, ohne dass jemand die Nase rümpft. Hier draußen ist es so abgelegen, dass er sich das Anziehen sparen kann, wenn er mal wirklich müde ist. Er kann dann in langen Unterhosen und Stiefeln herumlaufen wie eine Figur in einem Cowboyfilm.

Er ist nicht einsam. Aber er ist nicht sicher, ob das noch genügt – nur nicht einsam zu sein. Vielleicht bedeutet es, dass die Trauer um Mum in eine neue Phase eingetreten ist. Vielleicht ist er bereit, wieder mit Leuten zusammen zu sein. Vielleicht bedeutet es sogar, er ist bereit, richtig erwachsen zu sein und eine richtig erwachsene Beziehung einzugehen? Im kükenhaften Alter von dreiundvierzig Jahren? Das ist ein sehr, sehr großer Schritt. Leichtfertig wird er ihn nicht tun.

Er schaut auf die Uhr. Sechs Uhr zwanzig. Er gähnt, steht auf, geht ins Bad und duscht. Beim Rasieren fällt sein Blick auf einen Messlöffel, der oben auf der Kante des Medikamentenschränkchens einen lautlosen Balanceakt vollführt. Der Doppellöffel aus Plastik bleibt nur deshalb an seinem Platz, weil er an den klebrigen Überresten eines niemals weggewischten, uralten Hustensirups hängen geblieben ist. Als Pflegedienstleiter hat er die Aufgabe, wöchentliche Berichte über die Hygiene auf den Stationen zu verfassen. Das ist wirklich zum Lachen hier.

Er nimmt einen Müllbeutel und fegt alles hinein. Mit einem Lappen wischt er den kristallisierten grünen Sirup ab. Er wirft leere Paracetamol-Schachteln mit einem Verfallsdatum im Jahr 2009 und einen Karton Q-Tips, den er schon hatte, als er mit zwanzig seinen ersten Job angetreten hat, in den Sack. Was für eine Frau würde so etwas hinnehmen?, denkt er ungeduldig. Wirklich. Was für eine Wahnsinnige würde in diese Bruchbude einziehen? Ganz bestimmt keine reife, vernünftige Frau.

Melanie Arrow wohnt wahrscheinlich in einem von diesen skandinavischen Häusern – makellos weiße Wände und Möbel aus

Treibholz und blütenweißes Leinen. Er sieht Reihe um Reihe von vorzüglich geschneiderten Blusen in den Plastikhüllen der Reinigung. Und wenn er ehrlich ist, sieht er auch seidene Schlüpfer.

»Hey«, sagt er zu seinem Spiegelbild, »hier kannst du aufhören. Falscher Weg. Ganz falscher Weg.«

Sein Spiegelbild blinzelt ihn an. Er hält seinem Blick eine ganze Weile stand. Dann legt er eine Hand an den Spiegel. Zum Teufel damit. Er wird jetzt etwas unternehmen.

Die Wahrheit über Misty Kitson

Acht Stunden hat die Suche nach Misty Kitsons Leiche gedauert, und Flea Marleys Tauchereinheit, die bei jedem Einsatz dabei ist, ob an Land oder im Wasser, hat schwer gearbeitet. Man hat ihnen einen hundert Meter breiten Streifen rings um den Bereich zugewiesen, der letztes Jahr abgesucht wurde, als Misty spurlos verschwand. Diese Suche erweitert den ursprünglichen Zwei-Meilen-Radius um die Rehaklinik, einem strengen, weißen palladianischen Gebäude hoch auf einer Anhöhe. Sie wird eine volle Woche dauern, und soweit die Beteiligten es übersehen können, ist sie nicht durch neue Erkenntnisse begründet, sondern durch das dringende Bedürfnis des MCIT, der Presse zu zeigen, dass immer noch etwas unternommen wird. Bis zum Nachmittag hat das Team nichts gefunden, und das Licht lässt nach. Mit ihrem weißen Mercedes-Sprinter-Van fahren sie zurück ins Büro, und die Stimmung ist schlecht. Ein Paar der Männer springen sofort in ihren Wagen und fahren nach Hause, andere nehmen sich noch Zeit, um sich ein wenig aufzuwärmen – Tee zu kochen und zu duschen –, und lassen sich vom heißen Wasser die Kälte aus den Knochen spülen.

Flea ist als Letzte noch im Gebäude. Sie steht mit geschlossenen Augen unter der Dusche, lässt sich das Wasser in den Nacken prasseln und denkt über den Tag nach. Eine schnell geschnittene Filmmontage läuft in ihrem Kopf ab, mit Aufnahmen der Bereiche, die sie abgesucht haben: die Umgebung der Klinik. *Schnitt*: das Umspannwerk. *Schnitt*: eine wenig befahrene Landstraße. Jack Caffery, der stumm dasteht und sie beobachtet, so wie er sie heute Morgen beim Laufen beobachtet hat. Ohne ein Wort zu sagen.

Sie hat sich von seinen prüfenden Blicken nicht stören lassen – hat das Gelände mit peinlicher Sorgfalt abgesucht und dabei ihre Rolle perfekt gespielt. Nur sie weiß, dass es Zeitverschwendung ist. Mistys Knochen liegen nicht unter einer Hecke. Sie sind nicht auf einem Feld verstreut und nicht in einer flachen Grube unter einer der Baumgruppen bei der Klinik verscharrt. Sie liegen etliche Meilen weiter, am anderen Ende des Countys.

Flea Marley weiß das, weil sie diejenige ist, die den Leichnam versteckt hat. Vor fast achtzehn Monaten. Das ist eins der Dinge, die sie mühevoll in einem Kasten in ihrem Kopf eingeschlossen hat. Eins der Dinge, die sie nicht anschauen darf, wenn sie nicht abstürzen will.

Sie dreht die Dusche ab, steigt hinaus und trocknet sich ab. Die Büros sind jetzt leer. Sie ist allein, sie und die Reihen der Taucheranzüge, die wie Gespenster im Geräteraum hängen. Die Masken im Spindraum. Die Leichensäcke im Technikerraum. Niemand, der sie kontrollieren oder fragen kann, was sie hier tut. Sie wischt mit ihrem Handtuch über den beschlagenen Spiegel und starrt ihr Bild an. Ja, ihr Gesicht ist wieder voller, die Haut rosiger – aber jetzt, da das MCIT die Ermittlungen im Fall Misty noch einmal aufgenommen hat, ist da wieder diese leichte, angstvolle Anspannung um ihre Augen.

Den ganzen Tag über hat sie leise Verzweiflung empfunden

und befürchtet, sie könnte jeden Augenblick anfangen zu weinen. Verrückt, dass niemand es bemerkt hat. Noch jetzt muss sie bis zehn zählen, um sich unter Kontrolle zu bringen. Sie sprüht sich mit Deo ein, nimmt ihre Sportsachen aus dem Rucksack und zieht sich langsam an. Viele Schichten übereinander – es ist kalt da draußen. Sie streift eine wasserdichte Hose über die Leggings und zieht eine mächtige Montane-Jacke aus Polizeibeständen an. Sie stopft Einmalhandschuhe und solche aus wärmeisolierendem Thinsulate in die Taschen, macht überall das Licht aus, vergewissert sich, dass die Computer abgeschaltet sind, und geht mit gesenktem Kopf hinaus auf den Parkplatz.

Der Berufsverkehr ist vorbei, aber sie braucht immer noch mehr als eine Stunde, um sich durch den Norden von Somerset zu schlängeln. Sie kommt dicht an ihrem Haus und dicht an der Klinik vorbei – an den entscheidenden Orten im umfangreichen Storyboard dessen, was mit Misty Kitson vor all den Monaten *wirklich* passiert ist. Als sie schließlich anhält, ist sie auf einem kleinen Sträßchen eine Meile weit südöstlich der Klinik, am unteren Rand zweier großer Felder, die vom Wald rings um Farleigh Park Hall bis hier herunterreichen.

Die ganze Zeit, während das Team suchte, hat sie verstohlen diesen Bereich der Karte im Auge behalten – hat im Wagen insgeheim immer wieder zur Ablage hingeschaut, wo sie lag – und ausgerechnet, wie lange es dauern würde, bis die Suche plangemäß an dieser kleinen Straße ankäme. Sie liegt knapp außerhalb des Gebiets, das letztes Jahr abgesucht wurde, und soll bei dieser neuen Aktion mit abgedeckt werden. Wahrscheinlich ist es übermorgen am späten Nachmittag so weit. Oder am Tag danach.

Sie öffnet die Wagentür und stellt die Füße auf den Asphalt. So weit draußen auf dem Land ist es unendlich still. Hier leben Rehe und Dachse und Kaninchen. Irgendwo ruft eine Eule, in den Bäumen oben auf der Anhöhe. Selbst wenn sie sich konzentriert, hört sie kein Motorengeräusch – kein Auto, kein Flugzeug. Nichts. Sie zerrt ihren Rucksack aus dem Wagen, setzt ihn auf und tritt die Tür zu.

Sie ist auf einer kleinen, wenig befahrenen Straße – ein paar Felder auf der linken Seite, Wald auf der rechten. Sie kennt die Gegend gut. Als sie losgeht, erscheint hoch oben in den Bäumen vor ihr der matte Lichtschimmer einer Ortschaft. Vor nicht allzu langer Zeit hat es dort einen Mord gegeben. All die amerikanischen und chinesischen und japanischen Touristen, die hier vorbeikommen und mit großen Augen die hübschen Cottages und Strohdächer und Dorfanger bestaunen... sie wissen nicht mal die Hälfte. Sie ahnen nichts von der Hässlichkeit, die sich hinter dieser idyllischen Fassade verbirgt. Von Morden, Vergewaltigungen, misshandelten Frauen, von Eifersucht und Fahrerflucht.

Ja, Fahrerflucht. Kein Mensch denkt je an die vielen Fälle von Fahrerflucht.

Die Straße nimmt unvermittelt eine Linkskurve und erstreckt sich dann in einer geraden Linie, flach und stumpf, bis sie hundert Meter weiter im Dunkel der Nacht verschwindet. Über den Wolken steht der Vollmond und spendet ein diffuses Licht, das ihr genügt, um sich zurechtzufinden. Sie macht gleichmäßige Schritte und zählt sie im Kopf. Nach fünfzig Metern bleibt sie stehen und wendet sich dem Feld zu, und mit ihrem rasiermesserscharfen Wissen lässt sie den Blick darüber hinwegwandern. Dann dreht sie sich zu dem Dörfchen um und betrachtet es ebenfalls. Ihre Position stimmt nicht ganz. Sie geht ein paar Schritte weiter und wiederholt die Übung. Diesmal stimmen die Koordinaten. Yep. Hier ist es passiert.

Sie lässt den Rucksack auf den Boden gleiten und knipst die Stirnlampe an. Sie muss sie nach unten richten, um den Asphalt zu beleuchten. Die Stelle muss bis ins kleinste Detail untersucht werden. Sie muss Dinge entfernen, bevor das Team vorbeikommt. Die geringste Nachlässigkeit, und sie sitzt tief in der Scheiße. Wenn sie die Hälfte der Hecke in ihren Rucksack stopfen muss, wird sie es tun. Hier darf nichts zurückbleiben – nicht das Geringste –, was diese Stelle mit dem in Verbindung bringen könnte, was wirklich mit Misty Kitson passiert ist.

Sie zieht die Einmalhandschuhe an und macht sich an die Arbeit. Was sie hier zu tun hat, unterscheidet sich nicht von anderen detaillierten Durchkämmungsaktionen, die sie schon veranstaltet hat: Sie arbeitet ein regelmäßiges Gitterraster ab, um sicherzustellen, dass sie jeden Quadratzoll der Straße abtastet. Alles, was sie findet, sammelt sie ein – ganz gleich, was es ist – und steckt es in den Rucksack. Eine Chipstüte, zwei Bierdosen, ein Stück Toilettenpapier. Ein Aufreißring, der aussieht, als wäre er fünfzig Jahre alt, und eine alte CD. Vielleicht ist nichts von all dem von Bedeutung, vielleicht alles.

Als sie hundertprozentig sicher ist, dass hier nichts mehr ist außer welkem Laub und kahlem Brombeergestrüpp, zieht sie die Lampe vom Kopf und inspiziert die Straßendecke – den Asphalt. Die Bremsspuren sind noch da, aber sehr, sehr schwach. Sie muss in die Hocke gehen und den Boden mit der Hand berühren, um sicher zu sein, dass sie existieren. Vor anderthalb Jahren zogen sie sich wie eine tiefe Narbe über die Straße, aber Regen, Sonne und englische Jahreszeiten haben die Gummistreifen in fast achtzehn Monaten fast wegradiert.

Das Geräusch eines Autos nähert sich aus der Ferne. Nach ein paar Sekunden kommt Scheinwerferlicht aus der Richtung, wo sie ihren Wagen abgestellt hat. Sie steht auf, tritt rasch auf das Bankett und knipst die Stirnlampe aus. Als der Wagen um die Kurve biegt, drückt sie sich fest an einen Baumstamm, schiebt die Hände in die Taschen und senkt das Gesicht, um möglichst wenige reflektierende Flächen zu präsentieren.

Der Wagen fährt vorbei. Bremst beinahe sofort und bleibt nur fünfzig Meter weiter stehen. Ihr Herzschlag setzt aus. Der Motor wird abgestellt, und in der plötzlichen Stille hört sie das Klicken einer Autotür. Dann Schritte.

Kies knirscht. Wer immer das ist, er ist ganz nah. Langsam, lautlos, dreht sie sich nach hinten ins Dunkel. Ihre Schultern sind angespannt. Sie rutscht am Baumstamm herunter, bis sie sitzt, und zieht die Kapuze ihrer Jacke über das Gesicht. Wie ein Strauß, der den Kopf in den Sand steckt. Absolut regungslos sitzt sie da und lauscht auf die Schritte. Nur sie und der schwere Trommelklang ihres Herzens in ihren Ohren. Grünliche Lichtfunken, ein Nachglanz des Scheinwerferlichts, tanzen hinter ihren Augen. Es gibt keinen Grund, weshalb hier mitten im Nirgendwo jemand anhalten sollte. Überhaupt keinen Grund. Das hier ist Niemandsland.

Das Geräusch bricht ab, und sie wagt einen kurzen Seitenblick. Ungefähr einen Meter weit neben ihr stehen zwei Füße in Wanderstiefeln. Die Echsenregion ihres Gehirns wieselt zu ihnen hinüber – sie kennt sie, begreift aber noch nicht, warum sie hier sind und was das alles zu bedeuten hat.

Sie hebt den Blick. DI Jack Caffery steht vor ihr. Er trägt schwarze Allwetterkleidung, hat die Hände in den Taschen vergraben und schaut auf sie herunter.

High Street

AJ muss zehn Minuten warten, und er kommt sich vor wie ein Stalker oder ein nervöser Teenager vor dem Tor der Mädchenschule. Dann erscheint Melanie vor dem Getränkeshop, genau wie gestern Abend, und geht hinein. Er lungert draußen herum und sieht, wie sie mit der Verkäuferin spricht. Nickt. Konzentriert die PIN an der Kasse eingibt.

Einen Augenblick später kommt sie heraus. Die langen Ärmel ihrer Bluse schauen aus dem Regenmantel und schwingen bei jedem Schritt. Sie ist nur noch zwei Meter weit weg, als sie ihn sieht.

»O nein«, stöhnt sie und bleibt stehen. »Jetzt haben Sie mich schon wieder erwischt.«

»Es ist nicht so, wie es aussieht. Ich bin Ihnen nicht gefolgt. Ich kaufe immer hier ein.«

Sie lächelt müde. »Na, das hier ist auch nicht so, wie es aussieht.« Sie hält ihre Tüte auf und zeigt ihm zwei Kartons Orangensaft. »Für den Wodka zu Hause.«

AJ späht zum dunkler werdenden Himmel hinauf, dann hinüber zu seinem Wagen, dann die Straße hinauf und hinunter. Er wünscht, er wüsste, aus welchem Blickwinkel er aussieht wie Elvis, denn dann würde er sich sofort entsprechend aufstellen. Stattdessen sagt er:

»Wodka ist langweilig, meiner bescheidenen Meinung nach. Ich frage mich, ob Sie sich jemals in die wilde, wüste Welt des Cider-Trinkens hinausgewagt haben.«

»Wild und wüst?«

»Ja – wir sind, äh, Baumknutscher. Die meisten von uns haben Vollbärte und tragen Shetlandpullover. Ich bin da eine Ausnahme.« Er deutet mit dem Kopf die Straße hinauf zum alten Pub, der bei einheimischen Cider-Kennern sehr beliebt ist. »Falls Sie jemals Lust haben sollten, es mal mit einem etwas raueren Getränk zu versuchen – das wäre der richtige Ort, um anzufangen.«

Sie dreht sich um und schaut hinüber zu dem Pub. Sie starrt lange Zeit hin, und ihm rutscht das Herz in die Hose: Sie formuliert ihre Absage. Aber als sie sich wieder zurückdreht, lächelt sie. Sie hält die Hand über die Augen, um vom Schein der Straßenlaterne nicht geblendet zu werden, dann schaut sie ihn an.

»Ich weiß nicht«, sagt sie. »Sind Sie sicher, dass ich nicht ein kleines bisschen *overdressed* bin?«

Vogel Strauss

»Hi«, sagt Caffery, als sei er soeben in Fleas Büro spaziert. »Meinen Sie, Sie hätten Zeit, ein bisschen zu plaudern?«

Jetzt bleibt ihr nichts anderes übrig, als zu reagieren. Sie muss den dummen, hässlichen Straußenkopf aus dem Sand heben.

»Ja.« Lässig steht sie auf, zieht sich die Jacke zurecht und klopft sich ein bisschen Erde von den Händen, als wäre es das Normalste auf der Welt, mitten im Nirgendwo in einer eiskalten Nacht hinter einem Baum zu sitzen. Sie schaut ihn mit einem angespannten Teenagergrinsen an und winkt. »Hi. Wie geht's?«

»Gut. Und Ihnen?«

»Ich erfriere.« Sie kommt heran und bleibt vor ihm stehen, schlingt die Arme um den Oberkörper und fröstelt. »Einer der Jungs hat heute ein GPS-Gerät hier draußen gelassen. Sie sind zu faul, um zurückzukommen und es zu holen, und wer ist da natürlich der Esel, der es machen muss?« Sie hält sich die Hände wie Hasenohren an den Kopf. »Der Sergeant. Dazu sind wir da. Ein paar hundert Pfund extra im Monat, und dafür lässt man sich den ganzen Scheiß gefallen und übernimmt die ganze Verantwortung. Ich würde sofort wieder in den unteren Dienst zurückgehen.« Sie schnippt mit den Fingern »*So* schnell.«

Er nickt und schweigt. Seine Augen sind sehr dunkel, und sein Blick ist sehr fest. Er lässt sich nichts vormachen.

Sie hebt die Hände. *Okay. Von mir aus.* »Aber wie zum Teufel haben Sie mich gefunden?« Sie deutet über die leere Straße, die sich im Dunkeln verliert. »Hier draußen, mitten im ...?«

»Ich habe geraten.«

»*Geraten?* Sie haben *geraten*, dass ich hier sein würde? Im Ernst?«

»Ja.«

»Erklären Sie mir das.«

Er lacht ironisch, als wollte er sagen: *Die Erklärung ist so lang, so ausgeschmückt und verziert und verschlungen, dass sie tausend Jahre dauern würde.* Dann wird sein Blick nüchtern. »Ich habe die neue Suchaktion veranlasst. Das wissen Sie.«

»Ja.« Sie lächelt grimmig und schiebt die Hände in die Taschen. »Hören Sie, Sie sind jetzt hoffentlich nicht überrascht, Jack, aber alle fragen sich, was zum Henker soll diese Suche? Warum haben Sie sie veranlasst? Uns fällt nur eine einzige Antwort ein: Sie tun es, um die Presse bei Laune zu halten.«

Er neigt zustimmend den Kopf. »Damit hätten Sie recht. Es gibt keine neuen Erkenntnisse. Wir wollen sie davon ablenken, dass Mistys Mum in der Stadt ist. Darüber hinaus ist es Zeitverschwendung. Wir werden Mistys Leiche nicht finden. Nicht hier.«

»Nicht? Warum sind Sie da so sicher?«

Er schweigt kurz und schaut ihr dann in die Augen. Er schüttelt den Kopf, sein Gesichtsausdruck ist so ernst, dass ihr ganzes Selbstvertrauen verloren geht.

»*Was* denn?«, fragt sie leise. »Was schauen Sie mich so an?«

Wieder schüttelt er den Kopf. Er sieht so traurig aus, so furchtbar traurig.

»Was ist denn?«

Er zuckt betreten die Achseln und sagt dann: »Ich weiß, was passiert ist.«

Cider trinken

Das Gras im Biergarten ist noch nassfleckig vom Regen, aber der Wirt hat die Terrassenöfen angezündet, und so ist es warm genug, um draußen zu sitzen. Sie entscheiden sich für einen knorrigen alten Tisch vor der Hecke, die den Garten von der Straße trennt. Die Hecke besteht aus dichtem, immergrünem Lorbeer, und man kann die Fußgänger, die auf der anderen Seite vorbeigehen, nur schemenhaft sehen.

AJ hat vier Gläser mit verschiedenen Cider-Sorten zwischen ihnen auf dem Tisch aufgereiht. Drei sind fast leer, und Melanie späht nachdenklich in das vierte.

»Sie können den Grund sehen, nicht wahr?«

Sie nickt. »Und Blasen.«

»Jetzt verstehen Sie mich nicht falsch, aber wenn ich ehrlich bin, sage ich, dieser wird Ihnen besser schmecken als die anderen drei.«

Sie schaut ihn an. »Wieso – weil ich eine Frau bin, meinen Sie?«

»Er ist tatsächlich eher so was wie ein Lady-Cider. Spritziger. Süßer – und irgendwie golden, nicht wahr? Eine ansprechende Farbe. Nicht genug Tannin für meinen Geschmack.«

»Wenn das so ist...« Sie schiebt das Glas weg und verschränkt trotzig die Arme. »Wenn das so ist, bin ich nicht interessiert. Trinken Sie ihn.«

»Kann ich nicht. Unmöglich. Ich habe einen Ruf zu bewahren. Hier kann jeder vorbeispazieren und mich dabei erwischen, wie ich ihn trinke. Dann ist meine ganze Glaubwürdigkeit dahin.«

»Frauenfeind.«

»Latzhosenträgerin. Ich hätte es gleich wissen müssen, als ich Ihren Wagen gesehen habe – einen Beetle. Das sagt doch schon alles.«

»Puh.« Sie rümpft die Nase und schaut ihn mit schmalen Augen an, als sei er eine Kakerlake, die eben unter dem Tisch hervorgekommen ist. »Ein Faschist.«

Er nickt zufrieden. »Ein Faschist von der übelsten Sorte. Ein Liberaler, der überfallen worden ist – wir geben die miesesten Konservativen ab. Wir sind wie ehemalige Raucher, wenn wir einem Liberalen begegnen – wir wollen ihn umbringen. Attila, der Hunnenkönig, war auf gefährliche und verantwortungslose Weise liberal.«

Sie lacht. Sie hat ein hübsches Lachen. Er wundert sich über das, was er gerade gesagt hat, und fragt sich, ob es vielleicht halb ernst gemeint war. »Das meine ich nicht wirklich«, sagt er. »Ich bin eigentlich kein Faschist.«

»Mir ist es egal, wenn Sie einer sind. Das System, in dem wir arbeiten, ist hart. Und es ist hart, mit anzusehen, wie es missbraucht wird.«

»Reine Verschwendung von Steuergeldern. Und die meiste Zeit tanzen wir nach der Pfeife Brüssels.«

»Ich weiß. Und ich weiß auch, wenn ich keine Frau wäre, hätte ich nicht halb so viel Erfolg gehabt. Ich habe mich gegen drei Männer um diesen Job beworben. Ich war vielleicht so gut wie zwei von ihnen, aber nicht so gut wie der Dritte. Aber welches Ausschussmitglied hätte sich getraut, ihn vorzuziehen?«

»Sie sind bescheiden.«

Sie lächelt betrübt. »Vielleicht. Ich weiß es nicht. Mir liegt trotzdem etwas daran. Mir liegt etwas an allen – an jedem Einzelnen. Von Zelda über Moses und Isaac Handel bis hin zu Monster Mother. An allen.«

AJ presst die Lippen zusammen und beschließt, darauf nicht zu antworten. Zelda? Er wird in dieser Sache nicht lügen.

»Na.« Er wechselt das Thema. »Habe ich Sie zur Cider-Trinkerin gemacht? Schmeckt er Ihnen?«

Sie strahlt ihn an. »Ich finde ihn wunderbar!«

»Noch einen? Diesmal bestelle ich Ihnen einen Männer-Cider.«

Ihr funkelndes Lächeln bleibt unverändert. »Nein danke. Ich nehme lieber einen Wodka.«

»Sie hassen Cider, nicht wahr?«

»Ja. Ich würde kotzen, wenn ich noch einen trinken müsste.«

Er schüttelt den Kopf. »Sie sind so abenteuerlustig. Immer offen für neue Möglichkeiten. Flexibel.«

»Ich weiß. Machen Sie aus dem Wodka einen doppelten.«

AJ geht die Getränke holen. Als er sie auf den Tisch stellt, merkt er, dass er die gute Laune nicht durchhalten kann.

»Was ist?«, fragt Melanie. »Ist was passiert?«

»Nein«, sagt er. »Nichts.«

»Was ist es dann?«

»Nichts.«

»Sagen Sie nicht ›nichts‹. Das ist gelogen. Und ich bin Ihre Chefin.«

AJ sitzt in der Falle. Er kann nicht sagen, was er wirklich denkt – da würde der Cider aus ihm sprechen –, und deshalb sagt er das Erste, was ihm in den Sinn kommt, das halbwegs komisch ist. »Ach, na ja. Habe heute mein erstes graues Schamhaar gefunden. Dreiundvierzig und schon grau da unten.«

Melanie will den Mund öffnen und auf diese Bemerkung antworten, aber dann wird ihr klar, was er gesagt hat, und ihr Mund erstarrt, als habe sie eine Maulsperre. Ihre Augen werden ein bisschen größer, und AJ rutscht das Herz in die Hose. Es sollte komisch sein, doch er hat alles falsch gemacht. Regel Nummer eins in fundamentaler Humanpsychologie: Du sollst niemals zu früh entspannte Intimität voraussetzen. Er will sich verteidigen, aber dazu ist es natürlich zu spät. Dies könnte ihm nicht nur jede Chance verderben, die er vielleicht bei ihr gehabt hat, sondern sie könnte ihm auch sexuelle Belästigung vorwerfen. Er könnte seinen Job verlieren, auf die Blacklist kommen.

Aber Melanie grinst.

»Was?«

»Das«, sagt sie, »war die beste Antwort, die ich je gehört habe.«

»Wirklich?«

»Ja. Ist das wahr? Denn ich habe zwei, seit ich sechsunddreißig war. Jedes Mal, wenn ich dusche, glänzen sie mir aus dem Badezimmerspiegel entgegen. Manchmal glaube ich, sie machen sich über mich lustig.«

AJ hat auf fast alles eine Antwort, jetzt jedoch fällt ihm nichts ein. Vier Jahre lang hat er gedacht, Melanie sei tabu für ihn – zu ernsthaft und zu puritanisch, um sich je für ihn zu interessieren. Aber in den letzten vierundzwanzig Stunden hat er erfahren, dass sie außerhalb der Klinik völlig anders ist – ein natürliches, reizendes menschliches Wesen mit Problemen wie alle anderen auf der Welt. Sie plagt sich mit ihrem Job, sie trinkt gern etwas, sie hat eine Affäre mit jemandem, mit dem sie keine Affäre haben sollte, und sie hat zwei graue Schamhaare. Die glänzen, wenn sie aus der Dusche kommt.

Er wünscht, sie hätte nichts von den Schamhaaren und der Dusche gesagt. Zu viel – das ist zu viel. Er tut, was altmodische Männer tun, wenn sie nervös sind: Er schiebt einen Finger unter den Kragen und bewegt ihn hin und her, als habe er ein Problem mit seinem Adamsapfel.

»Jedenfalls«, sagt sie, »Sie lügen. Ich sehe Ihnen an, dass das nicht stimmt.«

»Na schön. Es stimmt nicht.«

»Gut.«

»In Wirklichkeit habe ich sie erst vor zwei Wochen bemerkt.«

Sie schüttelt den Kopf und lächelt. »Aber Sie sind nicht besorgt wegen der Schamhaare. Da steckt mehr dahinter.«

Er gibt sich geschlagen. Er ist müde. Er blinzelt. »Okay, ich sage Ihnen die Wahrheit. Ich denke an das, was passiert ist – erinnern Sie sich an unser Missverständnis auf der Party?«

»O ja. Und ich glaube nicht, dass es ein Missverständnis war.«

Er senkt das Kinn. »Ich habe Sie nicht missverstanden?«

»Nein. Ich habe mit Ihnen geflirtet. Ich war solo – frisch geschieden. Ich war auf der Suche.«

»Und ...« Langsam fügt er die Mosaiksteine zusammen. »Als ich zurückkam und Sie fragte, da waren Sie ...«

»Mit Jonathan zusammen.«

»Mit Jonathan zusammen«, wiederholt er und denkt: Was für ein Trottel, was für ein lahmer Wichser er doch gewesen ist. Er schlägt die Hände vors Gesicht und stöhnt. »Ich kann es nicht glauben. Sie meinen, die ganze Zeit – diese ganze Zeit hätten Sie und ich ...?«

Sie lächelt ein wenig schüchtern und schaut ihm in die Augen. Und dann erhebt sie sich ein kleines Stück, legt die Hände auf den Tisch, beugt sich herüber und küsst ihn mitten auf den Mund.

Fahrerflucht

Fleas Gesicht ist blutleer und weiß – als reflektiere es das Mondlicht. Sie starrt Caffery in die Augen.

»Sie – *was*?«, murmelt sie. »*Was* haben Sie gesagt? Sagen Sie das noch mal.«

Er wiederholt es – beinahe schuldbewusst. »Ich weiß, was mit Misty passiert ist. Ich weiß, was es war und wo es passiert ist. Es war hier. Auf diesem Straßenabschnitt.«

Flea starrt ihn ungläubig an. Ihm ist, als sähe er ein kleines

Lichtfünkchen hinter ihren Augen umherschwirren – ein Zeichen dafür, dass ihr Gehirn daran arbeitet, eine Antwort zu formulieren. Aber sie drückt sich davor nachzufragen. Sie senkt den Kopf, zuckt die Achseln und sagt nur abweisend: »Ich weiß nicht, wovon Sie reden. Im Ernst – ich habe nicht die *leiseste* Ahnung. Ich meine, Sie sind wirklich noch verrückter, als ich jemals vermutet habe – und das will etwas heißen.«

Sie hebt ihren Rucksack auf, hängt ihn über die Schulter und wendet sich ab, ihrem Auto zu.

»Offen gesagt, Jack, ich habe das Gefühl, dass jemand hier langsam die Übersicht verliert, und das muss ich mir nicht... Hey!« Sie bleibt stehen. Er hat nach dem herunterbaumelnden Gurt ihres Rucksacks gegriffen und hält sie fest. »Loslassen!« Sie sträubt sich, lehnt sich zurück und zerrt an ihrem Rucksack, aber er lässt nicht los. »Was soll das? Lassen Sie los.«

Er zieht sie zurück mit beiden Händen. Sie ist stark, überraschend stark, und er muss seine ganze Kraft aufwenden, damit der Rucksack bleibt, wo er ist. »Hören Sie auf«, sagt er. »Hören Sie auf damit, und setzen Sie sich hin. Ich weiß, was los ist – also halten Sie still, und hören Sie mir zu. Ich weiß, was er getan hat.«

»Was *wer* getan hat? WER WER WER? Und WAS WAS WAS? WER hat WAS getan? Sehen Sie?« Sie reißt heftig an dem Rucksack. »Darauf haben Sie keine Antwort. Nicht mal, wenn ich Sie...«

»Thom!«, schreit er. »Thom, Ihr *gottverdammter* Bruder!«

Das verschlägt ihr den Atem. Sie hört auf zu schreien, hört auf zu zerren, steht einfach da und funkelt ihn an, den Kopf vorgereckt und mit schwellenden Sehnen am Hals.

»Ich weiß, was passiert ist. Ich kenne die ganze Geschichte. Gewöhnen Sie sich daran.«

Ein endloser Augenblick verstreicht. Irgendwo auf einem fernen, unsichtbaren Jetstream im Westen ändert ein Flugzeug seinen

Kurs. Das Heulen der Triebwerke klingt hoch und dünn und einsam. Fleas Augen glitzern. Und gerade als er denkt, sie wird ihn anspucken, lässt sie den Rucksack los und sinkt zu Boden. Müde bis auf die Knochen lässt sie den Kopf zwischen die Knie hängen und verschränkt die Hände im Nacken.

Er steht einen Schritt weit von ihr entfernt und atmet schwer. Vor über drei Jahren hat Flea Marley ihre Eltern bei einem schrecklichen Tauchunfall verloren. Seitdem ist noch mehr in ihrem Leben schiefgegangen. Schlimm schiefgegangen. Sie hat es nicht leicht gehabt. Deshalb hat er sie in der Rolle, die sie bei Mistys Verschwinden gespielt hat, beschützt. Aber jetzt ist genug Zeit verstrichen. Jetzt wird es Zeit, dass Flea den Gefallen erwidert und ihm hilft. Beim Gedanken an diese Konfrontation hat er sich immer vorgestellt, sie werde so dankbar sein, dass sie ihm unter Tränen die Arme um den Hals werfen werde oder so etwas. Das hier hat er jedenfalls nicht erwartet. Andererseits, wenn jemand eine solche Angelegenheit so lange bei sich bewahren muss, wäre es verrückt anzunehmen, die Operation könnte schmerzlos verlaufen.

Er beruhigt sich und streicht sich die Haare aus der Stirn. Dann geht er fünf Schritte weit in die Mitte der Straße, bleibt dort stehen und dreht sich um sich selbst.

»Okay«, sagt er, »ich werde es Ihnen demonstrieren. Ein kurzer Lehrgang. Über Fahrerflucht.«

Sie hebt verwirrt den Kopf und sieht ihn an. Ihr Blick ist verschwommen.

»Ein Auto kommt aus dieser Richtung.« Er deutet nach Osten in die Ferne. »Es ist ein silberfarbener Ford Focus, und er fährt schnell. Zu schnell. Der Fahrer – Thom – ist betrunken. Er glaubt, die Straße ist frei, die Straße ist gerade. Gleichzeitig kommt eine Frau aus dem Feld da drüben herunter. Sie ist ebenfalls betrunken – und high von dem Heroin, das sie in die Klinik geschmuggelt hat. Sie ist desorientiert. Sie kommt auf die Straße, und entweder erkennt sie nicht, dass es eine Straße ist, und läuft einfach weiter, ohne sich umzuschauen, oder sie weiß es und betritt absichtlich die Fahrbahn, um den Wagen anzuhalten. Vielleicht will sie mitgenommen werden. So oder so, Thom sieht sie erst, als er hier ist.«

Caffery zeigt mit dem Finger nach unten auf die Stelle, wo er steht. »Er tritt auf die Bremse, doch er fährt so schnell, dass er erst zum Stehen kommt, als er …« Caffery geht fünfzehn Schritte die Straße entlang, bleibt stehen und spreizt die Hände. »… als er hier ist. Zu spät. Misty fliegt über das Wagendach und landet … na, ungefähr da, wo Sie sitzen.« Er wartet. Das Schweigen zieht sich in die Länge. Nur eine Eule schreit irgendwo über der Ortschaft. Caffery räuspert sich verlegen. »Jedenfalls … Thom meldet die Sache nicht. Irgendwie schafft er die Tote von der Straße. Und Sie, Flea, *Sie* in Ihrer grenzenlosen Weisheit, Sie beschützen Ihren Bruder. Sie vertuschen die ganze Sache für ihn.«

Er verstummt. Sie steht auf, ein bisschen wacklig und immer noch desorientiert und zittrig. Aber sie verliert das Gleichgewicht nicht. Sie zerrt ihren Rucksack hoch und hängt ihn über die Schulter. Dann wendet sie sich ab und geht steifbeinig davon. Nach ein paar Sekunden folgt er ihr, doch er hat zu lange gewartet. Als er um die Kurve kommt, hat sie angefangen zu laufen und ist fast bei ihrem Wagen. Bevor er sie einholen kann, ist sie hineingesprungen, startet den Motor und schießt mit kreischenden Reifen auf die Straße.

Er streckt die Hand aus, um sie zu stoppen, aber sie wendet scharf, gibt Gas und ist nach wenigen Sekunden verschwunden. Er steht allein in der Nacht. Der Geruch von Auspuffgas und verbranntem Gummi hängt in der Luft wie der Abdruck einer Hand.

Erdbeeren und Marshmallows

Am Ende nehmen sie ein Taxi zu ihr nach Hause. Wie sich herausstellt, wohnt sie zwar nicht eine Million Meilen weit von ihm entfernt, aber doch ganz anders: in einer blitzblanken, sauberen, neu gebauten Maisonettewohnung am Ortsrand von Stroud. Sie hat einen zugewucherten Garten, für den sie, wie sie AJ erklärt, keine Zeit hat, einen Blick auf die Hügellandschaft auf der einen und einen Blick auf die Lichter der Stadt auf der anderen Seite. Die Möbel sind nicht aus Treibholz; genau genommen hat sie überhaupt keinen erkennbaren Stil. Alles ist sauber und geradlinig und keineswegs so perfekt und erwachsen, wie er es sich ausgemalt hat.

Sie macht etwas zu trinken – Wodka mit Orangensaft –, aber die Drinks stehen unberührt auf dem gläsernen Couchtisch, während er und Melanie auf dem Sofa dazu übergehen, sich wilder zu küssen. AJ verliert sich darin, und in seinem Kopf dreht sich alles wie verrückt. Sie fühlt sich weich und glatt und seidig an und riecht nach all den Dingen, die AJ sich vorgestellt hat: nach Erdbeeren und Zitronen und Marshmallows. Und sie holt die verlorene Zeit nach, sie verschlingt ihn, hält ihn bei den Ohren und zieht seinen Mund hart an ihren. Er streicht mit einem Finger über ihre Wirbelsäule und fühlt den weichen Buckel des BH-Verschlusses unter der Bluse.

»Mmmmmmm«, murmelt sie und leistet keinen Widerstand. »Schön...«

»Melanie...« Er muss sich von ihr lösen. Er stellt beide Füße auf den Boden, stützt die Ellenbogen auf die Knie und lässt den Kopf hängen. Seine Gedanken überschlagen sich.

Nach einer kurzen Pause richtet sie sich auf und streicht das Haar zurück. »AJ? Was ist?«

»Es ist lange her. Das ist alles.«

»Na ja...« Sie kichert kurz und nervös. »Das ist okay, oder?«

»Nein, ich ...«

»O nein ...« Sie schlägt die Hände vor den Mund. »Du bist schwul.«

»Ich bin nicht schwul.«

»Du bist impotent.«

»Nein! Nein ... nichts von all dem. Ich bin nur ...« Er schluckt. Reibt sich das Gesicht und bemüht sich um Nüchternheit. »Ich bin ...« Er dreht sich um und sieht sie an. Ihr Make-up ist verwischt. »Gott, du bist so verdammt begehrenswert.«

»Ja?«

»Gott, ja.«

»Aber ...?«

Er seufzt. »Flipp nicht aus, wenn ich es dir sage. Manche Frauen törnt es ab.«

»Okay«, sagt sie vorsichtig. »Nur zu. HIV. Herpes.«

»Nein. Schlimmer. Ich bin altmodisch.«

»Altmodisch? Inwiefern? Schrullig oder sensibel?«

»Nicht schrullig.«

»Dann sensibel? Und das törnt Frauen ab?«

»Kann ich es dir erklären?«

»Entschuldige. Ich unterbreche dich nicht mehr.«

»Okay. Vor drei Jahren war ich mit einem Mädchen zusammen, mit einer Frau ...«

»Und du liebst sie noch.«

»Lässt du mich jetzt ausreden?«

»Entschuldigung.«

»Okay. Die Antwort ist nein. Ich liebe sie eindeutig nicht, und ich habe sie auch damals nicht geliebt. Ich weiß nicht mal mehr, wie sie hieß. Aber das war damals nichts Besonderes bei mir.«

»Cool.«

»Ja. Cool ... aber auch irgendwie erbärmlich und hohl. Da bin ich also im Bett mit diesem namenlosen, gesichtslosen Mädchen und weiß, nach dem Sex werde ich ihr wahrscheinlich das Taxi nach Hause spendieren und danach ihren Anrufen aus dem Weg gehen, denn das war damals meine Art. Freundinnen kamen und gingen. Es ist Nachmittag – du weißt, wir Schichtarbeiter müssen es nehmen, wie es kommt –, und meine Mum ist draußen im Garten.«

»Du wohnst bei deiner Mutter?«

»Ja... ich meine, nein. Nicht so, wie sich das anhört. Es war gut, wie es war. Jedenfalls, ich bin im Schlafzimmer, und Mum ist draußen und...« Er spricht nicht weiter. Er kriegt diesen Teil immer noch nicht richtig hin, wenn er jemandem davon erzählt. Es klingt nie so geschmeidig, wie er es möchte. »Und Mum bekam einen Krampfanfall. Das kam ab und zu vor. Epilepsie. Ich bin immer mit ihr in die neurologische Klinik in Frenchay gefahren, um sie auf ihre Medikamente einstellen zu lassen. Sie sagten, sie hätten es unter Kontrolle, aber... nein, die Medikamente haben nicht gewirkt. Sie bekommt also einen Anfall, und als sie umfällt, schlägt sie auf einen Stein im Garten.« Er tippt sich an die Schläfe. »Hiermit.«

Melanie atmet zischend ein. »Scheußlich. Eine der schlimmsten Stellen.«

»Sie hätte es überlebt, wenn sie ins Krankenhaus gebracht worden wäre. Aber ich bin so sehr vertieft in das, was da mit meinem Schwanz passiert, dass ich nicht an meine Mutter denke. Ich höre meinen Hund draußen bellen, achte jedoch nicht darauf. Sonst ist niemand zu Hause, und so liegt meine Mum da draußen. Sie hat eine Gehirnblutung, und ehe man sich versieht...«

»O mein Gott.«

»Ich weiß. Mein Gott.«

Ein langes, dumpfes Schweigen senkt sich auf sie herab, als sie sich diese Geschichte noch einmal durch den Kopf gehen lassen, wobei Melanie vielleicht versucht, sich alles klar und deutlich vorzustellen, während AJ es lieber weniger klar vor Augen haben möchte. Scheinbar nach einer Ewigkeit legt sie ihm zögernd eine Hand auf den Rücken. »Weißt du, wenn es irgendwie hilft... mein Dad ist auch gestorben. Er hatte einen Hirntumor, und so habe ich einiges über das Gehirn gelernt. Ich bin immer mitgefahren, wenn er in die Radiologie musste. Du und ich... wir haben da etwas gemeinsam.«

AJ erinnert sich an die radiologische Abteilung. Er ist da mit Mum immer vorbeigegangen. All die lebenden Toten, die mit ihren Plexiglas-Radiologiemasken in der Hand dasaßen und darauf warteten, sich den Kopf verschmoren zu lassen. Ihr Dad also auch? Er kommt sich dumm vor. »Es tut mir leid. Ich weiß, ich bin nicht der Einzige. Es ist selbstsüchtig von mir.«

»Nein, nein! Das ist es nicht. Ich verstehe es vollkommen, ehrlich. Und diese Schuldgefühle kenne ich auch. Aber hör zu. Sieh es einfach so: Du warst im Dienst, als es passierte. Oder einkaufen oder im Pub...«

»Ich weiß, ich weiß das alles. Ich weiß, was logisch ist, und ich weiß, was Wirklichkeit ist. Ich sage nicht, dass ich zum Wiedergeborenen Christen geworden bin, aber es hat mich... ernsthafter gemacht. Erwachsener? Hose an und raus? Das mache ich einfach nicht mehr. Und wie sich rausstellt, törnt gerade das eben viele Frauen besonders ab. Es zeigt sich, dass Frauen skrupelloser sind als Männer, wenn es um Sex geht.«

»Schlampen«, sagt sie mit halb geschlossenen Augen. »Diese furchtbaren, oberflächlichen kleinen Schlampen.«

Er lacht traurig. »Ja, schön. Ich weiß nicht, warum ich diese Rede jetzt halten musste. Ich hab's getan. Das meinte ich damit: Ich bin altmodisch.«

»Na, Gott sei Dank.« Sie steht auf, drückt ihn zurück auf das Sofa und setzt sich rittlings auf seinen Schoß. »Ich dachte schon, du wolltest mir sagen, du kriegst keinen hoch.«

Unter der Hochstraße

Das Leben hat soeben genau den langsamen, unerbittlichen Schicksalssalto geschlagen, den Caffery nicht hatte erleben wollen. Er hat sich verschätzt – so sehr verschätzt, dass er es kaum fassen kann. Er hat gedacht, Flea werde wenigstens anerkennen, was es ihn gekostet hat, ihr Geheimnis zu bewahren, auch wenn sie ihn vielleicht nicht gerade mit Dank überschüttet und ihn zu ihrem Helden erklärt. Aber Undank ist nun mal der Welten Lohn. Caffery wird klar, dass er die Dinge aus einer neuen Perspektive betrachten muss.

Langsam fährt er durch die Straßen von Bristol zurück ins Büro, während die letzten Trinker aus den Pubs nach Hause trotten. Diese Stadt wurde auf dem Sklavenhandel erbaut. All die schmalen Stadthäuser sind mit Geld aus diesem Geschäft bezahlt worden und zeigen ihre Pracht ganz ungehemmt. Caffery ist müde. Er hat Hunger, und er braucht dringend etwas zu trinken. Vor der automatischen Schranke hält er seinen Ausweis an den Scanner und rollt auf den Parkplatz. Der Platz ist fast leer; nur zwei Vans der Spurensicherung und ein paar Autos, die zivilen Mitarbeitern gehören, stehen noch da. Er parkt unter der Hochstraße, mit der Nase zur Brücke, und zieht die Handbremse an. Er will aussteigen, als er spürt, dass er nicht allein hier ist. Da ist noch jemand.

Es ist Flea. Sie sitzt vier Reihen weiter in ihrem Renault, halb verdeckt von dem grünen Frachtcontainer, der zwischen ein paar Büschen in der Mitte des Parkplatzes steht.

Er steigt aus und zieht seine Jacke an. Schließt die Tür mit einem Klicken und bleibt einen Augenblick lang stehen. Ihre Silhouette bewegt sich nicht. Er geht zu dem Renault und greift an die Tür. Sie ist offen. Er weiß, er soll einsteigen; also tut er es, ohne eine Entschuldigung oder eine Erklärung. Sie hat die Ellenbogen auf das Lenkrad gestützt und das Gesicht in die Hände gelegt. Sie trägt noch immer die wasserdichten Sachen. Er sieht nur den gebogenen Rand ihres Ohrs, das aus dem wirren Haar hervorschaut.

Im Wagen riecht es nach den Polyurethan-Säcken, die die Unterstützungseinheit für ihre Ausrüstung benutzt, und ganz schwach nach einem femininen Duft. Shampoo oder Body Lotion. Er wartet.

»Okay«, sagt sie schließlich. »Okay.« Sie sieht ihn nicht an. »Ich glaube, ich habe mich in meinem ganzen Leben noch nie so sehr geschämt.«

»Sie haben Ihren Bruder geschützt. Aus irgendeinem Grund.«

»Ja.« Sie schweigt ein Weilchen und klopft sich mit den Fingern an die Stirn. »Sagen Sie mir, wie Sie es herausgefunden haben?«

»Jemand hat den Unfall gesehen.«

»Und dieser Jemand ist... Sie?«

»Nein.«

»Wer dann?«

»Mein Freund.«

Stille. Er nimmt an, sie wird sich zu ihm umdrehen, aber sie tut es nicht. »Ihr Freund?«

»Ja.« Caffery denkt über das Wort »Freund« nach. Der alte Landstreicher, der gesehen hat, wie Thom Misty angefahren hat? Ist er wirklich ein Freund? Caffery ist nicht sicher. Er hüstelt. »Sie brauchen sich seinetwegen keine Sorgen zu machen. Das versichere ich Ihnen.«

»Das versichern Sie mir? Und Sie sagen die Wahrheit? Immer?«

»Nicht immer. Aber in diesem Fall ja. Vertrauen Sie mir.«

»Ich glaube, ich habe keine Wahl.« Sie klopft ein bisschen fester. »Nächste Frage: Seit wann wissen Sie es schon?«

»Seit anderthalb Jahren. Mehr oder weniger.«

»Und warum haben Sie nie etwas gesagt?«

»Das frage ich mich an manchen Tagen selbst.«

»Aber jetzt haben Sie etwas gesagt.«

»Ich habe darauf gewartet, dass Sie sich erholen. Von dem Unfall. Und plötzlich sind da Haie, die nach mir schnappen.«

»Haie schnappen nach uns allen.«

»Ja, aber auf meine habe ich keine Lust mehr. Und ich brauche Ihre Hilfe, um sie loszuwerden. Wissen Sie, ich weiß zwar nicht, wie Thom Sie dazu überredet hat, aber ich weiß sehr wohl, was Sie mit der Leiche gemacht haben.«

Ihre Finger klopfen nicht weiter. Sie neigt das Gesicht seitwärts, und ein Auge wird sichtbar. Es ist von einem Rest Wimperntusche verschmiert, und das Lid klappert ein paarmal. »Sagen Sie das noch mal.«

»Ich habe Sie gesehen, Flea. Ich habe gesehen, was Sie getan haben. Elf's Grotto. Im Steinbruch. Ich habe gesehen, wie Sie die Leiche ins Wasser geschafft haben.«

Sie hebt den Kopf und starrt ihn an. Fast spürt er die Hitze ihres arbeitenden Gehirns, die Glukose, die es verbrennt, um all diese Informationen in die richtigen Fächer zu sortieren. Diesen letzten Satz zu absorbieren.

»Es ist wahr. Tut mir leid.«

Ihr Mund bewegt sich lautlos. Dann senkt sie den Kopf und schüttelt ihn. »Das glaube ich einfach nicht«, sagt sie. »Sie wissen *alles*? *Alles* über mich, *alles* über Thom, und das schon die *ganze Zeit*? Und Sie haben es geheim gehalten? Warum?«

»Ich weiß es nicht. Vielleicht aus demselben Grund, aus dem Sie Thom gedeckt haben.«

Sie will antworten, doch dann scheint sie es sich anders zu überlegen. Sie presst die Handballen in die Augen, als wolle sie ein Bild auslöschen. Verglichen mit den Männern in ihrer Einheit ist sie klein und zierlich, und es ist schwer, sich vorzustellen, was sie mit der Leiche gemacht hat. Wenn er es nicht mit eigenen Augen gesehen hätte, versteckt in der Dunkelheit, würde er es selbst nicht für möglich halten. Aber es ist passiert. Er hat sich die Steinbruchpläne angesehen und ermittelt, dass Misty fast sechzig Meter tief unter Wasser auf dem Grund des Steinbruchs liegen könnte. Bei dem Gedanken wird ihm kalt – der Steinbruch ist einer der scheußlichsten, unheimlichsten Orte, die er je gesehen hat. Abgelegen, stillgelegt, geflutet, übt er eine niederträchtige, übernatürliche Anziehungskraft aus. Ein Selbstmörder-Mekka – er weiß nicht mehr, wie viele Leute ihr Leben dort beendet haben. Manchmal taucht ein Leichnam wieder auf, manchmal nicht.

»Wenn sie diesen Steinbruch jemals trockenlegen«, sagt er, »dann wird es sein, als watete man in die Hölle.«

»Ja. Aber wenn man es täte, würde man Misty nicht finden.«

»Wie bitte?«

»Sie liegt nicht auf dem Grund des Steinbruchs.«

Caffery senkt den Kopf und sieht sie prüfend an. Das entspricht nicht dem, was er gesehen hat. Überhaupt nicht. »Sie haben sie in den Steinbruch gebracht. Ich habe es gesehen. Sie haben *etwas* mit ihr gemacht.«

»Ja, ich habe etwas mit ihr gemacht. Das stimmt.« Flea zieht ihre Jacke fester um sich und schnieft. »Werden Sie es jemandem sagen?«

»Nein.«

»Warum dann die Suche? Sie haben sie angeordnet. Sie müssen einen Grund haben.«

»Ja. Ich habe eine ... eine Möglichkeit für uns, die Sache restlos in Ordnung zu bringen – sie aus der Welt zu schaffen. Ich habe es unter jedem denkbaren Blickwinkel betrachtet. Es kann nicht schiefgehen.«

»Nichts kann mehr schiefgehen, wenn wir alles lassen, wie es ist. Man wird sie niemals finden. Vielleicht schäme ich mich, aber wenigstens kann ich nachts gut schlafen.«

Caffery starrt aus dem Fenster. Die Rostflecken an den Stelzen der Hochstraße, das Flackern der Scheinwerfer oben auf der Fahrbahn. Er spürt das Gewicht von Wasser – eine Million Tonnen. Ein eiskalter schwarzer Steinbruch, ein riesiges Herz aus Eis. Er glaubt Flea nicht, wenn sie sagt, sie kann nachts gut schlafen.

»Ich brauche die Leiche zurück.«

Sie atmet scharf zischend ein. Dreht sich um und starrt ihn an. »Entschuldigung. Haben Sie gerade gesagt, was ich anscheinend gehört habe?«

»Damit es funktioniert, brauche ich das, was von ihr übrig ist. Ich kann es nicht holen – das können nur Sie. Und ...« Er spricht nicht weiter. Ihre Augen sind gefroren vor Schreck – er weiß, er ist zu weit gegangen. Sie kann ihm nicht mehr folgen. Er hüstelt verlegen. »Ich sage Ihnen was. Ich lasse es jetzt gut sein. Schlafen Sie erst mal drüber.«

Sie antwortet nicht, sondern starrt ihn nur weiter an.

»Kommen Sie zurecht?«

Sie nickt knapp und mit mühsamer Beherrschung. »Ja. Ja.«

»Möchten Sie Kaffee? Oder einen Drink?«

»Nein danke. Ich glaube, ich fahre besser nach Hause.«

»Okay«, sagt er. »Okay.«

Er wartet ein Weilchen und überlegt, ob er noch etwas sagen soll, aber als sie schweigt, steigt er aus und zieht den Reißverschluss seiner Jacke hoch. Er sieht zu, wie sie den Motor des Renaults startet und vom Parkplatz fährt. Der Wagen biegt in den Zubringer ein und ist bald darauf zwischen den Häusern verschwunden. Er wartet noch fast fünf Minuten, bis ihm klar wird, dass sie nicht zurückkommt.

Er schlägt den Kragen hoch und geht zum Gebäude.

Frost

AJ träumt wieder von der Höhle. Diesmal ist da auch eine Frau. Sie steht am Eingang der Höhle, hat das Gesicht abgewandt. Er glaubt, es ist Melanie. Er ruft sie. Keine Reaktion. *Melanie?* Jetzt bewegt sie sich ein wenig, aber gerade als es aussieht, als wollte sie sich umdrehen, zerfällt der Traum. Er wacht auf und greift in die kalte Luft.

Es dauert einen Moment, bis ihm einfällt, dass er in Melanies Schlafzimmer in Stroud ist. Und dann merkt er, dass sie auch wach ist. Sie sitzt neben ihm. Die Vorhänge sind offen, und das Mondlicht flutet herein und beleuchtet sie, blau und gespenstisch.

Sie ist schweißgebadet und starrt ungläubig zum Fenster.

»Melanie?« Er stützt sich auf den Ellenbogen. »Melanie? Was ist los?«

Sie zeigt wie in Trance zum Fenster. Er kann nicht erkennen, ob sie wach ist oder schläft. »Es trägt eine...« Sie hält mitten im Satz inne. Schüttelt den Kopf und drückt die Fingerknöchel an die Stirn. »Nein. Ich habe nichts gesehen.«

»Melanie?« Er legt eine Hand auf ihren Rücken und beugt sich ein wenig vor, damit er aus dem Fenster schauen kann. Er sieht die Bäume hinter dem Garten. Sie bewegen sich sanft im Mondschein. »Was dachtest du denn, was du siehst?«

»Nichts. Ich war... ich weiß es nicht.« Ein Schauer läuft ihr über den Rücken. »Ich muss geträumt haben.«

»Ja, aber was *glaubst* du, was du gesehen hast?«

»Nichts. Gar nichts. Ich habe nur...«

»Nur?«

Sie schwingt die Beine aus dem Bett, greift nach einem Kissen und hält es vor ihren nackten Körper, bevor sie zum Fenster geht. AJ steht auf und kommt zu ihr, und er späht über ihre

Schulter hinweg in den Garten. Der Boden ist bereift, und ein klarer, dunkler Strich reicht von den Bäumen bis ungefähr in die Mitte des Gartens. Ganz so, als sei da jemand gekommen und dort unten stehen geblieben, um zum Schlafzimmerfenster heraufzuschauen, und habe dann kehrtgemacht und sei den gleichen Weg zurückgegangen.

Er rafft sein T-Shirt und die Jeans an sich und fängt an, sich anzuziehen.

»Was hast du vor?«

»Da draußen ist jemand.«

»Nein... da ist niemand. Ich habe geträumt.« Sie klingt, als sei sie in Panik, und zittert verwirrt. »AJ, geh da nicht raus... bitte nicht.«

»Hast du eine Taschenlampe?«

»Bitte. Ich habe Angst.«

»Ob du eine Taschenlampe hast.«

»O Gott.« Mit unbeholfenen Schritten geht sie zu einer Kommode, wühlt in den Schubladen und lässt in ihrer Hast alles Mögliche herunterfallen. Schließlich nimmt sie eine Taschenlampe heraus. Sie ist groß und beruhigend schwer. Er wiegt sie ruhig in beiden Händen.

»Die genügt.«

Er geht die Treppe hinunter. Sie kommt hinterher und zieht im Laufen einen Kimono über. »Da ist niemand. Da kann niemand sein. Bitte bleib hier bei mir.«

Die Hintertür ist zu, aber als er sie öffnen will, stellt er fest, dass sie nicht abgeschlossen ist.

»Scheiße«, zischt sie und verknotet den Gürtel ihres Kimonos. »Ich habe vergessen, sie abzuschließen. Daran denke ich nie. Die Gegend hier ist so sicher.« Sie reckt den Hals, um an ihm vorbei in den Garten zu schauen. »Geh da nicht raus, bitte. Lass mich nicht allein.«

»Zieh dir Schuhe an.«

Gehorsam schiebt sie die Füße in ein Paar Gummistiefel. Er zieht seine Schuhe an – ohne Socken –, und zusammen gehen sie hinaus und schließen die Tür hinter sich mit leisem Klicken.

Alles ist still. Ferne Verkehrsgeräusche aus der Stadt wehen hinter ihnen über das Dach, aber aus dem Garten hört man nur das leise Rascheln des Windes in den Zweigen. Sie bleiben auf der Türschwelle stehen und lauschen mit angehaltenem Atem in die Nacht. Über ihnen geht eine Außenleuchte an, aber das Licht reicht nicht bis in den Garten.

AJ schaltet die Taschenlampe ein. Sie hat einen starken Lichtstrahl, der die Bäume weiter hinten beleuchtet.

»Der Zaun fehlt noch«, flüstert Melanie. »Die Baufirma ist einfach abgezogen. Sie haben den Garten nicht zu Ende gebracht.«

Zwischen den Bäumen ist alles ruhig. Kein Auge glüht, und man sieht auch nichts Verdächtiges. AJ richtet den Lichtstrahl ins Gras und geht ein paar Schritte weit in den Garten. Der gefrorene Boden knirscht unter seinen Füßen. Er bleibt stehen, wo die schwarze Spur aus dem Wald endet, und leuchtet umher. Er ist kein Spurenleser – kein Navajo-Scout –, und er tut nur so, als wüsste er, wonach er sucht. Durch seine Fantasie huscht ein geisterhafter Schemen – ein Nachthemd, das Getrippel kleiner Füße. Wahrscheinlich eher ein Tier. Er denkt an die Muntjaks, die aus dem Wald kommen und durch Patiences Salatbeete spazieren. Besser konzentriert er seine Gedanken darauf und nicht auf etwas anderes.

»Ist da jemand?«, ruft er zu den Bäumen hinunter. »Suchen Sie was?«

Stille.

»Lass uns wieder ins Haus gehen«, zischelt Melanie. Sie zittert. »Ich möchte wieder hinein.«

AJ bleibt noch ein paar Augenblicke stehen, breitbeinig, um seine Silhouette zu vergrößern. Wahrscheinlich ist da gar nichts, aber falls jemand sich zwischen den Bäumen herumtreibt, soll er wissen, dass hier ein Mann ist. Er hört keinen Laut. Schließlich knipst er die Lampe aus und geht leise zum Haus zurück. Melanie schließt und verriegelt die Tür. Sie kontrollieren sämtliche Fenster und gehen dann frierend und fröstelnd wieder ins Bett.

Sie liegen nah beieinander, um sich zu wärmen, aber Melanie benimmt sich seltsam. Sie wendet sich von ihm ab, und obwohl sie schweigt, weiß er, ohne sie anzusehen, dass sie hellwach ist und wahrscheinlich nicht wieder einschlafen wird. »Hey«, flüstert er, »was hast du gesehen? Was dachtest du, was es war?«

Sie schüttelt den Kopf. »Ich habe gar nichts gesehen. Ich habe geträumt.«

»Was hast du geträumt?«

»Ich weiß es schon gar nicht mehr. Etwas ... Dummes.«

Sie verstummen beide. Lange Zeit vergeht, und AJ ist gerade dabei, wieder einzuschlafen, als Melanie plötzlich sagt: »AJ?«

»Mmmmm?«

»Glaubst du, wenn man sich lange genug über etwas Sorgen macht, dann träumt man irgendwann davon? Oder hat Halluzinationen?«

»Natürlich. Ich würde sagen, das ist sehr wahrscheinlich. Worüber machst du dir so große Sorgen, dass du davon träumst?«

Sie zuckt die Schultern. »Ich weiß es nicht. Ich erinnere mich nicht mehr.« Sie gähnt laut und unecht. »Gute Nacht, AJ. Gute Nacht.«

Jemand muss etwas wissen

Um zwei geht Flea ins Bett, aber sie schläft erst um vier ein. Um Gesellschaft zu haben, lässt sie den Fernseher laufen, lautlos in seiner Ecke. Es ist eine schlimme Nacht. Sie rutscht und wälzt sich herum und findet keine bequeme Position. Immer wieder ist sie halb wach und denkt, jemand sei ins Zimmer gekommen. Manchmal sind es ihre Eltern, manchmal ist es Jack Caffery. Einmal richtet sie sich auf und sieht einen Schädel, der sich im Bildschirm spiegelt – halb Frau, halb Pferd, mit langen Schneidezähnen und zurückgewichenem Zahnfleisch, mit blondem Haar und leeren Augenhöhlen.

Misty?, fragt sie.

Ja, hi, was ist?, sagt Misty. *Hast du vielleicht ein, zwei Decken für mich, oder ist das zu viel verlangt? Und warum hast du mich da hingebracht? Sie werden mich finden – er wird mich finden, wenn du ihn schon nicht zu mir führst.*

Flea streckt die Hand aus, aber die Gestalt löst sich auf, und sie liegt mit laut pochendem Herzen im Bett. Sie starrt den Fernseher an. Eine Frau erscheint, die mit feierlicher Miene auf einem Sofa Platz nimmt. Kurzer Rock, die gebräunten Knie zusammengedrückt, wendet sie sich sittsam dem Moderator zu, der ein ernstes, mitfühlendes Gesicht macht. Flea tastet nach der Fernbedienung und dreht die Lautstärke hoch.

»...jemand muss etwas wissen«, sagt Jacqui Kitson. »Jemand muss wissen, wo sie ist.«

Flea drückt die AUS-Taste. Der Fernseher pfeift kurz und ist dunkel. Sie legt die Ellenbogen auf die Knie und massiert sich mit den Daumen die Schläfen. Was gestern Abend passiert ist – war das real? Wirklich und wahrhaftig? Jack sagt, er hat sie im Steinbruch gesehen. Es muss wahr sein. Wie käme er sonst darauf?

Draußen vor dem Fenster schiebt sich die aufgehende Sonne durch die lange Furche des Tals. Die Lichter der Stadt Bath erloschen eins nach dem andern. Die Stadt erhebt sich langsam aus dem monochromen Dunst. Sie schleppt sich aus dem Bett und tappt durch den Korridor mit dem schiefen Fußboden ins Bad. Links ist das Zimmer, in dem sie die zugeklebten Pappkartons lagert. Dieses weitläufige alte Haus ist ihr Zuhause. Hier ist sie aufgewachsen. Mum und Dad sind tot – ein Unfall beim Tauchen vor Jahren –, und das Haus ist leer ohne sie. Eine Hülse. Erst vor Kurzem ist sie endlich dazu gekommen, ihre Habseligkeiten wegzupacken. Gehört alles zum Heilungsprozess – eine Art für die Seele. So kann sie weiterfliegen.

Sie putzt sich die Zähne, wäscht sich das Gesicht und zieht ihre Laufsachen an. Kurz lässt sie sich auf dem Badewannenrand nieder, um sich die Schuhe zuzubinden. Sie kann nicht tun, was Caffery will, denn es bedeutet, Schachteln mit Gedanken zu öffnen, die so säuberlich verpackt sind wie die Kartons in dem anderen Zimmer, eingelagert in den dunklen Winkeln ihrer Erinnerung. Sie muss sich am Riemen reißen. Wenn sie zu viel darüber nachdenkt oder es an sich heranlässt, wird es sie zu Boden werfen. Zunichtemachen. Und das wird niemandem nützen. Weder ihr noch Caffery. Auch nicht Jacqui Kitson.

Sie springt auf und trabt energisch die Treppe hinunter.

Man kann Dinge wieder in die Schachtel legen. Ja, von Zeit zu Zeit springen sie vielleicht heraus und zappeln ein bisschen, aber man kann sie zurückzwingen, wenn man sich nur anstrengt. Entscheidend ist es, in Bewegung zu bleiben. Nicht zurück zu schauen. Sie holt ihre Trainingsjacke und nimmt den Schlüssel vom Haken. Öffnet die Tür und läuft hinaus in den eiskalten Nebel.

Das Armband

Am nächsten Morgen treffen Melanie und AJ eine unausgesprochene Vereinbarung. Sie werden über das, was in der Nacht passiert ist, hinweggehen. Es nicht ernst nehmen. Sie macht einen schlechten Witz über Gespenster. Er lacht und schießt mit einem Scherz zurück – etwas über Stalker und dass sie sich noch in eine der Patientinnen verwandeln wird: Sie wird mit Essensflecken auf den Kleidern herumlaufen, und der Sabber wird ungehindert aus ihrem Mund tropfen. Sie kitzelt ihn und streicht mit ihrem Haar über seine Brust. Er grabscht spielerisch nach ihren Brüsten, und sie rollt sich zusammen und quiekt vor Lachen.

Sie schlafen bei weit offenen Vorhängen miteinander. Die kahlen Äste am unteren Ende des Gartens sind mit Reif bedeckt und starr. Danach liegt sie auf dem Bauch, hat den Kopf auf die Arme gelegt und redet.

Es zeigt sich, dass Melanie ihr eigenes Päckchen an Empfindsamkeiten und Unzulänglichkeiten zu tragen hat. Dabei geht es nicht nur um den Tod ihres Vaters, sie ist auch die Frau, die bisher jeden Mann verloren hat, weil sie in ihrem Beruf zu engagiert ist. In den Nachwehen der Thatcher-Jahre wurde Melanies Klinik in Gloucester geschlossen, und sie wurde im Land herumversetzt, bis sie schließlich in Rotherham landete, wo sie Stationsleiterin und dann Direktorin wurde. Vor fünf Jahren wurde auch dieses Krankenhaus zugemacht, und sie und Jonathan Keay wurden nach Beechway versetzt. Damals waren Keay und Melanie nur gute Freunde, sie war noch mit einem Steuerrechtsanwalt aus Oldham verheiratet, doch zehn Monate später war auch das vorbei; die Ehe endete ungefähr um die Zeit, als AJ in der Klinik anfing. Ihr Gatte war wohl zu dem Schluss gekommen, dass ihr die Arbeit wichtiger war als die Zubereitung seines Abendessens, und reichte die Scheidung ein.

»Und das war ungefähr zu der Zeit, als wir auf der Party ein bisschen miteinander geflirtet haben?«

»M-hm«, murmelt sie in ihre Armbeuge. »Die Scheidung war die Hölle. An diesem Abend habe ich zum ersten Mal versucht, aus dem Loch herauszukommen.«

»Scheiße. Und warum habe ich diese Herausforderung nicht angenommen?«

»Das weiß ich nicht. Warum nicht?«

Er lacht betrübt. »Ich glaube, das weißt du. Wir haben gestern Abend darüber gesprochen. Du hast nicht ausgesehen wie eine Frau, die an Dates nach Art von AJ interessiert sein könnte.«

AJ kann nur schwer akzeptieren, was er in all den Jahren versäumt hat, aber ihm ist auch klar, dass er damals ein anderer Mensch war. Er war nicht wie Jonathan Keay, der genug Gerissenheit und Selbstbewusstsein besaß, um den Stab aufzuheben, den er fallen gelassen hatte. Keay und Melanie haben ihre Affäre in der Klinik lange geheim gehalten. Es hat fast vier Jahre gedauert, bis er gegangen ist.

»So lange hat er gebraucht, um herauszufinden, dass ich nicht kündigen würde. Ich würde die Patienten nicht aufgeben, und ich würde nicht zu Hause bleiben, um Kuchen für ihn zu backen. Wohlgemerkt«, fährt sie nachdenklich fort, »ich mag durch die Hölle gegangen sein, aber wenigstens nehme ich zum ersten Mal seit Menschengedenken ab. Deshalb ist es vielleicht nicht *nur* schlecht. Alles hat auch eine gute Seite und so weiter...«

Melanie wird von Sekunde zu Sekunde menschlicher, und AJ sieht sie immer deutlicher. Er ist erstaunt darüber, wie entspannt er ist. Es ist, als hätten sie nie etwas anderes getan, als über ihre Vergangenheit zu plaudern und ihre Fehler einzugestehen.

Sie trinken zusammen Kaffee und essen Toast, den sie verbrannt hat. Ein Muntjak stakst durch das bereifte Gras im Garten, und AJ beobachtet es schweigend und denkt, es könnte ein

Muntjak gewesen sein letzte Nacht. Vielleicht. Und *wenn* es eins war, wäre das nicht eine Art Segen? Als schleiche sich ein kleiner Teil seines ländlichen Lebens hierher in die Stadt, um zu sagen: Es ist richtig. Alles absolut richtig. Die hilflose Erschöpfung, die er die ganze Woche empfunden hat, ist verflogen, sie hat sich verzogen wie schottischer Nebel, und er verspürt unbändige Energie – als wäre dies der erste Tag der Erde. Die erste Sonne, der erste blaue Himmel, das erste Bett, Kissen, Fenster, der erste Teppich, alles neu für den Menschen.

Er hat so viel Energie, dass er unversehens ein paar Heimwerkerarbeiten im Haus erledigt, während Melanie sich für die Arbeit fertig macht. Als gehörte ihm das alles bereits. In der Küche ist ein Griff abgebrochen, und ein Stück von der Wannenverkleidung ist locker. Er fühlt sich dabei wie der erste Mann auf Erden, muskulös und kräftig, als hätte er die Beine eines schwarzen Fußballers, die er sich immer gewünscht hat. Er liegt in Boxershorts und T-Shirt auf dem Boden und versucht, Melanies Mädchen-Werkzeug mit den rosa Griffen dazu zu bringen, etwas Nützliches zu tun, statt nur süß auszusehen. Unterdessen ist sie im Schlafzimmer und schminkt sich – und sieht ebenfalls sehr süß aus. Sie trägt einen kurzen, pinkfarbenen Satin-Kimono, der an jeder anderen billig aussähe. Doch sie sieht damit schlicht hinreißend aus.

»Was ist?«, fragt sie, als sie merkt, dass er sie anschaut. Sie breitet die Arme aus und schaut an sich herunter, um zu sehen, ob der Kimono nicht aufspringt. Das ist das Komische an Frauen – man darf die unglaublichsten Dinge mit ihrem Körper anstellen, und plötzlich, aus heiterem Himmel, sind sie befangen.

»Bin ich fett?«

»Enorm. Wie kannst du damit leben?«

»Was?« Sie gerät in Panik. Tatsächlich hat sie ein winziges Bäuchlein, nur eine einzige kleine Speckrolle, die er unglaublich sexy findet. Letzte Nacht hat sie viel Zeit damit verbracht, sich wegen dieser Rolle Sorgen zu machen; sie hat die Hände daraufgelegt und gefleht: »Sieh mich nicht an – bitte nicht.« Jetzt fragt sie: »Im Ernst? Fett?«

»Melanie – da ist nichts. Ich sehe dich an, und wenn du die Wahrheit wissen willst: Ich denke nicht daran, wie dünn du bist, sondern daran, dass ich am liebsten wieder mit dir ins Bett gehen will.«

Sie entspannt sich, kichert und winkt ab. »Also wirklich…«

»Im Ernst.«

Sie wird rot, öffnet den Mund und denkt ernsthaft über diese Möglichkeit nach, aber dann fällt ihr anscheinend ein, dass sie arbeiten muss. Sie schaut auf die Uhr. »Aaaaach, AJ…?«

»Dann heute Abend? Nach dem Dienst?«

»Wüsste nicht, warum nicht.«

»Abgemacht.«

Er nimmt den Kampf mit der Wannenverkleidung wieder auf. Ganz so einfach ist es nicht – eine der Schrauben sieht aus, als sei sie mit Gewalt herausgerissen worden, und die Glasfaserplatte ist gerissen. Er fragt sich, wie das passiert sein mag – es sieht aus, als ob jemand mit Gewalt daran gezerrt hätte. Jonathan Keays Gesicht erscheint vor seinem geistigen Auge. Es überrascht ihn, dass Jonathan bei Melanie nirgends Hand angelegt hat. Vielleicht war er nicht der »Heimwerker«-Typ.

»Das ist komisch.«

Er hört auf zu arbeiten und drückt das Kinn an die Brust, damit er Melanie im Schlafzimmer sehen kann. Sie hat ihre offene Handtasche auf dem Schoß und runzelt verwirrt die Stirn.

»Was ist komisch?«

Sie sieht zu ihm herüber. »Ich weiß nicht. Mein Armband. Es war hier drin. Jetzt ist es weg.«

»Armband?«

»Ja, ich…« Sie wühlt in der Handtasche. »Ich habe es gestern

Morgen hineingetan. Habe es im Büro abgenommen, weil es nur unnötig auffallen würde.« Grimmig hebt sie die verbundene Hand. »Ich dachte, dann glotzen alle nur noch mehr.«

»Was für ein Armband?«

»Ein kleines Ding, nur ein kleines Ding. Jonathan hat es mir geschenkt.«

Er rutscht unter der Wanne hervor und stützt sich auf die Ellenbogen, damit er sie richtig sehen kann. Sie ist wirklich beunruhigt und reißt hastig die Sachen aus der Handtasche. »Verdammt«, sagt sie. »Verdammt.«

Sie sieht, dass er sie beobachtet, und hört auf. Sie fasst sich wieder und lächelt matt. »Na ja.« Müde reibt sie sich den Nacken, als wollte sie sagen, damit müsse man rechnen. »Es war nichts wert. Überhaupt nichts.«

AJ glaubt, dass sie lügt. Das Armband war keineswegs »überhaupt nichts« wert, glaubt er. Es hat ihr viel bedeutet. Die Eifersucht ist wie ein unerwarteter Stich. Aber er muss sie herunterschlucken. Er schiebt sich wieder halb unter die Wanne und arbeitet an der Verkleidung.

Zeldas Spind

Einer der Langzeitinsassen von Beechway ist gestern entlassen worden, und normalerweise würde diese Änderung der Dynamik die anderen Patienten unruhig machen. Aber heute scheint es tatsächlich das Gegenteil zu bewirken. Die Klinik wirkt so ruhig wie seit Monaten nicht. Nirgends ein Alarm, keine Krisen, keine Krankenwagen, weder Drohungen noch Tränen noch größere Inkontinenz-Dramen. Die Klinik driftet in einem traumlosen Zustand der Ruhe dahin.

Bei Tageslicht ist AJs Büro ganz anders. Er versteht nicht, warum er vorgestern Nacht nicht hierbleiben wollte. Was hat ihn nervös werden lassen? Dunkelheit macht Angst; das ist einer der primitivsten menschlichen Instinkte. War es die gleiche Angst, die letzte Nacht diese dunkle Spur in Melanies Garten hervorgezaubert hat? Nein, die Spur war da. Die haben sie sich nicht eingebildet. Es ist nur die Atmosphäre in der Klinik – all diese verrückten Ideen und Gerüchte –, was seine und Mels Fantasie Überstunden schieben lässt.

Er versucht die Aufzeichnungen der Hausmeisterei für den Tag zu finden, an dem Moses sich das Auge aus dem Kopf gelöffelt hat, aber Melanie hat recht: Sie sind entweder gelöscht worden oder so tief in der großen bürokratischen Maschinerie vergraben, dass man sie nie wiederfinden wird. Ein Teil der Unterlagen, die mit Zeldas Tod zu tun haben, liegt in seinem Büro, und so wendet er sich ihnen zu. Es gibt Formulare auszufüllen, Briefe zu schreiben, ihre Hinterlassenschaft muss geregelt werden, und wenn der Untersuchungsrichter den Leichnam freigibt, wird die Klinik wenigstens so tun müssen, als beteilige sie sich an den Bestattungsformalitäten. Wahrscheinlich wird Melanie aus Respekt an der Beerdigung teilnehmen. AJ könnte sie begleiten, doch das wäre Heuchelei. Er konnte Zelda nicht ausstehen. Er kann nicht zu ihrer Beerdigung gehen und für die Familie den Trauergast spielen.

Auf seinem Schreibtisch liegt eine Mappe mit Zeldas Reha-Unterlagen. Einer der Ergotherapeuten hat sie mit einer Notiz versehen hier abgeliefert: *Haben das hier in Zeldas Spind im Therapiezentrum gefunden. Will die Polizei diese Unterlagen? Oder ihre Familie? Falls nicht, bitte vernichten. Wird nicht mehr benötigt.* Er blättert müßig darin: endlose Aufgaben, die man ihr gestellt hat, darunter fiktive Lebensläufe und Bewerbungen um fiktive Jobs. Listen der Dinge, die sie ihrer eigenen Meinung nach der Welt zu bieten hatte (sie hat geschrieben: *atraktiv, umgenglich, gute Zuhörerin*). Rezepte, die sie aus dem Netz kopiert hat, Zeichnungen, Entwürfe von Beschwerdebriefen mit detaillierten Angaben zu marodierenden Patienten, Mitarbeitern und Dämonen, die sie jede Nacht vergewaltigten. Einer ist an Barack Obama adressiert. AJ schüttelt den Kopf. Er könnte sich vorstellen, dass das Weiße Haus ein eigenes Team für die Bearbeitung von Spinnerbriefen hat – Männer in Anzügen und Frauen vom Brooks College, genau wie im Fernsehen in *West Wing*.

AJ will den ganzen Packen in den Papierkorb werfen, als ihm an einem von Zeldas Bildern etwas auffällt. Er lehnt sich mit der Akte auf dem Schoß zurück und faltet das große Bild auf dem Tisch auseinander. Seiner Erfahrung nach sind Bilder von Geisteskranken entweder höchst kompliziert, und zwar auf obsessive Weise (wie bei Leuten, die die Londoner Skyline in einer Parfümflasche nachbauen), oder sie sind von geistesbetäubender Kindlichkeit.

Zeldas Werk gehört zur zweiten Kategorie. Eine Grundschülerin in der vierten Klasse wäre stolz auf so etwas. Plumpe Pferde donnern über das Moor, geritten von einer Gestalt, die möglicherweise Heathcliff sein soll, aber auch Dracula sein könnte. Was AJs Aufmerksamkeit erregt hat, befindet sich in der oberen Ecke. Es sieht aus wie eine zweite Gestalt, die die Szene von einem fernen Berg aus beobachtet. Sie ist eigentlich menschlich – bis auf das Gesicht, das gespenstisch glatt und konturlos ist. Sie trägt ein weißes Kleid, ihr Haar ist an den Seiten des Kopfes buschig, und die Arme sind orangegelb und braun gestreift. Was sie in den Händen hält, sieht aus wie zwei kleine Marionetten.

AJ lässt das Blatt hastig fallen. Rasch steht er auf, geht zwei oder drei Schritte auf und ab, wischt sich die Hände ab und wirft unbehagliche Blicke auf die Zeichnung. Schließlich zieht er die Leselampe über den Schreibtisch und betrachtet das Ganze eingehender. Jetzt sieht er, dass Heathcliff Ähnlichkeit mit Dracula hat, weil die Zunge leuchtend rot und geschwollen in seinem Mund liegt. Seine Arme bluten. AJ zwingt den Blick zu der gnomartigen Gestalt am Horizont. Hockt sie da? Oder ist sie nur klein? Ein Zwerg. Jeder, der »Maude« jemals beschrieben hat, sagt, sie habe ein glattes, beinahe konturloses Gesicht.

Er fühlt, wie Ärger und Wut in ihm aufsteigen. Gerade als er wieder besser drauf ist, gerade als er vielleicht aufhören kann, über »Maude« nachzudenken, muss ihm *das* hier in die Hände fallen.

Pfirsichsteinhöhle

Der Raum ist klein und niedrig. Die Wände erinnern an einen polierten Pfirsichkern, und der Boden ist weich. Es riecht nach Tanne, und es ist dunkel – so dunkel, dass Penny Angst haben sollte. Aber die hat sie nie. Sie ist sicher, dass die Schwärze vorübergehen wird und dass irgendwo in dieser engen kleinen Kammer eine Tür ist, ein Wurmloch, das zu etwas Größerem führt. Sie tastet blind umher, denn sie ist sicher, der Ausgang ist hier irgendwo. In dem Traum ist ihr manchmal, als suche sie nach einem Korken, der in der Wand steckt und herausgezogen werden muss. Dann wieder ist es eine kleine Tür, die in einen winzigen Gang führt, in den sie sich hineinzwängen kann. Ein andermal ist es ein Stöpsel an einer Kette. Zieht sie an der Kette, geht das Loch auf, und Sterne, Sonnen, ganze Sonnensysteme entzünden sich.

Der Traum löst sich immer genau in dem Augenblick auf, in dem sie glaubt, sie habe den Zugang gleich gefunden. Das Bild verschwimmt zusehends, Winde fegen vorüber, und dann ist da nur Penny, die auf dem Rücken liegt und blinzelnd an die Decke ihres Schlafzimmers in der Old Mill starrt. Dann hat sie lautes Herzklopfen.

Instinktiv streckt sie die Hand nach Suki auf der anderen Seite des Bettes aus. Dann fällt es ihr wieder ein. Ach ja. Dieser Teil ihres Lebens ist vorbei. Dahin. Sie streicht mit der Hand über den Quilt und ist sicher, dass sie ein bisschen Wärme spürt – als hätte da etwas Lebendiges gelegen. Aber das ist Wunschdenken. Ihr Geisterhund.

Wieder sieht sie, wie zerlumpt der Quilt ist. Da fehlt ein Stück, entdeckt sie – ein Stück Stoff von einem Kleid, das sie mal hatte. Sie erinnert sich gut daran: ein violettes Blumenmuster mit ineinander verflochtenen Blättern. Glockenärmel und ein asymmetrischer Saum. An dem Stück haben sich irgendwann die Nähte aufgelöst. Das erinnert sie an einen Jungen – einen Jungen, den sie vor vielen Jahren kannte. Er stahl winzige Fetzen von den Kleidern anderer Leute: einen Schnipsel von einer Bluse hier, einen Faden von einem Mantel dort. Der arme Junge. Der arme kranke Junge. So gefährlich und so traurig. Penny lässt den Quilt sinken und steht auf. Sie hat keine Zeit für Selbstmitleid – keine Zeit zum Klagen und Jammern, für Tränen und Reue. Dies ist für sie die arbeitsreichste Zeit des Jahres, und nachdem sie Suki zwei Tage gepflegt hat, hat die Arbeit sich aufgestaut.

Sie stößt die Fensterläden auf, duscht schnell, zieht sich an und tappt die Treppe hinunter ins Erdgeschoss. Hier unten betreibt sie ihre Firma »Forager's Fayre«, die schon vor der Scheidung in Gang gekommen ist, vor der Affäre mit Graham. Am hinteren Ende stehen zwei große Industriekocher, und auf den Regalen vor den Backsteinwänden steht das Werkzeug ihres Gewerbes. Marmeladengläser, Chutney-Gläser, Kartons mit Etiketten, Aktenordner mit den Daten ihrer Kunden. Die Mühle wurde zu Beginn des 19. Jahrhunderts gebaut, als die Gegend hier durch die Wollindustrie zu blühendem Wohlstand gelangte. Ein komplettes weiteres Untergeschoss ist nie modernisiert worden. Der Bach, der da unten hindurchfließt, wurde gebändigt und betrieb die Mühle zum Waschen der Vliese. Sie könnte ihren Betrieb dorthin vergrößern, aber »Forager's Fayre« hat hier in diesem Raum seinen behaglichen Trott gefunden. Sie hat nicht die Energie, die Produktion zu vergrößern.

Ihr Frühstück besteht aus einem Stück Brot, das sie in den abgekühlten, gelierten Schaum tunkt, den sie oben von den Marmeladenbottichen abschöpft. Den werfen die meisten Leute weg, doch sie verwahrt ihn in kleinen Steingutschüsseln im Kühlschrank. In diesem Hause wird nichts weggeworfen.

Sie geht in den Lagerraum. Vor drei Tagen hat sie zwanzig Kilo Mispeln geliefert bekommen. Sie sind schon überreif, aber heute Morgen müssen sie noch einmal gewendet werden, damit sie ganz durchfaulen und zu Marmelade verarbeitet werden können. Dann müssen zwei Dutzend Abtropftücher ausgekocht und Etiketten gedruckt werden. Lust hat sie nicht – nicht ohne Suki, die ihr Gesellschaft leistet. Trotzdem bindet sie sich die Schürze um, zieht sich eine Mütze über das Haar und macht sich an die Arbeit.

Die Tücher sind der Auslöser für die Erinnerung. Sie hat sie ausgekocht und hängt sie eben im Trockenraum auf, als die Erinnerung an das, was auf der Upton Farm passiert ist, mit solcher Macht zurückkommt, dass ihre Knie weich werden. Es hat etwas mit dem Geruch zu tun, mit der ausgeprägten Ingwerwein-Farbe der Tücher. Jetzt wird ihr klar, dass sie genau dies auch an jenem Morgen vor fünfzehn Jahren getan hat. Die Mispeln sind früh reif in diesem Jahr, genau wie damals, und an jenem Tag lagen sie zum Durchreifen im Trockenraum, genau wie jetzt. Und die Musselin-Abtropftücher waren zum Trocknen aufgehängt. Der fleckige Baumwollstoff und der Hauch von Eisengeruch, das ist es, was ihr zusetzt. Wie von getrocknetem Blut.

Sie muss zurück in die Küche. Starr vor Schrecken bleibt sie dort stehen und sieht, wie ähnlich das alles ist: die Gläserstapel, die Deckel, die runden Wachspapierblätter, die bereitliegen, bis es Zeit ist, sie auf die Oberfläche der Marmelade im Glas zu legen. In der Stiefelkammer sieht sie den dampfenden Brei der Kerne, der dort darauf wartet, dass sie ihn auf den Kompost bringt. In der Luft hängt der gleiche Geruch nach Zucker und brodelndem Sirup.

Auf einem Bord weiter hinten, zwischen den Stapeln von »Penny's Weihnachts-Chutney« und dem »Vergessenen Holzapfel-Gelee aus Four Lane« liegt ein Kalender. Sie hat ihn an einem kalten Dezemberwochenende selbst gemacht, als sie keine Aufträge bearbeiten, niemanden treffen musste und auch sonst nichts Besseres zu tun hatte. Sorgfältig hat sie das Deckblatt mit den Farben dieses Monats bemalt, und mit einer alten Kalligraphiefeder hat sie die Wochentage eingetragen. Jetzt geht sie hin und runzelt die Stirn. Es ist Oktober. Oktober, der Monat, in dem sie Holzapfel und Schlehe sammelt. Der Monat, in dem sie ihre Gin-Aufgüsse ansetzt. Sie hebt das Blatt hoch und schaut auf den November, der nur noch ein paar Tage weit weg ist. Am 2. November ist Allerseelen, der Tag, an dem die Menschen wirklich begreifen, wie sinnlos der Körper ist, und erkennen, wo sie in Wahrheit existieren: im Geiste nämlich. Der uralte, mystische Tag der Toten.

Fünfzehn Jahre ist es her, fast auf den Tag genau, dass Isaac Handel seine Eltern umgebracht hat.

Isaac Handel

Als AJ mit Zeldas Bild in der Hand durch den Korridor auf Melanies Büro zugeht, kommt ihm der Gedanke, was ihn dort hintreibt, könnte vielleicht nicht nur die Gänsehaut sein, die Zeldas Zeichnung bei ihm hervorruft, sondern mehr noch der Wunsch nach einem Vorwand, mit ihr zu sprechen. In ihrer Gesellschaft zu sein. Auf der Treppe denkt er daran, wie sie ihm letzte Nacht den Rücken zugewandt und wie sehr er sich da gewünscht hat, sie zu beschützen. Er denkt an Jonathan Keay und dessen starke Arme und fragt sich, ob der sie wohl beschützt hat. Bei den Patienten war er wegen seiner mürrischen Art nicht beliebt. Er hatte einen arroganten Upperclass-Akzent, der klang, als hätte er in seiner Jugend Polo gespielt. AJ fragt sich, ob Keay jemals Melanie gegenüber mürrisch war. Wenn ja, hat sie es nicht verdient.

Er klopft anstandshalber an die Tür, und es bleibt lange still. Dann ruft eine schlaftrunkene Stimme: »Ja?«

»Ich bin's.«

»AJ?«

»Ja.«

Noch eine Pause. Er hört Schritte, und dann wird der Schlüssel umgedreht. Erst jetzt wird ihm klar, dass die Tür abgeschlossen war. Als sie öffnet und er ihr Gesicht sieht, versteht er, warum. Sie ist zerknittert vom Schlaf, und ihr Haar ist zerzaust. Sie hat ihren Schlaf nachgeholt. Sofort möchte er sie küssen.

»Oh.« Sie reibt sich das Gesicht. »Entschuldige. Ich war...«

»Ich weiß.« Er kommt herein und schließt die Tür hinter sich. »Hey«, sagt er und streckt die Arme aus. »Komm her.«

Sie lächelt und lässt sich an seine Brust fallen. Er drückt sie an sich und küsst sie auf den Scheitel. Sie ist so warm, so weich. Wenn er die richtigen Worte wüsste und genug Selbstvertrauen hätte, würde er ihr hier und jetzt einen Heiratsantrag machen. Nur damit er für alle Zeit weiter an ihrem wirren Haar riechen könnte.

»Ich habe letzte Nacht nicht geschlafen.«

»Ich weiß«, brummt er. »Ich auch nicht. Soll ich dir einen Kaffee machen?«

»O Gott. Ja, bitte.«

Melanies Büro hat ein Bad und einen Küchenbereich, und dort gibt es eine Mikrowelle, einen Herd, eine Spüle, einen Kühlschrank und eine Kaffeemaschine auf dem neuesten Stand der Technik mit lauter sehr bunt emaillierten Tassen, so groß wie Fingerhüte. Sie geht ins Bad und wäscht sich das Gesicht, und er macht drei Tassen, zwei für sie und eine für sich. Nachdem sie zusammen gefrühstückt haben, weiß er, wie sie ihren Kaffee gern trinkt: stark, schwarz und mit viel Zucker. Er findet es super, dass sie Zucker nimmt, keinen Süßstoff, und eine Menge Milch. Genauso trinken Mum und Patience ihren Kaffee: nicht amerikanisch, sehr europäisch. Melanie mag bei der Arbeit reserviert und streng sein, aber wenn es um Lust und Leidenschaft geht, lässt sie die Zügel schießen.

Sie geht zu ihrem Schreibtisch, und er bringt die Tassen hinüber. Sie nimmt einen kleinen Schluck und zieht die Brauen hoch. »Und?«

Er rollt Zeldas Zeichnung auseinander und hält sie ihr hin. Melanie starrt das Bild eine Zeitlang an; dann setzt sie die Brille auf und schaut genauer hin. Schließlich schüttelt sie den Kopf.

»Sorry, ich bin zu dumm dafür. Was soll mir das sagen?«

»Das hat Zelda gemalt.«

»Und? Es scheint Dracula zu sein. Oder eine Fledermaus – schwer zu sagen.«

»Ich glaube, das ist sie selbst auf der Flucht. Und da? Siehst du?«

Er legt den Finger auf das Gesicht der Gestalt auf dem Berg.
»Was ist das?«

»Du weißt schon, was es ist. Das M-Wort.«

Melanie kneift die Augen zusammen und schaut sich das Bild genauer an. Nach einer Weile erschlafft ihr Gesicht, und sie reibt sich müde die Augen. »Oh, AJ, bitte, lieber Gott, nicht noch mal von vorn. Das ist doch alles aus und vorbei...«

»Wirklich?«

»Ja. Ich habe heute Morgen einen Anruf von der Polizei bekommen. Sie können offiziell noch nichts sagen, aber sie haben mir zu verstehen gegeben, dass alles okay ist – es wird keine weiteren Untersuchungen geben. Zelda bekommt die würdige Beerdigung, die sie verdient, und alles wird wieder normal. *Normal.*« Sie betont das Wort. »Und jetzt kommst du schon wieder damit an? AJ, im Ernst, bei dem Bild kommen mir höchstens die Worte ›Wespen‹ und ›Nest‹ in den Sinn. Und das Wort ›stechen‹. Nicht im sexuellen Sinn.«

»Hör mir zu, bitte...«

Sie stöhnt langgezogen. Aber sie steht nicht auf. Sie stützt den Kopf auf beide Hände und verdreht die Augen. »Okay, schieß los. Ich bin ganz Ohr. Aber die Augen? Das ist eine andere Sache – die hab ich nicht unter Kontrolle. Wenn du glaubst, ich döse – liegt an den Augen.«

Er setzt sich ihr gegenüber.

»Sieh dir das an.« Er legt einen Finger auf die Gestalt. »Erinnert dich das nicht an etwas? An jemanden?«

Melanie schweigt einen Moment lang und starrt das Bild an. Sie schiebt es nicht beiseite, sondern studiert es tatsächlich und denkt darüber nach. »Ja«, gesteht sie und nimmt die Brille ab. »Okay, ja, es erinnert mich an jemanden. Es sieht aus wie Isaac Handel. Es ist der Pullover – sein Lieblingspullover. Und das Haar – und seine Spielsachen natürlich.«

»Isaac.« AJ atmet lange und beherrscht ein und aus. »Genau. Isaac.«

»Er ist weg. Er wurde gestern entlassen.«

AJ nickt. Er erwähnt die vergangene Nacht und den Garten nicht, aber er denkt daran. Tut sie es auch? »Melanie, im Rückblick... erinnerst du dich, ob er manchmal mit Zelda gesprochen hat?«

»Vielleicht.«

»Warum sollte sie ihn so malen?«

»Ich weiß es nicht, AJ. Ich weiß es wirklich nicht.«

»Isaac war als Patient hier, als Pauline gestorben ist. Wissen wir, ob sie Zeit miteinander verbracht haben?«

»An solche Sachen kann ich mich nicht erinnern. Das ist Jahre her. Und liegt so etwas nicht auch außerhalb unseres Aufgabenbereichs?«

»Aber überleg doch mal... das kann doch kein Zufall mehr sein. Die Stromausfälle, die Schrift. Und Isaac trägt...« Er deutet auf das Bild und sucht nach Worten. »Das ist doch sein Gesicht auf dem Bild. Können wir einen von diesen Polizisten anrufen, die wir auf dem Strafrechtsforum kennengelernt haben? Die kennen sich doch mit solchen Sachen aus. Wir brauchen es ja nicht unbedingt an die große Glocke zu hängen. Wir bitten einfach um ein informelles Treffen und...«

»AJ, *bitte*.« Melanie legt eine Hand auf seine. »*Bitte*, ich weiß, ich bin nicht vollkommen, aber... lass mich in diesem Fall mal schlampig sein, ja? Lass mich die Sache einfach liegen lassen, hm? Damit die Klinik sich weiter in die richtige Richtung bewegt. Ohne Skandal, ohne Polizei, die herumschnüffelt. Das Kuratorium hasst so etwas.« Sie beißt sich auf die Unterlippe und legt den Kopf zur Seite. »Bitte, AJ. Es bedeutet mir sehr viel.«

Er schweigt und betrachtet ihre Finger auf seiner Hand. Sie liebt diese Klinik sehr. Wenn er wirklich in eine Beziehung eintreten will, sind dies die Dinge, über die er den Mund wird halten müssen.

»Da ist noch etwas«, sagt sie, während seine inneren Kämpfe noch nicht beendet sind. »Ich wollte fragen – falls das nicht ungehörig ist –, ob du für heute Abend schon was vorhast.«

Er hebt den Kopf. Sie lächelt ihn an, und ihre Augen sind klar und blau wie der Sommerhimmel. Sie zieht die Brauen hoch. »Na?«

Es ist, als habe sie auf einen Knopf gedrückt und einen Schwall von Endorphinen in seine Adern strömen lassen. Er seufzt und schüttelt den Kopf. »Ja, ja, ja ... okay. Aber vorher muss ich nach Stewart sehen. Ich muss mit ihm rausgehen. Wenn ich ihn zu lange mit Patience allein lasse, verwandelt er sich in einen Fettkloß.«

»Schade, dass du ihn nicht mit zu mir bringen kannst. Ist ein Hundeelend, aber der Mietvertrag lässt keine Ausnahmen zu.« Sie macht eine Pause. »*Hunde*elend.«

AJ lacht. Sie ist in allem das Gegenteil dessen, was er erwartet hat: Sie ist komisch und süß und albern, und er ist dabei, sich in sie zu verlieben. Nach nicht einmal vierundzwanzig Stunden, womit er niemals gerechnet hat. »Wie wär's danach? Wenn ich mit ihm draußen war? Sagen wir, um acht bei dir?«

»Anscheinend haben wir ein Date.«

Auf Wolke sieben schwebend, verlässt er ihr Büro. Ein Stockwerk tiefer läuft ihm Big Lurch auf dem Flur über den Weg. AJ zögert – er fragt sich, ob er sich auf den Treppenabsatz zurückziehen und warten soll, um nicht gesehen zu werden, aber es ist schon zu spät. Big Lurch schaut herauf und sieht ihn. Vielleicht spricht AJs Gesicht Bände, vielleicht verkündet es der ganzen Welt, dass er nicht rein dienstlich im Büro der Direktorin war – jedenfalls gibt es eine kurze Pause, in der keiner der beiden genau zu wissen scheint, wie er reagieren soll, und dann kriecht ein schlaues, verständnisvolles Grinsen über Big Lurchs Gesicht. Er geht weiter und reckt AJ nur die geballte Faust entgegen, als gehörten sie zur selben Gang.

Gratuliere, soll das heißen. *Respekt*.

Der Plan

Der Tag vergeht nur langsam draußen in der grauen Landschaft. Der Himmel hängt tief und pelzig über der Gegend. Die Bäume im östlichen Somerset beugen sich herunter und lassen glitzernde nasse Blätter auf die Männer und Frauen in schwarzer Allwetterkleidung fallen, die sich sorgfältig und quälend langsam über den dampfenden Waldboden bewegen. Sie gehören zur Unterstützungseinheit der Avon and Somerset Police, und es ist der zweite Tag ihres Einsatzes bei der Suche nach den sterblichen Überresten Misty Kitsons.

Am Sammelpunkt, wo alle Suchtrupps ihre Fahrzeuge geparkt haben, sitzt Jack Caffery in seinem Wagen. Im Radio läuft irgendeine Quasselshow, und durch das offene Fenster weht die kalte Luft herein. Er trägt eine Fleece-Jacke über dem Anzug und pafft langsam an einer E-Zigarette. Er hat letzte Nacht nicht geschlafen; nicht mal eine halbe Flasche Scotch hat das Hamsterrad in seinem Kopf anhalten können. Er musste entscheiden, wie er weiter vorgehen soll – wo sein Platz in dem löchrigen Szenario ist, das er geschaffen hat. Er hat gedacht, er habe lange genug gewartet, um sie so weit zu bringen, dass sie die Situation übersieht. Aber das ist nicht der Fall. Sie ist geschockt und streitsüchtig und widerspenstig, und damit muss er jetzt fertigwerden.

Er schaut hinaus: kahle, dürre Bäume vor einem weißgebleichten Himmel. Er hat nur noch wenige Tage Zeit, um zu dem großen Schlag auszuholen. Und vom Superintendent kam zusätzlicher Druck. Der erwartete ihn heute Morgen im Büro, um ihm in barschem Ton mitzuteilen, er könne von Glück sagen, dass bislang noch keine neuen Fälle hereingekommen seien. Was sich aber sofort ändern könne.

Langsam dämmert ihm, dass die Person, die da im Radio redet, Jacqui Kitson ist. Er zieht die Zigarettenpatrone heraus, schließt das Fenster und dreht das Radio lauter.

»Die Polizei tut, was sie kann ... und ich, wissen Sie, ich möchte sagen, ich finde, es wird allmählich auch Zeit.«

Er klopft mit der Patrone auf das Lenkrad. Jacqui fährt fort:

»Natürlich bete ich zum Himmel, dass meine Tochter lebend gefunden wird. Selbst nach all der Zeit habe ich die Hoffnung nicht aufgegeben.«

Er schaltet das Radio ab und sitzt eine Zeitlang mit gesenktem Kopf da. Seine Mutter, eine Katholikin, hätte gesagt, er habe eine Todsünde begangen. Dann hätte sie überlegt, wie die Sünde und das, was ihn dazu gebracht hat, heißt. Feigheit oder Wollust. Nicht Habgier. Das ist etwas, das sie ihm niemals zum Vorwurf machen könnte.

Es klopft. Er fährt hoch. Flea starrt durch das Beifahrerfenster zu ihm herein. Ihr Atem lässt die Scheibe beschlagen. Sie trägt immer noch ihre Tyvek-Suchmontur, aber sie hat die Kapuze heruntergeschlagen. Er zögert, aber dann lehnt er sich hinüber und entriegelt die Tür. Sie öffnet sie, steigt ein und schlägt sie zu.

»Also«, sagt sie. »Was ist los?«

»Was los ist?«

»Wir haben die Straße einmal abgesucht, und jetzt heißt es, wir müssen es noch einmal tun. Das haben Sie doch angeordnet, oder?«

»Ich muss sicherstellen, dass Ihnen nichts entgangen ist.«

»Bullshit. Es ist der einzige Bereich, wo Sie eine Wiederholung angeordnet haben. Sie wollen mich unter Druck setzen.«

Er schließt die Augen. Zählt bis zehn. »Okay.« Er legt den Ellenbogen auf das Lenkrad und dreht sich zu ihr um. »Ich habe Sie lange geschützt... und dafür bekomme ich nur Grobheiten zu hören.«

Sie holt tief Luft, um sich zu beruhigen. Ihr Gesicht ist rot von der Kälte, und ihr Haar ist wirr. »Entschuldigung. Sagen Sie, was Sie gestern Abend sagen wollten. Vielleicht stimme ich nicht zu, aber zumindest ist es dann raus.«

Er steckt die Patrone seiner Ersatzzigarette in die Tasche seiner Fleece-Jacke und lässt sich einen Augenblick Zeit, um die Worte im Kopf zusammenzubringen. Er ist das alles schon durchgegangen, hat es sich zurechtgelegt, aber noch nie im Angesicht solcher Feindseligkeit.

»Ich gebe Ihnen ein Szenario von dem, was passieren *könnte*. Stellen Sie sich Folgendes vor. Sie suchen den Bereich ab, den wir beim letzten Mal nicht abgedeckt haben. Sie finden skelettierte Überreste, sagen wir... ach, ich weiß nicht... irgendwo da draußen, und...«

»Moment, Moment! Wollen Sie damit sagen, was ich hier zu verstehen glaube?«

»Überlegen Sie. Wie oft haben Sie mit einer Situation wie dieser zu tun gehabt? Jemand wird vermisst. Sie suchen, aber Sie ziehen die Grenzen des Suchbereichs ein bisschen zu eng... Meistens sind die Überreste so stark verwest, dass man die Person nicht mehr identifizieren und die Todesursache nicht mehr erkennen kann. Und im Fall Misty? Sie war drogensüchtig, hatte Depressionen, ihre Ehe brach auseinander, ihr Name stand immer wieder in der Zeitung, weil sie Mist gebaut hat. Vielleicht hat sie ein stilles Plätzchen gesucht, um zu sich zu kommen, hat sich verirrt, sich hingelegt, um zu schlafen, und ist nicht wieder aufgewacht. Es war Mai, aber in der Nacht war es kalt – ich habe in den Temperaturaufzeichnungen nachgesehen. In ihrem Zustand könnte sie schnell in Unterkühlung verfallen und die Orientierung verlieren. So was kommt häufig vor. Wir verstreuen die Knochen, wie Tiere es tun würden – ein Alptraum für jeden Pathologen. Und einen entscheidenden Punkt wollen wir nicht vergessen. Der Senior Investigating Officer leitet die forensischen Untersuchungen. Und der SIO in diesem Fall bin ...«

Sie wendet sich ab. Sie weiß, dass er als leitender Ermittler zu bestimmen hat, auf welche Punkte sich die forensischen Mittel konzentrieren. Er könnte die Pathologen in jede beliebige Richtung dirigieren.

»Und« – er setzt noch eins drauf – »wenn ich dabei wäre, wenn Sie die Überreste finden, könnte alles Spurenmaterial, das wir übersehen haben, einfach als kontaminiertes Material abgebucht werden. Wir sind in jeder Hinsicht abgesichert.«

Sie starrt aus dem Fenster. Das Funkgerät in ihrem Halfter gibt ein leises Knistern von sich. Draußen kommen und gehen die Teams; sie bleiben auf dem Parkplatz stehen, um miteinander zu reden, und machen die ernsten Gesichter von Leuten, die nicht wissen, dass man sie auf eine Phantomjagd geschickt hat.

Als sie schließlich antwortet, klingt sie ruhig und beherrscht. »Ich kann nicht tauchen. Meine Ohren sind kaputt. Und Sie schaffen das nie im Leben. Selbst wenn Sie genau wüssten, wohin, müssten Sie ein brillanter Taucher sein. Ein außergewöhnlich brillanter Taucher.«

»Heißt das ja?«

»Was machen Sie, wenn ich Nein sage?«

»So weit habe ich noch nicht vorausgedacht.«

Sie seufzt und reibt mit Daumen und Zeigefinger ihren Nasenrücken. »Es tut mir leid, Jack. Ich danke Ihnen für das, was Sie getan haben, aber nein. Ich habe immer wieder darüber nachgedacht – bin es im Kopf immer wieder durchgegangen. Dies ist wirklich der beste Weg. Der sicherste Weg. Es tut mir leid, wirklich sehr leid.«

Starbucks

Isaac Handel war der Typ mit der Topffrisur, der AJ darauf aufmerksam gemacht hat, was Moses an jenem Tag im Frühstücksraum mit dem Löffel tat. Bis gestern Morgen, als er in eine Reha-Einrichtung entlassen wurde, hat er sein ganzes Erwachsenenleben in der Hochsicherheitsklinik Beechway verbracht. Sieben Jahre vor AJs Ankunft wurde er von einer jugendpsychiatrischen Klinik auf die Akutstation überwiesen, und nach allem, was man aus jener Zeit hörte, war er dort von Anfang an nicht einer der einfachsten Patienten.

Er war achtzehn Jahre alt. Hatte Akne und fettige Haare, war desorientiert. Er roch abscheulich, und wohin er auch ging, wehte dieser Geruch hinter ihm her. Außerdem bestand er darauf, zwei marionettenartige Figuren in den Armbeugen mit sich herumzuschleppen, die er seine »Püppchen« nannte – hässliche Dinger, die genauso stanken wie er. Er ließ sich nicht von ihnen trennen – niemals.

Der Gestank wurde immer schlimmer, und die Pfleger mussten auch mal fester anpacken, um ihn in die Dusche zu schaffen. Drei Männer waren nötig, um ihn dort auszuziehen. Aber als sie versuchten, ihm die Puppen wegzunehmen, pinkelte Isaac sie kurzerhand voll. Danach versuchten sie nie wieder, ihm die Puppen abzunehmen.

Langsam taten Medikamente und Therapie ihre Wirkung, und Isaac wurde ruhiger. Er fing an, sich zu duschen, und stank nicht mehr so fürchterlich. Seine Puppensammlung wuchs; von seinem Taschengeld kaufte er sich Material, und in den Kunsttherapiesitzungen mit Jonathan Keay war er dauernd damit beschäftigt, die verdammten Dinger zu nähen und zu bemalen. Keay half ihm dabei sehr oft, und tatsächlich fragte AJ sich manchmal, ob Keay ihn einigen anderen Patienten vorzog. Die Puppen sahen gespenstisch aus mit ihren einzelnen kleinen Zähnen und den lebensechten Augen in den gehäkelten Wollgesichtern. Andere hatten Gesichter aus Porzellan, das er im Brennofen des Therapiezentrums brannte, bevor er die Augen mit roten Konturen ummalte. Isaac mochte sich nicht von ihnen trennen. Er schleppte so viele wie möglich mit sich herum, und der Rest blieb in seinem Zimmer auf seinem Bett, die schlaffen Gliedmaßen verdreht und zusammengequetscht wie kleine Leichen.

AJ findet keine Ruhe. Seinem Versprechen an Melanie zum Trotz kann er nicht aufhören, an Isaac Handel zu denken. An den unheimlichen kleinen Isaac. Er wartet, bis eine der Bürosekretärinnen aufsteht, um eine Toilettenpause zu machen, und ruft ihr nach: »Kann ich Ihren PC benutzen? Ich müsste mir einen Dienstplan ansehen.« Sie wedelt gleichgültig mit der Hand, und er lässt sich auf ihren Stuhl fallen.

AJ hat nie gewusst – hat nie wissen wollen –, weshalb Isaac eigentlich nach Beechway gekommen ist. Als er hier ankam, war Isaac schon ein anderer Mensch: schweigsam, fügsam und Konfrontationen vermeidend. Seine Medikamente nahm er, ohne sich zu widersetzen. Tatsächlich kam AJ mit dem Jungen auf eine verrückte Art ganz gut zurecht. Das Einzige, was ihm nicht gefiel, war Isaacs Benehmen, wenn Melanie irgendwo erschien. Manchmal blieb er stehen und glotzte sie an wie ein Rüde eine läufige Hündin, wenn sie im Korridor an ihm vorbeiging – als hinterlasse sie eine Duftfährte aus Hormonen. Er stellte AJ ungehörige Fragen über sie: *Wo wohnt sie? Wie alt ist sie? Ist sie ver-*

heiratet? AJ ist daran gewöhnt, dass männliche Patienten so auf Melanie reagieren: Sie ist ein Rätsel, das ihre mit Medikamenten marinierten Gehirne nicht entziffern können. Im Grunde war Isaac da auch nicht viel aufdringlicher als andere. Warum AJ den Mann trotzdem nicht mag, weiß er selber nicht.

Die Sekretärin, an deren Arbeitsplatz er sitzt, ist als Verwaltungsmitarbeiterin dem Revisionsteam der Klinik zugeordnet, und ihre Aufgabe ist es, die Tonprotokolle der Verhandlungen zu transkribieren. AJ findet Isaac Handels Protokoll sofort auf dem Desktop und lädt es rasch auf einen lustigen Memory-Stick, den Patience als treue Kundin ihres Wettbüros bekommen hat: Er hat die Form eines Pferdekopfes. AJ ist alt genug, um sich dabei an den Kopf des toten Pferdes in dem Film *Der Pate* zu erinnern. Aber der Stick erfüllt seinen Zweck, und er steckt ihn ein.

Hier in der Klinik kann er das Protokoll nicht lesen – er stellt sich vor, wie Melanie hereinkommt und ihn dabei ertappt. Wenn sie herausfindet, dass er nicht lockerlässt, war er zum letzten Mal in ihrem Haus in Stroud eingeladen. Das weiß er. Er schreibt ihr eine SMS: *Muss ein bisschen früher gehen. Patience hat angerufen – Stewart macht Probleme. Sehen uns später xxx. PS: Du siehst schön aus ohne Schlaf. Muss an den guten Genen liegen.*

Er fährt zum nächsten Starbucks und bestellt gleich das Erstbeste, was auf der Getränkeliste steht. Das Zeug schmeckt eher wie ein aufgewärmter Kaffee-Milkshake als wie ordentlicher Kaffee. Er setzt sich mit dem Rücken zu den anderen Gästen in eine Ecke, klappt seinen Laptop auf und lädt das Sitzungsprotokoll:

Isaac Peter Handel vs. Revisionsausschuss Psychiatrie
Mittwoch, 10. Oktober
Psychiatrische Klinik Beechway
Vorsitz: Mr Gerard Unsworth, Kronanwalt

AJ ist bei dieser Verhandlung gewesen. Im Laufe der Jahre hat er davon schon Hunderte erlebt, und diese hat nichts weiter Bemerkenswertes an sich gehabt. Hilfskräfte hatten den Besprechungsraum im Verwaltungstrakt geputzt und vorbereitet und eine Ladung Sandwiches und Thermoskannen mit Tee und Kaffee hingestellt. AJ war nur kurz dabei, um dem Ausschuss den Pflegebericht zu präsentieren. Lauter Routinekram: Er hat erzählt, wie Isaac auf die Medikamente reagiert hatte, die Entwicklung seiner Verhaltensmarker vorgetragen und von seinem Engagement in der Therapie und seinen Beziehungen zu anderen Patienten berichtet.

Die meisten Revisionsverhandlungen, bei denen eine Entlassung empfohlen wird, sind für gewöhnlich reine Formsache. Meistens ist die informelle Entscheidung bereits sechs Monate vorher gefallen. Isaac und seine Anwältin waren deshalb schon präpariert: Wenn er seitdem nicht über die Stränge geschlagen hatte, würde er zur Entlassung empfohlen werden. Es gab noch ein paar Reifen, durch die gesprungen werden musste, das übliche Protokoll war zu beachten, aber das war alles Routine.

Mit einer Ausnahme, begreift AJ rückblickend: Mrs Jane Potter.

In jedem Ausschuss muss ein Laie vertreten sein – verantwortungsbewusst und objektiv. Jane Potter gehört zu einem Reservoir von Laien, und AJ hat sie schon öfter in Ausschüssen gesehen: Sie ist die Vorsitzende des örtlichen Frauengleichstellungsvereins und als Schulinspektorin tätig. Diesmal, das ist ihm kurz aufgefallen, war ihre Haltung aber anders als sonst. Sie hat steif dagesessen, mit fest verschränkten Fingern, als wäre sie wütend – oder geschockt.

Jetzt fragt er sich, warum sie so angespannt war. Er nippt an seinem mit Kaffee aromatisierten Schaum und überfliegt das Protokoll. Er will sehen, ob etwas vorgefallen ist, das Jane Potter zu solch einer Reaktion gebracht haben könnte. Seine Lippen bewegen sich lautlos, als er im Schnelldurchlauf die üblichen Sätze liest.

… Ausschuss wird über vorbehaltliche Entlassung des Antragstellers Isaac Peter Handel befinden … anwesend der Antragsteller sowie Miss Lucy Tripple, seine Rechtsanwältin … Ausschuss bestehend aus Kronanwalt Gerard Unsworth (Vorsitz), Dr. Brian Yeats, Oberarzt der Psychiatrie und verantwortlicher Klinikarzt des Antragstellers, Miss Melanie Arrow, Klinikdirektorin, Miss Bryony Marsh, Verwaltungsangestellte, Mrs Jane Potter …

Im Protokoll werden die Anwesenden fortan abgekürzt: IPH, LT, GU, BY, MA, JP. Es folgt die übliche Vorstellung der einzelnen Anwesenden: Der Kronanwalt erklärt, wer er ist – ein Witz, denn alle wissen, wer Unsworth ist. Er hat bei zahllosen Verhandlungen den Vorsitz geführt, und bevor er Kronanwalt wurde, hat er in mehreren prominenten Fällen Patienten vertreten, die zur Sicherungsverwahrung in eine Psychiatrische Anstalt eingewiesen worden waren. Wenn Unsworth den Vorsitz geführt hat, müssen bei allen, die in der Klinik arbeiten, die Alarmglocken geschrillt haben. Vor allem für Melanie muss der Stress beträchtlich gewesen sein. War das kurz nachdem sie und Jonathan sich getrennt hatten? AJ überlegt. Das dürfte es noch schlimmer gemacht haben.

Unsworth spricht ein paar einleitende Worte und stellt fest, Handel sei elf Jahre in der Klinik gewesen. Davor, im Alter von vierzehn bis achtzehn Jahren, sei er nach dem Gesetz zum Schutz von Kindern woanders untergebracht gewesen und dann nach Absatz 37 des Gesetzes für psychisch Kranke nach Beechway verlegt worden. AJ hat von all dem nichts gewusst. Von Isaac hat er nie ein Wort über seine Kindheit gehört.

Der Kronanwalt umreißt in aller Ruhe ein paar Grundlagen – im Interesse der Laiin, die mit den rechtlichen Feinheiten vielleicht nicht vertraut ist.

Mrs Potter, ich weiß, Sie waren schon bei uns, aber ich will Ihnen doch in Erinnerung rufen: Aufgrund von Absatz 37 kann ein Gericht einen Straftäter zur Behandlung in eine Klinik einweisen, statt ihn zu einer Haftstrafe zu verurteilen. Für Mr Handel gilt Absatz 37/41. Dieser ermöglicht die Gewahrsamsverfügung zum Schutze der Öffentlichkeit vor schwerwiegendem Schaden. Anträge auf Urlaub oder Entlassung müssen förmlich genehmigt werden. Heute können wir Mr Handels Entlassung genehmigen oder seinen Antrag ablehnen, aber die letzte Entscheidung liegt beim Gericht. Nun liegt hier bezüglich einzelner Teile des Berichts ein Antrag auf Nichtoffenlegung vor, weil Mr Handel Schaden nehmen könnte, wenn er an bestimmte Dinge erinnert wird.

AJ starrt stirnrunzelnd auf den Bildschirm. Auch das ist etwas, das er vergessen hat: Als er hereinkam, um auszusagen, hat er gesehen, dass mehrere Seiten der Verhandlungsunterlagen – Berichte und Krankenakten, die von der Verwaltungsangestellten zusammengetragen wurden – einen Stempel trugen: *Einsichtnahme durch den Patienten nur mit ausdrücklicher Erlaubnis des Ausschusses gestattet.*

Einfach ausgedrückt: Zu seinem eigenen Schutz war es verboten, Isaac an die Taten zu erinnern, die ihn vor fünfzehn Jahren in die Psychiatrie gebracht hatten. AJ ist nicht zum ersten Mal auf diese Worte gestoßen, und in dem Augenblick sind sie ihm auch nicht ungewöhnlich oder bemerkenswert erschienen, aber vielleicht hatte Jane Potter gelesen, was immer in den Einweisungsprotokollen stand, und es hatte sie aus der Fassung gebracht.

Sein Blick wandert an der Seite herunter und bleibt dort hängen, wo der Ausschuss den Bericht des Klinikarztes durchspricht.

GU: Mr Yeats, können Sie uns kurz die medikamentöse Situation des Antragstellers schildern?

BY: Ja, selbstverständlich. Isaac hat im Laufe der Jahre vielfältige negative Reaktionen auf Antipsychotika gezeigt, aber letztes Jahr bekam er neue Medikamente, die er gut vertragen hat. Eine leichte kognitive Beeinträchtigung ist eine Folge seiner Erkrankung, unter dem Einfluss dieser Medikamente liegt sein IQ in jüngster Zeit jedoch zehn Punkte über den früheren Messungen – bei ihm verursachen diese Mittel nicht das, was die Patienten gern als »Kopfnebel« bezeichnen. Kommt dazu, dass die Verabreichungsart geändert wurde; er bekommt Depotinjektionen, wodurch die Einnahme sichergestellt ist.

GU: Weil der Patient nicht vergessen oder sich weigern kann, seine Medikamente zu nehmen, wenn das Depot injiziert ist?

BY: Ganz recht. Wenn Sie jetzt Seite 33 meines Berichts aufschlagen, werden Sie sehen, dass ich dort seine Reaktion auf die Anxiolytika und Antidepressiva umrissen habe, die eingesetzt werden, um seine Ängste zu lindern. Außerdem finden Sie dort eine Zusammenfassung seiner Reaktionen auf eine Vielzahl von Antipsychotika – und wir haben da einiges ausprobiert. Haloperidol, Droperidol, Stelazin, Flupentixol und Chlorpromazin – lauter Antipsychotika der ersten Generation, die auch als typische Antipsychotika bezeichnet...

GU: Ich weiß, was Antipsychotika sind, aber es wäre vielleicht in unser aller Interesse, wenn Sie ...

BY: Ja, natürlich. Es handelt sich um eine ziemlich alltägliche Medikation, die den Zweck verfolgt, die ... Sie soll ... Mrs Potter?

GU: Mrs Potter, ist Ihnen ...? Vielleicht etwas zu trinken für Mrs Potter? Kann jemand ein Glas Wasser ...?

JP: Verzeihung ... Verzeihung ... ich bin nur ...

GU: Bitte, kann jemand Mrs Potter ein ...?

JP: Es geht mir gut.

MA: Bryony, machen Sie ein Fenster auf. Alles okay, Jane? Hier ... trinken Sie einen Schluck ...

JP: Danke.

GU: Möchten Sie, dass wir die Sitzung vertagen ...?

JP: Bitte, nein ... machen Sie weiter. Bitte machen Sie weiter.

GU: Sind Sie sicher?

JP: Ja ... es ist nur ... Wenn ich mir Mr Handels ursprüngliche Einweisung ansehe – was er getan hat, was der Pathologe darüber gesagt hat, das ist ... na ja, ein bisschen ... Ich wusste das alles nicht. Ich hätte es nicht lesen sollen. Mir ist klar, dass es nicht relevant ist.

GU: Ja, die Klinikärzte möchten dem Patienten bestimmte Aspekte nicht zur Kenntnis geben. Vielleicht hätten sie diese Fürsorge auch auf die Ausschussmitglieder ausdehnen sollen.

LT: Was soll das Ganze? Es gibt einen guten Grund für die Nichtoffenlegungsklausel und...

GU: Ich glaube, es ist jetzt an der Zeit, diese Sitzung zu vertagen...

JP: Bitte, ich meine es ernst. Mir geht es gut. Es ist nur so, dass ich in der Nähe der Upton Farm gewohnt habe... und ich erinnere mich nicht, etwas darüber in der Zeitung gelesen zu haben. Über diese Einzelheiten wurde nie berichtet.

LT: Mein Mandant war damals minderjährig. Bedauerlicherweise wurde hier nirgends vermerkt, dass Sie, Mrs Potter, auf persönliche Beziehungen zurückblicken, die Ihre Position in diesem Revisionsausschuss beeinträchtigen könnten.

JP: Es GIBT keine persönlichen Beziehungen. Ich habe zufällig in der Nähe gewohnt, das ist alles. Bitte fahren Sie jetzt fort.

GU: Danke, Mrs Potter.

LT: Nun, mit Ihrer Erlaubnis möchte ich alle Anwesenden daran erinnern, dass die Details der Einweisung meines Mandanten hier nur als Kontext dienen sollen und dass wir uns hier ausschließlich mit Mr Handels derzeitigem Geisteszustand befassen sollen und müssen.

GU: Absolut. Absolut.

MA: Selbstverständlich.

LT: Dann sind wir uns alle einig? Dass wir uns darauf konzentrieren?

GU: Ja, ja. Also. Wo waren wir? Dr. Yeats, ich glaube, Sie wollten uns einen Überblick über Antipsychotika geben...

AJ sitzt mit einer Tasse voll Schaum bei Starbucks vor seinem Laptop und kann den Blick nicht vom Bildschirm wenden. Upton Farm kennt er, genau wie Jane Potter. Sie ist nur vier Meilen weit von Eden Hole Cottages entfernt. Er hat seit Jahren gewusst, dass dort oben etwas passiert ist, aber ihm war nie ganz klar, was. Und bis jetzt hat er es schon gar nicht mit Isaac in Verbindung gebracht. Er hat ja nicht mal gewusst, dass Isaac aus der Gegend stammt. In all den Jahren hat er nie wissen wollen, weshalb seine Patienten in der Klinik sind. Jetzt fragt er sich allmählich, ob das wirklich eine kluge Entscheidung war.

Elf's Grotto

Die Mendips sind eine Kette von Kalksteinhügeln, die etwa zwanzig Meilen weit südlich von Bristol in Ost-West-Richtung verläuft. Zweitausend Jahre lang, bis gegen Ende des 19. Jahrhunderts, haben diese Hügel als Steinbrüche gedient. Weniger als ein Fünftel ist davon heute noch in Betrieb, und viele der stillgelegten Anlagen sind jetzt geflutet. Steile zwanzig Meter liegen zwischen dem Rand des Wassers und der Oberkante der Steilwand, und unter dem taubenblauen Wasserspiegel geht es noch einmal bis zu sechzig Meter tief nach unten. Mehrere

Steinbrüche sind durch unterirdische Kanäle mit einem Netz von natürlichen Höhlen verbunden, die unter dem Namen Elf's Grotto, die Elfengrotte, bekannt sind und die mit ihren Säulen, Krümmungen und gewölbten Decken wie die Katakomben unter einer alten Kathedrale aussehen – aus dem Fels gehauen nicht von Menschenhand, sondern von dem Wasser, das das gesamte System durchflutet.

Steinbruch Nummer acht bildet das Ende der Kette von Steinbrüchen. Tief im Wald versteckt, ist er großenteils in Vergessenheit geraten, und kaum ein Mensch kommt je hierher. Keine öffentliche Straße endet hier, nur ein ausgefahrener, von Schlaglöchern übersäter Schotterweg, der so selten benutzt wird, dass die wilden Tiere ihn in Besitz genommen haben. Heute Nacht aber huschen sie in die Dunkelheit davon, denn ein Auto nähert sich, und das Licht seiner Scheinwerfer hüpft blitzend unter den überhängenden Bäumen dahin. Das Auto ist klein – ein Renault Clio –, ein Stadtflitzer, entwickelt für Asphaltstraßen und enge Parkplätze, nicht für Fahrten im Gelände. Äste kratzen kreischend über das Dach, als er ruckartig die Piste verlässt und auf den schmalen Pfad einbiegt, der den Steinbruch umrundet. Am Fuße eines turmhohen Stapels behauener Felsquader, die hier schon so lange liegen, dass Bäume aus den Ritzen wachsen, bleibt das Auto stehen. Der Motor verstummt. Das Licht der Scheinwerfer erlischt, und was bleibt, sind zwei Glühwürmchen, die sich im Wasser spiegeln.

Flea Marley öffnet ein Fenster und streckt den Kopf hinaus. Sie lauscht nach allem, was sich regt: einem Husten, dem Schlurfen von Füßen, dem verräterischen Rieseln von Steinchen an der Felswand. Aber es ist still im Steinbruch und bitterkalt – eisig kalt. Mit ihrem Fernglas betrachtet sie das hufeisenförmige Amphitheater aus kahlem Fels. Berge von pulverisiertem Kalkstein am anderen Ende des Steinbruchs glänzen matt in der Dunkelheit. Sterne und Wolken spiegeln sich im stillen Wasser.

Mehr als fünfundvierzig Meter unterhalb dieses Wasserspiegels – eine unvorstellbare Tiefe: Sie entspricht der Höhe eines zwölfstöckigen Hochhauses –, im lichtlosen eiskalten Wasser gibt es ein nicht markiertes, nirgends verzeichnetes Loch in der Felswand. Es kommt auf keinem Plan dieses Steinbruchs vor, und man findet es nur aus dem Gedächtnis und indem man sich blind auf seinen Instinkt verlässt. Wenn man dort eindringt, befindet man sich am Anfang eines Gangs, der drei Meter tief ins Gestein reicht und dann jäh nach oben führt: ein natürliches, mit Wasser gefülltes Bohrloch. Es hat einen Durchmesser von einem Meter und steigt sechsundvierzig Meter senkrecht nach oben. Außerdem bietet es Zugang zu Höhlen, die auf keinem anderen Weg erreichbar sind. Die Höhlen sind teils natürlich, teils von den Römern in den Stein gehauen worden, und sie sind instabil und unzugänglich – von diesem einen versteckten Weg abgesehen. Für einen Taucher gibt es in diesem Felskamin nur zwei Richtungen: aufwärts und abwärts. Er ist so eng, dass man es sich unterwegs nicht anders überlegen und einfach kehrtmachen kann: Hat man sich für eine Richtung entschieden, gibt es kein Zurück. Bei dem ungeheuren Wasserdruck muss man ein sehr erfahrener Taucher sein, um wohlbehalten aufzusteigen.

Caffery ist kein Taucher, und er hat nicht die Beziehungen, die Flea besitzt. Er weiß nur, dass Misty hier irgendwo ist. Bisher war er geduldig, aber wenn er sich einmal etwas in den Kopf gesetzt hat, zieht er es auch durch. Es ist ihm verdammt noch mal zuzutrauen, dass er hier einen irrwitzigen Tauchereinsatz inszeniert, vielleicht privat, vielleicht mit einer Einheit von einer anderen Polizeibehörde. Er ist hochrangig genug, um das zuwege zu bringen, wenn er will, und er bräuchte nur einen fadenscheinigen Vorwand. Flea kann es sich nicht leisten, dieses Risiko einzugehen.

Sie trägt ein gewöhnliches Fleece am Oberkörper. Der Unterkörper steckt in einem Taucheranzug, den sie über die Taille hinuntergerollt hat. Sie steigt aus, zieht ihre Ausrüstungstasche vom Rücksitz und schließt sanft die Tür. Das Klicken, das in jeder anderen Umgebung fast unhörbar gewesen wäre, hallt wie ein Gewehrschuss über das stille Wasser. Sie zieht den Reißverschluss der Tasche auf und fängt an, sich anzuziehen. Das ist der Teil, den sie nicht ausstehen kann. Im Wasser ist alles okay; da ist es nicht wichtig, wie groß oder wie klein sie ist, aber auf trockenem Boden ist sie im Nachteil. Sie hat Mühe, die ganze Ausrüstung zu tragen – die Flaschen, den Ballastgürtel.

Sie setzt sich auf den Rand des Steinbruchs und zieht die Flossen an. Von hier aus führt eine rostige Leiter ins Wasser, und sie lässt den Blick noch einmal darüber hinwegwandern und sucht nach einem leisen Kräuseln oder einer Veränderung in der spiegelglatten Oberfläche. Es gibt nur einen anderen Menschen auf der Welt, der von diesem Ort weiß – nur einen, der dazu fähig ist hineinzukommen, und der ist längst verschwunden. Flea hat keine Ahnung, wohin. Ihr Geheimnis wird er nicht verraten, da kann sie sicher sein. Er war einer der Schattenmenschen, die auf der falschen Seite dieses Landes kämpfen, und es war keine wirkliche Überraschung, dass er nicht geblieben ist. Vielleicht ist er tot. Sie war ein paarmal hier, um nachzusehen, doch der Steinbruch ist seit Monaten verlassen. Sie ist allein.

Sie nimmt die letzten Kontrollen vor. Gewichte, Ventile, Sauerstoff. Der Schmerz im Kiefergelenk, als sie in das Gummimundstück des Atemreglers beißt – und das plötzliche Saugen und Pfeifen, wenn sie Luft holt: Darth Vader. Der Eingang der Höhle liegt weit unterhalb der fünfzig Meter, die vom britischen Tauchsicherheitsverband für zulässig erklärt sind. Mit komprimierter Luft sollte man so etwas nicht versuchen – schon gar nicht als Taucherin, die von den Barotrauma-Experten noch nicht wieder gesundgeschrieben ist. Fleas Ohr ist ihre Schwachstelle. Das linke Ohr. Anzeichen, auf die sie achten muss, sind Übelkeit und ein Schmerz, der über die Seite des Gesichts ausstrahlt. Schwindel und Verwirrung können etwa um die gleiche Zeit auftreten, wenn das Trommelfell reißt. Das kann sie sich nicht leisten. Wenn das Trommelfell noch einmal platzt, wird dies ihr letzter Tauchgang gewesen sein. Der allerletzte.

Sie legt eine flache Hand an den Atemregler, um ihn beim Abstieg vor dem Gesicht zu halten. In der anderen hat sie den Inflatorschlauch für die Auftriebsweste. Dann lässt sie sich senkrecht ins Wasser fallen und sinkt durch die Finsternis nach unten.

Marmeladensaison

AJ wandert nachdenklich zurück zu seinem Auto. Auf der Heimfahrt schaltet er das Radio nicht ein, denn er möchte jetzt nicht abgelenkt werden. Die Visitenkarten der Polizisten, die auf der Konferenz waren, sind in der dicken Akte in Melanies Büro, aber AJ braucht die Namen nicht. Er könnte auch so die Einheit anrufen, zu der sie gehören: das Major Crime Investigation Team. Das kann ja so schwer nicht zu finden sein. Wenn er sicher wäre, dass sein Verdacht in Bezug auf Handel gerechtfertigt ist, würde er es vielleicht tun. O Mann, denkt er, als er in den ausgefahrenen Feldweg nach Eden Hole einbiegt – als ginge es ausschließlich darum, dass du dir nicht hundertprozentig sicher bist. Du hast schlicht Angst, Melanie gegen dich aufzubringen. Du Feigling.

Er steigt aus und bleibt einen Moment lang mit dem Rücken zum Wagen in der Kälte stehen. Von hier aus steigt das Gelände an zu einem Plateau, hinter dem die Cotswolds beginnen. Die Anhöhe ist trostlos und windig, und skelettartige Bäume stehen dort vereinzelt aufgereiht.

Upton Farm ist keine vier Meilen weit entfernt auf der anderen Seite des Höhenzugs. Er ist nie dort gewesen, aber er weiß, wo sie ist, denn die Leute in der Gegend sprechen im Flüsterton davon. In Anbetracht seiner Gewohnheit, sich nur für die nötigsten Informationen und weiter nichts zu interessieren, hat AJ bisher nicht wissen wollen, was dort passiert ist. Oder was Isaac getan hat, das Jane Potter so sehr mitgenommen hat.

Im Cottage ist es warm. Das Feuer brennt, und gute Düfte wehen aus der Küche. Es ist Marmeladensaison, und das bedeutet, die Küche ist voll von blubbernden Kesseln, und überall liegen klebrige Marmeladenthermometer. Patience macht sich über den Baumknutscher AJ und sein Wassailing lustig, aber wenn er von einem Spaziergang nach Hause kommt, beladen mit Brombeeren und den dunkelroten »Kingston Black«-Äpfeln, die in dem verlassenen Obstgarten am Ende des Waldes von den Bäumen fallen, ist sie glücklich. Dann krempelt sie sich die Ärmel hoch und fängt an, Gläser zu sterilisieren.

Heute trägt sie eine Schürze und wuselt mit Schaumlöffeln und Stapeln von Siegelscheiben herum. Das Frühstück steht auf dem Tisch: Bananenpuffer, Toast, Kaffee und eins von den »Forager's Fayre«-Gläsern, die er ihr mitgebracht hat. Er zieht die Jacke aus und begrüßt Stewart, und dann setzt er sich hin, schmiert Butter auf eine Scheibe Toast und streicht Marmelade darauf. Stewart beobachtet ihn von seinem Korb neben dem Herd aus.

»Wie sich zeigt, ist dein Hund unter einem Wandelstern geboren«, sagt Patience angespannt. »Vielleicht ist er wie sein Herrchen – hat sich 'ne Freundin besorgt.«

»Wieso? Wo ist er gewesen?«

»Keine Ahnung. Hat sich irgendwo ausgetobt, nehme ich an.«

»Patience, er ist kastriert.«

»Hindert ihn nicht daran, einfach zu verschwinden. Vielleicht sollten wir dich auch kastrieren lassen.«

AJ spürt die Spitze und überlegt, ob er Patience erklären soll, wo er gestern Nacht war und wo er heute Nacht wieder sein wird. Aber dann lässt er es bleiben. Sie ist eine erwachsene Frau, sie kann selbst draufkommen. Er bestreicht noch einen Toast mit Butter.

»Bist du schon mal da oben hinter der Obstwiese gewesen?«, fragt er. »Die, wo ich die ›Kingston Black‹-Äpfel hole? Oben in The Wilds. Zwischen der Kirche und Raymond Atheys Land.«

»Ich weiß, wo das ist, vielen Dank. Aber du wirst mich da oben nicht erwischen. Auf dem Hof auf der anderen Seite spukt es.«

»Es spukt?«

»Da sind Sachen passiert.«

»Auf der Upton Farm, meinst du?«

Patience antwortet nicht. Sie zieht einen gereizten Schmollmund, während sie geschäftig mit ihren Marmeladentöpfen herumklappert und sie vor ihm auf dem Tisch aufreiht, an dem er isst.

Aber AJ ist noch nicht bereit, es dabei zu belassen. »Vor fünfzehn Jahren haben wir hier schon gewohnt. Auf der Upton Farm ist etwas passiert. Weißt du noch, was?«

»Ich erinnere mich, dass da ein Junge verrückt geworden ist. Hat seine Eltern umgebracht. Muss ich noch mehr wissen?«

»Seine Eltern umgebracht?«

»Das hab ich doch gesagt.«

AJ arbeitet schon so lange in der Psychiatrie, dass ihn nichts mehr schockieren dürfte. Er hat Serienkiller gekannt, die weit mehr als zwei Leichen auf dem Konto hatten. Trotzdem kann er sich nicht recht vorstellen, dass Isaac Handel so etwas getan haben soll. Dazu noch ganz in der Nähe.

»Warum reden wir darüber?«, fragt Patience. »Hey, Stewart, dein Herrchen ist nach Hause gekommen, aber statt mit dir rauszugehen, hockt er hier herum, schlägt sich den Bauch voll und redet über Gespenster. Wie findest du das?«

AJ schüttelt resigniert den Kopf. Er isst seinen Toast auf, bringt Teller und Tasse zur Spüle, wäscht beides ab und stellt die Sachen auf das Abtropfgitter.

Was für eine Vorstellung – der kleine Isaac Handel mit der Topffrisur bringt zwei Leute um. Wie geht das, dass jemand so etwas tut, ohne dass es ein Zeichen auf seinem Gesicht hinterlässt, das alle Welt sehen kann?

AJ holt seine Jacke und die Hundeleine. »Komm, Stewie. Gehen wir an die frische Luft, ja?«

Draußen wird bald klar, dass Patience, auch wenn sie vielleicht schlechte Laune hat, doch wenigstens in einem Punkt recht hat: Stewart benimmt sich eindeutig merkwürdig. AJ steht mit hochgeschlagener Kapuze im Regen und wirft ein Stöckchen über das Feld, aber Stewart möchte nicht hinterherlaufen – als betrachte er die Umgebung plötzlich mit Misstrauen.

»Na los, Junge, los doch«, drängt AJ.

Schließlich läuft der Hund auf das Feld, doch AJ weiß, dass etwas nicht stimmt. Und richtig, Stewart hebt das Stöckchen nicht auf, sondern läuft schnuppernd hin und her. Dann trabt er an den Rand des Feldes, wo man über einen Zauntritt auf einen Pfad ins Waldland kommt.

»Was machst du da? Komm her!«

Stewart gehorcht nicht gleich. Er dreht sich im Kreis und setzt sich dann. Als AJ mit der Leine herankommt, fängt er an zu winseln.

»Stewart, du Blödmann – was ist denn los?«

Der Zaunübertritt, an dem Stewart stehen geblieben ist, besteht aus einem flachen Stein mit einer Quersprosse darüber. AJ beugt sich hinüber und späht nach links und rechts in den Wald. Ein Pfad schlängelt sich von dem Übertritt in den Wald.

In der Luft hängt ein feiner Dunst. Er kann nicht erkennen, was Stewart hier stört. In all den Jahren, die er hier schon lebt, und bei all den Wanderungen, die er in der Gegend unternommen hat, kann er an den Fingern abzählen, wie oft er diesen Pfad genommen hat. Es gibt viel hübschere und einfachere Wege, die man hier gehen kann. Er kann sich nicht an die genaue Route erinnern, aber er weiß, dass er hinauf bis an den Rand des Plateaus führt. Und er weiß, wenn man weit genug geht, führt er auf der anderen Seite wieder hinunter, durch eine Gegend, die man The Wilds nennt. Und am Ende stößt man dann auf die Upton Farm.

Isaac, denkt er. Du hast deine Mum und deinen Dad auf dieser Farm umgebracht.

Er schaut auf Stewart hinunter. Diesem Hund würde er alles zutrauen. Es ist nicht schwer zu glauben, dass Stewart mitbekommt, was die Leute im Stillen beschäftigt. Aber kann er hellsehen?

»Nicht mal du bist etwas so Besonderes, Stew. Sorry, Alter – da unten ist nichts. Jetzt komm – gehen wir nach Hause. Dein Herrchen hat noch ein heißes Date.«

Tauchen jenseits der erlaubten Grenze

Es ist kälter als in der Arktischen See – so kalt, dass es Fleas Lunge zusammenpresst. Sie muss sich angestrengt darauf konzentrieren, dass ihre Rippen sich heben und senken. Wie ein Stein sinkt sie hinab, tiefer und tiefer und tiefer in die Dunkelheit. So sind Mum und Dad gestorben vor vier Jahren. Nur dass sie wahrscheinlich mit dem Kopf voran hinabgetaucht sind. Niemand weiß genau, wie lange sie dabei noch bei Bewusstsein waren.

Sie schaut auf ihr Handgelenk. Der Tauchcomputer, den sie

dort trägt, ist ihr eigenes, geheimes Gerät, und sie verwahrt es hinter Schloss und Riegel, wenn sie es nicht benutzt. Wenn es in die falschen Hände geriete, könnten die Aufzeichnungen der illegalen Tauchunternehmen, die hier gespeichert sind, sie in ernsthafte Schwierigkeiten bringen.

Sie erreicht den ersten Meilenstein – die Fünfzig-Meter-Marke – und drückt ein bisschen komprimierte Luft in die Weste, um den Abstieg zu verlangsamen. Neutralen Auftrieb zu erreichen und sich auszupendeln. Das Ohr ist in Ordnung. Bis jetzt zumindest.

Sie muss mit ihrer Unterwasserlampe ein bisschen herumsuchen, bevor sie den Eingang findet. Ein Netz ist mit Warntafeln gespickt: TIEFE ÜBERSCHREITET 50 METER. BEIM TAUCHEN EIGENE FÄHIGKEITEN NICHT ÜBERSCHÄTZEN. Das soll Hobbytaucher davon abbringen, in unerforschte Tiefen vorzudringen. Hier ist die Schwelle. Die Pforte zur Hölle. Man kann unmöglich voraussagen, was dahinter passiert.

Die Kälte wird ihr Denken verlangsamen; also arbeitet sie methodisch, hält sich streng an die Routine und lässt sich Zeit. Mit der Lampe checkt sie Tiefe, Sauerstoff und Tauchzeit und vergleicht alles ganz präzise mit ihrem Tauchplan. Sie spürt einen kaum merklichen Schmerz im Ohr, der sich über die Schläfe ins Auge ausbreitet. Vielleicht liegt es nur an der Straffheit der Maske, die sie seit Monaten nicht benutzt hat, aber wenn dieser Schmerz schlimmer wird, muss sie auftauchen. Übelkeit empfindet sie noch nicht, und das muss doch ein gutes Zeichen sein.

Zweimal ein kurzes Schnappen am Ventil. Automatisch. Dann kippt sie vorwärts, bis sie waagerecht schwebend im Wasser liegt und sich mit einer Hand am Netz festhält, um sich zu stabilisieren. Sie schiebt es beiseite, schlängelt die Beine darüber hinweg und lässt sich mit den Füßen voran weiter sinken. Die Hände hält sie am Körper.

Die Felswand kommt ihr aus dem Dunkel entgegen. Sie greift danach und rotiert um neunzig Grad, sodass ihr Körper flach am Fels liegt, und wie ein Krebs tastet sie sich in den Steinbruch hinunter, befühlt die Felswand mit einer behandschuhten Hand und streicht über Moos und Flechten.

Unter ihr geht es immer tiefer in den Steinbruch hinunter. Was sie sucht, ist auf halber Höhe zwischen ihr und dem Grund. Jeder Meter verstärkt den Druck auf ihrem Ohr – und die Chance einer Katastrophe.

Bei sechzig Metern macht sie Halt. Hier ist nichts als Dunkelheit und das verstärkte Geräusch ihres eigenen Atems. Man denkt niemals an die Wassermassen, die man über sich hat – wenn man es täte, würde man verrückt. Der Eingang ist hier irgendwo. Sie klammert sich fest, atmet in gleichmäßigen Zügen. Sie betrachtet alles, was sie im Lichtstrahl der Lampe sehen kann, und versucht, sich an geheime Gesteinsschichten und unverwechselbare Formationen zu erinnern. Ihr Herz klopft laut, aber sie atmet absichtlich langsam. Panik ist die häufigste Todesursache in solchen Tiefen. Regelmäßiges Atmen ist das A und O.

Ihre Hände finden ihn vor der Taucherlampe: einen schmalen Spalt, der den oberen Rand des Lochs markiert. Der Eingang ist breit genug für zwei Taucher mit voller Ausrüstung.

Erst weiter hinten wird es wirklich eng. Niemand würde den Weg finden, wenn er nicht wüsste, was er sucht. Ganz gleich, wie erfahren er ist.

Sie hat ein stampfendes Geräusch in den Ohren: *wah wah wah*. Vielleicht das erste Anzeichen dafür, dass etwas schiefgeht. Sie ignoriert es. Tiefer wird sie heute Abend nicht tauchen – von jetzt an geht es wieder aufwärts. Selbst wenn jemand – ein über alle Maßen unwahrscheinliches Szenario – diesen Eingang fände, würde er nicht wagen, hier weiter einzudringen. Der Aufstieg durch den Kamin ist mit Gefahren gespickt – abbrechende Felsbrocken, die Steine und Erde in den Schacht fegen, herabhängende Wurzeln, die einem die Sauerstoffflaschen vom Rücken reißen, scharfe Kanten, die die Auftriebsweste zerschneiden. Aber wenigstens geht es die ganze Zeit nach oben, und das wird ihrem Körper Gelegenheit geben, sich von dem extremen Druck zu erholen.

Sie stößt ein paar flache Atemzüge aus, um ein Stück tiefer zu sinken, und zieht sich dann mit den Fingern in die Höhle hinein. Sie schwimmt weiter, folgt der Steigung des Bodens und richtet den Strahl der Lampe nach oben, bis sie über sich die nächste Öffnung erkennt, die in den engen Kamin führt. Die Luftblasen aus dem Atemregler schießen wie ein silbriger Nebel nach oben und sammeln sich unter den überhängenden Schründen und Simsen über ihr. Wenn sie dort groß genug werden, springen sie von der Wand und rasen hinter den anderen her, durch den Kamin nach oben. Verschwinden. Flea weiß, wie sie schließlich an der Oberfläche zerplatzen – sechsundvierzig Meter über ihrem Kopf. Wenn diese Luftblasen ihr nur eine Nachricht schicken und ihr mitteilen könnten, was da oben ist. Ob sich etwas verändert hat. Was sie erwartet.

Der Tauchcomputer an ihrem Handgelenk zeigt dreiundsechzig Meter an. Eine ganz, ganz schlechte Tiefe. Sie positioniert sich so, dass sie am Grund des Kamins steht, streckt eine Hand über den Kopf und lässt komprimierte Luft in ihre Weste strömen. Langsam fängt sie an aufzusteigen und folgt den Gasblasen. Ein seltsam leichtes Gefühl – als steige sie in den Himmel auf.

Fünfundvierzig Meter. Der erste planmäßige Dekompressionsstop. Sie macht Halt und stemmt die Hände gegen den Fels. Der Schmerz in ihren Ohren hat nachgelassen. Sie ist durch. Sie ist durch. Sie hat es geschafft. Ihre Ohren haben gehalten, und sie hat die erste Hürde hinter sich.

Ineinandergleiten

Es ist vier Uhr früh, als die Lampe draußen vor Melanies Fenster angeht.

AJ ist schon wach. Er hat wieder diesen Traum gehabt – in dem er durch ein Kaninchenloch in den Himmel hinunterschlüpft –, und jetzt hat er mit offenen Augen auf dem Rücken gelegen und Melanies leisem Atmen gelauscht. Seine Gedanken schweifen umher – er hat an so vieles gedacht. An Isaac. An das, was er auf der Upton Farm getan hat – dass er dort seine Eltern umgebracht hat. Nur ein paar Meilen weit von Eden Hole entfernt.

Das Leben war wunderbar, aber auch zutiefst unheimlich. Er schaut auf Melanie hinunter. Sie schläft tief und fest. Er kann immer noch nicht fassen, wie leicht und naheliegend die Entscheidung war – wie mühelos es für beide gewesen war, in das Leben des anderen zu gleiten. Er war nicht mehr allein. Vielleicht würde er es nie wieder sein.

Dann geht dieses Licht an.

Zuerst rührt er sich nicht. Er sieht Insekten, die im Lichtstrahl herumschwirren, aufgekratzt und geschäftig, nachdem der Regen aufgehört hat. Beim Anblick dieser Fliegen ist ihm, als wäre wieder Sommer, nicht Spätherbst.

Leise schlägt er die Decke zurück und tappt barfuß quer durch das Zimmer. Als er am Fenster ist, erlischt das Licht draußen wieder. Aber im letzten Moment, nur den Bruchteil einer Sekunde lang, sieht er eine Gestalt im Garten.

Es geht so schnell, dass es wie eine Fata Morgana erscheint – ein Blitzen auf seiner Netzhaut. Er blinzelt und versucht, seine Augen an den plötzlich dunklen Garten zu gewöhnen. Er weiß nicht genau, was er gesehen hat. War es Einbildung, oder hatte die Gestalt ein glattes weißes Gesicht? Ohne Konturen. Und war da die Andeutung eines Spitzenhemdes?

»AJ?«, murmelt Melanie verschlafen. »Was ist?«

»Nichts.« Er öffnet das Fenster und lehnt sich hinaus. Die Schatten im Garten verwandeln sich in erkennbare Dinge.

»AJ?«

»Sschhh!«

Mit angehaltenem Atem beugt er sich weiter hinaus und lauscht in den Garten. Er hört leise Geräusche zwischen den Bäumen, aber nichts Verdächtiges – höchstens das Rascheln eines Blatts oder das zarte Knacken eines Zweiges. Vielleicht ist es auch nur das Tröpfeln des nächtlichen Regens. Der dunkle Pfad im Gras, den sie gestern gesehen haben, ist noch da, aber er kann nicht erkennen, ob die Spuren neu sind.

»Was siehst du da?« Melanie kommt an seine Seite. Sie späht in den Garten hinaus, und Tränen füllen ihre Augen. Sie hat Angst. »Was war da?«

»Ich weiß es nicht.«

Sie schaut zu ihm auf. »Du weißt es nicht?«

»Nein.«

Er geht ins Bad und knipst das Licht an, hält den Kopf unter den Hahn und lässt das Wasser auf sich herunterlaufen. Er möchte einen Moment lang nicht mit ihr sprechen. Die Türen im Erdgeschoss sind alle verschlossen. Er hat zwei Mal nachgesehen, bevor sie ins Bett gegangen sind, und er hat sich vergewissert, dass auch die Fenster verriegelt sind. Die Taschenlampe – ein schweres Ding, mit dem er auch zuschlagen könnte, wenn es nötig wäre – steht neben dem Bett.

Er hält einen Waschlappen unter den Hahn und fährt sich damit über die Haare und durch den Nacken. Er muss daran denken, wie Isaac Melanie angestarrt und gefragt hat: »*Wo wohnt sie? Wo wohnt sie?*«

Er dreht den Wasserhahn zu, zieht ein Handtuch von der Stange und drückt das Gesicht hinein. Als er das Handtuch sinken lässt, sieht er, dass sie sich auf das Bett gesetzt hat und ihn durch die offene Tür schweigend beobachtet.

»AJ?«, sagt sie, und er weiß, dass er ihr nicht mehr entkommen kann. »AJ?«

»Mel – wie viel weißt du über die Gründe für Isaacs Aufenthalt in Beechway?«

»Ich weiß alles darüber. Ich bin die Klinikdirektorin. Das gehört zu meinen Aufgaben.«

»Und du hast keine Angst?«

Sie blinzelt. »Er war krank, als er seine Straftat begangen hat, und wir haben ihn erfolgreich rehabilitiert. Warum sollte ich Angst haben?«

»Du bist nicht auf den Gedanken gekommen, dass es Isaac gewesen sein könnte, der da vorhin im Garten war? Dass er vielleicht weiß, wo du wohnst?«

Sie schluckt. »Ich habe nicht gesehen, was du gesehen hast.«

»Nein, aber du hast gestern Nacht etwas gesehen.«

»Da habe ich geträumt.«

»Nein, hast du nicht. Entschuldige – aber wir wissen beide, wovon ich rede. Irgendwas stimmt da nicht. Ich möchte zur Polizei.«

»AJ, bitte.« Melanie verzieht schmerzlich das Gesicht. »Das wird mich den Job kosten. Und das darf nicht passieren. Es tut mir leid, aber ich habe um diesen Job gekämpft. Ich musste...« Sie seufzt. »Ich musste wirklich kämpfen. Ich kann diesen Job nicht verlieren. Er ist alles, was ich habe.«

AJ antwortet nicht. Er lässt das Handtuch fallen und geht nach unten. Kontrolliert alle Schlösser. Als er wieder heraufkommt, liegt Melanie im Bett und wendet ihm den Rücken zu. Er legt sich neben sie und lauscht ihrem Atem. Irgendwann verlangsamt sich der Rhythmus. Entweder schläft sie, oder sie tut nur so. AJ bleibt wach und lauscht auf jedes Geräusch, jedes Knarren draußen im Wald.

Absturz

Flea kann es sich nicht leisten, einen der Sicherheitsstopps zu ignorieren. Besonders da sie allein taucht und tiefer als erlaubt. Sie steigt in dem Kamin nach oben und überwacht sich selbst streng. Bei einem so langen Aufstieg sickert eine Menge Stickstoff aus Muskeln und Gelenken. Dieser jetzt, der letzte Dekompressionsstopp, liegt nur noch fünf Meter unter dem Wasserspiegel, aber er ist der wichtigste von allen. Sie verkeilt sich im Schacht und versucht, die Minuten mit der Kraft ihres Willens voranzutreiben. Sie will unbedingt weitermachen. Nach hundert Atemzügen – abgezählt mit der Konzentration eines Zen-Meisters – öffnet sie die Augen und knipst die Lampe wieder an.

Über ihr weitet sich der Felskamin. Mit leisem Zischen bläht sich ihre Jacke auf, und sie fängt an zu steigen. Die eine Hand ist nach oben gestreckt, wie man es beim Aufsteigen immer tut, um sich vor unsichtbaren Hindernissen zu schützen, und die andere liegt am Atemregler. Sie hält sie etwas schräg, damit sie auf ihrem Armbandcomputer die letzten paar Meter im Auge behalten kann. Die Sauerstoffflaschen schürfen kurz an der Felswand entlang. Noch zwei Meter, dann weichen die Wände nach allen Seiten zurück, und sie dümpelt auf der Wasseroberfläche wie ein Korken.

Die Höhle ist riesig – zwölf Meter hoch, ein Teil des alten römischen Bleiminenkomplexes.

Sie hebt die Taucherlampe aus dem Loch und wirft sie auf den Höhlenboden. Die Luft hat sie schon früher geprüft, und sie weiß, dass man sie gefahrlos atmen kann. Also nimmt sie die Maske ab und ruht sich aus. Sie legt die Arme auf die Felskante und den Kopf auf die Hände und atmet schwer. Sie hat es geschafft. Keine Probleme mit dem Ohr – sie schiebt einen Finger hinein und wackelt damit. Lieber Doktor, ich kann es Ihnen sagen, bevor ich Sie sehe: Die Ohren sind perfekt. Fast fünfundsechzig Meter halten sie aus. Machen Sie das mal nach!

Als die Arme ihre Kraft wiedergefunden haben, stemmt sie sich aus dem Loch. Ein stechender Schmerz sitzt in Brust und Beinen nach den endlosen Minuten, die sie sich an die Schachtwand gestemmt hat. Schnell legt sie Ballastgürtel und Flaschen ab und hebt die Lampe auf. Sie hat beim Aufstieg ein paar Stöße abbekommen, aber sie funktioniert noch. Flea leuchtet damit in der Höhle herum. Die schwarzen Wände glitzern anthrazit: Bleierz und Galenit, die seit dem ersten Jahrtausend in den Mendip Hills gefördert werden. Die einzige Person, die außer ihr von diesem Ort wusste, ist längst fort, und die Höhle ist so still und unberührt wie beim letzten Mal, als sie hier war.

Sie bückt sich, um die Flossen abzunehmen.

Ein schrilles Quieken ertönt hinter ihr. Sie reißt die Lampe hoch und wirbelt herum. Der Lichtstrahl streicht über die Nordwand der Höhle und erfasst etwas Rundes. Eine Ratte. Sie sitzt auf den Hinterbeinen und betrachtet sie. Dann wendet sie sich ab und spaziert davon, zerfließt in der Dunkelheit. Ein Quieken antwortet von hinten, das Trippeln von kleinen Pfoten. In dieser Echokammer lässt sich unmöglich sagen, aus welcher Richtung die Geräusche kommen, aber die unterschiedlichen Tonlagen lassen keinen Zweifel daran, dass es hier von Ratten wimmelt. Es gibt Bohrlöcher, durch die sie hereinkommen können, und es gab sie hier, so lange Flea zurückdenken kann. Ihre Anwesenheit hat nichts zu bedeuten. Nichts hat sich hier verändert.

Sie klemmt die Taucherlampe unter den Arm, reißt sich die zweite Flosse vom Fuß und tastet sich in ihren dünnen Tauchstiefeln weiter in die Höhle hinein. Der Lichtstrahl findet einen langen schmalen Grat aus schwärzlichen Steinen, matt schimmernd, wulstig wie eine Narbe. Man würde ihn nicht bemerken, wenn man nicht wüsste, wonach man sucht – wenn man diese

Höhle nicht von oben bis unten durchkämmte. Unter dieser nicht bemerkenswerten Ansammlung von Steinen liegen Mistys Überreste. Flea hockt sich davor und gräbt mit den Händen, bis sie den Rand einer schmutzigen Plastikplane findet. Ihr Herz macht vor Erleichterung einen kleinen Satz, als sie sieht, dass alles noch exakt so aussieht, wie sie es verlassen hat.

Das Plastik ist schmutzig. Sie zieht es zur Seite und leuchtet auf das, was darunter ist. Im Leben war Misty Kitson eine gut gebaute, sonnengebräunte und strahlende junge Frau gewesen. Eine Schönheit, wie manche Zeitungen meinten. Der »Körper des Jahres«, behauptete die Zeitschrift *Nuts*. Aber die Zeit hat an ihr gefressen. Hat ihr Haut und Fett und Muskeln genommen. Ihre Gesichtszüge verändert. Von ihrem goldenen Haar sind noch ein paar Strähnen übrig, die an dem spröden, gelblichen Schädel kleben. Ihre Knochen haben sich ineinandergeschoben; das Schienbein liegt rechts neben dem Schädel, und auf den Rippen liegen Zehenknochen. Erstaunlich, dass eine erwachsene Frau so klein werden kann – ein winziges Paket nur. Aber ein Mensch.

Flea untersucht das Plastik. Da, wo die Ratten herankommen konnten, ist es angenagt. Über diesen Aspekt hat Caffery offensichtlich nicht gründlich nachgedacht. Nachdem Mistys Knochen hier in Plastik verpackt gelegen haben, wird ihre forensische Signatur anders sein, als sie es wäre, wenn die Leiche draußen im Wald verwest wäre. Er hat nicht an die Spuren gedacht, die Wildtiere an einer Leiche hinterlassen. Tiere können einen menschlichen Leichnam bis zur völligen Unkenntlichkeit entstellen. Und das dauert nicht einmal lange.

Sie richtet die Lampe in die Richtung des Schachts und dann wieder zurück zu Mistys Überresten, um die Distanz zu messen. Sie könnte das alles hier wasserdicht verpacken und Misty hinaus und nach oben bringen. Sie könnte ein Fass öffnen, das nicht geöffnet werden muss. Sie könnte – aber sie wird es nicht tun. Es ist okay. Niemand wird herkommen, niemand wird das hier finden. Sie kann weiterfliegen.

Sie faltet das Plastik wieder zurück und legt die Steine darauf.

Es tut mir so leid, Misty. Leid für dich, leid für deine Mum. Ich weiß, wie es ist, jemanden zu verlieren und nichts zu haben, das man in ein Grab legen kann, aber einstweilen kann ich es nicht ändern. Ich bin noch nicht an der Reihe mit meinem Absturz.

Noch nicht. Vielleicht niemals.

Gelb

Melanie und AJ sind in eine Sackgasse geraten. So jung ihre Beziehung auch ist, sie begegnen einander doch so wachsam und argwöhnisch wie geschiedene Eheleute. Beim Frühstück sitzen sie sich hölzern gegenüber und sprechen kaum ein Wort. Er ist überrascht und entsetzt über die Art, wie sie gestern Nacht dichtgemacht hat, und er nimmt an, dass sie sich inzwischen schämt. Er ist schon vielen Frauen begegnet, die von unten in eine Machtposition aufgestiegen sind, und nicht wenige fanden es unglaublich schwierig, dort zu bleiben. Als wären sie erstaunt, überhaupt so weit gekommen zu sein, sind sie unerbittlicher, als es manchmal nötig wäre.

Er räumt sein Frühstücksgeschirr in die Spülmaschine und geht noch einmal in den Garten, um ihn bei Tageslicht in Augenschein zu nehmen. Er weiß nicht, wonach er sucht; also trödelt er ein bisschen herum, macht ein wichtiges Gesicht und geht schließlich zurück ins Haus. Immer wieder erwischt er sie dabei, dass sie ihn beobachtet, und wenn er glaubt, sie merkt es nicht, studiert er sie ebenfalls und sucht nach einem Anzeichen dafür, dass sie ihm gleich sagen wird, sie wolle vorerst nicht weitermachen. Sie wolle, dass Ruhe einkehrt. Es würde ihn nicht wundern. Sie wird es tun, weil sie sich schämt – der schlimmste aller möglichen Gründe, aber sie hat ihren Stolz.

Als sie zur Arbeit kommen, ist AJ schon abgespannt. Er ist erschöpft, und die Erinnerung an das, was immer da im Garten war, lässt ihm keine Ruhe. Sie blitzt immer wieder auf, wenn er nur die Augen schließt: ein Gesicht, das mit etwas bedeckt ist – mit einer Strumpfmaske vielleicht. Die absolut reglose Miene – so unbewegt, dass er immer noch nicht glauben kann, es könnte wirklich ein Mensch gewesen sein – ist das Schlimmste dabei. Das Bild hört nicht auf, ihn zu bedrängen, und irgendwann gibt er auf und lässt sich von ihm treiben. Er ist nicht überrascht, als er sich vor Monster Mothers Tür wiederfindet.

Monster Mother sitzt am Fenster wie immer. Sie hält ihren Stumpf hoch über den Kopf. Dafür gibt es anscheinend keinen speziellen Grund. Sie wird weder müde, noch erwähnt sie es, als AJ hereinkommt. Sie lächelt freundlich, erhebt sich halb, um ihn mit einem kleinen Knicks zu begrüßen, und zwirbelt den Saum ihres fließenden gelben Spitzengewands mit der unversehrten Hand. Den Stumpf hält sie weiter hoch.

»Gabriella.«

»Hallo, liebster AJ. Die Welt ist heute extrem gelb.«

»Gelb wie in...?«

»Wie in sonnig.« Sie setzt sich und strahlt. Der Arm bleibt in der Luft und stellt fröhlich einen dicken Busch von rötlichem Haar in ihrer Achsel zur Schau. »Die Welt ist glücklich.«

»Glücklich, weil...?«

»Weil es fort ist. Es wird uns jetzt in Ruhe lassen. Wir sind in Sicherheit. Ohhhh, AJ.« Sie richtet den Blick ihrer erstaunlichen Augen auf ihn. Es sind Augen, die die Welt beleuchten könnten.

»Das ist alles nur deinetwegen. Du bist so reizend. Du bist mir das liebste von allen meinen Kindern. Ein aufrechter Mensch – aufrechter als alle anderen.«

AJ lächelt matt. Isaac Handel hat die Klinik verlassen, und jetzt ist Monster Mother glücklich. Ein Zufall, der so groß ist, dass er ihn nicht ignorieren kann. »Darf ich mich setzen?«

»Natürlich, mein reizender Sohn.« Monster Mother hat den Arm immer noch nicht gesenkt. »Setz dich, setz dich. Möchtest du Tee? Ein bisschen Kuchen? Der Erdbeerkuchen ist gut.«

Monster Mother kann in ihrem Zimmer weder Tee kochen noch Kuchen backen, aber AJ senkt höflich den Kopf. »Schon okay, Gabriella. Ich habe eben gegessen, danke.« Er setzt sich und holt tief Luft. »Gabriella? Glauben Sie, Isaac weiß etwas über ›Maude‹?«

Sofort ändert sich Monster Mothers Laune. Eine Wolke huscht über ihr Gesicht, und sie lässt den Stumpf sinken.

»Gabriella?«

Sie bewegt die Zunge im Mund herum, als habe sie einen inneren Streit mit sich selbst auszufechten. Ihre Augen huschen flackernd hin und her.

»Gabriella? Ich habe Sie gefragt, ob Sie…«

»Ich habe ihn geboren – wie soll ich das vergessen? Ich vergesse keinen von euch. Ich weine immer noch wegen Isaac.« Sie bricht ab und murmelt vor sich hin, und ihr Blick richtet sich auf einen Punkt am Boden, als sei da etwas oder jemand, mit dem sie redet. Schließlich hebt sie ruckartig den Kopf und starrt AJ durchdringend an. »Wo ist er?«

»Ich weiß es nicht. Er hat uns verlassen.«

»Wo ist er jetzt? Kommt er her?«

»Nein. Er kommt nicht zurück. Das verspreche ich dir.«

»Hoch und heilig?«

»Ja, hoch und heilig.«

Monster Mother senkt das Kinn und runzelt die Stirn. Ihre Augen schließen sich halb. Sie murmelt wieder etwas vor sich hin, aber AJ kann nicht verstehen, was es ist.

»Gabriella? Erzählen Sie mir noch etwas anderes. Unsere Klinikdirektorin, Miss Arrow – können Sie sich erinnern, dass Isaac je über sie gesprochen hätte?«

Monster Mother funkelt AJ an und atmet plötzlich schneller. »Gabriella?«

Statt zu antworten, springt sie auf und wendet sich ab, dem Fenster zu.

Sie wiegt sich hin und her, murmelt vor sich hin und massiert ihren Armstumpf, wie sie es immer tut, wenn sie beunruhigt ist.

AJ reibt sich müde die Augen. Er ist so weit gegangen, wie er kann. Ihr Schweigen ist die Antwort, die er gebraucht hat.

Genug ist genug.

Triumph

Caffery hat schon wieder schlecht geschlafen, und als er aufwacht, tut alles weh. Er trinkt Kaffee, nimmt Paracetamol, duscht, zieht sich an und fährt durch den dichten Verkehr von Bristol. Er hört Polizeisirenen und Autohupen, und im Radio läuft das Pendlerprogramm. Von Misty Kitson ist heute Morgen nicht die Rede, aber sie ist trotzdem da, irgendwo hinter den Schlagzeilen und Jingles und der Musik. Misty wird immer im Bewusstsein der Öffentlichkeit sein.

Flea sagt, die Leiche liege nicht auf dem Grund des Steinbruchsees. Die Sache sei komplizierter. Ist das die Wahrheit? Im Tauchen hat er keine Erfahrung. Es ist eine verzwickte Sportart, bei der es tausenderlei technische Dinge zu beherrschen gilt, aber es muss ja noch andere Leute geben, die ihm etwas darüber sagen können. Er bohrt die Fingernägel in den Lederbezug des Lenkrads und denkt darüber nach – denkt ernsthaft darüber nach. Es gibt andere Taucherteams bei der Polizei. Und es gibt kommerzielle Taucher. Wo soll man anfangen? Die Ironie des Ganzen entgeht ihm nicht. Wenn er bereit ist, jemand anderen hineinzuziehen, warum dann erst jetzt und nicht schon viel früher?

Er weiß nicht, auf wen er eine größere Wut hat – auf Flea? Oder auf sich selbst, weil er darauf vertraut hat, dass sie es sich am Ende doch noch anders überlegen wird?

Als er im Büro ankommt, erwartet ihn der Superintendent bereits am Empfang. Seinem selbstgefälligen Gesichtsausdruck ist anzusehen, dass ein neuer Fall hereingekommen ist. Er wartet unter dem gerahmten Foto des verstorbenen Chief Constable. Eine Hand ruht nonchalant auf dem Wasserkühler, und sein Lächeln ist geduldig und ein wenig triumphierend. Neben ihm steht ein dunkelhaariger Mann – Mitte vierzig, in einem Anzug, der ihm anscheinend unbehaglich ist. Caffery kennt ihn irgendwoher.

»Jack, ich darf Ihnen Mr LeGrande vorstellen. Er möchte ein Wort mit Ihnen reden.«

Caffery streckt die Hand aus. »Freut mich, Mr LeGrande.«

»Mr Caffery.« Sie schütteln einander die Hand.

LeGrande hat bereits einen Besucherausweis. Er hängt an einem der neuen MCIT-Schlüsselbänder, die mit den Silhouetten von Sherlock Holmes und Isambard Kingdom Brundel bedruckt sind. Eine komische Mischung – der Detektiv mit dem Ingenieur. »Nennen Sie mich einfach AJ. Wir sind uns auf dem Strafrechtsforum begegnet.«

»Ja, ich erinnere mich.«

»Jack!« Mit dem Gehabe eines geschmeidigen Wahlkämpfers berührt er aufmunternd die Unterarme der beiden Männer. Er reitet auf diesem Triumph wie auf einem Sturmwind. »Warum gehen Sie mit Mr LeGrande nicht nach oben? Erzählen Sie mir später, worum es geht, ja?«

Sie machen sich auf den Weg zu seinem Büro, und auf dem Korridor überlegt Caffery, was AJ wohl von ihm wissen will. Hoffentlich ist er keiner dieser Wichtigtuer: *Mr Caffery, ich bin Ihnen sehr dankbar, dass Sie mich empfangen. Ich wollte an die Diskussionen anknüpfen, die wir auf dem Forum geführt haben, und habe einen Vorschlag entworfen, wie Ihrerseits ein reibungsloserer Übergang vom Polizeigewahrsam in... bla bla bla...*

In seinem Büro macht er ihnen beiden eine Tasse Kaffee. AJ sieht aus, als könnte er ihn mindestens so sehr gebrauchen wie Caffery und vielleicht noch mehr. Sie setzen sich, AJ auf das Sofa, Caffery an seinen Schreibtisch.

»Und, AJ? Was kann ich für Sie tun?«

AJ hält eine Hand vor den Mund und hustet verlegen.

»Na ja, äh – bevor wir weiterreden – die Sache muss unter uns bleiben.«

Caffery zieht eine Braue hoch. »Theoretisch ist das okay. Aber versprechen kann ich es Ihnen erst, wenn ich weiß, worum es geht.«

»Es ist äußerst wichtig, dass niemand von meinem Besuch hier weiß.«

»Bedroht Sie jemand?«

»Nein, das ist es nicht – es ist...« Er zögert und sprudelt dann hervor: »Da, wo ich arbeite, ist etwas im Gange. Besser gesagt, da *war* etwas im Gange. Wir sind eine Hochsicherheitsklinik, falls Sie sich erinnern, und da sind Dinge passiert, die anscheinend nicht in Ordnung sind... Mir ist nicht wohl damit.«

Caffery nimmt die Brille ab und reibt sich müde die Augen. »Nur als Hinweis für die Zukunft, Mr LeGrande: ›Mir ist nicht wohl‹ ist ein Ausdruck, mit dem Polizisten nicht viel anfangen können. Erwarten Sie also nicht, dass wir sofort alle Hebel in Bewegung setzen, wenn Sie damit um sich werfen. Aber reden Sie nur weiter.«

»Okay. Das wird jetzt leicht irre klingen – aber bitte sehr, ich arbeite ja auch in einem Irrenhaus. Oder?«

»Dürfen Sie es denn überhaupt ein Irrenhaus nennen?«

»Ich ja, Sie nicht. Sie sind Außenseiter. Wir Insider haben bestimmte Privilegien. Und glauben Sie mir, wir haben sie verdient.« Er lächelt kurz. »Es ist eine Klapsmühle. Und solange ich mich erinnern kann, macht in unserer speziellen Klapsmühle eine besonders irre Geschichte die Runde. Es ist...« Er seufzt ein bisschen verlegen. »Es ist eine *Geistergeschichte*, die von Zeit zu Zeit unter den Patienten zirkuliert. Sie sind leicht beeinflussbar, das können Sie sich vorstellen. Wir versuchen es einzudämmen, wo wir können. Aber es ist schon ein paarmal vorgekommen, und ich weiß von mindestens drei Fällen, in denen es mit einer bizarren Anhäufung von SVV geendet hat.«

»SVV?«

»Sorry – selbst-verletzendes Verhalten. Leute schneiden sich und so weiter. Vor ein paar Jahren ist es bis zu einem Todesfall eskaliert – vielleicht ein Selbstmord, aber das wissen wir nicht mit Sicherheit. Und vor einer Woche gab es wieder einen Todesfall – durch Herzinfarkt, sagen die Ärzte. Doch da stimmt irgendetwas nicht.«

Caffery klopft nachdenklich mit dem Stift auf den Tisch und betrachtet AJs Gesicht. Es ist eine traurige Geschichte, und er hört sie nicht zum ersten Mal. Ein Selbstmord in einer geschlossenen Klinik macht die leitenden Mitarbeiter immer unglücklich – zutiefst unglücklich –, aber selten steckt etwas dahinter, für das sich das MCIT interessieren muss. Vielleicht kann diese Angelegenheit schnell zu den Akten gelegt werden.

»Ein Patient hat sich selbst ein Auge ausgerissen.«

»Scheußlich.«

»Scheußlich, aber nicht ungewöhnlich in einer, Sie wissen schon, Klapsmühle. Aber er hatte die gleichen Halluzinationen wie die Patientin, die letzte Woche gestorben ist. Sie hatte Wahnvorstellungen vor ihrem Infarkt. Und vor ein paar Jahren war es genauso, als die andere Patientin gestorben ist. Sie war überzeugt, sie habe ›Maude‹ gesehen – Entschuldigung, das habe ich noch nicht gesagt: Sie nennen dieses Ding ›Maude‹.«

»›Maude‹.«

AJ schüttelt den Kopf. »Das ist eine lange Geschichte. Aber was immer dieser Patientin durch den Kopf ging, war so schlimm, dass sie eines Tages aus der Klinik spaziert – und niemand sieht sie wieder. Oder erst Monate später, als ihre Leiche auf dem Gelände gefunden wird. Bei der Autopsie wurde nie genau festgestellt, woran sie gestorben ist. Ich glaube, im Hinterkopf hatten alle die Vermutung, es sei Selbstmord gewesen, doch unternommen wurde weiter nichts.«

»Wie hieß die Patientin?«

»Pauline Scott.«

Bei Caffery regt sich eine vage Erinnerung.

Es war vor seiner Zeit, aber er ist ziemlich sicher, es handelt sich um einen Fall, den Flea mal erwähnt hat, vor allem, weil er alle Beteiligten in Verlegenheit gebracht hat: Beechway, weil eine Patientin so einfach zur Tür hinausspazieren konnte, und den Mann aus Fleas Einheit, der mit der Suche beauftragt wurde und die Parameter nicht weit genug ausdehnte. Es ist so leicht, jemanden zu übersehen, der nur wenige Schritte außerhalb davon liegt. Cafferys Augen bewegen sich nicht, aber seine Aufmerksamkeit wandert durch das Büro zu Mistys Gesicht. Eine Suche wie diese? Dabei kann es auf Meter, ja, auf Zentimeter ankommen.

»Nur«, sagt AJ, »ich glaube, es handelt sich um eine Art Scooby-Doo-Geist.«

»Um was?«

»Scooby-Doo. Sie wissen schon, die Zeichentrickfilme – Scooby und Shaggy und die Gang fangen den Geist, reißen ihm die Maske herunter und stellen fest, es ist... was weiß ich, der örtliche Immobilienmakler oder so was. Der den Leuten weismachen will, dass es irgendwo spukt, damit die Grundstückspreise sinken. So etwas nenne ich Scooby-Geist – etwas Reales, das als übernatürlich getarnt ist. Ich schätze, so etwas spukt in den Korridoren von Beechway.«

»Und Sie sind Shaggy...«

»Nein, ich bin Velma. Ich bin das Superhirn. Und übrigens bin ich auch Scully, denn manchmal nennt man mich auch so.«

»Velma. Scully. Die Bühne gehört Ihnen. Schießen Sie los.«

AJ nickt. Wenn er eine Nerdbrille hätte, würde er sie jetzt auf der Nase hochschieben.

»Okay. Ich kann es nicht mehr mit Sicherheit feststellen, aber ich bin ziemlich sicher, es hat jedes Mal, wenn es passiert ist, einen Stromausfall gegeben.«

»Aha.«

»Ein Stromausfall legt die Überwachungskameras still.«

»Und Sie haben viele Stromausfälle, ja?«

»Nein. Zwei, vielleicht drei – an mehr kann ich mich aus den vier Jahren, seit ich dort bin, nicht erinnern.« Er stellt seinen Rucksack auf den Boden und macht ihn auf. »Ich habe etwas, das ich Ihnen zeigen möchte. Es wird Ihnen nichts sagen, aber mir...?« Er lächelt schmal und gequält. »Ja, mir hat es eine Heidenangst eingejagt.«

Der Trauerrechner

Flea steht in ihrer niedrigen Küche und macht Frühstück. Sie steht so dicht am Herd, dass allmählich endlich ein bisschen Wärme zurück in ihre Knochen kriecht. Sie hat geduscht und sich abgeschrubbt, aber es dauert ewig, die Kälte des Steinbruchs aus den Gliedern zu vertreiben.

Ausdruckslos starrt sie auf die Pfanne, in der Eier und Speck brutzeln, und sie wendet beides mit mechanischen Bewegungen. Der Speck stammt vom örtlichen Biomarkt, und die Eier kommen von einer Nachbarsfamilie, die sich für die zwei Stunden bedanken möchte, die Flea darauf verwandt hat, die Mehrfachpumpe ihrer Fußbodenheizung zu reparieren. Als Taucherin kennt sie sich mit Pumpen aus, und es war kein Hexenwerk, aber sie lassen trotzdem dauernd Eier an der Hintertür zurück. Eier, Eier überall. Schon aus den Wänden kommen Eier.

Sie schiebt ihr Frühstück auf einen Teller und knallt ihn ohne feierliche Umstände auf den Tisch, dazu einen schweren Becher mit starkem Kaffee und einen Zuckertopf, in dem ein Löffel steckt. Sie ist, wie der Sergeant einer Unterstützungseinheit sein soll: Sie hat ihr Frühstück gern gebraten und ohne großes Aufheben. Der Ketchup ist in einer Quetschflasche. Keine Allüren. Mum und Dad wären sofort in Ohnmacht gefallen, wenn sie das gesehen hätten.

»Tja«, murmelt sie, als sie sich einen Stuhl heranzieht und anfängt zu essen. »Gut, dass ihr nicht hier seid, was?«

Sie kaut konzentriert und stützt dabei die Ellenbogen auf den Tisch. Sie blickt nicht auf, schaut weder nach rechts noch nach links. Manchmal ist es besser, man erinnert sich nicht daran, wo man gerade ist. Zumal wenn man im Haus seiner toten Eltern ist. Dad würde jetzt wissen, was er ihr zu sagen hätte. Er würde ihr eine Hand auf die Schulter legen und ihre Fragen beantworten.

Sie würde sagen: *Dad, ist es okay, wenn man die Dinge einfach auf sich beruhen lässt? Und wenn ja, was sage ich dann zu diesem Mann? Wie erkläre ich es ihm? Denn eins ist klar: Er wird es nicht auf sich beruhen lassen.*

Dad würde ihr einen Kuss auf den Scheitel drücken und sanft und vernünftig mit ihr sprechen. Er würde die Antworten wissen, und wenn nicht, würde er mit Mum reden. Sie würden in das hintere Zimmer gehen, das Licht über dem Klavier einschalten und sich einander gegenüber in die Sessel setzen. Sie würden mit leiser Stimme miteinander sprechen, bis sie eine Lösung für ihr Problem gefunden hätten. Sie würden alle zusammenhalten, und Flea wäre in Sicherheit.

Plötzlich muss sie aufhören zu kauen. Sie hält inne und schluckt, was sie im Mund hat, mühsam herunter. Dann sitzt sie eine Weile mit gesenktem Kopf da und starrt auf Eier und Speck.

Es muss doch irgendwo eine Gleichung dafür geben, wie lange Trauer dauert. Einen Rechner, wie es ihn im Internet für verschiedene Währungen gibt. Da würde man Dinge wie sein Alter eingeben, sein Geschlecht, seinen Beruf, seine Freunde. Dann würde man das Ganze durch die Nähe zu der verlorenen Person dividieren und müsste eine Menge Punkte für die Tatsache addieren, dass man keinen Leichnam zum Begraben hat, und dann bekäme man eine Zahl – eine endliche Menge –, die einem garantiert, dass der Schmerz nach exakt 573 Tagen aufhört. Mein Gott, wenn man die pakistanische Rupie in Zlotys umrechnen kann, wenn man das menschliche Genom kartographiert und herausfindet, woraus Marsgestein besteht – wieso kann man dann nicht ausrechnen, wann der Schmerz zu Ende ist?

Sie steht auf, kippt ihr Frühstück in den Mülleimer und wäscht den Teller ab. Sie hat einen langen Tag vor sich. Mit etwas Glück fällt ihr eine Erklärung ein, bevor Jack Caffery im Suchgebiet aufkreuzt. Hat sie Pech, wird es der kälteste, nasseste Tag des Jahres werden, und an seinem Ende wird sie heulend unter der Dusche stehen.

Falschparker

AJ erinnert sich gut an Caffery. Beim Strafrechtsforum hat er zwei weibliche Delegierte über ihn tuscheln hören, als Caffery das Hotel verließ. Sie haben gekichert und sind rot geworden, und AJ hat daraus geschlossen, dass der Inspector attraktiv ist. Wahrscheinlich genau aus den Gründen, weshalb die Frauen bei AJ nicht kichern und rot werden. Irgendetwas strahlt Caffery aus – eine Art Selbstbewusstsein oder Gleichgültigkeit, AJ weiß es nicht genau, aber er wünscht, er hätte etwas davon.

Als er jetzt in seinem Büro sitzt, sieht AJ, dass der Inspector hier kein bisschen weniger gut aussieht, der Scheißkerl. Er ist schätzungsweise Anfang vierzig und an den Schläfen so grau, wie es manche Frauen wahnsinnig attraktiv finden. Seine Augen bewegen sich ein bisschen zu schnell, doch AJ vermutet, hier sind Intelligenz und Entschlossenheit am Werk, nicht Unaufrichtigkeit. Es gibt nicht die Andeutung eines Privatlebens in diesem Büro. Keine gerahmten Fotos oder Urkunden, nur ein paar Messtischblätter des Bezirks Avon and Somerset, übersät von bunten Stecknadeln, und das riesige Foto einer Frau, die AJ irgendwie bekannt vorkommt. Ist es die Prominente, die letztes Jahr verschwunden ist? Kitty Soundso? Er kann sich nicht an die Einzelheiten erinnern.

»Zelda Lornton – die letzte Woche an einem Herzinfarkt verstorben ist...« Aus seinem Rucksack zieht AJ das Bild, das Zelda gemalt hat, und legt es auf den Tisch. Caffery beugt sich vor und betrachtet es. »Sie hatte ungefähr drei Wochen vorher eine Episode mit Selbstverletzung. Sie hat gesagt, dieser – dieser Geist, ›Maude‹, hätte das getan. Er hat etwas auf ihre Arme geschrieben – eine Menge Bibelsprüche. Lauter Zeug, bei dem schwer vorstellbar ist, dass Zelda selbst darauf gekommen sein könnte. Zwei Wochen später war sie tot.« Er streicht mit der Fingerspitze über das glatte Gesicht auf der Zeichnung. »Das habe ich bei ihren Arbeiten aus der Ergotherapie gefunden. Und dieser unheimliche kleine Scheißer? Sieht genauso aus, wie die Patienten dieses Wesen beschreiben. Und hier... der Pullover, braunorange, und die Puppen in seinen Händen?«

»Ja?«

»Das passt auf einen unserer Patienten. Es kann kein Zufall sein, Zelda hat es gemalt.«

»Auf einen Ihrer Patienten?« Caffery schaut ihn über den Rand der Brille hinweg an. AJ kann nicht erkennen, ob er sich lustig macht oder die Sache ernst nimmt. »Einer Ihrer Patienten ist der Scooby-Geist?«

»Wenn ich Patient sage, meine ich Expatient. Er wurde vor zwei Tagen entlassen. Das heißt, er ist« – AJ deutet mit dem Kopf zum Fenster – »irgendwo da draußen. Und ich bin nicht sicher, dass das gut ist.«

Caffery fängt an, sich ein paar Notizen zu machen. Als Erstes das Datum. »Name?«

»Isaac Handel.«

»Isaac...« Caffery hört auf zu schreiben und sieht AJ an. »Isaac Handel? Ist das der Isaac Handel von der Upton Farm?«

»Sie kennen ihn?«

»Ich weiß, wer er ist. Der Fall liegt vor meiner Zeit, und der leitende Ermittler ist vor einer Weile in den Ruhestand gegangen. Aber Handel und das, was auf der Upton Farm passiert ist? Darüber wird hier viel gesprochen.«

»Weil das, was er getan hat, ziemlich einprägsam war?«

»Einprägsam.« Caffery nickt. »Ja, so könnte man es nennen. Einprägsam.«

»Ich weiß nicht viel darüber. Ich habe ihn ein paar Jahre lang betreut und erst jetzt erfahren, dass er mit der Upton Farm zu tun hatte. Ich bin zwar nicht weit davon entfernt aufgewachsen, und ich weiß, er hat seine Eltern umgebracht, aber was da im Detail passiert ist... na ja, Sie kennen das: Lauter Gerüchte, und die Leute sprechen mit gedämpfter Stimme.« Einen Moment lang fragt er sich, ob Caffery ihm die Einzelheiten des Falles schildern würde, wenn er ihn darum bäte. Aber nein – er hat beschlossen, dass er es nicht wissen will. Es war etwas Außergewöhnliches, etwas besonders Scheußliches, und er ist froh, dass er nur skizzenhaft Bescheid weiß, statt lauter Nahaufnahmen zu sehen. »Zwischen den Zeilen begreift man schon, dass er nicht wegen Falschparkens eingesperrt wurde.«

»Falschparken war es nicht, das kann ich Ihnen versichern.«

»Er war vierzehn, stimmt's?«

»Stimmt.«

»Und hat seine Eltern umgebracht. Schizophrene können ohne Not... *gewalttätig* werden. Aus dem Nichts heraus?«

Caffery nickt, als stimme er zu. »Ich kenne nicht die ganze Geschichte – ich müsste mir den Fall aufrufen. Aber ich erinnere mich, es gab Probleme mit den Obduktionen. Es hat lange gedauert, bis der Pathologe Zugang zu den Leichen bekam. Irgendetwas war da merkwürdig.« Er schiebt Papiere auf dem Schreibtisch umher, als sei ihm unbehaglich. Dann räuspert er sich, nimmt den Stift wieder in die Hand und fängt an zu schreiben. »Sie bringen ihn also mit einem Todesfall in Zusammenhang, mit einem potentiellen Selbstmord? Und mit zwei... nein, drei Vorfällen, die als Selbstverletzungen eingestuft wurden?«

»Ja.« AJ sieht zu, wie er schreibt. »Kann ich wiederholen, dass ich diese Sache vertraulich behandelt haben möchte?«

»Vertraulich gegenüber wem?«

»Gegenüber den Mitgliedern des Kuratoriums.«

Caffery blickt auf. »Das würde das, was ich tun kann, begrenzen. Wenn Sie wollen, dass ich mich darum kümmere, muss ich mit den Leuten in der Klinik sprechen.«

»Ist das wirklich notwendig? Können Sie nicht... ich weiß nicht... Isaac Handel suchen? Feststellen, was er da draußen treibt? Mit ihm sprechen? Ich meine... ich darf nicht hier sein. Im Ernst... wenn das herauskommt, könnte ich meinen Job verlieren. Und wenn Sie in die Klinik kommen, muss ich...« Er wedelt unbestimmt in Richtung Tür. »Dann muss ich so tun, als wäre ich nicht hier gewesen. Es darf einfach niemand wissen, dass ich mit Ihnen gesprochen habe.«

Caffery zuckt kurz und unverbindlich die Achseln und legt den Stift hin. Spreizt die Hände, als wollte er sagen: *Schön. Von mir aus brauchen wir die Angelegenheit nicht weiterzuverfolgen.*

»Bitte – es tut mir leid«, sagt AJ. »Es ist eben heikel, das ist alles.«

»Könnten Sie mir vielleicht konkreter sagen, vor wem wir es geheim halten sollen?«

»Vor ein paar Leuten im Kuratorium. Sie wollen die Klinik schützen, und sie wären nicht glücklich, wenn sie wüssten, dass ich hier war. Die Klinikdirektorin vor allem. Melanie Arrow.«

»Ich glaube, die habe ich kennengelernt. Auf der Tagung? Eine Blonde?«

AJ ist überrascht, das Wort »Blonde« aus Cafferys Mund zu hören. Er weiß, dass die beiden miteinander gesprochen haben, aber wie lange? Caffery erinnert sich, dass sie blond ist. Und woran noch? Hat er mit Melanie geflirtet? Und schlimmer noch – hat sie zurückgeflirtet?

»Ja. Eine Blonde. Und sie wäre entschieden nicht erfreut,

wenn sie erfährt, dass ich hier Randale mache. Nicht, weil sie schlecht ist oder unrecht hat. Aber weil sie ebenfalls ihren Job behalten möchte.«

»Wir alle möchten unseren Job behalten. In einer idealen Welt.«

»Nehmen Sie mich ernst?«, fragt AJ. »Ja?«

Nach langem Schweigen schiebt Caffery seinen Stuhl zurück. »Überlassen Sie die Sache mir, Mr LeGrande. Ich werde sehen, was ich tun kann.«

Das Avonmere Hotel

Caffery war nicht erpicht auf den neuen Fall, von dem der Superintendent gesprochen hat, aber jetzt wird er unsicher. Vielleicht hat das auch einen Vorteil. Nur nichts überstürzen! Vielleicht wäre es gut, sich mit etwas anderem zu beschäftigen, während Flea Zeit braucht, den Schock zu verarbeiten, dass er ihr Geheimnis kennt. Und vielleicht hat er bis dahin einen Plan B für den Fall, dass sie ihm nicht helfen will.

Er meldet sich beim Superintendent und lässt den unvermeidlichen Vortrag über sich ergehen: Wie lange werden die Teams noch draußen sein und nach Misty Kitson suchen? Wie kann er den Kostenaufwand rechtfertigen? Die Presse dürfte doch inzwischen zufrieden gestellt sein? Dann teilt er seinem Boss mit, er habe vor, sich diese Beechway-Sache etwas näher anzusehen. Nur ein wenig zu schnuppern.

Der Superintendent ist nicht so leicht zu überzeugen. »Okay«, sagt er. »Aber spätestens morgen will ich wissen, wie wir die Geschichte einstufen. Und wenn es ein Fall für uns ist, will ich, dass Sie ihn mit Volldampf bearbeiten.«

Als Erstes lässt Caffery sich die dreitausend Pfund für eine forensische Obduktion bewilligen, und dann ruft er beim Untersuchungsrichter an, um zu veranlassen, dass Zeldas Leichnam zurückgehalten und noch nicht zur Bestattung freigegeben wird. Sie liegt noch im Leichenschauhaus in Flax Bourton. Er lässt sich mit seiner alten Freundin Beatrice Foxton verbinden, die diensthabende Rechtsmedizinerin. Es ist ein Glück für ihn, dass sie die erste Obduktion nicht vorgenommen hat, denn es wäre ihm peinlich, sie um eine Wiederholung zu bitten. Trotzdem ist ihr ein bisschen unbehaglich. Zum einen ist der aktuelle Obduktionsbefund – Herzinfarkt als Sekundärfolge der Adipositas – ein neues Phänomen, das eben erst dabei ist, seinen Weg auf die Totenscheine zu finden. Zweitens hat sie die Verstorbene noch nicht gesehen, und sie befürchtet, die bei der Leichenöffnung vorgenommene Inzision könnte auch den Halsbereich in Mitleidenschaft gezogen haben, den sie untersuchen möchte. Aber Beatrice verspricht, ihr Bestes zu tun und Zelda vorrangig zu behandeln.

Als Nächstes schickt er einen der zivilen Ermittler mit dem Van los, damit er die Papierakten zum Fall Isaac Handel aus dem Archiv holt. Das wird fast den ganzen Tag dauern, und inzwischen informiert er sich in der nationalen Kriminaldatenbank in groben Zügen über den Fall. Danach telefoniert er mit zwei alten Schlachtrössern der Polizeibehörde, die schon lange genug dabei sind, um sich an die Morde auf der Upton Farm zu erinnern. Von ihnen erfährt er Details, die er in der Datenbank nicht finden würde. Sie sind nicht hübsch.

Es ist, als verfolgten Mistys Augen ihn bei der Arbeit. Jedes Mal, wenn er von seinem Schreibtisch aufblickt, scheinen sie zu fragen: *Und was ist mit mir? Hast du mich vergessen?* Am liebsten würde er eine Hand heben, um ihre funkelnde Aufmerksamkeit von sich abzuhalten. Er würde das Bild mit dem Gesicht zur Wand drehen, wenn er nicht dächte, dass das noch schlimmer wäre.

Er wirft einen Blick auf das leere Display seines Telefons und überlegt, ob er Flea anrufen soll. Er fängt an, eine SMS zu verfassen, aber dann überlegt er es sich anders, steckt das Telefon ein und lässt eine Weile die Hände baumeln. Er weiß nicht recht, was er mit sich anfangen soll. Wenn dieses Problem je gelöst werden sollte, dann nach Fleas Bedingungen und erst, wenn sie dazu bereit ist.

Zunehmend gereizt, zieht er die Jacke an, läuft die Treppe hinunter zum Parkplatz und setzt sich in seinen Wagen. Es tut gut, in Bewegung zu sein. Es tut gut, an etwas anderes zu denken. Selbst wenn es Isaac Handel ist – ein psychopathischer Mann, der als Teenager seine Eltern umgebracht und unsägliche Dinge mit den Leichen getan hat.

Er fährt durch die westlichen Vororte von Bristol hinaus und fragt sich, wie viel Vertrauen man zu Psychiatrie und Justiz in Großbritannien haben darf. Natürlich lautet die Antwort: Hundertprozentiges Vertrauen kann man niemals haben. Wie oft quält jemand heimlich seine Mitpatienten? Und wie oft kommt so jemand ungestraft davon? Wird sogar entlassen und nicht weiter überprüft oder überwacht?

Normalerweise würde Caffery sich bedenkenlos über jemanden hinwegsetzen, der die Frechheit besäße, um eine Gefälligkeit zu bitten, und dann Bedingungen stellte. Aber AJ ist ihm seltsamerweise sympathisch. Außerdem, nach allem, was er gehört hat, ist es ihm ganz recht, nicht erst nach Beechway zu fahren, sondern direkt zu Isaac Handel. Zumindest will er sicher sein, dass Handel sich an die Bedingungen für seine Entlassung hält. Und er will feststellen, wer ihn im Auge behält.

Er hat ein Zimmer im Avonmere Hotel mit Blick auf das schlammige Flussufer. Kurz nach Mittag hält Caffery vor dem

Gebäude. Das Äußere ist gestaltet wie ein gewöhnliches Bed & Breakfast, aber auf dem Schild im Fenster des Aufenthaltsraums steht wahrscheinlich immer »Kein Zimmer frei«. Caffery kennt solche Häuser. Die Klientel wird kaum aussehen wie durchreisende Geschäftsleute und Touristen. Tatsächlich sind es lauter Drogensüchtige und nach Absatz 37/41 entlassene Psychiatriepatienten.

Niemand hindert Caffery daran hineinzugehen und in die Zimmer zu schauen. Im Erdgeschoss sind Gemeinschaftsräume – ein Aufenthaltsraum, ein Esszimmer und ein Spiel- und Fernsehzimmer. Die oberen Stockwerke sind wahrscheinlich in Mini-Apartments aufgeteilt. Am Ende des Flurs findet er eine Tür mit der Aufschrift »Büro« und öffnet sie. Noch immer hat ihn niemand aufgehalten. Der Leiter hat einen der Typen aus dem Wohnheim bei sich, aber ein Blick auf Caffery in Anzug und Krawatte genügt, und er beugt sich zu seinem Schützling hinüber und sagt leise: »Können wir später zu Ende reden?«

Der Mann dreht sich zu Caffery um. Seine Bewegungen sind langsam und ein wenig ruckhaft. Sein Blick scheint nichts zu registrieren, dann aber springt er so plötzlich auf, dass er beinahe umkippt.

»Keine Eile, mein Freund«, sagt der Leiter.

Der Mann nickt dreimal und schaut auf seine Füße. Er hebt die Hand zum Schädel, legt sie auf sein Haar und streicht es nach vorn, sodass es flach auf der Stirn klebt. Caffery tritt zur Seite und hält die Tür auf. Der Mann geht schwerfällig hinaus, ohne ihn anzusehen. Caffery wartet, bis er weg ist, bevor er seinen Dienstausweis hervorholt.

»Detective Inspector Jack Caffery.«

»Ja«, sagt der Leiter. »Habe mich schon drauf gefreut, Sie kennenzulernen.« Er muss Ende dreißig sein, aber sein Gesicht hat etwas Kindliches, und dieser Eindruck wird durch seinen kahlen Schädel paradoxerweise noch verstärkt. Das wenige Resthaar hat er kurz rasiert, und das gibt ihm das Aussehen einer alternden Putte. Er trägt einen schwarzen Ohrstecker am rechten Ohrläppchen, und am Mittelfinger der rechten Hand steckt ein Stahlring mit einem keltischen Knotenmuster. An der Wand hinter dem Schreibtisch hängt ein Poster von The Smith', Glastonbury 1984. Er streckt die Hand aus.

»Bill Hurst.«

Caffery schüttelt ihm die Hand. Kaum lässt er sie wieder los, sieht er, wie Hurst sie hochhebt und in den Nacken legt.

»Ich bin hier, weil ich mit Isaac Handel sprechen möchte.«

»Ja... ja.« Hurst steht unbeholfen auf, kratzt sich im Nacken und weicht Cafferys Blick aus. »Ja, das haben Sie gesagt.«

»Und? Gibt es hier eine Möglichkeit, wo ich unter vier Augen mit ihm plaudern kann?«

»Die Sache ist...«, stottert Hurst betreten. »Also, was Isaac angeht...«

»Ja?«

»Na ja, es ist mir unangenehm.«

»Was ist unangenehm?«

»Er ist quasi nicht hier im Moment.«

»Wie bitte?«

»Nicht hier.«

»Ich dachte mir, dass Sie das gesagt haben. Und wo ist er... quasi?«

»Ääähhh... bin nicht hundertprozentig sicher, um die Wahrheit zu sagen.«

»Als ich angerufen habe, haben Sie gesagt, ich kann mit ihm sprechen.«

»Ja... ich dachte, er wäre inzwischen wieder da. Sie müssen verstehen, dies ist kein geschlossenes Wohnheim. Die Leute sollen hier schlafen, aber tagsüber können sie gehen, wohin sie wollen, solange sie nicht gegen irgendwelche Einschränkungen in ihren Entlassungspapieren verstoßen.«

Caffery braucht einen Moment, um seine Ungeduld zu zügeln. Er zählt im Kopf bis zehn. »Okay. Okay, fangen wir ganz vorne an. Wann haben Sie ihn zuletzt gesehen?«

Hurst rutscht auf seinem Stuhl hin und her. »Ääähmmm...«

»Kommen Sie, spucken Sie's schon aus. Heute Morgen?« Hurst antwortet nicht. Er kratzt sich noch heftiger im Nacken. »Mein Gott!« Caffery atmet geräuschvoll aus. »Gestern?«

»Ich glaube ja.«

»Sie *glauben*?«

»Das System ist nicht perfekt. Ich habe zu wenig Personal. Heute haben sich zwei Mitarbeiter krankgemeldet. Die Ungewissheit stresst alle... niemand weiß, was die Regierung mit unseren Jobs vorhat.«

»Fantastisch. Ausgezeichnet.« Caffery schüttelt müde den Kopf. Je mehr er sieht, desto weniger begreift er, wieso man Handel in eine so kümmerliche Einrichtung entlassen konnte. »Er muss doch letzte Nacht irgendwo geschlafen haben?«

Hurst zuckt die Achseln.

»Haben Sie ihn als vermisst gemeldet?«

»Heute Morgen. Die Psychiatrische Ambulanz kümmert sich jetzt weiter darum.«

Er kann Caffery immer noch nicht in die Augen sehen. Herrgott, was für ein spektakulärer Trottel.

»Gibt es hier jemanden, mit dem er geredet hat? Jemanden, der mir einen Anhaltspunkt geben könnte?«

»Eigentlich nicht. Handel war so was wie ein Eigenbrötler, nach allem, was ich von ihm mitbekommen habe. Habe nicht gesehen, dass er mit jemandem gesprochen hat. Er hat seinen iPod gehört und ist für sich geblieben.«

»Und war er fügsam?«

»Überwiegend. Ein wenig erregt. Er spielte dauernd ›All Souls' Day‹ auf seinem iPod. Kennen Sie das Lied?« Er wirft Caffery einen hoffnungsvollen Blick zu. »Ataris? Der beste Punk Pop, der in den letzten Jahrzehnten aus den Staaten gekommen ist?«

Caffery seufzt und schüttelt den Kopf.

»Es ist doch nur ein Tag«, protestiert Hurst. »Noch nicht so lange her.«

»Wissen Sie, wie lahm sich das anhört? Schon während es aus Ihrem Mund kommt, muss ein Teil von Ihnen doch denken: Ist das laaaaahm.«

Hurst lässt den Kopf hängen. »Ist angekommen.«

»Wann bekommt er sein Depot?«

»Übermorgen.«

Noch zwei Tage, bis die antipsychotische Depotinjektion fällig ist. Nach allem, was Caffery über Geisteskrankheiten weiß, wird Handels Stabilität rapide verfallen, sobald dieser Termin versäumt wird.

»Ich muss sein Zimmer sehen.«

Hursts Augen weiten sich ein wenig. »Aaach, Mann, das tut mir leid – das kann ich nicht erlauben. Alles in diesem Hause basiert auf Vertrauen, auf dem Vertrauen der Mitarbeiter zu den Bewohnern und umgekehrt. Ich kann Sie nicht ohne einen wirklich, wirklich guten Grund in jemandes Zimmer gehen lassen.«

»Er ist nach Absatz 47 unter Auflagen entlassen worden – und eine der Auflagen besagt, er muss jede Nacht hier im Wohnheim verbringen. Daran hält er sich nicht, und das ist eine Straftat. Ta-daaa. Ich werde Ihnen jetzt nicht von oben herab meinen Spruch aufsagen, Sie kennen sich aus, Sie wissen, wie das geht. Die Zimmer sind oben, oder?« Caffery ist schon aufgestanden. »Vielleicht klopfe ich einfach an jede Tür, bis ich das Richtige gefunden habe.«

Er ist draußen, bevor Hurst um seinen Schreibtisch herumkommen kann. Erst auf dem Flur hat der Leiter ihn eingeholt. Er atmet schwer.

»Okay«, zischt er. »In Ordnung ... aber können wir es unauffällig machen?«

»Nach Ihnen.«

Hurst schiebt sich an ihm vorbei. »Unauffällig, okay?«, wiederholt er.

»Selbstverständlich.«

Caffery folgt ihm hinauf in den ersten Stock. Innerhalb von Sekunden öffnen sich zwei Türen nacheinander. Der erste Bewohner kommt heraus. Er ist nervös, sein Sweatshirt ist vorn voller Flecken, und seine Hose hängt auf Halbmast. Als er Caffery sieht, macht er auf dem Absatz kehrt und verschwindet wieder. Die zweite Tür wird zugeschlagen, bevor Caffery einen Blick auf den Bewohner werfen kann.

Alle Türen hier oben haben Sicherheitsschlösser. Als Hurst den Schlüssel zu Nummer fünf herausholt, kommen ihm anscheinend Bedenken.

Er dreht sich um und hebt die Hände. »Ich weiß nicht, Mann. Ich sollte wahrscheinlich warten, bis ich grünes Licht von den Leuten von der Psychiatrischen Ambulanz bekomme.«

Juristisch betrachtet hat Caffery kein Recht, ohne das Einverständnis des Bewohners ein Zimmer zu betreten, aber ein Durchsuchungsbeschluss wird Zeit kosten und jede Menge nutzlosen Papierkram nach sich ziehen. Er fixiert den Leiter. »Sind Sie nicht neugierig, was Handel getan hat, um fünfzehn Jahre in die Geschlossene zu kommen?«

»Nein, das will ich gar nicht wissen.« Hurst hat jetzt rote Ohren. »Wir erfahren keine Details über den Geisteszustand der Leute hier, nur Hinweise, worauf wir achten müssen, wenn sie instabil werden. Wir sollen sie rehabilitieren, nicht verurteilen.«

Caffery lehnt sich an das Treppengeländer. Er betrachtet das

Puttengesicht von der bleichen, glänzenden Stirn bis zum Grübchenkinn. »Vielleicht ist es gut, wenn Sie nicht in allen Einzelheiten wissen, was Ihre ›Bewohner‹ alles angestellt haben. Leider weiß ich es aber. Und in Handels Fall will ich es mal so formulieren: ›Krank‹ trifft es nicht mal annähernd.«

Hurst befingert den Schlüsselbund an seinem Gürtel, aber er ist immer noch unentschlossen.

»Und da war er noch ein halbes Kind«, fährt Caffery fort. »Ich glaube, keiner von uns weiß, wozu er als Erwachsener fähig ist. Ein paranoider Schizophrener, unter Vorbehalt auf freiem Fuß und seit vierundzwanzig Stunden verschwunden?«

Hurst starrt auf die Nummer an der Tür, und eine rosige Röte steigt von seinen Ohren hinauf bis zur Wölbung seines Schädels.

»Und Sie haben ihn eben erst als vermisst gemeldet?«

»Okay, okay«, murmelt Hurst und zieht den Schlüsselbund von seinem Gürtel. »Ich kann auf den Vortrag verzichten.«

Bommelsocken

Das Kuratorium ist alles andere als vollkommen, aber selbst AJ muss zugeben, dass der Fitnessclub, zu dem sie den Mitarbeitern zu einem reduzierten Mitgliedsbeitrag Zugang verschafft haben, wirklich verdammt gut ist. Tarlington Manor am Ortsrand von Thornbury hat ein Fünfundzwanzig-Meter-Schwimmbecken und einen Workout-Bereich mit den neuesten Geräten: Suspension Trainer, Core-Texe-Balance- und Stabilitätsgeräte und vibrierende Power Plates. Es gibt eine Sauna, ein Schwitzbad, zwanzig Tennisplätze und einen Whirlpool im Freien mit einem Holzfeuer daneben, wo Frauen mittleren Alters zum Lunch Champagner nippen.

An drei Tagen in der Woche macht Melanie früher Feierabend, kommt her und spielt allein eine Stunde Squash auf Hochtouren. AJ muss mindestens sechs Zuschauergalerien absuchen, bevor er ihren Court findet. Sie ist schweißüberströmt, prügelt aber immer noch auf den Ball ein, und ihr Pferdeschwanz hüpft wie verrückt. Ihr pinkfarbenes T-Shirt hat einen schwarzen Puma über der linken Brust, und sie sieht höllisch sexy aus in ihren engen Trainingsshorts, den schneeweißen Sportschuhen und den kleinen weißen Bommelsocken, wie die Mädchen in Wimbledon sie getragen haben, als er ein Teenager war. Damals hat er viel Zeit damit verbracht, Damentennis zu sehen – so amüsiert Mum und Patience ihn auch verspottet haben.

Es dürfte für Isaac Handel nicht allzu schwierig sein herauszufinden, wo Melanie wohnt. Das Bild der Gestalt im Garten flackert in AJs Kopf herum, und er denkt an DI Caffery, dem es so unbehaglich war, über die Morde auf der Upton Farm zu sprechen.

Er geht die Treppe hinunter und öffnet die Tür zum Court. Melanie hört auf, als sie ihn sieht. Sie stößt einen Überraschungsschrei aus und wedelt mit der Hand. »AJ! Geh weg, um Gottes willen. Nicht zusehen. Das ist mir total peinlich.«

»Peinlich? Nach dem, was du mich letzte Nacht hast tun lassen?«

»Ach, hör auf.« Sie geht zu ihrer Tasche in der Ecke, zieht ein Handtuch heraus und drückt es sich ans Gesicht. Sie lässt es vor sich herabhängen, sodass er nicht ihren ganzen Körper sehen kann. Sie trägt auch noch Schweißbänder an den Handgelenken – ein weiteres Retro-Detail, das ihn in die achtziger Jahre zurückbringt. »Geh weg... ich muss aufhören, wenn du nicht weggehst.«

»Wir müssen reden.«

»Wir müssen reden?« Sie nimmt das Handtuch vom Gesicht

und lässt es sinken. Der Schweiß hat ihre Wimperntusche verlaufen lassen. »O-oh. Das klingt nicht gut.«

»Mel, wir wollen uns nichts vormachen. Du hast vorgestern Morgen etwas im Garten gesehen. Und letzte Nacht habe ich es auch gesehen.«

»Nein.« Sie schüttelt den Kopf und macht ein ernstes Gesicht. »Wir haben nichts gesehen. Das war Einbildung... wir haben ein wenig fantasiert. Kein Schlaf, zu viel Sex, zu viel Alkohol. Ich rieche es immer noch an mir.« Sie hebt den Arm und schnuppert zweifelnd an ihrer Achsel. »Es kommt aus mir heraus. Mein Gott... ein Glück, dass ich allein hier unten spiele.«

»Letzte Nacht war ich nicht betrunken. Und selbst wenn wir in der Nacht davor beide betrunken waren und es uns *eingebildet* haben – die Tatsache, dass wir uns beide das Gleiche einbilden, zeigt, dass es uns beunruhigt. Und es beunruhigt uns, weil wir wissen, dass Zelda und Pauline und Moses vielleicht etwas Ähnliches gesehen haben. Und ich bin mir ziemlich sicher, dass ich weiß, wer hinter ihren ›Halluzinationen‹ oder ›Wahnvorstellungen‹ steckt – wenn wir es so nennen wollen.«

Melanie macht große Augen. »Nicht wieder Isaac Handel... bitte. Ich finde wirklich, wir...«

»Es ist nicht nur Zeldas Bild, nicht nur das, was er mit seinen Eltern gemacht hat. Es ist... ich habe ein schlechtes Gefühl bei der Sache. Bitte, du musst mir glauben.«

»Wir haben darüber gesprochen.« Sie streckt eine Hand aus und will den Court verlassen, aber er weicht nicht zurück.

»Melanie – ich habe das Ausschussprotokoll gelesen.«

Jetzt verändert sich ihr Gesichtsausdruck. Ihre Augen werden schmaler – wie Metall, das sich abkühlt –, und sie wippt auf den Fersen zurück. »Wie bitte? Du hast das Protokoll gelesen – was soll das heißen?«

»Ich habe deine Aussage in Handels Entlassungsverhandlung gelesen. Mir war nicht klar, dass du so eng mit ihm befasst warst.«

»*Eng befasst?* Verdammt, wovon redest du?«

»So, wie du geredet hast, klang es, als hättest du jeden Tag mit ihm verbracht. Du hast Dinge gesagt wie ›Er war immer kooperativ‹, ›absolut keine Probleme mit seiner Mitarbeit‹, ›er begreift die Natur seiner Erkrankung und die Wichtigkeit des täglichen Kontakts mit der Psychiatrischen Ambulanz‹, ›er machte auf mich den Eindruck, als sei er sich der Schwere seines Verbrechens bewusst und bereue es zutiefst‹... Soll ich fortfahren?«

Melanies Gesicht glüht. Ihre Nasenflügel sind leicht geweitet, und sie atmet sehr langsam ein, um sich zu beruhigen.

»Soll ich fortfahren, Melanie? Denn ich habe alles gelesen, und es ist Bullshit – du hast dich niemals mit Isaac beschäftigt. Ich habe dich nie mit ihm sprechen sehen.«

»Ich verstehe nicht«, sagt sie erbittert. »Ich verstehe kein einziges Wort.«

Sie drängt sich an ihm vorbei zur Tür und stößt ihn dabei mit dem Ellenbogen zur Seite. Hastig wirft sie sich die Sporttasche über die Schulter und geht auf sehr geradem, präzisem Wege davon.

»Melanie?«, ruft er ihr nach. »Melanie... es tut mir leid... ich will keinen Streit.«

»Was du nicht sagst.«

»Nein, ehrlich nicht. Es sollte sich nicht so anhören, als...«

Er spricht nicht weiter. Sie hat die Damenumkleidekabine erreicht. Ohne sich umzusehen, geht sie hinein und schlägt die Tür hinter sich zu.

Einkaufstüten

Wenn Caffery es genau betrachtet, kann er sich nicht vorstellen, wie Isaac eine kalte Oktobernacht ohne Bleibe überlebt haben soll. Die Patienten bekommen Taschengeld, solange sie in der Klinik sind, und AJ hat gesagt, er habe einiges gespart, aber trotzdem dürfte er Mühe gehabt haben, ein Zimmer zu finden. Einen verwirrten Schizophrenen wird man überall abweisen, ganz gleich, wie viel Bargeld er bei sich hat. Ein Bild steigt vor ihm auf: ein warmes Bett, etwas zu essen. Hat Handel Hilfe gehabt? AJ hat von Stromausfällen in der Klinik gesprochen, die jede dieser Episoden begleitet haben. Aber es ist schwer zu glauben, dass ein Patient so ungehindert überall Zugang haben sollte, dass er so etwas allein zustande bringen könnte.

Da war noch jemand beteiligt. Caffery parkt diesen Gedanken in seinem Kopf. Er wird später darauf zurückkommen.

Er steht in dem Zimmer im Avonmere Hotel und nimmt die Umgebung in sich auf. Der Raum ist gerade groß genug, um ein einzelnes Bett hineinzuzwängen, einen Nachttisch, eine Kommode und einen Kleiderschrank. Die Vorhänge sind dünn. Der Teppich, ein strapazierfähiges Fasergewebe, sieht aus, als sei er vor Kurzem gereinigt worden. Alles ist sauber und aufgeräumt: Das Bett ist gemacht, und man sieht keine Kleidungsstücke außer einem Paar Pantoffeln. Auf der Kommode liegt ein Stapel Zeitschriften. Caffery blättert sie durch: *What Hi-Fi*, *Computing*, *Computer Weekly*, zwei Maplin-Kataloge für Elektronikbedarf und einer von Screwfix für Elektrowerkzeuge. Einen Fernseher gibt es nicht, aber eine iPod-Dockingstation.

Caffery macht den Nachtschrank auf und nimmt eine braune Medikamentenflasche heraus. Seroxat, ein Antidepressivum. Auf dem Etikett steht Handels Name. Er zeigt sie Hurst und schüttelt sie, um zu zeigen, dass sie leer ist.

Hurst spreizt die Hände. »Schauen Sie mich nicht an. Sprechen Sie mit den Psychiatrieleuten.«

»Ja. So eine Abteilung haben wir bei der Polizei auch. Die NMP-Einheit.«

»Was?«

»Nicht Mein Problem.«

Hurst kneift die Augen zusammen. Über das Stadium der Verstimmung ist er hinaus. »Ich bekomme kein Polizistengehalt«, sagt er. »Für mich gibt es keinen Vorruhestand und keine Pension, weder inflationsangepasst noch sonst wie.«

Caffery stellt das Pillenfläschchen wieder in den Schrank. Er wirft einen Blick unter das Bett und schiebt die Hand zwischen Lattenrost und Matratze. Dann streicht er mit den Fingerspitzen oben über die Gardinenstange und anschließend über die leeren Bügel im Kleiderschrank. Er hat nicht die leiseste Ahnung, wonach er sucht – er weiß nicht mal, warum er es tut, außer um Hurst etwas zu beweisen. Wie viele Leute wie Handel mögen wohl durch die Maschen schlüpfen, fragt er sich. In Einrichtungen wie dieser hier kommt es wahrscheinlich täglich vor.

Er hält inne. Auf dem Boden in Handels Kleiderschrank liegt ein Stapel zusammengefalteter Einkaufstüten. Er geht in die Hocke und legt eine Hand darauf. Sie sind alle von Wickes. Ein Heimwerkermarkt ist nicht der Ort, wo man jemandem wie Handel beruhigt beim Einkaufen zusehen würde – erst recht nicht, wenn man bedenkt, was er mit seinen Eltern gemacht hat.

Caffery zieht die Tüten heraus und schüttelt jede einzelne. Sie sind alle leer, bis auf die fünfte, die eine Quittung für das iPod-Dock und die Schachtel enthält, in der es verpackt war.

»Die meisten Leute hier geben ihr Taschengeld für Süßigkeiten und Chips aus.«

»Aber sicher«, sagt Caffery trocken. »Was dagegen, wenn ich das behalte?«

»Er braucht es vielleicht wegen der Garantie.«

Caffery sieht ihn lange an.

Schließlich zuckt Hurst die Achseln. »Tun Sie sich keinen Zwang an.«

Fred Astaire

Es ist Viertel nach sieben. AJ sitzt auf der Bank vor der Damenumkleide und fühlt sich von Sekunde zu Sekunde beschissener. Er hat zwei Becher Kaffee aus dem Automaten getrunken und ein Mars gegessen, und jetzt kann er nur noch die Zettel am schwarzen Brett anstarren und mit der Schuhspitze an einem Kaugummi herumstochern, der entschlossen am Boden klebt. Inzwischen sind fünfundvierzig Minuten vergangen. Scharen von Frauen sind gekommen und gegangen und haben ihm verstohlene Blicke zugeworfen, bei denen er sich wie ein preisgekrönter Perverser vorgekommen ist – aber Melanie war nicht dabei. Entweder ist sie Landesmeisterin im Schmollen, oder sie ist im Umkleideraum aus dem Fenster geklettert.

Er bereut, was er gesagt hat und wie er es gesagt hat. Er hat ihr per SMS drei Entschuldigungen zukommen lassen, aber das Netz hier unten ist nicht so gut, und deshalb weiß er nicht, ob sie angekommen sind oder ob sie ihn ignoriert. Er will eben sein Telefon aus der Tasche wühlen und es noch einmal versuchen, als die Tür aufgeht und Melanie herauskommt.

Sie trägt ein schlichtes weißes Wollkleid und pelzgefütterte Wildlederstiefel. Ihr Haar ist noch ein bisschen feucht von der Dusche. Sie ist nicht geschminkt und sieht so hübsch aus, dass ihm fast das Herz stehen bleibt.

»Melanie ...«, fängt er an und steht auf. Aber sie legt einen

Finger an die Lippen und schüttelt den Kopf. Sie setzt ihre Tasche auf dem Boden ab, nimmt neben ihm auf der Bank Platz und betrachtet ihn eingehend.

»AJ.«

»Melanie, es tut mir leid.«

»Sag das nicht – ich sollte es sagen. Ich habe wirklich gelogen. Es ist nur ... manchmal sieht man die Patienten an, und man weiß, sie *verdienen* die Chance, da rauszukommen und ein normales Leben zu führen. Manchmal haben sie ja nur einen *einzigen* Fehler gemacht, einen Fehler, für den sie mit der Einweisung in die Geschlossene schon genug bezahlt haben. Und wir legen ihnen weitere Hürden in den Weg. Ein Kästchen ist auf dem Entlassungsantrag mit der falschen Kugelschreiberfarbe angekreuzt worden, und schon verweigert die große bürokratische Maschinerie ihre Zustimmung. Und ohne eigenes Verschulden ist der Patient wieder so weit wie zuvor und fängt bei null an.«

AJ legt die Hände auf die Knie und trommelt mit den Fingern. Er teilt Melanies Ansicht nicht, dass jeder Patient, ganz gleich, wer er ist, eine Chance verdient. Viele Leute in der Klinik haben anderen das Recht auf Leben genommen, und in einer anderen Einrichtung würde man sie als Mörder bezeichnen. Einige von ihnen können nicht rehabilitiert werden. Vor allem nicht solche, die ein so grausames Verbrechen begangen haben wie Isaac Handel.

»AJ? Habe ich etwas Falsches gesagt?«

»Nein, nein. Ich mache dir keinen Vorwurf. Schon gar nicht angesichts des Drucks, den das Kuratorium mit den Performance-Zielen auf dich ausübt.«

Er redet von den »therapieresistenten« Patienten, den Langzeitpatienten, den Bettenblockierern. Von denen, die nicht in die Gesellschaft hinausrecycelt werden können, weil ihre Verwandten nicht bereit sind, sie wieder in ihr Leben zu lassen. Oder von denen, die gar kein Verlangen danach haben, die Klinik zu verlassen und sich der Verantwortung in der realen Welt zu stellen, und die ihrer eigenen Entlassung lauter Steine in den Weg legen. Solche Patienten sitzen wie ein Riesenpropf in den Rohrleitungen des Systems, und in ihrem Bemühen, die Verstopfung zu beseitigen, werden die Mitarbeiter von Beechway mit Direktiven von oben bombardiert, die sie immer wieder an die Notwendigkeit erinnern, die »durchschnittliche Verweildauer« zu reduzieren. Vor allem Melanie muss sich tagtäglich damit auseinandersetzen.

»Glaub mir, wir spüren diesen Druck alle, Melanie. Keine Schwester, kein Therapeut in der Klinik würde sich nicht versucht fühlen, bei einer kleinen Regelwidrigkeit ein Auge zuzudrücken, wenn das bedeutet, dass Patienten schneller durch das System geschleust werden. Und du – ja, du musst es härter zu spüren bekommen als jeder andere bei uns.«

Es ist kurz still, und dann senkt Melanie den Kopf. »O Gott«, sagt sie kläglich. »Ehrlich, ich habe Isaac nur angesehen und...« Sie schiebt die Finger ins Haar, als habe sie Kopfschmerzen. »Scheiße... okay, ich will einfach ehrlich sein. Ich dachte, er hat viele Jahre lang keine Schwierigkeiten gemacht, er ist niemals aus der Reihe getanzt – und er wäre ein guter Kandidat. *Fuck*.« Sie bohrt die Absätze in den Gitterrost unter der Bank. »So schießt man sich selbst in den Fuß. Du hast recht, AJ – es war Isaac, da in meinem Garten. Zwei Nächte hintereinander. Ich habe es nicht über mich gebracht, das zuzugeben.« Sie seufzt tief. »So... jetzt ist es raus. Ich nehme an, das ist das Ende unseres kleinen Techtelmechtels. Du musst mich jetzt hassen.«

»Dich hassen? Mein Gott!« Er lacht kurz und ironisch. »Dich *hassen*? Wenn du nur wüsstest...«

»Wenn ich was wüsste?«

»Melanie.« Er schüttelt den Kopf. »Jetzt komm, schöne

Frau – ich bin *verrückt* nach dir. Ich fühle mich wie Monster Mother an einem fliederfarbenen Tag, wenn ich nur an dich denke. Ich bin wie Moses, wenn er hört, dass es Würstchen zum Frühstück gibt. Ich bin wie Fred Astaire, wenn er tanzt. Ich bin VERKNALLT. In. Dich.«

»Im Ernst?«

»Ich sag's dir … ich bin ein Pudding in deiner Nähe. Jämmerlich.«

Sie sieht ihn mit einem hoffnungsvollen kleinen Lächeln an und schnieft kurz, als sei sie den Tränen nahe gewesen. »Es tut mir leid – das alles macht mich wütend.«

»Ich weiß.«

»Und ich habe Angst. Wenn es Isaac war, da im Garten – warum? Was will er?«

AJ antwortet nicht. Eine Erinnerung leuchtet in seinem Kopf wie eine riesige Reklametafel: Isaac, der beobachtet, wie Melanie durch den Korridor geht.

»Es gäbe da immer noch die Polizei«, sagt er vorsichtig.

»Das *können* wir nicht«, sagt sie müde. »Vielleicht wird Isaac einfach … du weißt schon, einfach wieder von der Bildfläche verschwinden. Aber gleichwie – wir können nicht mit der Polizei reden. Kannst du dir vorstellen, was jemandem in meiner Position passieren würde, wenn sich herausstellt, dass er in einer Entlassungsverhandlung gelogen hat? *Gelogen?*«

AJ wird rot, als sie das Wort »gelogen« ausspricht. Sie kann nicht wissen, wo er heute gewesen ist, aber er hat trotzdem ein schlechtes Gewissen. Er hustet laut. Klopft noch fester mit den Fingern auf die Knie.

»Okay, angenommen, er verschwindet nicht. Wenn wir nicht zur Polizei gehen können, werde ich jedenfalls nicht herumsitzen und uns von ihm hetzen lassen. Ich nehme an, er war in deinem Garten. Wahrscheinlich hat er sich nach seiner Entlassung als Erstes bemüht herauszufinden, wo du wohnst. Das hat er sich zur Aufgabe gemacht. Im Moment ist dein Haus kein guter Aufenthaltsort. Es klingt jetzt vielleicht ein bisschen direkt – und versteh mich bitte nicht falsch, aber...«

»Aber?«

Er zögert und weiß nicht, wie er es sagen soll. Er weiß auch nicht, ob es richtig ist. Er weiß nur, er will Melanie da haben, wo er sie sehen kann.

»Ich wohne – na ja, ich wohne näher bei der Upton Farm als du, aber davon ahnt Isaac nichts. Deshalb dachte ich... warum ziehst du nicht für ein Weilchen zu mir? Lässt ein bisschen Zeit vergehen? Bis man sieht, wie sich alles entwickelt? Nein – das ist eine verrückte Idee, ich weiß. Vergiss, dass ich es gesagt habe, ich habe nur laut gedacht, aber nimm dir wenigstens ein Hotelzimmer irgendwo – nur, damit du weg aus deiner...«

»AJ!«

Er bricht ab. Ein Lächeln ist auf ihr Gesicht getreten, und er sieht ihre kleinen, makellosen Zähne.

»AJ, das ist gut. Es ist überhaupt nicht verrückt. Im Gegenteil, es ist eine fabelhafte Idee. Ich habe mir so sehr gewünscht, Patience kennenzulernen.«

Wickes

So spät im Herbst sind die Tage kurz, und es ist schon ziemlich dunkel, als er den Baumarkt am Nordrand von Bristol erreicht. Überwachungskameras sind auf den Eingang und die Reihe der Kassen gerichtet, und drei oder vier weitere hängen über den Gängen. Das Geschäft ist in verschiedene Abteilungen eingeteilt: Farben und Tapeten, Bad und Küche, Elektro- und Werkzeugartikel. Zumindest zwei dieser Kategorien bereiten Caffery Unbehagen. Selbst ohne die vollständige Lektüre des Berichts weiß er, dass Handel für das, was er mit seinen Eltern gemacht hat, in einem Geschäft wie diesem hat einkaufen müssen.

»Den Geschäftsführer.« Er zeigt dem Wachmann seinen Dienstausweis. »Bitte.«

Er wird in ein kleines, mit Papierkram vollgestopftes Büro geführt. Kieran Bolt ist klein und glattrasiert, und er hat rote Augen vor Müdigkeit. Er will gerade nach Hause gehen und ist offenbar nicht erfreut, von Caffery aufgehalten zu werden. Blinzelnd betrachtet er ein paar Sekunden lang den Kassenbeleg. »Das war ein Barverkauf. Dazu kann ich Ihnen keinen Namen geben.«

»Ich brauche keinen Namen«, sagt Caffery. »Den habe ich schon. Mich interessiert, was er sonst noch gekauft hat.«

»Wie kommen Sie darauf, dass er noch mehr gekauft hat?«

»Ich habe sieben leere Tüten.«

Verblüfft sieht Bolt ihn und dann die Quittung an und studiert sie, als müsse er annehmen, er habe etwas übersehen. »Woher, sagten Sie, kommen Sie?«

»Major Crimes Investigation Team.« Caffery sieht, dass der Geschäftsführer überlegt, welche Gründe ein Kriminalpolizist haben könnte, sich nach Einkäufen in einem Heimwerkermarkt zu erkundigen. Als er schließlich wieder aufblickt, verrät die Wachsamkeit in seinen Augen, dass er an nationale Sicherheit und Terrordrohungen denkt.

»Wir verkaufen die Sachen nur. Wir fragen die Leute nicht, was sie damit vorhaben.«

»Niemand macht Ihnen einen Vorwurf. Ich stelle ein paar Nachforschungen an, das ist alles.«

Der Geschäftsführer ist leicht zu durchschauen: Er ist verunsichert und wird sich auf den Kopf stellen, wenn er damit behilflich sein kann.« »Ich kann die Kassenbelege überprüfen. Wenn er etwas anderes mit einer Kreditkarte bezahlt hat, finde ich es. Aber wenn er bar bezahlt hat ...«

»Schon okay. Wir finden ihn auf den Kameraaufzeichnungen.«

Bolt fasst sich mit einer Hand an die Stirn.

»Gibt's ein Problem?«

»Nein, nein – absolut kein Problem. Es ist nur ...« Er schaut auf die Uhr. »nein – ich werde nur rasch telefonieren, und dann bekommen Sie alles. Ich kann hierbleiben.«

Bolt will damit sagen, es werde ewig dauern, das ganze Material zu sichten. Im Laden verteilt sind acht Kameras, sie bewahren das Material schätzungsweise einundzwanzig Tage lang auf, und sie haben von montags bis samstags von morgens sieben bis abends acht Uhr geöffnet und sonntags auch noch einmal sechs Stunden.

»Das ist okay«, sagt Caffery. »Sie kommen heute noch nach Hause. Versprochen.«

Eden Hole

Als AJ und Melanie vor dem Cottage halten, bellt Stewart wie verrückt. Er scheint AJ gar nicht zu erkennen, als er hereinkommt; er sitzt im Flur, den Kopf zurückgelegt, und kläfft sie an.

»Hey, hey! Stewie? Was ist los – ich bin's doch nur.« AJ hockt sich vor ihn. »Was ist los, Stewie?«

Stewart hört auf zu bellen und schnuppert mürrisch an AJs Hand. Misstrauisch verdreht er die Augen zu Melanie hinauf. Sie beobachtet ihn wachsam und hält ihre Taschen außer Reichweite.

»Er ist... er ist nett«, sagt sie unsicher.

»Ich schwöre, normalerweise benimmt er sich nicht so.« AJ krault den Hund hinter den Ohren. Stewart hechelt, und sein Herz klopft unter den Rippen. »Seit gestern ist er so komisch. Er war den Tag über verschwunden, und jetzt benimmt er sich wie ein Irrer. Ich verstehe das nicht. Was ist passiert, Junge?«

Stewart dreht sich einmal aufgeregt um sich selbst. Dann setzt er sich zögernd und lässt die Zunge heraushängen. AJ ist ratlos. »Ich gehe nachher mit ihm raus und werde ihn hetzen, bis er zu müde ist, um neurotisch zu sein. Komm... komm und sag Patience Hallo.«

Sie tragen Melanies Gepäck ins Wohnzimmer. AJ hat angerufen und seine Tante darauf vorbereitet, dass Melanie bei ihnen wohnen wird. Patiences einziger Kommentar lautete: *Sag dem armen Mädchen, es wird mein Essen mögen müssen. Ich will keine von deinen mäkeligen kleinen Lebensmittel-Nazis in meinem Haus haben. Wenn sie von grünem Salat und Luft leben will, kann sie in einen Karnickelbau ziehen.*

AJ ist nicht entgangen, dass Patience »armes Mädchen« gesagt hat. Als müsse eine Frau, die verrückt genug war, sich mit ihm einzulassen, ein wirklich bejammernswertes Exemplar sein. Oder eine von sich selbst besessene Schlampe. Als Melanie in ihrem schlichten weißen Wollkleid durch die Tür kommt, das Gesicht von honigblondem Haar umrahmt, klappt Patience der Unterkiefer herunter. Das hat sie nicht erwartet. AJ kann sich ein spöttisches Grinsen nicht verkneifen.

»Soso«, sagt sie und steht auf. »Melanie. Schön, Sie kennenzulernen.«

Sie schüttelt Melanie die Hand und lässt ihren Blick langsam von den Füßen hinauf bis zum Gesicht und wieder zurück wandern. Dann lässt sie die Hand los, tritt einen Schritt zurück und verschränkt die Arme. Sie mustert Melanie, und ihre hochgezogenen Augenbrauen sind Fragezeichen. Ein lautes Schnalzen kommt aus ihrer Kehle. Sie wirft den Kopf in den Nacken und stolziert mit gebieterischem Hüftschwung in die Küche.

»O Gott!« AJ kratzt sich verlegen am Kopf. »Entschuldige. Sie hat offensichtlich nicht damit gerechnet, dass ich mit einer Frau komme, die so... du weißt schon... so nett ist wie du.«

»Okaaaaaay.« Melanie lässt die Hand, die sie Patience gereicht hat, sinken und wischt sie verstohlen am Rock ab. »Schon gut – ich verstehe.« Sie lächelt unsicher und sieht sich im Zimmer um. Überall herrscht Chaos: Patiences Marmeladengläser stehen auf allen ebenen Flächen, und auf der Fensterbank befinden sich Wildblumen in Milchflaschen, in denen das Wasser braun wird. Melanie wirft einen Blick zur Küche und schaut dann wieder in den Flur, wo Stewart sitzt und sie übellaunig beobachtet.

AJ rutscht das Herz in die Hose. Es läuft nicht gut. Kein bisschen.

»Melanie, hör zu, du kannst wirklich gerne hier wohnen. Wir sind ein bisschen anders, das weiß ich schon. Patience ist ein bisschen gewöhnungsbedürftig...«

»Das habe ich gehört«, ruft Patience aus der Küche. »Ich werde mich an *sie* gewöhnen müssen – *das* solltest du ihr sagen.«

AJ schüttelt den Kopf und lächelt leise.

»Wie gesagt, du wirst dich an meine *reizende Tante* gewöhnen müssen, aber wir möchten, dass du dich wohlfühlst. Wenn du ungestört sein willst, kannst du Mums altes Zimmer bekommen.« Er zeigt mit dem Finger zur Decke. »Hier drüber gibt es ein Schlafzimmer und ein Bad – ganz für sich. Und sauber, das verspreche ich dir. Ganz egal, wie es hier unten aussieht – da oben ist es sauber. Ich habe selbst geputzt.«

»Das habe ich auch gehört. Willst du jetzt dein Frühstück oder nicht?«

»*Frühstück?*«, flüstert Melanie. »*Frühstück?*«

»Das ist eine Familientradition. Frühstück, wenn ich von der Arbeit komme. Keine Panik.« Er zeigt hinüber zu der Treppe, die in seinen Teil des Hauses hinaufführt. »Ich habe das Gleiche da oben, aber spiegelbildlich. Nur eine Wand zwischen uns.«

Melanie hebt den Kopf und schaut zur Decke, zu den Eichenbalken. »Hat die Wand eine Tür?«

»Nein.«

»Wenn ich also von dort zu dir will, muss ich... was? Hier herunterkommen und da wieder hinaufgehen?«

»Ja. Oder du könntest das volle Risiko eingehen und bei mir wohnen.«

Der, den sie alle meiden

Der Kaffee ist mit einem kleinen Päckchen aufgebrüht, das wie ein Teebeutel aussieht, und ein bisschen Kaffeemehl schwimmt darin herum. Aber er ist schwarz und stark und genau das, was Caffery um diese Tageszeit braucht. Er löffelt Zucker hinein und isst vier Kekse im viel zu grellen Licht der Leuchtstoffröhren im Personalraum von Wickes. Er hat sich in letzter Zeit zum Essen ermahnen müssen. Wenn er es vergisst, wird es vorkommen, dass er sein Spiegelbild zufällig in einem Schaufenster erblickt und das Gesicht eines Fremden sieht, das sein innerer Klassifizierungsautomat sofort einordnet: *Forty-something. Stressreicher Job. Nicht verheiratet.*

Bolt, der offensichtlich verheiratet *ist* und unbedingt nach Hause möchte, hat die Kassenbelege überprüft, aber nichts mit dem Namen Handel gefunden. Jetzt verbindet er einen Laptop mit der externen Festplatte der Überwachungskameras. Caffery hängt sein Jackett über die Stuhllehne, stellt seine Kaffeetasse hin und angelt sein Handy aus der Tasche. Er vergrößert das Foto von Handel, das er sich von AJ hat senden lassen, und lehnt das Telefon an den Computer.

Auf der Festplatte sind fünfzehnhundert Stunden Videomaterial gespeichert, aber er kann die Zeit eingrenzen. Handel wurde erst vor vierundfünfzig Stunden entlassen. Seine Einkäufe muss er danach und vor dem gestrigen Abend getätigt haben, als er im Hostel zuletzt gesehen worden ist. Schon diese Information räumt einen großen Brocken Daten beiseite. Die Quittung für das iPod-Dock ist am Dienstag um siebzehn Uhr gedruckt worden. Zwar ist es nur eine Vermutung, aber Caffery würde jede Wette eingehen, dass Handel nicht zweimal den weiten Weg vom Hostel hierher gemacht hat. Entweder hat er das Dock gekauft, und dann ist ihm etwas eingefallen, und er ist noch einmal in das Geschäft zurückgegangen, oder es war umgekehrt. Wahrscheinlich umgekehrt – denn sieben Plastiktüten mit Werkzeug und anderen Materialien kann man eigentlich nicht »vergessen«.

Im Schnelldurchlauf sieht er sich die Dienstag-Abend-Aufnahmen der Kassenkamera an, und richtig, da steht Handel in der Schlange und wartet. Caffery vergleicht ihn mit dem Foto auf seinem Telefon. Eine fleckige Jogginghose und dieser orangebraun gestreifte Pullover, von dem AJ gesprochen hat. Auch der Haarschnitt ist entschieden ungewöhnlich – ein bisschen wie bei einem Mönch. Er starrt andere Kunden durchdringend an und bereitet allen Unbehagen. Er steht zu dicht bei der Frau vor ihm, und sie wirft nervöse Blicke über die Schulter zu ihm zurück.

Nein – dieser Typ könnte niemals in ein Hotel spazieren und ein Zimmer mieten.

Er trägt mehrere Plastiktüten. Prallvoll. Als er die Dockingstation bezahlt, muss er sie auf den Boden stellen. Die Kassiererin wirft ein paarmal bange Blicke an ihm vorbei. Wahrscheinlich versucht sie, den Wachmann aufmerksam zu machen, falls hier etwas passieren sollte. Aber Handel hebt nur seine Tüten auf und verlässt den Markt. Die anderen Kunden schauen sich erleichtert an.

Caffery spult die Aufnahme zurück: Kunden werden zu schnell verwischten Streifen, Personal flitzt rein und raus, ein Mitarbeiter bleibt eine Millisekunde lang stehen, um mit einer Kassiererin zu sprechen, und ist sofort wieder verschwunden. Dann, zehn Minuten vor dem iPod-Dock-Kauf, erscheint Handel in der Kassenschlange. Diesmal hat er noch keine Tragetüten, sondern einen vollbeladenen Einkaufswagen.

Caffery hält die Aufnahme an. Die Kisten, Rollen und Dosen auf dem Wagen sind auf dem Bild nicht präzise zu erkennen. Er lässt das Video in normaler Geschwindigkeit weiterlaufen.

Handel wirkt hier genauso beunruhigend wie auf dem späteren Material. Obwohl er klein ist, macht irgendetwas in seinem Gesicht die Leute um ihn herum unruhig. Ein oder zwei andere Kunden stellen sich mit ihrem Wagen ans Ende der Schlange, aber nach ein paar Sekunden in Handels Nähe überlegen sie es sich anders und schieben ihre Einkaufswagen zu einer anderen Kasse. Eine Kundin fängt an, ihre Waren auf das Band zu legen, und lässt es dann doch lieber bleiben. Sie packt tatsächlich alles wieder in den Wagen und spaziert scheinbar gelassen davon, als habe sie noch etwas vergessen.

Caffery sieht aufmerksam zu, als die Kassiererin Handels Sachen über den Scanner schiebt. Noch einmal hält er das Video an. Er hat nichts zu schreiben; also schiebt er seinen Hemdsärmel hoch und notiert sich den Timecode des Standbilds auf den Arm. Er steht auf, geht zu Kieran Bolts Bürotür und klopft.

Ein Engel

Manchmal ist etwas so schön, dass man völlig durcheinanderkommt, wenn man versucht, es zu erklären oder einzufangen. Vielleicht liegt es an Mums Tod und daran, wie er sie in Erinnerung hat, vielleicht auch einfach daran, dass er jetzt erwachsen ist – jedenfalls hat AJ gelernt, das Schöne zu akzeptieren, wenn es ihm begegnet, es wertzuschätzen und fest daran zu glauben, dass es ihm später einmal wieder zuteilwerden wird. Dass so etwas ein bisschen nach New Age klingt, nach der Weisheit des Universums, ist ihm egal. Er hat einfach gelernt, die Welt so zu sehen.

Da gibt es nur ein Problem. Denn während es leicht ist, aus diesem Fenster hinaus auf unzählige Morgen grünes Land zu schauen, bis hin zum endlosen, wolkigen Horizont, und dabei die Schönheit der Landschaft in sich aufzunehmen, kann er, wie er feststellen muss, nur schwer glauben, dass Melanie Arrow tatsächlich hier an diesem alten Küchentisch sitzt und Patiences Einundzwanzig-Uhr-Frühstück isst. Er will besitzen und behalten, was er sieht. Wünscht sich, er hätte die Kurve schon früher gekriegt, und zugleich ist er doch froh, dass er gewartet hat, bis der richtige Moment da war. Es ist, als säße Mum in der Ecke und schaute Melanie zufrieden lächelnd an – froh und stolz, weil er endlich das Richtige getan hat. Denn es sieht ganz so aus, als sei ein Engel in ihrem Cottage gelandet. Jemand, der ihn verwandeln und zu einem besseren Menschen machen wird.

»Noch mehr?« Patience steht da, die eine Hand in die Hüfte gestemmt, in der anderen die Bratpfanne, und schaut mit hoch erhobener Nase auf Melanie herunter, die soeben großzügigerweise einen Berg Würstchen, Eier, Kokos-»Bammy«-Kuchen und gebratenen Kürbis verspeist hat. Anscheinend wuchert das Kürbisbeet wie verrückt, und Patience ist entschlossen, die ganze Ernte an Melanie zu verfüttern. Gar nicht zu reden von dem Liebstöckel-Brandy, den sie immer in ihr Glas gluckern lässt. »Wollen Sie nicht noch mehr essen?«

AJ beißt in seinen Kaffeebecher. Er ist entschlossen, sich nicht einzumischen. Wenn Mum noch lebte, würde sie sagen, Patience sticht heute Abend wirklich der Hafer. Melanie ist für Patience die größte Herausforderung der letzten Jahre. Wahrscheinlich seit ihrer 50:1-Wette in Kempton Park. Ihr entgeht nicht das Geringste, und sie unterzieht die erste Freundin, die ihr Neffe in den letzten Jahren mit nach Hause gebracht hat, einer Begutachtung, als wäre sie sein Vormund. Entscheidend versagt hätte Melanie, wenn sie irgendwann Feigheit vor dem Essen zeigen würde. Patience will große, gebärfreudige Frauen mit riesigen Brüsten und breiten Hüften für AJ. Der leiseste Hinweis darauf, dass sie es mit einer Kostverächterin zu tun hat, macht sie zu einer bösartigen Bitch aus der Hölle.

»Noch Klößchen? Oder Schellfisch? Ich habe Schellfisch, in Milch pochiert. Ich kann Ihnen einen Teller bringen mit einem Klößchen und etwas Toast zum Aufwischen. Und noch etwas von meinem Liebstöckel-Brandy?«

Das Frühstück, das Patience aufgefahren hat, ist aufwendiger als alles, was diesen Tisch seit Menschengedenken geschmückt hat. Melanie hat sich übertrieben dankbar gezeigt, aber irgendwann muss Schluss sein.

»Ich war eigentlich auf Diät«, erzählt sie Patience. »Aber ich muss wirklich sagen, Ihnen steht *Diätsaboteurin* auf die Stirn geschrieben.«

Sie möchte Patience bei Laune halten, doch statt eines Lächelns bekommt sie zum Lohn noch eine Kelle Essen auf den Teller. Patience wendet sich unbeeindruckt ab. Die Herausforderung ist noch nicht zu Ende. Melanie isst gehorsam und starrt dabei auf Patiences Rücken. Ab und zu wirft sie AJ einen tapferen Blick zu, und er nickt ermutigend. Er würde es ihr gern im Einzelnen erklären – *das ist deine Aufnahmezeremonie, Melanie. Du machst es gut, und es wird nicht immer so sein...* Aber das hat sie vielleicht schon selbst herausgefunden, denn sie widmet sich ihrer Aufgabe mit einer wilden Entschlossenheit, die er von ihr sonst nur aus der Klinik kennt.

Sie hat aufgegessen. Betupft sich zierlich den Mund und reicht Patience ihren Teller, und die nimmt ihn ohne Murren entgegen und bietet Melanie nichts mehr an.

Das bedeutet, sie hat die Prüfung bestanden.

Die Liste

Der Einkauf bei Wickes wurde bar bezahlt und von dem Baumarkt artikelweise registriert. Kieran Bolt hat nur zwei Minuten gebraucht, um ihn zu finden. Er und Caffery stehen schweigend da und lesen, was Handel gekauft hat, bevor er eine Viertelstunde später die Dockingstation bezahlt hat. Für jeden anderen würde diese Liste ganz unschuldig aussehen. Aber für Caffery, der über Handel weiß, was er weiß, liest sie sich wie eine Aufzählung von Warnsignalen:
Kupferdraht
Krokodilklemmen (sieben Farben)
Sägeblatt
Teppichmesser
Zange
Als er ins Büro zurückkommt, ist der Superintendent zum Glück schon nach Hause gegangen; also muss er sich nicht groß rechtfertigen. Das Gebäude ist fast leer. Caffery schließt die Jalousien und räumt den Schreibtisch frei. In der Ecke stehen

sechs grüne Transportkisten: Isaacs Akten aus dem Archiv. Caffery hebt die erste auf den Schreibtisch, nimmt einen Ordner heraus und fängt an zu lesen.

Handel hat von Geburt an auf der Upton Farm gewohnt. Mit zwölf fiel er in der Schule bereits durch zunehmend verschlossenes Benehmen und bizarre Ausbrüche auf. Er wurde auf eine Schule für Lernschwache verlegt. Alle wussten, dass Isaac gestört war, aber offenbar war weder seinen Lehrern noch dem Jugendamt noch seinen Eltern klar, wie gefährlich er war. Das erkannte man erst, als es zu spät war.

Neben Cafferys Mousepad liegt eine Kopie des Kassenauszugs von Wickes. Die Verbindung zu dem, was damals als Nächstes geschah, ist beinahe surreal. Ein Witz fast. Caffery nimmt einen Stift und unterstreicht ein paar Artikel auf der Liste. Als Erstes:

Teppichmesser.

Am 2. November, als Isaac vierzehn war, ging er seinen Eltern im Schlafzimmer mit einem Teppichmesser an die Kehle. Isaacs Vater wehrte sich, aber er war herzkrank und seinem jugendlichen Sohn nicht gewachsen. Isaac setzte ihn außer Gefecht, indem er mit der Klinge quer unter dem Kinn entlangfuhr, die Luftröhre öffnete und die Speiseröhre verletzte. Das Gleiche tat er bei seiner Mutter. Eine Zeitlang atmeten die beiden Opfer durch die Schnitte an ihren Hälsen. Was sie schließlich tötete, war der Blutverlust.

Zange.

Nachdem er ihnen die Kehle durchgeschnitten hatte, ging der Spaß für Isaac erst wirklich los. Er blieb mehrere Stunden bei ihnen. Während sie starben, zerschnitt er ihnen die Gesichter und trennte ihre Ohren ab. Er schnitt ihnen die Zungen heraus und zog ihnen mehrere Zähne, und zwar mit einer Zange, wie der Rechtsmediziner vermutet. Mit einer Zange wie der, die auf dem Beleg von Wickes steht.

Nichts von dem, was Handel ihnen abschnitt, wurde am Tatort gefunden, und bis heute hat man die Körperteile nicht aufspüren können. Einige Ermittler mutmaßen, er habe sie aus dem Fenster geworfen und sie seien von Wildtieren verschleppt und gefressen worden. Andere beharren darauf, es gebe nur eine praktikable Möglichkeit, wie Isaac die Teile vom Tatort entfernt haben könne: Er müsse sie verzehrt haben. In den Akten ist jedoch nirgends davon die Rede, dass Isaac geröntgt oder untersucht worden war. Zumindest die Zähne hätte man beim Röntgen in seinem Magen gefunden, denkt Caffery. Aber bei einem Tatort, der sich als Traum jedes Spurensicherers erweist – und bei einer auf Unzurechnungsfähigkeit gründenden Verteidigung –, wird keine Polizeibehörde in diesem Land ihr Sparschweinchen zerschlagen, um die Ermittlungen noch weiter zu treiben. Das passiert nur, wenn eine Misty Kitson verschwindet.

Draht und Krokodilklemmen.

Als man Graham und Louise Handel fand, lagen sie auf dem Rücken, und zwar mit weit offenem Mund, was darauf zurückzuführen sein könnte, dass ihre Muskeln sich verkrampften, als ihr Sohn ihnen die Zähne herausriss. Die Löcher, die zurückgeblieben sind, erkennt man schwarz und blutig auf den Fotos. In seinem Bericht vermerkt der Rechtsmediziner immer wieder, er sei außerstande, präzise Aussagen zu machen, da gewisse »Umstände« zu einer Verzögerung seiner Untersuchung geführt hätten. Ohne unmittelbaren Zugang zu den Leichen müssten viele seiner Schlussfolgerungen auf Vermutungen basieren. So könne er nur schätzen, dass Mrs Handel mehr als dreißig Minuten gebraucht habe, um zu sterben, und Mr Handel etwas weniger, vielleicht achtzehn bis zwanzig Minuten. Er könne auch nicht sagen, ob die offenen Münder auf die Totenstarre zurückzuführen seien oder ob Isaac sie im Tode so positioniert habe.

Die »Umstände«, die verhinderten, dass das Team an die Leichen herankam, sind von mehreren Beteiligten zu Protokoll gegeben worden: von den Kriminaltechnikern, von dem zuerst am Tatort erschienenen Officer und von dem damaligen Ermittlungsleiter. Und sie bereiten Caffery noch größeres Unbehagen.

Genau in der Mitte zwischen der Tür und den Leichen hatte Handel einen Draht gespannt. Der Officer war umsichtig genug, ihn zu entdecken, und alarmierte sofort die militärische Kampfmittelbeseitigung. Die Experten brauchten neunzig Minuten, um von Salisbury heraufzukommen und den Tatort zu sichern. Sie stellten fest, dass jemand, der ahnungslos hereingekommen wäre, eine chemische Explosion ausgelöst hätte, die den ganzen Raum in Brand gesetzt hätte. Ein verminter Tatort. Sehr clever.

Als Caffery zu Ende gelesen hat, legt er die letzte Seite des Berichts der Spurensicherung umgedreht in die Kiste, schließt den Deckel und denkt nach. Irgendetwas stimmt hier nicht, ein Widerspruch, eine Ungereimtheit, etwas, worauf er nicht den Finger legen kann... Er sitzt da, presst die Daumen an die Schläfen und versucht, sich zu konzentrieren. Aber er kann es nicht festnageln.

Er zieht das Foto von Isaac Handel heran. Viele Leute behaupten, sie könnten das Böse in den Augen eines Menschen sehen, und manchmal fragt Caffery sich, ob ihm vielleicht eine wichtige Qualifikation für seinen Job fehlt, denn trotz seiner jahrelangen Berufserfahrung und bei all den Mördern und Vergewaltigern und Kinderschändern, denen er begegnet ist, hat er nicht ein *einziges* Mal in die Augen eines Verbrechers geschaut und das Böse darin gesehen. In Isaac Handels Augen sieht er auch nichts. Überhaupt nichts. Als wäre hinter der Iris eine undurchdringliche Barriere herabgelassen.

Noch einmal überlegt er, was in diesem Bericht fehlt. Als ihm keine Antwort einfällt, lehnt er sich zurück, faltet die Hände über dem Bauch und stellt seine Gedanken in einer Reihe auf.

Geh davon aus, sagt er sich – denn alle Anzeichen sind da –, dass Handel immer noch krank ist und dass er eine Gefahr für sich selbst und für die Öffentlichkeit darstellt.

Geh davon aus, dass das, was in der Hochsicherheitsklinik Beechway passiert ist, zweitrangig ist.

Geh davon aus, dass es erstrangig darauf ankommt, Isaac Handel zu finden.

Geh davon aus, dass der Superintendent den Etat für diese Sache erst auf Mordfallniveau anheben wird, wenn Zelda von Neuem obduziert worden ist, und dass er sich ganz sicher nicht für ein Gespenst in einer psychiatrischen Klinik interessieren wird.

Alles das bedeutet, Caffery muss die harte Tour fahren: Er muss Handel allein finden.

Und wie bei fast allem anderen im Leben kann er davon ausgehen, dass der beste Punkt, um damit anzufangen, der Punkt am Anfang ist.

Stewart und der Wandelstern

Melanie ist immer noch satt bis obenhin und schwerfällig. Der Sex mit AJ ist von der Sorte, die auf eine einsame Insel gehört: träge, entspannt und unprätentiös. Er dauert ewig, und er ist wortlos. Danach erstaunt sie ihn damit, dass sie sich neben ihm zusammenrollt und ihn fest umarmt, als halte sie sich an einem Rettungsfloß fest. Er schläft ein und merkt sich dabei jedes Detail ihres Gesichts wie eine Landkarte. Er ist immer noch in der gleichen Position – auf dem Rücken, die Arme ausgebreitet –, als er aufwacht.

Sie liegt immer noch auf seinem Arm, aber sie ist hellwach und stößt ihn an.

»AJ? *AJ?*«

»Ja? Was?« Er reibt sich die Augen, stemmt sich auf dem Ellenbogen hoch und sieht sich schlaftrunken um. Im ersten Moment denkt er an Isaac Handel, aber die Vorhänge sind geschlossen.

Melanie küsst ihn aufs Ohr. Sie duftet nach warmen Orangen und Shampoo. »Nimm es mir nicht übel, Schatz. Halte mich nicht für unhöflich, aber könntest du Stewart bitten, auf den Flur hinauszugehen?«

Stewart liegt auf seinem gewohnten Platz neben der Tür. Auch er ist hellwach und starrt Melanie und AJ mit großen Augen an. »Stewart? Wieso? Was hat er gemacht?«

»Nichts.« Sie fröstelt leise, betupft sich die Nase mit einem Papiertaschentuch und schnieft. »Vielleicht war er draußen im Gras – ich weiß es nicht –, aber ich kriege Heuschnupfen.«

Selbst im Nebel der Verschlafenheit weiß AJ, dass das Schniefen gespielt ist. Er setzt sich auf und schaut sie ernsthaft und mit schmalen Augen an. »Melanie? Heuschnupfen? Bist du sicher? Es ist Herbst.«

»Ja – tut mir leid. Ich glaube, es ist der gute alte Stewart, und ich...«

AJ schaut zwischen Stewart und Melanie hin und her und ist perplex. Aber er steht auf, führt Stewart hinaus in den Flur, schließt die Tür und kommt wieder ins Bett.

»Danke.« Sie kuschelt sich an ihn. Sie friert und hat Gänsehaut. An ihrem Atmen hört er, dass ihre Nase kein bisschen verstopft ist. »Danke.«

»Was ist es in Wirklichkeit?«, fragt er. »Du hast keinen Heuschnupfen.«

Sie hört auf, an ihn heranzurutschen, und ist plötzlich still wie ein Tier, das in eine Falle geraten ist. Er spürt, wie ihr Brustkorb sich sanft hebt und senkt.

»Melanie? Was ist? Hast du etwas gesehen?«

»Nein – ehrlich. Es ist Heuschnupfen.«

»Bitte. Ich bin auch ehrlich zu dir.«

Es ist lange still. Dann schüttelt sie den Kopf. »Nein, du hältst mich für verrückt.«

»Versuch's.«

»Ich konnte nicht schlafen …«

»Kein Wunder bei dem, was du gestern Abend alles gegessen hast.«

»Nein – jedes Mal, wenn ich die Augen aufgemacht habe, war Stewart wach. Ich musste immer wieder daran denken, dass du gesagt hast, es muss etwas passiert sein. Er war …« Sie schluckt. »Er war verschwunden. AJ? Was glaubst du, was hat er gesehen?«

AJ schaut sie stirnrunzelnd an, um zu sehen, ob sie es ernst meint. Melanie Arrow – nüchtern, vernünftig, ein Workaholic. Es geht ihr tatsächlich an die Nieren.

Er küsst sie auf die Stirn. »Du bist hier sicher. Das verspreche ich dir.«

Sie lächelt matt. »Großes Ehrenwort?«

»Großes Indianerehrenwort. Jetzt schlaf.«

Irgendwann schläft sie wirklich ein. Auch AJ dämmert weg. Es ist ein traumloser, tiefer Schlaf, und beide sind so müde, dass sie den Wecker nicht hören. Sie wachen erst auf, als Stewart an der Tür kratzt und winselt. Hastig springen sie aus dem Bett, rennen herum und versuchen, sich zu organisieren. Patience schläft noch, aber sie war in der Nacht auf und hat ihnen Kaffee auf den Herd gestellt. AJ gießt Melanie welchen ein, und dann steht er mit seinem eigenen Becher in der Tür und sieht zu, wie Stewart draußen auf dem Feld seinen Geschäften nachgeht.

Was um alles in der Welt ist los mit diesem Hund? Mel hat recht – irgendwas stimmt da wirklich nicht. Als Stewart gepinkelt hat, kommt er nicht zum Haus zurückgetrabt, um sein Futter zu verschlingen, sondern dreht sich um und schaut zum Wald hinüber.

»Nein.« AJ schüttelt den Kopf. »Nein, Stewart, nicht schon wieder. Komm... komm her. Jetzt sofort.«

Stewart kann sich nicht entscheiden, ob er schon gehorchen soll. Sehnsuchtsvoll schaut er zum Wald hinüber und wirft dann einen Blick zurück zu AJ.

»Ich habe gesagt, komm *her*, Stewart.«

Endlich behält Stewarts Magen die Oberhand, und gehorsam kommt er zurückgetrabt. Wenn es ihn ärgert, dass er letzte Nacht aus dem Schlafzimmer geworfen wurde, lässt er es sich nicht anmerken, während er sein Frühstück verschlingt. AJ sieht ihm nachdenklich ein paar Augenblicke lang zu, dann wäscht er seinen Kaffeebecher aus und geht die Treppe hinauf.

Melanie hat geduscht. Sie sitzt angezogen in dem Sessel neben seinem Schlafzimmerfenster und wühlt in ihrer Handtasche. Sie trägt eine weiße Bluse mit einem Matrosenkragen und einer kleinen schwarzen Schleife und dazu lange silberne Ohrringe. Als er hereinkommt, nimmt sie hastig die Hände aus der Handtasche. Aber er hat trotzdem gesehen, was sie getan hat.

Er schaut die Tasche an. »Hast du dein Armband immer noch nicht gefunden?«

»Oh.« Sie zuckt die Achseln. »Nein – nein, ich... macht nichts. Das ist kein Weltuntergang.«

»Ist aber nicht schön, etwas zu verlieren, das einem kostbar ist.«

Melanie klappert mit den Lidern und lächelt ihn an, aber er sieht, dass es sie Mühe kostet. Sie wehrt sich dagegen, dass etwas die Fassade durchbricht.

»Melanie?«

»Ja?«, sagt sie munter. Sie springt auf, dreht ihm den Rücken zu und fängt an, Sachen in ihre Tasche zu schaufeln. »Ich muss los, AJ... wir müssen los. Die Klinik wartet, die Patienten wollen versorgt sein. Also dann mal Beeilung!« Sie hebt die Hand und schnippt mit den Fingern und sieht ihn immer noch nicht an. »*Vamos, vamos, vamos, babbbbeeeee!*«

Das Bad

AJs Gedanken kommen nicht zur Ruhe – sie springen hin und her, in lauter Richtungen, in die sie nicht springen sollen. Wenn er sich nicht gerade fragt, ob Melanie noch etwas für Jonathan Keay empfindet, fragt er sich, warum DI Caffery noch nicht angerufen hat. Nicht, dass er es erwartet – aber er hätte gern irgendeine Art von Kontakt. Ein Update. Ihr Gespräch geht ihm nicht aus dem Sinn: *Wissen Sie wirklich nicht, was auf der Upton Farm passiert ist...?*

Kaum sind er und Melanie in der Klinik angekommen, entschuldigt er sich und geht geradewegs zu Handels Zimmer. Es ist noch kein neuer Patient dort eingezogen. Er schließt die Tür auf, geht hinein und sperrt wieder ab, bevor jemand ihn sieht. Die Zimmer auf der Entlassungsvorbereitungsstation sind für risikoarme Patienten eingerichtet, die so weit sind, dass sie entweder ins gesellschaftliche Leben zurückkehren oder in Kliniken der mittleren Sicherheitsstufe verlegt werden können. Die Patienten haben Möbel und dürfen Poster an die Wände hängen. Nach der Risikoevaluation bekommen manche sogar ein eigenes Badezimmer. Handel hatte eine Wanne und Kleiderbügel und eine Leselampe über dem Bett.

Man hat bereits erste Schritte unternommen, um das Zimmer für den nächsten Patienten bereitzumachen. Putzgeräte sind heraufgebracht und in die Ecke gestellt worden. Zwei Plastiksäcke mit Müll stehen unter dem Fenster. AJ geht in die Hocke und durchwühlt sie. Nichts allzu Ungewöhnliches: die übliche Mischung aus Süßigkeitenpapier, einem faulen Apfel, Illustrierten, alter Unterwäsche.

Die Patienten sind sehr geschickt darin, Dinge zu verstecken – und es sind selten die Dinge, die man vielleicht erwartet, etwa Zigaretten oder Drogen. Sehr oft sind es Lebensmittel. AJ weiß nicht mehr, wie viele Schatztruhen mit schimmeliger Pizza und Torte er schon gefunden hat, in Kissenbezügen, ganz hinten in Kleiderschränken, sogar in säuberlich zugeschnürten Sportschuhen. Manchmal sind es aber auch schmutzige Kleidungsstücke, denen sie irgendeine Bedeutung zuschreiben. Einmal hat er einen altmodischen Keramikfingerhut gefunden, der bis an den Rand mit einer dicken, klebrigen Substanz gefüllt war. Er hat mit einem Kugelschreiber hineingestochen und ein paarmal darin herumgerührt, bis er begriff, dass es sich um das gesammelte Ohrenschmalz eines Patienten handelte.

Es ist ein bezauberndes Leben hier in Beechway.

Als er die Müllsäcke durchwühlt und nichts Interessantes darin gefunden hat, setzt AJ sich auf die Matratze und schaut sich um. Die Wände sind kahl bis auf ein paar Klebstoffflecke, wo Isaacs Poster gehangen haben. Die Vorhänge sind an einer Stelle zerrissen. Das muss er notieren und eine Reparaturanforderung an die Hausmeisterei schicken. Die Tür zu Isaacs Bad steht offen, und der Wasserhahn über der Wanne zieht mit seinem steten Tropfen AJs Aufmerksamkeit auf sich.

Die Bäder hier sind so eingerichtet, dass sie unzerstörbar sind, und es gibt keine »Ligaturpunkte« – das heißt nichts, woran ein Patient sich aufhängen könnte. Alle Hähne, alle Griffe sind senkrecht nach unten gerichtet. Für das Pflegepersonal sind diese Badezimmer schwarze Löcher des Grauens. Selten betritt man eins und findet die Toilette unbenutzt vor. Außerdem sammelt sich hier der übliche Abfall der menschlichen Körperfunktionen: Papiertaschentücher, verklebt mit Rotz oder – bei den Männern – anderen Körperflüssigkeiten. Schamhaare, Hautschuppen, Erbrochenes. Selbst für zwangsgestörte Patienten mit einem obsessiven Sauberkeitsfimmel ist das Badezimmer offenbar ein blinder Fleck.

AJ starrt lange durch die Tür in das Bad, und die Zahnrädchen in seinem Kopf drehen sich dabei ganz langsam. Schließlich knipst er das Licht an.

Gottlob ist die Putzkolonne hier schon gewesen. Es riecht nach Scheuermittel, das frisch gesäuberte Waschbecken ist spiegelblank. Durch das Fenster sieht man den Verwaltungstrakt. In einem oder zwei Zimmern brennt dort Licht. Tiefhängende Wolken bedecken den Himmel und drohen mit Regen. Es ist dunkel draußen wie am Abend. AJ stößt mit der Schuhspitze an die Wannenverkleidung. Sie gibt nach und federt mit einem lauten, dumpfen Schlag zurück. Er hockt sich davor und streicht mit der Hand über die Nahtstelle zwischen Plastik und Wannenrand. Sein Zeigefinger findet die Lücke: In der oberen rechten Ecke, an dem Ende, wo die Wasserhähne sitzen, fehlt eine Klammer.

Er gräbt den Schlüsselbund aus der Hosentasche, und mit dem Anhänger, einem starren Plastiktäfelchen, biegt er vorsichtig die obere Ecke der Verkleidungsplatte vom Wannenrand weg und späht hinein. Die Glasfaser-Unterseite der Wanne ist erkennbar, aber sonst sieht er nicht viel. Er holt sein Smartphone heraus und startet die Taschenlampen-App. Dann schiebt er die rechte Hand zwischen Platte und Wanne, um den Spalt mit dem Arm zu verbreitern, und leuchtet mit dem Telefon ins Dunkel.

Da unten ist etwas. Eine große Sporttasche mit der Aufschrift ADIDAS. Er knirscht mit den Zähnen, als er sich danach streckt. Mit der Fingerspitze erreicht er den Henkel und zieht die Tasche ein Stück näher heran. Er wird sie so nicht herausbekommen: Er muss sie aufmachen und die Sachen, die darin sind, einzeln herausnehmen. Als die Tasche nah genug ist, dreht er sich so, dass er weiter hineinleuchten kann und gleichzeitig den Reißverschluss zu fassen bekommt.

Er zieht ihn langsam auf und fühlt das sanfte Ticken, mit dem der Schieber über die Zähne springt. Ein Geruch strömt aus der Tasche – der Geruch von alter Schmutzwäsche. Man braucht nur einen Tag in einer Einrichtung wie dieser zu arbeiten, um zu wissen, dass die Patienten die seltsamsten Dinge an den seltsamsten Orten aufbewahren. Deshalb greift man mit bloßen Händen nirgendwohin, wo man nicht vorher hineingeschaut hat. Er hält das Smartphone ein Stück näher heran und späht durch den Spalt.

Was er sieht, lässt ihn blitzschnell zurückweichen. Er zieht die Hand heraus, die Verkleidung schnappt mit lautem Knall zurück, und er sitzt keuchend auf den Fersen.

Eine Sporttasche

Das Telefon weckt Caffery. Es ist Morgen, und er liegt auf dem Sofa in seinem Büro. Er fährt hoch, weil er glaubt, es war sein Handy. Dass Flea sich gemeldet hat. Aber er irrt sich. Es war das Bürotelefon. Er dreht sich herum und langt zum Schreibtisch hinüber. Es ist der Empfang – AJ ist wieder hier, und er will über etwas reden.

»Fünf Minuten. Ich komme runter.«

Er lockert seine Krawatte, bleibt einen Augenblick sitzen und reibt sich das Gesicht, um wieder zu sich zu kommen. Der Bericht über Isaac liegt verstreut auf dem Boden; er muss beim Lesen eingeschlafen sein. Im Einsatzraum sitzen schon drei

Beamte in Zivil an ihren Computern. Er hat die ganze Zeit verschlafen. Der erste richtige Nachtschlaf, seit Jacqui Kitson vor fünf Tagen in Browns Brasserie marschiert ist.

Er zieht sein Handy aus der Tasche und sieht nach, ob SMS-Nachrichten, Anrufe oder Mails von Flea gekommen sind. Nichts. Was für eine Überraschung. Nach einer Weile steht er auf. Er vermeidet es, einen Blick auf Mistys Foto zu werfen – so, als schäme er sich, weil er an etwas anderes gedacht hat. Er nimmt seine Ersatzzahnbürste aus der Schreibtischschublade, macht sich auf der Herrentoilette kurz frisch und geht dann hinunter. AJ steht schüchtern am Empfang und hat eine riesige ADIDAS-Sporttasche dabei. Ist es Cafferys Einbildung, oder ist er ein bisschen blasser als gestern?

»Danke, dass ich kommen darf«, sagt er, als sie die Treppe hinaufgehen. »Alles okay?«

Caffery zuckt die Achseln und zieht einen Stuhl für AJ heran. Im Videoüberwachungsraum ist ein Briefing zu einem anderen Fall im Gange, und er muss seine Zimmertür schließen, weil es zu laut ist.

»Ich habe gestern mit der Rechtsmedizin gesprochen – sie werden sich Zelda noch mal ansehen.«

»Das heißt, Sie kümmern sich darum?«

»Ich habe schon angefangen. Gestern war ich in dem Hostel, in dem Isaac wohnen soll.«

»Und?«

»Er ist nicht da. Seit vorgestern.«

»*Fuck*.« AJ lässt sich auf den Stuhl plumpsen. »*Fuck*.«

»Ja.« Caffery sieht wieder auf die Uhr. Er hat nicht vorgehabt, so lange zu schlafen. Jetzt fehlt ihm die Zeit. »Wir wissen nicht, wo er ist, aber ich habe ein paar Hinweise, denen ich nachgehen werde.« Sein Blick wandert zu der Sporttasche. »Ich nehme an, in dieser Tasche ist was Wichtiges?«

»Ja, ich ... besser gesagt – ich weiß es nicht. Ich weiß nicht, ob es wichtig ist, aber ich hab's gefunden. In Handels Badezimmer.«

Er hebt die Tasche auf den Schreibtisch, zieht den Reißverschluss auf und kippt sie aus. Caffery setzt die Brille auf und rutscht mit dem Stuhl nach vorn, damit er besser sehen kann. Der Geruch weht ihm entgegen, und er hält sich die Hand vor die Nase. »Mann. Die stinken.«

»Ich weiß. Tut mir leid. Ich weiß nicht mal, ob ich sie haben darf – ob sie gestohlen sind oder Beweismaterial oder was. Vielleicht hätte ich sie dalassen sollen, wo ich sie gefunden habe. Hab's aber nicht getan.«

»Ich wünschte, Sie hätten es getan.« Caffery schiebt seinen Stuhl zurück, steht auf und macht das Fenster auf.

»Ich dachte, Sie wollen sie haben.«

»Warum soll ich sie haben wollen?«

AJ rutscht unsicher auf seinem Stuhl hin und her, schiebt die Hände in seine Jackentaschen und schaut auf seine Füße. »Keine Ahnung«, sagt er lahm. »Vielleicht dachte ich, Sie können daraus eine Probe von Handels DNA gewinnen?«

»Ja.« Caffery schiebt das Fenster so weit auf, wie es geht. Kalte Morgenluft strömt herein. »Ja.«

Schweigend starren sie auf das, was auf dem Schreibtisch liegt. Ein Haufen Puppen. Alptraumhafte Dinger, aus verschiedenen Arten Plastik und Stoff gemacht. Die meisten haben furchtbare, lebensechte Augen – winzige Plastikknöpfe aus einem Hobbyshop. Sie klappen auf und zu wie die Augen eines Frosches, wenn man die Puppen bewegt. Ein paar haben gestickte Kreuze, wo die Augen sein sollten, und eine hat ein normales Auge links und ein rotes Bonbon rechts.

Jede ist anders und auf ihre Art ungut. Manche sollen anscheinend weiblich sein – sie haben langes, strähniges Haar und plumpe, aus gestrickter Wolle zusammengenähte Brüste. Andere sind Männer mit winzigen Gliedern aus Hobbyshop-Filz oder baumelnden gehäkelten Säcken. Bei einigen sind winzige Streifen Klebeband über Augen und Mund geklebt, bei anderen die Arme mit Paketschnur auf den Rücken gebunden. Manche haben scheußliche kleine Gebisse – aus Muscheln oder Kunstperlen vielleicht, Caffery kann es nicht erkennen. Manche liegen eingesargt und mit auf der Brust gekreuzten Händen auf pinkfarbenen Satinkissen, wie mittelalterliche Heilige und Helden oft auf ihren Sarkophagen abgebildet werden: tapfer, geheiligt, gemartert.

»Die waren in seinem Badezimmer?«

»M-hm. Hinter der Wannenverkleidung.«

»Die stinken ja wie die Pest. Hat niemand den Geruch bemerkt?«

»So ist das nun mal in einer geschlossenen Anstalt. Der Geruch dort haut einen um, er ist abscheulich, immer da, man entkommt ihm nicht. Sagen Sie nicht, Sie waren noch nie in einer solchen Einrichtung?«

Caffery senkt den Kopf. »Nicht angenehm, das gebe ich zu.«

»Und alle waren daran gewöhnt, dass Isaac stank. Vor allem am Anfang. Die hier ...« Er wedelt mit der Hand über den Puppen hin und her, als habe er Mühe, die richtigen Worte dafür zu finden. »Diese *Dinger* hier, die er gemacht hat – es war das Einzige, womit er sich beschäftigt hat. Und immer hat er eine oder zwei davon mit sich herumgeschleppt. War nicht davon zu trennen. Wir haben's irgendwann aufgegeben. Und wenn Sie dauernd unter Isaacs Achseln geklemmt hätten, würden Sie auch stinken.«

Er faltet ein aus einem Ringblock gerissenes Blatt auseinander und hält es Caffery entgegen. Darauf stehen mehrere Zeilen in einer sehr kleinen, säuberlichen Handschrift. Caffery liest mit schmalen Augen. Er erkennt einen oder zwei Sätze, die nach der Bibel klingen. AJ fährt mit dem Finger unter den Zeilen entlang:

Sei keine von denen, die begehen ruchlose Taten.

Meide Müßiggang und Maßlosigkeit.

»Das hat Pauline sich auf die Schenkel geritzt. Und das hier hat Zelda geschrieben. Und das...?«
Er klopft mit dem Finger auf die unterste Zeile.

Wer ein Weib ansieht, ihrer zu begehren, der hat schon mit ihr die Ehe gebrochen in seinem Herzen.

»Das hat Moses an die Wand seines Zimmers geschrieben, bevor er sich das Auge ausgerissen hat.«
Caffery nickt langsam. Er hebt den Kopf und sieht, dass AJ ihn fest anschaut.
»Wenn ich bis dahin irgendwelche Zweifel hatte – aber als ich das gesehen habe, dachte ich...«
»Ich weiß, was Sie dachten.« Caffery will los, und zwar sofort. »Und nur zur Information: Ich denke es auch.«

Upton Farm

AJ hat gerade das Gebäude verlassen, als Beatrice Foxton, die Rechtsmedizinerin, anruft. Sie hat die zweite Obduktion an Zelda vorgenommen, aber sie hat keine weitergehenden Befunde. Manchmal, sagt sie, müssen wir einfach die Hände heben. Und sagen, wir wissen es nicht genau.

Caffery entscheidet, dass es nicht wichtig ist. Er hat jetzt genug von Handel gehört und gesehen, um auch so an ihm dranzubleiben. Er zieht ein Paar Einmalhandschuhe an – sowohl aus Reinlichkeitsgründen als auch, um kein Beweismaterial zu kontaminieren – und packt die Puppen wieder in die Sporttasche. Er schiebt sie in einen versiegelten Beutel, den er von einem der Spurensicherer bekommt, und geht damit zum Auto, wirft den Beutel in den Kofferraum und steigt ein. Er lässt den Motor ein paar Minuten laufen und schnuppert dann. Von den Puppen dringt kein Geruch herein. Gut. Er legt den Gang ein und rollt vom Parkplatz.

In den Neunzigern, als Handel seine Eltern ermordet hat, gab es auf dem Land noch so etwas wie eine Dorfpolizei. Wenn ein Ort für eine Wache zu klein war, wohnte wenigstens ein Polizist in einem Haus, das der Behörde gehörte. Sein Revier begann vor seiner Haustür, und er kannte nicht nur die Einheimischen im Dorf an sich, sondern auch die Bewohner an den Landstraßen und auf den Höfen in der Umgebung. Er würde auch Isaac und seine Eltern gekannt haben. Auf der Fotokopie der Dienstnotizen vom Tag des Mordes heißt es, auf der Polizeiwache im Dorf sei ein Anruf aus einer nahe gelegenen Telefonzelle eingegangen. Der Ortspolizist, Sergeant Harry Pilson, sei innerhalb von zehn Minuten am Tatort gewesen.

Die Upton Farm hat in den Jahren nach den Morden dreimal den Besitzer gewechselt. Die jetzigen Eigentümer, ein Ehepaar, das zwei Meilen weit entfernt wohnt, hat das Anwesen vor fünf Jahren gekauft und vermietet es als Ferienhaus. Caffery fährt bei ihnen vorbei, um den Schlüssel zu holen. Der Mann ist nicht da, aber die Frau. Sie ist eine Frau von etwas mehr als vierzig Jahren mit zornigen Augen und einer trotzigen Großstadtfrisur. Auf dem Lande zu leben ist eindeutig eine ästhetische Entscheidung und nicht das, wozu sie geboren ist. Jeder Zollbreit des Hauses ist angefüllt mit *Country Living* von der Sorte, die Großstädtern gefällt: Wachsjacken und Designer-Gummistiefel. Gemälde an den Wänden, die bemüht kunsthandwerklich erscheinen. Wahrscheinlich hofft sie, dass er das alles bewundert, aber er ist Frauen wie ihr schon öfter begegnet, und er ist zu alt, um seine Zeit mit Lügen zu verschwenden. Den Kaffee, den sie ihm anbietet, lehnt er ab und bittet um den Schlüssel für die Upton Farm.

»Haben Sie sie immer vermietet?«

Sie lacht kurz. Ohne Humor. »Wir haben immer *versucht*, sie zu vermieten. Wenn jemand sie nur nehmen wollte. Die Gegend hier soll eine beliebte Urlaubsregion sein, aber ich hatte dieses Jahr erst sechs Mieter. Und zwei von denen haben es sich nach der ersten Übernachtung anders überlegt. Sind rausspaziert und wollten ihr Geld zurückhaben.« Sie schüttelt den Kopf. »Ich würde das Haus sofort verkaufen, aber wer will es denn haben? Höchstens ein paar Londoner Idioten wie wir, die seine Geschichte nicht kennen.«

Draußen ist es kalt und feucht. Dunstschleier ziehen von den orangeroten Wäldern herauf, die die Täler säumen, und hängen an den Felsen wie niedrige Wolken. Caffery hat die Heizung voll aufgedreht, als er über Landstraßen fährt, die gerade breit genug für einen Wagen sind. Hin und wieder gibt es Ausweichbuchten, aber Gott helfe dem Reisenden, dem ein Traktor entgegenkommt. Auf dem Beifahrersitz liegt Sergeant Pilsons Bericht vom Tag des Mordes. Einer der Constables beim MCIT ist dabei festzustellen, ob Pilson noch in der Gegend wohnt. Wenn ja, wird er Caffery Adresse und Telefonnummer mitteilen.

In den Neunzigern standen weit draußen auf dem Land, wo die großen Telekommunikationsfirmen noch nicht über ein ausgebautes Netz verfügten, Telefonzellen. Der Anruf, der Sergeant Pilson erreichte, kam von einer Zelle unmittelbar südlich der Upton Farm. Eine Frau, die dort vorbeifuhr, hatte bemerkt, dass etwas nicht stimmte. Sie war weitergefahren bis zu der Telefonzelle und hatte angerufen. Sie nannte Namen und Adresse, aber als die Ermittler die Zeugin aufsuchen wollten, stellten sie fest, dass die Adresse nicht existierte. Entweder hatte sie gelogen, oder Pilson hatte – wie er selbst eingestand – ihre Angaben womöglich nicht korrekt aufgeschrieben. Zeitungsaufrufe, in denen die Person dringend gebeten wurde, sich zu melden, blieben erfolglos. Am Ende war dies die einzige Unklarheit in einem ansonsten wasserdichten Fall.

Die Upton Farm liegt ungefähr so hoch, wie man in diesem Teil der Welt gelangen kann, und je näher Caffery kommt, desto dichter werden die Wolkenschleier. Die Luft wird weiß, die Sicht immer schlechter. Er fährt am Westrand eines dunklen Kiefernwalds der Forstverwaltung entlang und biegt dann nach Norden. Als er auf die Farm zufährt, fallen ein paar Regentropfen. Es ist, als erreiche er den Himalaya. Ein Schild steht am Straßenrand: *Upton Farm Cottage – Ferienwohnung frei.*

Die Gegend sieht aus wie die, in der Caffery wohnt – aber sie liegt höher und ist einsamer. Er biegt in die Zufahrt ein, und das Haus kommt in Sicht. Es ist ein hübsches, dreigeschossiges edwardianisches Haus aus bläulichgrauem Schiefer. Das Schindeldach ist neu, und die Fensterrahmen sind frisch gestrichen. In den blanken Scheiben spiegeln sich die Nadelbäume ringsum. Zwei große Scheunen aus pechbehandeltem Holz stehen auf der anderen Seite des betonierten Vorplatzes. Hinter ihnen sind die Wolken herangerückt, und wo man ferne Berge sehen müsste, steht eine undurchdringliche Wand aus waberndem Weiß.

Caffery parkt vor dem Haus. Der Betonboden ist stellenweise aufgerissen und mit Platten aus York-Sandstein ersetzt worden, was nicht so recht zu dem Ensemble passt. Zwei Lorbeerbäumchen in Kübeln stehen rechts und links neben der Haustür. Ein Stiefelabkratzer im edwardianischen Stil auf der linken Seite der Türschwelle vervollständigt das Bild. Ländliche Eleganz.

Er schließt die Haustür auf und tritt ein. Im Haus riecht es nach Möbelpolitur und Lufterfrischer, und überall verteilt stehen Trockenblumensträuße. Das Treppengeländer ist aus blankpoliertem Eichenholz, und ein strapazierfähiger Sisalläufer führt auf der Stufenmitte nach oben. Er hat die Tatortfotos auf sein Telefon übertragen, und jetzt öffnet er die, die im Flur aufgenommen wurden, und vergleicht sie mit dem, was er vor sich sieht. In den Neunzigern war das Treppengeländer geschlossen, und die Wände waren mit einem Tüpfelmuster tapeziert. Da, wo er jetzt steht, war die Wand von blutigen Handabdrücken übersät.

Die Handabdrücke waren eindeutig zugeordnet worden. Handel hatte seine Eltern gefoltert, getötet und verstümmelt – daran gab es keinen Zweifel. Das ist es nicht, was hier nicht stimmt. Es ist etwas anderes. Aber Caffery hat keine Ahnung, was. Langsam geht er die Treppe hinauf und öffnet Augen, Ohren und Geist für alles, was dieses Haus kommunizieren kann.

Das Zimmer, in dem Graham und Louise Handel gefunden wurden, liegt gleich rechts von der Treppe. Als Isaac hier wohnte, war der Korridor dunkel. Auf dem Boden lag ein grüner Axminster-Teppich mit einem verschlungenen Laubmuster. Jetzt sind die Bodendielen blank – abgezogen und gewachst. Die Fotos auf Cafferys Telefon zeigen sieben gerahmte Drucke an der Wand. Alle hängen schief nach all der Gewalt, die hier gewütet hat. Jetzt sind die Wände kahl. Und grau gestrichen.

Langsam öffnet er die Zimmertür. Die Vorhänge sind offen, das Licht drinnen ist milchig und flach. Auch hier sieht alles völlig verändert aus. Ein Kastenbett aus Eichenholz mit einem verschnörkelten, lederbezogenen Kopfbrett steht an der Stelle des Diwans, und ein dickes Schaffell am Fußende bedeckt den Ort, an dem Isaacs Eltern gestorben sind.

Der Stolperdraht spannte sich auf halbem Wege zum Bett.

Das Bombenentschärfungsteam musste wenige Zoll weit von Grahams und Louises verstümmelten Leichen entfernt arbeiten. Die Männer dürften an Blutbäder gewöhnt gewesen sein, aber dieses Erlebnis ging ihnen offensichtlich an die Nieren: Einer der Männer hat am Tag darauf seine Kündigung eingereicht und ist Lehrer geworden. Anscheinend hat er nie jemandem erklärt, warum.

Caffery tritt ein, geht in die Hocke und hebt eine Ecke des Teppichs hoch. Die Dielen darunter sind glatt und blank wie alle anderen, aber es gibt einen kaum merklichen Unterschied im Farbton, eine etwas dunklere Patina in der Maserung. Alle nachfolgenden Eigentümer haben die Blutflecke nicht restlos beseitigen können.

Er hält sein Telefon vor die neue Version des Zimmers und zoomt das Foto von Louise heran, das aus dieser Perspektive aufgenommen worden ist. Sie trägt eine Jogginghose und ein Dunlop-T-Shirt und liegt mit aufgesperrtem Mund auf dem Rücken. Blut läuft aus den Mundwinkeln auf den Kiefer. Ihre Ohren und ein paar Zähne fehlen.

Caffery hebt den Kopf und sieht sich um – versucht, sich vorzustellen, wie das minimalistisch eingerichtete Zimmer mit den vorhanglosen Fenstern in den Neunzigern wohl ausgesehen hat: altes, klobiges Mobiliar, schwere Vorhänge an den dunklen Fenstern. Er schließt die Augen und kreiselt durch die Jahre zurück. Es bedeutet keinen großen Sprung für ihn, sich diese Ära vorzustellen, und es bringt ihn nicht näher an den Punkt, an dem er erkennen könnte, was an dem ganzen Szenario nicht stimmt.

Nein. Er ist noch nicht so weit.

Er schaut sich ein letztes Mal im Zimmer um und geht dann durch den Korridor zurück und die Treppe hinunter. Draußen haben die Wolken sich für einen Augenblick verzogen. Fahles Sonnenlicht überflutet den Hof und blitzt auf der Frontscheibe seines Wagens. Er denkt an die Frau, die die Morde angezeigt hat. Was kann sie gesehen haben? Was hat sie aufmerksam gemacht?

Caffery dreht sich um und schätzt den Abstand von hier bis zur Straße. Schon das stimmt nicht – der untere Teil des Hauses ist von der Straße aus nicht zu sehen. Im Tatortbericht heißt es, Pilson habe den Anruf angenommen und sei um 18 Uhr 45 hier gewesen. Er habe eine Blutspur verfolgt, die vom Haus zur Scheune führte. Der Zaun und die Fläche mit den Sandsteinplatten sind neu. Vor fünfzehn Jahren wäre zwischen Haus und den beiden Scheunen nur der betonierte Hof gewesen. Ein Polizist, der auf einen Notruf hin anrückt, würde vor dem Haus anhalten und erst einmal nach Verletzten suchen. Dem Bericht zufolge stand die Haustür offen. Der Abstand zwischen dem Haus und der Scheune beträgt ungefähr fünfundzwanzig Meter. Warum also ist Harry Pilson nicht zuerst ins Haus gegangen?

Caffery geht hinüber zur rechten Scheune. In dieser Scheune, der größeren der beiden, wurde Handel in die Enge getrieben und verhaftet. Das große Tor ist mit einem Vorhängeschloss gesichert, und Caffery versucht es mit der kleinen Eingangstür. Sie ist verriegelt, aber nicht verschlossen, und er öffnet sie. Die Scheune wird immer noch benutzt, um Stroh und Heu zu lagern. Drinnen ist es überraschend warm und staubig, und Geräusche von außen sind gedämpft. Er blinzelt, und seine Augen passen sich an das Halbdunkel an. Ein grauer Sonnenstrahl fällt rechts neben ihm schräg durch die halb offene Tür, lässt die Heustäubchen in der Luft aufleuchten und wirft ein kleines Viereck aus Licht auf den Boden der Scheune. Er hört ein Geräusch – *tork tork*. Ein halbes Dutzend Hühner kommen aus der Dunkelheit in das helle Viereck stolziert, und dort fangen sie an, auf dem Boden zu scharren und zu picken und nach Insekten und verstreuten Körnern zu suchen.

Caffery sieht sich das Bild auf seinem Telefon an. Pilson hat gesagt, er habe Handel auf dem Heuboden entdeckt – und zwar genau von hier aus. Der Heuboden ist beinahe direkt über ihm, und Caffery reckt den Hals und sucht nach dem richtigen Blickwinkel. Aber er sieht nur die Planken über sich; den Rand des Heubodens kann er nicht erkennen. Er betritt die Scheune und legt die Handfläche an die Tür, damit sie nicht zuschlägt und das Licht aussperrt. Der Rand des Heubodens ist immer noch nicht in seinem Blickfeld.

»Und das kann einfach nicht stimmen«, murmelt er. Er klemmt seinen Schlagstock zwischen Tür und Rahmen und geht zwei Schritte weiter hinein. Die Hühner stieben lärmend auseinander und in die Dunkelheit. Wieder starrt er zum Heuboden hinauf.

Lange bleibt er so stehen und denkt an den Anruf, an die Blutspur und den ganzen anderen Bullshit in dem Bericht. Yep, denkt er. *Bullshit.*

Das war es, was ihn die ganze Zeit gestört hat. Sergeant Harry Pilsons Bericht ist komplett gelogen.

Püppchen

Die Marmeladen sind in den Gläsern und brauchen jetzt Zeit zum Abkühlen. Penny liegt auf dem Sofa unter einer Wolldecke. Sie ist müde – sie hat nicht gut geschlafen, und heute Morgen beim Aufwachen gab es keinen Zweifel: Der Quilt neben ihr war warm. Sie hat ihn überall befühlt und versucht zu verstehen, wie dies zustande gekommen sein könnte. Die Fensterläden waren nicht offen, sodass die Sonne nicht hereinschien, und sie hat auch nicht darauf gelegen, sie war in ihre Decke gewickelt.

Es gab keine Erklärung. Es war einfach, als sei Suki da gewesen.

Seufzend legt sie die Hände hinter den Kopf und starrt an die Decke. Die Unterseite der Wolldecke scheuert an ihren Brüsten – eine plötzliche, knisternde Erinnerung daran, wie es war, ein sexuelles Wesen zu sein. Die Sinnlichkeit war Pennys Untergang. Über die Jahre hat sie zu viel gegessen und zu viel getrunken und zu viel geliebt, und alles immer am falschen Ort. Als junger Mensch muss man sich anhören, dass eine bestimmte Art von Ausschweifigkeit, eine mutwillig hedonistische Ader, zu nichts Gutem führen wird. Man glaubt es aber nicht, bis es – siehe da – zu nichts Gutem geführt hat.

Vor fünfzehn Jahren war Penny verheiratet. Nicht glücklich, aber respektabel und ohne Bitterkeit. Nicht viel Sex, aber auch nicht viel Streit und Gift. Dann haben ihre Hormone das alles sabotiert. Sie hat die Handels auf einem Dorffest kennengelernt, und nach kurzer Zeit haben sie und ihr Mann sich mit dem attraktiven Ehepaar von der Upton Farm angefreundet. Graham vor allem sah gut aus – groß und von einem Hauch von Gefahr umweht, der Pennys Sinne hellwach werden ließ. Graham seinerseits brauchte nur einen Blick auf die hübsche Köchin zu werfen, die da in die Old Mill gezogen war, und schon wusste er genau, wohin das Leben ihn führen würde. Penny hatte überhaupt keine Chance.

Die Affäre entwickelte sich langsam und fast unter der Nase der jeweiligen Ehepartner. Louise Handel war oft geschäftlich unterwegs, und so konnten Graham und Penny viel Zeit miteinander verbringen. Sie erfuhr eine Menge über die Handels und ihr Leben. Mehr, als sie wissen wollte. Sie erfuhr, dass sie einen Sohn hatten, der aber nicht in die örtliche Schule ging, sondern in eine »spezielle« Schule« außerhalb des Countys gebracht wurde. Isaac fehlte eindeutig etwas. Er war in sich gekehrt und konnte niemandem in die Augen sehen; wenn Penny ihm gelegentlich mit seinen Eltern begegnete, versuchte sie zu ihm durchzudringen, aber es gelang ihr nicht.

Manchmal, wenn Louise verreist war, schickte Graham seinen Sohn zum Spielen nach draußen, und er und Penny schlossen sich in dem freien Schlafzimmer im oberen Stock ein. Penny war beunruhigt wegen Isaac da draußen – sein Schweigen war verstörend –, und vielleicht ahnte er ja, was oben vor sich ging. Vielleicht würde er es seiner Mutter erzählen. Nach dem Sex schaute sie aus dem Fenster unter dem Dach hinunter und beobachtete Isaac beim Spielen – immer allein und ein bisschen zu kindlich für einen Dreizehnjährigen, der eigentlich mit seinen Freunden einen Fußball durch die Gegend kicken sollte. Meistens hockte er am Boden und war völlig vertieft in irgendetwas, das nur er verstand. Er machte etwas.

Eines Tages, als Isaac in der Schule war, kam Penny zufällig an seinem Zimmer vorbei, als sie sich ein Glas Wasser holen wollte. Normalerweise wäre sie geradewegs daran vorbeigegangen – sie hatte sich vorgenommen, niemals im Leben von Grahams Familie herumzuschnüffeln. Aber heute... Graham war unter der Dusche, Louise war auf Geschäftsreise, und Isaacs Tür stand offen. Die Versuchung war zu groß. Auf seinem Bett lag eine kleine Dose. Neugierig schlich sie sich ins Zimmer, setzte sich auf das Bett und machte die Dose auf. Sie enthielt eine Sammlung von sonderbaren kleinen Puppen aus Lederfetzen und kleinen Hölzchen. Eine trug einen grob zusammengenähten Jogginganzug aus Stoffstücken, die Jenny erkannte: Sie gehörten Louise. Die andere Puppe war männlich, und sie trug eine Hose aus braunem Cord – und sie sah aus wie eine, die in Grahams Kleiderschrank hing.

Penny sagte Graham lieber nichts von den Puppen. Sie wusste nicht genau, warum nicht – weil sie so beunruhigend aussahen?

Oder weil sie ihr vorkamen wie ein geheimer Schlüssel zur privaten Welt ihres Liebhabers?

In den nächsten Wochen ging sie immer öfter in Isaacs Zimmer, und aus dem, was sie dort fand, und den Informationsfetzen, die sie gesprächsweise von Graham bekam, machte sie sich nach und nach ein Bild von dem, was mit dem Jungen passierte. Jeder, erkannte sie, der Isaac aufgebracht oder geärgert hatte, wurde als Puppe nachgebildet, und diese seltsamen Mini-Bildnisse von Menschen und Tieren bevölkerten die Welt des heranwachsenden Jungen. Die notorisch schlechtgelaunte Katze eines Nachbarn, die Isaac einmal gekratzt hatte, bekam eine Toilettenpapierrolle als Körper, an die er echtes Haar tackerte und clownhafte Augen klebte. Die Pfoten, sah Penny, waren gefesselt, und die Haare schienen echte Katzenhaare zu sein. Sie zupfte ein paar davon ab und verglich sie am nächsten Tag mit dem Fell der Katze. Die Haare passten zusammen.

Graham erzählte Penny, in Isaacs Schule sei ein kleines Mädchen, das stahl. Die treibende Kraft für sie sei anscheinend der Nervenkitzel, denn die entwendeten Dinge passten in kein logisches Muster – es waren abwechselnd Süßigkeiten und Spielsachen und Geld und Kleidungsstücke und Bleistifte und Papier und Strümpfe. Einmal stahl sie jemandem die Späne aus dem Bleistiftanspitzer, nur um zu zeigen, dass sie es konnte. An dem Tag, als Isaacs Fußball aus seinem Regal in der Schule verschwand, kam er nach Hause und machte eine Nachbildung des kleinen Mädchens aus einem Fetzen von dem blauen Baumwollstoff, aus dem die Schuluniformen der Mädchen bestanden. Die Puppe hatte lange schwarze Haare aus Wolle, und eine Hand war auf den Rücken gefesselt. Die Diebeshand, für immer außer Gefecht gesetzt.

Penny ging in die örtliche Bücherei und las in ein paar Büchern über Voodoo. Ein Voodoo-Fetisch, erfuhr sie, musste einen Gegenstand aus der Nähe der dargestellten Person enthalten – idealerweise etwas vom Körper: abgebrochene Fingernägel oder Haare zum Beispiel. Ausscheidungen konnte man ebenfalls verwenden – Urin, Kot, Sperma, Bronchialschleim, Schweiß, Blut –, aber natürlich auch Kleidungsstücke. Ein Schamane oder Medizinmann sang dazu Zaubersprüche, die die Macht hatten, körperliche Akte, die an der Puppe vollzogen wurden, auf die dargestellte Person zu übertragen.

»Mrs Handel leiht sich diese Bücher dauernd aus«, sagte die Bibliothekarin naserümpfend. »Da fragt man sich schon, oder? Sie wissen schon – wie der Junge sich entwickelt hat.«

Louise hatte an der Fernuniversität einen Kurs in Geschichte belegt, und als Penny ein wenig genauer nachforschte, fand sie heraus, dass sie tatsächlich Voodoo und Sklavenhandel zum Thema eines ihrer Referate gemacht hatte. Penny war klar, dass Isaac diese Bücher gesehen haben oder durch Louises Interesse beeinflusst worden sein musste, aber als sie Graham danach fragte, nahm er ihr Unbehagen nicht ernst. Das war der Augenblick, in dem sie anfing, das Vertrauen in ihren Liebhaber zu verlieren. Im Laufe der nächsten Monate kam ihr immer stärker der Verdacht, er meine es auch mit ihr nicht ernst, und allmählich fragte sie sich sogar, ob sie die einzige Geliebte war, die Graham sich im Laufe seiner Ehe gehalten hatte, und ob Louise sich auf ihren »Geschäftsreisen« nicht in Wirklichkeit zu ihren eigenen Liebschaften flüchtete. Die Angst- und Schuldgefühle gegenüber ihrem eigenen Ehemann – ihrem stillen, friedfertigen, abenteuerscheuen, sexuell uninteressanten Ehemann – wurden immer schlimmer.

Dann bekamen Penny und ihr Mann eine Einladung zur Halloween-Party bei den Handels. Graham bestand darauf, es werde einen merkwürdigen Eindruck machen, wenn sie nicht kämen. Penny erinnert sich noch heute lebhaft daran: Den größten Teil des Abends hat sie in ihrer Zigeunerinnenbluse und dem Patchworkrock in der Küche verbracht und ihren selbstgemachten Hexenhut in der Hand gehalten, verwundert angesichts all der fremden Frauen mit grünen Perücken und Strapsgürteln, die rauchten und lachten und in großen Schlucken Champagner tranken und sich die Lippen mit glänzendem rotem Lippenstift schminkten.

Zum Erstaunen ihres Mannes weinte Penny auf dem Heimweg. Ihr Irrtum war ihr grell beleuchtet vor Augen geführt worden. Graham war nicht der Mann, den sie zu lieben glaubte. Bei sich beschloss sie, die Affäre mit ihm zu beenden – was immer es kosten würde.

Als sie jetzt in der Mühle auf dem Sofa sitzt, wandert ihre Aufmerksamkeit zu den Fenstern. Der Blick dort geht zum Talgrund hinaus. Auf der anderen Seite des Baches steigt das bewaldete Gelände immer weiter an und endet dort oben auf der Höhe, wo der Nebel um die Upton Farm weht. Vielleicht war es die Strafe für sie, vielleicht erteilte die Welt ihr eine Lektion – jedenfalls bekam sie nie Gelegenheit, Graham zu sagen, dass es aus sei.

Es ist eine Ironie des Schicksals, dass der Tag, den sie sich dafür ausgesucht hatte – Allerseelen –, zufällig der Tag war, an dem Isaac Handel beschlossen hatte, das Leben seiner Eltern zu beenden.

Der Job

Harry Pilson wohnt immer noch in dem Haus, in dem er dreißig Jahre lang seinen Dienstsitz hatte. Er hat sich mit fünfzig pensionieren lassen, um nicht auf das Revier in Chipping Sodbury versetzt zu werden, und sein Vorkaufsrecht genutzt, um das Haus zu erwerben.

Pilson ist eben nach Hause gekommen; er liefert Fertigmahlzeiten an alte Leute in der Gegend aus. Er ist ein schlanker und gesunder Sechzigjähriger in Pullover und Cordhose. Nach einem kurzen Blick auf Cafferys Ausweis führt er ihn ins hintere Zimmer, vorbei an seiner Frau, die in der Küche steht, einen Teller abtrocknet und die beiden anstarrt. »Der Job«, knurrt er nur, und während sie missbilligend die Stirn runzelt, zieht er die Tür hinter sich zu. »Dauert nicht lange.«

Wie Caffery Polizisten kennt, geht es im Hause Pilson wahrscheinlich schon seit Jahren so zu: Der Job ist schuld, dass Harry dauernd weg ist, und seine Frau steht verlassen mitten in der Küche und fragt sich, wann das einmal aufhört.

Pilson lehnt sich für einen Augenblick an die geschlossene Wohnzimmertür. Es ist ein sehr ordentlich aufgeräumtes Zimmer: ein Schrank mit Kristall und Porzellanfigurinen, die TV-Fernbedienung liegt säuberlich ausgerichtet auf der zusammengefalteten Zeitung von heute. Die DVDs im Regal sind alphabetisch sortiert.

»Was kann ich für Sie tun, Inspector?«

»Können wir reden? Richtig?«

»Tun wir das nicht gerade?«

»Nein – ich meine, *richtig*.« Caffery setzt sich an den kleinen Esstisch und legt die Fallakte vor sich hin. Er schiebt den Stuhl ihm gegenüber mit dem Fuß zurück und sieht zu Pilson auf. »Kein blödes Rumgequatsche, keine Fachsimpelei und kein Partygeplauder.«

Pilson zögert. Gehorsam setzt er sich hin, aber in seinem Gesichtsausdruck ist etwas, das Caffery warnt, die Sache nicht zu übertreiben. Er verschränkt die Arme.

»Dann mal los.«

»Es geht um Isaac Handel und das, was auf der Upton Farm passiert ist.«

Pilsons Miene erschlafft sichtlich. Caffery hat eine Wunde geöffnet. Eine Luke in die Vergangenheit. »Warum jetzt, nach all der Zeit? Und wieso das MCIT?«

»Können wir reden, oder können wir nicht reden?«

»Doch. Wir können reden.«

»Sie müssen die Familie gekannt haben. Was waren das für Leute?«

»Was sagen Ihre Erkenntnisse?«

»Nicht viel.«

Pilson klopft mit den Fingern auf den Tisch, als betrachte er die Möglichkeiten, die ihm offenstehen. »Okay«, sagt er schließlich. »Ich erzähle es Ihnen nur, weil es so lange her ist. Ich kannte sie. Graham Handel – der Vater –, mit dem fing das Problem an. Ist ständig fremdgegangen, als wäre er süchtig danach. Hat nie genug bekommen. Und seine Frau? Hat es irgendwann aufgegeben, darauf zu warten, dass er sich ändert, und hat es ihm gleichgetan. Am Ende war sie fast so schlimm wie er.«

»Dem Bericht nach haben die Leute im Dorf erzählt, die beiden beschäftigten sich mit Voodoo?«

Pilson schnaubt. »Ach was. Louise hat einen Kurs belegt und ein paar Bücher dazu aus der Bibliothek entliehen, das war alles. Bei so einem Doppelmord fängt die dörfliche Buschtrommel an zu rattern, und zwei und zwei sind plötzlich hundert.«

»Erzählen Sie mir, was passiert ist, nachdem Sie den Anruf bekommen haben.«

»Das ist lange her. Mein Gedächtnis ist nicht mehr das, was es war.«

»Aber an den Anruf können Sie sich doch sicher noch erinnern.«

»Alles, woran ich mich erinnere, steht in der Akte.«

»Wirklich?«

Cafferys Ton verändert etwas im Zimmer. Pilson wird hellhörig, sein Ton scharf. »Selbstverständlich. Warum nicht?«

»Ich war oben auf der Farm. Sieht nicht so aus, als ob man da einfach zufällig vorbeifährt und etwas Sonderbares bemerkt. Ihre Anruferin muss einen richtigen Aufwand betrieben haben, um dort hinzukommen.«

Harry reibt sich abwesend die Stirn. »Ich weiß es nicht – das schwöre ich. Da sind *so* viele Jahre vergangen – es ist schwer, sich noch an Einzelheiten zu erinnern.«

Caffery schüttelt den Kopf und klappt die Akte auf. »Nur damit Sie es wissen: Die Nummer mit dem schlechten Gedächtnis? Damit kommen Sie nicht durch.« Er sucht Pilsons Bericht und nimmt ihn heraus. »Der ist sehr detailliert. Vorbildlich, genau gesagt. Nur dass ein paar Details keinen Sinn ergeben.«

Er zieht die Tatortfotos heraus und legt sie auf den Tisch.

Pilson wird sehr still. Starr. Er wendet den Blick von Grahams und Louises Gesichtern mit den offenen Mündern ab. »Muss das sein?«

»Ja. Ich hab's gern, wenn alles ganz klar in meinem Kopf ist. Und wenn ich mir vorstelle, was Sie da durchgemacht haben, kann ich mir schon denken, dass Ihnen da vielleicht ein paar Fakten durcheinandergeraten sind.« Er macht eine winzige Pause. »Und dass Ihnen ein paar Details einfach entfallen sind.«

Caffery hat ihm soeben die Chance gegeben zu kapitulieren und seinen Ruf zu retten. Pilson ergreift sie nicht. Stattdessen schiebt er die Fotos über den Tisch zurück, sodass er sie nicht mehr sehen kann.

Caffery verschränkt die Arme und seufzt. »Okay – dann eben auf die harte Tour. Mal sehen... Sie sind um 18 Uhr 45 am Haus angekommen, also zehn Minuten nach dem Anruf? Die Haustür stand offen, aber Sie sind nicht ins Haus gegangen, sondern in die Scheune. Warum haben Sie das getan?«

»Das weiß ich nicht mehr.«

»Hier steht, Sie hätten eine Blutspur gesehen, die zur Scheune führte.«

»Na, dann muss es wohl so gewesen sein.«

»Aber Sie sind nicht sicher.«

»Wie gesagt, das alles ist sehr lange her.«

Caffery starrt ihn an. »Ich halte es nicht für ratsam, weiter zu lügen. Reden wir über die Blutspur.« Er sucht das Foto heraus, auf dem der Hof und die Scheune zu sehen sind, und tut, als studiere er es eingehend. »Ich sehe hier nichts von einer Blutspur. Sie?«

»Vielleicht ist auf den Fotos nichts davon zu sehen.«

»Im Bericht der Spurensicherung ist davon auch nichts zu lesen. Da ist etwas Blut im Flur im Erdgeschoss, aber Isaac hätte von Blut triefen müssen, wenn Sie es draußen auf dem Boden gesehen hätten. Graham und Louise waren da schon seit drei Stunden tot – ihr Blut dürfte inzwischen sowieso getrocknet gewesen sein.«

»Ich weiß nicht mehr, was ich gesehen habe. Ich wusste einfach, dass er in der Scheune ist.«

»Die Haustür steht weit offen, aber aus irgendeinem Grund gehen Sie nicht ins Haus, sondern geradewegs in die Scheune?«

Pilson antwortet nicht. Caffery versucht es anders. »Okay, nehmen wir – rein theoretisch – an, irgendetwas, von mir aus der Riecher eines Polizisten, führt Sie gegen allen Augenschein *weg* vom Haus und hinüber zur Scheune. Und dann...« Caffery sucht den Teil des Berichts und liest laut: »*Die Eingangstür der großen Scheune war offen. Ich schaute um den Türrahmen herum und erkannte Isaac Handel auf dem Heuboden. Es sah aus, als sei er voller Blut.*«

Caffery streicht mit dem Daumen über den Ordner, damit die Seite sich nicht verschlägt. »Möchten Sie an dieser Aussage etwas ändern, Mr Pilson?«

»Was denn? Erwarten Sie, dass ich mich nach der langen Zeit *besser* erinnere?«

»Nein, ich erwarte, dass Sie sich *richtig* erinnern und mir die Wahrheit sagen. Ich komme eben aus dieser Scheune. Es ist stockfinster da drinnen. Und den Heuboden kann man von der Eingangstür aus gar nicht sehen – dazu muss man mindestens drei Schritte weit in die Scheune hineingehen, und dann muss man sich immer noch weit zurücklehnen.«

Pilson schüttelt den Kopf, doch er sieht nicht mehr aus wie ein Excop, sondern wie jemand, der bei einer Lüge ertappt worden ist und es nicht zugeben will.

»Na schön«, sagt Caffery. »Jetzt überlegen Sie, wie tief Sie in der Patsche sitzen. Soll ich es Ihnen sagen? Sie schützen jemanden – ich weiß nicht, wen, aber das finde ich heraus. Okay?« Er macht eine Pause und lässt seine Worte wirken. »Und wenn ich es herausgefunden habe, komme ich zurück und kassiere Sie wegen Behinderung der polizeilichen Ermittlungen. Und sollte Handel in Zukunft noch irgendetwas anstellen, geht das auf Ihre Kappe.«

Pilson macht einen Moment lang ein ängstliches Gesicht. »Handel *kann* nichts anstellen. Der ist in der geschlossenen Anstalt. In der Hochsicherheitsklinik.«

»Stimmt. Die Hochsicherheitsklinik, die alle sechs Monate, ob die Patienten das wollen oder nicht, die behördlich vorgeschriebenen Entlassungsverhandlungen durchführt. Und diesmal ... ta-daaaa!« Er macht eine schwungvolle Handbewegung wie ein Zauberer. »Diesmal wurde Isaac Handel entlassen. Ich nehme an, deshalb veranstalten sie das ganze Theater – um sicherzustellen, dass die, die drinbleiben müssen, auch drinbleiben. Und damit die, die sie nicht mehr behalten müssen, gehen können.«

Pilson macht den Mund zu. Fast kann man hören, wie seine Zähne aneinanderklappern. »Sie haben ihn rausgelassen? Soll das ein ...? Müssen sie es uns nicht sagen, wenn sie so jemanden entlassen?«

»Unser Dezernat wurde informiert, wie es Vorschrift ist. Obwohl die meisten Beteiligten inzwischen im Ruhestand sind wie Sie zum Beispiel. Außerdem, was hätte man zu befürchten? Die Ärzte sagen, er ist stabilisiert. Der Ausschuss nimmt nicht an, dass er eine Gefahr für die Gesellschaft darstellt.«

An Pilsons Schläfe pulsiert eine Ader. Er wirft einen Blick zur Küche, wo seine Frau ist.

»Möchten Sie, dass ich ihr sage, sie soll die Türen abschließen?«, fragt Caffery. »Wäre Ihnen dann wohler?«

»Die wissen nicht, was sie da getan haben. Ihn rauszulassen ...«

»Aber Sie wissen es. Wer hat Sie damals angerufen? Wen schützen Sie?« Eine halbe Minute lang sagt Pilson kein Wort. Er atmet nur tief ein und aus und schüttelt ab und zu den Kopf. Dann langt er über den Tisch und dreht die Tatortfotos um, sodass sie mit der Bildseite nach unten liegen.

»Meine Schwester«, sagt er schließlich kläglich. »Ich wollte Penny schützen.«

Die alte Mühle

Die Geschichte, die Harry Pilson erzählen kann, ist alt und Caffery betrüblich vertraut, denn er hat im Laufe der Jahre schon jede erdenkliche Geschichte über Ehebruch gehört. Jede mögliche Kombination, jede vorstellbare Wendung. Trotzdem hat er unwillkürlich Mitleid mit dem Mann. Je mehr er erzählt, desto besser kann Caffery verstehen, warum er gelogen hat.

Vor fünfzehn Jahren hatte Pilsons Schwester Penny – die damals verheiratet war – eine Affäre mit Graham Handel, Isaacs Vater. Am Tag der Morde ging sie hinauf zum Haus, um mit ihm zu sprechen. Sie wollte die Affäre beenden. Als sie ankam, waren Graham Handel und seine Frau seit ein paar Stunden tot.

Penny wusste, dass sie die Polizei rufen musste, aber sie wusste nicht, wie sie ihrem Mann erklären sollte, dass sie auf der Upton Farm gewesen war. Deshalb erklärte Harry sich bereit, sie zu decken. Zusammen dachten sie sich den Anruf aus. Eine erfundene Frau, einen erfundenen Namen, eine erfundene Adresse.

»Sie hält sich von mir fern«, sagt Harry. »Oder ich mich von ihr. Ich glaube, sie schämt sich noch heute – es war ein trostloser Moment in ihrem Leben. Wenn Sie sie sehen, grüßen Sie sie von mir? Sagen Sie ihr, ich denke immer noch an sie. Und fragen Sie sie, wie es dieser Mischlingstöle geht, die sie da hat.«

Von dem Mann, den sie schützen wollte, ist Penny inzwischen geschieden, und sie wohnt im letzten Haus des Dorfes. In der alten Mühle. Harry hat Caffery erzählt, es ist das Haus, auf dessen Dach Gras wächst, und er sieht es sofort, sogar im Dunkeln: Wie grüner Schaum liegt es auf den alten Tonziegeln. Vor den Fenstern sind Läden im Schweizer Stil – mit einem herzförmigen Loch in der Mitte, und ein handgeschnitztes Firmenschild hängt über der Veranda: *Forager's Fayre, Hausgemachte Marmeladen.*

Er muss laut klopfen, um sich bemerkbar zu machen. Als die Tür geöffnet wird, sieht er, dass Penny ganz anders ist als ihr Bruder. Viel jünger – wahrscheinlich Mitte vierzig – und sehr hübsch. Ihre Augen sind dick mit Kajal umrandet, und sie trägt eine leuchtend hennarot gefärbte Pixie-Frisur. Mit leise fragendem Lächeln sieht sie ihn an.

»Ja?«
»Penny Pilson?«
»So heiße ich.«

Er hält seinen Ausweis hoch. »Haben Sie einen Moment Zeit? Nur ein paar Routinefragen.«

Penny macht ein etwas erschrockenes Gesicht. Aber sie fragt ihn nicht, was für Routinefragen das sind. Sie hält ihm die Tür auf und lässt ihn eintreten. Der Flur ist schmal, und die Wände sind nacktes Mauerwerk. Auch der Boden besteht aus Stein, und die Füße, die hier jahrhundertelang hin und her gegangen sind, haben zwei deutliche Furchen darin hinterlassen. Penny winkt ihm, er solle ihr folgen, und geht durch den Korridor voran. Sie ist klein und hat eine üppige Figur. An den Armen trägt sie eine Kaskade von Armreifen, ihre Jeans ist verschlissen, und an den zierlichen, trotz der Kälte bloßen Füßen trägt sie perlenverzierte Riemchensandalen.

Sie kommen in einen hohen Raum mit Backsteinwänden, der durch einen großen Holzofen in der Mitte gewärmt wird. Das eine Ende sieht aus wie eine kommerziell betriebene Küche: Töpfe im Industrieformat sieden auf einem riesenhaften Edelstahlherd, der für eine Cateringfirma geeignet wäre, und verbreiten den Duft von köchelndem Obst. In einer Ecke liegen Pyramiden aus frisch gepflückten Äpfeln, und auf einem Bocktisch am anderen Ende stapeln sich Gläser – allesamt mit handbeschrifteten Etiketten beklebt und mit Hanf- oder Bastschnüren umwickelt. Die Wände sind von Regalen bedeckt, in denen noch mehr von diesen Gläsern stehen.

Penny schaltet die Deckenbeleuchtung ein und nimmt einen Stapel Papier von einem Stuhl, damit Caffery sich setzen kann.

»Tee? Kaffee? Oder was Stärkeres?«

Er lächelt. »Ich hätte gern einen Scotch, aber unter den Umständen...«

»Ich mache den besten Pflaumen-Wodka. Ich hole welchen.«

Caffery lehnt sich zurück und dreht den Kopf, um zu sehen, wie sie in der Küche hantiert. »Darf ich sagen, dass Sie eine ganz Schlimme sind? Wenn ich Alkoholiker wäre – was ich irgendwo sicher bin –, dann sollte bei Ihnen ›Co-Abhängigkeit‹ oder ›Suchthelfer‹ auf der Stirn geschrieben stehen. Ganz abgesehen davon, dass ich noch fahren muss.«

»Ich mache einen kleinen. Nur zum Probieren. Nur damit Sie mehr davon haben wollen.«

Er schüttelt den Kopf. Das ist die Sorte Frau, die einen Mann in Schwierigkeiten bringen kann. Unprätentiös und sexy. Die weiß, wie man den Sinnen Nahrung gibt. Offenbar sind ihre Reize auch Graham Handel nicht entgangen. Sie füllt ein winziges Glas mit einer rubinroten Flüssigkeit. Das Licht fängt sich darin und erinnert ihn daran, dass es nicht mehr lang bis Weihnachten ist. Er schnuppert und nippt. Es schmeckt nach hundert verschiedenen Beeren und hundert verschiedenen Kräutern.

»Forager's Fayre? Warum hab ich noch nie von Ihnen gehört?«

»Keine Ahnung. Willkommen in der wilden Einöde von Gloucestershire. Bei den Crusties. Sie sehen meine Kleidung? Jede einzelne Frucht, die ich verarbeite, ist selbst gesammelt – oder ich habe sie von Freunden geschenkt bekommen. Heutzutage laufen Sie rum und sehen die Äpfel auf dem Boden verfaulen. Die Leute machen sich einfach nicht die Mühe, sie aufzuheben. Schon mal bemerkt?«

»Jetzt, wo Sie es sagen.«

»Lieber gehen sie in den Supermarkt und kaufen Zeug, das Tausende von Meilen weit weg gewachsen ist, statt zu essen, was hier vor ihrer Nase wächst. Das soll einer verstehen. Wissen Sie, was mein meistverkauftes Produkt ist?«

»Das war das Erste, was ich Sie gleich fragen wollte.«

»Holzapfelgelee vom Kirchenparkplatz.«

»Gelee vom Parkplatz?«

»Yep.« Sie greift in ein Regal und nimmt ein Glas herunter. »Ein Kirchenparkplatz in Wotton und zehn Holzapfelbäume, die jeden September ihre Früchte abwerfen. Was hat die Diözese mit den Früchten gemacht? Eine Arbeitskolonne, die sie aufsammelt, hat sie nicht losgeschickt, das kann ich Ihnen verraten. Aber sie haben die Seite des Parkplatzes abgesperrt, sodass man dort nicht parken konnte. Es sollte nämlich keine Beschwerden aus der Gemeinde wegen klebriger Autos geben. Hier...«

Sie kommt zu dem Tisch und öffnet das Glas für ihn. Der Vakuumdeckel gibt ein beruhigendes *zwock* von sich. Caffery beugt sich hinüber und riecht daran. »Mmmmmm.«

»Schmecken tut's noch besser. Hier – ich schenk's Ihnen.«

»Danke.« Er nimmt das Glas, schraubt es zu und stellt es vor sich auf den Tisch. Dann verschränkt er die Arme. »Aber jetzt sollten wir uns, glaube ich, unterhalten.«

»Müssen wir?«

»Wir müssen. Auch wenn Sie tun, was Sie können, um das Thema zu vermeiden.«

Sie lächelt, ein halbseitiges, grimmiges Lächeln. »In meiner Lage? Ein Polizist steht plötzlich vor der Tür. Das bedeutet was Schlechtes, was ganz, ganz Schlechtes. Ich kann mir nur vorstellen, es ist wegen Harry – und das möchte ich nicht.«

»Harry geht es gut. Er sagt, ich soll Sie grüßen.«

Sie runzelt die Stirn. »Nicht wegen Harry?«

»Er hat mich hergeschickt, aber es geht ihm gut.«

Sie macht eine kurze Pause, setzt sich an den Tisch und schaut ihm direkt in die Augen. »Okay – was ist es dann?«

»Upton Farm. Harry hat mir die Wahrheit gesagt.«

Sie schweigt lange, und ihr Blick wandert über sein Gesicht. Schließlich schüttelt sie den Kopf. »Also sagen Sie es schon. Bin ich in Schwierigkeiten? Das ist Jahre her – und letzten Endes wüsste ich nicht, wieso das, was wir da getan haben, als Behinderung der Ermittlungsarbeit gelten soll. Ich meine, ich *habe* es ja angezeigt, und...«

Ihre Stimme erstirbt. Caffery schüttelt den Kopf. »Es geht nicht um das, was Sie damals getan haben, sondern um etwas, das jetzt passiert. Es geht um Isaac.«

»Um Isaac? Was ist mit Isaac?«

»Er ist raus.«

Jetzt entgleisen Pennys Gesichtszüge. Sie wird bleich, und ihr Mund öffnet sich, aber sie sagt nichts. Eine Standuhr in der Ecke zählt tickend die Sekunden, als wolle sie darauf hinweisen, wie die Zeit sich dehnt. Penny beugt sich vor und legt die Ellenbogen auf den Tisch.

»Er ist *raus*? Wirklich?«

»Wirklich.«

»Okay, okay, okay.« Sie presst den Nasenrücken mit Daumen und Zeigefinger zusammen. »Das ist verrückt. Ich habe gerade heute Morgen noch an ihn gedacht ... und er ist raus, sagen Sie? Was ist passiert? Ist er ausgebrochen?«

»Nein – er hatte eine Verhandlung und wurde entlassen. Er ist rehabilitiert.«

»*Rehabilitiert?* Nein – o nein. Jemand wie der wird nicht ...« Sie lässt den Satz in der Schwebe. »Wohin hat man ihn entlassen?«

Caffery gibt keine Antwort.

»Nicht wieder *hierher*? Das ist ein Witz, oder?«

»Sie müssen mir helfen, Einzelheiten zusammenzutragen. Ich versuche mir ein Bild von Isaac zu machen, wie er war. Womit er sich beschäftigt hat. Was ihn interessiert hat.«

»Warum?«

»Weil es mir helfen könnte herauszufinden, wohin es ihn vielleicht treiben könnte.«

»Er ist ihnen entwischt, ja? Er ist weg.«

»Ich bin nicht gekommen, um Sie zu beunruhigen – es gibt keinen Hinweis darauf, dass er gefährlich ist. Ich will nur ein

Gefühl dafür bekommen, wie er ist, weiter nichts. Erzählen Sie mir, was passiert ist.«

Penny schiebt geräuschvoll ihren Stuhl zurück. Sie bleibt eine Weile stehen und knöpft nervös ihre Strickjacke auf und zu und wieder auf, während ihr Blick im Raum umherhuscht. Sie geht zu den Fenstern, die über das Tal hinausblicken. Die Bäume auf der anderen Seite färben sich im Dämmerlicht violett. Sie öffnet ein Fenster, bleibt für eine Weile stehen und schaut durch das Tal hinauf in Richtung der Upton Farm.

Dann zieht sie die Fensterläden zu und verriegelt sie. Sie geht zum nächsten Fenster und verschließt es ebenfalls und dann auch das übernächste. So geht sie um den ganzen Raum herum und verrammelt alle Fenster. Sie verschwindet in einem Nebenzimmer, wo er Berge von Obst liegen sehen kann, und er hört, wie sie dort eine Tür verschließt und verriegelt. Einen Augenblick später kommt sie quer durch das Wohnzimmer und geht zur Haustür, um sie abzuschließen.

»Mein Gott.« Sie greift nach einem Glas und setzt sich an den Tisch. Sie gießt es voll mit Pflaumen-Wodka und trinkt es in einem Zug aus. Dann noch eins. Sie wischt sich über die Augen und bemüht sich um Ruhe. »Entschuldigen Sie. Geschieht mir wohl ganz recht. Wenn Harry meinen Namen in den Bericht geschrieben hätte – wenn wir ehrlich gewesen wären –, hätte man mich gewarnt, oder?«

»Möglich.«

»Vorgestern Nacht hab ich auch meinen kleinen alten Hund verloren. Ein Unglück kommt selten allein, nicht wahr? Alles meine Schuld, ich weiß schon. Alles meine Schuld.«

Caffery sieht zu, wie sie noch einen Wodka trinkt und wie die Farbe langsam in ihr Gesicht zurückkehrt.

»Am zweiten November«, sagt sie plötzlich. »Da ist es passiert. Es war ein schrecklicher November – ein schlechtes Jahr für das Obst. Wir hatten einen nassen Sommer gehabt, und manche Bäume waren ganz leer. Ich weiß noch, dass ich befürchtete, die Tiere könnten verhungern – die Vögel und die Eichhörnchen. Und mit meinem Geschäft hatte ich gerade erst angefangen, und so habe ich mir auch deshalb Sorgen gemacht. Und ich war dabei, mir zu überlegen, wie ich die Sache mit Graham beenden sollte. Wie sich herausstellte, war es das Letzte, worum ich mir hätte Sorgen machen müssen. Später hat man mir erzählt, Isaac sei drei Stunden lang bei den Toten geblieben. Habe Dinge mit ihnen gemacht. Wenn ich nicht gekommen wäre, hätte es wahrscheinlich noch ewig dauern können.«

Caffery nickt. »Sie wissen von dem Stolperdraht, oder?«

Sie blickt auf. »Von der Bombe? Ja. Man hat gesagt, die war für den gedacht, der die Leichen finden würde – aber Isaac hat Harry erzählt, er habe vorgehabt, sie von ferne in Brand zu setzen. Er konnte mit allem fertigwerden, was er mit den Leichen angestellt hat, aber sie brennen zu sehen, das ertrug er nicht. Er hat irgendwas konstruiert, um ein Feuer anzuzünden – er war immer geschickt. Elektronik und solche Sachen. Das fiel ihm kinderleicht.«

Caffery räuspert sich. Geschickt mit Elektronik?

»Und wie geht es jetzt weiter?«, fragt Penny.

»Das wollte ich Sie fragen. Was glauben Sie, wie es weitergeht?«

Das Scheinwerferlicht eines Autos dringt wie ein Spieß durch die herzförmigen Löcher und erfasst die Gläserreihen mit ihrem farbigen Inhalt. Honig leuchtet golden, Johannisbeergelee dunkel wie Amethyst. Penny klopft ein paarmal mit dem Fuß auf den Boden und scheint zu überlegen, ob sie weiterreden soll. Als sie es tut, klingt ihre Stimme leiser und vertraulicher.

»Er wird draußen in der Wildnis sein und leben wie ein Tier. Aber er wird zurückkommen. Er hasst diese Welt – er hasst sie wirklich. Die Warnsignale waren immer schon da. Ich hätte vorhersagen können, was er tun würde – wenn ich die Zeichen nur hätte lesen können.«

»Soll heißen?«

»Seine Püppchen. Die von seiner Mum und seinem Dad. Er hatte ihnen die Augen zugenäht. Da hätte ich wissen müssen, was er vorhatte.«

»Wie bitte? Seine was?«

»Seine Püppchen. Die Puppen? Sie wissen doch von den Püppchen?«

»Ja. Ich habe nur...«

»Er hatte sie bei sich, als er aus dem Haus kam. Eine in jeder Hand. Als ich sah, wie er sie umklammert hielt, wusste ich, was er getan hatte. Die Augen zugenäht.« Sie lächelt ihn verwundert an, als wäre er dämlich. »Wissen Sie nicht, wofür diese Püppchen sind? Wissen Sie nichts über Isaac und warum er seine Puppen macht?«

Thom Marley

Die Tauchereinheit hat einen ganzen Tag lang gesucht und gemeckert und in der nassen Kälte die Schultern hochgezogen. Sie haben den Bereich in breiter Formation durchkämmt und Flea mit ihnen, sie hat ihren leeren Körper von Hecke zu Hecke geschleppt, von Feld zu Feld. Es waren die längsten zwei Tage, an die sie sich erinnern kann. Sie hat sich noch nicht von ihrem Tauchgang erholt, ist jedoch gestern trotzdem zum Dienst gegangen – obwohl sie nur noch schlafen wollte. Aber was und wo auch immer – man steht Schulter an Schulter mit seinen Leuten.

Jack Caffery, der hier der SIO sein soll, hat sein Gesicht die ganze Zeit nicht gezeigt. Warum sollte er auch?, denkt sie. Er weiß, es gibt hier nichts Neues zu finden, kein Beweismaterial. Vielleicht war es auch besser so: Sie hat Zeit gehabt, sich zu überlegen, was sie ihm erklären will.

Gegen fünf, als es dunkel wird und die Männer frieren und erschöpft sind, lässt sie sie zusammenkommen und gibt ihnen heiße Schokolade aus der riesigen Thermosflasche, die sie auf dem Rücksitz hatte, und Supermarkt-Kuchen aus einer Tupperware-Dose. Sie sagt ihnen, wenn es nach ihr ginge, würden sie nicht nach Stunden bezahlt werden, sondern nach dem Schwierigkeitsgrad und dem Tribut, den jede Stunde von ihrer Moral fordert. Auf dem Parkplatz um sie herum herrscht Chaos, als die anderen Unterstützungseinheiten ihr Zeug zusammenpacken, um Feierabend zu machen. Fast hätte sie den alten Mondeo übersehen, der von der Straße hereinbiegt und auf die hintere Ecke des Parkplatzes fährt. Aber dann fahren zwei der großen Vans vom Platz, und der Wagen ist allein und unübersehbar.

Jack Caffery. Endlich. Sie schickt ihr Team mit dem Truck nach Hause, und als sie sicher ist, dass sie weg sind, geht sie auf den Wagen zu. Er lässt das Fenster herunter.

»Hi. Alles okay?«

»Ja.«

»Wollen Sie reden?«

Sie zuckt die Achseln, geht um den Wagen herum und rüttelt an der Beifahrertür. Er löst die Zentralverriegelung, sie öffnet die Tür und steigt ein. Nach dem kalten Tag auf dem Feld – wo sie so getan hat, als suchte sie Misty – tun ihr alle Knochen weh, und im Auto ist es nicht so warm, wie sie erwartet hat. Man sitzt hier nicht weich und wohlig, und ihr Atem hängt wie Nebel in der Luft. Caffery trägt seinen Büroanzug und darüber eine dicke Cordjacke. Er hat sich zu ihr umgedreht und wartet darauf, dass sie etwas sagt.

»Ja.« Sie schnallt sich an und deutet mit dem Kopf durch die Frontscheibe nach vorn. »Können wir einfach fahren?«

Er diskutiert nicht mit ihr. Er startet den Motor und fährt vom Parkplatz.

»Nach rechts. Fahren Sie durch Monkton Farleigh.«

Er tut, was sie sagt. Sie hat den Ellenbogen an die Tür gedrückt und stützt die Stirn auf die Finger. Die nächtliche Landschaft rollt am Wagen vorbei, verschwindet unter den Rädern.

»Am Ende der Hauptstraße nach rechts abbiegen, Richtung Bath.«

Er befolgt ihre Anweisungen wortlos. Sie lässt ihren Blick verstohlen seitwärts wandern und seiner Hand auf dem Schalthebel folgen. Sie hat seine Hände schon öfter betrachtet. Sie sind hart und leicht gebräunt, und er trägt keinen Ring. Sie hat nie einen Ring an seinen Fingern gesehen. Auch nicht das blasse Mal von einem, der in einem früheren Leben dort gesessen hat.

»Okay«, sagt sie, als sie auf der Hauptstraße sind. »Ich wollte reden. Und als Sie nicht auf dem Platz erschienen sind, habe ich daran gedacht, Sie anzurufen. Wirklich. Wusste nur nicht, wie ich anfangen soll.«

»Jetzt wäre eine gute Gelegenheit.«

»Als Erstes möchte ich sagen, es tut mir leid wegen vorgestern Nacht. Ich wollte nicht so grob sein.«

Er lächelt grimmig und schaltet. »Verständlich. Es war keine alltägliche Unterhaltung – keine Kaffeeplauderei beim Frühstück.«

»Zurückhaltend ausgedrückt.«

»Ich hätte es auch besser machen können. Behutsamer sein.«

Sie wendet den Blick ab und konzentriert sich auf die Straße, denn sie weiß, er wird versuchen, ihren Gesichtsausdruck zu deuten.

»Ehe Sie verstehen können, warum ich Nein gesagt habe,

müssen Sie ein paar Dinge wissen. Nachdem Misty ...« Sie bricht ab. Fängt wieder an. »Nachdem sie gestorben war.«

»Was sind das für Dinge?«

»Sie werden sehen, dass ich getan habe, was ich konnte. Es ist nicht so einfach, wie Sie glauben.«

»Lassen Sie es drauf ankommen.«

Sie holt sehr tief Luft und drückt die Schultern an die Rückenlehne. Eigentlich will sie das alles nicht noch einmal durchgehen. Überhaupt nicht.

»Okay«, fängt sie zögernd an. »Stellen Sie sich vor, es ist spät im Frühling. Hier ... auf derselben Straße, aber vor achtzehn Monaten. Thom hat sich meinen Wagen geborgt. Es ist elf Uhr nachts, und er ist völlig von Sinnen und ... na ja, wir beide wissen, was dahinten auf der Straße passiert ist. Er kommt hier vorbei, genau wie wir, nur dass er besoffen ist, und er fährt schnell, weil er etwas Furchtbares im Kofferraum hat. Etwas, das er wirklich nicht haben dürfte – und Sie wissen, wovon ich rede. Und als er um diese Kurve fährt, hängt sich jemand an ihn dran ...«

»Eine Verkehrsstreife?«

»Ja. Einer von uns. Avons und Somersets ganzer Stolz. Jemand, den Sie und ich zufällig kennen, aber das ist eine andere Geschichte. Hier nach links.«

Caffery biegt links ab, und sie schlängeln sich am Hang hinunter ins Tal.

»Er kommt also hier herunter mit einem Polizisten im Nacken, und ich bin zu Hause, und ehe ich mich versehe, sind draußen Scheinwerfer und Lärm, und Thom stürmt bei mir zur Tür hinein, so besoffen, *so* besoffen, dass er geradewegs auf die Toilette rennt und sich übergibt und heult. Und dann kommt der Cop – ein paar Augenblicke später. Es war eine Augenblicksentscheidung: Ich konnte nicht mal *anfangen*, mir zu überlegen, was das alles am Ende bedeuten würde.« Sie bricht ab, denn sie weiß, was jetzt kommt, ist blanker Irrsinn. »Jedenfalls – ich habe dem Cop erzählt, ich hätte den Wagen gefahren.«

»Sie haben … *was?*« Er schaut ihr in die Augen, und sie wendet den Blick nicht schnell genug ab. »Sagen Sie das noch mal.«

»Und ich habe den Alkotest für Thom gemacht.«

»Was zum …«

»Ich weiß, ich weiß.« Sie reibt sich müde die Schläfen. »*Aber ich wusste nicht, was passiert war!* Ich habe erst *vier* Tage später entdeckt, dass Misty im Kofferraum lag. Sie lag *vier* Tage in meinem Auto, bevor ich es merkte. Mein bescheuerter Bruder? Der hebt die Leiche auf, legt sie in *mein* Auto und sagt mir nicht mal Bescheid. Überlässt es mir, sie zu finden. Am nächsten Morgen ist er weg, und danach kann ich ihn nicht erreichen – er nimmt meine Anrufe nicht an. Ich musste auf seiner Matte stehen, um ein Wort aus ihm herauszukriegen.«

Caffery schüttelt den Kopf und stößt einen leisen Pfiff aus. »Und Sie haben ihn trotzdem noch geschützt?«

»Inzwischen habe ich nicht mehr ihn geschützt, sondern mich selbst. Vor ihm und seiner Freundin, dieser Mondo-Bizarro-Bitch, die die ganze Sache so drehte, dass es aussah, als ob …« Sie reibt sich die Arme und merkt, dass sie zittert. Der Schweiß tritt ihr auf die Stirn. »Sodass es aussah, als ob *ich* das alles getan hätte. Biegen Sie hier rechts ab. Das ist es. Mein Haus.«

Das Versprechen

Als Melanie fragt, wo AJ heute Morgen war, lügt er. Patience habe angerufen, erzählt er: Stewart habe sich verrückt aufgeführt und einen Spaziergang nötig gehabt. Patience habe Kopfschmerzen gehabt, und deshalb sei er selbst nach Hause gefahren, um die Sache zu übernehmen. Der Hund sei in letzter Zeit so seltsam, dass man ihn nicht allein draußen herumlaufen lassen kann, weil er sonst womöglich in den Wald rennt und abhaut. AJ hasst diese Lüge, zerbeißt sie fast, so sehr presst er die Zähne zusammen, als er sie vorbringt, aber er traut sich nicht, ihr zu sagen, was er getan hat. Ihm graut vor dem Augenblick, da das Telefon klingelt und Cafferys Stimme am anderen Ende sagt: *Ich werde nach Beechway hinauskommen müssen.*

Bis dahin wird er so weit sein. Das hat er sich selbst versprochen. Bis dahin wird er Melanie alles erklärt haben, und ihr wird es recht sein. Sie wird es verstehen, denn bis dahin wird sie zur Besinnung gekommen sein. Er steht auf der Herrentoilette, schaut sich im Spiegel an und zwingt sich, das Versprechen zu wiederholen.

»AJ, du wirst den richtigen Augenblick finden, um es ihr zu sagen. Schwör es jetzt, schwör es. Ich verspreche es. Bei Stewarts Leben, ich schwöre.«

Um siebzehn Uhr, als er mit Dienstplänen und Überstundenabgeltungen fertig ist und sich vergewissert hat, dass alle Pflegeplan-Änderungen eingetragen sind, ist er fix und fertig. Die langen Abende machen sich bemerkbar. Er schließt sein Büro ab und macht sich auf den Heimweg. Melanie hat einen Vorstandsbericht zu verfassen; sie wird später nachkommen.

Patience hat den Tag damit verbracht, eine weitere Herausforderung zum »Frühstück« zusammenzustellen: ein richtiges englisches Kedgeree – Reis mit Eiern, Fisch, gehacktem Schnittlauch und Koriander. Als AJ allein hereinspaziert kommt, steht ihr die Enttäuschung ins Gesicht geschrieben.

»Ach, Patience, zwing sie nicht noch einmal. Sie hat doch bestanden.«

»Mädels muss man füttern.«

»Ihr wird nur schlecht.«

Patience spitzt die Lippen und hantiert in der Küche herum. Sie bringt einen Becher Kaffee mit Sahne und Ketchup für das Kedgeree. Bei dem, was sie ihm auftischt, müsste AJ eigentlich so groß wie ein Haus sein.

»Ich habe deine Wäsche gewaschen. Alles hängt gebügelt in deinem Schrank – für den Fall, dass du dich bedanken möchtest.«

»Ich danke dir, Patience.«

»Und zu deiner Information...« Sie schaufelt das gelbe Kedgeree auf seinen Teller und setzt es ihm vor. »Der Schutzheilige der geschmackvollen Kleidung hat uns besucht. Dein Hawaiihemd ist weggeweht.«

»Was?«

»Von der Wäscheleine. Weg.«

»Patience«, sagt er warnend, »das war mein Lieblingshemd.«

»Ich weiß. Und ich sage die Wahrheit. Ich habe es mit Wäscheklammern festgesteckt wie alles andere. Muss der Wind gewesen sein. Hat offenbar einen besseren Geschmack als einige von uns.«

Sie wendet sich ab, schnalzt mit der Zunge und kümmert sich um ihre Marmelade. Hebt jeden Deckel, späht in die Töpfe und setzt dicke Dampfwolken frei. AJ greift seufzend nach Messer und Gabel. Als sie ihre Marmeladenpflichten erfüllt hat, sind die Fenster beschlagen, und AJ hat seinen Teller leergegessen. Sie schnappt ihn sich, geht damit zum Herd und schaufelt noch eine Portion Kedgeree auf.

»Vorsicht«, sagt er. »Sonst reicht's nicht für Melanie.«

»Das werden wir schon sehen«, sagt sie säuerlich. »Das werden wir schon sehen.«

AJ sieht sie mit schmalen Augen nachdenklich an und fragt sich, was los ist. Er glaubt, er weiß es. Er nimmt die Ketchupflasche und spritzt Ketchup auf sein Essen. »Und?«, fragt er beiläufig und lässt den Flaschendeckel klickend zuschnappen. »Was sagst du?«

»Was sage ich wozu? Was sage ich zu deinem Hawaiihemd? Das weißt du. Was sage ich zu deinem Job? Das weißt du. Was sage ich dazu, wie du deinen Hund verwöhnst? Das weißt du.«

»Und *du* weißt, wovon ich rede.«

Patience schnalzt missbilligend. Sie trägt den Kedgeree-Topf zum Herd, stellt ihn auf die Warmhalteplatte und setzt den schweren Deckel darauf.

»Und? Na komm – spuck's schon aus.«

»Gefällt mir, wie sie isst«, sagt Patience zurückhaltend. »Sie isst wie ein richtiger Mensch.«

»Und davon abgesehen? Was meinst du?«

Patience antwortet nicht. Sie nimmt einen Topflappen und bückt sich, um die Gläser zu kontrollieren, die sie da sterilisiert.

»Patience? Ich habe dich was gefragt.«

Sie schlägt die Ofentür zu. »Ich habe deine Frage gehört. Ja, wirklich.«

»Und deine Antwort?«

»Ich mache mir Sorgen.« Sie wischt sich die Hände an einem Geschirrtuch ab und wirft es auf den Tisch. »Wenn ich die hochheilige Wahrheit sagen soll, dann glaube ich, diesmal ist es anders.«

»Anders?«

»Ja – zum ersten Mal sehe ich, dass mein Neffe sich benimmt wie ein Erwachsener und nicht wie ein zwölfjähriger Junge, der gerade herausgefunden hat, wozu sein Schniepel gut ist.«

»Hast du damit ein Problem?« AJ legt Messer und Gabel aus der Hand. »Mit Ernsthaftigkeit?«

»Hey«, sagt Patience sanft. Sie setzt sich ihm gegenüber und betrachtet ihn mit liebevollen braunen Augen. »Du weißt nicht, wer du bist – wahrhaftig nicht. Du weißt nicht, wie kostbar du mir bist. Ich habe nie eigene Kinder gehabt – und das ist ein

Segen, denn es wären richtige Wildschweine geworden. Aber schon lange vor Dollys Tod, als du noch eine kleine Rotznase warst, so groß wie 'ne Erdnuss und so hässlich, dass es wehtat, dich anzusehen, da haben ich und Dolly uns geschworen: Ganz gleich, welche von uns beiden zuerst geht – die andere wird dich großziehen. Kann sein, dass sie dich in die Welt geworfen hat, aber was sie und mich anging, hattest du immer zwei Mütter. Vielleicht waren wir keine perfekten Mütter, alle beide nicht, aber ich glaube, wir haben unsere Sache gut gemacht.«

»Und?«

Patience schenkt ihm ein Lächeln, wie man es bei ihr selten sieht. Ihre Zähne sind weißer als frische Milch, und wenn das Licht in ihre Augen kommt, ist sie die hübscheste Frau der Welt. »Ich bin eine Bärenmutter, Schätzchen. Ist das erste Mal, dass mein kleiner Junge sein Herz aufs Spiel setzt, und ich will sicher sein, dass du richtig behandelt wirst und dass die fragliche Lady nicht was ganz anderes im Schilde führt.«

Kisten

Caffery ist von Penny Pilson aus geradewegs zum Suchgebiet gefahren, und die ganze Zeit ist die Sporttasche mit Handels Puppen im Kofferraum bei scharfen Kurven leise raschelnd hin und her gerutscht. Jetzt, da er weiß, was sie bedeuten, ist ihre Anwesenheit ihm besonders bewusst. Die Versuchung ist groß, anzuhalten und nach hinten zu gehen, um einen Blick in den Kofferraum zu werfen – und sei es nur, um sich davon zu überzeugen, dass die kleinen Scheißer nicht aus der Tasche geklettert sind. Aber dann steigt Flea ein, und er vergisst Isaac Handel und denkt wieder an Misty.

Nordöstlich von Bath halten sie an. Sie zeigt ihm, wo er parken soll – auf einem kiesbedeckten Vorplatz bei einem Cottage. Es ist langgestreckt und flach. Zweigeschossig und schmal, reicht es über fast zwanzig Meter. Daran rechtwinklig angrenzend, sodass sie die zweite Seite des Vorplatzes säumt, erhebt sich die kahle Ziegelwand eines großen Hauses, dessen Kamine den Nachthimmel verdecken. Licht brennt dort in den Fenstern, aber sie liegen hoch oben in der Wand wie bei einem Gefängnis.

»Das sind die Nachbarn.« Flea deutet mit einer wedelnden Handbewegung auf die Mauer. »Und das« – sie zeigt auf das weitläufige Cottage, das nur von einer altmodischen Kutschenlampe unter welken Efeuranken beleuchtet wird –, »das bin ich.«

Sie schwingt sich aus dem Wagen, wirft ihre Tasche über die Schulter und geht auf die Haustür zu. Er steigt aus und sieht sich um. Im Mondschein kann er den Garten erkennen, der riesig und unbeherrschbar aussieht, von Unkraut überwuchert und voll von gescheiterten und zugewachsenen Designversuchen. Rosenbeete quellen über auf Rasenflächen, die zu Wiesen geworden und von Regen und Kälte besiegt worden sind. Einstmals elegante Terrassen führen jetzt kaskadenartig wie ein stufenförmiger Dschungel bergab und verschwinden in der Nacht. Wind kommt auf und weht geradewegs durch ihn hindurch. Der Herbst ist jetzt wirklich da. Er zieht seine Jacke fester um sich, dreht sich um und folgt Flea.

Sie lässt ihre Tasche vor der Haustür fallen und hebelt sich mit einem gusseisernen Fußabkratzer die Stiefel von den Füßen. »Kommen Sie rein«, sagt sie. »Kommen Sie.«

Im Flur bleibt er stehen und schnürt seine Wanderstiefel auf. Das Haus ist lang und marode, und es sieht hier genauso unordentlich aus wie bei ihm. Kisten säumen den Korridor. Aber der

Unterschied zu seinem Haus besteht in einem Gefühl von Heimeligkeit, das ihm sein abgelegenes und ungeliebtes Cottage niemals vermitteln wird. Überall hängt der schwache Geruch nach offenem Feuer. Er wirft einen Blick in einen Anbau, der nach links davonführt. Der Boden ist uneben, und in den steingerahmten Fenstern stehen getrocknete Blumen. Er schaut nach rechts, in die Richtung, in der Flea verschwunden ist, und sieht lauter Jacken an den Haken der buntlackierten Garderobe hängen.

Hier ist es also passiert. Hier hat sie beschlossen zu decken, was ihr Bruder getan hatte. Er schiebt seine Stiefel zur Seite und folgt ihr weiter ins Haus. Die Kisten stehen in jeder Ecke, zugeklebt und aufeinandergetürmt. Flea ist in der Küche und macht Kaffee. Sie hat Jacke und Sweatshirt ausgezogen und trägt schwarze Combats und ein Polohemd mit dem Abzeichen der Unterwasser-Sucheinheit auf der Brust. Ihr blondes Haar ist nachlässig hochgesteckt, und ihre Arme sind übersät mit Kratzern und Schrammen von der heutigen Suche. Als sie Wasser in den Kocher laufen lässt, muss sie um eine verklebte Kiste auf dem Boden herumsteigen.

»Was ist hier los? Ziehen Sie um?«

»Nicht so, wie Sie denken.«

»Klingt geheimnisvoll.«

»Yep. Geheimnisvoll.«

Sie klappert herum und macht eine Menge Lärm, als sie Gegenstände aus den Schränken holt. Sie knallt Tassen und Löffel und eine Zuckerdose auf den Tisch.

»Ihr Haus?«, fragt Caffery. »Sind Sie hier aufgewachsen?«

»Milch? Zucker?«

»Beides, danke. War sicher gut, hier groß zu werden.«

Sie hält inne, und der Wasserkocher schwebt über dem Becher. Er erkennt seinen Fehler. Ihre Eltern. Er ist ein Idiot. »Tut mir leid«, sagt er leise. »Wirklich.«

Sie gießt das Wasser auf, gibt Milch dazu, rührt um und reicht ihm den Becher.

»Nehmen Sie ihn mit – ich werde Ihnen zeigen, was ich tun musste.«

Sie gehen in einen anderen Korridor – Caffery hat den Eindruck, das Haus ist ein Kaninchenbau – und kommen zu einer Tür, die in eine Garage führt.

»Hier«, sagt sie, »wurde die Sache dann wirklich fies.«

Der Mond hat eine Lücke zwischen den Wolken gefunden und diesen Moment erwählt, um durch die Fenster über dem Rolltor hereinzufallen. Sein Licht erfasst die filigranen Spinnweben und lässt sie funkeln wie eine Weihnachtsdekoration. An den Wänden hängen Gartenwerkzeuge in säuberlicher Ordnung. Auch hier stapeln sich Kartons. Mitten in der Garage steht eine gusseiserne viktorianische Badewanne.

»Was ist passiert?«

»Nach vier Tagen – als ich gefunden hatte, was Thom in meinen Kofferraum gestopft hatte – habe ich den Wagen hier hereingebracht. Mein erster Gedanke war die Gefriertruhe...« Sie deutet mit dem Kopf auf die Truhe in der Ecke. »Dann fiel mir ein, was ein Rechtsmediziner mir über Eiskristall-Artefakte erzählt hat. Schon mal gehört?«

»Ich glaube ja. Im Herzmuskel oder so – man kann daran erkennen, dass eine Leiche gefroren war?«

»Ja. Also musste ich sie kühlen. Kühlen, ohne sie einzufrieren.« Kopfnickend schaut sie die Badewanne an. »Eimerweise Eis habe ich hier reingekippt, bis ich wusste, was ich mit ihr anfangen sollte.«

»O Gott.«

»Dabei sollte ich daran gewöhnt sein, mit Leichen zu hantieren. Das ist mein *Job*.«

Sie geht zum Fenster, stellt sich auf die Zehenspitzen und betrachtet die Rahmen, als enthielten sie so etwas wie einen Hinweis. Es ist eisig kalt in der Garage, und ihr Atem lässt die Glasscheiben beschlagen. Der Mond scheint schräg von der Seite auf ihr Gesicht. Als er sie so sieht, vor dem Fenster und im Mondlicht, wird ihm wieder klar, wie zierlich sie ist. Immer wenn er Flea ansieht, leuchtet der animalische Teil seines Gehirns auf. Das limbische System schaltet auf Overdrive, und manchmal schreit es nach *Sex*. Manchmal schreit es auch: *Beschütze sie! Töte alles, was sie bedroht...!*

»Ich habe sämtliche Fensterscheiben abgeklebt, aber meine Nachbarin wusste, dass hier etwas im Gange war.« Sie schaut hinüber zu der turmhohen Wand des Nachbarhauses. »Hat ständig hier herumgeschnüffelt – ich bin fast verrückt geworden. Es war...« Sie legt einen Finger an die Stirn und wippt auf den Fersen zurück. Nach einer kleinen Pause sagt sie: »Surreal. Ich kann es immer noch nicht glauben.«

Sie dreht sich um und lächelt ihn betrübt an.

»Zwei Punkte, die gegen mich sprechen: dass ich nach Aktenlage in der Nacht gefahren bin und die Zeugenschaft meiner Nachbarin. Und als ob das nicht reichte, gibt es noch mehr. Erinnern Sie sich an den Glatzkopf – den Inspector, der bei dem Selbstmord an der Strawberry Line zuständig war?«

Caffery erinnert sich gut an den Mann. Flea und der Mann waren aufeinander losgegangen wie zwei Ziegenböckchen. »Ja, den konnten Sie wirklich nicht ab.«

»Das beruhte auf Gegenseitigkeit.«

»Aber Sie haben ihn einen alten Spacko mit zugekämmter Glatze genannt.«

»Stimmte ja auch. Er war ein alter Spacko mit zugekämmter Glatze. Ein richtiger Tintenpisser. Es war bei uns beiden Hass auf den ersten Blick. Was Sie *nicht* miterlebt haben, war der Anfang unserer Beziehung. Das war einen Tag, nachdem Misty aus der Klinik verschwunden war. Der Spacko wollte, dass meine Einheit einen Teich auf dem Gelände der Klinik absuchte. Ich habe das Team ein bisschen früher abgezogen, als ihm recht war, und er hat ein Riesentheater gemacht – hat behauptet, wenn ich so sicher wäre, dass Misty nicht in dem Teich ist, dann wüsste ich ja vielleicht, wo sie stattdessen ist.«

»Oh. Okay. Kommt nicht richtig gut.«

»Nicht richtig gut? Ich bin in der Nacht wegen einer Geschwindigkeitsübertretung erwischt worden, und meine Nachbarin weiß, dass ich um dieselbe Zeit irgendetwas getrieben habe – und deren Neugier löst sich nicht über Nacht wieder auf, darauf können Sie wetten. Kommt schließlich noch dazu, dass man mir vor Zeugen sagt, ich benehme mich, als ob ich wüsste, wo Misty ist.« Sie seufzt tief und müde. »Und da hatte ich mit dem Wagen noch gar nicht angefangen.«

»Mit dem Wagen?«

»Mit dem sie überfahren wurde. Den Thom gefahren hat – den Ford. Mit *meinem* Ford. Das Auto ist eine Zeitbombe. Wenn die Spurensicherung den in die Finger kriegt, bin ich schon wieder am Arsch.«

Statt zu antworten, trinkt Caffery seinen Kaffee aus und dreht den Becher um. Da ist kein Tropfen mehr. »Ich kann auch Kaffee kochen«, sagt er.

»Ach?« Sie zieht eine Braue hoch. »Wie tüchtig.«

»Ich glaube, Sie sollten eine Tasse davon probieren. Dann können Sie Ihr Urteil fällen.«

Geister

Melanie kommt um acht beim Cottage an. AJ ist draußen und wirft Stöckchen für Stewart. Sie sind auf dem vorderen Feld, weil das eingezäunt ist, sodass der Hund nicht weglaufen kann. Er hat in den Hecken nach seinem Hemd gesucht und nichts gefunden. Wenn Patience es wirklich weggeworfen hat, ist ihre Wut damit vielleicht verraucht. Er weiß nicht, ob er sich geschmeichelt fühlen oder sich über sie ärgern soll. Was ihr Zorn wirklich verraten hat, ist genau das, was auch in seinem eigenen Hinterkopf rumort: Wenn Mel doch noch etwas für Jonathan empfindet, könnte das AJ am Ende tief verletzen.

An seinem zweiten Morgen in ihrem Haus war er unversehens allein im Schlafzimmer, während sie duschte. Es gab so viele Versuchungen in diesem Haus – ihre offene Handtasche auf dem Küchentisch, ihr Handy auf dem Nachtschrank. Jetzt denkt er daran, wie er sich auf die Seite drehte, das Kissen unter seinem Kopf aufschüttelte und das schmale blaue Gehäuse anschaute, während der Puls in seinen Schläfen tickte. Jedes Atom in seinem Körper wurde von diesem schmalen Kunststoffteil angezogen.

Welche Informationen beherbergte es? Welche Fenster in Melanies Kopf würde es öffnen? Etwas über Jonathan Keay verraten? Würden sein Name und sein Foto auf dem Display erscheinen, wenn er die kürzlich geführten Gespräche aufrief? Würde er SMS-Korrespondenzen oder E-Mails von ihm finden, vielleicht sogar ihre eigenen Gedanken über ihn, die sie irgendwo notiert hatte? Die Neugier hat ihn fast aufgefressen, aber er hat widerstanden. Irgendwann hat er sich auf die andere Seite gedreht, sein eigenes Telefon genommen und mit irgendeiner dämlichen App gespielt, um sich abzulenken.

Als Melanies Scheinwerfer jetzt über die Zufahrt streichen, nimmt er Stewart an die Leine und geht zum Wagen, um ihr die

Tasche abzunehmen. Er schaut sie immer wieder verstohlen an. Sie ist so hübsch. Patience hat recht. Er muss hier sehr vorsichtig sein.

Im Haus ist es warm, und die Fenster sind beschlagen. Melanie kommt herein und gibt Patience einen Kuss. Die Tante ist völlig verdattert. Sie sagt nichts, sondern wendet sich ab und löffelt Kedgeree auf den Teller, den sie auf dem Herd angewärmt hat, keine irrsinnigen Mengen, sondern eine zivilisierte Portion. Vielleicht hat das Gespräch mit AJ sie ein bisschen milder gestimmt, denn sie ist höflich, ja, schwatzhaft und erkundigt sich nach Melanies Arbeitstag.

Alles läuft reibungslos, und AJ ist so entspannt, dass er eine Ballonflasche Cider vom letzten Jahr aufmacht.

»Kingston Blacks. Das sind richtige Cider-Äpfel.« Er füllt drei Duralex-Gläser aus dem schiefen alten Schrank über der Spüle. »Alle geklaut aus Old Man Atheys Obstgarten.«

Melanie wischt rasch mit dem Ärmel ihrer Bluse über den Glasrand und nippt dann höflich. Ein Wodka wäre ihr lieber, aber sie ist eine Lady und sagt deshalb nichts. Patience trinkt ihr Glas in einem Zug aus und stellt es auf den Tisch, damit AJ ihr nachschenken kann. »Du meinst, wo Stewart gern hinziehen möchte, um dort zu wohnen? Bei den Geistern?«

AJ wirft ihr einen Blick zu. Er möchte nicht, dass sie die Stimmung verdirbt. Aber Melanie hat den Zusammenhang mit der Upton Farm anscheinend gar nicht mitbekommen.

»Will er immer noch in den Wald laufen?« Sie schaut lächelnd auf Stewart hinunter, der dösend vor dem Herd liegt. »Er scheint mir heute ruhiger zu sein.«

»Ich war eben mit ihm auf dem vorderen Feld. Da kann er nicht raus. Aber anscheinend war er heute Abend auch nicht daran interessiert, irgendwo hinzugehen. Stimmt's, mein Junge?«

»Ja, heute Morgen wollte er aber.« Patience kippt das zweite

Glas Cider, als wäre es ein Fingerhut. »Konnte ihn gar nicht beruhigen. Am Ende hab ich ihn mit in die Stadt genommen. Er hat mir geholfen, den Schellfisch für das Kedgeree zu kaufen.«

Erst bei dem Wort »Schellfisch« wird AJ klar, was sie da erzählt. Heute Morgen hat er, um seinen zweiten Besuch bei DI Caffery zu tarnen, Melanie erzählt, er sei mit Stewart draußen gewesen. Er späht über den Rand seines Glases, um zu sehen, ob Melanie es gemerkt hat. Er sieht es ihr nicht an. Ihre Miene bleibt unverändert. Rasch wechselt er das Thema und redet über irgendetwas x-Beliebiges, und er bildet sich ein, dass über seinem Kopf eine riesige rote Leuchtschrift blitzt: LÜGNER. LÜGNER.

Melanie ahnt anscheinend nichts davon. Sie lächelt faszinierend. Sie lacht über seine dummen Witze und macht Patience ein Kompliment zu ihrem Essen. Erst spät am Abend, als sie im Schlafzimmer sind, weiß er, dass er damit nicht durchgekommen ist. Statt ins Bett zu kommen, bleibt sie am Fenster stehen und schaut hinaus. Weder Mond noch Sterne sind zu sehen; die Welt ist von Wolken eingeschlossen. Die Bohnenspaliere und der Gartenschuppen sind im blassen Schein des elektrischen Lichts, das aus den Küchenfenstern fällt, gerade noch zu erkennen, und dahinter ist so gut wie nichts mehr.

AJ geht zu ihr und berührt vorsichtig ihre Schulter. »Mel?«

»Du hast mir erzählt, du bist nach Hause gefahren, um mit Stewart rauszugehen.«

»Ich weiß. Es tut mir leid – es tut mir leid, wirklich leid.« Er legt eine Hand an den Fensterrahmen, damit er sich vorbeugen und ihr ins Gesicht schauen kann. Es sieht versteinert und beherrscht aus. »Melanie, das war so dumm von mir. Ich lüge sonst nicht. Es war verrückt. Ich war... ich geniere mich zu sagen, warum ich gelogen habe.«

»Du kannst es immerhin versuchen.«

»Ich war in einem blöden Fachgeschäft für Heimbrauer in der

Stadt. Die hatten gerade spezielle Griffe für meine alte Schraubpresse bekommen. Die sind schwer zu kriegen, und ich wollte sie mir nicht entgehen lassen. Cider, weißt du – der kann das ganze Leben ausfüllen.«

Melanie sieht ihn an, betrachtet sein Gesicht forschend und findet keine Spur von Humor. AJ möchte innerlich zusammenschrumpfen.

Wer einmal lügt...

»Melanie? Du findest jetzt schon, ich bin ein behaarter alter Hobbit.«

»Habe ich das gesagt?«

»Na ja, nein – aber für den Fall, dass du die... du weißt schon... die Neigungen eines behaarten Hobbits bemerkt haben solltest – ich wollte dieses Image irgendwie nicht noch verstärken. Dieses... Stereotyp.«

»Ich sehe keine Stereotype. Ich sehe Menschen.«

»Das sollten wir alle tun. Das ist das Gute an dir.« Er lächelt betreten. »Es tut mir leid. Verzeihst du mir?«

»Ich kann mich nicht erinnern, dass ich mal eine Beziehung hatte, in der mein Freund mich nicht belogen hat.«

»Du meinst Jonathan?«

Er hat zu schnell geantwortet. Jetzt wartet er auf ihre Reaktion, aber statt wütend zu werden, nickt sie. Sie gibt es zu.

»Es hat mich beinahe zerstört... angelogen zu werden. Ich weiß, ich habe auch schon gelogen – die ganze Sache mit Isaacs Verhandlung –, und insofern darf ich mich eigentlich nicht beschweren, aber wenn es mir passiert...?« Sie ballt hilflos die Fäuste. »Irgendwie ist da ein wunder Punkt bei mir. Ich weiß nicht, warum. Vielleicht mein Dad und sein Krebs... Mum hat mir nie erzählt, dass er sterben muss. Sie hat gelogen, hat gesagt, er kommt wieder aus dem Krankenhaus, und natürlich...« Sie zuckt die Achseln. »Tja, er ist nicht mehr heimgekommen.«

Der Teil in AJ, der zusammenschrumpfen wollte, gibt jeden Widerstand auf und wird zu einem harten kleinen Knoten, der die Knie anzieht, die Hände auf die Ohren presst und sich vor und zurück wiegt. »Ich sag dir was.« Er räuspert sich. »Wie wär's mit einer Abmachung? Wenn ich dir verspreche, dich nie wieder zu belügen, siehst du dann darüber hinweg, dass ich wie ein behaarter Hobbit aussehe und dazu noch ein Ciderbrauer und ein Baumknutscher bin?«

Es bleibt lange still. Und als komme die Sonne hinter einer Wolke hervor, fängt Melanie an zu lächeln. »Ach, AJ«, sagt sie traurig. »Begreifst du denn nicht – das ist nicht so wichtig. *Du* bist es, der mich interessiert. Nicht das, was du anziehst oder trinkst oder isst. Ich interessiere mich nur für *dich*.«

Priddy

Flea fährt hinter Caffery her, und sie hört das Stampfen ihres Pulsschlags in ihren Ohren. Sie hat sich immer leise gefragt, wo Caffery wohl wohnen mag. Sie rechnet mit einem schicken Apartment in den Bristol Docks, in einem von diesen Ökohäusern aus recyceltem Metall und Glas. Stattdessen fährt er hinaus in die Mendips, auf schmalen Landstraßen vorbei an öden, frostverbrannten Feldern, und wird in dem geisterhaften Dorf Priddy langsamer. Hier ist sie immer nur durchgefahren und hat noch nie angehalten. Die Priddy Circles – die berühmten prähistorischen Erdkreise – liegen irgendwo links im Dunkeln. Rechts ragt ein nasser, schmutziger Kletterturm aus Plastik im Garten des Pubs auf, und oben auf der Rutsche steht ein einsames Bierglas, halb voll mit Regenwasser.

Sie erwartet immer noch, dass eine Villa oder ein verborgener

Golfplatz oder eine Einfahrt sich vor ihr auftut, und ist überrascht, als er blinkt und nach links in einen ungepflegten Ascheweg einbiegt, der zu einem strohgedeckten Cottage führt.

Dies ist Karstland, und im Scheinwerferlicht ist es nicht schwer, die Mulden und Narben der Dolinen im Kalkstein zu erkennen, die durch den sauren Regen und das poröse Grundgestein verursacht wurden. Es ist schlechtes Land, oft überflutet, von Riedgras bewachsen, das das Vieh nicht frisst. Gefährlich ist es auch – jederzeit kann es sich auftun und einen Mann verschlucken, der nicht darauf achtet, wohin er den Fuß setzt. Es ist ganz anders als das, was sie sich vorgestellt hat. Sie sollte erleichtert sein, aber stattdessen bringt es sie aus dem Gleichgewicht. Schon wieder ist Caffery über ihre Erwartungen und Vorurteile einfach hinweggewalzt.

Sie steigt aus dem Clio, zieht ihre Fleecejacke über und betrachtet die krummen Wände, die tief eingelassenen, steingerahmten Fenster und das graue Strohdach. »Was ist das?«

Er schlägt seine Wagentür zu. »Das?« Er beäugt das Haus. »Hier wohne ich.«

Es sieht so klein aus, so heruntergekommen, so zahm. So romantisch. Viele kleine, behagliche Fenster anstelle des Erwarteten: riesige Glaswände, in denen sich Wasser und Großstadtlichter spiegeln. Die größte Gefahr hier, entscheidet sie, ist die Vertrautheit, die sie bei all dem empfindet.

»Was denn?«, ruft er über sein Wagendach hinweg. »Was ist los?«

»Nichts.«

»Es ist gemietet.«

»Oh«, sagt sie unverbindlich. »Es ist hübsch. Und wo ist der Kaffee?«

Er schlägt zweimal auf das Autodach und winkt. »Kommen Sie. Wir machen welchen.«

Sie betreten das Cottage, und drinnen wartet noch eine Überraschung auf sie. Es sieht fast so aus wie bei ihr zu Hause: überall Kartons und Stapel von Notizen und Akten. Ein iPad an seinem Ladegerät lehnt an der Fußleiste in der Diele, unter dem Heizkörper. Die Treppe ist im Wohnzimmer. Sie muss früher hinter einer Wand gelegen haben, aber jetzt hat sie ein offenes Geländer. Ein Pullover hängt über dem unteren Pfosten. Gern würde sie ihn anstarren und die Hinweise aufsaugen, die ein Pullover ihr über den Besitzer geben kann. Aber sie darf kein so nacktes Interesse zeigen, und deshalb begnügt sie sich mit verstohlenen Blicken auf alles von der leeren Flugtasche am Fuße der Treppe bis zu der fast leeren Flasche mit teurem Scotch auf der Fensterbank. Es ist, als wäre sie eine Kamera. Klick, sichert sie alles im Speicher, um es später zu analysieren. Klick – speichern. Klick – speichern.

Sie geht in die Küche, wo er gerade Milch aus dem Kühlschrank nimmt. Auf dem Herd brodelt eine stählerne Espressokanne. »Wollen *Sie* umziehen?«, fragt sie.

»Nein. Ich habe noch nicht ausgepackt.«

»Wie lange sind Sie jetzt hier?«

»Keine Ahnung. Zwei Jahre?«

»Zwei Jahre, und Sie haben noch nicht ausgepackt?« Sie weiß nicht, ob sie höllisch beeindruckt oder unglaublich traurig sein soll. »Das muss so was wie ein Rekord sein.«

Jetzt sieht er sie an und klappert mit den Lidern, als habe diese Bemerkung ihm klargemacht, wie dumm sie ist. »Das ist kein Rekord«, sagt er. »Es ist ein Problem. Wenn man etwas nicht zu Ende bringt, passiert genau das. Man kommt nie zur Ruhe. Niemals.«

Er sagt es so entschieden, dass sie weiß, wovon er redet. Sein Bruder – in all den Jahren – nie gefunden. Ihre Eltern, die nach dem Unfall nicht mehr aufgetaucht sind. Verschwunden für immer. Jacqui Kitson – die sich immer noch fragt, wo Misty ist. Er will sie züchtigen. Sie daran erinnern, warum sie hier sind. Sie wartet, während er den Kaffee macht, und sagt nichts, weil ihr nichts Vernünftiges einfällt, das sie sagen könnte. Als er ihr die Tasse reicht, lächelt sie kurz und nippt höflich. »Gut«, sagt sie. »Sehr gut.«

»Danke.«

»Ehrlich gesagt, er ist wunderbar – aber er wird mich nicht umstimmen. Ich kann es immer noch nicht tun.«

»Sie können nicht, oder Sie wollen nicht?«

»Beides. Bitte – ich fange gerade an, wieder mit dem Leben zurechtzukommen, und ich kann nicht wieder umkehren. Und die anderen Gründe habe ich Ihnen genannt.«

»Ja – und sie sind alle überwindbar. Setzen Sie sich. Ich bin an der Reihe.«

Resigniert gehorcht sie und setzt sich an den Küchentisch, dessen Platte all die Narben und Kerben des Lebens trägt. Er stellt Zucker und die Tüte Milch hin. Automatisch studiert sie den Karton, nimmt die Details in sich auf, die Marke, die er ausgewählt hat. Sie hat auch den Vorrat an E-Zigaretten-Nachfüllpatronen auf der Anrichte und den Stapel mit ungeöffneter Post auf dem Fensterbrett gesehen. Ein Teil ihrer selbst bereitet sich auf das vor, was er ihr gleich sagen wird – und der andere Teil, der Caffery immer schon rasend sexy gefunden hat, ist drüben beim Fenster, schnüffelt in dem Poststapel herum und öffnet jeden Umschlag, der ihr weitere Hinweise über ihn geben könnte.

»Wissen Sie, was ich den ganzen Tag über getan habe?« Er rührt Zucker in seinen Kaffee. »Ich habe mit Leuten über einen Fall in der Hochsicherheitsklinik Beechway gesprochen. Klingelt's da bei Ihnen?«

Beechway. Sie kennt das Haus – sie hat da oben mal einen Einsatz gehabt, aber sie weiß nicht, wovon er redet.

»Pauline Scott?«, souffliert er.

Pauline war, wenn sie sich recht erinnert, eine vermisste Person, die ihr Team nicht hat finden können. Zu ihrer ewigen Beschämung ist die Leiche ein paar Monate später aufgetaucht, drei Meter außerhalb des Suchperimeters.

»Was ist mit ihr?«

»Sie haben sie aus einem bestimmten Grund nicht gefunden: Sie lag ein paar Meter weit außerhalb Ihrer Parameter. Der Parameter, die ein alter Spacko mit zugekämmter Glatze Ihnen gegeben hatte. Also, möglich ist alles. Und machbar.«

Flea lächelt. »Meine Güte. Ich wünschte, Sie hätten meinen Dad kennengelernt. Der hätte zu gern mit Ihnen debattiert. Er hätte Sie in Stücke gerissen.«

»Nein – ich hätte ihn gewinnen lassen.«

»Er hätte gewonnen, ob Sie ihn lassen oder nicht.«

Caffery senkt höflich den Kopf, als müsse er diese Möglichkeit einräumen. »Aber lassen Sie mich erklären, was ich meine, okay? Erstens, Ihr Auto ist keine Zeitbombe.«

»Ist es doch. Ich hab's auf den Schrott gebracht, aber die wollten es nicht in die Presse geben, weil noch zu viele schöne Sachen dran waren. Und ich konnte nicht gut drauf bestehen. Der Wagen ist noch da. Wird Stück für Stück in Einzelteile zerlegt.«

»Wirklich? Wann haben Sie ihn das letzte Mal gesehen?«

Sie zuckt die Achseln. Die Wahrheit ist, sie weiß es nicht mehr. Sie weiß nur, es war vor der Explosion, denn danach hat sie nur wenig getan. Und davor liegt alles im Nebel.

»Ich sag's Ihnen«, fährt Caffery fort. »Das ist fast ein Jahr her. Seit dem letzten November ist der Wagen ein Würfel. Ich habe selbst zugesehen, wie er in die Schrottpresse gewandert ist. Niemand wird ihn je finden, und wenn doch, wird die Spurensicherung sich kaputtlachen.«

Ironisch zieht er eine Braue hoch, als er ihr Gesicht sieht.

»Ich habe lange darüber nachgedacht. Stellen Sie jetzt keine Fragen. Streichen Sie nur den Wagen von Ihrer Liste der Gründe, warum nicht. Und den Alkoholtest können Sie auch streichen – wenn niemand weiß, dass der Wagen an dem Unfall beteiligt war, wird er auch nicht zur Sprache kommen.«

»Ich habe noch einen Grund, warum nicht. Die Kopfverletzungen. Sie ist über den Wagen geflogen, und die eine Seite des Kopfes war völlig zerschmettert.«

»Wir lassen den Kopf verschwinden.«

»*Was?*«

»Okay«, sagt er, »schön.« Er schweigt eine Weile. Dann fragt er: »Welcher Teil des Kopfes?«

»Welcher Teil? Der Kopf ist der Kopf, Jack.«

»Wenn sie von hinten angefahren wurde, würde ich vermuten: hier.« Er legt die Hand an seinen Hinterkopf, dicht über dem Nacken. »Wenn sie quasi vor dem Wagen stand, war es die Stirn. Und wenn sie sich reflexartig umgedreht hat« – er dreht selbst den Kopf –, »dann war es hier.« Er streicht mit den Fingerspitzen an der Seite seines Kopfes entlang, dicht über dem rechten Ohr.

Flea antwortet nicht. Tatsächlich war es Mistys linke Kopfseite, aber er ist verdammt nah dran. Genau wie sie hat er genug Autounfälle gesehen. Bei dem Aufschlag auf dem Wagendach wäre Misty fast das Ohr abgerissen worden.

»Okay.« Anscheinend fasst er ihr Schweigen als Zustimmung auf. »Wir können den Kieferknochen für die Identifikation zurückbehalten. Wenn sie den Schädel nicht finden, werden sie annehmen, er ist von einem Fuchs oder einem Dachs verschleppt worden.«

»Jack, das wird nicht *funktionieren*. Sie haben keine Kleider, keine persönlichen Gegenstände. Ich habe alles verbrannt.«

»Und?«

»Fehlende Kleider sind eine rote Flagge für jeden Rechtsmediziner. Fehlende Kleider bedeuten Sex, bedeuten, jemand anders war da, bedeuten, dass es nichts mit Unterkühlung oder Überdosis zu tun hat. Und keine persönlichen Gegenstände bedeuten Diebstahl, was auf das Gleiche hinausläuft. Man müsste sich schon noch was anderes einfallen lassen, wenn keine Kleider mehr da sind.«

»Nicht unbedingt. Unterkühlung kann zu so was führen, oder? Dass die Leute verwirrt sind und nicht mehr wissen, ob sie frieren oder ob ihnen heiß ist. Und wenn die Knochen verstreut sind, können die Kleider überall sein. Irgendwo im Gestrüpp oder als Auspolsterung in einem Fuchsbau.«

Er schiebt seinen Stuhl zurück und steht auf. Er hat seine Jacke noch an, und einen Moment lang sieht sie die Stelle, wo sein Hemd in der Hose steckt. Es ist zerknautscht. Zum ersten Mal kommt ihr der Gedanke, dass er es manchmal nicht leicht hat. Wohnt hier in diesem Cottage und hat seine Sachen nicht ausgepackt. Vielleicht würde er verstehen, was sie ihm über Kisten zu erzählen hat. Und wie wichtig sie sind.

»Stellen Sie Ihre Tasse hin«, sagt er. »Ich muss Ihnen etwas zeigen.«

Sie steht auf und folgt ihm in den Garten. Man sieht jetzt besser, weil Licht aus den Fenstern fällt. Er geht in die Garage, und als er herauskommt, hat er einen Spaten in der Hand. Flea sagt kein Wort, als er anfängt zu graben. Dann zieht er ein Paar Einmalhandschuhe aus der Jackentasche, streift sie über die Hände und zieht an etwas Zähem, Organischem, das in der Erde steckt. Flea verschränkt die Arme. Im Laufe der Jahre war sie für die Bergung etlicher Leichen zuständig, im Wasser wie auch an Land, und was Caffery da aufgebuddelt hat, erinnert sie an ein flaches Grab. Sie schaut nach links und rechts, um sich zu vergewissern, dass man sie hier nicht beobachten kann.

Caffery zieht noch einmal an dem Material, und es springt

heraus. Er schüttelt es, und ein paar Erdklumpen fallen herunter. Dann sieht sie, was es ist. Ein Kleid.

»*Was zum...?*«

»Mistys Kleid.«

»Nein. Das habe ich verbrannt.«

»Sie haben das Kleid verbrannt, aber wir haben es rekonstruiert. Erinnern Sie sich?«

Sie erinnert sich. Ein Mädchen kommt die Treppe vor der Rehaklinik herunter und tut, als wäre es *stoned*. Sie sieht eher aus wie ein Model in einer Shampoo-Werbung, nicht wie eine Drogensüchtige. Flea schüttelt den Kopf und stößt einen leisen Pfiff aus. »Ist es das Kleid, das die Schauspielerin anhatte?«

»Es ist aus den Räumen des MCIT verschwunden – wahrscheinlich, als wir umgezogen sind. Ein Skandal, wie solche Sachen anscheinend einfach verschwinden können.«

Er zieht eine Handtasche und ein Paar Sandalen aus der Erde und stellt sie auf den gefrorenen Boden. »Selbst wenn sie einen Forensikspezialisten hinzuziehen, der die Sachen untersucht – was ich bezweifle, denn wem sollte da ein Verdacht kommen, wenn ich die Ermittlungen leite –, wird dieses Material ungefähr dem Profil der Waldgegend entsprechen. Wald oder eine brachliegende Weide mit einer ähnlichen Bodenzusammensetzung. Die Mineralien, die sich in diesen Sachen angereichert haben, werden dazu passen.«

Er klopft sich den Schmutz von den Händen und wischt sich mit dem Ärmel über die Stirn. »Na? Kann ich es Ihnen noch leichter machen?«

Sie schaut ihm in die Augen. »Ich hab's Ihnen gesagt. Ich kann nicht tauchen.«

»Und das ist die Wahrheit? Oder eine Ausrede?«

Sie kann darauf nicht antworten. Sie kann nicht, denn was sie sagen würde, müsste ungefähr so klingen: *Es ist eine Ausrede.*

Tatsächlich kann ich tauchen, ich will nur die Kiste mit der Vergangenheit nicht noch einmal öffnen – denn wenn ich das tue, fällt alles heraus, und alles geht zum Teufel.

Und dann würde sie wahrscheinlich anfangen zu weinen.

»Ich muss gehen.« Sie wühlt in ihren Taschen nach dem Autoschlüssel.

Er schüttelt den Kopf und gibt sich geschlagen. »Noch einmal? Sie wollen *noch* einmal vor dem Problem davonlaufen?«

»Tut mir leid, Jack. Es wird spät.«

»Nein – das ist wirklich nicht mehr komisch. Wirklich. Nicht komisch. Ich hab's satt – und vor allem hab ich es satt, wie Sie Ihren bescheuerten Bruder beschützen.«

»*Das ist es nicht*«, sagt sie entsetzt. »Es geht nicht um meinen Bruder.«

»Worum dann? Hmmm? Was ist es?«

Sie steht da und schaut ihn lange an, und das, was in ihrem Innern nachgeben möchte, fängt an zu zittern. Aber sie wird nicht weinen. Sie wird *nicht* weinen.

»Bitte, Jack – bitte, Sie verstehen das nicht.«

»Vergessen Sie's.« Er wendet sich ab und hebt die Hand, um sie zum Schweigen zu bringen. »Vergessen Sie's einfach. Ich will es nicht hören.«

Die alte Mühle

Penny liegt voll bekleidet auf ihrem Bett, und eine steinerne Leere senkt sich in ihren Kopf. Die alte Mühle liegt leer und still unter ihr – kein Knarren, kein Laut. DI Caffery ist längst weg. Penny hat ihm nachgesehen, durch die Herzlöcher in den Fensterläden an der Vorderseite des Gebäudes. Er ist nicht sofort zu seinem Auto gegangen, sondern durch die Gartenpforte zur hinteren Terrasse, wo alle ihre Pflanztöpfe stehen. Da stand er eine Weile und schaute über das Tal hinweg zu den Baumwipfeln, wo die Upton Farm ist. Wind kam auf und ließ sein Jackett flattern, schnippte seine Krawatte nach oben und drückte Hemd und Hose an seinen Körper. Das schien den Bann zu brechen, der ihn da festhielt. Er ging den Weg zurück, den er gekommen war, setzte sich in seinen Wagen und war weg.

Caffery muss in ihrem Alter sein, vielleicht ein bisschen jünger. Viele Frauen würden ihn sexy finden, aber er wäre kein Mann von der Sorte, die sie heiraten wollen. Viele Frauen brauchen einen Charmeur, einen Schmeichler, einen Mann, der Geld für zellophanverpackte Valentinsgeschenke ausgibt. Er ist nichts von all dem, das hat sie schon auf eine Meile gesehen. Dafür hat er etwas Geradliniges an sich. Etwas Ehrliches. Kein Trauring, hat sie gesehen. Vielleicht wegen der zellophanverpackten Geschenke.

Sie schließt die Augen. Sinnlos, sich zu fragen, wie alt Caffery sein mag und ob er Single ist oder nicht, denn er wird in einem schicken Loft-Apartment in der Stadt wohnen. Er wird jeden Abend mit unzähligen Freunden in den besten Restaurants essen. Er hat eine Reihe von schönen und erfolgreichen Freundinnen. Er gehört zu einer völlig anderen Spezies als Penny. Alle Männer tun das. Besser gesagt, *sie* ist die andere Spezies.

Penny kann nicht nachvollziehen, was in anderen Menschen vor sich geht. Sie kann ihre Stimmungen nicht entziffern, nicht die vielschichtigen Täuschungen, mit denen sie ihr wahres Wesen verhüllen. Isaac zum Beispiel. Es hat eine Zeit gegeben, da dachte sie wirklich, er mag sie. Sie hat sogar geglaubt, er sehe in ihr eine Mutter, die fürsorglicher war als Louise – ganz so, wie sie sich eingebildet hat, Graham sehe in ihr eine Frau, die fürsorglicher war als seine eigene. Da hat sie sich geirrt wie so oft.

Diese Lektion hat sie immer wieder lernen müssen: In diesem riesigen menschlichen Puzzle gibt es kein spiegelbildliches Steinchen, das zu ihr passt, keine Ausbuchtung, in die sie sich wölben kann. Sie hat die Hoffnung aufgegeben.

Sie denkt an diesen Tag vor all den Jahren. Es war kalt und feucht und sehr still, und die Wolken hockten wie eine Warnung über dem Land. Sie erinnert sich, wie Isaac die Treppe herunter- und zur Tür herausgeschossen kam und dabei den Garderobenständer im Flur umwarf. Er trug seine Schulschuhe mit den Socken und sonst nichts. Oberkörper und Arme waren mit Blut und Kot beschmiert. Ein Fremder hätte den Anblick missverstehen können, er hätte vielleicht geglaubt, Isaac werde angegriffen, und *er* brauche Hilfe. Aber Penny wusste Bescheid.

Sie sprang zurück ins Auto und drückte auf den Knopf der Zentralverriegelung. Er kam auf sie zugerannt. *Penny, Penny* – seine Stimme klang dunkel und unnatürlich. Als sie den Motor startete, sprang er auf die Haube. Beine und Genitalien waren blutverschmiert. Sie drückte auf die Hupe, legte den Rückwärtsgang ein und gab Vollgas, sodass er im Salto von der Motorhaube auf den Boden flog. Sie bremste und schaltete die Scheinwerfer ein, und zitternd saß sie da und beobachtete ihn. Er rappelte sich schon wieder hoch und stand schwankend auf den Beinen – vielleicht hatte er getrunken –, und er torkelte umher und tastete auf dem Boden herum, bis er fand, was er verloren hatte: eins seiner Püppchen. Er war so heiß von Blut und Tod, dass er in der kalten Luft dampfte.

Er richtete sich auf und drehte sich zu Penny um.

»Nein«, zischte sie. »Mich kriegst du nicht auch noch.«

Sie trat das Gaspedal herunter. Tanzend und schleudernd jagte der Wagen voran und ließ ihn hastig in die Scheune rennen. Er schlug die Tür hinter sich zu, und Penny – high von Angst und Adrenalin – wagte es, aus dem Wagen zu springen und den großen Riegel vorzuschieben, sodass er eingesperrt war. Erst als sie die Telefonzelle erreichte und Harrys Nummer wählte, fing das Zittern an.

Jetzt rollt sie sich in ihrem dunklen Schlafzimmer zusammen und zieht sich den Quilt über die Ohren. Sie hat die Toten nie gesehen und auch nicht das Zimmer. Sie hat sich das alles zusammengereimt – einiges aus dem, was sie auf Isaacs nacktem Körper verschmiert sah, und einiges aus späteren Zeitungsartikeln, aber das meiste aus den Fragen, die Harry nicht beantworten wollte. Nach dem, was er im Haus der Handels gesehen hat, war er nie wieder derselbe.

Ihr fällt etwas ein. Sie richtet sich auf und knipst die Leselampe an, greift nach ihrer Brille und hebt den Quilt hoch. Der fehlende Flicken. Sie hatte an Isaac denken müssen, als sie es vor zwei Tagen bemerkt hatte, an seine Gewohnheit, Stoff von Kleidungsstücken für seine Püppchen zu stehlen. Da hat sie noch nicht gewusst, dass er entlassen worden ist, und hat deshalb nicht weiter darüber nachgedacht. Jetzt inspiziert sie die Steppdecke fieberhaft zitternd. Die Nähte zwischen den Flicken sind überall locker. Das Stück kann sich leicht durch die allgemeine Abnutzung gelöst haben. Nichts deutet darauf hin, dass es herausgeschnitten worden ist.

Aber der Gedanke geht nicht weg, die plötzliche, beängstigende Idee, Isaac könnte wieder da sein. Sie steht auf und geht die Treppe hinunter. Auf der großen, bemalten Standuhr ist es acht. Noch einmal kontrolliert sie alle Fenster und Türen. Sie will eben zur Treppe zurückkehren, als ihr Blick auf die Mispeln in dem kleinen Lagerraum fällt. Da ist auch eine Art Speisekammer, in der sie Schachteln mit Zitronensäure und Gelatine aufbewahrt. In der Rückwand ist eine Tür, und die Tür führt in den Keller. Sie hat ein Schloss, aber Penny hat nicht nachgesehen, ob sie auch verschlossen ist.

Wie dumm, wie dumm, sagt sie sich. Du verwandelst dich in ein wahres Nervenbündel. Reagierst völlig über. Ein Arzt würde sagen, du leidest unter dem Fluch der Frau: Hysterie aufgrund eines hormonellen Ungleichgewichts. Wann erwarten Sie Ihre nächste Periode, Miss Pilson?

Aber sie kann nicht aufhören, die Speisekammer anzustarren.

Unter den Bodendielen liegen die Skelette der Mühle. Das Wasserrad ist längst verrottet, doch die riesigen Steintröge, in denen sie die Vliese gewaschen haben, sind noch da, genau wie die alten Wartungsluken aus der Zeit, als man ein Kind hinunterschickte, damit es einen Ast entfernte, der im Mühlrad festklemmte. Da unten ist ein Labyrinth von Tunneln und Rohren und Schleusen – verstopft und verschlossen zum größten Teil, aber wenn wirklich jemand ins Haus kommen wollte... wenn er es wirklich *wollte*...

Sie holt ihre schwerste Pfanne aus der Küche. Neben der Hintertür hängt eine Taschenlampe. Sie schlingt sich die Schlaufe um das Handgelenk und macht die Lampe an. Dann begibt sie sich in die Speisekammer. Hier hängt eine nackte Glühbirne, und sie schaltet sie ein. Doch sogleich überlegt sie es sich anders und schaltet sie wieder aus. Sie stellt sich vor, wie sie durch diese Tür betrachtet aussehen wird: hell angestrahlt wie auf einer Kinoleinwand. Eine perfekte Zielscheibe.

Sie macht einen Schritt nach vorn. Legt die Finger auf den Türgriff. Sie ist schon ein paarmal durch diese Tür gegangen: Dahinter ist eine wacklige Holztreppe, die unter dem geringsten Gewicht ächzt und klagt. Strom gibt es da unten nicht – nirgends. Nur Moos und Stein und gehärteter Isolierschaum in den Spalten.

Mach auf. Mach auf. Da ist nichts. Nichts.

Ihre Hand zittert.

Mach auf. Mach schon auf – beweise dir, dass er nicht da steht. Mach auf.

Sie atmet ganz tief aus. Schiebt die beiden großen Riegel oben und unten vor und dreht den alten Schlüssel im Schloss. Dann zieht sie hastig ein paar Kisten von den Regalen und stapelt sie vor der Tür. Alles, was schwer ist – und alles, was Glas enthält, das Lärm machen wird, wenn man es umwirft. Die äußere Schranktür hat kein Schloss, nur eine altmodische T-förmige Haspe. Sie holt eine Schnur und wickelt sie ein paarmal herum. Dann schiebt sie einen Stuhl vor die Schranktür und sinkt rückwärts gegen die Wand, zitternd und schwitzend.

Graham und Louise Handel

Caffery fängt an, eine SMS an Flea zu verfassen. Er schafft zwanzig Wörter, und dann überlegt er es sich anders, steckt das Telefon ein und geht ungeduldig im Garten umher. Er benimmt sich wie ein Mann, der sich immer und immer wieder selbst ins Gesicht schlägt. Hofft er immer noch, Flea könnte es sich anders überlegen? Was für ein Witz. Am besten, er geht jetzt dem Fall Isaac Handel auf den Grund, atmet dann tief durch und macht sich auf die Suche nach Alternativen, wie der Fall Misty Kitson abzuschließen wäre.

Schließlich, aus keinem speziellen Grund, außer dass er nicht weiß, was er sonst damit anfangen soll, vergräbt er Mistys Kleider wieder im Garten und bedeckt sie mit Erde. Er will die Sporttasche mit den Puppen nicht aus dem Wagen holen; es ist das Letzte, was er will, aber er tut es trotzdem. Der einzige Raum, den er vom Rest des Hauses abriegeln kann, damit der Gestank sich nicht überall ausbreitet, ist das Hauswirtschaftszimmer. Also bringt er die Tasche dorthin. Dann duscht er und zieht ein altes T-Shirt und eine Jogginghose an. Eine Stunde lang druckt er alles aus, was er im Netz über Voodoo-Puppen findet. Er schenkt sich einen großen Scotch ein und geht mit dem ausgedruckten Material in den Hauswirtschaftsraum. Dort zieht er sich die Einmalhandschuhe wieder an und fängt an, die Puppen durchzusehen.

Sie sind ein hässlicher Mischmasch von Texturen – Handel hat anscheinend alle möglichen Materialien verwendet, von Patchwork-Quadraten über rohe Schafwolle und glasierten Ton bis hin zu kleinen Holzstücken. Alles, was er hat finden können. Sie sind primitiv und verstörend, und sie vermitteln einem das Gefühl, als wären fremde Leute im Haus.

Die ausgedruckten Texte verraten ihm, dass diese Puppen fast nichts mit der haitianischen Variante des Voodoo verbindet; der einzige Ort, wo sie in Erscheinung treten, ist New Orleans, wo Voodoo eine Art amerikanisierte Renaissance für die Touristenindustrie erfahren hat. Doch auch in Schauerromanen – dem Lesestoff, der einem vierzehnjährigen Jungen gefallen könnte – treten diese Puppen auf, und zwar als Werkzeuge des Schreckens. Mit ihnen lassen sich die Menschen beherrschen, die sie darstellen.

Caffery fummelt zwei der Puppen heraus und schiebt sie zur Seite. Beide sind aus Leder – menschliche Umrisse, grob zusammengenäht mit etwas, das für Cafferys laienhaftes Auge aussieht wie das Katgut von einem Saiteninstrument. Als Isaac nach den Morden aus dem Haus kam, hatte er zwei Puppen in den Händen. Penny hat sie nur kurz gesehen, und sie weiß nicht, was nachher aus ihnen geworden ist, aber sie behauptet, sie habe sie vorher schon mal gesehen und es seien die gewesen, die Graham und Louise Handel darstellten.

Die Akte über Isaacs Jugendhaft ist – wie es üblich ist – nach drei Jahren vernichtet worden, und so kann er nicht feststellen, welche persönlichen Besitztümer aufbewahrt worden sind. Aber es ist keine besonders waghalsige Vermutung, dass die Puppen, die Caffery jetzt vor sich sieht, diejenigen sind, die der Junge damals in den Händen hielt. Die Kleider, die sie tragen, sind denen auffallend ähnlich, die nach dem Bericht der Spurensicherung an den Leichen der Handels gefunden wurden – Jogginghose und ein T-Shirt an der weiblichen Puppe und eine braune Cordhose an der männlichen. Möglich, dass sie einer Reihe von Gewahrsamsaufsehern und Krankenpflegern so unschuldig erschienen, dass sie unbemerkt durch das System schlüpfen konnten. Ein zwangseingewiesener Patient mit einer besonderen Anhänglichkeit zu einem Gegenstand? Der beim Scannen keine Spuren von Metall oder spitzen Objekten aufwies? Denkbar, dass es ihm gelang, die Leute zu überzeugen, ihn die Puppen behalten zu lassen.

Warum?, fragt Caffery sich. Graham und Louise waren doch schon tot. Warum wollte er ihre Nachbildungen behalten?

Er geht in die Küche und holt sich eine Leselampe und ein Vergrößerungsglas. Durch die Lupe betrachtet, verstört die Hässlichkeit der Puppen noch mehr. Ihre Zähne sind aus polierten Muscheln, und sie unterscheiden sich von den anderen dadurch, dass ihre Augen zugenäht sind. Wenn die Puppen symbolisieren, was Isaac ihren Gegenstücken im wirklichen Leben antun wollte, hat er ihnen die Augen dann zugenäht, weil er sie tot sehen wollte? Und hat er nach dem Mord an seinen Eltern noch mehr mit den Puppen gemacht? Sie sind übersät von feinen Einstichen, und ihre Köpfe sind mehrfach verdreht worden, sodass im Leder am Hals eine brüchige schwarze Falte zurückgeblieben ist. Vielleicht hat es nicht genügt, die Eltern einfach nur umzubringen, denkt Caffery. Vielleicht hat er die Puppen behalten, um seine Mutter und seinen Vater noch über das Grab hinaus zu quälen.

Caffery lehnt sich auf seinem Stuhl zurück und betrachtet sein

Spiegelbild in der schwarzen Fensterscheibe. Über den Bäumen sind ein paar Sterne zu sehen, aber ansonsten liegt die Landschaft weit und schwarz und grenzenlos da. Handel ist irgendwo da draußen – und Caffery versucht, sich vorzustellen, was er denkt. Was er vorhat mit seinem Teppichmesser, seiner Zange und seinem Draht.

Station Löwenzahn

»Maude« ist nicht weg. Es hat sie alle überlistet. Es hat es sich anders überlegt und ist zurückgekommen. Es ist nicht weit weg, gar nicht weit weg. Schon jetzt hat es Dinge getan, an die Monster Mother nicht denken mag. Dinge, die es niemals hätte tun dürfen.

Sie sitzt mitten im Zimmer im Dunkeln und wiegt sich vor und zurück. Sie ist nicht im Aufenthaltsraum gewesen – sie mag die verschiedenen Farben nicht, die ihre Monsterkinder tragen, und auch nicht die Regenbogen, die über den Fernseher tanzen. Sie lassen ihre Stimmung hundert Mal in der Sekunde hin und her schwingen. Also bleibt sie auf dem Boden in ihrem Zimmer hocken, immer noch in ihrem fliederfarbenen Gewand, immer noch glücklich, weil heute ein fliederfarbener Tag ist und sie dafür sorgen wird, dass es so bleibt. Trotz allem.

AJ ist das beste unter ihren Kindern. Und er wird cleverer. Cleverer und immer cleverer. Er hat das Extra-Auge nicht, aber vielleicht wächst ihm noch eins. Denn allmählich kommt er der Wahrheit nahe. Der großen Wahrheit, die Monster Mother in all den Jahren schweigend beobachtet hat.

AJ hat Isaacs Puppen gefunden. Die Puppen, mit denen er fertig ist. Aber die, mit denen Isaac nicht fertig ist, die hat er nicht gefunden. Die Geister kommender Dinge. Monster Mother hat sie gesehen – sie wird es keiner Menschenseele erzählen, doch sie hat Handel beobachtet mit seinen geschäftigen Fingern, seinem Herzen voller Rachsucht und Wut. Sie hat gesehen, wie er die anderen Puppen gemacht hat – die beiden Lady-Puppen –, die eine blond, die andere mit kurzem stachligem Haar. Rot, leuchtend rot, so rot wie eine Mohnblume. Mit baumelnden Ohrringen und baumelnden Armreifen und einem geblümten Kleid.

Ein dunkelhaariger Puppenjunge hält dieses Puppenmädchen fest. Ihre Gesichter sind einander zugewandt. Seine Arme umschlingen sie fest, so, wie ein Junge manchmal ein Mädchen eng umschlungen hält, wenn niemand zuschaut.

Monster Mother stöhnt leise. Sie wiegt und wiegt und wiegt sich, und ihr Mondschatten springt in spitzen Zacken auf dem Boden um sie herum. Der fehlende Arm tut weh, wie er es oft tut, wenn ihre Stimmung sich ändert. Wenn es schlimmer wird, wenn »Maude« näher kommt, wird Monster Mother ihre Haut abnehmen und sich wieder verstecken müssen.

Morgen wird es ein dunkel-, dunkelblauer Tag werden. Meerblau wie die Mitternacht.

Ewig grüßt das Murmeltier

Flea wacht voll bekleidet um sechs Uhr früh auf dem Sofa auf. Es pocht in ihrem Kopf, und sie hat einen trockenen Mund. Die Vorhänge sind offen, und draußen ist es noch dunkel und eisig, eine kristalline Stille. Der Winter ist unterwegs. Sie dreht sich auf die Seite, zieht das Kissen unter ihr Gesicht und starrt den lautlosen Fernseher an. Vielleicht hat sie was verpasst, und es ist Murmeltiertag, denn auf dem Bildschirm ist schon wieder Jacqui

Kitson. Ein anderes Sofa, ein anderes Kleid, ein anderer Interviewer. Aber der Gesichtsausdruck ist der gleiche. Flea stellt die Lautstärke nicht höher. Das braucht sie nicht. Sie weiß, was Jacqui sagen wird.

Sie schaut auf die Uhr. Schlafen wird sie nicht mehr. Sie muss sich auf den Tag einlassen.

Sie rollt sich vom Sofa, zieht ihre Joggingsachen an und geht im Dunkeln auf ihren Morgenlauf, geleitet von der Stirnlampe und ihrem Gedächtnis. Alles ist mit Reif bedeckt, und die Bäume recken ihre dürren Finger durch die weiße Schicht. Sie sieht niemanden – kein Auto kommt vorbei, und kein Licht brennt in den wenigen Häusern, an denen sie auf ihrem Sechs-Meilen-Rundkurs vorbeikommt. Die Stadt Bath liegt am Fuße der Anhöhe, eine halbe Meile weit rechts von ihr – aber dort regt sich noch nichts. Man erkennt sie nur an dem orangegelben Lichtschimmer im Dunst.

Zu Hause duscht sie, wäscht sich die Haare und zieht die Thermounterwäsche an – bereit zu einem neuen Tag draußen. Als sie den Hosenbund schließt, spürt sie, dass ihr Bauch sich irgendwie schlaff anfühlt – als wollten die Muskeln die Eingeweide herauslassen. Einen Moment lang steht sie im Bad, drückt die Hände auf den Leib und wundert sich.

Ihr Blick geht in den Korridor, zu all den Kisten, die dort stehen. Sie sind so sauber und ordentlich, so gut verpackt und verschlossen. Sie hat ewig gebraucht, um das alles einzupacken. *Fuck*, *fuck* und noch mal *fuck*.

Sie zieht die Fleecejacke über, steigt in die Stiefel und geht noch einmal ins Bad, um sich die Zähne zu putzen. Während sie sich die Haare bürstet, legt sie eine Hand an den Spiegel und senkt den Blick auf den Abfluss. Sie will ihr Spiegelbild nicht sehen. Darauf kann sie verzichten.

Old Man Atheys Obstgarten

Zum Teufel mit Stewart und seinen Albernheiten. Er ist immer noch besessen von dem, was da anscheinend im Wald war, und als AJ ihn am Morgen von der Leine lässt, läuft er schnurgerade über das Feld und hat sich unter den Büschen hindurch und über den Zauntritt geschlängelt, bevor AJ es verhindern kann.

AJ bleibt stehen und flucht leise. Er ist müde. Er hat kaum geschlafen. Melanie ist irgendwann zur Ruhe gekommen und eingeschlafen, zusammengerollt wie ein Kind in seinem Arm, aber er hat wachgelegen und die Schatten an der Decke beobachtet, und seine Gedanken haben sich endlos im Kreis gedreht. Wenn er kurz mal eingenickt ist, war er bald wieder wach. Ihre Anwesenheit drang in sein Bewusstsein – als öffneten ihre Träume und ihr angeschlagenes Vertrauen zu ihm eine Schleuse zu seinen eigenen Alpträumen.

Schließlich hat er aufgegeben. Es ist halb sieben und immer noch dunkel. Er hat frisch gekochten Kaffee auf Patiences und Melanies Nachttische gestellt und ist mit Stewart nach draußen gegangen. Stewart kann anscheinend nur noch winseln und ihm klägliche Blicke zuwerfen, und jetzt ist er einfach abgehauen.

Das Licht, das aus dem Küchenfenster fällt, reicht nicht aus, um ihm zu folgen. AJ geht in die Garage und holt eine Lampe – ein riesiges Ding, das das Wild verscheucht –, und dann geht er hinter dem Hund her. Er findet ihn ungefähr zwanzig Meter weit hinter dem Waldrand. Seine Zunge hängt heraus, und er wedelt eifrig mit dem Schwanz, als er sieht, dass AJ ihm folgt.

»Stewart«, zischt AJ, »du nervst total. Geh mir nicht auf den Keks, ich habe im Moment schon genug um die Ohren.«

Aber Stewarts Blick ist so voll von Hoffnung und Vertrauen, dass AJ seufzen muss. Auch wenn seine Maxime lautet: »Was ich nicht weiß, macht mich nicht heiß« – seinem Hund und dieser emotionalen Erpressung ist er nicht länger gewachsen.

»Also los«, sagt er. »Wir haben genau dreißig Minuten – fünfzehn hin, fünfzehn zurück. Wollen mal sehen, was dieses ganze Theater bedeutet.«

Sie gehen durch den Wald und an der anderen Seite wieder hinaus, über ein Feld und hinauf zu dem Plateau. Er weiß nicht genau, welchen Windungen der Weg folgt, aber er weiß, wo er am Ende wahrscheinlich hinführt. An einen Ort, über den er nicht nachdenken möchte. Der Hund ist außer sich vor Aufregung. Er läuft mit hoch erhobenem Schwanz voran und tut, als wäre er ein geschmeidiger, hochgezüchteter Jagdhund. AJ folgt ihm mit kurzem Abstand und knurrt bei jedem Schritt. Die Felder liegen im Dunkeln, der gefrorene Boden knirscht unter seinen Füßen. Er friert an der Nase und bereut, dass er keine Handschuhe angezogen hat – seine Hände sind zwei Eisbrocken.

»Ich rate dir, du hast da was Gutes«, ruft er Stewart zu, der oben am Weg auf ihn wartet. Der Hund schaut zu ihm zurück und wedelt wie verrückt mit dem Schwanz. »Noch fünf Minuten, dann kehren wir um.«

Stewart hat ihn über das Plateau und auf der anderen Seite wieder hinuntergeführt, am Rand des immergrünen Nadelwaldes entlang. Im Dorf auf der anderen Seite des Tals gehen die ersten Lichter an. Die Frühaufsteher wachen allmählich auf. Old Man Atheys Apfelgarten, wo AJ immer die Kingston Blacks klaut, liegt auf der linken Seite, ein kegelförmiges Grundstück, dessen Spitze in den Wald hineinreicht. Das Gelände vor ihm heißt in der Gegend nur The Wilds, weil anscheinend niemand weiß, wem es gehört. Es könnte Eigentum des National Trust sein. Oder es gehört irgendjemandem, der unter einem Sauerstoffzelt auf einer entlegenen griechischen Insel langsam vermodert. AJ weiß von Kindheit an, wo The Wilds liegt, aber er hat noch nie einen Fuß darauf gesetzt, soweit er sich erinnern kann. Die Upton Farm ist dahinter.

Stewart bleibt so plötzlich stehen, dass AJ ihn beinahe anrempelt.

»Hey, du Irrer. Was zum Teufel ist denn jetzt los?«

Der Hund rührt sich nicht. Still und starr wie ein Stein steht er da, den Blick nach vorn gerichtet, und konzentriert sich mit jeder Faser auf den Weg vor ihnen. Die Morgendämmerung streicht weißlich über den Himmel, und das Licht, das heranschleicht, genügt jetzt, um ohne die Hilfe der Lampe einzelne Bäume zu unterscheiden. Der Weg führt in den Wald hinein, wird nach ungefähr fünfzehn Metern immer grauer und verschwindet dann im Dämmer.

AJ ist ein Landkind, und nichts hier kann ihm Angst einjagen. Es gibt keinen Grund, weshalb sich plötzlich seine Nackenhaare sträuben. Er hält den Atem an und richtet alle seine Sinne auf das Waldstück vor ihm. Er ist nicht sicher, aber ihm ist, als habe er da etwas gesehen, das dunkler war als die Umgebung, eine Gestalt, die sich dort bewegt hat. Isaac Handel. AJ wird den Gedanken nicht los – die Gewissheit. Er bekommt eine Gänsehaut.

Stewart winselt plötzlich und dreht sich halb um, als wolle er in die Richtung zurücklaufen, aus der sie gekommen sind. Als habe ihn das, was da im Wald ist, eingeschüchtert. Er läuft ein paar Meter weit an AJ vorbei und bleibt dann unentschlossen stehen. Fragend schaut er sich um, an AJ vorbei, in den Wald hinein.

»Hallo?« AJ leuchtet mit der Lampe über den Weg. »Hallo?«

Seine Stimme klingt dünn und hohl, und die Bäume verschlucken sie sofort. Er geht drei Schritte weiter.

»Hallo?«, ruft er noch einmal. »Ich will Ihnen keine Angst machen, aber ich habe einen Hund dabei.«

Stille. Nicht einmal das Knacken eines Zweiges. Er nimmt seinen ganzen Mut zusammen und macht noch ein paar zögernde Schritte. Sehen kann er nichts.

»Isaac? Sind Sie das?«

Stewart schleicht sich an seine Seite, ängstlich und auf leisen Sohlen, und drückt sein raues Fell fest an AJs Wade. Zusammen gehen sie weiter in den Wald hinein.

Etwa fünf Meter vor ihnen, dort, wo der Weg im Dämmerlicht zu verschwinden schien, verbreitert er sich in Wirklichkeit ganz unerwartet zu einer Lichtung. AJ und Stewart bleiben an ihrem Rand stehen und schauen sich um. Fadenscheiniges Tageslicht sickert herein und findet die feinen Dunstwölkchen, die vom Waldboden aufsteigen, und ein paar Blätter, die kraftlos von den Bäumen fallen. Mitten auf der Lichtung steht etwas, das nur schwer zu beschreiben ist. Sogar AJ verschlägt es auf den ersten Blick die Sprache.

Es ist ein Baum, aber der Stamm hat einen Durchmesser von drei Metern. Die dicken Äste senken sich, sieben oder acht Meter weit vom Stamm entfernt, von ihrem eigenen Gewicht niedergedrückt zu Boden, sodass es aussieht, als stütze der alte Baum sich mit den Ellenbogen auf die kalte Erde. Unter den gewölbten Ästen ist der Grund trocken und die Luft still und ruhig wie in einer Kathedrale. Und wo der Baum seine Ellenbogen aufstützt, hat er Wurzeln geschlagen und kriecht von der Mitte aus nach außen. Rings um ihn herum wächst ein äußerer Ring – ein magischer Kreis aus sieben Bäumen. Alle identisch, lauter Klone des alten Baums in der Mitte.

Taxus baccata: Die nadeldünnen Blätter, die Rinde, die Samen und der Saft – alles ist tödlich. Die wandernde Eibe. Ein Baum, so alt wie die Zeit. Niederträchtig und lautlos und tödlich wie eine Schlange.

AJ lässt seinen Atem entweichen. Nur ein Baum. Nichts, wovor man Angst haben muss. Hier ist überhaupt nichts. Er und

Stewart bleiben noch einen Moment lang stehen und atmen ein und aus, ein und aus. Nein. Nichts.

Trotzdem wird er nicht näher an das verdammte Ding herangehen – und schon gar nicht daran vorbei.

»Komm jetzt, Alter.« AJ nimmt Stewart an die Leine und dreht ihn in Richtung Heimweg. »Was immer du dachtest, was da war, jetzt ist es weg. Lass uns frühstücken gehen.«

Im Innern der Puppen

Als Caffery in seinem Bett erwacht, tut ihm jeder Knochen, jedes Gelenk weh. Er liegt da, hält die Hände vor das Gesicht und fühlt den Schmerz wie eine Vorahnung des Todes. Dumpf und uralt. Es dauert lange, bis er vergeht und bis Caffery die Kraft zum Aufstehen findet.

Dann sitzt er in der Küche mit einem Kaffee und wartet darauf, dass er wirkt. Als sein Kopf nach und nach in Bewegung kommt, begreift er, dass er sich so fühlt, weil über Nacht etwas mit ihm passiert ist. Etwas, das draußen in der realen Welt unaussprechlich wäre, aber für jemanden wie Handel mit seiner verdrehten Weltordnung tadellosen und abscheulichen Sinn ergibt. Er zieht den alten Pullover an, der auf dem Treppengeländer hängt, und holt seine Brille. Er sucht sein Schweizer Messer heraus, und mit dem Auftrieb, den das Koffein ihm schenkt, öffnet er die Tür zum Wirtschaftsraum.

Das Fenster war über Nacht offen – einen Spaltbreit und gesichert –, sodass ein bisschen Luft hereinkommen konnte, und jetzt ist es eiskalt dort drinnen. Die frühe Morgensonne scheint durch das Fenster herein. Die Puppen liegen bewegungslos auf den Fliesen, und ihre Augen blicken starr zur Decke. Was haben sie an sich, dass er so sicher ist, sie liegen erst seit ein paar Sekunden so da? Und die ganze Nacht, während er schlief, waren sie in Bewegung? Sind vielleicht durch den Fensterspalt hinausgekrochen, zum nächsten Friedhof, und haben Grabsteine hochgestemmt?

Er zieht seine Handschuhe an und nimmt die männliche Puppe. Graham Handel. Mit der Pinzette aus seinem Messer löst er sorgfältig die Nähte. Unter der äußeren Stoffschicht findet er eine Lage aus fleckigem Musselin. Sie ist mit Schriftzeichen bedeckt, aber Caffery kann sie nicht gleich entziffern oder auch nur erkennen, welche Sprache es ist, weil die Tinte stark verwischt ist. Er zieht die Außenhülle vollständig herunter und legt sie zur Seite wie eine abgezogene Miniaturhaut und macht sich daran, die Musselinschicht abzulösen. Darunter ist noch eine Schicht.

Als er beide Puppen auseinandergenommen hat, liegen in seinem Wirtschaftsraum acht kleine Häute aus verschiedenfarbigen Materialien. Vier haben alle weiblichen Eigenschaften wie Brüste und breite Hüften, die anderen vier haben einen Penis. Verstreut zwischen den Textilhüllen liegen die anderen Dinge, die er im Innern der Puppen gefunden hat. Die Zähne, sieht er, sind nicht aus polierten Muschelschalen gemacht, wie er angenommen hat, sondern sie sind menschlich. Acht Stück, vergilbt und alt. Schneide- und Backenzähne. Zwei verfilzte Haarknäuel – eins blond, eins dunkel – und etwas, das für sein erfahrenes Auge aussieht wie die geschrumpften, mumifizierten Überreste menschlicher Ohren.

Suki und der Schnee

Der immer wiederkehrende Traum ist heute Nacht anders. Er fängt wie immer an in einem Raum mit glatten Wänden. Da ist der seidene Faden, der in einem Loch in der Decke verschwindet, aber diesmal ist es ein Draht. Und diesmal weiß Penny, dass der Raum in einem Wald liegt. Sie hört Vogelgezwitscher und riecht die frische Luft. Sie entdeckt eine Öffnung – und sieht Schnee. Sie steht auf, und da ist Suki, die im Schnee herumspringt, ein junger Hund, der mit flatternden Ohren in die Höhe hüpft und auf allen vieren landet. Sie schnappt nach den Schneeflocken und dreht sich um sich selbst, immer wieder, auf der Jagd nach der einen Flocke, die ihr entgeht.

O Suki, Suki.

Die Hündin hebt den Kopf und springt auf sie zu. Nasser Schnee und welke Blätter hängen in ihrem Fell – aber Penny ist so überglücklich, sie zu sehen, dass sie sie auf den Arm nimmt und sich hinsetzt, sie umarmt und das Gesicht in ihrem Fell vergräbt. Suki riecht wie ein nasser Pullover, und sie ist durchnässt, völlig durchnässt und eiskalt.

Komm, sagt Penny, *komm – damit wir dich abtrocknen können.*

Danke, sagt Suki mit tiefer Stimme. *Danke – du warst immer so gut.*

Überrascht setzt Penny die kleine Hündin auf den Boden. Suki schaut zu ihr auf. Ihr Gesicht ist jetzt verändert – größer, gröber. Ihre Augen sind schmal wie die eines Menschen.

Suki?

Zur Antwort hebt Suki die Pfote. Aber es ist eine Menschenhand – groß und behaart wie die eines Mannes. Sie nimmt Pennys Hand und drückt sie.

Du hast mich eingesperrt, sagt Suki. *Du hast mich eingesperrt, und jetzt will ich raus.*

Penny wacht mit einem Ruck auf. Sie keucht. Der Geruch ist real, und jemand hält ihre Hand. Es ist dunkel im Zimmer, dunkler als sonst. Trotzdem kann sie das Gesicht neben ihr auf dem Kissen erkennen.

Es ist nicht Suki, sondern Isaac Handel. Er ist nur eine Handbreit von ihr entfernt, und sein Mund ist offen und lächelt.

Schmutziger rosa Satin

Caffery pflückt die Puppen auseinander und stellt fest, dass sie ein groteskes Sortiment von Körperteilen und Ausscheidungen enthalten. Aber anders als bei den Puppen, die Handels Eltern darstellen, besteht der Inhalt aus Dingen, die nicht gewaltsam genommen oder entwendet wurden: abgeschnittene Haare, Fingernagelsplitter, Kleidungsfetzen, zahlreiche zusammengeknüllte Papiertücher, verklebt von namenlosen Sekreten.

Isaac hat die Zeit im Schlafzimmer seiner Eltern damit verbracht, Stücke von seinen Eltern abzutrennen, um sie in die Puppen zu nähen. Er hat die fehlenden Teile nicht gegessen oder aus dem Fenster geworfen. Er hat sie einfach mitgenommen.

Mit den übrigen Puppen weiß Caffery weniger anzufangen. Er hat keine Ahnung, wen sie darstellen sollen, aber er vermutet, es handelt sich um Mitarbeiter und andere Patienten in Beechway. Eine männliche Puppe hat ein abscheulich aussehendes rotes Bonbon in einer Augenhöhle, in der ein Auge sein sollte. Caffery hat nicht vergessen, dass AJ überzeugt war, Handel habe einen der Patienten auf irgendeine Weise dazu gebracht, sich mit einem Löffel das eigene Auge herauszureißen. Moses.

Penny hat gesagt, sie könne sich vorstellen, dass es auch für sie eine Puppe gebe. Er hat nichts gefunden, was sie darstellen könnte; also hatte Handel für sie vielleicht keine langfristigen Pläne. Da ist auch nichts, was auf AJ oder Melanie hinweisen könnte – was überraschend ist, denn als Leiterin der Klinik dürfte sie in Isaacs Augen Macht und Autorität bedeutet haben. Sie ist eine attraktive Frau in einer mächtigen Position, und selbst jemand, der so krank ist wie Handel, dürfte das erkennen.

Caffery weiß nicht genau, ob das Fehlen dieser Puppen ihn beunruhigen sollte oder ob es ihn nur ablenkt. Er kritzelt eine Notiz auf den Rand seines Blocks, schiebt ihn zur Seite und widmet sich wieder den anderen Puppen.

Zwei hat er zur Seite gelegt, um sie besonders gründlich zu untersuchen. Es sind die einzigen Puppen neben denen der Eltern, deren Augen zugenäht sind. Vielleicht stellen sie Leute dar, die Isaac ebenfalls aufs Korn genommen hat. Beide Puppen sind weiblich. Sie scheinen tot zu sein, aber sie sehen nicht verdreht und gefoltert und zerstochen aus wie Grahams und Louises Puppen, sondern liegen auf rosafarbenen schmutzigen Satinpolstern und haben die Arme auf der Brust gekreuzt. Die eine sieht übergewichtig aus und trägt ein grellrotes T-Shirt und rote Socken. Die andere ist mit einem schlichten Pyjama aus blauem Drillich bekleidet. Ihr Haar ist aus Seidenstreifen gemacht und hat die Farbe von weichem Käse. Ihr Körper ist nur ein mit Filz umwickeltes Drahtgestell. Sie sieht aus wie ein mit Haut bedecktes Skelett.

Auf Cafferys Handy ist ein vor dem Tod aufgenommenes Foto von Pauline Scott. Er schaut die Puppe an. Er schaut das Foto an. Und betrachtet wieder die Puppe.

Und greift zum Telefon.

Ein rotes T-Shirt

AJ sitzt in seinem Büro und durchsucht das Internet nach Artikeln über die Aufhebung der Sicherheitsverwahrung und die ambulante Weiterversorgung der Betroffenen und fragt sich, wie zum Teufel Isaac Handel angesichts all der »Sicherheitsvorkehrungen« einfach hat verschwinden können. Sein Telefon klingelt. Es ist DI Caffery. AJ steht auf und macht die Tür zu.

»Ja – hi«, sagt er. »Ich wollte Sie eben anrufen. Wie läuft's?«

»Einigermaßen okay und dann auch wieder nicht. Sagen Sie, haben Sie sich das Zeug, das Sie mir gebracht haben, genauer angesehen?«

»Eigentlich nicht.«

»Sie waren nicht neugierig?«

»Neugier ist der Katze Tod. Dass mich das alles nicht interessiert, ist der Hauptgrund dafür, dass ich in diesem Job überlebt habe.«

Ein kurzes, ironisches Lachen kommt aus dem Hörer. »Merkwürdig«, sagt Caffery. »Neugier ist der Grund, weshalb ich in meinem Job überlebt habe.«

AJ räuspert sich. Er geht zum Fenster und schaut hinaus über das Gelände. Der Tag ist regnerisch, und von hier aus sieht er die Fenster der Station Myrte. Eine Etage höher dringt elektrisches Licht scheibchenweise durch die Lamellen der geschlossenen Jalousie in Melanies Büro. Er schließt seine eigene Jalousie und wendet sich vom Fenster ab.

»Gibt es was Neues?«

»Ja, was Gutes. Sie haben mich überzeugt. Ich nehme Ermittlungen auf.«

AJ beißt sich auf die Lippe. Er denkt an das Licht in Melanies Fenster hinter ihm. »Bedeutet das, Sie müssen in die Klinik kommen?«

»Ja. Sie wissen, dass wir die Sache ernst nehmen. Vielleicht können Sie auf Ihrer Seite alles in Ordnung bringen.«

AJ legt das Gesicht in Falten. Was hat er sich gestern versprochen? Und hat er sein Versprechen gehalten? Nein.

»Können Sie mir vielleicht einen Tag Zeit geben? Oder ist es dringend?«

Darauf folgt eine winzige Pause. Caffery scheint zu zögern. »Einen Tag?«

»Ja. Damit hätte ich Zeit, die ... äh ... Kanäle zu öffnen.«

»Mir wäre es lieber, wenn es schneller ginge. Ich möchte gern heute Nachmittag oder spätestens morgen früh kommen. Wir müssen Gas geben – wir wissen ja nicht, wo Handel ist.«

»Okay. Okay, ich tue mein Bestes.«

»Tun Sie das bitte.« AJ hört, wie Caffery am anderen Ende mit Papier raschelt. »Und noch etwas, wenn ich Sie schon am Telefon habe. Ich müsste ein paar Fragen klären. Rotes T-Shirt und rote Socken? Sagt Ihnen das was?«

AJ holt tief Luft. Das Herz hämmert in seiner Brust. »Rote Socken, rotes T-Shirt? Was heißt das?«

»Die Puppen – sie sehen beliebig zusammengestückelt aus, aber sie sind es nicht. Ist Ihnen das nicht aufgefallen?«

»Nein – ich meine, ich habe sie nicht genau angesehen.«

»Jede Einzelne symbolisiert jemanden in Isaacs Leben. Die meisten sind wahrscheinlich Leute aus der Klinik, denn das sind die Einzigen, mit denen er in den letzten elf Jahren Kontakt hatte. Eine der Puppen trägt ein rotes T-Shirt und rote Socken. Deshalb die Frage.«

AJ rutscht das Herz in die Hose. Er wünscht, er hätte sich alles, was passiert ist, nur eingebildet. »Zelda«, sagt er. »Die roten Socken und das rote T-Shirt? Wir hatten ständig Streit mit ihr wegen der Socken – die Mitarbeiter wollten sie nicht waschen, weil sie alles rosa färbten ...« Er spricht nicht weiter. Seine

Kehle ist trocken. »Mr Caffery, sind noch welche dabei, die aussehen wie jemand aus der Klinik?«

»Wie Sie? Nein.«

»Ääh... und was ist mit unserer Direktorin? Sie erinnern sich? Die Blonde?«

»Vielleicht sollten Sie sich die Dinger ansehen, wenn ich komme. Eine ist dabei, die halte ich für Moses Jackson.«

»Scheiße.«

»Und eine sehr dünne Frau im Pyjama...«

»Langes Haar? Blond?«

»Ja.«

»Pauline«, sagt er leise. »Sie war im Pyjama, als sie...«

Er bricht ab. Vor seiner Tür sieht er Melanie. Sie lächelt und winkt ihm durch die Glasscheibe zu. Er lächelt matt zurück und hebt einen Finger. *Eine Sekunde*, formt er mit dem Mund. Er wendet sich ab und redet schneller.

»Ich tue, was ich kann, um hier alles zu klären. Ich lasse es Sie wissen, wenn ich es geschafft habe.«

»Okay. Ich will jetzt wirklich schnell etwas unternehmen, also...«

»Ich muss jetzt auflegen. Ist kein guter Moment zum Reden.«

»In Ordnung. Geben Sie mir so schnell wie möglich Bescheid. Ich warte.«

»Wird gemacht.« Er drückt mit dem Daumen auf die rote Taste und nimmt sich einen Moment Zeit, um sich zu sammeln. Dann dreht er sich um und lächelt Melanie zu. Er winkt. »Komm rein.«

Sie tritt ein. »Entschuldige – ich wollte nicht stören.«

»Schon okay. Das war nichts weiter.« Sie fragt nicht nach einer Erklärung, aber er gibt ihr trotzdem eine. »Das war ein Vertreter. Ich weiß nicht, wer da unsere verdammten Nummern weitergibt. Hatte anscheinend was Dringendes mitzuteilen wegen meiner Risiko-Lebensversicherung. Kann ich dir einen Kaffee machen? Ist nicht der beste, aber ich werde tun, was ich kann.«

»Schon gut, ich hatte gerade welchen.«

AJ hüstelt nervös. Er hat gelogen. Er hat *schon wieder* gelogen. »Hast du ... Ich meine, wolltest du etwas ...?«

Bevor er den Satz zu Ende bringen kann, klingelt das Telefon in seiner Hand wieder. Er erschrickt. Melanie schaut das Telefon an. Einen Moment lang packt ihn schreckliche Verlegenheit. Sein Herz rast, und er überlegt, was er sagen soll, wenn es noch einmal Caffery ist.

»Na los.« Sie lächelt. »Ich kann warten.«

»Ja. Ich meine, ich...« Zu seiner grenzenlosen Erleichterung sieht er, dass auf dem Display der Name »Patience« steht. Er schaut Melanie mit gequältem Gesicht an und hält das Telefon hoch, sodass sie das Display sehen kann.

»Ich muss wohl...«, sagt er.

Sie nickt, wirft ihm eine Kusshand zu und geht wieder. Er bleibt an der Tür stehen und sieht ihr durch die Glasscheibe nach, bis sie um die Ecke des Korridors verschwunden ist, ehe er den Anruf annimmt.

»Also, AJ«, sagt Patience, »reg dich jetzt bloß nicht auf...«

»Das ist *die perfekte* Gesprächseröffnung, Patience.« Er wendet sich von der Tür ab. »Es hat – ich weiß es nicht, es hat was unglaublich Beruhigendes. Was ist los? Hast du wieder das Geld für die Grundsteuer verzockt?«

»Nein – es ist wegen Stewart.«

»Oh.« AJs Kühnheit versickert spurlos. Er setzt sich an seinen Schreibtisch. »Ist er ...?«

»Es geht ihm gut. Er ist hier bei mir, AJ. Er schläft tief und fest. Aber es ging ihm nicht gut. Ich war bei der Tierärztin mit ihm, und sie haben ihm den Magen ausgepumpt und Blut abgenommen und...«

»Was?«

»Ich weiß – es hat ein Vermögen gekostet. Aber beim Tierarzt hatte ich das Telefon nicht dabei und konnte dich deshalb nicht fragen, und die Tierarzt-Lady hat mich angeschrien, ich müsste mich jetzt schon entscheiden, einfach *so*, sonst würde Stewarts Leber versagen und seine Nieren und ...« Sie atmet ein paarmal heftig durch. »AJ, ich dachte, wir verlieren ihn.«

AJ versteht kein Wort. Noch vor ein paar Stunden ist Stewart mit ihm durch den Wald gelaufen und hat wie verrückt mit dem Schwanz gewedelt. »Was zum Teufel ist passiert? Was hat er?«

Am anderen Ende ist es lange still. Er kann beinahe hören, wie Patience ihre Worte abwägt und jedes einzelne prüft, bevor sie es ausspricht. Als sie dann weiterredet, tut sie es in dem bedeutungsschweren Ton, den sie benutzt, wenn sie will, dass AJ zwischen den Zeilen liest.

»Die Tierärztin sagt, er ist irgendwie vergiftet worden. Aber *ich* habe ihm nichts gegeben.«

»Vergiftet?« Es ist, als schlängelte sich etwas Kaltes, Schuppiges über seine Wirbelsäule. Vor seinem geistigen Auge sieht er nur noch den Spaziergang durch den Wald am Morgen. »Wie vergiftet?«

»Die Tierärztin weiß es nicht. Sie sagt, es kann alles Mögliche gewesen sein. Als sie ihm den Magen ausgepumpt haben, ist nichts Erkennbares herausgekommen. Aber er hat etwas gefressen, einen Fliegenpilz vielleicht. Du weißt, dass Stewart nicht sehr wählerisch ist, wenn es ums Futter geht.«

»Ist schon okay, Patience. Du hast alles richtig gemacht, reg dich nicht auf. Vielleicht komme ich heute Abend spät nach Hause, aber mach dir keine Sorgen wegen des Geldes, okay? Das kriegen wir schon hin.«

»Ich hoffe, du hast recht«, sagt sie trocken. »Ich hoffe wirklich, du hast recht.«

»Habe ich.« Er schaut aus dem Fenster, als er es sagt – zu den Lichtern von Station Myrte und in Melanies Fenster. Er muss den Mut aufbringen, ihr von Caffery zu erzählen. Irgendwie muss er es schaffen. »Ich habe recht. Nimm Stewie für mich in den Arm.«

Die Ente

Wenn es aussieht wie eine Ente, schwimmt wie eine Ente und quakt wie eine Ente, dann ist es aller Wahrscheinlichkeit nach... eine Ente.

Einer von Cafferys Ausbildern auf der Polizeischule in Hendon hatte eine Vorliebe für diesen Satz, und er kläffte ihn vor den Rekruten im Szenario-Training. Er muss sich ihm tief eingeprägt haben, denn jetzt kommt er Caffery wieder in den Sinn, als er in seinem Büro sitzt und den Papierberg zu den Upton-Farm-Ermittlungen anstarrt.

Er hat Handels Puppen hergebracht. Der Superintendent hat einen Interimsetat für die Forensik genehmigt, und der Leiter der Spurensicherung kommt herauf, um die Puppen abzuholen.

Caffery betrachtet die Puppe in dem blauen Drillich-Pyjama und die mit dem roten T-Shirt. Beide auf einem Satinkissen zur friedlichen Ruhe gebettet, nicht verrenkt oder zerschnitten. Aber mit zugenähten Augen. So, wie Isaac auch die Augen an den Puppen seiner Eltern zugenäht hat.

Zelda und Pauline...

Wenn es aussieht, schwimmt und quakt wie eine Ente...

Am späten Nachmittag wird man ein volles Team auf die Beine gestellt haben. Jemand spricht mit dem Dezernat für Schwerkriminalität über die Einleitung der Fahndung nach Handel. Der offizielle Bericht über Pauline Scotts Verschwinden und ihre Obduktion ist bereits an das Team verteilt worden. Es heißt, die Mühlen der Bürokratie mahlen langsam, aber die Räder der Avon and Somerset Police sind anscheinend gerade besonders gut geölt. Er wartet nur noch darauf, dass AJ ihn anruft und ihm grünes Licht für seinen Besuch in der Klinik gibt.

Das ist das große Problem. Es liegt hauptsächlich daran, dass Caffery anständig ist – aus unerwarteter und unerklärlicher Loyalität diesem Mann gegenüber. Aber diese Gefälligkeit kann nicht endlos ausgedehnt werden. Sobald das Team steht, muss er AJ den Hahn zudrehen und nach Beechway fahren, egal wie.

Zeit für einen Kaffee. Er inspiziert seinen angestoßenen alten Becher – leer. Er nimmt ihn, steht auf und bleibt kurz stehen, um sich die Umgebungskarte an der Wand anzusehen. Es ist eine unprofessionell geführte Karte, denn es gibt Orte, die er mit einer Nadel hätte markieren müssen und nicht markiert hat – zum Beispiel den Steinbruch bei Elf's Grotto und die Straße in der Nähe der Farleigh Park Hall. Trotzdem ist sie ihm eine Hilfe. Manchmal bringt sie ihn auf Gedanken, wenn er eine Inspiration braucht.

Er schaut sie noch eine Zeitlang an. Als er merkt, dass er nicht weiß, wonach er sucht, schaltet er den Wasserkocher ein. Während er darauf wartet, dass das Wasser kocht, schaut er aus dem Fenster zu einer Nebelbank hinaus, die über den Hochhäusern aufsteigt. Was hast du vor, Handel?, denkt er. Was geht da durch dein verkorkstes Gehirn?

Das Wasser kocht. Caffery brüht seinen Kaffee auf. Er gießt ein bisschen Milch dazu und will eben den Zucker hineinrühren, als ihm ein Licht aufgeht. Er lässt den Kaffee stehen, fährt herum und starrt quer durch das Zimmer.

Die Karte. Die gottverdammte Karte.

Er legt den Löffel weg, geht hinüber und bleibt mit verschränkten Armen vor der Karte stehen.

Da ist es, klar wie der helle Tag. Gleich unterhalb der Upton Farm, eine kleine Eintragung.

The Wilds.

Wie man die Wahrheit sagt

Endlich bringt AJ den Mut auf, zu Melanie zu gehen und ihr von Jack Caffery zu erzählen. Er klopft an ihre Tür, und als er eintritt, sitzt sie am Schreibtisch und lächelt ihm entgegen.

»Hi«, sagt er vorsichtig. »Vorhin – wolltest du etwas Bestimmtes?«

»Dich einmal in den Arm nehmen. Hallo sagen.« Sie lächelt betreten. Nichts lässt erkennen, dass sie weiß, dass er sie wegen des Telefonats belogen hat. »Alles okay?«

»Ja. Ich meine, einigermaßen.«

»Einigermaßen?«

»Ja, ich … ich muss mit dir sprechen. Da ist etwas passiert.«

»Etwas?«

Er setzt sich. Legt Schlüssel und Telefon auf ihren Tisch – sieht ihr in die Augen. Durchsucht seinen Kopf nach dem ersten Satz der Rede, die er sich zurechtgelegt hat. Aber er platzt heraus: »Stewart ist krank. Er war bei der Tierärztin.«

Melanie schaut ihn entsetzt an. »Bei der Tierärztin? Geht es ihm nicht gut?«

»Doch – er wird wieder. Patience hat sich darum gekümmert.«

»Mein Gott, das tut mir leid. Armer Stewart. Vielleicht hat er etwas gefressen, als er – du weißt schon …« Sie zieht die Stirn kraus. »Wo immer er da dauernd hinrennt.«

»Vielleicht. Aber es ist okay. Er wird wieder.«

»Das ist gut.« Sie lächelt wieder, und er lächelt blöde zurück. Sie wartet darauf, dass er etwas sagt, doch er bringt es nicht über sich, die Worte auszusprechen. Er ist ein Waschlappen. Ein Feigling. Ein windelweicher Drückeberger. Er sucht nach einer Möglichkeit, das Thema zu wechseln und seine Anwesenheit hier zu rechtfertigen. »Also.« Er deutet auf den Korridor, der aus dem Direktorenbüro zu der kleinen Küche führt. »Also. Was dagegen, wenn ich Kaffee mache?«

»Aber gern. Ich nehme auch einen.«

Er spürt ihren Blick auf sich, als er das Zimmer verlässt. Er weiß, dass sie weiß, da ist noch mehr. Er wird es sagen. Er *wird* es sagen. Er schüttet Wasser in die Kaffeemaschine, schaltet sie ein und nimmt die glänzenden Tassen heraus, und dabei spricht er leise vor sich hin: »*Ich habe dich belogen, nicht weil ich bin wie die anderen, sondern weil ich das Richtige tun wollte…*«

Er stellt Milch und Zucker auf das Tablett. Die Kaffeemaschine macht *ping*, und er lässt den Kaffee in die Tassen laufen. Er hat Herzklopfen.

Er legt zwei Kekse auf einen Teller, trägt das Tablett hinüber und stellt es auf ihren Tisch.

»Danke.«

»Gern geschehen.«

Sie nimmt einen Schluck Kaffee, und er stellt seine Tasse auf den Tisch. Aber statt sich zu setzen und zu trinken, bleibt er stehen. Und schweigt. Schließlich merkt sie es. Sie lässt die Tasse sinken und schaut zu ihm auf.

»AJ? Was ist los?«

»Zelda Lornton. Pauline. Moses. Die Polizei will Ermittlungen einleiten.«

Sie reagiert sofort und genau so, wie er es befürchtet hat. Sie wird bleich. »Was?«, murmelt sie fassungslos. »*Was?*«

The Wilds

Penny Pilson geht nicht ans Telefon. Caffery hinterlässt eine Nachricht: »Wenn Sie Zeit haben, möchte ich Sie etwas fragen. Was Sie gemeint haben, als Sie sagten, Handel würde ›draußen in der Wildnis‹ sein. Rufen Sie mich an.« Dann schaut er auf die Uhr. Der Superintendent ist in einem Meeting im Präsidium und wird dort bis zum Mittag bleiben. AJ LeGrande hat Cafferys Handynummer. Es gibt nichts, was ihn hier noch hält. Er sucht seine Schlüssel heraus, und im letzten Moment nimmt er noch die »North Face«-Triclimate-Jacke und die Wanderstiefel aus dem Schrank.

Wotton-under-Edge liegt am unteren Rand der Cotswolds, ein altes Marktstädtchen, das sich bis heute die Atmosphäre eines Ortes bewahrt hat, an dem man sich versammelt. Aber um diese Zeit, an einem kalten Tag gegen Ende Oktober, sind hier nur wenige Leute zum Einkaufen unterwegs, und sie huschen hastig zwischen den hell erleuchteten Geschäften umher. Caffery fährt durch die Stadt und sieht, wie sie in seinem Rückspiegel zusammenschrumpft. Upton Farm liegt nur zwei Meilen weit von hier entfernt. Wotton dürfte der Ort sein, den die Handels zum Einkaufen aufgesucht haben. Er fragt sich, ob Isaac in letzter Zeit auch hier gewesen ist. Ob er in dem Wartehäuschen an der Bushaltestelle oder dort auf der Bank gesessen und die Leute beobachtet hat, die hier kommen und gehen.

Draht und Zange. Ist noch etwas unerledigt?

Die Straße schlängelt sich die Steigung hinauf, bis er auf der Höhe entlangfährt, vorbei an Westridge und North Nibley. Mit Hilfe seines Telefons und seiner Erinnerung an die Karte findet er einen kleinen Feldweg, der zu einem verlassenen Obstgarten führt. Eine rostige riesige Blechwanne liegt auf der Seite unter den knorrigen Bäumen, als hätte ein Riese keine Lust mehr gehabt, hier Äpfel zu pflücken, und das Ding zur Seite geworfen. Das Gras ist nicht gemäht; es liegt platt und verfilzt unter den nassen Haufen verfaulender Äpfel.

Als der Feldweg endet, hält Caffery an. Er zieht die Stiefel und die Jacke an und holt eine Taschenlampe unter dem Fahrersitz hervor. Sie ist schwer und solide und liegt gut in der Hand. Er schließt den Wagen ab, schlägt den Kragen hoch und betritt den Pfad, der zu den Bäumen hinaufführt.

Er braucht fünfzehn Minuten, um das Gelände zu erreichen, nach dem er sucht: die Wildnis – The Wilds. Ein paarmal verliert sein Telefon die GPS-Verbindung und findet sie dann wieder. Dann hat er kein Netz mehr. Er steckt das Handy ein und geht weiter.

Kaum kommt er auf die Lichtung, springen ihm die Umrisse ins Auge. Ein Berg – ein weißknochiger Riese. Es ist ein Baum, das erkennt er sofort, aber ein Baum, wie er noch keinen gesehen hat: Gigantisch und tot steht er im fahlen Licht. Das eingestürzte Skelett eines Ogers.

Er lässt den Blick über den Wald ringsum wandern und geht dann, angezogen von diesem Baum, ein paar Schritte weiter. Welkes Laub raschelt unter seinen Füßen. Als er um ihn herumgeht, findet er, halb verborgen, einen bogenförmigen Eingang zu dem leeren Schlund, wo das Herz des Baumes gewesen sein muss. Er legt eine Hand auf eine gekrümmte Wurzel, beugt sich vor und leuchtet mit seiner Lampe hinein. Er sieht Bierdosen und einen durchnässten Schlafsack auf einem plattgefalteten Pappkarton.

»Hallo?« Das Licht der Lampe erfasst das knorrige Innere des Baums, pockig von blanken Knoten und Beulen wie eine Wand aus poliertem Stein. »Jemand zu Hause?«

Stille. Er schwenkt die Lampe hin und her, als könnte diese Bewegung alles, was sich in diesem Baum versteckt, ins Freie treiben. Er knipst die Lampe aus und wartet mit angehaltenem Atem. Aber er hört keinen Laut. Nichts.

Er schnuppert. Es riecht stark nach Erde und modrigem Laub – und nach etwas anderem. Eine dunklere Note unter der Feuchtigkeit, die einen tiefliegenden Nerv berührt. Er öffnet den Mund ein wenig wie eine Katze, die Witterung aufnimmt. Er hat diesen Geruch noch vor Kurzem gerochen – er ist allzu vertraut. Es ist der ungewaschene Urinmief der Puppen.

Er bückt sich, krümmt sich ganz vornüber und tritt ein. Drinnen kann er nicht aufrecht stehen. Der Geruch ist so stark, dass er eine Hand vor den Mund presst. Er findet einen abgebrochenen Stock auf dem Boden und benutzt ihn, um damit in den Gegenständen auf dem Boden herumzustochern. Es ist, als wühle er in einer Recyclingtonne. Bierdosen sind zu faltigen Scheiben zusammengequetscht. Da sind plattgedrückte Plastikflaschen und mehrere leere Chipstüten. Mit dem Stock hebt er eine Ecke des Schlafsacks hoch und sieht, dass auf der Pappe als provisorischer Nässeschutz eine Plastiktüte von Wickes liegt.

»Hallo, Freundchen«, murmelt er. »Schön, dass ich dich endlich gefunden habe.«

Eins zu eins

AJ drängt es verzweifelt danach, sich neben Melanie zu setzen, aber er darf diesem Impuls unter keinen Umständen nachgeben. »Ich musste die Polizei einschalten.« Er bemüht sich um einen sachlichen Ton. »Ich meine, seien wir ehrlich, wir beide wissen es doch schon lange. Nicht nur, weil Isaac in deinem Garten war – da deutet noch so viel anderes eindeutig auf ihn hin.«

»O Gott.« Melanie legt eine Hand auf den Mund und senkt den Kopf. »O Gott«, sagt sie, »o Gott.«

»Er ist clever, Melanie, viel cleverer, als wir dachten. Er weiß, wie man Leute manipuliert. Zelda und vielleicht auch Moses. Vielleicht sogar Pauline. Sie hatten alle Angst – viele der Zeugen sagen, die drei hatten Angst gehabt in den Tagen, bevor ...«

Seine Stimme versiegt. Melanie fährt sich mit den Händen durch die Haare, gräbt die Nägel in die Kopfhaut und dreht den Kopf hin und her wie eine Gefolterte. Er muss sich anstrengen, um nicht hinzugehen und sie zu trösten. Stumm und still bleibt er stehen, die Füße nebeneinander, die Hände in den Taschen. Er muss es jetzt zu Ende bringen. Er wartet und sieht zu, wie es sie zerreißt. Sie schüttelt den Kopf und sagt immer wieder: »Nein.«

Als sie endlich den Kopf hebt, ist ihr Gesichtsausdruck absolut klar. Zwei Streifen Wimperntusche zeigen, dass sie geweint hat, aber sie wirkt völlig ruhig, als habe sie bewusst entschieden, jedes Gefühl aus ihrem Gesicht zu wischen.

»AJ?«

»Melanie?«

»AJ.«

Es ist halb eine Frage, halb ein Eingeständnis. Und plötzlich wird etwas anderes, das er sich niemals hätte träumen lassen, grell und gleißend klar. Melanie hat etwas anderes verheimlicht. Seine Kiefermuskeln lösen sich, denn auf irgendeiner Ebene begreift er, dass er es immer schon vermutet hat. Schon immer hat er gewusst, dass sie etwas nicht aussprechen wollte.

»Du hast es gewusst«, murmelt er. »Du hast gewusst, was vorging. Du hast gewusst, dass er es war.«

Sie schaut ihm fest in die Augen.

»*Melanie*? Hast du es gewusst?«

Er kann seine starre Haltung nicht mehr wahren. Er sinkt ihr gegenüber auf den Stuhl und starrt sie an.

»Du hast es gewusst – du hast *gewusst*, was Isaac treibt.«

Sie senkt die Stirn und legt die eleganten Finger an die Schläfen.

»AJ, wir haben miteinander geschlafen, wir haben zusammen Dinge getan, die wahrscheinlich verboten sind, und ich nehme an, das bedeutet, wir sollten alles miteinander teilen...«

»Antworte mir einfach. Hast du es gewusst?«

»*Gewusst* nicht gerade. Aber wenn ich ehrlich bin... ich habe es vermutet.«

»*Vermutet?*«

»Jeder hat das Recht wiedergutzumachen, was er getan hat. Sie alle brauchen eine Chance zur Resozialisierung. Darauf gründet mein ganzer Ethos, immer schon.«

»Ethos? Du reißt dir ein Bein aus, damit dieser gottverdammte Isaac Handel entlassen wird? Obwohl du wusstest, was er treibt?«

»Ich hab's nicht *gewusst*. Ich hab's vermutet.«

»Von mir aus auch nur *vermutet*.« Er legt den Kopf zurück und breitet die Hände aus, als bitte er Gott um Hilfe. »Das kann ich nicht glauben.«

»Weil du nie in *meiner* Position gewesen bist. Du warst nie diesem Druck ausgesetzt. Ich mache dir daraus keinen Vorwurf, wirklich nicht, doch du kannst dir nicht vorstellen, wie das ist. Das ist der Fluch des mittleren Managements: Man ist der Schinken im Sandwich – was einem, wenn man die untere Hälfte des Sandwichs ist, wahrscheinlich wie ein Privileg vorkommt, aber in Wahrheit ist es die Hölle. Der Dreck kommt von beiden Seiten. Für alle in der Klinik muss ich eine Autoritätsperson sein – was immer das heißen mag –, doch für das Kuratorium bin ich lediglich ein Werkzeug. Ich muss akzeptieren, was sie sagen, und daraus etwas machen, was meine Mitarbeiter auch umsetzen können.«

»Das interessiert mich nicht besonders, um ehrlich zu sein. Du hast Isaacs Entlassungsausschuss getäuscht, sodass der Kerl auf freien Fuß kommen konnte.«

»Unter den Patienten hatte sich Hysterie ausgebreitet.«

»Das ist immer noch so, nur ist sie jetzt nicht mehr auf die Klinik beschränkt. Du hast dir wirklich selbst ins Knie geschossen. Isaac ist aus seiner Wohneinrichtung verschwunden, und du und ich, wir wissen beide, dass er in deinem Garten gewesen ist. Nach allem, was ich weiß, war er womöglich auch bei mir. Vielleicht hat er sogar Stewart vergiftet. Tut mir leid, Melanie, aber im Moment finde ich das alles ein bisschen zu viel.«

»AJ, mein Job stand auf dem Spiel. Zu einhundert Prozent. Du weißt nicht, welche Opfer ich gebracht habe, um in diesem Job zu bleiben, und was für beschissene Sachen ich tun musste, um ihn überhaupt zu bekommen. Ich konnte nicht wissen, dass er zurückkommt. Okay, ich bin ein Idiot – das ist mir klar. Wirklich.«

»Es hat nichts mit Jonathan zu tun, oder? Er hat dich nicht angestiftet?«

Sie klappert mit den Lidern. »*Was?* Nein, selbstverständlich nicht. Was soll er denn damit zu tun haben?«

»Ich weiß es nicht. Nichts. Es ist nur alles so… Du hast mich *angelogen*.«

»Du hast mich auch angelogen. Öfter, wie es aussieht. Also steht es jetzt vielleicht eins zu eins?«

»*Eins zu eins*?« Jetzt ist er kurz davor, die Fassung zu verlieren. Als ein Mann, der sich selbst nie im Verdacht hatte, eine ausgeprägte moralische Ader zu haben, stellt er jetzt überrascht fest, wie sehr ihn das alles stört. Er steht auf und geht im Zimmer hin und her, um seine Gedanken so zu sortieren, dass sie irgendeinen Sinn ergeben.

»Es tut mir leid«, sagt sie kleinlaut. »Es tut mir wirklich leid.«

Er geht weiter auf und ab und versucht, sie nicht anzusehen. Ein unbeteiligter Teil seiner selbst weiß, das alles ist unlogisch und unfair, und er weiß auch, dass er ihr wahrscheinlich verzeihen wird. Weil sie Melanie ist, und weil er sie liebt.

»AJ? AJ?«

Er sieht sie an. Sie steht hoffnungsvoll lächelnd da und streckt die Hände nach ihm aus. Er runzelt die Stirn. Ihm ist immer noch nicht wohl.

»AJ? Komm – Waffenstillstand?«

Schließlich umarmt er sie widerwillig. Ihre Arme schieben sich unter seine, ihre Hände legen sich über Kreuz an seine Schulterblätter, und sie drückt das Gesicht an sein Hemd. »AJ, es tut mir leid – es tut mir so leid.«

»Es ist okay.« Er streicht ihr ein wenig steif über das Haar. »Alles okay. Alles wird gut.«

»Ich bin oft so unsicher. Bei der Arbeit.«

»Ich weiß. Ich weiß.« Er streicht ihr weiter über das Haar und weiß immer noch nicht genau, was er denken soll. Sie schweigen lange, und er fühlt nur ihren Herzschlag, flach und schnell an seinem Arm. Er schaut aus dem Fenster. Die Zeiger der alten Uhr am Turm bewegen sich auf drei Uhr zu. AJ malt sich aus, wie sie von draußen aussehen müssen. Wie zwei Menschen, denen etwas aneinander liegt? Oder zwei, die wütend sind?

»Ich habe eine Idee.« Melanie tritt einen Schritt zurück. Sie gräbt ein Taschentuch aus der Tasche ihrer Strickjacke und putzt sich die Nase. »Lass uns weggehen.«

»Weggehen?«

»Ja. Einfach weggehen.« Sie macht ein Flugzeug aus ihrer Hand und lässt es in Richtung Fenster fliegen. »Lass uns verschwinden, bis sich der ganze Wirbel gelegt hat. Du kannst der Polizei sagen, du hast dich geirrt, und dann – keine Ahnung, dann lassen wir uns krankschreiben oder nehmen unseren Jahresurlaub und hauen ab. Ich habe Beziehungen zur Personalverwaltung. Auf eine einsame Insel von mir aus. Sonne, Sand und Sex.« Sie hebt das Gesicht und schaut zu ihm auf. »Einmal habe ich zum Lunch sechs Piña Coladas getrunken und bin in den Pool gefallen.«

»Das kann ich mir gut vorstellen.«

»Der Bademeister musste mich rausholen.«

»Das kann ich mir auch gut vorstellen. Jetzt bin ich eifersüchtig.«

Sie lässt ein Lächeln aufblitzen. In ihren Augen stehen Tränen. »Wollen wir? Einfach weggehen?«

»Ach, Melanie, Melanie.«

»Was denn?«

»Ich kann nicht weggehen.«

»Warum nicht?«

»Wir können nicht einfach so tun, als ob das alles nicht passiert.«

»Okay. Okay.« Ernüchtert beißt sie sich auf die Lippe. »Ich verstehe.«

»Und außerdem ist da noch Stewart. Er ist – weiß der Himmel, was mit ihm los ist, aber ich kann Stewie nicht allein lassen. Nicht, wenn er krank ist.«

»Ich verstehe.«

Sie sieht sich hilflos um, als suche sie etwas, das sie ablenken könnte. Er sagt nichts. Er weiß, wann er besser den Mund hält.

»Ich ... äh ... AJ ... ich ...« Sie fängt an, ihre Sachen einzusammeln – ihre Handtasche, ihr Handy, ihren Schlüsselbund. »Ich glaube, ich mache jetzt einen kurzen Spaziergang. Fahre vielleicht ein bisschen durch die Gegend. Frische Luft, weißt du?«

»Ist wahrscheinlich eine gute Idee.«

Sie nickt. »Ja. Eine gute Idee.« Sie streift ihren cremefarbenen Regenmantel über, zieht sich die Kapuze ins Gesicht, und ohne abzuwarten, ob er noch etwas sagt, geht sie zur Tür. Einen Moment später sieht er sie durch das Fenster: Sie hat ihren Autoschlüssel in der Hand und geht mit schnellen Schritten hinüber zum Parkplatz. Die Blinklichter an ihrem Beetle leuchten einmal auf, und sie steigt ein.

Einen Moment lang sieht er ihr Gesicht im Licht der Armaturenbeleuchtung. Ihr honigblondes Haar hängt kläglich um ihr Gesicht, und er kann sehen, dass sie wieder weint. Dann ist sie durch das Sicherheitstor gefahren und verschwunden, und er starrt ins Leere.

»Iss-mich«-Kuchen

Caffery lehnt halb sitzend an der Innenseite des Baumes und hat den Kopf verkrampft zur Seite gedreht wie Alice im Wunderland nach dem »Iss mich«-Kuchen. Er leuchtet den Schlafsack an und fragt sich, wie es sein muss, hier die Nacht zuzubringen. Zumindest ist es windgeschützt. Handel hat diese Gegend als Kind gekannt – er muss sie gekannt haben, denn nicht weit von hier ist die Upton Farm. Aber Caffery weiß nicht genau, was es zu bedeuten hat, dass er hierher zurückgedriftet ist. Nur weil er sich hier auskennt? Oder gibt es noch einen anderen Grund? Unerledigte Angelegenheiten?

Die Zange, der Draht und die anderen Dinge, die Handel bei Wickes gekauft hat, sind nicht hier. Vielleicht sind sie woanders im Wald. Caffery fängt an, sich rückwärts aus der Baumhöhle hinauszumanövrieren, und zählt im Kopf die Sucheinsätze und Genehmigungen ab, die er brauchen wird. Objektüberwachung. Die Kosten dafür dürfte der Superintendent genehmigen, aber er kann sich nicht vorstellen, dass irgendeiner der Kollegen von der

Überwachungseinheit sich darauf freuen wird, diesen Ort zu beobachten. Sie haben ein begrenztes Überstundenkontingent, und das werden sie nicht dafür verplempern. Sie möchten in einem schönen warmen Auto sitzen, nicht im Ornithologendress mit Südwester in eine Flasche pinkeln.

Etwas baumelt plötzlich vor seinem Gesicht. Er erstarrt halb gebückt. Seine Augen drehen sich langsam zur Seite, und er hebt die Lampe – halb, um sie als Waffe zu benutzen. Der Gegenstand ist nur ein oder zwei Handbreit von seinen Augen entfernt, so nah, dass er einen Moment braucht, um ihn scharf zu sehen. Es ist das grob zusammengenähte Gesicht einer Puppe. Offenbar hat sie über ihm zwischen den Wurzeln geklemmt, und Caffery ist dagegengestoßen. Sie hängt kopfüber an den Beinen und schaukelt noch hin und her.

Sie trägt alle Merkmale einer Puppe, die Isaac gemacht hat: die Mischung verschiedener Materialien – in diesem Fall ist es toffeefarbenes Kunstleder für die Haut, hochglänzendes Porzellan für das Gesicht, und sie trägt ein merkwürdiges kleines Kleid aus einem Fetzen weißer Spitze. Caffery rührt sie nicht an. Er wühlt seine Brille aus der Jackentasche, setzt sie auf und dreht den Kopf herum, damit er sie im Lampenlicht betrachten kann.

Ja, sie hat Ähnlichkeit mit den anderen. Aber da ist noch mehr. Die hier ist irgendwie anders, noch scheußlicher. Es ist eine Frau mit langen gelben Wollsträhnen, die blondes Haar darstellen, das beim Baumeln kopfüber hin und her schwingt. Sie ist geknebelt mit einem schmalen Streifen Isolierband. Die Arme sind vor der Brust gekreuzt und festgenäht, und wie zur weiteren Sicherheit sind die Handgelenke mit einer zarten Silberkette gefesselt, die fest herumgeschlungen ist.

Caffery ist mit Handels Stil inzwischen vertraut genug, um das zu verstehen. Es bedeutet, es gibt eine Frau aus Fleisch und Blut in der realen Welt, für die Handel Pläne hat: Sie ist blond, und in ihrem Kleiderschrank wird ein Spitzenkleid oder eine Bluse mit einem kleinen, unbemerkten Loch hängen. Und in ihrem Schmuckkasten fehlt ein silbernes Armband.

Eine unglückselige Zwergin

Der Grundriss der Hochsicherheitsklinik Beechway sieht aus wie die Karte eines antiken Labyrinths – so vielschichtig und facettenreich, dass man sich darin verirren kann. Ein gedrucktes Exemplar hängt eingerahmt in Melanies Büro, und AJ steht jetzt davor und starrt es ausdruckslos an. Vielleicht gibt es in diesem Gebäude etwas, das einen Menschen verschlingen kann. Es hat Pauline und Moses und Zelda verschluckt. Vielleicht ist es jetzt dabei, auch ihn zu verschlucken.

Er fährt sich mit den Händen durch das Haar, kneift die Augen zusammen und wünscht, er könnte eine Tablette nehmen, wie die Patienten sie bekommen, wenn sie in einen Krisenzustand geraten. Etwas, das seinen Kopf einfach abschaltet und das alles aus ihm hinausleitet. Er wirft einen Blick über die Schulter in die winzige Küche mit den kleinen, anheimelnden Akzenten, die Melanie dort gesetzt hat. Ein Druck mit einer Katze, die auf einer weißen mediterranen Mauer liegt und schläft. Eine Teekanne mit Deckel, bemalt mit dem blauen Wasser und dem Himmel der Riviera. Er ist sicher, dass Mel und er einander innerlich angerührt haben. Aber das hier? Diese Heimlichkeiten? Nach all der Offenheit, die er mit ihr zu erleben geglaubt hatte – nach dem Sex und dem Lachen und den freimütigen Geständnissen –, nach all dem hat sie immer noch etwas verheimlicht. AJ ist sicher, dass es etwas mit ihrer Trennung von Jonathan zu tun hat, er weiß allerdings nicht, was. Dieser Tag wird allmählich trostloser als der, an dem seine Mutter gestorben ist – allein im Garten, mit Gras und Erde auf der halb abgebissenen Zunge.

Er wäscht die Kaffeetassen ab. Melanie hat ein offenes Päckchen Schoko-Kleie-Kekse liegen lassen; er verschließt es gewissenhaft und legt es in eine Dose. Dann knipst er das Licht aus und geht durch ihr Büro zurück.

An der Tür bleibt er stehen, ganz still, lehnt den Kopf an und legt die Hand auf den Lichtschalter. Er atmet ein und aus.

Dann schaltet er das Licht wieder ein, geht zum Fenster, lässt die Jalousie herunter und setzt sich an Melanies Schreibtisch. Er ist aus funktionalem Buchenholz, hell wie klarer Honig und sorgfältig aufgeräumt. Zwei altmodische Ein- und Ausgangskörbe stehen aufeinander, und darin liegen ein, zwei Umschläge. Ihr Computer ist ein PC mit einer kabellosen Maus, und auf dem Mousepad steht, weiß auf blauem Hintergrund, ein Zitat: *Versager wollen Spannung verringern, Sieger Ziele erreichen.*

AJ betrachtet das Mousepad eine ganze Weile. Irgendwann berührt er die Maus, legt nur leicht die Finger darauf. Der Computer erwacht zum Leben.

Er ist passwortgesichert.

Natürlich.

Er lehnt sich zurück, beinahe erleichtert. Er will kein Schnüffler sein. Wirklich nicht. Er hat kein Recht, hinter Melanie herzuspionieren oder über sie zu urteilen. Es ist ja nicht so, als wäre er selbst perfekt. Sie hat es schwer gehabt, und vielleicht sollte er mehr Verständnis für sie haben. Sie konnte nicht wissen, wohin das alles führen würde. Er wird sie anrufen. Sich bei ihr entschuldigen. Er holt sein Telefon heraus und wirft einen Blick auf das Display, und plötzlich sieht er nur noch Isaac Handel mit den Händen an Zeldas Gurgel. Er steckt das Telefon wieder ein.

Unschlüssig trommelt er mit den Fingern auf den Knien.

Schließlich öffnet er die unterste Schreibtischschublade. Viel Interessantes enthält sie nicht – einen Kulturbeutel, ein paar lila Pumps mit hohen Absätzen, vielleicht damit sie bei einem unerwarteten Anlass schick aussehen kann. Da sind auch ein Deodorant und eine hautfarbene Strumpfhose. In der nächsten Schublade liegen Büroklammern und Gummiringe. Darunter klemmt ein dickes Taschenbuch.

Er zieht es heraus: *Schreiende Mauern – Ein Geisterjägerführer zu den besten Spuk-Irrenhäusern Großbritanniens*. Sie muss es gekauft haben, nachdem »Maude« erschienen war. Vielleicht wollte sie Präzedenzfälle für den »Spuk« in der Klinik studieren. Erschienen ist das Buch 1999 – lange bevor »Maude« sich in Beechway das erste Mal bemerkbar gemacht hat. Aus Neugier schlägt er das Inhaltsverzeichnis auf und sucht nach Beechway. Es kommt nicht vor. Er will das Buch wieder weglegen, als ihm etwas anderes einfällt.

Der Index umfasst vier Seiten, aber er fährt aus reiner Neugier auf jeder Seite mit dem Finger herunter, und sein Blick überfliegt das Alphabet: *Bedlam (Bethlem Royal Hospital); Cherry Knowle Hospital, Sunderland; Denbigh Hospital; Diagnostisches und Statistisches Handbuch Psychischer Störungen; Hine, G.T (Architekt); Psychiatriegesetz, Auswirkungen; Ryhope General Hospital; »Sitzen« und Besessenheit…*

Er hält inne, und sein Finger bleibt unter den Wörtern stehen. Sitzen und Besessenheit?

Sofort schlägt er die angegebene Seite auf.

Der Text ist durchsetzt von Plänen und Fotos eines pseudogotischen Gebäudes. Es ist ein klassisches Armenhaus, erbaut nach dem *empeigne*- oder »Kamm«-Prinzip, wo separate Einheiten wie die Zähne eines Kamms durch eine Querspange miteinander verbunden sind. Die Details der »Gothic Revival«-Architektur sind bei der Restaurierung verloren gegangen; eine

Reihe von Säulen, die ursprünglich aus mit Gips verputzten Eisenkernen bestanden hatten, die dann bemalt worden waren, damit sie wie Stein aussahen, war durch aufeinandergestapelte und angestrichene Hohlblocksteine ersetzt worden. Aber die Spitzbogenfenster und Schießscharten sind noch intakt.

Hartwool Hospital. Es liegt in Nordengland, in der Nähe von Rotherham. Er verschlingt den Text und murmelt beim Lesen die Worte vor sich hin wie ein Kleinkind mit seinem ersten Lesebuch.

Zahlreiche Fälle von Selbstverletzung wurden dem sogenannten »Sitzenden Dämon von Station B« zugeschrieben. Gerüchten zufolge handelte es sich um den Geist einer früheren Oberin, einer Zwergin, die Patienten misshandelte...

AJs Puls hämmert kraftvoll und laut in seinen Ohren.

Ein Selbstmordversuch, bei dem der Patient versucht, sich die Nase abzuschneiden...

Patientin X berichtet von einem Dämon, der auf ihrer Brust hockte, als sie aufwachte...

Fehlzeiten und Kündigungen seitens der Mitarbeiter schrieb man gelegentlich der Angst zu, es gebe dort ein zwergenhaftes Gespenst oder ein anderes unbekanntes Wesen, das sich bei den Patienten auf die Brust setzte...

... Halluzinationen und Wahnvorstellungen von Spukerscheinungen...

... diese grobe Skizze eines Zwerges auf der Brust eines Patienten wurde 1997 von einem Patienten...

Er starrt das Bild an. Es ist die Strichzeichnung einer dunklen Gestalt, die auf der Brust eines liegenden Patienten kauert. Daneben sieht man das Foto eines Grabsteins auf dem Gelände des inzwischen stillgelegten Krankenhauses.

Unsere Schwester Maude, eine unglückselige Zwergin,
  die aus diesem Leben geschieden ist und deren Seele ewige Ruhe gefunden hat.
  18. September 1893

AJ wirft einen Blick auf die Kopfzeile der Seite: Hartwool Hospital, Rotherham. Sein Puls schlägt jetzt ohrenbetäubend.
 Hartwool Hospital ist das Krankenhaus, in dem Melanie beschäftigt war, bevor sie hergekommen ist.
 Dort hat sie mit Jonathan Keay zusammengearbeitet.

Es ist nicht so, wie es aussieht

Penny Pilson hat ihn nicht zurückgerufen, und so fährt Caffery vorsichtig zurück ins Tal, über eine wacklige Brücke und hinauf zur Old Mill. Die Fensterläden sind alle noch geschlossen. Er klopft und versucht, durch die Herzlöcher ins Haus zu spähen, aber drinnen sieht alles dunkel aus. Er will gerade wieder ins Auto steigen, als er ein Geräusch hört – ein Schlurfen im Haus – und die Tür sich einen Spaltbreit öffnet.
 »Hi.«
 »Hi.«
 Penny trägt eine Strickjacke und abgeschnittene Jeans, und sie verschränkt die Arme und schiebt die Hände unter die Achseln. Sie hat nackte Füße, und ihr Haar ist zerzaust und schmierig, als habe sie es mit fettigen Händen geknetet.
 »Alles okay bei Ihnen?«

»Ja.« Sie trägt kein Make-up, aber als Caffery näher herankommt, ist er sicher, es liegt nicht nur an ihrem ungeschminkten Gesicht, dass sie verändert aussieht. Ihre Nervosität ist nicht die gleiche wie gestern. Sie ist anders. Ungewohnt reserviert. Als halte sie etwas zurück.

»Sicher?«

»Natürlich. Ich war im Bad, das ist alles.«

Er nickt ein bisschen überrascht. »Ich habe Ihnen eine Nachricht hinterlassen.«

»Ich weiß – ich hatte den ganzen Tag so viel zu tun – ich wollte Sie nach dem Abendbrot anrufen.«

Er taxiert sie aufmerksam. Sie hat ihn nicht hereingebeten, und sie hat sich so in die Tür gestellt, dass er nicht an ihr vorbeischauen kann. »Ich hatte eine Frage. Ich war da oben...« Er deutet mit dem Kinn nach The Wilds hinauf, zu der alten Eibe. »Und ich glaube, ich weiß jetzt, wo er wohnt.«

»Ja?«

»In The Wilds?«

»Ja. Sie haben recht. Da ist er immer hingegangen, als er noch auf der Farm wohnte.« Sie lächelt nichtssagend und will die Tür schließen.

»Warten Sie.« Caffery hebt die Hand. »Nur einen Moment – ich habe noch eine andere Frage.«

Sie zögert, und beinahe widerstrebend öffnet sie die Tür noch einmal. Er kann einen Blick in den Flur werfen. Kein Licht. Ein seltsamer Geruch. Vielleicht kocht sie etwas. Ihre Fingernägel sind zerbissen und wund.

»Ich habe etwas gefunden, das ich Ihnen zeigen wollte.«

Aus seiner Jackentasche zieht er die Puppe. Er hat sie in eine Plastiktüte gewickelt, die er jetzt vorsichtig öffnet und Penny entgegenhält. Sie starrt die Puppe an, und in ihrer Kehle arbeitet etwas.

»Ja«, sagt sie gepresst. »Die hat er gemacht.«
»Wissen Sie, wer das sein könnte?«
Sie schüttelt den Kopf. »Ich möchte das eigentlich nicht länger anschauen. Wenn es Ihnen recht ist.«
Er packt die Puppe wieder ein und steckt sie in die Jackentasche. Penny ist eine andere Person als die, die er gestern kennengelernt hat. Sie will nichts mit ihm zu tun haben. Er denkt kurz an die Affäre – an ihr Verhältnis mit Graham Handel. Vielleicht steckt so etwas jetzt dahinter. Vielleicht hat sie jemanden im Haus, und sie geniert sich.
»Na, dann bin ich weg.« Er will sich abwenden, als sie sich vorbeugt und wild flüstert.
»*Mr Caffery?*«
»Ja?«
»*Es ist nicht so, wie es aussieht.*«
»Wie bitte?«
»Nur so.« Sie richtet sich auf. »Dann sage ich jetzt auf Wiedersehen.«
Und bevor er fragen kann, was sie meint, tritt sie zurück ins Haus und schließt die Tür. Er steht verdattert da und weiß nicht genau, was jetzt gerade passiert ist.
Auf der Fahrt zum MCIT überlegt er, ob er wenden und zu ihr zurückkehren soll. Was zum Teufel hat sie damit gemeint... *es ist nicht so, wie es aussieht*... Er parkt an seinem gewohnten Platz unter der Hochstraße und geht die Treppe hinauf. Die Puppe in seiner Innentasche drückt auf seine Brust – als ob sie die Finger in sein Fleisch bohrte. Das Ding ist ihm zuwider, und er ist froh, wenn er es nicht mehr zu sehen braucht. In seinem Büro legt er es auf den Schreibtisch, und die Plastiktüte ballt sich darum herum wie ein Nest. Während es im übrigen Bürogebäude sanft brummt, als diverse Teammitglieder kommen und gehen, als die nötigen Telefonate geführt werden, als der Super-

intendent das Überwachungsteam zusammenstellt, dreht Caffery die große Linse seiner Lupenlampe zurecht und schiebt sie über die Puppe.

Mit einem behandschuhten Finger hebt er die Kette an, mit der die Arme gefesselt sind. Es ist ein Armband, und als er es jetzt genauer untersucht, sieht er, dass da ein silberner Anhänger unter die Kette geschoben ist. Er macht zwei Fotos von der Puppe, wie sie ist. Wenn er ihn jetzt herauszieht, macht das nichts, denkt er, und mit dem Nagel des kleinen Fingers hebelt er den Anhänger heraus. Er löst sich und fällt auf das geknebelte Gesicht der Puppe.

Zwei Buchstaben in Schnörkelschrift. Die Buchstaben M und A.

Das Telefon in seiner Tasche klingelt. Er zieht es heraus und sieht AJ LeGrandes Namen auf dem Display. »AJ, hi.«

»Können Sie reden?«

»Ja.«

»Ich habe einen Namen.«

»Einen Namen für ...?«

»Ich denke die ganze Zeit – ob Handel wohl eine Bleibe hatte, wo er sich verkriechen konnte. Jemanden, der ihm hilft?«

Das kommt so passend – als habe AJ seine Gedanken gelesen –, dass Caffery kurz und ungläubig lacht. Er lässt die Puppe liegen, setzt sich hin, zieht einen Post-it-Block heran und greift zum Stift.

»Schießen Sie los.«

»Jonathan Keay«, sagt AJ. »K-E-A-Y.«

»Keay. Wer ist das?«

»Er war hier als Ergi – Ergotherapeut? Bis vor ungefähr drei Wochen. Keine Ahnung, wo er hin ist.«

»Okay.« Caffery schreibt immer weiter, und das Telefon klemmt unter seinem Kinn. »Und ... Einzelheiten?«

»Keine aktuellen. Ich habe eine Adresse, aber ich habe eben erfahren, dass er die Wohnung gekündigt hat, und die Handynummer, die ich habe, ist ebenfalls eine Niete.«

»Geburtsdatum? Nationale Versicherungsnummer? Das müsste in seiner Akte stehen.«

»Ja, aber die ist in der Personalverwaltung, und ich bin nicht zugriffsberechtigt. Ich habe noch eine alte Festnetznummer – allerdings noch nicht ausprobiert. Sieht aus, als wäre sie ein paar Jahre alt.«

Caffery kritzelt die Nummer auf seinen Block. Manche der britischen Ortsnetzvorwahlen orientieren sich noch an der Tastatur, wo den Ziffern Buchstaben zugewiesen sind. Eine Stadt, deren Name mit Adi... anfängt, hätte so die Vorwahl 0123. Die Nummer, die AJ ihm nennt, ist eine aus der Gegend, und er erkennt sogar, dass es ein Ort in der Nähe von Yate sein muss. Mit der Rechten zieht er sein Keyboard heran, weckt den Computer aus dem Schlaf und fängt an, eine E-Mail zu tippen.

Während er tippt, spricht er weiter. »Warum interessieren wir uns für Keay?«

»Ähm – er war... ich weiß nicht. Irgendwie verschlossen. Er hat immer mit Isaac gesprochen, vielleicht auch unter vier Augen. Ich bin nicht sicher, aber so habe ich es in Erinnerung. Außerdem hat Keay im Hartwool Hospital gearbeitet.«

»Und das bedeutet? Für den Uneingeweihten? Also für mich zum Beispiel?«

»Das ist in Rotherham oder da in der Nähe. Handel war dort nicht untergebracht, aber das Haus hängt irgendwie mit allem zusammen. Während ich hier mit Ihnen rede, liegt vor mir ein Buch, das ich gefunden habe, und was sich in Hartwool abgespielt hat, ist Wort für Wort das, was hier in Beechway passiert ist. Die Patienten hatten *genau* die gleichen Wahnvorstellungen mit *genau* den gleichen Resultaten. Als Keay von Hartwool wegging, kam er hierher, und weniger als ein Jahr später fingen die gleichen Geschichten hier bei uns an.«

»Warum hat er gewechselt?«

»Die Klinik wurde geschlossen, im Rahmen der radikalen Kürzungen für die Psychiatrie. Er und äh – unsere Direktorin wurden gleichzeitig hierherversetzt. Sie wissen schon – Melanie.«

Cafferys Hände zögern über der Tastatur. Sein Blick wandert zu der Puppe. Die Initialen MA an dem Armband. Das blonde Haar. Er schiebt die Tastatur zur Seite und dreht sich mit dem Stuhl zur Tür, sodass er das geknebelte Gesicht nicht anschauen muss. Er nimmt sich Zeit und wählt seine Worte sorgfältig. Man soll die Leute niemals unnötig beunruhigen.

»Tatsächlich«, lügt er, »haben Sie mich da an etwas erinnert. Ich habe eine Nummer gesucht, unter der ich Ihre Direktorin erreiche.«

»Ich dachte, wir wären uns einig, dass Sie das nicht tun. Sie wollten abwarten«, sagt AJ argwöhnisch.

»Ich weiß.« Caffery möchte sich umdrehen und nach der Puppe sehen. Er spürt sie hinter sich, wie sie sich aus eigener Kraft aufrichtet. Eine Hand nach ihm ausstreckt. »Aber es kann nicht mehr warten.«

Am anderen Ende ist es still.

»Wissen Sie, wo sie ist? Ich muss sie sprechen. Sagen wir, es ist dringend.«

Es bleibt still.

»AJ?«

AJ atmet tief aus. »War ein hundsbeschissener Tag heute«, sagt er und klingt plötzlich schlaff und zerknirscht. »Um ehrlich zu sein, ich weiß es nicht. Ich habe versucht, sie anzurufen. Sie geht nicht ans Telefon. Ich glaube, weil sie schon weiß, was ich Ihnen gerade über Keay erzählt habe.«

»Sie weiß es?«

»Sie waren ... sie waren zusammen. Ein paar Jahre. Und jetzt sind sie es nicht mehr. Er hat etwas mit all dem hier zu tun. Und ich glaube, sie weiß es – oder sie vermutet es.«

Caffery bemüht sich um einen leichten, unverbindlichen Tonfall. Fragen und Antworten treiben in seinem Kopf herum, lauter unausgereifte Gedanken. Noch immer widersteht er dem Drang, sich umzudrehen und die Puppe anzusehen. »Wissen Sie nicht, wo sie hin ist?«

»Nein. Warum?«

»Warum? Na, aus all den Gründen, die Sie mir gerade genannt haben. Vielleicht kann sie uns etwas Nützliches sagen.« Er pumpt Enthusiasmus in seine Stimme. »Und ich würde gern so bald wie möglich ein Wort mit ihr sprechen. Ja – geben Sie mir doch einfach ihre Kontaktdaten – Telefonnummer, Adresse. Ich glaube, wir statten ihr einen kurzen Höflichkeitsbesuch ab.«

Straßensperrung

AJ fährt zu schnell. Er kennt diese Straßen gut, und meistens ist er vertieft in die Farben der Bäume und der Blumen an den Hecken – manchmal zu sehr, um wichtige Dinge wie Tempolimits und andere Autofahrer noch wahrzunehmen. Aber heute Abend ist die Landschaft nur eine platte graue Wolke am Rande seiner Aufmerksamkeit. Ihn verzehrt die Sehnsucht danach, Melanie zu sehen.

Er hat sie ungefähr zwanzig Mal angerufen und ist jedes Mal auf der Mailbox gelandet. Er hat drei Nachrichten mit einem unterschiedlichen Ausmaß von Frustration, Wut und gezwungener Geduld hinterlassen. »Wir müssen darüber sprechen.« »Können wir uns unterhalten – ohne Schuldzuweisungen, ohne Zorn, nur unterhalten, um alles in Ordnung zu bringen?«

Er sagt nicht: *Du musst erklären, welche Rolle Keay bei all dem spielt. Hast du ihn gedeckt? Hast du etwas gedeckt, das er zusammen mit Isaac ausgebrütet hat?*

Es ist sechs, als er an ihrem Haus ankommt. Neun Minuten früher, als das Navigationssystem vorausgesagt hat. Als er in ihre Straße einbiegt und das blitzende Blaulicht mehrerer Fahrzeuge sieht, die vor ihm parken, weiß er, dass Melanie zehnfach bezahlt für das, was sie getan hat – was immer es ist. An der Einfahrt zur Straße ist ein Polizist in Uniform dabei, blau-weißes Absperrband abzuwickeln.

Eine Straßensperrung. Kein Tatort. Aber für AJ ist der Unterschied bedeutungslos.

Im Leerlauf lässt er den Wagen langsam auf den Polizisten zurollen. Der Officer blinzelt, denn die Scheinwerfer blenden ihn. Er hört auf, das Flatterband abzurollen, und neigt den Kopf, um kurz in das Funkgerät an seiner Reflektorjacke zu sprechen. Dann lässt er die Bandrolle sinken und kommt auf AJ zu. Dabei klatscht er in die Hände und bläst wie ein Drache weiße Wolken in die Luft.

»Ja, Sir? Kann ich behilflich sein?«

AJ starrt an ihm vorbei zum Haus. Er sieht Leute im Garten. Rechts neben der Einfahrt parkt ein Van, weiß und nicht markiert. Er kann in die Küche hineinschauen: Sie ist verwüstet. Lebensmittel und Geschirr auf dem Boden, Fenster zerschlagen. Jemand hat alles auseinandergenommen.

»Ich will zu Melanie Arrow. Sie wohnt hier.« Er fährt sich mit der Zunge über die Lippen und wendet den Blick nicht von dem Chaos im Haus. »Aber Sie lassen mich wohl nicht durch.«

»Wir sind bei einer Routineuntersuchung, Sir. Sind Sie verwandt? Befreundet?«

»Mit Melanie? Ja, bin ich – sehr befreundet sogar.«

»Können Sie sich ausweisen?«

AJ kann. Er nimmt seine Versicherungskarte aus der Brieftasche und hält sie hoch. »Ich bin ein Arbeitskollege von ihr. DI Caffery kennt mich.«

»Ist er beim MCIT? Avon and Somerset?«

»Ja.«

Der Polizist nickt. »Und Melanie haben Sie wann zuletzt gesehen...?«

»Vor zwei Stunden. In der Klinik, in der wir arbeiten. Können Sie mir sagen, was los ist?«

Der Polizist antwortet nicht. Er richtet sich auf und legt die Hände auf den Rücken. Dreht den Kopf nach links und nach rechts, als begutachte er den Horizont. Als müsse er seine Antwort gut abwägen.

»Wir wissen es nicht. Sie ist nicht hier.«

AJ schließt die Augen und legt einen Finger an die Stirn.

»Sir? Ist Ihnen nicht gut?«

Er nickt nur matt. Der Polizist beugt sich ins Fenster und legt ihm eine Hand auf die Schulter.

»Sir?«

»Mir geht's gut. Ehrlich – alles okay.«

Monster Mother

Niemand hat »gekidnappt« gesagt, niemand spricht von »entführt«, aber die Worte sind da, klar und deutlich in den Lücken zwischen dem, was die Polizei sagt, und dem, was sie nicht sagt. Er erzählt ihnen nicht, was er über Melanies Rolle bei der Entlassung Isaacs weiß. Es ist weder eine Ironie des Schicksals noch eine verdiente Strafe, dass diese Angelegenheit für sie nach hinten losgegangen ist. Sie wird hundertfach für ihren Fehler bezahlen. Er möchte sich übergeben. Er – ein Psychiatriepfleger! Der mit Stress eigentlich zurechtkommen sollte. Ha!

Er beantwortet die Fragen der Polizei und erzählt ihnen alles, was er über Melanies Beetle in Erinnerung hat (nicht viel – er weiß, dass er schwarz ist, aber die Nummer kennt er nicht). Als sie mit ihm fertig sind, weiß er nicht, was er mit sich anfangen soll. Er hat versucht, Caffery anzurufen, doch dessen Telefon ist nicht erreichbar, und der Telefonist beim MCIT sagt immer wieder: *Er ist nicht in seinem Büro, ich sage ihm, er soll Sie zurückrufen…*

Der Gedanke daran, nach Hause zu fahren, erfüllt ihn mit Grausen. Patience wird kein Mitleid haben. Sie ahnt nichts von der Last der Schuldgefühle, die ihn jeden Tag taumeln lässt – weiß nicht, dass er sich die Schuld an dem gibt, was mit Mum passiert ist, und dass es jetzt schon wieder vorkommt. Wieder hat er es nicht geschafft, im richtigen Augenblick da zu sein.

Ohne dass er bewusst darüber nachgedacht hat, ist er unversehens wieder in der Klinik und steht vor Gabriellas Zimmer. Offenbar hat er einen Hoffnungsschimmer oder ein tröstendes Wort von ihr erwartet, denn kaum hat er einen Blick durch das drahtverstärkte Türfenster geworfen und sie gesehen, wird seine Mutlosigkeit noch schlimmer. Er findet hier keine glückliche Monster Mother. Was er hier findet, ist das dunkle Herz des Gewittersturms.

Sie kauert in der Ecke. Streichelt ihren nicht vorhandenen Arm, als täte er ihr weh. Ihr Kleid ist von einem so dunklen Indigo, dass es fast schwarz aussieht. Als er klopft, antwortet sie nicht. Er weiß, sie hat sich die Haut abgezogen und versteckt sich.

»Gabriella?«

Er tritt ein. Sieht sie nicht an, sondern schaut fest geradeaus.

»Gabriella – wo sind Sie?«

»Ich bin hier«, zischt sie. »AJ – hier in der Ecke.«

Er schaut sie an. »Hallo«, sagt er kläglich. »Hallo.«

Ihr Lächeln sieht traurig aus. »Du fühlst es auch, nicht wahr, AJ? Ich sehe es um dich herum – du hast die Aura. Es tut weh.«

Die Zärtlichkeit in ihrem Ton wirft ihn fast um. Es fühlt sich an wie Mums Hand, die ihm über die Stirn gestrichen hat, wenn er als Kind einen Alptraum hatte.

»Ja, ich... ich bin...« Er bringt die Worte nicht heraus. »Darf ich mich setzen?«

Sie nickt freundlich. »Aber sieh meine Haut nicht an. Wenn du es tust, wird ›Maude‹ es merken.«

»Und Ihre Haut ist...?«

»Da drüben, sie hängt über dem Bett. Nicht hinschauen!«

AJ dreht den Stuhl so, dass er mit dem Rücken zum Bett sitzt, wo ihre Haut hängt. Seine Hände und Füße vibrieren vom Adrenalin, als würde Luft durch seine Adern gepumpt.

»Gabriella, es ist etwas im Gange. Da draußen in der Welt – etwas ist im Gange.«

»Ich weiß, AJ, ich weiß. Es kommt zurück.«

»Was kommt zurück?«

»Du weißt, wen ich meine. Der, der sitzt.«

AJ starrt sie an. Sie ist wahnsinnig, sagt er sich immer wieder. Sie ist völlig wahnsinnig. Sie weiß nichts. Sie hat seine Anspannung wegen Isaac und dem, was er mit Melanie getan hat, gespürt und in eine Fantasie verwandelt.

»Gabriella, erinnern Sie sich an den Mann, der hier in der Klinik Kunstunterricht gegeben hat? Er hieß Jonathan Keay. Ist vor ungefähr einem Monat gegangen.«

Monster Mother verzerrt das Gesicht und reibt sich zwanghaft den fehlenden Arm.

»Jonathan. Ja, Jonathan. Ich erinnere mich an euch alle, weißt du, AJ. An jeden Einzelnen von euch – was immer ihr getan habt – was immer man euch angetan hat ... Jonathan ist eins meiner Kinder, aber er hat Schmerzen. Er ist nicht der, der er sein sollte.«

»Wer sollte er denn sein?«

Monster Mother schüttelt den Kopf. »Es kommt jetzt, AJ – es kommt näher.« Sie hebt die Hand und zeigt zur Tür. »Es ist so nah, dass es dort durchkommen wird – in diesem Augenblick – es kommt durch die ...«

Bevor sie den Satz zu Ende bringen kann, heult der Panikalarm los. Nicht der übliche Stationsalarm – der hat einen anderen Klang. Dieser Alarm ertönt in der ganzen Klinik, und das bedeutet, es gibt einen schweren Zwischenfall.

»Siehst du?«, sagt Monster Mother. »Ich sage ja, es kommt zurück.«

AJ wirft einen Blick auf seinen Piepser. Da ist eine Nachricht: *AJ, bitte Sicherheitszentrale.* Er starrt die Meldung an.

Er will nicht, aber er steht auf.

»Gabriella«, sagt er mit der müden, eintönigen Stimme, mit der sie alle sprechen, wenn sie den Patienten Anweisungen geben. »Die Klinik wird abgeriegelt. Sie müssen vorläufig in Ihrem Zimmer bleiben, okay?«

Monster Mother nickt feierlich. »Viel Glück, AJ. Viel Glück.«

Er macht die Tür auf und schaut hin und her durch den Korridor. Ein oder zwei Patienten strecken die Köpfe zur Tür heraus und wollen wissen, was passiert ist. Ein paar andere werden aus dem Aufenthaltsraum in den Flur dirigiert. Big Lurch ist da und hilft den Patienten, in ihre Zimmer zu gehen, und hastig schließt er Türen ab. Als er AJ sieht, fängt er hektisch an zu winken.

»AJ – AJ! Alarm für die ganze Klinik, Mann. Lauf ins Kontrollzentrum – der Supervisor will dich sprechen.«

Berrington Manor

Caffery hat keinen Spaß an den Telefonaten und dem organisatorischen Aufwand, der erforderlich ist, nachdem der Fall die Grafschaftsgrenze überschritten hat. Die Aufgabe, sich von Melanies Wohlergehen zu überzeugen, liegt jetzt bei seinem Kollegen bei der Gloucestershire Police. Die Nachricht, die zurückkommt, ist nicht gut. Ihre Haustür steht weit offen, und es gibt Anzeichen eines Kampfes. Das Haus ist verwüstet, und ihr Auto ist nicht da. AJ – der aus Cafferys Tonfall geschlossen haben muss, dass Melanie in Gefahr ist – ist dort hingefahren. Die Gloucestershire Police meldet, er habe ihnen erzählt, was er weiß. Das Dezernat für Schwerkriminalität ist mobilisiert worden. Die Panik nimmt zu.

Jonathan Keay ist in Berrington Manor aufgewachsen. Keine Hausnummer, kein Straßenname. Nur der Name des Hauses, das Dorf und die Postleitzahl. Es kann nicht viele Psychiatrieangestellte geben, die in solch einem Haus groß geworden sind, denkt Caffery, als er auf das Anwesen einbiegt. Die Zufahrt ist von hohen Pappeln flankiert wie ein französischer Prachtboulevard, und sie ist fast eine halbe Meile lang. Als er herankommt, strahlt eine Batterie von Flutlichtlampen auf und beleuchtet einen gepflegten Reiterhof mit esszimmergroßen Boxen und Trennwänden, die aus Holz und im oberen Teil aus blank polierten Messingstangen bestehen. Dahinter erkennt er die helle Fläche und die handgemalten Schilder eines Freiluft-Parcours. Die Hindernisstangen liegen in einer nach einer Seite hin offenen Scheune aufgestapelt. Die grauen Schornsteine einer ausgedehnten Villa ragen links über die hohe Ziegelmauer.

Caffery zieht die Handbremse an, stellt den Motor ab und öffnet die Wagentür. Auf dem Hof ist es still, und alles ist sauber gefegt. Eigentlich deutet nichts darauf hin, dass hier überhaupt etwas passiert. Man sieht keine Strohballen, keine landwirtschaftlichen Geräte, keine Eimer und keine Pferdedecken, die über den Stalltüren hängen. Und keine Menschen. In einem offenen Carport, den Stallungen gegenüber, stehen drei hochkarätige BMWs, alle in dem gleichen Schiefergrau, aber davon abgesehen sieht hier alles unbewohnt aus.

Er hat sich nicht telefonisch angemeldet. Er wollte die Familie Keay nicht warnen und niemandem Zeit geben, sich Ausreden auszudenken. Aber vielleicht hätte er doch irgendeine Art von Kontakt aufnehmen sollen, und sei es nur, um festzustellen, ob überhaupt jemand da ist.

Durch das schmiedeeiserne Tor in der Mauer gelangt er in einen Knotengarten mit niedrigen, verschlungenen Buchsbaumhecken und einem hohen Nadelbaum in der Mitte, dessen Äste in Form eines dunklen Zeltes schräg zu Boden gerichtet sind. Eine Bank aus Stein umringt den Stamm, und ein paar bescheidene Statuen sind in dem Garten verstreut, allesamt von unten beleuchtet von unsichtbaren Strahlern. Das Haus selbst ist dreigeschossig, und im Dach befindet sich noch eine zusätzliche Reihe von Mansardenfenstern. Der Stamm einer gewaltigen Glyzinie bedeckt mit seinen Windungen die gesamte untere Hälfte der Fassade, knorrig und grau wie der Mauerstein. Die Haustür ist geschlossen, und in den Fenstern brennt kein Licht.

Das Geräusch des schweren eisernen Türklopfers hallt durch das Haus. Es ist lange still. Er will sich gerade umdrehen und zu seinem Wagen zurückgehen, als er hinter der Tür eine Frauenstimme hört.

»Wer ist da?«

»Polizei.«

»Polizei?«

»Kein Grund zur Beunruhigung – ich habe nur ein paar Fragen.«

Die Tür öffnet sich, und er sieht eine Frau – Ende fünfzig,

groß und außergewöhnlich elegant in lavendelgrauem Pashmina und einer perfekt sitzenden Jeans. Das eckige Gesicht ist von sorgfältig geschnittenem, graugesträhntem Haar umrahmt. June Keay, denkt er. Jonathans Mutter.

»Detective Inspector Caffery.« Er reicht ihr seinen Ausweis. Sie nimmt ihn und studiert ihn aufmerksam. »Ich komme aus Bristol. Darf ich eintreten?«

Sie gibt ihm den Ausweis zurück. »Mein Mann ist nicht da. Wollten Sie mit ihm sprechen?«

»Nein. Es geht um Jonathan.«

Ihr Gesicht wird ausdruckslos. »Jonathan«, wiederholt sie hölzern. Es ist weder eine Frage noch eine Feststellung.

»Ja. Jonathan.«

»Mein Sohn.«

»Sie sind June Keay?«

»Ja.«

»Darf ich hereinkommen?«

Sie tritt zurück und gibt ihm die Tür frei. »Verzeihen Sie – wie unhöflich von mir.«

Sie gehen in eine mit Steinplatten gepflasterte Küche, gut geheizt von einem großen Gasherd. Auf einer Chaiselongue vor dem Fenster liegt eine Wolldecke und darauf eine Brille und ein iPad. Im Nachbarzimmer läuft Musik, eine Art gregorianischer Chorgesang. An der Wand dort drüben kann er ein Rehgehörn erkennen, und über einer Tür hängt eine Szene mit ausgestopften Tieren in einem Glaskasten: Eichhörnchen, gekleidet wie viktorianische Gentlemen, sitzen vor einem Kamin, rauchen und trinken Portwein. Viele elegante Möbel, viel Möbelpolitur, aber nirgends ein Zeichen von Leben.

Mrs Keay klappt das iPad zu. »Er ist oben. Ich bringe Sie gleich zu ihm. Aber können Sie mir vorher sagen, ob es um die Prügelei geht?«

»Prügelei?«

Mrs Keay schaut ihm forschend ins Gesicht. Dann lächelt sie betrübt. »Nein. Natürlich nicht. Es gab keine Prügelei, nicht wahr? Er hat mich angelogen. Ich *wusste*, dass er lügt.« Sie umklammert die Lehne der Chaiselongue und drückt sie geistesabwesend. Ihr Blick wandert ziellos zu ihrem Spiegelbild in der dunklen Fensterscheibe. »Er hat genau das gleiche Gesicht gemacht wie schon als kleiner Junge. Ich habe zu meinem Mann gesagt: ›Er lügt wieder.‹«

Caffery zog die Brauen hoch. »Er lügt?«

Sie sieht seine Verwirrung und seufzt. »Er war fast zwanzig Jahre weg – er hatte so eine studentische Phase und hat unser Geld verabscheut. Wollte seine Schulden an die Gesellschaft zurückzahlen. Wir hatten keine Chance, den Kontakt zu ihm zu beenden – er hat es getan. Und dann...« Sie streicht sich das Haar aus der Stirn. »Aus heiterem Himmel ist er zurückgekommen.«

»Klingt aber nicht, als wäre das gut.«

»Doch, es wäre gut gewesen, wenn er nicht so schlimm verletzt gewesen wäre.«

»Verletzt?«

»Wussten Sie das nicht? Er war im Krankenhaus – hat sich durch seine Verletzungen eine Sepsis zugezogen.«

»Woher hat er die Verletzungen?«

Sie runzelt kurz die Stirn. »Ich dachte, Sie sind hier, um mir das zu sagen.«

Die Sicherheitszentrale

Die Alarmsirenen sind verstummt, und die plötzliche Stille ist wie ein Schlag ins Gesicht. AJ klingelt es in den Ohren. Er ist mit Big Lurch und dem Supervisor im Security-Kontrollraum der Klinik. Die beiden stehen mit verschränkten Armen da, haben die Hände unter die Achseln geschoben und vermeiden es betreten, einander anzusehen. Keiner von ihnen begreift so recht, was vorgefallen ist. Und was noch beunruhigender ist: Sie haben keine Ahnung, wer in dieser Situation das Kommando übernimmt.

Sie haben das Gebäude komplett abriegeln lassen. Die Patienten sind auf ihren Zimmern, und jede Station hat ihre Insassen abgezählt und Vollständigkeit gemeldet. Der Supervisor hat soeben in sein Dienstlog gekritzelt, was er unternommen hat. Die Videostreams der Kameras sind so ausgetauscht worden, dass die Bilder, die sie sehen wollen, auf die beiden Monitore gesendet werden, die dem Schreibtisch des Supervisors am nächsten sind. Der eine Monitor zeigt Station Myrte. Die Kamera ist auf die geschlossene Tür des Absonderungsraums gerichtet. Das Personal nennt ihn »das ruhige Zimmer«, aber alle wissen, das ist ein Euphemismus für Gewahrsamszelle. Ein unkooperativer Patient wird in das »ruhige Zimmer« gebracht, wo er sich »austoben« kann, bis er sich beruhigt.

Normalerweise fangen die Patienten dort damit an, dass sie sich ausziehen und gegen die Wände treten. Aber diesmal nicht. Diesmal ist auch kein Patient in der Zelle. Es ist ein Expatient: Isaac Handel. Und bei ihm ist Melanie Arrow.

»Aber man kann die Tür nicht von innen verschließen.«

Der Security Supervisor nickt ernst. »Doch, kann man, wenn man mit reinnimmt, was er mitgenommen hat.«

»Was hat er mit reingenommen?«

»Ich weiß es nicht. Er hatte eine Sporttasche dabei. Wir hatten keine Chance, etwas zu sehen, aber er hat die Tür irgendwie verkeilt oder verriegelt. Wir wissen nicht, womit. Und wie Sie sehen, haben wir auch kein Bild. Die Kamera hat er ebenfalls erledigt.«

AJ flucht lautlos vor sich hin. Am liebsten würde er diesem flachköpfigen »Rent-a-Gorilla«-Supervisor einen Tritt in den Arsch verpassen. So was kann doch nicht passieren. Es darf nicht passieren. Dies ist eine der sichersten psychiatrischen Kliniken im ganzen Land – da kann man doch nicht einfach so eindringen. Andererseits sind natürlich die meisten Sicherheitsmaßnahmen darauf ausgerichtet, die Patienten am Gehen zu hindern, nicht am Hereinspazieren.

Auf einem dritten Monitor läuft aufgezeichnetes Material. AJ legt eine Hand auf den Monitor und schaut aufmerksam zu. »Gehen Sie noch mal auf Anfang – ich will das noch mal sehen.«

Der Supervisor presst die Lippen zusammen. Er bemüht sich sehr, cool zu bleiben, und verzieht keine Miene, als er mit der Fernbedienung auf den Player zielt und das Video zurücklaufen lässt. Dann startet er es noch einmal, und AJ sitzt da und wendet den Blick nicht vom Bildschirm.

Dies sind Aufnahmen von der Kamera hier in der Security-Zentrale. Am Anfang sieht man den Parkplatz, die glatten weißen Lichtkreise der Außenbeleuchtung. Die grellen Lichtkegel eines herankommenden Scheinwerferpaars sind das erste Anzeichen dafür, dass etwas nicht in Ordnung ist. Melanies Beetle kommt schleudernd auf den Parkplatz und hält blindlings quer über zwei markierten Parkplätzen an. Melanie sitzt am Steuer, und jemand hält ihr etwas an den Hals. AJ weiß selbst auf diese Entfernung, dass es ein Teppichmesser ist, denn er hat schon gesehen, was als Nächstes geschieht.

Die Beifahrertür öffnet sich, und Isaac steigt aus. Er ist es ohne jeden Zweifel – klein und mit dieser unverwechselbaren Topffrisur, die ihm das Aussehen eines nervösen jungen Mönchs verleiht. Er trägt seinen gestreiften Pullover, künstlich ausgebleichte Jeans und Laufschuhe. Den Kopf hält er erhoben und leicht zurückgelegt, als trage er eine Maske und könne nur etwas sehen, wenn er an seiner Nase entlangblinzelt.

Die Fahrertür geht auf. Melanie ist hinter der Frontscheibe nicht gut zu erkennen, aber AJ sieht, dass sie überlegt, ob sie es schaffen kann, wegzulaufen oder nicht. Bevor sie einen Versuch unternehmen kann, ist Isaac vorn um den Wagen herumgerannt und hält ihr wieder das Teppichmesser an die Kehle.

AJ hat die Aufnahme jetzt drei Mal gesehen – aber er kann nicht anders, er muss sie noch einmal sehen. Die nächsten zweieinhalb Minuten stammen von drei verschiedenen Kameras. Oben links in der Ecke werden die verstreichenden Sekunden angezeigt. Handel stößt Melanie weg vom Wagen. Sie kommen unter einer Lampe vorbei, und einen Moment lang kann AJ im grellen Licht ihre Gesichtszüge sehen. Dann verschwinden sie wieder aus dem Bild.

Eine zweite Kamera erfasst sie jetzt; es ist die, die im Korridor am Empfang hängt. Ein Wachmann ist von hinten zu sehen. Er steht langsam auf und begreift nicht, was da draußen passiert. Dann steht Isaac Handel an der Tür und hämmert dagegen. Der Wachmann scheint zu erstarren. Er drückt auf den Panikschalter unter seinem Tisch – aber wenige Augenblicke später öffnet er die Tür und lässt Handel in die Sicherheitsschleuse treten.

»Sie hat ihn angewiesen zu tun, was Handel sagt. Darum hat mein Mitarbeiter sie durchgelassen. Jetzt tritt er sich dafür selbst in den Hintern.«

AJ seufzt. »Okay, lassen Sie uns den Rest ansehen.«

Die Aufnahme springt zur Perspektive einer anderen Kamera. Diesmal ist es der lange, schmale Korridor – der »Stiel«, der in den Klinikbereich führt. Die beiden gehen durch den Schleusenbereich, und diesmal sieht man deutlich, wie Melanie der Kamera eine klare Anweisung gibt: »Lassen Sie uns durch«, formt sie mit dem Mund. Ihr Gesicht wirkt gespenstisch und resigniert, und sie hat Schatten unter den Wangenknochen. »Tun Sie, was er sagt.«

Die nächste Kamera, die sie erfasst, ist die auf Station Myrte. Dem Zeitstempel ist zu entnehmen, dass das, was er sieht, vor zehn Minuten geschehen ist. Handel schiebt Melanie vor sich her, und als sie unter der Kamera durchsehen, sieht man deutlich die Klinge, die er benutzt, um sie zu bedrohen. Er stößt sie in den Absonderungsraum der Station. Der Supervisor schaltet auf die Kamera in dem Raum, als die beiden eintreten, Melanie zuerst, Handel hinter ihr.

Die Zelle ist völlig leer. Handel zeigt auf den Boden.

»Hinsetzen«, scheint er zu sagen.

Zitternd gehorcht sie und hockt sich auf die Fersen. Handel dreht sich zur Tür und wühlt etwas aus seiner Sporttasche. Man hört ein elektrisches Werkzeug, aber er ist zu nah an der Tür, und die Kamera kann nicht erfassen, was er tut.

Melanie sagt etwas. Im Raum sind Mikrofone, doch sie spricht zu leise. Sie hat zu viel Angst, um verständlich zu sprechen.

Handel antwortet ihr nicht. Er stellt seine Sporttasche ab, richtet sich wieder auf und schaut direkt in die Kamera. Er weiß, dass sie da ist, denn er ist als Patient schon in diesem Raum gewesen. Tatsächlich kennt er die Klinik wie seine Westentasche. Er nimmt ein langstieliges Werkzeug aus seiner Tasche und legt einen Streifen Isolierband auf das Ende. Sorgfältig, mit der Zunge zwischen den Zähnen, drückt er den Klebstreifen mit dem Werkzeug auf das Objektiv der Kamera unter der Decke. Der Bildschirm wird grau, und man sieht nur noch das segeltuchartige Gewebe des Isolierbands.

»Was machen Sie da?«, fragt Melanie, und jetzt ist sie deutlich zu verstehen. »Warum tun Sie das?«

»Die brauchen uns nicht zu sehen.«

»Warum nicht?« Melanies Stimme klingt angespannt. »Was haben Sie vor?«

Handel gibt keine Antwort. Man hört, dass Leute an die Tür klopfen.

»Verpisst euch«, sagt er in gleichmütigem Ton. »Stört mich nicht.«

Melanie fängt an zu weinen. Einige Sekunden später bricht der Ton ab. Handel hat offenbar eine Möglichkeit gefunden, das Mikrofon abzudecken, denn von jetzt an sind alle Geräusche gedämpft. Wenn man die Lautstärke sehr hoch dreht, kann man undeutlich etwas hören, aber zu verstehen ist nichts mehr.

»Das alles war, keine Ahnung ...« Big Lurch sieht auf die Uhr. »Vor fünf Minuten. Wir haben überlegt, ob wir den Strom in dem Zimmer abschalten sollen.«

»Noch nicht. Wir wollen sehen können, wann er den Klebstreifen abmacht. Was will er?«

»Hat er nicht gesagt.«

»Und wann kommt die Polizei?«

Big Lurch antwortet nicht. AJ dreht sich um und funkelt erst ihn an, dann den Supervisor. »Bitte sagt, dass ihr die Polizei gerufen habt.«

»Wir waren nicht sicher ...« Der Supervisor spricht nicht weiter. Sogar Big Lurch findet etwas, das er anstarren kann, statt AJ ins Gesicht zu sehen.

AJ schüttelt den Kopf. Das muss die Strafe für das sein, was er getan hat. Er hat Melanie solche Vorwürfe gemacht, weil sie Isaac zur Entlassung verhalfen hat. Sie hat seine Unterstützung gebraucht, aber er hat sie ihr nicht gegeben, und jetzt sitzt sie tief in der Scheiße, und er kann nichts daran ändern.

»Okay«, sagt er. »Ich bin im Moment der leitende Angestellte hier, und deshalb sage ich, wie es weitergeht. Erstens« – er zählt seine Anordnungen an den Fingern ab – »ich will, dass die Polizei alarmiert wird. Oberste Priorität. Zweitens, wir müssen herausfinden, ob unsere Audioverbindung in diesen Raum noch steht. Ich will wissen, ob sie uns hören können. Wenn nicht, müssen wir eine Möglichkeit finden, mit ihnen zu kommunizieren. Drittens...«

Er zögert. Was »drittens« ist, weiß er nicht. Was er sich selbst gegenüber nicht zugegeben hat und niemand anderem je zugeben wird, ist dies: Er will das Video noch einmal sehen. Er will es immer und immer wieder sehen. Denn wenn er die geschlossene Tür der Gewahrsamszelle anstarrt und das unheimliche, gedämpfte Weinen aus den Bose-Lautsprechern an der Wand des Kontrollraums hört, hat er Angst, er könnte auf diesen Videoaufnahmen der Sicherheitskameras Melanie zum letzten Mal lebend sehen.

»Drittens? Mr LeGrande?«

»Ja«, sagt er. »Ich möchte, dass diese Videoaufnahmen auf eine separate Festplatte kopiert werden, auf dem Zentralserver des Kuratoriums, nicht unten. Sofort.«

Jonathan Keay

Berrington Manor ist das unheimlichste Haus, in dem Caffery je gewesen ist. Jonathan ist im obersten Stock des Hauses, sagt seine Mutter. »Er will in unserem Haus wohnen, aber er will uns nicht sehen und nicht mit uns sprechen. Sie werden deshalb verstehen, dass ich nicht mit Ihnen zu ihm ins Zimmer möchte.«

Sie führt Caffery über schmale, holzgetäfelte Treppen nach oben, ohne ein Wort zu sagen. Das einzige Geräusch ist das

Knarren der Stufen. Sie hält den Rücken steif; es ist, als folge er einer Gefängniswärterin oder einer steifleinenen Matrone in einem Internat. Kurz kommt ihm der Gedanke, dass er hier nicht mehr lebend herauskommen wird. Mrs Keay wird eine Tür öffnen und ihn hindurchstoßen – und er wird auf einer Achterbahn in die Eingeweide der Hölle fahren.

Sie sind ganz oben angekommen – in einem schmalen, niedrigen Korridor mit Lampen in den Mansardenfenstern. Ein medizinischer Geruch, gemischt mit einem Hauch von Sattelseife, hängt in der Luft. Mrs Keay bleibt vor einer Tür stehen und legt die Hand auf den Knauf. Sie dreht sich zu Caffery um und sieht ihn wieder mit diesem traurigen Lächeln an.

»Es tut mir leid – ich würde zu gern mit hineinkommen. Aber er wird mich da nicht haben wollen.«

Caffery tritt durch die Tür, und sie zieht sie hinter ihm zu. Blinzelnd steht er im Halbdunkel. Sie hat die Tür nicht abgeschlossen, aber das ändert nichts an dem unbestimmten Gefühl, dass er in eine Falle gelockt worden ist.

»Hallo«, sagt eine Stimme. »Sie sehen aus wie ein Cop.«

Er dreht sich um. Kein fettglänzender Müllschlucker zur Hölle – es ist eine Dachkammer mit zwei Mansardenfenstern und zottigen Flokati-Teppichen auf dem Dielenboden. Ein großer Mann mit einem kurzgeschnittenen, grau melierten Bart sitzt an einem niedrigen Schreibtisch vor einem iMac.

Er schiebt seinen Stuhl zurück und dreht sich zu Caffery um. »Sie sind ein Cop, nicht wahr?«

»Das können Sie erkennen?«

»Im Laufe der Jahre lernt man das.«

Caffery blinzelt. Seine Augen gewöhnen sich an das Licht, und jetzt kann er Jonathan deutlicher sehen. Er ist Ende dreißig und trägt ein schwarzes T-Shirt und Shorts. Ein pinkfarbenes Kinesio-Tape klebt sternförmig auf seinem rechten Bizeps.

»Detective Inspector Jack Caffery.«

»Jonathan Keay.« Er steht auf, kommt herüber und reicht Caffery die Hand.

»Sind Sie krank?«

»Das ist eine Frage der Perspektive.«

»Ihre Mutter sagt, Sie hatten eine Prügelei.«

Es bleibt lange still. Jonathan mustert Caffery eingehend – sein Blick wandert über das Gesicht. »Werden Sie sich jetzt hinsetzen?«, fragt er schließlich.

»Darf ich denn?«

»Warum, glauben Sie, habe ich gefragt?«

Caffery geht zu einem Designersessel aus weißem Leder mit einem Stahlrohrrahmen. Er setzt sich auf die vordere Kante und betrachtet Jonathan, und er sieht die sehnigen, sommersprossigen Gliedmaßen. Auf dem Nachttisch neben dem Bett liegt ein Stapel von Medikamentenschachteln. Das pinkfarbene Tape auf dem Arm verschwindet unter dem Ärmel und schaut unter dem Halsausschnitt des T-Shirts hervor.

»Mr Keay. Ich hätte da ein paar Fragen… Kann ich mit dem Hartwool Hospital in Rotherham anfangen? Haben Sie dort gearbeitet?«

Jonathan setzt sich müde hin, als habe er sich damit abgefunden, dass jetzt eine lange und unausweichlich quälende Befragung beginnt. »Ganz recht.«

»Und dann, von 2008 bis letzten Monat, haben Sie in Beechway gearbeitet?«

»Ja.«

»Man hat mich gebeten, mir ein paar… *Ungereimtheiten* in der Klinik Beechway anzusehen.«

Jonathan ballt eine Hand zur Faust, öffnet sie wieder und betrachtet sie wie aus weiter Ferne. »Ja. Ich habe mir schon gedacht, dass Sie deshalb hier sind.«

»Ja. Sind Sie bereit, darüber zu reden?«

»Ja. Aber es wird nicht leicht sein.«

»Das ist es selten. Wir werden sehen. Fangen wir einfach vorn an. Erzählen Sie mir von Rotherham.«

Jonathan bewegt den Unterkiefer hin und her. Schließlich fängt er an zu reden – stockend, als machten die Wörter ihm Schwierigkeiten. »Ja ... Rotherham. Mitte der Neunziger.«

»Weiter.«

»Einer der Patienten in Hartwool hatte die Horrorvorstellung, dass nachts etwas auf ihm saß. Eine Angststörung aus der Kindheit, irgendetwas mit Erstickungsängsten – ich weiß es nicht. Auf dem Gelände des Krankenhauses gab es zufällig ein Grab, das Grab einer Zwergin, die es dort gegeben hatte, als das Haus noch ein Armenhaus war. Das verschmolz mit der Vorstellung, etwas könnte sich auf die Leute setzen – und es verbreitete sich in der Klinik. Wir alle bemühten uns, es zu ignorieren, aber die Hysterie nahm zu, und dann passierten Dinge – und zwar Dinge, die wir nicht auf Selbstverletzung zurückführen konnten. Die Sache eskalierte, bis wir schließlich eine Patientin verloren. Als Todesursache wurde schließlich Selbstmord festgestellt, aber ich war nie überzeugt.«

»Genauso wie in Beechway?«

Jonathan schüttelt den Kopf. »In Beechway gab es nie ein Grab oder eine Zwergin. Das gab es nur in Rotherham. Das war immer die Geschichte von Hartwool.«

»Aber Sie haben die Geschichte nach Beechway gebracht? Und dafür gesorgt, dass sie Wurzeln schlug?«

»Nein.«

»Nein? Wie hat sie sich dann dort hinunterverpflanzen können?«

»Das will ich Ihnen ja gerade erzählen.«

Taktik

Der Anruf kommt, als sie ihre Sachen aus dem Van laden. Fleas Team hat die Suche für heute beendet, aber in einer hochsicheren psychiatrischen Klinik am Rande von Bristol ist es zu einer kritischen Situation gekommen. Ob sie Überstunden einlegen können?

Sie spricht kurz mit den Männern und meldet sich dann wieder in der Zentrale: Sie werden in dreißig Minuten vor Ort sein. Die Männer klettern wieder in den Van und fangen an, sich umzuziehen. Sie zerren ihre Kampfausrüstung aus dem Gefangenenkäfig im Heck des Wagens. Sie sind an Situationen gewöhnt, bei denen es um gewaltsames Eindringen oder um das Festsetzen des Täters geht; wenn sie nicht tauchen, verbringen sie viel Zeit mit Such- oder Festnahmeeinsätzen, oft im Zusammenhang mit Rauschgiftvergehen. Sie verfügen über das ganze Handwerkszeug, sich gewaltsam Zugang zu dem Gebäude zu verschaffen, und ihr »großer roter Schlüssel« – ein spezieller Rammbock – hängt in dem Netz an der Seitenwand ihres Vans. Sie fahren in den Berufsverkehr hinaus. Flea sitzt am Steuer. Wider Willen ist sie dankbar für diese Ablenkung. Noch eine Minute bei dieser Pseudo-Suche auf dem Lande hätte sie nicht ausgehalten.

Beechway steht hell beleuchtet in der abendlichen Dunkelheit, abgesperrt und mit Stacheldraht gesichert. Ein paar Leute aus dem Team kennen das Objekt. Sie sind schon einmal hier gewesen und haben die vermisste Patientin gesucht, von der Jack gestern Abend gesprochen hat. Pauline Scott. Flea erinnert sich gut daran.

Das Team ist nicht das erste vor Ort. Es wimmelt hier schon von Vans und Streifenwagen mit blitzenden Blaulichtern. Drinnen ist der Teufel los. Sie geht mit ihren Männern zum Gewahrsamsbereich der Station namens Myrte und macht sich zusammen mit ihrem zweiten Mann, Wellard, ein Bild von der Tür. Es wird weniger als zehn Sekunden dauern, sie mit der Ramme aufzubrechen, aber sie müssen auf das Okay warten. Sie verabredet den Code, mit dem der Einsatz per Funkgerät gestartet wird, lässt Wellard an der Tür zurück und geht durch den gläsernen Korridor zur Security-Zentrale.

Die Hauptbeteiligten haben sich in dem Raum vor der Zentrale versammelt. Es ist eine Art Freizeitraum für die Wachmänner, mit Kühlschrank, Fernseher und Kaffeemaschine. Der Chef des Ganzen – der sogenannte »Silver Commander« – ist ein hochgewachsener Mann mit sanfter Miene, mit dem Flea schon zusammengearbeitet hat. Bei ihm ist sein taktischer Berater und der »Bronze Commander«. Direkt in dem verglasten Kontrollraum warten der Supervisor der Klinik-Security und der Leiter der Pflegedienstabteilung, ein Typ im Anzug, der ihr als AJ LeGrande vorgestellt wird.

LeGrande sieht gut aus, und er ist sehr *nett* – das sieht Flea sofort. Er ist gutmütig und freundlich und *total* überfordert. Er läuft im Raum auf und ab, schlenkert mit den Armen, klatscht ab und zu in die Hände und wirft einen Blick auf den Monitor. Der Bildschirm zeigt ein unveränderliches, grau schraffiertes Muster. Der Geiselnehmer – Isaac Handel – hat das Objektiv mit Isolierband beklebt. Inzwischen ist eine Dreiviertelstunde vergangen, und niemand weiß, was da drin vorgeht.

»Meinen Sie nicht, Sie sollten sich mal hinsetzen?«, sagt Flea leise, als AJ nah genug an sie herankommt. »Sie sehen nicht besonders gut aus – nehmen Sie's mir nicht übel.«

Er sieht sie an. Seine Augen sind dunkelbraun.

»Nein«, sagt er. »Trotzdem danke.«

Hier steckt mehr dahinter, als man auf den ersten Blick sieht. Für ihn geht es um etwas Persönliches – vielleicht hat es etwas mit der weiblichen Geisel zu tun, die da in dem Raum festgehalten wird. Unwillkürlich richtet Flea den Blick auf den Monitor mit dem grauen Raster. AJ sieht sofort, wie sie reagiert.

»Ich weiß«, sagt er. »Furchtbar, nicht wahr? Ich würde alles lieber sehen als das.«

»Alles?«

»Mein Gott, ja. Ich weiß, wenn das hier zu Ende geht, ist die Büchse der Pandora offen, aber es führt ja kein Weg dran vorbei.«

Zwei Verhandlungsspezialisten sind eingetroffen. Der eine kommt aus London – der Ranghöhere der beiden –, die zweite Person stammt aus der Region. Sie wird Flea als Linda vorgestellt. Sie hat den Auftrag, die Verhandlung zu führen, und sie begrüßt alle mit einem kompetenten Händedruck, der sagt: *Okay, entspannt euch, ich habe alles im Griff.* Sie ist klein, Mitte dreißig, mit kastanienbraunem Haar. Sie trägt Jeans und eine lange, gestreifte Strickjacke, deren Ärmel sie sich ständig über die Hände zieht, als wäre ihr kalt.

Alle sechs stecken die Köpfe zusammen und erörtern ihre Strategie. Als Flea an der Reihe ist, erklärt sie, wie lange sie für einen gewaltsamen Zutritt in das Absonderungszimmer benötigen wird. »Aber«, fährt sie fort und schaut Linda an, »ich hoffe, das bleibt unsere letzte Option.«

»Selbstverständlich. Und hören Sie, Sergeant, was immer jetzt unternommen wird, um diesen Raum unter Kontrolle zu bringen – sagen Sie es mir bitte *nicht!* Wenn der Commander entscheidet, dass Sie reingehen müssen, tun Sie es einfach, und informieren Sie mich nicht vorher. Wenn ich weiß, dass das Team gleich stürmen wird, hört man es an meiner Stimme. So etwas kann die Gesprächsbasis zwischen uns augenblicklich zerstören. Es ist besser, ich weiß nichts.«

»Gehört?«, fragt der Commander in die Runde. »Sämtliche Gespräche zur Taktik bleiben in diesem Raum. Und reduzieren Sie die Lautstärke auf ein Minimum.«

»Ich möchte auch gern mit ihnen sprechen können«, sagt AJ plötzlich. »Wäre das möglich?«

Linda wirft dem Commander einen zweifelnden Blick zu. »Ein dritter Beteiligter? Spricht nichts dagegen, wenn es eine Funktion für ihn gibt.«

»Und?«, fragt der Commander und sieht AJ an. »Gibt es eine Funktion für Sie?«

»Auf jeden Fall. Ich bin hier der ranghöchste Mitarbeiter, und ich kenne die Klinik in- und auswendig. Ich bin seit vier Jahren hier und kannte Isaac von Anfang an. Ich kenne ihn gut – wirklich gut. Er täuscht, ist nicht immer geradeheraus.«

Linda mustert AJ. »Äh, Sir«, sagt sie dann zu dem Commander, ohne AJ aus den Augen zu lassen, »ich habe keinen Widerspruch, aber er muss ordnungsgemäß gebrieft werden, und selbstverständlich verlange ich den Vortritt.«

»Sie ist die Chefin«, sagt der Commander. »Wenn sie Ihren Input braucht, wird sie darum bitten. Haben Sie verstanden?«

»Ja.«

Im Kontrollraum fängt der leitende Verhandler an, einen Arbeitsplatz für Linda einzurichten, und arrangiert Laptop, Mikrofon und Notizblock. Flea steht im Aufenthaltsraum und hält ihr Funkgerät einsatzbereit in der Hand. Sowie der »Silver Commander« ihr zunickt, wird sie den Einsatzbefehl an Wellard auf der Station Myrte weitergeben. Linda redet streng auf LeGrande ein und spult eine lange Liste dessen ab, was er sagen und was er nicht sagen darf. In jedem Fall braucht er das Okay von ihr oder dem leitenden Unterhändler. Alle ziehen sich jetzt in den Aufenthaltsraum zurück und lassen Linda allein vor den Monitoren. AJ bleibt in der Tür zwischen den beiden Räumen stehen, Schulter an Schulter mit dem Chefunterhändler, der einen Notizblock in der Hand hält und für den Kontakt zwischen Linda und dem Team sorgen wird.

Ein Signal von ihrem Vorgesetzten, und Linda fängt an zu sprechen. »Hi, Isaac. Entschuldigung, ich wollte Sie da drin nicht erschrecken, aber mein Name ist Linda, und ich bin Geisel-Unterhändlerin.« Sie lächelt. »Das klingt ziemlich großartig, nicht wahr? Aber tatsächlich besteht meine Aufgabe nur darin, mit Ihnen zu sprechen – herauszufinden, was eigentlich los ist und was Sie dahin gebracht hat, wo Sie jetzt sind.«

Auf ihrem Laptop fluktuiert das Spektrogramm ihrer Stimme über den halben Bildschirm. Auf der anderen Hälfte registriert eine Stoppuhr die verstrichene Zeit. Darunter fließt neonblauer Sand durch ein Stundenglas.

»Isaac? Möchten Sie das? Möchten Sie mit mir sprechen?«

Alle beugen sich leicht vor, spitzen die Ohren und warten auf eine Antwort aus dem Lautsprecher. Auf einem Monitor, der so umgedreht worden ist, dass die Commander ihn sehen können, aber Linda nicht, erkennt man Fleas Leute einsatzbereit im Korridor vor der Tür. Ab und zu wirft einer einen Blick nach oben auf die Kamera und streckt beruhigend einen Daumen in die Höhe. Das Bild, das Linda vor sich sieht, verändert sich nicht: Es ist das grau schraffierte Muster des Klebstreifens vor der Linse im Gewahrsamsraum.

Die Eieruhr dreht sich und zeigt damit an, dass eine Minute vergangen ist. Linda schaltet ihr Mikro wieder ein. »Ich sag's einfach noch einmal – manchmal sind diese Mikrofone nicht so gut. Mein Name ist Linda, und ich bin hier, weil ich versuchen soll zu verstehen, was mit Ihnen los ist. Ich bin für Sie hier, Isaac. Wenn Sie ein Handy haben, kann ich Ihnen meine Nummer geben. Dann können Sie mich anrufen, und wir beide könnten uns allein unterhalten. Niemand sonst braucht zuzuhören. Nur Sie und ich.« Sie macht eine Pause. »Ich bin für Sie hier, Isaac. Nur für Sie.«

Wieder bleibt es still. Niemand wirkt erregt – niemand außer

AJ. Er wirft immer wieder hilflose Blicke zu dem Verhandlungsleiter an seiner Seite, als wollte er sagen: *Tun Sie was. Sorgen Sie dafür, dass was passiert.*

Linda schaltet ihr Mikrofon ein und nennt mit sehr klarer, ruhiger Stimme ihre Handynummer. Sie tut es drei Mal und sagt dann: »Isaac, Sie haben seit drei Tagen kein richtiges Bett mehr gesehen. Sie müssen müde sein. Würden Sie sich nicht wohler fühlen, wenn Sie kurz mit mir reden? Ich will Ihnen helfen, aber das kann ich nur, wenn ich weiß, was mit Ihnen los ist.«

Immer noch keine Antwort.

Eine Stunde ist jetzt vergangen. Niemand weiß, was hinter der Tür geschehen ist.

Berrington Manor

Jonathans Gesichtsfarbe ist ein kränkliches Weißlich-Grau, und unter den Augen hat er dunkle Ringe, die aussehen wie Blutergüsse. Er meidet weiterhin Cafferys Blick, und sein Gesicht bekommt dabei Falten vor Anstrengung.

»Ich höre«, sagt Caffery. »Und warte.«

Keay atmet tief und müde ein. »Ja, ja, ja.«

»Sie wollten mir erzählen, wie es kommen konnte, dass die Geistergeschichte aus Rotherham in Beechway die Runde gemacht hat. Was am Ende zu zwei Todesfällen und ...«

»*Zwei?*«

»Ja. Einer im Jahr 2009 ...«

»Pauline Scott.«

Caffery zögert. »Pauline Scott, ja. Sie waren zu der Zeit in Beechway.«

»Ja, aber welcher ist der zweite Todesfall?«

»Zelda Lornton. Sie ist vor knapp vierzehn Tagen gestorben. Im Augenblick steht der Befund der Rechtsmedizin noch aus.«
»*Zelda?*«
»Ja. Sie haben sie offenbar gekannt.«
Es bleibt lange still. Jonathan schaut Caffery forschend an, als suche er die Antwort auf eine sehr schmerzhafte Frage. Mit einem langgedehnten, bebenden Seufzer dreht er sich mit seinem Stuhl um und verschränkt die Arme vor der Brust. Im ersten Moment denkt Caffery, er will anfangen, auf seiner Computertastatur zu klappern, und er braucht ein paar Augenblicke, um zu erkennen, dass Jonathan weint, lautlos, hilflos, mit krampfhaft zuckenden Schultern.

Gift

Anderthalb Stunden sind vergangen, und AJ kann nicht mehr stillhalten. Zitternd steht er im Security-Kontrollraum, aber bis jetzt haben es erst zwei Leute bemerkt. Der eine ist Big Lurch, der ihm eine Hand auf den Rücken gelegt hat – gerade lange genug, um zu sagen: *Ich weiß, Kollege. Ich weiß, wie es dir geht. Und auch wenn ich es nicht öffentlich sagen werde, sollst du wissen, dass ich bei dir bin.* Die andere ist der Sergeant des Unterstützungsteams, eine Frau mit drahtigen blonden Haaren und sehr blauen Augen. Sie trägt Einsatzkleidung, eine schusssichere Weste, die von Ausrüstungsgegenständen und Funkgeräten starrt, ist jedoch empfindsam genug, um es zu bemerken. Er spürt ihren Blick. Sie weiß Bescheid.
Auf dem Monitor sind Männer in schwarzen Uniformen mit Schutzwesten dabei, an Türen zu rütteln, Kameras zu überprüfen, Risikoeinschätzungen vorzunehmen und die Grundriss-

pläne des Gebäudes samt den darin verzeichneten Fluchtwegen zu studieren. Wenn sie stillstehen, tun sie es mit leicht gespreizten Beinen, als wollten sie demonstrieren, dass ihre Gliedmaßen zu muskulös sind, um sie enger zusammenzustellen. Schultern, Nasen, Arme, alles ist so breit, dass AJ sich ganz unzulänglich fühlt.

Auf dem anderen Monitor sieht man immer noch den grauen Klebstreifen. Nichts hat sich da geändert. Die Lautstärke der akustischen Übertragung ist höher gestellt worden, damit jeder in allen Nuancen hören kann, was in dem Zimmer mit der Geisel vorgeht. Aber es ist nur Stille, was ihnen da entgegendröhnt – das vollständige und absolute Fehlen jeglichen Geräuschs.

Die Eieruhr dreht sich wieder. Und wieder. Vielleicht hilft sie Linda dabei, sich zu konzentrieren. AJ erinnert sie nur daran, dass seine Mum vor solchen Dingen instinktiv die Augen abgeschirmt hätte, weil sie einen epileptischen Anfall auslösen konnten. Jedes Mal, wenn der Sand durchgelaufen ist, ist wieder eine Minute vergangen, in der Isaac Handel freie Hand hatte, mit Melanie zu tun, was er will. Und das wird eine Menge sein – da ist AJ sicher. Er erinnert sich, wie Handel Melanie beobachtet hat, wenn sie durch den Korridor ging. Er wird alles das tun, was er sich bei diesen Begegnungen ausgemalt hat.

AJ kann nur hoffen und beten, seine eigene Fantasie möge farbiger und grausamer sein als Handels.

DI Caffery ist telefonisch nicht zu erreichen. AJ wäre so viel wohler, wenn er hier wäre. *Es tut mir so leid, so leid,* sagt er lautlos zu dem Monitor, der den Klebstreifen zeigt. *Melanie, es tut mir so leid.*

Plötzlich reißt Handel das Isolierband ab, mit dem er das Mikrofon abgedeckt hat. Das Geräusch ist ohrenbetäubend, und alle schrecken zusammen. Der Security Supervisor kommt herüber und beugt sich über Linda, um die Lautstärke herunterzudrehen. Das Team hält den Atem an. Der Chefunterhändler neben AJ senkt den Kopf und legt einen Finger an die Stirn. Linda hält eine Hand über ihr Mikro – als wolle sie vermeiden, dass auch nur der Hauch eines Wisperns oder einer Bewegung zu der Geisel und dem Geiselnehmer hineindringt. AJ lehnt sich stumm an die Wand. Hoffentlich haben die Leute hinter ihm nicht bemerkt, dass seine Knie wieder zittern.

Dann verschwindet der Klebstreifen vom Monitor. Das Bild wird grellweiß, als die Kamera sich auf die neuen Lichtverhältnisse einstellt. Dann erscheint das Bild des Raumes.

Melanie sitzt auf dem Boden, mit dem Rücken zur Wand, und hält den Kopf gesenkt. AJ beugt sich vor und betrachtet sie hastig in allen Einzelheiten. Sie ist bekleidet; sie trägt die Sachen, die sie anhatte, als sie zu ihm hereinkam. Nichts ist offen oder zerrissen. Sie lässt die Schultern hängen, aber sie ist am Leben. Sie atmet. Aus diesem Blickwinkel kann er nicht erkennen, ob sie verletzt ist.

Handel steht in der Ecke, und der verkürzende Effekt des Objektivs lässt seinen Kopf größer erscheinen. Die Sporttasche liegt vor ihm auf dem Boden. Er tritt von einem Fuß auf den andern und wischt sich zwanghaft die Hände ab. Sein Blick wandert rastlos von Melanie zur Tür und weiter zur Kamera. Seine Jeans ist ihm zu groß, sie schlottert um seine dürre Gestalt – aber wenigstens, sieht AJ, ist der Reißverschluss zu. Und an seiner Kleidung ist kein Blut zu sehen.

Der Verhandlungsleiter in der Tür lehnt sich zurück ins Mitarbeiterzimmer und berichtet dem Commander im Flüsterton, was er sieht. AJ hört Bruchstücke dessen, was sie sagen. *Zeit lassen – sehen, wie es sich entwickelt –, Plan zur Befreiung in Kraft setzen...* Er bemüht sich, beherrscht und lautlos zu atmen, aber es kostet ihn eine monumentale Willensanstrengung, kein Geräusch von sich zu geben.

Melanie hebt den Kopf und schaut in die Kamera. Ihr Gesicht ist unverletzt – keine blauen Flecke, kein Blut. Ihre Augen sehen allerdings aus wie schwarze Löcher.

»Kann man mich hören?«, fragt sie.

Linda schaltet ihr Mikro ein und beugt sich darüber. »Ich höre Sie. Mein Name ist Linda.«

Melanie nickt. »Ich weiß. Wir haben alles gehört, was Sie gesagt haben.«

»Und?«, fragt Linda. »Spreche ich mit Ihnen oder mit Isaac?«

»Sie sprechen mit mir«, sagt Melanie. »Sind Sie Polizistin, Linda?«

»Ja, wissen Sie, ehrlich gesagt – formal gesehen bin ich eine. Aber das ist im Moment nicht meine Rolle. Ich bin hier nicht als Polizistin, sondern um Ihnen und Isaac zu helfen. Ich weiß, in diesem Moment sind wir noch weit davon entfernt, dass Sie herauskommen, aber meine Aufgabe ist es, mit Ihnen zu reden und zu besprechen, wie uns das gelingen könnte. Also, Isaac, wenn Sie daran gedacht haben herauszukommen, bin ich diejenige, die darüber mit Ihnen sprechen kann.«

»Das ist okay«, sagt Melanie. »Ich will geradeheraus sein.«

In der Ecke nickt Isaac inbrünstig. Er gerät zusehends in Erregung und reibt sich immer schneller die Hände.

Linda wirft AJ einen Blick zu. Dieses Wort hat er vorhin auch benutzt. *Isaac ist nicht immer so geradeheraus, wie es scheint.*

»Geradeheraus?«, wiederholt sie ins Mikro.

»Ganz recht.«

»Okay, Melanie«, sagt Linda langsam. »Erzählen Sie mir ein bisschen mehr. Wir wollen alles tun, dass Sie und Isaac glücklich dort herauskommen, damit wir diese Sache hinter uns bringen können.«

»Ja.« Melanie nickt langsam. »Und dazu brauchen Sie nur zuzuhören.«

»Das tue ich.«

»Und wer ist noch da? Wer hört mit?«

»Möchten Sie es privater haben? Ich kann hier alle wegschicken, wenn Sie das wollen.«

»Nein, ich will nur wissen, wer da ist.«

»Okay, also – ich und mein Kollege aus London. Zwei Leute von Ihrem Sicherheitsdienst. Dann...« Sie schaut den Commander an, der mit verschränkten Armen an der Tür steht. Er schüttelt kurz den Kopf. »Ja und dann« – Linda geht fast ohne Zögern über den Commander und seinen taktischen Berater hinweg –, »dann ist da noch Ihr Pflegedienstleiter.«

»AJ?«

»Ja, AJ.«

»Hi, AJ.« Melanie hebt eine Hand zur Kamera und winkt kurz und feierlich. »Hi.«

AJ sieht den Verhandlungsleiter an und spreizt die Hände, als wolle er fragen: *Was soll ich tun? Antworten?* Der Mann nickt, und AJ geht hinüber und beugt sich über das Mikrofon. Er ist Linda so nah, dass er ihr Parfüm riechen kann – und sie kann wahrscheinlich sein Herz klopfen hören.

»Hi, Melanie. Ich bin hier.« Er schweigt kurz und schaut auf den Bildschirm. Dann fügt er instinktiv hinzu: »Hi, Isaac.«

Isaac kennt AJs Stimme. Er hebt grüßend die Hand. Linda zieht das Mikrofon ein kleines Stück weg von AJ.

»Melanie – was haben Sie gemeint, als Sie gesagt haben, Sie wollten geradeheraus sein?«

»Tja.« Sie wirft einen Blick zu Isaac hinüber. »Ja«, sagt sie dann langsam und mit Bedacht, »ich brauche nur meine ›Verbrechen‹ zu gestehen.«

»Ihre Verbrechen?«

»Die folgenden nämlich: Dass ich...« Sie macht eine Pause und schluckt, als wollten die Worte nicht über ihre Lippen kommen. »Dass ich meine, äh, Patienten gequält habe. Dass ich sie verletzt und später behauptet habe, sie hätten sich diese Verletzungen selbst beigebracht. Dass ich ...« Sie wirft Isaac einen unschlüssigen Blick zu, als brauche sie ein Stichwort für ihren Text. »Dass ich, äh ...«

»Wehgetan«, sagt er dumpf. »Sie haben ihnen wehgetan.«

»Genau. Ich habe ihnen wehgetan.«

»Sie haben ihnen Flausen in den Kopf gesetzt.«

»Ich habe ihnen Flausen in den Kopf gesetzt. Und schließlich – auch wenn das unwahrscheinlich klingt, schließlich habe ich in zwei Fällen ...« Sie schluckt noch einmal gequält und spricht dann hastig zu Ende. »Ich habe sie in den Tod getrieben.«

»Und das wollen Sie uns sagen?«

»Ja, so ist es.« Sie zeigt auf Isaac, der in seiner Sporttasche wühlt. »Das habe ich dabei getragen, und deshalb hat man mich nicht erkannt.«

Isaac richtet sich auf und hält eine Plexiglas-Maske hoch. Es ist eine Bestrahlungsmaske – AJ erkennt es sofort. So was hat er schon mal in Mums neurologischer Klinik gesehen. Er denkt an das Bild, das Zelda gemalt hat, und an das, was er in Melanies Garten gesehen hat. Diesen glatten, gespenstischen, kegelförmigen Kopf.

Es bleibt lange still. Linda schaltet ihr Mikrofon ab und schiebt ihren Stuhl mit den Absätzen rückwärts auf ihren Vorgesetzten zu. »Weiter mit dem Kapitulationsplan?«

»Ja – eine Sekunde, ich kläre das.«

Er dreht sich um und flüstert dem Commander im Mitarbeiterraum zu: »Wir können den Kapitulationsplan starten. Es sieht gut aus.«

Die blonde Polizistin mit dem netten Gesicht wendet sich ab und verlässt den Raum, und dabei spricht sie in ihr Funkgerät. Die Anspannung im Kontrollraum nimmt spürbar ab. Linda und ihr Vorgesetzter stecken die Köpfe zusammen, und auf dem anderen Bildschirm ziehen die Männer in den Kampfanzügen sich langsam von der Tür des Gewahrsamsraums zurück. Isaac ist schon dabei, die Schrauben und Eisenstangen zu entfernen, mit denen er die Tür verbarrikadiert hat. AJ starrt Melanie auf dem Bildschirm an. Starrt die Bestrahlungsmaske an.

Die Anspannung im Raum lässt nach, aber da ist noch etwas anderes: so etwas wie Enttäuschung darüber, dass alles so einfach gekommen und wieder vorbeigegangen ist – dass Isaac nicht der rasende Irre ist, auf den sie sich gefasst gemacht haben, sondern ein Schizophrener, der durch Melanies »Geständnis« mühelos zu entschärfen ist. Keine Heldentaten, keine eingeschlagenen Türen, keine Geiselsituation.

Aber AJ ist nicht glücklich.

»Sir?«

Alle im Mitarbeiterraum hören auf mit dem, was sie gerade tun, und drehen sich zu AJ um. Er schaut den Commander an. »Kann ich mit ihm sprechen, bevor er herauskommt?«

Der Commander legt den Kopf zur Seite. »Die Situation deeskaliert. Der Kapitulationsplan läuft. Ich glaube, wir wissen jetzt, womit wir es zu tun haben.«

»Wirklich? Können wir sicher sein, dass er nicht irgendeinen Trick versucht, sobald die Tür sich öffnet?«

»Das Team ist für so etwas ausgebildet.«

»Das bin ich auch. Ich bin speziell für diesen Patienten sehr gut ausgebildet. Er blufft – ich kenne ihn. Ich war schon mit ihm in solchen Situationen, und ich weiß, an diesem Punkt kann die Sache ernsthaft schiefgehen.«

Der Commander überlegt. Dann nickt er dem Unterhändler zu. »Lassen Sie ihn.«

»Danke.« AJ wirft einen Blick auf sein Telefon am Gürtel. Er wartet auf Cafferys Rückruf. Er hat ihm sechs SMS geschrieben und drei Nachrichten auf die Mailbox gesprochen, um ihn über die Situation auf dem Laufenden zu halten, aber bis jetzt hat er keine Antwort bekommen. Er steckt das Telefon wieder ein und geht zum Schreibtisch. Linda sieht ihn stirnrunzelnd an. Sie ist kein bisschen erfreut, aber schließlich steht sie doch auf und schiebt ihm übellaunig den Stuhl herüber.

»Versauen Sie mir jetzt nicht alles«, flüstert sie. »Bitte nicht.«

Er nickt, setzt sich hin und schaltet das Mikrofon ein. »Isaac?«, sagt er. »Isaac – ich bin's.«

Auf dem Monitor hört Isaac auf mit dem, was er tut. Er legt den Kopf in den Nacken und schaut zur Kamera herauf.

»AJ?«

»Ja. AJ. Isaac – ich habe eine Frage. Haben Sie vor vier Nächten vor Miss Arrows Fenster gestanden?«

Isaacs Blick irrt umher, wie er es oft tut, wenn Isaac gestresst ist – so, wie die Augen eines Blinden umherirren, ohne an etwas hängen zu bleiben. Es vermittelt den Eindruck, als antworte Isaac jemandem, den er hinter seinen Augen wahrnimmt. »Ja«, sagt er. »Habe ich.«

»Warum?«

»Ähm.« Er schließt die Augen und öffnet sie wieder. »Weil man ihr Angst machen musste wie den andern.«

»Wie wem?«

»Wie Pauline und Zelda und Moses, als sie sich bei denen auf die Brust gesetzt hat. Ich wollte, dass sie Angst hat wie die.«

Linda räuspert sich. Als er sie ansieht, kritzelt sie hastig etwas auf einen Notizblock. *Nicht herausfordern. Spielen Sie mit. Zustimmung ist gut. Ziel = Befreiung der Geisel.*

AJ nickt und schaltet das Mikro wieder ein. Diesmal legt er die Hand schützend über die Taste, sodass Linda es nicht abschalten kann.

»Isaac?«

»Ja, was denn?«

»*Hast du meinen verdammten Hund vergiftet?*«

Linda holt zischend Luft. Sie starrt ihn vielsagend an.

»Antworte mir, Isaac«, sagt AJ hastig. »Warum hast du meinen Hund vergiftet?«

Isaac bewegt den Kopf hin und her, als höre er da etwas so Surreales und Unerklärliches, dass er nicht mal mehr erstaunt ist. »Vergiftet?«, murmelt er. »Ich glaube, das hab ich nicht getan, AJ. Das würde ich nicht tun. Ich habe Hunde gern.«

Berrington Manor

Schließlich hat Jonathan sich wieder beruhigt. Er atmet in kleinen Zügen, wie man an einem Glas Wasser nippt, und schluckt immer wieder. Als das Zittern nachgelassen hat, zieht er sein T-Shirt von der Hüfte hoch und wischt sich damit über das Gesicht.

»Okay?«, fragt Caffery.

Er nickt und fährt sich mit der Zunge über die Lippen. »Ich wusste nichts von Zelda. Wenn ich gewusst hätte, dass es noch einmal passiert, hätte ich – ich hätte etwas unternommen.«

»Ja, ganz sicher. Aber kehren wir noch einmal zu Ihrer Ankunft in Beechway zurück. Wann haben Sie Isaac Handel gegenüber zum ersten Mal erwähnt, was sich in Rotherham zugetragen hat? War das, als Sie …«

Jonathan wirft Caffery einen verblüfften Blick zu. »Isaac Handel?«

»Ja. Erzählen Sie mir, wie Sie ins Gespräch gekommen sind. Sie haben im Rahmen der Kunsttherapie mit ihm an den Puppen gearbeitet – seinen Püppchen. Sie haben ihm dabei geholfen.«

Jonathan runzelt die Stirn. Sein Blick wandert in Cafferys Gesicht herum, als wolle er herausbekommen, worauf das alles hinauslaufen soll. »Ja, das stimmt. Handels Puppen waren sein... sein Ventil.«

»Sie müssen ihm erlaubt haben, Werkzeug zu benutzen.«

»Ja, und dabei habe ich ihn ununterbrochen beaufsichtigt. Und nach jeder Sitzung habe ich es ihm wieder abgenommen. Genau nach Vorschrift.«

»Sie wissen, dass Isaac glaubte, er könne mit diesen Puppen Menschen steuern. Das ist Ihnen doch bewusst, oder?«

»Ich weiß, dass er das glaubte. Aber was soll das in diesem Zusammenhang?«

»Sie hatten niemals professionelle Vorbehalte gegen das, was er da gemacht hat? Puppen mit zugenähten Augen?«

»Vorbehalte? Eigentlich nicht... Ich fand es merkwürdig, dass er den Tod auf diese Weise darstellt. Aber nicht merkwürdiger als manche anderen Dinge, die in Einrichtungen wie Beechway vorgehen.«

Caffery holt sein Handy aus der Tasche, ruft die Puppenfotos auf und sucht das von Pauline auf dem rosa Satin. Als er es gefunden hat, hält er Jonathan das Telefon entgegen. Jonathan beugt sich vor und sieht es an. Er nickt. »Ja, das ist Pauline. Dieser rosa Satin – damit wollte er es ihr bequem machen.«

»Er wollte es ihr bequem machen – und sie umbringen?«

»*Was?*« Jonathan blinzelt. »*Isaac?*«

»Diese Puppe, die er gemacht hat – ihre Augen sind zugenäht, genau wie bei den Puppen seiner Eltern. Es zeigt, was mit Pauline passieren sollte – was er vorhatte.«

»Nein – nein. Das ist alles...«

»Das ist alles...?«

»Falsch. Kann sein, dass Isaac die Augen der Puppen zugenäht hat, bevor er seine Eltern umgebracht hat. Aber bei Pauline war es anders – er hat der Puppe die Augen erst zugenäht, *nachdem* sie auf dem Gelände gefunden worden war. Er war sehr aufgeregt. Darum liegt sie auf diesem rosa Satin. Wie in einem Sarg. Und soll das da Zelda sein? Sehen Sie, er hat ihr die Augen ebenfalls geschlossen. Aber das wird er nach dem Tod getan haben, nicht vorher.«

Caffery steckt sein Telefon wieder ein. »Okay«, sagt er ruhig. »Wir reden aneinander vorbei, nicht wahr?«

Jonathan sieht ihn ungläubig an. »Ja. Ich meine, Sie verstehen das alles absolut falsch.«

»Ja? Dann sagen Sie mir, wie es richtig ist.«

Jonathan klemmt die Hände zwischen die Knie, als befürchte er, sie könnten unabhängig von ihm etwas tun, das er bereuen würde. »Okay«, sagt er schließlich. »Okay. Sagen Sie mir – was wissen Sie über häusliche Gewalt?«

Caffery hat ein eintägiges Seminar darüber absolviert, vor Jahren in London, und er erinnert sich an ein paar Begriffe: Misshandlungszyklen, Stockholm-Syndrom, Rechtfertigung, Selbstvorwürfe. Er erinnert sich daran, weil er selbst einmal eine Freundin geschlagen hat, und das hat er immer noch nicht verarbeitet.

»Sie wissen zumindest etwas über die Psychologie von Misshandler und Opfer, oder?«, drängt Jonathan. »Und wenn Sie an ›häusliche Gewalt‹ denken, denken Sie automatisch ›Mann gegen Frau‹, stimmt's?«

»Oder Mann gegen Mann.«

Jonathan steht auf und zieht den Saum seines T-Shirts hoch. Unter dem pinkfarbenen Kinesio-Tape sind Rippen und Bauch von Hämatomen bedeckt, gelb oder grünlich verblasst und hier und da zu größeren Farbflächen verschmolzen. An mehreren Stellen hat er tiefe Schrammen, teilweise mehr als fünfundzwanzig Zentimeter lang. Eine war anscheinend irgendwann entzündet gewesen. Jonathan will das T-Shirt über den Kopf ziehen, aber er kann es nicht. »Sorry. Sie werden mir helfen müssen.«

Caffery steht auf. Vorsichtig und im Bewusstsein der Intimität dieses Vorgangs zieht er das T-Shirt von Jonathans Taille nach oben. Dabei sieht er es sofort – quer über Jonathans Brust, von einer Achsel zur anderen, ziehen sich tiefe Schrammen. Ein Netz von schwarzen Krusten klebt auf frischem Narbengewebe. Caffery schaut die Narben mit schmalen Augen an. Im matten Lichtschein des Computerdisplays sind sie schwer zu erkennen.

»*Du sollst nicht ehebrechen.*« Jonathan lehnt sich zurück und verzieht dabei schmerzlich das Gesicht. »Man braucht einen Spiegel, um es zu lesen. Meine Partnerin dachte, ich wollte sie verlassen. Ich sollte es jedes Mal lesen, wenn ich in den Spiegel schaue. Meinen Eltern habe ich erzählt, ich sei in eine Schlägerei geraten – im Pub. Sie wollen, dass ich Anzeige erstatte, doch ich habe Nein gesagt.« Mit schmerzlich verzogenem Gesicht dreht er den Kopf, um Caffery anzusehen. »Ich glaube, ich habe die ganze Zeit darauf gewartet, dass Sie auftauchen.«

»Ihre Partnerin?«

»Sie irren sich, wenn Sie annehmen, häusliche Gewalt richte sich immer nur vom Mann gegen die Frau oder von einem gegen den anderen Mann. Das hier hat eine Frau getan.« Er sieht Cafferys Gesicht und lacht trocken. »Ich weiß – niemand glaubt es, wenn man es sagt. Aber es kommt vor, glauben Sie mir. Sie hat sich Benzodiazepin besorgt. Ich habe nie Drogen genommen, und deshalb haben die Benzos mich umgehauen. Bin erst zehn Stunden später wieder aufgewacht und dachte, ich hätte schlecht geträumt, bis ich sah, dass sie die Wunden versorgt und verbunden hatte. Sie saß weinend auf dem Boden neben dem Bett und flehte mich an, ihr zu verzeihen. Ich war so verliebt, dass ich wahrscheinlich alles lieber getan hätte, als zu glauben, sie könnte … sie könnte tun, was sie getan hat.«

»Hat ›sie‹ auch einen Namen?«

Er zögert. Dann sagt er beinahe flüsternd: »Melanie Arrow.«

»Melanie Arrow?« Caffery senkt das Kinn und schaut Jonathan stirnrunzelnd an. »Die Direktorin der Klinik?«

Jonathan nickt. Er legt die Zeigefinger an beide Seiten seines Adamsapfels, als müsse er etwas in seiner Kehle unter Kontrolle bringen. »Wir waren fast zwanzig Jahre lang Kollegen. Ihre Beziehungen hielten nie lange – mit niemandem. Ich habe dagesessen und zugesehen, wie die Männer kamen und gingen. Habe zugesehen, wie sie sich selbst jedes Mal zerriss. Habe gewartet, bis ich an der Reihe war. Ich wäre ihr bis ans Ende der Welt gefolgt. Sie war alles, was ich nicht war. Ich war der Softie, der kleine Privatschüler mit erstklassigen Lateinnoten und reichen Eltern, und sie kam aus einem Problemviertel in Gloucester. Das würde man nie vermuten, wenn man sie sprechen hört, nicht wahr? Sie hat sich von ganz unten hochgearbeitet – dahin, wo sie jetzt ist. Ich habe sie kennengelernt, als ich aus dem Geldsystem ausgestiegen und Bürger Keay geworden bin, und … tja, Scheiße – ich meine, Sie haben sie ja gesehen. Sie war hübsch, und sie war lieb, und vor allem war sie eine Kämpferin. Können Sie sich vorstellen, was ich für sie empfunden habe?«

Er redet nicht weiter, sondern betrachtet seine Hände, die sich zu Fäusten ballen und wieder lockern.

»Aber ich war ein Versager, als es darum ging, sie zu stützen – ihre geistige Gesundheit stand auf dem Spiel. Es war, als müsse man den Kopf einer Ertrinkenden über Wasser halten. Als ich endgültig begriffen hatte, wer sie war – *was* sie war –, sagte ich ihr, ich wolle weggehen. Weg von ihr, weg von der Klinik, weg aus dem Beruf.« Sein Mund verzieht sich zu einem ironischen Lächeln. »Da bekam ich mein Brandzeichen. Ehebruch.«

»Was wollen Sie mir erzählen, Jonathan?«

»Wissen Sie das nicht?«

Caffery schaut ihm fest in die Augen. »Ich möchte es von Ihnen hören.«

»Eine Kindheit, wie Mel sie hatte? Die hinterlässt Narben. Ihr Dad hatte Krebs, als sie klein war. Er hat überlebt, aber sie hat immer allen erzählt, er sei gestorben. Sie weinte jedem etwas vor, der ihr zuhörte – und dabei war er die ganze Zeit gesund und munter. Sie wollte nur nichts mehr mit ihm zu tun haben. Er hat bei der Stadt gearbeitet – genau gesagt, bei der Müllabfuhr –, und sie war zu stolz, das zuzugeben.«

»Ich frage noch einmal: Was wollen Sie mir erzählen, Jonathan?«

Er räuspert sich verlegen. »Als Patienten in Beechway anfingen, über ›Maude‹ zu reden, wie sie es in Hartwool getan hatten, dachte ich...« Er wedelt mit der Hand vor dem Gesicht, als habe er sich blenden lassen. »Ich weiß nicht, was ich dachte. Ich wollte es nicht wahrhaben, nehme ich an. Waren Sie schon mal so sehr in jemanden verliebt, dass Sie die Augen vor fast *allem* verschlossen haben? Sogar vor so etwas?«

Das kann Caffery nicht beantworten. Nicht vor sich selbst und schon gar nicht vor Jonathan.

»Selbst als Pauline starb, habe ich versucht, so zu tun, als wäre sie von allein davonspaziert. Melanie ist absolut reizend, so charmant zu allen, dass Sie nicht einen Augenblick lang vermuten würden, sie sei fähig...« Er bricht ab und wischt sich über die Augen. »Aber das war ihr Verhaltensmuster, wenn Beziehungen zu Ende gingen – ihre Methode, ihrem Zorn und ihrer Frustration Luft zu machen. Jedes Mal, wenn ›Maude‹ aufgetreten ist, können Sie feststellen, dass sie eine Trennung erlebt hat. Eine Woche, nachdem Melanies Mann die Scheidung eingereicht hat, wurde Pauline in ihrem Zimmer angegriffen. Zwei Wochen danach hat Moses sich das Auge herausgerissen. Und jetzt erzählen Sie mir von Zelda? Nachdem ich weggegangen bin?«

Caffery verschränkt die Arme. Er streckt die Beine aus, legt den Kopf in den Nacken und schließt die Augen. Es ist die Haltung eines Mannes, der ein Fünf-Minuten-Nickerchen macht, aber er entspannt sich nicht. Er sieht, wie alles sich an seinen Platz schiebt. Er denkt an die Stromausfälle, die effizient verhindert haben, dass es Videoaufnahmen gibt. Es hat ihm von Anfang an keine Ruhe gelassen, dass es Isaac gelungen sein sollte, das Timing für seine Taten so mühelos zu arrangieren – als sei er auf die Blackouts vorbereitet gewesen. Doch wenn Melanie Arrow AJs Scooby-Geist ist... dann passt alles zusammen. Als Klinikdirektorin hat sie überall Zugang, sie kann kommen und gehen, wann sie will, auch Security-Vorschriften und Schlösser sind kein Hindernis für sie. Und die Opfer waren immer Patienten, die bei den Mitarbeitern nicht beliebt waren. Hat Arrow angenommen, man würde sie nicht so sehr vermissen? Oder waren es diejenigen, die sie am meisten geärgert haben?

Caffery klappt ein Auge auf. Jonathan starrt ihn an. »Was ist?«, fragt Caffery. »Was denn?«

»Sie müssen mir glauben, wenn ich Ihnen das erzähle. Sie ist verrückter und gefährlicher als irgendein Patient in dieser Klinik.«

Röntgenblick

»Was ist los?« In der Absonderungszelle wundert Melanie sich über die Verzögerung, die AJ da verursacht. »Kann es jetzt einfach weitergehen?«

Isaacs Blick huscht flackernd hin und her; er ist verwirrt und hat Mühe, diesen Stimmungsumschwung zu verstehen. Er ist intelligent, aber ein Lügner ist er nicht. Er kann Menschen manipulieren und ist fähig zur Gewalt, aber sich verstellen kann er nicht. Er hat gesagt, er hat Stewart nicht vergiftet, und AJ glaubt ihm. Es ist ihm wie Schuppen von den Augen gefallen, und er sieht jetzt viel klarer, als habe er plötzlich einen Röntgenblick. Als er Melanie erzählt hat, Stewart sei krank, hat sie sofort angenommen, er habe etwas gefressen. Er hat aber gar nicht erwähnt, dass der Hund vergiftet worden ist. »Krank«, hat er gesagt. Und die Maske – die Bestrahlungsmaske – ist eine wie die, die ihr Vater während der Behandlung benutzt hat.

AJ betrachtet das hübsche Gesicht, die weit auseinanderliegenden Augen, das hellblonde Haar. Er denkt daran, wie Stewart sie angebellt hat, als sie das erste Mal nach Eden Hole Cottages gekommen ist.

Stewart hat es gewusst. Und jetzt weiß AJ es auch.

»Hallo?«, ruft Melanie. »Ich habe gesagt, kann es jetzt weitergehen?«

AJ hat den Kontrollraum in Aufruhr versetzt. Big Lurch starrt ihn an, die Augen quellen ihm aus den Höhlen. Linda und ihr Vorgesetzter diskutieren ausführlich und erbost mit dem Commander, und sie schaut immer wieder wütend durch die Tür zu AJ herüber. Schließlich ist das Gespräch zu Ende. Mit einem Blick auf AJ runzelt Linda grollend die Stirn und macht kopfschüttelnd Platz. Sie stopft sich die Bluse in den Gürtel und schaut sich im Raum um, als warte sie auf die Bestätigung, dass das alles keineswegs in Ordnung ist. Der Commander kommt herein und bleibt neben AJ stehen. Er legt eine Hand auf den Schreibtisch, die andere auf die Stuhllehne, und beugt sich herüber, sodass er leise mit AJ sprechen kann. »Die Sprache, die Sie da benutzt haben, war nicht sehr hilfreich. Ich dachte, wir hätten uns geeinigt, was Sie sagen und was Sie nicht sagen würden?«

»Ich verspreche – ich werde nicht noch mal fluchen. Versprochen.«

»Ich gebe Ihnen einen Vertrauensbonus, weil das hier Ihr vertrautes Revier ist. Aber bitte lassen Sie mich nicht im Stich.«

»Das werde ich nicht.«

»Ihre letzte Chance.« Er zieht die Brauen hoch. »Okay?«

AJ nickt.

»Können wir es jetzt hinter uns bringen?«, ruft Melanie aus dem Gewahrsamsraum. »Bitte?«

Der Commander zieht sich an die Tür zurück. AJ behält ihn im Blickfeld und schaltet das Mikro wieder ein. »Ja«, sagt er mit fester Stimme, »wir bringen es hinter uns, Melanie, sobald du die Wahrheit sagst – die reine Wahrheit.«

»Wie bitte?«

»Du hast mich verstanden. Erklär uns, warum du plötzlich ein Geständnis abgelegt hast.«

»*AJ*«, sagt Melanie mit einem vielsagenden Blick auf Isaac, »musst du mir diese Frage stellen? Ist das nicht *klar*?«

Im Mitarbeiterraum ist Linda wütend herumgefahren und streckt fassungslos die Arme aus. Aber der Commander hat sich noch nicht gerührt. Er steht mit verschränkten Armen da und beobachtet AJ mit Adleraugen.

»Melanie«, fährt AJ eilig fort, bevor der Commander es sich anders überlegen kann, »was ich nicht verstehe, ist – wie kommt Isaac überhaupt auf diese Idee? Wieso lässt er sich so etwas einfallen?«

»Du machst Witze, ja?«

»Sag es mir.«

Melanies Blick huscht von Isaac zur Kamera und wieder zurück. Sie drückt Zehen und Knie zusammen wie ein Kind, das nicht weiß, was es antworten soll.

»Melanie?«

»AJ, ich habe es doch gesagt. Isaac *denkt* es natürlich, weil ich es *getan* habe.« Sie hält das Kinn gesenkt und schaut fest in die

Kamera, und ihre Message ist klar: *Es ist ein Spiel, das wir hier spielen – und jetzt übernimm um Gottes willen deine Rolle.* »Ich *habe* sie in den Tod getrieben. Ich *habe* sie verletzt, und ich *habe* versucht, es als Selbstverletzung darzustellen, und ich ...«

»Sag es noch einmal«, unterbricht AJ sie. »Aber diesmal ohne Schauspielerei.«

Melanie klappt ungläubig den Mund auf.

»AJ«, sagt sie in gekränktem Ton, »sag mir, warum holst du mich nicht hier raus?«

»Sag du mir«, antwortet er, »warum spielst du dieses Theater?«

Sie stockt. Dann verhärtet sich ihr Gesicht. Ihre Füße wenden sich nach außen, sie lehnt sich zurück und lässt die Hände heruntersinken. »Ich weiß nicht, wovon du redest.«

»Doch, das weißt du.«

»Du bist wahnsinnig. Ist noch jemand da draußen? Wer ist der Verantwortliche? Wo ist Linda?«

AJ wirft einen Blick hinüber zu Linda, die den Commander anfunkelt. Doch der steht mit dem Rücken zur Wand und presst versonnen mit den Fingern einer Hand die Lippen zusammen.

»Ich will wissen, wer da draußen die Leitung hat«, sagt Melanie. »Er soll mit mir sprechen. Oder du holst Linda zurück.«

Der Commander trommelt nachdenklich mit den Fingerspitzen an seinen Mund. Schließlich stößt er sich von der Wand ab, kommt zum Tisch und beugt sich über das Mikrofon. »Ja, Melanie, ich bin der verantwortliche Polizist hier, der Commander bei diesem Einsatz. *Und*«, fährt er fort, ehe sie etwas sagen kann, »ich höre zu. Sie sind an der Reihe.«

»*Was* ...«

»Du hast ihn gehört«, sagt AJ. »Jetzt beantworte meine Frage.«

Es bleibt lange still. Melanies Augen werden von Sekunde zu

Sekunde größer. Sie ist anscheinend fassungslos. Niemand im Kontrollraum regt sich. Lindas Eieruhr dreht sich.

Schließlich streicht Melanie sich das Haar aus dem Gesicht. Sie holt tief Luft. »Manchmal, AJ«, sagt sie leise, »manchmal, wenn wir jemanden verlieren – wie du deine Mutter verloren hast –, manchmal schauen wir uns um und sehen nichts als Schmerz.«

AJ wird es eiskalt. »Das hier hat nichts mit meiner Mutter zu tun.«

»Manchmal, wenn jemand den Schmerz und das Schuldbewusstsein mit sich herumträgt, wie du es wegen deiner Mutter empfindest, dann überträgt er es auch auf andere. Wenn wir uns schuldig fühlen, ist es so leicht anzunehmen, dass andere es ebenfalls tun müssen. Vielleicht ist diese Schuld da, weil... tja, warum? Weil du insgeheim *wolltest*, dass sie stirbt? Vielleicht warst du ein bisschen unachtsam mit ihren Medika...«

»Melanie...«

»*Unachtsam* mit ihren Medikamenten. Nur du...«

»Sei still, bitte.«

»*Nur du* kennst die Wahrheit, AJ. Nur du weißt, was wirklich passiert ist. Aber eins steht fest: Du hast die Schuld, die du am Tod deiner Mutter empfindest, auf mich übertragen, und darum tust du, was du jetzt tust.« Sie schüttelt den Kopf und beißt sich auf die Unterlippe. »Es tut mir so leid. Ich glaube, du weißt, was ich dir schon seit einer Weile zu sagen versuche.«

AJ schweigt einen Moment lang. Er ist beeindruckt. Sie ist gut – aber doch nicht gut genug. Sie ist eine Cartoon-Schurkin.

»Ich bin nicht sicher, dass ich es weiß«, antwortet er. »Was versuchst du mir zu sagen?«

»Darauf antworte ich nicht gern. Vor all den Leuten. Ich kann etwas so Schmerzhaftes in einer solchen Situation nicht sagen.«

»O doch, ich glaube, du kannst.«

Sie seufzt. »Okay... Du tust das, weil du weißt, es ist vorbei zwischen uns. Du weißt, dass es niemals etwas Ernsthaftes werden konnte. Ich meine – *ich*? Mit *dir*?« Sie verzieht das Gesicht, als habe sie etwas besonders Abscheuliches gesehen, auf das sie schicklichkeitshalber nicht weiter eingehen mag. »Zumal, weißt du… die Erde hat nicht gerade gebebt, wenn wir zusammen im Bett waren. Irgendwie kann ich deinen Standpunkt verstehen – und ich verstehe auch, warum du auf diese Weise zurückschlägst. Von außen betrachtet erscheint es vielleicht wie eine besonders verletzende und kindische Reaktion – doch sie ist verständlich. Du hast deine Probleme, und ich kann darüber kein Urteil fällen. Aber jetzt«, sagt sie ruhig, »reich das Mikrofon bitte wieder zurück an den Inspector.«

»Ich glaube, da sage ich Nein.«

»Nein, das tust du nicht.«

»Doch.«

»*Fuck*, ich glaube es nicht«, sagt sie. »Du Drecksack.«

Eisige Stille senkt sich auf den Kontrollraum. Alle starren gebannt auf Melanies Gesicht. Auf die verhärteten Kanten.

AJ schluckt. Jetzt hat er sie fast. »Doch«, sagt er leise, »das tue ich.«

In der Pause, die jetzt eintritt, atmet Melanie ein und aus, und sie zittert. Schließlich sagt sie so leise, dass man sie kaum hört: »Du schlaffer Sack. Du holst augenblicklich den Commander ans Mikrofon. *Sofort.*«

Das Telefon an seinem Gürtel klingelt. Er schaut hinunter. Jack Cafferys Nummer blinkt auf dem Display.

Timing, denkt er. Manchmal geht es im Leben vor allem um gutes Timing.

Haftgründe

Die Hochsicherheitsklinik Beechway ist meilenweit zu sehen – wie ein Leuchtturm strahlt das Blaulicht in kurzen Blitzen zwischen den Bäumen hindurch. Als Caffery die gewundene Zufahrt hinauffährt, tauchen die gewohnten Dinge im Licht seiner Scheinwerfer auf: die Einsatzfahrzeuge vom örtlichen Revier, Krankenwagen, drei Zivilfahrzeuge, vermutlich von der Kriminalpolizei – und ein gepanzerter Sprinter-Van der Unterstützungseinheit.

Er weiß nicht genau, was ihn erwartet. Er hat die vorläufige Anweisung übermittelt, Melanie Arrow nicht festzunehmen, bevor er da ist. Er will dabei sein, wenn das passiert. Sie sitzt zurzeit in einer Gewahrsamszelle.

»Jack«, sagt eine Stimme, als er auf den Eingang zugeht. Er bleibt stehen. An dem Van am Ende der Zufahrt lehnt Flea Marley. Sie hat einen Fuß an die Karosserie gelehnt und einen Thermosbecher Kaffee in der Hand. Sie trägt Schutzkleidung – übersät von Funkgeräten und anderen Ausrüstungsgegenständen –, und sie sieht müde aus. Sie hat das Haar aus dem Gesicht zurückgekämmt und ist ungeschminkt.

Er hat keine Lust mehr, sich von ihr am Nasenring herumführen zu lassen. Er denkt an Jonathan Keay und dessen Verwirrung und Verlegenheit, nachdem er Melanie so lange geschützt hat. Wann wird er selbst endlich aufwachen und erkennen, wie groß die Scheuklappen sind, mit denen er herumgelaufen ist? Er wird gar nicht mit ihr reden. Stattdessen setzt er sein dienstliches Gesicht auf.

»Oh, hi – wie sieht's aus da oben? Easy?«

Sie zögert. Der harte Unterton seiner Stimme kommt unerwartet. »Ja – ich ... äh.« Sie schiebt eine Haarsträhne hinter das Ohr und benutzt die Hand, um ihren Gesichtsausdruck zu verdecken. Als sie sich gefasst hat, lässt sie die Hand wieder sinken und reagiert professionell. »Alles simpel«, sagt sie leichthin und deutet zur Klinik hinüber. »Wir sind in voller Kampfmontur hier angerückt, aber es ist nichts. Nasses Feuerwerk. Bronze und Silver Commander sind drin und diskutieren über das Kleingedruckte. Geisel und Zielperson sind kooperativ, und das macht uns die Arbeit leicht.« Sie holt tief, tief Luft. »Bevor Sie gehen...«

»Ja?«, sagt er ungeduldig. »Was?«

Sie schweigt. Dann senkt sie den Kopf und nimmt einen Schluck aus ihrem Thermosbecher. »Nichts«, sagt sie leise. »Nichts. Viel Glück.«

Caffery weiß genau, dass »nichts« keineswegs »nichts« bedeutet, aber er ist ein sturer Hund, wenn er will. Er wird nicht vergessen, wie sie ihn diese Woche verarscht hat. Er hebt zum Abschied die Hand, wendet sich ab und geht weiter die Zufahrt hinauf. Er dreht sich nicht um, aber er nimmt an, sie schaut ihm nach. Und hasst ihn.

Er geht durch die Absperrung und das Spalier der örtlichen Uniformierten. Die Security-Mitarbeiter plustern sich auf und tun wichtig, weil die echte Polizei hier ist. Auf einer der Stationen schauen ein paar Patienten aus den Fenstern und fragen sich, was in der Klinik kaputtgegangen ist. Er hört sie heulen und kichern.

Ein Gesicht erscheint im Fenster und grinst ihn an. Eine weiße Frau in den Dreißigern, die etwas Rotes und Klebriges gegessen hat, das jetzt auf ihrem Gesicht verschmiert ist und ihr das Aussehen einer Löwin gibt, die eben ihre Beute gerissen hat. Sie lässt lasziv die Zunge heraushängen und macht dann wieder Kussbewegungen mit dem Mund. Er betritt das Gebäude und folgt den beiden uniformierten Polizisten, die ihn begleiten sollen, auf eine Station namens Myrte.

Es riecht hier wie auf einer Schlachthoftoilette. Die Wände sind mit Hand- und Fußabdrücken übersät, und sämtliche Ecken des Korridors sind gepolstert wie die Pfosten in einem Boxring. Über allem liegt der Mief von Verzweiflung, Trauer und Angst. Das Gefühl der Leere, das ihn erfüllt, ist noch stärker als vorher.

Handel ist festgenommen worden. Es hat eine Rangelei gegeben, aber jetzt wartet er in einem leeren Zimmer auf der Station Myrte auf seine psychiatrische Begutachtung, bevor man ihn vernehmen und anklagen kann. Caffery schaut durch ein Sichtfenster und sieht ihn in Handschellen auf einem Bett sitzen. Er hatte Nasenbluten, und seine schlabbrige Jeans ist beschmutzt. Eine ärztliche Untersuchung hat er abgelehnt – es gehe ihm gut, sagt er.

Melanie Arrow ist indessen immer noch im Absonderungsraum. Vier Leute aus Fleas Team stehen mit hochgeklapptem Visier vor der Tür. Zu ihren Füßen liegt ein Asservatenbeutel mit einem Teppichmesser.

»Da ist Blut dran«, sagt Caffery.

»Ja, aber es ist nicht benutzt worden«, sagt einer der Cops. »Es kam nur dazwischen. Handel hat eins auf die Nase gekriegt, als wir reingegangen sind. Hat ein bisschen gespritzt überallhin. Das Ding hat auch was abgekriegt.«

»Und sie?«

»Ist ruhig. Fügsam. Man hat sie gefragt, ob sie herauskommen will, aber sie sagt, nein. Muss dann wohl verhaftet werden.«

»Ja. Ja.« Auf dem ganzen Weg hierher hat Caffery überlegt, weshalb er sie festnehmen kann. Normalerweise fängt man in solch einem Fall mit etwas leicht Nachweisbarem an und erweitert die Beschuldigung, wenn der Staub sich gelegt und man Zeit zum Nachdenken gehabt hat. Er schaut durch das Fenster. Melanie sitzt mit gesenktem Kopf da und scheint ihre Hände zu betrachten. Auf ihrer weißen Bluse sind ein paar Blutspritzer, und auf dem Boden sind noch ein paar mehr. Es ist noch immer kaum zu glauben, was Jonathan Keay und AJ ihm über sie erzählt haben.

Er öffnet die Tür, und sie blickt ruhig auf.

»Hallo«, sagt sie. »Ist 'ne Weile her.«

»Melanie.«

»Ein ziemlicher Schlamassel, nicht wahr?«

»Möchten Sie darüber reden?«

Sie hebt den Kopf, und ein strahlendes Lächeln liegt auf ihrem Gesicht, doch ihre Augen sind leer. »Sie sind so freundlich. Aber ich glaube, in diesem Fall lehne ich dankend ab, wenn es Ihnen nichts ausmacht. Ich glaube, ich gehe jetzt einfach nach Hause.«

Sie steht auf und geht auf ihn zu, als komme sie gar nicht auf den Gedanken, dass er etwas dagegen haben könnte. Er verbreitert seine Schultern ein wenig und setzt einen Fuß vor, sodass er die Tür versperrt.

Sie bleibt einen Schritt vor ihm stehen und senkt den Kopf wieder. Sie betrachtet seine Füße und versucht zu ergründen, wie um alles in der Welt dieses Hindernis vor ihr auftauchen konnte.

»Mir wäre es lieber, Sie kommen mit aufs Revier«, erwidert Caffery. »Ich glaube, nach Hause zu gehen, ist keine gute Idee – nicht unter diesen Umständen.«

Sie schweigt lange, und es ist so still, dass er das Pfeifen ihres Atems in ihren Nasenlöchern hören kann. Und ihre Stimme kommt geradewegs aus dem Slum von Gloucester, in dem sie aufgewachsen ist, als sie sagt: »Und Sie haben verdammt nicht das Recht, in diesem verschissenen Ton mit mir zu reden.«

»Ich bin höflich. Möchten Sie mich nicht genauso behandeln?«

»Das hier ist meine Klinik.«

»Das ist keine Antwort auf meine Frage. Werden Sie höflich zu mir sein?«

Melanie hebt den Kopf und spuckt Caffery an. Sie trifft ihn an der Augenbraue. Der Speichel läuft ihm ins Auge und brennt. Er möchte ihn gern abwischen, aber das tut er nicht. Er lächelt.

»Vielen Dank. Ich wusste bis eben nicht, weshalb ich Sie festnehmen soll.«

Zähne

Irgendwie ist es passend, dass Halloween vor der Tür steht – die Zeit, in der Kürbisse ausgehöhlt und aufgestellt werden –, denn genauso fühlt AJ sich jetzt: Als habe jemand jedes bisschen Hoffnung und Licht und Liebe, das sein Körper enthalten konnte, herausgelöffelt. Da, wo er Melanie aufbewahrt hat, ist nichts mehr.

Als Caffery sie – mit Handschellen gefesselt und von zwei Polizisten eskortiert – zu einem wartenden Auto gebracht hat, kommt Big Lurch vorbei und legt AJ eine Hand auf den Arm. Drückt ihn. Sagt nichts – aber AJ versteht trotzdem. *Ich weiß Bescheid. Wenn du reden willst, ich bin hier.*

AJ nickt. Murmelt ein »Danke«. Big Lurch spaziert davon und lässt AJ hilflos im Korridor stehen. AJ hat keine Ahnung, was er mit sich anfangen soll, und gern würde er sich irgendwo hinsetzen. Er überlegt, ob er Patience anrufen soll. Dann stellt er sich vor, wie er ihr erzählt, was passiert ist. Sie wird Mitgefühl zeigen, aber in ihrer Stimme wird ein Unterton von *Hab ich's doch gesagt* liegen, und das wird er nicht ertragen. Unversehens findet er sich in seinem Büro wieder und hat das Bild in der Hand, das Zelda gemalt hat – den ersten Anlass für seine Jagd auf Isaac. Und jetzt, als er mit dem Finger darüberstreicht, sieht er, dass die ursprüngliche Zeichnung ergänzt worden ist. Die Farbe ist dicker, frischer als der Rest.

Er schüttelt den Kopf. Es ist, als halte man ein Kaleidoskop ans Auge – und werde sich der verzwickten Möglichkeiten, die es präsentiert, immer mehr bewusst. Melanie – die liebe, komische Melanie – ist wie eine Million bunte Glasscherben, die genau die Farben reflektieren, die der Betrachter gern sehen möchte. Sie hat schwer dafür gearbeitet, dass Handel aus der Sicherheitsverwahrung rauskam – weil sie hoffte, er werde aus der Klinik spazieren und »Maudes« Stigma mitnehmen. Nie ist sie auf den Gedanken gekommen, dass Isaac wusste, was sie tat.

AJ geht zurück zur Station Myrte, den Korridor hinunter und zu dem Zimmer, in dem Isaac Handel auf seine psychiatrische Begutachtung wartet, die notwendig ist, bevor er in Gewahrsam genommen werden kann. AJ nickt dem Polizisten zu, der vor der Tür sitzt, schließt die Tür auf und tritt ein.

Isaac sitzt niedergeschlagen auf dem Bett. Er blickt auf, als AJ hereinkommt, sagt aber nichts. Er ist totenblass. Seine Jeans ist mit Blut bespritzt, und zwei Blutrinnsale kommen aus seiner Nase. Er ist übel zugerichtet. Wenn sie ihn sauber gemacht haben, werden sie ihn in die Mangel nehmen – vor hundert Gerichte werden sie ihn schleifen, und am Ende wird das System ihn in einem Laden wie Beechway verschwinden lassen, wo er wieder auf die überwachte Akutstation kommt und bis zur Entlassung noch einen sehr, sehr weiten Weg vor sich hat. Jahre wahrscheinlich.

AJ fängt nicht sofort an zu reden. Stattdessen lehnt er sich an die Wand, hebt das Kinn und lässt sich herunterrutschen, bis er Isaac gegenüber auf dem Boden sitzt. Er reibt sich ein paarmal das Gesicht. Er kennt diesen Mann seit Jahren, und noch nie ist ihm aufgefallen, dass Isaac tatsächlich eine Witzfigur ist. Er ist winzig. Die Topffrisur ist absonderlich und lachhaft. Unglaublich, dass AJ seinetwegen so nervös war.

»Isaac«, sagt er, »erzähl mir was...«

Isaac hebt den Kopf. Er sieht AJ nicht an – sein Blick geht irgendwohin an die Decke, als komme AJs Stimme von da oben. Er hat die Fäuste geballt. Da ist so viel Blut. Überall.

»Ja, AJ?«

»Die Puppen«, sagt er, und fast will er die Antwort gar nicht hören, denn er glaubt, er kennt sie selbst. »Erzähl mir von den Püppchen.«

»Ich hab meine Püppchen verloren. Hab sie verloren. Weil ich böse war.«

»Sie waren böse?«

Isaac nickt. Sein Gesicht ist so bleich, dass es fast blau aussieht. Ihn fröstelt. »Da hat sie sie mir weggenommen. ›Maude‹.«

AJ starrt von der Seite auf Isaacs Gesicht, und er denkt plötzlich an Melanies Badezimmer. Die kaputte Wannenverkleidung. Das verschwundene Armband. Hatte sie ihm die Vorstellung von einer kaputten Wannenverkleidung in den Kopf gepflanzt, damit er die Puppen in Handels Zimmer fand? Die Bibelsprüche – die konnte sie selbst geschrieben haben. Sie war so clever darin, das alles Isaac anzuhängen – im Rückblick ist es schwindelerregend wie die Darbietung eines Zirkusakrobaten.

»Okay. Und noch was. Warum haben Sie mit Ihren Eltern gemacht, was Sie da gemacht haben?«

Isaac beantwortet die Fragen so automatisch, wie ein Kind auf die Frage *Wie viel ist eins und eins?* antwortet. »Ich hatte es nicht gern, dass sie mich beißen. Hatte ihre Zähne nicht gern.«

»Beißen?«

»M-hmmm.« Isaac nickt. »Hab Zähne bekommen, wenn ich nicht gespielt habe, was sie wollten.«

AJ schweigt lange und stellt es sich vor. Welche Grausamkeiten sind noch in Isaacs Kopf eingeschlossen? Er möchte sagen, dass es ihm leidtut, möchte Isaac berühren – aber bevor er das tun kann, atmet Isaac tief und zittrig ein. Seine Stimme klingt sehr dünn und sehr fern. »Noch was, AJ«, murmelt er. »Eins noch.«

»Was denn?«

»Es wird nur noch ein paar Minuten dauern. Länger nicht. Sie werden dann glauben, es ist erledigt. Ist es aber nicht. Das Ende ist noch nicht gekommen.«

»Isaac?« AJ legt den Kopf zur Seite und runzelt die Stirn. »Das Ende? Wovon reden Sie?«

Isaac antwortet nicht. Er lächelt, doch seine Augen sind glasig. Sein Gesicht ist starr. AJ stemmt sich hoch, weg von der Wand. Steht auf und geht zum Bett.

»Isaac?«

AJ hat jahrelange Erfahrung. Sein Adlerblick hätte etwas merken müssen, aber es ist ihm einfach entgangen. Blut blubbert aus Isaacs Mund. Seine Lippen sind grau.

»Isaac.« Er packt ihn, doch Isaac fällt gegen ihn und ist plötzlich schwer. Seine Augen rollen nach oben in die Höhlen. »*Isaac – mein Gott*. HILFE!« Fummelnd tastet er nach dem Alarm an seinem Gürtel. »*Sanitäter* – schafft die verdammten Sanitäter her, sofort!«

2. November

Monster Mother hat einige der schlimmsten Geschöpfe zur Welt gebracht, aber jedes Einzelne ist ihr Nachwuchs. Sie ist verantwortlich für sie alle, ob gut oder schlecht. Der Tag der Toten ist gekommen – Allerseelen –, und heute kommen die Seelen der Verstorbenen zurück, um ihre Lieben zu besuchen. Es ist eine Zeit des Aufruhrs. Sie ist hin- und hergerissen von den Stimmen ihrer dahingegangenen Kinder.

Das Anziehen ist ein besonders verwirrendes Problem. Welche Farbe gibt sie einem Tag, der so vielfältig ist – mit so vielen Streifen von Gut und Böse, so vielen Tüpfeln von Trauer und Glück? Sie hat die Deckenlampe eingeschaltet und durchstöbert ihren Kleiderschrank, um etwas zum Anziehen zu finden. Die Vorhänge sind geschlossen – die Geister sind alle da draußen und wollen hereingelassen werden, sie flirren vor dem Fenster hin und her. Noch wagt sie nicht hinzuschauen, denn wenn sie es tut, wird ihr Kopf hin- und hergerissen werden, so schnell, dass er abreißt.

Ihr fehlender Arm hat einen Geist – einen dunkelrosa Geist. Karmesinrot. Wie der Sex und der Zorn, die sie dazu gebracht haben, ihn abzuschneiden. Für ihren Arm nimmt sie also dunkelrote Schuhe. Pauline, die arme Pauline – ihr Geist ist so dünn, dass man ihn zwischen den andern nicht hören kann. Sie ist das fahle, ausgebleichte Gelb des Mieders, das Monster Mother sich aussucht. Zelda war ein böses Mädchen – so böse und so lebendig. Sie war ein Feuerwerkskörper, und das rote Haarband hinten im Schrank ist für sie.

Als Nächstes muss sie an Miss Arrow denken. »Maude.«
Welche Farbe für sie? Sie ist ein Flickwerk, hell auf dunkel. Wenn sie glücklich war, war die Klinik ein sicherer Ort. Wenn sie unglücklich war, schlich »Maude« durch die Korridore. Fand den Weg im Dunkeln durch verschlossene Türen. Monster Mother bekommt Gänsehaut, wenn sie nur an »Maude« denkt. Die Gier und die Wut, die Cleverness. Melanie Arrow ist nicht mehr in der Klinik – aber ihre Wut, ihre Macht, ihre Not dringt aus der Polizeizelle herüber wie eine Radiowelle und sucht Monster Mother. Sie zieht ein Paar Handschuhe hervor. Sie sind aus einem violetten Samt, der in einem bestimmten Licht fast schwarz aussieht. In einem anderen ist er leuchtend lila. Schön und trügerisch wie der tödliche Nachtschatten.

Als Letztes sucht sie den Rock aus. Das dauert eine Weile,

denn der Rock stellt Isaac dar, und Isaac ist so vieles. So schrecklich vieles. So clever und so traurig. So unberechenbar.

Sie entscheidet sich für fleischfarbenes Crêpe unter einem weißen Netz, das mit einer Million silberner Pailletten bestickt ist. Isaacs Farbe war gar nichts – niemand hat ihn bemerkt. Doch für die, die ihn richtig gesehen haben, war er eine Million Lichtpunkte. In dem Augenblick, als er aus der Klinik entlassen wurde, hat Monster Mother gewusst, dass er derjenige sein würde, der Melanie Arrow richten würde.

Sie drückt sich den Rock ans Gesicht, und die Pailletten sind wie raue Knoten an ihrer Haut. Isaac ist tot, er ist aber nicht weg. Er ist noch nicht fertig. Er ist clever, und er ist ein Universum aus Sternen.

Sie zieht die Sachen an. Als sie ganz sicher ist, dass sie bereit ist, öffnet sie die Vorhänge. Die Geister sehen sie und sind eingeschüchtert. Sie verneigen sich lammfromm. Sie setzen sich gehorsam ins Gras. Sie lächelt sie an, wirft den einen eine Kusshand zu und schaut die andern liebevoll, aber warnend an.

»Gabriella?«

Sie erschrickt. Jemand klopft an die Tür. In letzter Zeit waren Fremde in der Klinik und haben Fragen gestellt. Sich Notizen gemacht. Leute, die sie nicht kennt, in Anzügen, mit Clipboards. Sie will keinen von denen hier haben. Sie sucht im Zimmer nach einer Ecke, in der sie sich verkriechen kann.

»Gabriella? Ich bin's, AJ. Kann ich hereinkommen?«

AJ. Der Beste unter ihren Kindern. Sie entspannt sich, schwebt zur Tür und öffnet sie. Da steht er. Sie liebt ihn so sehr.

»Lieber AJ«, sagt sie. »Lieber Sohn.«

»Ich mache jetzt Feierabend, Gabriella. Ich dachte, ich komme noch mal rein und sage...« Er lässt seinen Satz in der Schwebe und betrachtet ihre Kleider. »Schön. Du siehst... schön aus. Alles okay?«

»Ja. Alles okay, danke. Und ich bin hier – in meiner Haut.« Sie lächelt. »Heute ist ein wichtiger Tag. Heute ist der Tag, an dem ich mich um meine Kinder kümmere. Und du, AJ? Du brauchst diese Fürsorge. Das kann ich sehen.«

»Tatsächlich?«

»Ja, du brauchst sie. Niemand sonst weiß es, aber ich. Ich kenne dich so gut, ich habe dich geboren, und ich weiß es. Du hast ein Loch in dir. Ein riesiges Loch, und du glaubst, man kann es nicht ausfüllen.«

AJ senkt den Kopf und legt einen Finger an die Stirn. »Ich gehe dann«, sagt er gepresst und wendet sich hastig zur Tür. »Einen schönen Tag noch, Gabriella. Du siehst wunderbar aus.«

»AJ?«

»Was?«

»Sei vorsichtig, AJ. Sei vorsichtig. Wir alle lieben dich.«

Eden Hole Cottages

Ein Beratungsteam im Auftrag des Kuratoriums ist damit beschäftigt, die Pflegepraxis in Beechway zu evaluieren, und mehrere Security-Mitarbeiter sind bis zum Ende der Ermittlungen vom Dienst suspendiert worden. Etliche Patienten hat man in einer geschlossenen Intensivtherapieklinik am Rande von Bath untergebracht.

Beechway kommt bereits wieder auf die Beine – aber AJ nicht.

Ein Loch. So hat Gabriella es genannt, und besser hätte sie es nicht beschreiben können. Als er an diesem Tag langsam über die gewundenen Straßen nach Hause fährt, sieht er sich als Kadaver. Eine graue Hülse in einem erschöpften Anzug, die in einem klapprigen alten Astra mit nicht zusammenpassenden Reifen sitzt.

AJ und Patience sind inzwischen sicher, dass es Melanie war, die Stewart vergiftet hat. AJ hat im Keller eine geöffnete Packung Rattengift gefunden. Aber Melanie hat mehr als nur Tiere vergiftet – sie hat Herzen vergiftet. Er würde sie nicht zurückhaben wollen, selbst wenn es um sein Leben ginge. Lieber wäre er tot. Aber was er sofort zurückhaben will, ist der Seelenfrieden, den er hatte, bevor sie kam. Unendlich lange hat er den gehütet, und nur widerstrebend hat er ihn ihretwegen aufgegeben. Er hat geglaubt, er gehe eine erwachsene Beziehung ein, und er hat nicht geahnt, dass er dabei der einzige Erwachsene war. Melanie hat etwas aufgerissen, was er mit großer Mühe erfolgreich geheilt hatte, und jetzt ist da eine offene Wunde, die sich nicht wieder schließen will.

»AJ, hörst du jetzt auf damit?« Zum Frühstück hat Patience ihm gebratene Kürbisstreifen und ein Omelette mit Trockenpilzen und Käse gemacht. Ungeduldig stellt sie ihm den Teller hin. »Ich hab's allmählich satt. Du hast dir die Falsche ausgesucht. Ich habe versucht, es dir zu sagen, aber du wolltest nicht hören.«

»Ich vermisse sie ja nicht. Ich bin nur …« Kopfschüttelnd starrt er auf sein Omelette. Er kann das nicht essen. Es ist Wahnsinn. Reiner Wahnsinn. »Ich bin nur müde.«

»Ich auch. Ich habe genug von dir, und ich habe genug von deinem verdammten Hund – der offenbar glaubt, ich heiße Patience, weil ich so geduldig bin. Bin ich aber nicht.«

»Das wissen wir alle.«

»Na, dann sag's auch dem Hund, ja?«

AJ streicht sich mit den Händen über das Gesicht. Stewart liegt in der Ecke – nicht auf seinem gewohnten Platz neben dem Herd, sondern bei der Hintertür, und sein Blick ist hoffnungsvoll.

»Ich bin endlos mit ihm draußen gewesen, und jetzt sieh dir sein Gesicht an. Der Hund begreift's nicht.«

AJ seufzt. Er schiebt seinen Stuhl zurück und lässt das Omelette unberührt liegen. »Komm, Stewart«, sagt er. »Wir gehen.«

Er zieht Fleecejacke und Wanderstiefel an und öffnet die Hintertür. Patiences Empörung ignoriert er – wer ihr Essen verschmäht, spielt mit seinem Leben. Das Omelette wird er wahrscheinlich in seinem Bett wiederfinden, vielleicht unter dem Kopfkissen. Na und? Das Leben hat sich verändert. Er ist bereit, sich von der Strömung tragen zu lassen, wohin sie will.

»Komm, Alter. Bringen wir's hinter uns.«

Das Tageslicht sickert durch einen alles erstickenden Nebel, der tief über den Feldern hängt. AJ hat Stewarts Leine nicht mitgenommen, und der Hund ist außer sich vor Begeisterung. Er rennt mit gesenkter Nase durch den Garten, und ab und zu bleibt er stehen und wirft einen Blick zurück, um sich zu vergewissern, dass das kein Trick ist, dass er wirklich darf, was er hier tut.

»Ist okay.« AJ winkt. »Sag mir nur, wo du bist.«

Stewart läuft voraus – und die Richtung, die er einschlägt, ist nicht überraschend. Er läuft quer über das Feld und geradewegs zu dem Zaunübertritt, an dem der Weg in den Wald anfängt. AJ zieht die Fleecejacke fester um sich und folgt ihm. Stewart besitzt offenbar einen eingebauten Sicherheitsinstinkt, denn jetzt, da AJ nicht schreit und ihm befiehlt zurückzukommen, rennt er nicht blindlings weg, sondern wartet tatsächlich ab, bis AJ ihn gesehen und der Abstand sich verringert hat, und erst dann läuft er weiter.

Im Wald hat sich nicht viel verändert. Alles ist ein bisschen feuchter, ein bisschen kälter, und an AJs Hosenbeinen hängen Tropfen von schmelzendem Reif, wo er Gestrüpp und Gras gestreift hat. Die Bäume haben noch ein paar Blätter verloren, aber ansonsten ist alles so wie vor einer Woche – auch der Weg, den Stewart nimmt und der auf die bewaldete Anhöhe führt, wo Old

Man Atheys Obstgarten liegt. Sie kommen an der verrosteten alten Blechwanne vorbei und gehen weiter den Pfad entlang.

Beim letzten Mal, als sie hier waren, war AJ nervös. Aber jetzt lasten Müdigkeit und Trauer auf ihm und dämpfen seine Angst. Gesicht und Hände sind kalt, davon abgesehen fühlt er wenig. Gehorsam stapft er immer weiter, bis sie auf die Lichtung kommen.

Erst jetzt zögert Stewart. Er wartet am Rande der Lichtung, und das Fell auf seinem Rücken sträubt sich. Da steht die alte wandernde Eibe. Weiß wie Knochen. Stewart starrt sie an, aber er weicht nicht zurück.

»Mein Gott, Stewart. Wenn das hier ein verlängertes Dating Game sein soll – ich meine, wenn du auf der Jagd nach irgendeinem Mädel bist, an das du dich allein nicht rantraust, kriege ich einen Humorausfall. Und zwar ziemlich bald.« Er sieht auf die Uhr. »In ungefähr zwanzig Sekunden.«

Der Hund trabt los. AJ beobachtet ihn. Stewart hält den Kopf gesenkt und hat die Ohren flach nach hinten gelegt. AJ hat seinen Hund noch nie so gesehen.

Er folgt ihm, und seine Schritte schmatzen im nassen Laub. Jetzt sieht er, dass der Baum im Kern verrottet ist, und in seinem Innern ist eine tiefschwarze Höhle. Der Baum müsste tot sein, aber er ist es nicht. Stewart ist hineingeschlüpft. AJ nimmt sein Handy aus der Tasche und stellt fest, dass er kein Netz hat. Er schaltet die Taschenlampen-App ein, legt eine Hand an den Wurzelbogen des Eingangs und leuchtet hinein.

Er sieht eine irrwitzige natürliche Höhle mit glatten, wellenförmigen Wänden, blank poliert und glänzend. Er überlegt, wo er das schon gesehen hat, und dann fällt es ihm ein – es ist der Traum, der immer wiederkehrende Traum, der etwas damit zu tun hat, dass er nicht atmen kann. Der Traum von einer alles verzehrenden Kreatur. Von etwas, das Leben und Tod bedeutet. Etwas, das kein Ende und keinen Anfang hat.

Hör auf, befiehlt er sich. Hör auf.

Er atmet langsam und tief ein und aus, bis das beklemmende Gefühl in der Brust vergeht. Dann öffnet er die Augen und merkt, dass er auch ohne die Telefontaschenlampe genug sehen kann. Es fällt genug Licht herein. Er steckt das Handy ein. Geduckt kriecht er durch die Öffnung. Drinnen läuft Stewart herum und schnüffelt an jedem Spalt und jedem Winkel. Hier ist jemand gewesen; auf dem Boden liegen Sachen, die AJ sich gar nicht genauer ansehen möchte. Es riecht auch – wie in Beechway an einem schlechten Tag.

»Hey«, zischt AJ, »was gibt's denn hier? Hunde-Viagra oder so was?«

Stewart ignoriert ihn und läuft tiefer in den hohlen Baum hinein. Jetzt sieht AJ, dass dort noch ein Bogeneingang ist. Man sieht ihn nur, wenn man ein verdammter Hund ist. AJ folgt ihm und streift die Spinnweben beiseite. Er muss auf Händen kriechen wie ein Spezialkommando, um durch den nächsten Spalt zu kommen, und hier gewöhnen sich seine Augen nicht mehr an die Dunkelheit. Er braucht das Handy. Als er die Lampe eingeschaltet hat, sieht er sich um.

Sie sind in einem zweiten hohlen Stamm, einer weiteren Kammer in diesem Baumskelett. Das Licht fällt auf einen seltsamen Baumstumpf in der Mitte. Er ist nicht hier gewachsen. Jemand hat ihn hingestellt – genau in die Mitte, beinahe symbolhaft. AJ will sich darauf zubewegen, als er sieht, dass ein Draht ihm den Weg versperrt.

»Ah.« Er bleibt sofort stehen. »Das ist ja interessant.«

Er leuchtet an dem Draht entlang. Es ist ein fester Draht mit relativ großem Durchmesser. Er beginnt an einem Ringbolzen, der in der Innenwand des Baums steckt, und reicht durch die Höhle bis zu dem Baumstumpf. AJ geht näher heran und sieht, dass das andere Ende an etwas hängt, das – wenn er nicht unter totalem Realitätsverlust leidet – aussieht wie eine kleine Tür, die mit einer Stichsäge aus dem Stumpf geschnitten worden ist.

Sein Traum. Alice im Wunderland. Ein Loch, in das er fallen kann. Ein Loch, das in den Himmel führt.

Stewart winselt leise und unruhig. Er kommt und setzt sich neben AJ, und sein Blick huscht nervös herauf. Wachsam wedelt er mit dem Schwanz.

AJ legt den Zeigefinger auf den Draht und krümmt ihn, sodass er die Luke mit einer kurzen Bewegung aufziehen kann. »Was meinst du, hm, Stewart? Ist das ein Ja? Oder ein Nein?«

Stewart öffnet die Schnauze und lässt die Zunge heraushängen.

»Das ist ein Ja.«

Er zieht.

MCIT

Isaac Handel ist an einer Verletzung der Leber gestorben, wo das Teppichmesser eingedrungen ist. Er hat im Flur vor dem Absonderungsraum niemanden darauf aufmerksam gemacht, und die Polizisten haben es nicht bemerkt. Das Blut, das überall war, hat man mit dem Schlag auf die Nase erklärt, den er bei dem Handgemenge abgekriegt hat. So oft sie die Videoaufnahmen aus der Zelle auch abspielen, niemand kann genau sehen, wie er sich die Verletzung zugezogen hat.

Melanie besteht darauf, er habe sie sich selbst zugefügt. Ihre Fingerabdrücke sind auf dem Messer, aber sie behauptet, das sei bei der Rangelei passiert, und sie habe mit Isaacs Tod nichts zu tun.

Das ist jedoch der Teil, auf den Caffery sich keinen Reim machen kann, denn er ist ziemlich sicher, dass Isaac etwas anderes vorhatte. So plagt ihn das Gefühl, dass er etwas übersehen und sich nicht darum gekümmert hat. Die Zange und der Draht, die er bei Wickes gekauft hat und die nicht wieder aufgetaucht sind? Was hat er damit vorgehabt? Ein Draht. Wozu? Als Auslöser für eine selbstgebastelte Bombe wie bei seinen Eltern? Und wenn – wo ist sie? Wenn er Zeit hat, wird er Penny Pilson anrufen und hören, was sie dazu sagt. Hat Isaac den Stolperdraht für die Polizei gespannt, oder wollte er wirklich die Leichen seiner Eltern anzünden, ohne dabei zu sein? Er wird ihr auch erklären, dass er jetzt weiß, was sie gemeint hat, als sie sagte ... *Es ist nicht so, wie es aussieht.*

Aber vorläufig hat er genug mit Melanie Arrow zu tun, mit der langen, ungeordneten Kette von Täuschungen und Unwahrheiten, die sie hinter sich herzieht.

Isaacs Puppe, die sie darstellt – mit glänzendem Gesicht und leicht katzenartigen Augen –, wird ihrer wahren Abscheulichkeit nicht gerecht. Er kann sich nicht erinnern, wann er das letzte Mal so viel Verachtung für jemanden empfunden hat. Sie bleibt auch in der Untersuchungshaft in der Trinity Road bei ihrer Darstellung. Sie lügt und lügt. Als die Spurensicherung mit harten Beweisen für ihre Taten zurückkommt – ihre DNA auf einem Stift in Zeldas Zimmer, Zeldas DNA auf der Bestrahlungsmaske ihres Vaters –, wechselt sie die Taktik: Sie gibt zu, was man ihr vorwirft, schützt aber Unzurechnungsfähigkeit vor. Die Schuld gibt sie dem System, ihrer Kindheit, ihrem Ehemann – sogar Caffery. Als sie bei einer Vernehmung die oberen Knöpfe ihrer Bluse öffnet – so geschickt, dass es außer ihm niemand der Anwesenden merkt –, fordert er den Vernehmungspolizisten auf, die Aufzeichnungen abzuschalten, weil er gehen wird. Sollen sie ohne ihn weitermachen. Er will Melanies Gesicht nie wiedersehen.

Der Superintendent ist ihm weitgehend vom Hals geblieben,

aber jetzt, nachdem der Beechway-Fall sich auf Vernehmungen, Zeugenaussagen, Abschlussbesprechungen und Kontakte mit der Staatsanwaltschaft reduziert hat, will er doch wissen, was Caffery mit den Teams vorhat, die da draußen bei der Reha-Klinik Farleigh Park in der Kälte unterwegs sind. Sie brauchen noch einen oder zwei Tage, bis das Gebiet abgesucht ist, und die Arbeitsstunden, die bei diesem Einsatz anfallen, gehen ins Astronomische. Cafferys Zeit ist beinahe um. Nächste Woche wird der Fall zu einem der Detective Sergeants heruntergestuft. Er hat seit drei Tagen keine Gelegenheit gehabt, das Suchgelände zu betreten, und das ist ihm recht. Er wird sich nicht noch einmal mit Flea Marley befassen, ganz gleich, was er in den letzten achtzehn Monaten für sie empfunden hat. Sie hat ihre größte Chance verpasst, Mistys Verschwinden in Ordnung zu bringen, sie hat alle seine Bemühungen und komplizierten Planungen in den Wind geschlagen. Er weiß nicht, ob er ihr das jemals verzeihen wird. Irgendwann wird er entscheiden, wie er es anstellen wird, Jacqui Kitson zu geben, was sie haben möchte, aber dazu muss er noch einmal ganz von vorn anfangen. Unterdessen starrt Misty ihn von der Wand herüber an. Mit dieser unaufhörlichen, unausgesprochenen Enttäuschung im Blick.

Genug ist genug. In den letzten sechsundsiebzig Stunden hat er von Vier-Stunden-Schlaf und Kaffee gelebt. Er schaltet den Computer aus, nimmt seine Jacke und geht zur Tür. Als er über den Parkplatz zu seinem Mondeo geht, sieht er einen kleinen Renault neben der Schranke. Als er näher kommt, erkennt er, dass Flea Marley am Steuer sitzt. Das Fenster ist offen, und sie beobachtet ihn.

Zögernd wirft er einen Blick nach rechts und nach links und fragt sich, ob er verschwinden oder eine Ablenkung finden kann, sodass er nicht mit ihr sprechen muss. Aber schließlich geht er resigniert auf ihren Wagen zu.

»Ja? Was gibt's?«

Sie antwortet nicht. Sie trägt ihre dienstliche schwarze Combat-Kleidung und ein Polohemd. Ihr Haar steckt unter der Mütze, und sie ist ungeschminkt. Nach den langen Tagen der fruchtlosen Suche rings um die Klinik hat sie eine matte Wintersonnenbräune.

»Jack, wir müssen miteinander reden.«

»Nicht schon wieder.«

»Kommen Sie mit?«

»Was denn – noch so eine *Mystery Tour*, die nirgendwo hinführt?«

»Geben Sie mir eine Chance.«

Er sieht sich noch einmal auf dem Parkplatz um und hofft halb, einen Grund zum Neinsagen zu finden. Aber da ist keiner. Er steckt seinen Schlüssel ein, geht um den Wagen herum zur Beifahrertür, wirft seine Jacke auf den Rücksitz und steigt ein. Der Wagen ist aufgeräumt. Ihre Ausrüstung liegt hinten, in einem Dock steckt ein iPod, aber Musik läuft keine. Er schnallt sich an. »Wo fahren wir hin?«

Sie startet den Motor, fährt durch die Sicherheitsschranke und weiter Richtung Autobahn. Flea sieht so zielstrebig aus, dass Caffery den Mund hält. Wenn sie in ihrer Wut über eine Klippe fahren will – er ist so müde, dass er nicht weiß, ob er sie daran hindern wird. Er greift nicht mal in die Tasche nach seiner E-Zigarette. Kämpfen ist etwas für Leute, die etwas zu gewinnen haben.

Auf der M4 kommt hinter ihnen die Sonne heraus. Im Rückspiegel sieht er die Wolken, die im Westen hängen bleiben, turmhoch aufgestapelt – als hätten sie aufgegeben, den kleinen Clio zu verfolgen, und sähen jetzt nur noch zu, wie er entkommt. Flea nimmt die Ausfahrt auf die A46 und fährt nach Süden in Richtung Bath. Anfangs nimmt Caffery an, sie will mit ihm zu sich nach Hause fahren, aber das tut sie nicht. Sie segelt an der Ausfahrt vorbei und fährt auf der Umgehungsstraße in Richtung Chippenham. Dann biegt sie plötzlich einmal links, einmal rechts ab, und sie sind in einem Gewirr von kleinen Landstraßen, in dem er sich nicht auskennt.

Er fischt sein Smartphone aus der Tasche und versucht, damit ihren Weg zu verfolgen. Mit der freien Hand stützt er sich am Fensterrahmen ab, als sie den Clio durch die Kurven treibt. Fahren sie zur Klinik? Wenn ja, ist es ein Weg, der ihm neu ist. Aber Flea kennt die Gegend gut; sie ist hier aufgewachsen. Caffery lebt erst seit drei Jahren hier, und er ist ratlos. Das GPS-Signal kommt und geht und kann kaum Schritt halten. Schließlich gibt er auf und sitzt einfach stumm da mit dem Telefon auf dem Knie.

Nach einer Viertelstunde verlässt sie die Straße und fährt auf einem zerfurchten, regennassen Feldweg in einen Wald hinein. Der Weg wird so selten benutzt, dass die Bäume sich tief über den Wagen beugen. Äste kratzen über das Dach, und braune Herbstblätter bleiben auf der Windschutzscheibe kleben, als sie über den unebenen Boden holpern.

Nach ungefähr hundert Metern ist der Weg zu Ende. Flea hält an und stellt den Motor ab. Vor ihnen ist ein Zaunübertritt – bemoost und fast unsichtbar unter den Dornenranken, die ihn überwuchern. Im Wald ist es still; man hört nur Krähen in der Ferne krächzen.

»Okay«, sagt Caffery und sieht sich um. »Sie wollen mich für sich allein haben, wahrscheinlich um mir noch einmal zu erklären, warum Sie es nicht tun. Denn es gibt nur eine andere Möglichkeit, weshalb man ungestört sein möchte, und in Anbetracht der Atmosphäre steht das ganz sicher nicht in den Karten.«

Sie beachtet ihn nicht. Sie stößt die Tür auf, steigt aus und geht nach hinten. Er dreht sich nicht um, denn er kann sie im Spiegel sehen. Mit starrem Gesicht öffnet sie den Kofferraum, nimmt etwas heraus und kommt auf seine Seite des Wagens. Dort bleibt sie stehen und lässt den Gegenstand fallen.

Er öffnet die Wagentür und schaut hinunter. Es ist eine riesige Sporttasche – blau-weiß mit einem Logo.

»Eine Partie Tennis?«

Sie schaut ihn mit schmalen Augen an. Hängt sich einen GPS-Empfänger um den Hals, wirft die Tasche über die Schulter und marschiert auf den Zaunübertritt zu. Sie trägt schwarze Wanderstiefel und bricht durch das Dornengestrüpp, als wäre es nicht vorhanden. Caffery trägt Büroschuhe und seinen Anzug, aber er hat seine Triclimate-Jacke auf dem Rücksitz. Er schnappt sie sich und springt aus dem Wagen, um ihr zu folgen, bevor er sie aus den Augen verliert.

In die Wildnis

AJ LeGrande sitzt auf dem Boden im Eingang des Baumskeletts und starrt an, was er in den Händen hält. Stewart steht neben ihm, aufmerksam, aber unsicher. Immer wieder hebt er den Kopf und sieht AJ an, als brauche er die Bestätigung, dass alles in Ordnung ist.

»Ich weiß es doch nicht, oder?«, sagt AJ. »Du bist derjenige, der herkommen wollte.«

In dem Baumstumpf, hinter der Luke, war ein kleiner, mit Federn ausgepolsterter Hohlraum. Darin lagen die beiden Puppen, die er jetzt in den Händen hält. Wenn Isaac Handel sie nicht gemacht hat, gibt es jemanden, der sehr gut darin ist, seine Arbeit nachzuahmen, denn sie tragen von oben bis unten seinen Stempel. Sie riechen sogar nach ihm. AJ dreht sie hin und her und betrachtet sie im fahlen weißen Licht, das zwischen den Ästen herunterdringt.

Sie sind aus Stofffetzen, zusammengedrehter Folie und Flaschenverschlüssen angefertigt – und nicht ganz so hässlich wie ein paar andere, die Isaac gemacht hat. Isaac hat nie davor zurückgescheut, das Geschlecht seiner Puppen darzustellen – im Gegenteil, er hat es übermäßig deutlich gezeigt –, und hier ist eine weibliche und eine männliche Puppe. Sie umarmen einander, aber es ist keine sexuelle, sondern eine zärtliche Umarmung. AJ ist nicht sicher, wie es Isaac gelungen ist, dieses Gefühl von liebevoller Zuneigung zwischen ihnen hervorzurufen. Er versucht, sie voneinander zu lösen, aber das dauert eine Weile. Er muss seinen Schlüssel benutzen, um den Baumwollfaden zu durchtrennen, mit dem sie aneinandergenäht sind.

Er erkennt die männliche Puppe: Er ist es selbst, AJ.

»Okay«, sagt er verdattert. Er lässt die Puppe sinken und zieht sich trotz der Kälte die Jacke aus. Er breitet sie auf dem nassen Boden aus, kniet sich davor und bettet die Puppe auf die Jacke.

Die Haare sind aus Wollfäden, und das T-Shirt ist aus einem Stück von dem Hawaiihemd, das Patience immer als Gefahr für Menschen mit Geschmack bezeichnet hat. Die weibliche Puppe sagt ihm nichts. Ihr Haar ist aus leuchtend roter Wolle, und ihr Kleid ist mit fliederfarbenen Blütenrispen bedruckt. Winzige Reifen aus zusammengedrehtem Draht bedecken ihre Arme.

»Isaac, alter Junge«, flüstert AJ. »Isaac? Was hat das zu bedeuten?«

Er hebt den Kopf, lässt den Blick über die Lichtung wandern und überlegt, was Isaac hier gesucht haben mag. Von diesem Ort hat er jahrelang geträumt – und er ist nur ein paar Meilen weit von zu Hause entfernt. Ein Schreck durchzuckt ihn, als er sieht, dass er nicht allein ist. Vor den Bäumen, ungefähr vier Meter weit entfernt, steht eine Frau und beobachtet ihn stumm.

»Mein Gott.« Hastig steht er auf. »Ich habe Sie nicht gesehen.«

Sie lächelt. Zierlich ist sie und hübsch, und auf dem Kopf trägt sie einen adretten Elfenhelm aus leuchtend rotem Haar. Sie hat Gummistiefel und einen Dufflecoat an, und darunter schaut ein geblümtes Kleid hervor. Stewart trabt sofort zu ihr hinüber, als wüsste er, wer sie ist. Zu ihren Füßen setzt er sich hin, und sie bückt sich und krault ihn hinter den Ohren. »Bist du Stewart?«, fragt sie ihn. »Ja? Du bist ein Hübscher.«

»Stewart«, sagt AJ warnend. »Stewart...?« Er möchte den Hund zurückrufen, wie er ihn vor allen Fremden warnt, aber die Frau wirkt nicht gefährlich. Im Gegenteil, sie ist so sanft zu Stewart, dass er sich auf den Rücken legt wie ein verschmuster Welpe, damit sie ihm den Bauch kraulen kann.

»Hey, das hast du gern!« Sie geht in die Hocke und streichelt ihm kräftig den Bauch. Stewarts Ohren klappen nach hinten, und er dreht in Hundeekstase den Kopf hin und her. »Du kriegst ja gar nicht genug«, lacht die Frau. »Meine alte Suki hätte sich sofort in dich verliebt.«

AJ steht langsam auf. Er runzelt die Stirn. »Sie kennen meinen Hund?«

Sie schüttelt den Kopf und krault Stewart weiter den Bauch. Der Hund zappelt begeistert mit den Beinen.

»Ich habe gefragt, ob Sie meinen Hund kennen. Sie wissen, wie er heißt.«

»Ja, ich weiß, wie er heißt. Und er ist genauso hübsch, wie ich es erwartet habe.«

»Wie Sie es erwartet haben?«

Sie lässt Stewart in Ruhe und schaut zu AJ auf. Sie muss ungefähr in seinem Alter sein, aber ihre Haut ist glatt und rein wie Sahne, und die Farbe ihrer Augen ist ein schlammiges Grün. »Das sagte ich doch.«

»Wollen Sie mir das nicht erklären?«

»Darum bin ich hier, AJ.«

Er starrt sie an. »Wie bitte? Sagen Sie das noch mal.«

Sie lächelt. »Darum bin ich hier, AJ.«

»Okay, hören Sie jetzt auf. Das ist doch kein Zufall.«

»Nein. Ist es nicht.« Sie zeigt auf seine Jacke auf dem Boden. »Sehen Sie sich die Puppen an.«

Er schaut hinunter und sieht die roten Wollfäden auf dem Kopf der einen Puppe. Das Kleid, das sie trägt, sieht aus wie das der Frau. Ein pastellfarbenes Blumenmuster.

»Ich bin Penny, und Sie kennen mich nicht. Aber ich weiß, wer Sie sind. Sie waren Isaacs Freund in der Klinik.«

»Wer *sind* Sie?«

»Ich sage doch, ich bin Penny. Ich bin ein Hippie.«

»Ja – so sehen Sie aus.«

»Sie sind auch nicht gerade David Beckham. Hat man Ihnen das schon mal gesagt?«

»Nicht so deutlich, nein. Woher kennen Sie Isaac?«

Sie lächelt. »Ich bin seine Mutter. Nein – nicht seine Mutter, natürlich bin ich nicht *wirklich* seine Mutter. Ich bin seine Traummutter. Ich bin die, die er sich als Mutter gewünscht hat. Wissen Sie, was seine richtige Mutter unter anderem mit ihm gemacht hat?«

»Ja.«

»Na ja, wahrscheinlich wissen Sie nicht alles. Das wollen Sie aber auch nicht wissen. *Ich* wusste es bis letzte Woche auch nicht – ich habe ihn nicht verstanden. Ich dachte, er hasst mich. Das war Isaacs Problem. Alle sind vor ihm weggelaufen.«

»Ich bin nicht weggelaufen. Oder?«

»Nein, Sie nicht. Und deshalb hat er Sie geliebt. Er hat Sie wirklich geliebt. Wenn ich im Traum seine Mutter war, dann waren Sie sein Vater. Wussten Sie das?«

AJ starrt sie an. Er ist sprachlos. Er möchte ihr widersprechen, möchte ihr sagen, dass sie verrückt ist und dass er sich mit Verrückten schon von Berufs wegen auskennt. Aber dann fällt sein Blick auf die Puppen, und ihm kommt der Gedanke, dass eine unsichtbare Hand ihn geleitet haben könnte. Lange Zeit hat er gedacht, er habe sich verirrt, doch vielleicht war das alles ein Teil seines Weges. Seiner Bestimmung.

Ein Feuer in der Ferne

Der Wald ist dicht und trieft noch von dem Regen, der gefallen ist. Cafferys Schuhe sind nass, und an seinen Hosenbeinen klebt Lehm und Mulch. Flea kümmert sich nicht darum, ob er ihr folgt; sie bleibt nur ab und zu stehen und wirft einen Blick auf ihr GPS-Gerät. Es geht immer weiter bergauf, bis sie auf dem Kamm einer Anhöhe sind. Rechts von ihnen fällt das Gelände ab, und der dichte Wald gibt zwischen seinen Ästen den Blick auf den Himmel frei. Caffery sieht Teile des Ackerlandes ringsum, aber keine Ortschaft, kein Haus, keine Strommasten, überhaupt kein Anzeichen von Zivilisation.

Flea verlässt den Pfad und stapft krachend durch ein unwegsames Gestrüpp aus Dornen und Zweigen. Seine Hose wird in Fetzen gehen, doch er folgt ihr. Nach zehn Metern bleibt sie stehen und dreht sich um. Sie lässt die Sporttasche fallen, bückt sich und zieht den Reißverschluss an der Seitentasche auf. Dann holt sie zwei Paar Einmalhandschuhe und zwei Paar Galoschen heraus, wie man sie von der Spurensicherung bekommt, wenn man an einem Tatort herumlaufen muss.

»Wissen Sie, wo wir sind?«

»Das soll wohl ein Witz sein.« Caffery lacht mürrisch. »Das ist doch ein Blindekuhspiel. Seit einer Stunde lassen Sie mich mit verbundenen Augen im Kreis laufen.« Gern würde er hinzufügen, dass sie es schon seit Monaten tut. Aber stattdessen fragt er: »Kriege ich einen Tipp?«

»Farleigh Park Lake.« Sie zeigt nach Süden. »Sehen Sie?«

Richtig – zwischen den Bäumen, dort, wo sie hinzeigt, liegt ein spiegelndes graues Gewässer wie eine Münze in den Wiesen. Und plötzlich weiß er, wo sie sind. Er legt die Hände an zwei Baumstämme und beugt sich über den Abhang hinaus, sodass er die Landschaft überblicken kann. Aus der anonymen Gegend lösen sich vertraute Hügel und Landstriche.

»Scheiße«, brummt er und deutet nach Westen. »Da drüben muss die Klinik sein ... da irgendwo ...«

»Der Sammelpunkt liegt hinter den Bäumen dahinten. Dieser Hang ist der letzte Teil des Suchbereichs. Morgen früh um acht fangen wir hier an. Hier.« Sie hält ihm ein Paar Handschuhe entgegen. »Die werden Sie brauchen.«

Langsam, ganz langsam senkt Caffery den Blick auf die Sporttasche.

»Ja«, sagt sie. »Es ist das, was Sie vermuten.«

Er starrt die Tasche an und rührt lange Zeit keinen Finger.

»Und übrigens, Jack, Ihr Haus ist beschissen gesichert. Sie brauchen einen Hund. Ich bin heute Morgen da hineinspaziert und habe eine Stunde lang in Ihrem Garten herumgegraben, und niemand hat mich aufgehalten. Die Kleider sind auch in der Tasche.«

Er hebt den Kopf und sieht sie an. Wenn er jemals den Verdacht gehabt hat, er könnte in diese Frau verliebt sein, ist er jetzt hundertprozentig sicher.

Sie zuckt die Achseln. »Kisten«, sagt sie, obwohl er sie nicht gefragt hat. »Man bewahrt Sachen drin auf. Und man hat Angst, sie aufzumachen und etwas herauszunehmen. Denn dann kommt alles andere auch herausgekullert.«

»Alles andere?«

»Ja. All die Dinge, über die man besser nicht nachdenkt, weil es einfacher ist. Brüder, tote Eltern und …«

Sie lässt den Satz in der Schwebe. Beißt sich auf die Lippe. Sein Blick wandert über ihr Gesicht. Hinter ihr dehnt sich das Land. Die winterliche Landschaft von Somerset. Über einem Feuer in der Ferne steigt eine Rauchfahne in den Himmel. Die untergehende Sonne beleuchtet ihr Gesicht.

»Und?«

Sie lächelt vorsichtig, aus irgendeinem Grund schüchtern und traurig und hoffnungsvoll zugleich. »Ach, nichts. Nur ›und‹.«

Danksagung

Viele Leute arbeiten ihr Leben lang daran, sich immenses Wissen anzueignen und immer neue Fähigkeiten zu entwickeln, und dann kommt eine windige Romanautorin vorbei und stiehlt ihnen alles, um eine Story daraus zu machen. Warum sie eine solche Tagediebin tolerieren, weiß ich nicht. Ich kann ihre Großzügigkeit nur bescheiden und dankbar entgegennehmen. Zu diesen Leuten gehören: Patrick Knowles, der mich über die Einzelheiten der britischen Psychiatrie informiert hat, Hugh White, der geniale Pathologe, Simon Gerard, Detective Chief Inspector Gareth Bevan vom Avon and Somerset MCIT (der reale Jack Caffery) und Inspector Zoe Chegwyn, die mir über Geiselnahmen beigebracht hat, was ich wissen musste. Ihnen allen – ich bitte um Nachsicht, wenn ich die Wahrheit, die ich von Ihnen bekommen habe, so verbiegen musste, dass sie den Zwecken meiner Geschichte entsprach –, aber Ihnen allen danke ich: danke, danke und nochmals danke.

Wie immer verdanke ich den wunderbaren Leuten in meinem Verlag und meiner Agentur ungeheuer viel. Euch allen: Hut ab für Euren Fleiß und Eure Geduld. Dank auch an Steve Bennett, weil er meine Abneigung gegen Social Networking toleriert. Es erstaunt mich, wie er es schafft, eine Website für eine zu führen, die eine solche Phobie gegen das Sharing plagt.

Jonathan Keay – der reale Jonathan Keay – hat der DeKalb Library in Atlanta eine großzügige Spende zukommen lassen, und dafür trägt eine Figur in diesem Roman seinen Namen.

Jonathan, ich weiß, Sie sind im wirklichen Leben viel interessanter, als dieses Buch vermuten lässt, aber ich danke Ihnen trotzdem. Und was Karin Slaughter angeht (die bei diesem Arrangement im Hintergrund gestanden hat): Du schockierst mich nach wie vor, und du inspirierst und verblüffst mich. Weiter so, Mädel!

Und schließlich danke ich meinen lieben Freunden und meiner Familie – hilfreich, still und beständig: Bob Randall, Margaret OWO Murphy, Mairi Hitomi, Lotte GQ sowie Sue und Donald Hollins. Was würde ich ohne Euch tun?

Mo Hayder

avancierte mit ihrem Debüt, dem Psychothriller »Der Vogelmann« über Nacht zur international gefeierten Bestsellerautorin. Der Nachfolger »Die Behandlung« wurde von der Times zu einem der zehn spannendsten Thriller aller Zeiten gewählt. 2011 bekam Mo Hayder den »CWA Dagger in the Library« für ihr bisheriges Gesamtwerk, im Jahr darauf wurde »Verderbnis« mit dem renommierten Edgar Award für das beste Buch des Jahres ausgezeichnet. Die Autorin lebt heute mit ihrem Lebensgefährten und ihrer Tochter in Bath, England.
Weitere Informationen zur Autorin unter www.mohayder.net.

Von Mo Hayder außerdem bei Goldmann erschienen

Aus der Reihe mit Detective Inspector Jack Caffery:
Der Vogelmann. Thriller · Die Behandlung. Thriller
Ritualmord. Psychothriller · Haut. Psychothriller
Verderbnis. Psychothriller · Die Puppe. Psychothriller
Wolf. Psychothriller

Außerdem:
Tokio. Thriller · Die Sekte. Thriller · Atem. Thriller
(Alle Romane sind auch als E-Book erhältlich)

Die große Bestsellerautorin Mo Hayder bei Goldmann:

448 Seiten
ISBN 978-3-442-47780-7
auch als E-Book erhältlich

Er beobachtet dich. Wartet auf dich. Dann holt er dich!

480 Seiten
ISBN 978-3-442-31213-9
auch als E-Book erhältlich

Sie würde für ihr Kind sterben. Aber würde sie auch dafür töten?

www.goldmann-verlag.de
www.facebook.com/goldmannverlag

GOLDMANN
Lesen erleben